LA CORTE DE LOS ESPEJOS

CONCEPCIÓN PEREA

LA CORTE
DE LOS
ESPEJOS

FANTASCY

El papel utilizado para la impresión de este libro ha sido fabricado a partir de madera procedente de bosques y plantaciones gestionadas con los más altos estándares ambientales, lo que garantiza una explotación de los recursos sostenible con el medio ambiente y beneficiosa para las personas.

Por este motivo, Greenpeace acredita que este libro cumple los requisitos ambientales y sociales necesarios para ser considerado un libro «amigo de los bosques». El proyecto Libros Amigos de los Bosques promueve la conservación y el uso sostenible de los bosques, en especial de los bosques primarios, los últimos bosques vírgenes del planeta.

Papel certificado por el Forest Stewardship Council®

Primera edición: junio, 2013

Printed in Spain – Impreso en España

ISBN: 978-84-15831-01-3
Depósito legal: B-11.941-2013

Compuesto en La Nueva Edimac, S. L.

Impreso en Liberdúplex,
Sant Llorenç d'Hortons (Barcelona)

FT 3 1 0 1 3

A mis padres,
por los cuentos y todo lo demás.
Os debo cada palabra que escribo

PRÓLOGO

 Marionetas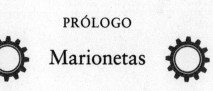

Sobre una marioneta perdida y
lo que dijo un espejo roto

Nadie creía a Nicasia capaz de silbar, o siquiera de sonreír. Claro que Nicasia nunca hacía estas dos cosas en público. La mayoría de las hadas piensan que goblins y knockers carecen de sentido musical, pero Nicasia tenía buen oído y un talento natural para no desafinar que habría sorprendido a más de uno. Lo de sonreír ya le salía peor, lograba muecas más que sonrisas, pero el gesto iluminaba su rostro y hacía que sus ojos azules, siempre cargados de una luz feroz, parecieran incluso amables.

Aquella tarde entró en su estudio tarareando, se quitó los guantes, colgó el chaqué en el perchero que había junto al espejo, lanzó los tirantes a una silla y se acomodó en su viejo sillón de orejas. Suspiró de alivio cuando al fin pudo quitarse el aparato ortopédico de la pierna y mandar lejos los zapatos. Cerca, en una mesita auxiliar, aguardaban alineadas sus herramientas de tallar. Las estanterías de la habitación estaban cubiertas de marionetas y de autómatas de madera, todos hechos por ella. Aquella ocupación la relajaba. Después de un largo día devanándose los sesos con problemas de geomancia, o tras una odiosa jornada en el Parlamento de los Sueños mediando en absurdas intrigas políticas, no había nada mejor que coger un bloque de madera y darle forma durante horas, sin pensar en nada, mientras los problemas se quedaban al otro lado de la puerta. Cuando terminaba una marioneta la hacía bailar en el aire con un hechizo. Si alguien la hubiese visto entonces, alegre como una niña jugando con sus muñecas, se lo habría pensado dos veces antes de llamarla bruja o cualquiera de las otras cosas desagradables que solían decir a sus espaldas.

Nicasia había planeado pasar la tarde tallando. Ya se había sentado y acababa de alargar la mano para coger la cabecita en la que trabajaba cuando se dio cuenta de que la pieza no estaba. La knocker hubo de caminar a la pata coja por toda la estancia, buscándola. No la había sacado de aquel cuarto. El misterio la iba poniendo más y más furiosa a cada momento. Finalmente, tiró de una cadena dorada que había junto al escritorio, varias veces y con todas sus fuerzas. Suerte que no tenía demasiadas, o la habría arrancado. Entonces, Traspiés, un bogan bajito siempre vestido de azul, abrió la puerta.

—¿Ocurre algo, Nicasia? —preguntó, asustado.

—¡No, es que me gusta hacer sonar la campana! ¿Eres idiota o le has dado vacaciones a tu cerebro? ¡Claro que pasa algo! ¿Alguien ha limpiado hoy aquí?

—Qué va, te llevaste la llave.

—¡Maldita sea mi sangre! ¿Alguien ha estado por estos pasillos?

Traspiés lo pensó un segundo y dijo que no. Aprovechó para irse antes de que la cosa empeorase. Nicasia, con el bogan fuera de su vista, se acercó a los estantes y levantó de su sitio tres marionetas al azar. Varios listones de madera de la pared se deslizaron sobre sus engranajes para revelar un pequeño espejo redondo, con el cristal nublado por el tiempo.

—Ayúdame a recordar —le ordenó Nicasia—. Despierta, charco del demonio, y dime. Hada o duende, ¿quién ha estado aquí hoy?

—Sólo tú —respondió una voz lejana—. Entraste y saliste.

Nicasia rumió la respuesta. Una idea cruzó por su mente, más dolorosa que una cuchillada.

—¿Ha entrado algún animal?

—Un gato negro —respondió el espejo.

La knocker gritó y dio un puñetazo al cristal. Miles de trocitos volaron por el aire. Luego, volvieron a su sitio, y la superficie del espejo recuperó su aspecto. Nicasia tenía los nudillos en carne viva.

—¡Dujal! —rugió—. ¡Escoria felina! ¡Hijo de mala gata! ¡Desdichado desecho de hada! ¡Lo sabía, tenía que ser él, miserable montón de estiércol! Voy a librar al mundo de su descendencia. ¡Esta vez se lo ha buscado!

Nicasia volvió a encajarse el aparato ortopédico sobre la pierna. Cogió del armario su fiel trabuco y un viejo abrigo largo de cuero. El atuendo de caza.

El otoño arrancaba con fuerza; los ocasos ya eran más largos y románticos. Para Nicasia la llegada del otoño sólo significaba que soplaba un viento de mil demonios, oscurecía antes y había más humedad. En aquel momento pensaba tan sólo en la manera de atrapar un gato. Los gatos son rápidos y escurridizos, demasiado ágiles para alguien de movilidad limitada. Esas pequeñas bestias saben esconderse a conciencia y ocultar su rastro. Es menester un cazador muy bueno para atraparlos, y ella no lo era, pero conocía a alguien que tenía todas las cualidades necesarias y alguna más. Encontrarle no era difícil, sólo hacía falta llegar a un sitio discreto. En este caso se trataba de un callejón sin salida, estrecho, oscuro y maloliente, cercado por altas paredes grises al que no daba ninguna ventana porque nadie en sus cabales querría ver un lugar tan deprimente como aquél. Estaba justo detrás de la Carbonería. Sólo tuvo que salir por la puerta trasera de su taller, sacar de su bolsillo una piedra que parecía vulgar y lanzarla contra el suelo. Produjo un crujido seco, y el suelo se abrió bajo sus pies. El secreto residía en cargar la piedra con malos deseos. El odio bien enfocado puede causar mucho daño; sólo hay que saber usarlo del modo apropiado. Para abrir grietas, por ejemplo.

13

Nicasia se aseguró de que no la viera nadie y entró en las alcantarillas. No tuvo que andar mucho; a los pies de la entrada había una gran piscina de agua estancada. Solía estar llena de ratas, aunque últimamente escaseaban.

—¡Boros! —gritó Nicasia—. ¡Deja de jugar, sé que estás ahí!

Del agua emergió una cabeza adornada con una cresta de pelo verde. La piel era pálida, verde también. Dos ojos de reptil observaron a Nicasia. A la cabeza le siguió un cuerpo alto y delgado. Boros vestía una túnica tan desteñida que era imposible adivinar su color original, y un pantalón negro que le venía grande. Estaba descalzo, empapado. Abrazó a Nicasia y la levantó del suelo sin esfuerzo.

—¡Vale, vale! También yo me alegro de verte. Vengo a proponerte un juego.

El chico serpiente la soltó con delicadeza.

—Se trata de Dujal; necesito que lo encuentres. Tú puedes hacerlo.

Asintió con una sonrisa que en otra cara habría sido agradable, pero que en la suya resultaba inquietante y peligrosa.

—Quieres que salga de caza —dijo.

—Sí —respondió Nicasia—. Nadie tiene mejor olfato que tú. Pero no quiero que te lo comas. Recuerda que ya no haces eso. Recuérdalo.

La serpiente hizo un mohín; sin embargo, asintió y regresó al agua.

—Lo encontraré. Si está escondido, yo sabré dónde.

—No lo dudo —dijo Nicasia.

Boros se deslizó por las cloacas. Nicasia también se fue. Encontrar a Dujal ya no era un problema; antes o después, el chico serpiente daría con él. Además, hacía menos de una semana desde su última comida, así que aún no debía de tener hambre. No era peligroso, no más de lo necesario.

Sólo quedaba una visita por hacer. Luego, a esperar.

Donde se explica la discreción de los burdeles y se habla con buenos amigos

Dicen que cuanto más caro es un burdel, más discreto es el local que lo acoge. La casa de Marsias debía de ser carísima. Ni siquiera tenía nombre. Sus clientes solían decir que iban a «darse un baño» o «donde Marsias», y ya no hacía falta añadir nada más. El burdel tenía, además, el privilegio de estar tras la muralla del Barrio Real, tan cerca de los jardines de Palacio que se podía oír el trino de los pájaros y el soniquete de los grillos. Se trataba de una antigua casa señorial cercada por un muro en color albero enterrado en hiedra y matas de parra. Un extenso jardín, muy distinto a los de Palacio, ocupaba la mitad de la propiedad. Nicasia conocía bien el sitio; se había construido gracias a ella, y estaba ligado a ciertos recuerdos de ésos de los que no gusta hablar.

Golpeó el aldabón de la vieja puerta verde. Por el día oficiaba de portero el joven Rashid, un niño cándido que no hacía preguntas. Pero esta vez acudió Mesalina, la sobrina de Marsias, así que a Nicasia quien le abrió la puerta fue una sátira semidesnuda. Aunque, si lo pensaba bien, la ceñida túnica de seda era lo más decente que la ingeniera había visto vestir a Mesalina hasta la fecha. Ambas intercambiaron una larga mirada.

—¿Hoy no entras por la puerta de atrás? —preguntó al fin Mesalina.

—Pues no, hoy entro como un cliente cualquiera. Debe de ser un día especial. Yo entro como un cliente cualquiera y tú no vas enseñando los pechos.

Mesalina se obligó a sonreír.

—¿Eso quiere decir que vas a pagar por algún servicio?

—No soy tan cualquiera... —replicó Nicasia—. Mejor nos dejamos de cortesías, cortesana, y me llevas a ver a tu tío, nuestro querido Marsias.

—Me cuesta pensar que mi tío sea querido para ti.

—Sí, pensar es complicado. No te canses. Limítate a llevarme con él.

Cruzaron el patio de entrada y pasaron al jardín, iluminado ya por linternas colgadas de las ramas. Nicasia estaba orgullosa de aquellas luces; las había diseñado con cariño, tenues lámparas de papel rellenas de luciérnagas. Daban un encanto especial. Entre los árboles y los setos del jardín se alzaban carpas de gasa y chozos de ladrillo rojo. Algunos eran baños cubiertos con cúpulas, otros eran alcobas de varias puertas. Los habituales del burdel llamaban a estas últimas «los aposentos». Allí dentro ocurrían cosas tan jugosas que muchos se habrían dejado mutilar con gusto sólo para espiar a sus ocupantes durante unos segundos.

Nicasia nunca los usaba. Sabía que el chantaje era una práctica usual allí, porque las mirillas ocultas también eran cosa suya. «Tengo que proteger mi negocio —solía decir Marsias—, y conocer las debilidades de ciertos clientes es un buen modo de asegurarme de que no se pongan en mi contra.»

Mientras caminaba, Mesalina iba dando instrucciones al personal. Aún era temprano, pero los clientes llegarían en breve, y el ritmo era frenético. Mesalina lo supervisaba todo: desde las bebidas hasta los aposentos. La fama del burdel era intachable, y tanto Marsias como su sobrina se la tomaban en serio, aun sabiendo que el principal reclamo de la casa eran precisamente ellos. Mesalina era una sátira hermosa.

Tenía la piel morena y castaños los ojos, del color de la canela. El cabello le caía hasta la cintura, una cascada de fuego rizado. Había nacido para ejercer el amor, y le encantaba. Atendía cada vicio con una maña a la altura de su belleza. No había prostituta más requerida en toda la ciudad. Junto a Marsias formaban un equipo terrible que había convertido un burdel del tres al cuarto en un negocio tan rentable que inspiraba respeto.

Llegaron hasta el rincón del jardín donde solía descansar el jefe.

—Os dejo a solas —comentó Mesalina con aquella sonrisa que tanto odiaba Nicasia—. Debo asegurarme de que las dríades no se tapan más de la cuenta.

—Sí... Hay que cuidar los detalles.

—Te veo gruñona. Seguro que eso lo arregla Marsias. Adiós. ¡Y disfruta!

—Se puede ser más... —murmuró la knocker para sí.

Mesalina la sacaba de quicio.

—¡Espero que sí se pueda! —proclamó un vocejón grave y alegre.

Marsias estaba instalado en su hamaca. Era un sátiro gordo y corpulento, muy alto, que llevaba encima la menor cantidad posible de ropa, no importaba el frío que hiciera. Tenía una densa barba negra a juego con su melena crespa, y lucía una colección de tatuajes por todo el cuerpo. No era un príncipe azul ni un guapo galán de mentón afilado, pero su encanto silvestre y su olor, su energía primitiva y su infalible instinto para el trabajo de cama, volvían loco a cualquiera en la primera cita. Se decía que era un amante inolvidable, algo fuera de toda duda si uno conocía la enorme lista de clientes que lo solicitaban.

El sátiro se incorporó, rascándose, al tiempo que ahogaba un bostezo.

—Hacía mucho que no venías a verme. Te he echado de menos.

—¡Ah, guárdate esos cumplidos para los clientes! Yo sé de sobra lo que hay.

—Y tú guarda el veneno para alguien que lo merezca más que yo, Malbicho. Eres mi amiga, no mi clienta. ¿Te he cobrado alguna vez?

—¿Te he cobrado yo? —replicó Nicasia.

—Vaya, sí que estás enfadada. Entremos en casa, empezaremos de nuevo. ¿Te apetece beber algo?

—Cualquier aguardiente que tengas me viene bien.

—Te diría que es un poco temprano para comenzar tan fuerte, pero… ¿quién soy yo para moderar los vicios de nadie?

—En estas circunstancias mejoras mucho callado.

Marsias suspiró sin ofenderse. Conocía los estados de ánimo de la knocker y el tiempo que llevaban juntos le había enseñado a no tomarse sus ataques como algo personal. Se puso en pie desperezando la mole que tenía por cuerpo y la guió hacia la discreción de sus habitaciones. Marsias era muy ordenado; tenía largas filas de estanterías repletas de libros. Aquel rincón era su refugio; dentro no se ejercía bajo ningún concepto. Allí podía desconectar, era su santuario.

Marsias trajo una jarra y dos vasos y ofreció asiento a su invitada.

—Insisto en que hace mucho que no venías —dijo Marsias mientras llenaba los vasos—. La última vez no estuvo mal.

—Tengo mucho trabajo, y otros asuntos que no son trabajo pero que estorban como si lo fueran. Además, Dujal ha estado en casa y me ha robado. Tengo que encontrarle.

El sátiro suspiró dramáticamente y le dio un sorbo a su vaso.

—¿Ya estáis los dos otra vez? Lo hace porque adora buscarte las cosquillas, y tú te dejas. Es una historia de nunca acabar.

—Quiere retarme una y otra vez, y yo nunca le dejaré ganar.

—Ese pulso de poder que mantenéis está muy lejos de ser normal. ¿Por qué no admitís los dos de una vez que os gusta pelearos?

Nicasia dio un golpe en la mesa.

—Una estupidez más y te tragas el vaso.

—Vale —contestó su amigo, conciliador—. ¿En qué puedo ayudarte?

—Me ha robado la cabeza de una de mis marionetas, y seguro que no la quiere para nada bueno.

—¿Qué mal te puede hacer una marioneta a medio tallar?

—Magia simpática: yo he tallado esa cabeza, es mi trabajo, mi esencia está en ella. ¿Para qué se iba a arriesgar a entrar en mi habitación? Nunca lo había hecho antes. Pudo llevarse cualquier cosa de más valor. Escogió eso por algún motivo y, sea lo que sea, no es nada bueno.

La ingeniera vació la bebida de un trago, se secó los labios con la mano y volvió a servirse. El sátiro hacía bailar el contenido de su vaso, pensativo.

—¿Estás completamente segura de que esto es cosa de Dujal?

—No lo dudes —dijo Nicasia—. He venido porque si alguien puede enterarse de qué está pasando ése eres tú.

—Siempre estoy encantado de ayudarte, Nicasia, pero ¿no crees que estás algo paranoica? Quizá sea una travesura inofensiva. El phoka es un incordio, pero no hace las cosas con maldad. Tan sólo le gusta llamar la atención.

—Lo defiendes —protestó Nicasia—. Siempre lo defiendes. ¡Lo proteges!

Marsias acercó su silla a la knocker y la miró a los ojos.

—Te protejo a ti. Trato de que te calmes. ¿Qué vas a hacer? ¿Pasarte toda la noche correteando por la Corte detrás de un rumor? Has estado trabajando mucho; descansa, y mañana verás las cosas de otra manera.

Nicasia tuvo que hacer un esfuerzo por apartarse. En realidad, le tentaba acercarse y dejar de hablar, pero sabía que eso era lo que pretendía el sátiro.

—No pienso quedarme aquí contigo —declaró.

Marsias hizo un falso mohín de disgusto y la tomó por la cintura. Nicasia no se resistió más de lo habitual, así que se animó a besarle el cuello.

—¿Seguro que no puedo convencerte? —le preguntó él entre beso y beso.

Ella buscó la boca de Marsias y lo besó. Siempre era algo torpe y tensa en los primeros besos, como si llamase a la puerta de un desconocido para pedirle un favor, pero el sátiro adoraba aquella reticencia y sabía cómo quebrarla. Sin embargo, en esta ocasión Nicasia se apartó con tanta violencia que Marsias estuvo a punto de caer de la silla.

—¡No voy a quedarme aquí mientras Dujal trama vete a saber qué! —gritó—. ¡No puedo creer que estés intentando enredarme!

Marsias se encogió de hombros.

—Enredarte no era lo que pretendía —dijo mientras le ponía una mano en el hombro—. Sólo trataba de que te quedases por las buenas…

—¿Qué? Pero ¿qué infiernos di…?

No acabó la frase. Marsias había susurrado un hechizo de sueño. Nicasia se derrumbó en los brazos del sátiro. Marsias sabía que a veces Nicasia podía pasarse días sin dormir, enfrascada en un invento o en alguno de sus asuntos turbios, y entonces su conducta se volvía errática. Temía que eso le estuviese ocurriendo ahora, así que la dejó en la cama, le quitó el aparato de la pierna con cuidado y la tapó con una manta. Cuando dormía parecía distinta; sin el ceño fruncido ni los labios apretados, Nicasia no resultaba tan amenazadora. Marsias adoraba su piel albina. Los knockers no se limitaban a ser pálidos sino que parecían hechos de nieve, y la ingeniera no era una excepción; hasta el cabello lo tenía blanco; se le rizaba a la altura de las orejas largas y picudas.

Marsias salió de la habitación con cuidado de no despertar a su invitada. Si quería enterarse de qué estaba pasando entre Dujal y Nicasia era conveniente hacer averiguaciones. Sabía exactamente a quiénes acudir.

Encuentros en la sombra

Cuando tu pelo tiene el tacto de la estopa y se empeña en ignorar las órdenes de cualquier cepillo, peinarse no es tarea agradable. Nicasia dedicaba a esta labor las primeras horas de la mañana. Aprovechaba de paso para ensayar insultos y maldiciones varias. Aquello la hacía empezar el día de mal humor.

Despertar en casa de Marsias tampoco ayudó a mejorar su ánimo. El único motivo por el cual todavía no había nada ardiendo era que estaba en uno de los baños y el agua le llegaba al cuello. El agua había hervido ya dos veces con ella dentro. Volvía a estar tibia cuando la enorme boa apareció de la nada. Nicasia arrojó a Boros su cepillo.

—¡Cambia de forma ahora mismo! —gritó con cierta nota de pánico en la voz. Cuando era serpiente, el comportamiento de Boros podía ser incontrolable, instintivo. El muchacho obedeció y la miró desconcertado.

—Tengo noticias. —Su voz hacía eco en las paredes.

—¿No podías dármelas cuando estuviese un poco más vestida? —gruñó ella girándose—. Sé que no hay mucho que ver… Pero, mira, me gusta elegir a quién quiero enseñárselo.

Boros ladeó la cabeza como un perrillo confuso ante su amo, incapaz de entender la broma. Habló de nuevo.

—Sé dónde está el gato.

—¿En serio? —Nicasia olvidó su recato—. ¡Eres el mejor cazador del mundo!

Boros no la oyó; estaba ocupado observando el reflejo oscilante del agua sobre las paredes. Nicasia aprovechó para conjurar dos brazos de agua que la sacaran de la piscina y se vistió en un santiamén, sin secarse. Cuando estuvo lista sacó a Boros de su éxtasis con un silbido.

—¡Vámonos! Ya habrá tiempo luego para efectos ópticos.

Salieron a toda prisa del burdel. Marsias los vio desde la reja de acceso al jardín cuando ya cruzaban el patio de entrada y la puerta verde.

—¿Adónde vais? ¡Nicasia, tengo que decirte algo!

—¡Ya me lo dirás más tarde! —respondió ella mientras el niño Rashid, el portero diurno, les abría la puerta y los despedía—. Boros, ¿Dujal está lejos?

Boros se rascó la cabeza y dudó antes de contestar.

—Para mí no —dijo.

—Qué chistoso eres. Tengo algo difícil lo de correr, ¿lo sabías?

Como respuesta, Boros la cargó a hombros y echó a correr. A Nicasia le sorprendió tanto que olvidó que tenía que protestar. Boros sabía ser discreto. Incluso corriendo por las estrechas callejas de la Corte con un bulto a sus espaldas, nadie reparaba en él. Era una ráfaga de viento. Nicasia no conocía demasiado sobre su raza. Los goblins los llamaban «Ancestrales». Bestias salvajes, antiguos monstruos de los cuentos que los aterrorizaban. Si los goblins, que solían presumir de no asustarse ante nada ni nadie, los temían, era porque había que hacerlo. El chico serpiente, como los peores temores, sólo era visible cuando estaba oscuro. En las calles, a plena luz del día, era imposible verlo. Las hadas se apartaban de su camino sin saber por qué, se sacudían con un escalofrío repentino y seguían con sus labores como si nada hubiera ocurrido.

Cruzaron las puertas de la Corte, y los soldados se limitaron a apretar sus lanzas para después continuar revisando productos y cobrando el portazgo, sin siquiera extrañarse por el súbito momento de pánico. La ciudad quedó atrás, y conforme entraban en el bosque, Boros aminoró la carrera. De vez en cuando sacaba su lengua bífida y la hacía vibrar. Parecía seguir un sabor colgado en el aire. Tras un rato sorteando árboles y arbustos, hallaron un claro presidido por una torrecilla de piedra negra de la que manaba una corriente de agua, un hilo apenas cargado de hojas y barro. La knocker no podía creerlo. Saltó de la espalda de Boros hipnotizada. Hacía mucho tiempo desde la última vez.

—No está —dijo Boros con la lengua entre los labios y el oído atento—. No, el gato no está. Creo que estamos solos.

Nicasia se alejó un poco. Deambulaba con los puños apretados.

—Maldito bastardo… —susurró—. Ahora sí que no tengo ni idea de qué trama.

—¿Conoces este sitio, Nicasia?

—Antes solía reunirse aquí la Hueste Invernal.

—¿Antes de qué?

—Antes de que lo prohibieran —contestó Nicasia.

Boros se arrodilló sobre un palmo de suelo sin hierba y posó los dedos.

—Aquí la tierra está muerta.

—La tierra muere donde se vierte sangre de goblin.

—¿Quién? ¿Quién sangró?

—Yo.

No podía creer que Dujal la hubiera arrastrado al sitio donde había peleado contra Urakarnake hacía tantos años. El phoka había ido demasiado lejos con la broma. Pensaba hacérselo pagar muy caro. Nicasia examinó el claro de la torre en busca de pistas, de algún rastro. De repente tuvo una idea.

—Está buscando un escondite... —murmuró señalando la torre.

—¿Qué has dicho? —preguntó Boros.

—Ven conmigo. Tienes que ayudarme a abrir la puerta.

Boros se acercó a la puerta de la torre, cubierta de hiedra.

—Ésa no. Sígueme.

Nicasia se inclinó sobre el arroyo, se remangó la camisa y metió un brazo hasta el codo. Tiró y sacó una gruesa cadena.

—No te quedes mirando, ¡ayúdame a tirar! Tienes más fuerza que yo.

Boros obedeció. La cadena crujió en sus manos. Brotó un chasquido de la base de la torre y apareció un hueco entre las piedras, una entrada secreta. El agujero olía a cueva vieja, a sueños muertos.

—Vamos —dijo Nicasia antes de entrar por él—. Y presta atención.

Dentro estaba oscuro, pero no les importó mucho. Nicasia y Boros podían ver en la oscuridad. Tampoco es que la estancia tuviese algo digno de ver. Era una habitación vieja llena de moho, el sótano bajo el escenario, que se empleaba de almacén. En un rincón dormitaba un bulto tapado con una lona roñosa. Nicasia levantó una esquina. Era una caja de embalaje de madera; dentro había cuerdas, luces... cosas para montar una función.

—No sé lo que se trae entre manos. ¿Se te ocurre algo, Boros? —Al alzar la vista se percató de que hablaba sola—. Sí, Boros, lárgate sin avisar.

Algo se movió entre las sombras. Antes de darse cuenta Nicasia ya lo tenía encima. Un golpe la arrojó al suelo. Nicasia trató de ponerse en pie, o al menos evitar el garrote que bajaba hacia ella, pero Boros recibió el palo en su lugar. El Ancestral era duro: lo encajó sin acusar el menor daño. Abrió el pecho de su agresor con dos cuchillos surgidos de sus mangas.

Estalló un disparo en el sótano, y una segunda figura cayó. Tenía la nariz y la boca cubiertas por una pasta rosa, y luchaba por quitársela. Nicasia dejó el trabuco en el suelo, susurró unas palabras y ocultó su cuerpo con una sombra negra y espesa para no dejarse ver.

—¿Cómo osáis atacarme? —Su voz era otra. Vibraba de forma aterradora.

Uno de los atacantes lloriqueaba encogido en el suelo. El otro pugnaba por quitarse la pasta pegajosa que le impedía respirar.

—Deja de moverte —aconsejó Nicasia a este último—. Contén la respiración el tiempo suficiente y quizá sobrevivas.

Luego se dirigió al que estaba herido en el pecho. Era un leprechaun. Éste, al verla, mudó su dolor al pánico. Se arrodilló ante ella.

—¡Señora…! ¡Dama…! ¡No sabíamos que era usted! ¡Dama RecorreTúneles! ¡Perdónenos!

—¿Qué hacéis aquí? Este lugar está prohibido para los Invernales.

—¡Lo sabemos, señora, pero…!

—¿Me desobedecéis?

—¡No, señora, nosotros nunca! —El leprechaun intentó besarle un pie.

—¡Tu amigo se asfixia! —indicó Nicasia haciendo tronar su voz falsa—. Vamos, dime qué estáis haciendo aquí. Habla y le quitaré el pegamento de la cara.

—Nada —gimoteó el duende temblando—. No hacíamos nada.

—Tu amigo no te importa.

A una orden de Nicasia, Boros agarró al leprechaun herido y lo irguió ante ella. Nicasia se mordió la mano y la apretó, sangrante, contra el pecho abierto del leprechaun, que trató de soltarse entre lágrimas.

—¿Duele? —preguntó al infeliz—. Mi sangre es veneno… A tu amigo le queda poco, pero tú morirás con él. ¿Hablarás ahora?

—Señora… —susurró el leprechaun con gran ahogo. Sudaba a mares. Boros estaba deseando soltarlo—. Es por un asqueroso phoka, Dujal, un Estival que nos debe dinero. No deja de esquivarnos. Optamos por seguirle y asustarlo.

—¿Vinisteis a darle una paliza?

—Eso queríamos, pero el phoka no estaba aquí, así que decidimos llevarnos sus cosas como pago. A vosotros os hemos confundido con ladrones, Dama.

—¿Desobedecéis mi prohibición de no pisar este lugar para robar un puñado de tristes baratijas? ¿Permitís que un miserable ratero os burle? —Nicasia no se molestó en gritar. Susurraba su desprecio—. Suéltalo, Boros.

Boros obedeció. El duende cayó al suelo temblando.

—Nos vamos —le dijo Nicasia.

—Señora, por todos los dioses… —rogó el herido.

Nicasia señaló al que tenía la masa rosa en la cara.

—Quítasela —ordenó a Boros.

Boros le arrancó la plasta de un tirón. El duende boqueó en busca de aire. La knocker le puso en la mano un frasco de barro sellado con cera.

—Es el antídoto de tu compañero. Decide si quieres dárselo. Aunque él no se apiadó de ti precisamente.

Se dirigió a la salida.

—Os prohíbo tocar nada de lo que hay aquí. Me pertenece.

Fuera los esperaba la luz del sol. El Ancestral cerró la entrada volviendo a tirar de la cadena. Nicasia deshizo las sombras que la cubrían.

—Lo que tengo que aguantar… Menuda gentuza.

—Seguimos sin saber nada del gato —comentó Boros mirando al cielo.

—Sabemos algo más. Pero ya ataremos cabos más tarde; ahora no estoy de humor. Seguro que Dujal vio acercarse a esos dos cretinos y salió huyendo. No lo encontraremos por aquí.

—¿Por qué no quieres que vengan a este lugar?

—Porque aquí murió alguien que me importaba —respondió Nicasia.

—¿Quién? —le preguntó Boros.

—Yo.

4

Lo que Musaraña sabía

Si alguna vez visitas el reino de TerraLinde, gobernado por su majestad la reina Silvania, querrás conocer la Corte de los Espejos, su capital. Dentro de sus murallas, podrás pasearte por su mercado o saturar tus oídos con el ruido infernal del Barrio de los Constructores. Incluso puedes pasarte por la casa de Marsias, si ésas son tus inclinaciones. Pero si necesitas posada, todos te recomendarán la Carbonería, no sólo porque la comida es excelente y las habitaciones están limpias, sino porque conocer a Costurina te alegrará el día, y es que en este o en cualquier otro reino no hay otra cocinera como ella. Es una bogan bajita, de ojos azules. Sus trenzas rubias revolotean entre las mesas como las colas de una cometa un día de viento, y su falda baila al ritmo de unos pies ligeros. La única pega de la Carbonería es su dueña, pero casi nunca está, por suerte. Prefiere trabajar sola en su taller del sótano, porque es, todos lo saben, una redomada bruja.

Nicasia gruñó mientras abría la puerta. Aún faltaba un rato para la hora del almuerzo, así que el comedor estaba tranquilo. Junto a la entrada dormitaba un perrazo enorme, un mastín de color gris que levantó su cabezota al verla entrar y la contempló con sus ojillos acuosos sin mucho interés.

—Buenos días, Martín —lo saludó Nicasia—. ¿Un día tranquilo?

—Tranquilo —contestó el perro sin mover un músculo.

—Tú qué vas a decir...

La knocker dedicó un gesto vago a Traspiés. El pequeño bogan atendía la barra. Nicasia entró en la cocina. A esa hora las ollas borboteaban sobre el fuego y el olor era sencillamente estupendo.

—Creo que a esto le falta un poco de algo —comentó la ingeniera levantando una tapa y metiendo la cuchara en la cacerola.

Costurina se acercó con los brazos en jarras.

—Buenos días a ti también. ¿Dónde te habías metido? Llevas ausente desde ayer; te he estado buscando. ¿Has vuelto sólo porque tienes hambre?

—Y porque necesito hielo —añadió Nicasia abriendo la fresquera y poniendo algunos trozos en un pañolón—. ¿Por qué me buscabas?

—Ayer por la tarde llegó un correo de Palacio y te dejó esto.

Costurina sacó un sobre de entre los tarros de especias. Estaba lacrado, y llevaba impreso un escudo de armas azul y plata. Nicasia lo cogió y lo guardó en un bolsillo de su chaleco sin abrirlo. Se aplicó el hielo sobre la nuca.

—¿No abres el sobre? —le preguntó Costurina.

—Ni falta que hace. Es de Lord Aznel. Malditos aen sidhe, con su infinita belleza y sus nombres acabados en «-el». El noble Lord Aznel anda escaso de dinero. Que me cuelguen si no puede esperar un par de días.

Nicasia recibía a menudo cartas de nobles sidhe, bien por asuntos relativos al Parlamento de los Sueños, bien porque buscaban los servicios de su taller. Los títulos nobiliarios eran casi en su mayoría privilegio de ciertas familias sidhe, elfos de la vieja sangre; el resto de las hadas eran gentiles, gente sencilla exenta de honores. Nicasia era parte de la masa plebeya, pero aun así había conseguido tener cierta influencia en Palacio. Su papel en la Guerra de la Reina Durmiente y su trabajo como reputada artesana le habían proporcionado prestigio entre los nobles del Alto Consejo de su majestad, pero esto no quería decir que sintiera el menor aprecio por ellos. La guerra, además de influencias, le había dejado demasiados rencores.

—¿No es uno de tus mejores clientes? —comentó Costurina.

—He dicho que puede esperar. No me des la tabarra.

Costurina quiso protestar, pero lo pensó mejor y desvió su atención al guiso que tenía delante. Más zanahoria. Cogió un manojo de la despensa y las lavó para pelarlas y trocearlas. Nicasia se sirvió un plato de la marmita del estofado. Comió en silencio, sentada en un rincón, sumida en negros pensamientos. La fiel Costurina conocía los arrebatos de mal humor de Nicasia. Mejor dedicarse a sus guisos y tener la mañana en paz.

Musaraña, la otra cocinera, entró meciendo su falda verde, bajo la cual se adivinaban unos relucientes zapatos amarillos. La bogan llegó como un ciclón, con la respiración entrecortada y los ojos relucientes.

—¡No te vas a creer de lo que me he enterado! —Estaba tan excitada que no reparó en Nicasia. Costurina intentó avisarla, pero no le dio tiempo—. ¡Dujal dará un número de marionetas en…!

La interrumpió una cuchara al caer al suelo y un ataque de tos. Al descubrir que era Nicasia quien se ahogaba, Musaraña deseó que la fulminara un rayo. Corrió a esconderse al amparo de Costurina, que se había quedado paralizada con una zanahoria en la mano a medio pelar.

—¿Qué has dicho? —gritó Nicasia escupiendo una patata.

—¡Nada! —graznó Musaraña—. ¡No he dicho nada!

—¿Nada? ¿Crees que soy sorda o sólo idiota? —Nicasia se levantó, se limpió las lágrimas y cerró la puerta de la cocina—. ¡Dímelo! ¡O nadie saldrá de aquí hasta que se pudra el infierno!

—Cálmate, Nicasia —le rogó Costurina—. Ella no ha hecho nada. Si te calmas, te lo contará todo. ¿Verdad, Musaraña?

—¡Sí, sí! —afirmó Musaraña—. ¡Claro que sí, por supuesto! ¿Me puedo sentar? Las piernas me flojean.

Nicasia cogió una botella de vino de la alacena, llenó un vaso y se lo ofreció a Musaraña. Ésta examinó el vaso.

—¡Bébetelo, que no es cicuta! —exclamó Nicasia. Musaraña venció sus reparos y ventiló el vaso—. ¡Estupendo, sigues viva! Ahora, cuéntame eso de Dujal...

La bogan aún dudaba. Costurina le dio un pellizco.

—Está bien... —cedió—. Anoche se presentó en casa; le dejé entrar porque me debe dinero.

—¡Ja! ¿A quién no se lo debe?

—Llegó muy tarde, y me dijo que estaba pelado. Me dio pena. Al parecer, no se atrevía a volver a su casa porque lo buscaban unos leprechauns...

—Ya —la interrumpió Nicasia—. De modo que te doró la píldora para meterse en tu cama y no pagarte ni un céntimo.

Musaraña agachó la cabeza, roja como una guinda.

—¡No es nada de lo que haya que avergonzarse! —la apoyó Costurina—. Dujal es tan guapo... Caer en la tentación de vez en cuando no le hace mal a nadie.

—Al grano —rogó Nicasia—. Musaraña, ¿qué te dijo acerca de las marionetas?

—Que podría pagarme dentro de tres días, porque piensa ofrecer un número de guiñol muy especial.

—¿Te dijo dónde?

—No. —Musaraña apartaba la vista cuando mentía. Nicasia, al tanto, le agarró un brazo con fuerza, pero la cocinera cobró valor—. ¡No pienso decírtelo!

—Ya lo creo que sí —aseguró la knocker. Juntó el índice y el dedo corazón de la mano derecha, la alzó hacia Musaraña y tiró del aire.

Musaraña sintió que una garra le arrancaba las palabras de la garganta.

—¡En la Torre Oscura! —gritó—. Pero nadie de la Hueste Invernal está invitado.

Cayó de rodillas. Costurina se apresuró a ayudarla lanzando a Nicasia una mirada llena de reproche. Nicasia no la vio. Estaba petrificada. Si aquello era cierto, Dujal iba a traerle serios problemas.

—¡Eres un monstruo! —aulló Musaraña—. ¡No tenías derecho a hacerme eso!

Nicasia la ignoró. Sacó un silbato de plata de un bolsillo de su abrigo, abrió la puerta de la cocina y sopló para llamar a Martín. El phoka se presentó al instante; había dejado su forma perruna y ahora era un tipo fornido que vestía un guardapolvo rojo. Del perro sólo quedaban los mofletes, algo mustios, y dos colmillos sobre el labio inferior.

—¿Llamabas? —preguntó.

—Llévate a la señorita Musaraña a casa de Marsias —le susurró al oído—. Estará allí tres días. —Nicasia dio a Martín una bolsita de terciopelo—. Para gastos. Dile a Marsias que no la deje salir hasta que yo lo diga y que le haga disfrutar.

Martín se echó a la bogan al hombro sin acusar las patadas, puñetazos e insultos que le caían encima. Costurina se plantó ante la puerta.

—Te estás pasando, Nicasia.

—Tú no sabes las cosas que hago cuando me paso. Y si no quieres saberlo, quítate de en medio y deja ir a Martín.

—¿Vas a hacer esto sólo porque estás enfadada con Dujal?

—¡Resulta que ahora tres días con Marsias son un infierno! —dijo Nicasia.

Musaraña dejó de patalear al oír el nombre del sátiro.

—¿Qué decís de Marsias? —preguntó desde las alturas.

—Nicasia quiere mandarte con él hasta que Dujal termine su representación, para que no vayas a advertirle —respondió Costurina indignada.

—¿Paga ella? —preguntó Musaraña.

—Sí, pero ésa no es la cuestión, es un abuso de auto...

—Me parece bien —razonó Musaraña deteniendo su pataleta—. Dujal me debe dinero. Y así Nicasia me compensa por eso que me acaba de hacer.

Martín salió de la cocina con el fardo a hombros.

—Sigo pensando que te has pasado —insistió Costurina.

—Como si eso me importara —contestó Nicasia. Antes de irse, dio un consejo a la cocinera—: No se te ocurra ir a ver esa obra.

—¿Por qué debería hacerte caso?

—Obedece.

—Fuiste mi tutora, Nicasia, no mi madrastra. Yo decido a dónde voy.

Nicasia observó a Costurina con disgusto. Ya no era una niña, pero cuando has visto crecer a alguien bajo tu techo es difícil no mostrarte protector.

—Esto ya no tiene nada que ver con Dujal. Es algo mucho más grave. Hazme caso: no vayas a la torre.

—¿Mucho más grave? ¿No puedes ser más clara?

Su jefa le regaló una sonrisa fúnebre.

—Puede que dentro de tres días se rompa una vieja tregua, y si eso ocurre no querrás estar cerca.

Donde se hacen preparativos

Después de que Martín se llevara a Musaraña, Nicasia se metió en su taller. Durante dos días todo estuvo en calma en la Carbonería. Se redujeron las peleas, las carreras, las amenazas, no hubo humillaciones, insultos, y nadie lloró. Costurina estaba tan crispada que le daban ganas de tirar platos contra las paredes y ponerse a gritar. Aquella calma la ponía de los nervios.

Vivía con Nicasia desde que era una cría. El acuerdo era inmejorable: carta blanca para encargarse de los asuntos de la posada. La knocker prefería la soledad del sótano, así que se limitaba a repartir los beneficios, a firmar las facturas y a poner en su sitio a los clientes que se pasaban de listos cuando era necesario. A sus espaldas todos decían que para ser la jefa perfecta a Nicasia sólo le faltaba ser muda. Pero Costurina se había acostumbrado a su verbo venenoso y a su mirada, afilada y fría como un filo de escarcha. Quizá Nicasia no fuera convencional, quizá la bondad no fuera una de sus virtudes, pero a su modo sabía ser justa; Costurina no le pedía nada más. A cambio de esta libertad, sólo tenía que mantener sus narices fuera de los asuntos del taller. Era un precio pequeño, aunque no siempre resultaba fácil de pagar. A ratos, bajo sus pies, tronaban ruidos extraños y explosiones. A veces, gente muy importante bajaba las escaleras del sótano. Otras veces, era gente de aspecto siniestro. Sabía de sobra que allí abajo se cocían cosas ilegales y fascinantes. Hasta ahora había cumplido el trato porque era honrada y porque era sensata: su tutora tenía métodos para saber si alguien fisgaba en sus dominios. Costurina sospechaba, además, que había trampas, y si eso no era capaz de disuadirla del todo estaba Boros, que se movía silencioso y ligero como un rastro de humo, con su ropa demasiado grande y sus ojos amarillos. No, nada de cotilleos. Todos los días, si veía que la hora del almuerzo pasaba sin que la knocker asomase la nariz de su agujero, se armaba de valor y bajaba las escaleras con una bandeja que depositaba ante la puerta del taller. Nicasia era capaz de estarse días sin dormir, pero la gula era su punto débil. Le gustaba la buena mesa, y en especial los postres. El día que la yema tostada salía rica la knocker protestaba mucho menos. Jamás dejaba la bandeja sin tocar.

Hasta ahora. Los últimos dos días Costurina había retirado los platos intactos. Nicasia no comía y no gritaba. Se fraguaba algo malo. Costurina se moría de impotencia y miraba la vajilla con cierta histeria.

Si alguien se hubiera colado en el taller habría visto cosas sorprendentes. Nicasia estaba sentada ante su mesa de trabajo. La ropa, mal abrochada, le colgaba de cualquier manera, y el pelo le caía en mechones húmedos sobre la frente. El primer día no había hecho nada, sólo cojear desde su viejo sillón al tablero de dibujo, del tablero al tragaluz y vuelta al sillón, hasta que las piernas le dolieron tanto que tuvo que sentarse. Hacía muchos años que no estaba tan desesperada, ni tan furiosa. Dujal, el estúpido Dujal, bufón, payaso, cretino. La había metido en un lío enorme, y tenía que resolverlo con rapidez. A veces, la knocker se frotaba la pantorrilla; sus dedos recorrían los bordes de la cicatriz que había comenzado aquella historia. Era un gesto cansado, con olor a derrota.

Desde que ganara la cicatriz, Nicasia llevaba una doble vida. Aquella noche ganó también la jefatura de la Hueste

Invernal, sustituyendo al Viejo León, troll anciano de oportuna muerte que había acaparado el puesto desde hacía años, demasiados en opinión de ciertos confabuladores. Ninguna de las voces que tanto clamasen y conjurasen por su deposición podría haber imaginado que una adolescente desconocida ganaría el título de jefe. Nicasia tampoco; aquella noche estaba borracha, y entre sus planes no figuraba la lucha a muerte por la jefatura de ningún tipo de hadas. El caso es que ganó, ganó una pelea que no deseaba ganar, ganó un poder que no quería usar… Y perdió una pierna. Quizá de haber sido más sensata… Si se hubiera quitado de en medio, todo habría sido distinto. Era inútil pensar en ello, porque las cosas eran como eran. Para toda la Hueste Invernal, su jefa era una dama con el rostro oculto tras un manto de sombra a la que llamaban «la Dama RecorreTúneles». Era sangrienta e implacable, pero había logrado que la reina Silvania reconociera el poder y los derechos de los Invernales, y había instaurado un período de convivencia entre las Huestes. Antes se desangraban en constantes escaramuzas. Los nobles aen sidhe usaban a la Hueste Invernal como chivos expiatorios para justificar sus desmanes y sus intrigas, así que la Hueste Estival y la Invernal siempre se hallaban enfrentadas. En aquellos juegos de ambición solía morir quien menos lo merecía, sin importar el bando. La Dama RecorreTúneles puso fin a aquello. Era insólito que un Invernal trajera la estabilidad al reino. Decían que la Dama se entrevistaba en secreto con Silvania. Había conseguido cosas que molestaban a algunos, entre ellas seguir viva. Y seguía viva precisamente porque casi nadie sabía que la insoportable dueña de la Carbonería y la sanguinaria Dama RecorreTúneles eran la misma persona: una knocker llamada Nicasia, ingeniera del Gremio de Constructores.

Lo que la hacía revolverse en su taller era un problema serio. Dujal, en su infinita estupidez, pensaba celebrar su función en la Torre Oscura. Debía de creer que era el sitio perfecto. Como los Invernales tenían prohibido ir, podría llevar a cabo su broma lejos de las garras de la knocker. Sí, era una buena idea. Ahora bien, también era el momento perfecto para que algún Invernal listillo tratara de desafiar la autoridad de su señora apareciendo en un lugar que tenía prohibido. Si la Dama no castigaba aquello con contundencia, sería el principio de una revuelta y el instante idóneo para que todos los que deseaban que las cosas volvieran a ser como en los viejos tiempo metieran baza. Nicasia no estaba dispuesta a permitirlo. Se lo habría advertido a Dujal, pero entre las escasas cualidades del phoka no se encontraba la sensatez; se reiría de ella y seguiría con su broma. Tenía que avisar a su majestad de forma discreta. Los nobles del Alto Consejo no debían enterarse de nada. Nicasia no confiaba en la lealtad de aquellos nobles. Algunos habían luchado contra su majestad en la guerra.

Fue a su escritorio y sacó todos los cajones para desmontar sin dificultad una de las patas de la mesa. Dentro, en un pequeño hueco, había una libélula hecha de alambre tan fino que era casi invisible. Nicasia cogió de una estantería un rollo de seda gris ligera como un suspiro. Mojó la pluma en tinta celeste y escribió un breve mensaje en su lengua natal. Luego, lo metió en la cola de la libélula y sopló sobre las alas, que se movieron, con torpeza al principio, pero en cuestión de segundos ganaron tal velocidad que era imposible verlas. Con un delicado zumbido, el insecto metálico se alzó de la mano de la ingeniera y salió por el tragaluz desapareciendo en la claridad del día. Nicasia siguió su vuelo cuanto pudo. Allí iban las esperanzas de paz del reino y la seguridad de su propio pellejo.

Después de enviar el mensaje bajó al taller donde montaba sus inventos, una habitación enorme, de techos altísimos de los que colgaban todo tipo de cacharros. Las paredes estaban forradas de estanterías repletas de libros y armarios desordenados. Varias claraboyas daban luz a la estancia.

Nicasia se acercó a un pequeño armario, silbó y las puertas se abrieron para mostrar una habitación más pequeña que sólo contenía otro armario y una pila de cajones con etiquetas en las que al parecer no había escrito nada. Sacó del armario una mochila de lona y fue metiendo en ella cuerdas, poleas y herramientas que extraía de los cajones. Por último, sacó un fardo envuelto en tela encerada. Nicasia lo desenvolvió con cuidado y dejó al descubierto una espada corta y negra, muy sencilla, hecha por completo de obsidiana. Algunas tiras de cuero acomodaban la empuñadura a la mano.

Nicasia la llamaba *Cuervo*. Esa espada había pasado por las manos de todos los jefes de la Hueste Invernal. No le gustaba nada tener que usarla, no sólo porque se le diese fatal la esgrima, sino porque le parecía que la piedra siempre estaba sedienta, y era una sed muy cara de saciar. No tenía funda. No le agradaba estar guardada. Nicasia regresó al estudio con el equipaje, se sentó en su sillón y se quitó los zapatos y las medias. Antes de seguir se detuvo para reunir valor y suspiró hondo. Ahora venía la parte que menos le gustaba. Cerró los ojos y puso los dedos índice, corazón y anular de la mano derecha sobre su aparato ortopédico. Recitó.

—Donde sangre, hueso y carne reinan, sea la magia dueña.

El metal siseó, se puso rojo y comenzó a fundirse con su pierna. Nicasia apretó los labios para no gritar. Golpeó la mesa. Al momento, el aparato había desaparecido. Nicasia inspiró y se puso en pie con un gesto ágil. El hechizo era desagradable, pero durante un tiempo no cojearía. Fue a su habitación y se cambió de ropa. Eligió una blusa y un pantalón hechos con una tela cuyo color cambiaba según le diera la luz, del gris al negro más absoluto. Eran prendas de sombra, útiles para pasar inadvertida. Se echó por encima una capa oscura que la cubría por completo y se tapó la cara con tres vueltas de bufanda.

Salió del taller por una trampilla angosta que daba a las cloacas. Tras ella caminaba una discreta figura cubierta de escamas.

Era la hora de la Dama RecorreTúneles.

Donde dos damas mantienen un diálogo poco cortés

La cañería en que desaguaban las alcantarillas estaba a las afueras de la Corte. Un pequeño prado los separaba del bosque, donde la cruda brisa otoñal arrancaba hojas amarillas de las copas. Del cielo aún colgaban los últimos brochazos de rojo de un sol tardío. Nicasia esperó a la oscuridad antes de salir. Prefería evitar cualquier encuentro imprevisto. Boros sacaba la lengua, olisqueando impaciente. Balanceaba el cuerpo al ritmo de una música muda, la danza inquietante de las serpientes. El Ancestral tenía hambre, y eso no era bueno. La knocker lo observó en silencio: estaba cubierto de escamas y no quedaba rastro de su escasa mata de pelo, ni de la nariz. Mala cosa. Se estaba transformando sin darse cuenta.

Con gran disimulo, Nicasia arrojó una piedrecita lejos de ellos. El chico serpiente saltó en la dirección del ruido y escupió un chorro de veneno. Aquello confirmó sus peores temores: Boros se había cansado de las ratas del callejón; quería algo más grande. El momento no podía ser más inoportuno. Se sentó en el suelo, mirándolo. Comprendía por qué las hadas consideran a los Ancestrales poco menos que bestias asesinas. Agazapado entre las sombras, Boros era invisible y aterrador; hasta ella se asustaba cuando asomaban sus instintos. Le dolía reconocerlo, pero debía pensar qué hacer con él.

—Boros. Boros, escúchame —lo llamó con voz serena.

Él se giró hacia ella y ladeó la cabeza como un perrito. La observó con atención, y a la vez la examinó como si fuese el mejor de los bocados. Nicasia tragó saliva. Estiró una mano y le acarició la cara. Era un tacto cálido y suave, como una piedra puesta al sol. Boros le tomó la mano y la mantuvo contra su mejilla. La knocker sabía que le gustaba que lo tocara, era algo que nadie más hacía, pero le costó disimular el sobresalto.

—No podemos ir juntos. Estás cambiando.

—Tienes miedo —dijo Boros. Su voz se había vuelto un silbido agudo.

—Sí. —Le avergonzó admitirlo, pero mentir habría resultado ridículo. Nicasia tenía el corazón en la boca, y él podía oírlo—. Irás a la torre por tu cuenta, esperarás en los alrededores y sólo entrarás si yo te llamo. Vigilarás.

Boros asintió, inexpresivo, y le soltó la mano.

—No mates a nadie, ¿me oyes? Si lo haces nunca volveré a mirarte.

—¿Y si tengo que hacerlo?

—Esperemos que no haya que llegar a eso.

Boros saltó fuera de la alcantarilla y se esfumó, visto y no visto. La knocker se frotó la cara. Esperaba no tener que arrepentirse de haberlo dejado marchar. Fuera reinaba la oscuridad. Era el momento de salir.

En realidad, la Torre Oscura debía su nombre a la piedra de color plomizo que componía sus muros. No era en absoluto un lugar oscuro. Se alzaba, de hecho, en medio de un claro del bosque, reflejando los destellos de plata de un arroyo cercano. Perfecto para una cita romántica. Antaño, la torre era conocida como «el teatro del bosque», siendo un paraje muy transitado, hasta que algunos acontecimientos, en los que Nicasia había participado a su pesar, lo convirtieron en un lugar a evitar para la mayoría de los habitantes de la Corte. Nicasia tenía la intención de que siguiera siendo así, al menos hasta que ella pasara a la historia o hasta que los malos recuerdos dejaran de dolerle. La ingeniera cruzó el claro y tiró de la cadena oculta en el arroyo. Abrir la entrada secreta era difícil sin la ayuda del Ancestral, pero después de sudar y maldecir un rato, oyó el chasquido entre las piedras de la torre y el hueco apareció una vez más.

En el interior la oscuridad era tan espesa que Nicasia tuvo la impresión de bucear en un frasco de tinta negra. Por suerte, ser en parte un goblin tenía la ventaja de proporcionarle una excelente visión nocturna. El sótano seguía igual, sólo que ahora los cajones estaban vacíos. Su contenido debía de estar ya en la planta de arriba, preparado para la función. Allí abajo sólo quedaba un bulto liado en una lona. La forma le resultaba familiar. Nicasia retiró la tela y sonrió; era el cadáver del leprechaun que los había molestado en su anterior visita a la torre; al parecer, el compañero del difunto no había considerado necesario darle el antídoto. Por la expresión de su rostro, la muerte había sido dolorosa. Dujal debía de haber escondido el cuerpo al toparse con él. Nicasia volvió a colocar la lona como la había encontrado y se limpió las manos en la ropa.

La única manera de alcanzar la planta superior era por la trampilla que se empleaba para subir la tramoya al escenario. Nicasia ocultó allí su capa y, tras buscar un rato, encontró una cuerda que colgaba de la portezuela de la trampilla. Una escalera de madera en un pésimo estado se desplegó ante ella. Los pocos escalones que le quedaban gimieron bajo el ligero peso de la ingeniera, que se alegró de haberse librado por un tiempo de su cojera. De otro modo, subir le habría costado la propia vida.

Sobre el escenario, las grietas del tejado de la torre dejaban pasar la luz de la luna. Nicasia examinó los muros de piedra y las vigas podridas. No estaban en buenas condiciones, pero podían servir. Sólo tenía que instalar las trampas en los lugares adecuados. Nicasia trepó hasta la madera del techo y extrajo algunas herramientas de su bolsa. Trabajó rápido y en silencio. No se le ocurrió pensar que podía no estar sola, así que se le escapó un grito al reparar en la compañía. A sus pies, en medio del escenario, una figura negra bordaba sobre un bastidor. Tenía el pelo de un hermoso color oscuro, brillante; una melena larguísima que rozaba el suelo. Su vestido negro y severo la cubría hasta la barbilla. Lucía encajes en el cuello y las mangas, ajustadas en los brazos para que no la estorbasen en sus labores de bordado. Era esbelta; tenía los dedos finos como patas de araña. Su piel mortecina y sus rasgos, pese a ser delicados, resultaban de una mustia palidez, ajada en exceso para ser hermosa. En todo el reino sólo DamaMirlo era capaz de bordar sin luz alguna en mitad de la noche. Esconderse era innecesario, estúpido. Probablemente, la señora llevaba mucho tiempo allí, esperándola.

—Mis saludos, DamaMirlo —dijo Nicasia sin bajar al suelo.

La dama de negro alzó la vista hacia ella. Tenía los ojos totalmente azules, sin iris ni pupila, sólo un azul deslumbrante. Sonrió con cortesía.

—No hablo con enmascarados ni con grajos, Nicasia, así que baja y quítate esa bufanda de la cara.

Nicasia obedeció de mala gana. Ningún disfraz, mágico o mundano, era capaz de engañar a DamaMirlo, camarera de la reina, consejera, espía y quién sabe qué cosas más. No había nada que temer. De momento, y aunque les pesara a ambas, estaban en el mismo bando.

—La reina recibió mi mensaje, por lo que veo. —Nicasia deshizo las sombras que ocultaban su rostro.

—Saludar con una obviedad no es propio de ti y me hace perder el tiempo, así que seamos directas. —DamaMirlo buscó algo en su costurero.

—Está bien —replicó Nicasia—, dejemos los modales. Estamos en un lío.

—¿Estamos? No, querida, lo estás tú.

—No te pongas cariñosa conmigo. Estamos en un lío, porque si mañana por la noche algún Invernal tiene los redaños de presentarse aquí podríamos sufrir una revuelta de las gordas, y su graciosa majestad tendría serios problemas para mantener a todo el mundo en su sitio.

—Bueno, ponlos tú en su sitio, es algo que sabes hacer —comentó DamaMirlo—. Tu facilidad para sembrar los lugares por los que pasas de cadáveres, aunque desconocida para el gran público, resulta impresionante. Úsala.

Nicasia se mordió la lengua.

—Ah, claro… Mátalos, Nicasia… Olvidaba que la gente de Palacio da muy poco valor a la vida de los gentiles. Estáis demasiado ocupados con la política.

DamaMirlo dejó a un lado el bastidor con un gesto más brusco de lo que era normal en ella. Nicasia disfrutó al verla perder los nervios.

—Perdóname —dijo DamaMirlo—. No me he dado cuenta de que estoy ante la campeona de los oprimidos, la defensora de los débiles. ¿Qué hizo el pobre leprechaun de abajo para merecer ser pasto de los gusanos, justiciera?

—Ese angelito habría asesinado a cualquiera de los tuyos por cuatro perras.

—Es posible… —DamaMirlo se dio un teatral manotazo en la frente—. ¡Pero no olvidemos a Dujal! ¡Ah! Dujal, siempre Dujal. La razón de nuestro encuentro. La reina lo tiene en alta estima. ¿Por qué será? Es joven y guapo. Su entusiasmo por la vida es contagioso, y su gusto por el peligro tan fascinante… No culpo a su larga lista de admiradoras por rendirse ante él.

Nicasia habría dado su pierna buena por poder estrangularla.

—Sí, Dujal ha comenzado esto —declaró—, precisamente porque la reina lo mima demasiado y todos vosotros le reís las gracias. Y ahora soy yo quien tiene que limpiar la mierda.

—No te engañes. Es tu absurda regla la que nos pone a

45

todos en peligro. Prohibiste a la Hueste Invernal venir aquí, y eso les da ocasión para desafiarte. No culpes al gato de esto. Si no tuvieras tantos cadáveres en el armario ahora las dos estaríamos en nuestras casas: tú encerrada entre tus cacharros, tus inventos y tus marionetas, y yo haciéndome cargo de asuntos de Estado, asuntos mucho más importantes que los que aquí se manejan.

—Soy la señora de la Hueste Invernal —dijo Nicasia—. Tengo derecho a imponer mis reglas. Son mis reglas las que mantienen los culos de todos a salvo. Llevas demasiado tiempo rodeada de sidhe. Te estás volviendo como ellos. No reconocerías la realidad ni aunque te sentaras encima.

—Claro, los sidhe, las intrigas de los sidhe, los malvados nobles. Olvidas que su majestad es una de ellos y que jamás ha abandonado a su pueblo.

Nicasia se acercó a DamaMirlo. Estaba tan furiosa que le costaba hablar.

—Porque nos necesita para mantenerse en su silla. Sin nosotros no es nadie. Somos peones, Mirlo, incluida tú, y te desechará cuando le convenga.

—Pobre Nicasia… —canturreó DamaMirlo—. Tan cínica y amargada. Tan sola. Cargar el peso del mundo a tu espalda sin un solo momento para relajarte debe de ser agotador. Pero tu perversa reina no se olvida de ti… Vengo en su nombre a decirte que, en caso de que quien ambas sabemos aparezca mañana por estos lares, tienes su real permiso para hacer con él lo que dispongas. Quítatelo de encima como prefieras. Silvania te cubrirá las espaldas.

DamaMirlo sacó de una manga un pergamino firmado por su majestad.

Nicasia tomó la carta. Al instante, DamaMirlo se descompuso en una nube de polillas negras que se dispersaron en el aire. La knocker temblaba de rabia. Golpeó una pared con los puños. Guardó el papel y volvió a su tarea; tenía que preparar el escenario.

46

Ya amanecía cuando colocó su última trampa.

Había sido la clase de trabajo que le gustaba: obsesivo y a contrarreloj. La presión era siempre su mejor aliada. La ponía de un humor pésimo y sacaba lo peor y más retorcido de ella, que era justo lo que necesitaba, pues preparar un escarmiento ejemplar exige grandes dosis de sadismo y pocos escrúpulos.

Estaba agotada. Había sido meticulosa hasta el detalle. La humedad de la noche le pegaba la ropa a la piel, y sus huesos protestaban a cada movimiento. Pero era feliz. Ya sólo quedaba una cosa por hacer: encargarse de la obra maestra de Dujal. No le costó encontrarla; la tenía guardada en una caja en un rincón del escenario. Dujal había clavado la tapa, pero no era problema. Un sencillo hechizo de imán bastó para soltar los clavos. Nicasia extrajo el contenido temblando de emoción. Era una marioneta de tamaño real, magistralmente tallada. Como retrato no tenía precio: el ceño fruncido, los ojos malvados y la boca en una eterna mueca resentida. Su gemela de madera estaba muy lograda. Dujal, debía reconocerlo, era un marionetista excepcional. Nicasia no tenía por costumbre despreciar la obra de sus rivales; al contrario, nunca dejaba de agradecer que algo la maravillase, porque cada vez eran menos las cosas capaces de hacerlo.

Se contempló a sí misma un largo rato. Así la veía Dujal. Así la veía todo el mundo, eternamente enfadada, enfrentada a todos. Quizá fuera lo mejor, y si no lo era le daba igual. No iba a cambiar.

Volvió a su tarea. En alguna parte del muñeco debía estar la cabecita que el gato le había robado días atrás. Para animar una copia es necesaria alguna pertenencia de la persona que se desea imitar, así tiene una chispa de su esencia. La cabeza estaba escondida en un diminuto cajón oculto en el pecho sellado con lacre de la marioneta. Estaño y palabras antiguas. No era magia para principiantes. Nicasia sonrió sin darse cuenta. El pequeño tramposo ocultaba espléndidos secretos. Pero ella también tenía los suyos, y su propia magia; habría que ver cuál de las dos era mejor. Sacó del bolsillo una madeja de hilo de seda. Era un cordel que las arañas tejían en sueños; sólo se podía recoger soñando con ellas, algo que no resultaba fácil. Nicasia lo ató a las articulaciones de madera mientras canturreaba un viejo hechizo en su lengua natal. La marioneta tembló, pero no opuso resistencia. Una vez más, ganaba ella. Volvió a dejarlo todo como estaba con la satisfacción del deber cumplido. Recrearse en la venganza era algo que no le gustaba hacer hasta el final, pero esta vez casi podía saborearla.

Sólo quedaba esperar. Volvió a subir a las vigas del techo, buscó un rincón oscuro y se acomodó. Debía descansar. No sabía cuánto tiempo aguantaría el hechizo que fundía el aparato a su pierna, pero había una forma de lograr ventaja. Había traído consigo, oculto en una manga, un pequeño relicario; en su interior guardaba una lámina de metal muy fina. Nicasia la metió en su boca y mordió. Antes de que la oscuridad la envolviera la inundó el sabor de la sangre. Un pájaro voló sobre su cabeza y, después, ya no pudo ver ni oír nada.

Se estaba haciendo mayor. Cada vez le costaba más salir de los trances. La cabeza le daba vueltas. Había pasado un día completo, y volvía a ser de noche. Nicasia tuvo que agarrarse a la viga para no caer. A sus pies, un buen número de hadas improvisaban asientos y charlaban entre sí animadamente. El interior de la torre y su escenario estaban iluminados con velas de sebo barato. Cuando quería, la Hueste Estival podía ser tan vulgar...

En la vida de un hada hay dos días cruciales: su Día del Sol, su nacimiento, en el cual poca elección pueden hacer, y otro más extraño y antiguo, el Día de la Elección, un ritual que define las lealtades de cada hada y las vincula de por vida a un código de conducta. La elección de una Hueste u otra significa elegir entre llevar una vida honorable o ser un canalla. Pero nunca es blanco o negro. Predomina el gris, porque ni la Hueste Estival es siempre un conjunto de honradas criaturas, ni la Hueste Invernal es toda ella una panda de sacatripas.

Nicasia rememoró su Día de la Elección. Aquella tarde, Marsias le llevó dos coronas, una tejida con flores y hojas y la otra hecha de carámbanos de hielo. La knocker no lo dudó; tomó la corona de hielo y la encajó sobre su cabeza. No hubo juramentos ni frases solemnes. Esa noche bebieron más de la cuenta y acabaron desnudándose el uno al otro en el entonces vacío jardín de Marsias. Algunos meses más tarde, en el equinoccio de invierno, Nicasia fue presentada ante el resto de los Invernales en la fiesta de Samhain presidida por el Viejo León, un troll arrugado como una pasa que apenas le dedicó una ojeada con sus diminutos ojos. Desde entonces, Nicasia formaba parte de la Hueste Invernal. Al principio como miembro; ahora, muerto ya el anciano, como gobernante en la sombra, papel que le daba intensos dolores de cabeza y la obligaba, entre otras cosas, a encaramarse a vigas podridas llenas de bichos para controlar que un hada que ni siquiera pertenecía a su Hueste le diera problemas. Volvió a mirar a los espectadores. Cada vez llegaban más.

Entre ellos había caras conocidas. Ninguna que le importara. Se sobresaltó al descubrir a Costurina, que miraba a su alrededor con preocupación, sentada entre las primeras filas. La bogan no le había hecho caso y había acudido a la torre. Nicasia maldijo a su cocinera. Su presencia añadía dificultad al asunto.

El resto del público parecía no tener prisa en ocupar sus asientos, así que Nicasia aprovechó para enhebrar los hilos de la marioneta.

De golpe, las velas se apagaron y una única lámpara, oculta hasta aquel momento, derramó su haz de luz sobre el escenario. Dujal había aparecido de la nada, entre exclamaciones de asombro y aplausos. El phoka hizo un par de reverencias. Deslumbraba con su sonrisa y con aquel par de ojos verdes y vivaces. Llevaba su vestuario habitual, algo astroso: un pantalón de aquella extraña lona azul desgastada con agujeros en las rodillas, y una camiseta negra que el paso del tiempo empezaba a dejar gris. Nicasia siempre se preguntaba cuál sería el significado de las palabras escritas en la camiseta y por qué aquel esqueleto encapuchado blandía una guadaña bajo ellas. Una fórmula mágica humana, sin duda, aunque Nicasia no creía en los humanos.

Dujal presumía de haber vivido entre ellos; decía que los visitaba a menudo. Empleaba tales fabulaciones para enriquecer su personaje. Adoraba ser el centro de atención, en eso salía a su madre. Así que, en pie sobre el escenario de la Torre Oscura, Dujal se sintió la criatura más feliz de TerraLinde.

Fingió aclararse la garganta. Escupió en sus manos; al segundo, sostenía una paloma blanca entre ellas. Al soltarlo, el animal se transformó en una nube de flores que cayó sobre el auditorio. Rugieron los aplausos y Dujal balanceó la cola, satisfecho. Las primeras filas estaban colmadas de rendidas admiradoras. Dujal era innegablemente atractivo: su pelo negro, salvaje y revuelto, que casi tapaba un par de orejas felinas siempre inquietas, la mirada esmeralda llena de promesas, el cuerpo delgado y elástico. Tenía ese aire de canalla inofensivo capaz de llevarte a vivir todo tipo de aventuras. Y era cierto, sólo que al conocerlo mejor descubrías que realmente era un canalla, que era de todo menos inofensivo y que sus aventuras rara vez acababan bien para sus acompañantes.

Dujal carraspeó y pidió silencio a los presentes. La luz de la lámpara bajó de intensidad para crear la atmósfera propicia. Dujal cogió su guitarra del suelo y se sentó al borde del escenario, con los pies colgando. Tocó una musiquilla distraída para acompañar sus palabras.

—Señores y señoras, gentes de toda condición, hermanos de Hueste. Hace algunas semanas anuncié que llevaría a cabo una representación teatral de marionetas para la Hueste Estival. Algunos pensasteis que era la cerveza la que hablaba por mí, pero debéis saber que cuando hablo de mi arte nunca estoy lo bastante borracho. Si se trata de teatro nunca miento. Y aquí estamos esta noche, queridos amigos, bajo la sonrisa de la luna, en la hora de los gatos. ¿Sabéis qué voy a mostraros?

—¡Marionetas! —gritaron unos niños en la primera fila.

—¡Mucho mejor! Tengo la mejor de las muñecas. No necesita hilos, porque baila al son que le ordeno. Se mueve con uno solo de mis gestos. A algunos os parece una criatura feroz... Pero la he domado, y esta noche, estimado público, lo peor de la Hueste Invernal estará a mi merced para vuestro deleite.

En las alturas, Nicasia sintió que el corazón le golpeaba las sienes. Estaba tan furiosa que no podía respirar. La tentación de activar las trampas y convertir la torre en una función de sangre y miedo empezaba a atraerle demasiado; le habría gustado ser más goblin que knocker. Se obligó a respirar. Cuanto más esperase, más disfrutaría.

Dujal arrastró la caja de la marioneta hasta el centro del escenario; la había tapado con una tela negra. Todos los ojos del auditorio se clavaron en ella. De pronto, se apagó la lámpara. Dujal se transformó en gato y desapareció para trepar al techo. Nicasia se amparó tras la cercha, aunque sabía que su traje de sombra la mantenía oculta. Dujal recuperó su forma erguida cerca de ella y se sentó a horcajadas sobre una viga mientras preparaba la cruz que sostenía los hilos de la marioneta. Nicasia hizo lo mismo. Abajo, en el escenario, cayó la tela negra mientras la caja se desmontaba para mostrar su contenido. Un voto al asombro brotó del público. Allí, tan real como la de carne y hueso, estaba la mismísima Nicasia. Cundió el silencio. Algunos espectadores abandonaron la sala al ver la última ocurrencia del phoka. No les parecía buena idea buscarle las cosquillas a semejante personaje. La marioneta ejecutó algunos pasos de baile. Nicasia apartó la vista. Hubo un tiempo en el que le gustaba bailar.

—Os voy a contar una cosilla —habló la muñeca con una voz terroríficamente similar a la suya—: todos me creéis llena de terribles secretos, pero en realidad soy pura fachada. ¡Un ratoncito es más peligroso que yo! La verdad es que soy una criatura asustadiza. Por eso grito tanto, para que nadie se acerque a mí y me descubra. Y cuando veo un gorrorrojo, ¡cuando veo un gorrorrojo me echo a temblar!

Nicasia se arrancó la bufanda de la cara. Sus ropas adoptaron un aspecto discreto y convencional. Al cuerno el plan; no pensaba tolerar aquello. Saltó al escenario ante el horror de los presentes y dio un salvaje tirón a los hilos de su hermana de madera. Dujal, tomado por sorpresa, resbaló de su viga y cayó al suelo desde las alturas. Supo hacerlo con la gracia de su raza, pero fingió una mala caída. Gimió como si se hubiera hecho daño.

—¡Mirad! —exclamó—. Atacar así a un pobre artista… ¡No tiene entrañas!

—¡Querido público! —voceó Nicasia—, quizá yo no tenga entrañas… ¡Pero en breve estaré encantada de demostraros que él sí las tiene!

—Más vale que des un buen espectáculo —replicó Dujal—. ¡Ya que has roto la marioneta, hazme el favor de ocupar su lugar!

—Eres un malnacido —gruñó ella cogiendo al gato de la camiseta. El phoka le sonreía con descaro. Algo dentro de Nicasia deseó machacar aquella sonrisa, pero no fue capaz—. No voy a consentir que montes un espectáculo a mi costa.

—¡Déjalo! —irrumpió entonces una poderosa voz en la Torre Oscura—. ¡Esta función no puede acabar tan deprisa!

¡Quiero saber si es verdad que Nicasia se asusta de los gorrorrojos!

Nicasia no se molestó en girarse para ver quién hablaba. Conocía al dueño de esa voz. Estaba en todas sus pesadillas.

—Urakarnake —murmuró para sí—. Sabía que vendría.

7

Todo o nada

Urakarnake entró en el pequeño teatro con pasos largos y pausados. Era un mastodonte de piel gris y ojillos escarlata. Su ropa era una mezcla de harapos de cuero viejo y cota de malla cubierta de óxido, todo acorde con su colección de cicatrices y remaches cosidos a la piel. El gorrorrojo solía raparse la cabeza, a excepción de una cresta de rastas roñosas que aderezaba con toda clase de basura: plumas, huesos, cintas de cuero y demás porquería. Le llegaban casi a la cintura y, siguiendo la costumbre de su gente, se las teñía de un funesto color rojo. Lo peor no era el hacha enorme que se colgaba a la espalda, sino su sonrisa, una mueca enorme adornada con dientes afilados que también tenían un siniestro tono rojizo.

Nicasia soltó a Dujal y se volvió hacia el recién llegado. No era cuestión de quitarle los ojos de encima; ya había cometido ese error una vez, y el gorrorrojo había estado a punto de arrancarle la pierna de un mordisco. El recuerdo aún la hacía temblar. Por supuesto, no venía solo; era algo con lo que la knocker contaba. Urakarnake se esforzaba mucho a la hora de hacer demostraciones de poder, y esta vez había reunido a un curioso grupo de seguidores. Tras él se acercaban Lucerna, aprendiz de sádica que imitaba a su jefe hasta en el peinado, aunque la joven gorrorrojo tenía el mérito de ser mucho más fea que su mentor; RajaSacos, mirando al público con su único ojo como si fuera un postre apetitoso; y CascaPiedras, tan grande como un ogro, y quizá igual de listo. Cerraban el grupo dos jovencitos que debían de ser nuevos en el clan. Cinco gorrorrojos era más de lo que Nicasia esperaba. Sólo Urakarnake valía por cuatro de ellos.

Nicasia se obligó a sonreír. La boca se le secaba siempre que tenía enfrente a aquel monstruo. Por suerte, el odio podía más que el miedo. No pensaba darle la menor satisfacción.

—¿Qué haces tú aquí, coja? —ladró Urakarnake—. La Dama RecorreTúneles prohíbe que los Invernales pisemos la Torre Oscura.

—Mis negocios son míos —contestó ella mientras posaba una mano sobre la hoja de *Cuervo*—. No tengo que explicarte nada.

—¿Seguro, blancucha?

Urakarnake dio un paso hacia ella. Tres más y… Nicasia tragó saliva.

—Yo tengo permiso para estar aquí —dijo—. Y tú, bueno, supongo, que formas parte de la actuación. ¿Por eso te has traído a los payasos?

El gorrorrojo ensanchó su sonrisa.

—Eres incapaz de tener la boca cerrada, ¿verdad?

Nicasia acarició la empuñadura de *Cuervo*. Deseaba usar lo que restara del hechizo de agilidad para apuñalar la cara del gorrorrojo, pero sabía por amarga experiencia que cuerpo a cuerpo no tenía ninguna posibilidad. Hizo un esfuerzo y logró sonreír. Sólo necesitaba tres pasos.

Dujal decidió que la tensión estaba en su punto álgido. Había regresado a su refugio entre las vigas del techo. Desde allí hizo bocina con las manos.

—¡El público está helado! ¡Qué bien puestos los tiene el gorrorrojo, señores y señoras! ¡Llamar «coja» a la coja! ¿Es una muestra de valor o un intento de suicidio? ¿Qué va a ocurrir ahora? ¡Máxima expectación! ¡Que nadie se aburra!

Urakarnake miró a sus compañeros, absortos en el phoka.

—¿A qué estáis esperando? —rugió—. ¡Bajadme el pellejo de esa alimaña!

Dujal se llevó una mano a la bragueta.

—¿Cogerán al minino los matones? ¡Venid si tenéis lo que hace falta! —Dujal sacó su estoque e hizo una reverencia—. ¡En guardia!

Lucerna y uno de los novatos apenas llegaron a dar un paso: dos cables cayeron de las vigas como serpientes de alambre para enredarse sobre ellos. Se tensaron y lanzaron a sus presas contra el techo de la torre. Los gorrorrojos atravesaron las tablas de madera podrida aullando de pánico. Seguramente caerían en el bosque, en los alrededores, y no se harían demasiado daño, aunque Boros rondaba por allí. CascaPiedras tampoco tuvo mucha suerte; antes de alcanzar la viga sintió que los pies se le clavaban al suelo y echaban raíces. Trató de liberarse, alzó los brazos en un intento de alcanzar algún saliente de la pared y así se quedó, con los brazos extendidos. Hubo un chasquido de huesos rotos, un crujir de madera seca. CascaPiedras quiso gritar, pero de su garganta brotó una gruesa rama que le partió los dientes al abrirse paso. Su cuerpo se cubrió de ramas de las que colgaban jirones de piel desgarrada. Después, silencio. En mitad de la torre había crecido un pequeño y macabro roble forrado con los restos del gorrorrojo. Una oleada de pánico sacudió al público, que se arrojó hacia la puerta para salir de allí. Las hadas se empujaban y se pisaban, cegadas por el miedo. Dujal necesitó todo su autocontrol para no vomitar desde las alturas. Nicasia había contemplado la escena impasible; ahora era ella la de la mueca siniestra. Se volvió hacia los dos gorrorrojos que quedaban.

—No tengo claro si lo que huelo es vuestro pestazo natural, o que el olor de vuestro miedo es idéntico al de la mierda.

Urakarnake clavó en Nicasia una mirada amarilla llena de odio. La sonrisa de tiburón había desaparecido.

—Maldita perra. —Escupió en el suelo—. Te enseñaré a estar callada.

Nicasia necesitó de todos sus arrestos para no moverse del sitio y mantener la frente alta. Sudaba a mares, un sudor frío que le retorcía las tripas. El gorrorrojo saltó al escenario y la derribó de un puñetazo. Era muy ágil. Nicasia sintió que la sangre le llenaba la boca. Daba igual. Urakarnake había dado tres pasos. Estaba justo sobre su trampa.

Una gran explosión llenó el escenario; una ola de llamas subió hasta el techo. Las pocas hadas que aún quedaban en la torre chillaron horrorizadas. Urakarnake se había librado por muy poco, pero RajaSacos giraba enloquecido mientras el fuego lamía sus pantalones. Urakarnake trató de apagarlo a manotazos. Nicasia levantó la cabeza hacia donde estaba Dujal, que lo miraba todo desde las alturas.

—¿A qué esperas? Ayuda al público a salir. Y recuérdalo para la próxima vez: nosotros, los Invernales, tenemos nuestra propia justicia.

El phoka saltó al suelo justo delante de la knocker, mirándola espantado.

—¿Esta magia es cosa de la Dama RecorreTúneles? ¡Es un monstruo! —dijo Dujal como quien clava un cuchillo.

—No eres el primero que lo dice —contestó Nicasia—. Vete de una vez.

El gato se apresuró a obedecer. Nicasia se secó la sangre que le corría por la nariz. Esperaba que aquel cafre no se la hubiera vuelto a romper. Ya se había sacado de encima a los testigos; era hora de poner las cosas en su sitio.

—No te canses jugando con la barbacoa. Tú y yo tenemos que hablar.

Urakarnake dejó a su compañero retorciéndose en el suelo. Ya no ardía, pero a juzgar por sus gemidos debía de estar pasando un mal rato.

—No tengo nada que hablar contigo, ingeniera. Quiero hablar con la Dama RecorreTúneles. Yo la vencí en combate, yo debería estar sentado en el Trono de las Sombras. Ese honor me pertenece.

«Devuélveme el trozo de pierna que me falta y es tuyo», pensó Nicasia. La noche en la que ella y el gorrorrojo lucharon por el trono de la Hueste Invernal ocupaba gran parte de sus pesadillas. Aún podía oír el sonido de su propia carne desgarrándose entre los dientes de aquel monstruo. Recordaba cómo su boca se había teñido de rojo. Su adversario, en cambio, no recordaba los detalles de aquel encuentro, ni reconocía a Nicasia como su adversaria. Pensaba en la Dama RecorreTúneles, el hada con el rostro en sombra, y ésa era la ventaja que mantenía con vida a la knocker.

Urakarnake se echó a reír. A Nicasia aquella risa nunca le había gustado, pero por vez primera en toda la noche estaba tranquila. Había llegado el momento de jugársela. Todo o nada.

8

Entre las llamas

Urakarnake le sacaba casi dos cabezas a Nicasia y era diez veces más ancho. La knocker no recordaba tener en casa un armario tan grande como el que se le venía encima. Habría deseado estar en cualquier otro sitio. Llevaba tres noches sin dormir. Estaba exhausta; activar las trampas le había supuesto un esfuerzo enorme. Además, el hechizo de agilidad menguaba. La pierna ya le dolía; era cuestión de instantes que le fallara. Y la Torre Oscura ardía, ardía con un fuego cada vez más voraz. Las llamas ya alcanzaban el techo. Debía apresurarse.

Urakarnake intentó cogerla por el cuello. Nicasia se agachó para evitarlo. No resultó un movimiento afortunado: al bajar la cabeza su cara topó con una rodilla forrada de remaches. La ingeniera se desplomó con los ojos llenos de puntos brillantes. El gorrorrojo la agarró del pelo y la levantó. Bajó la guardia, un error, y ella aprovechó para clavar a *Cuervo*, su espada de obsidiana, en el muslo del gorrorrojo. La hoja se hundió en la carne hasta la empuñadura. Un aullido terrible taladró sus tímpanos. Nicasia voló por los aires y logró caer de pie, y al momento regresó a por su adversario.

—Escucha, saco de mierda —dijo dándole una patada en la pierna herida—, no serás el jefe de la Hueste Invernal, porque eres un imbécil que siempre acaba como peón de alguien. El Viejo León te usó como le vino en gana, y el Maestro Avispa hizo lo mismo. Pero la Dama RecorreTúneles te deja en paz.

Urakarnake la agarró de un brazo y la atrajo a medio palmo de una bocaza erizada de dientes como puñales. Nicasia no sabía si era peor el miedo a que le arrancara la nariz de un mordisco o el aliento a carne podrida.

—Aquella noche gané el combate —gruñó Urakarnake—. ¡Gané yo! Y pienso recuperar lo que es mío. ¡Díselo a la Dama!

—Supongo que pensabas que ella aparecería en persona para castigarte por desobedecerla. Si quieres ser el nuevo jefe has de presentar un desafío formal a la Dama RecorreTúneles. Es la ley. Pero ella no vendrá.

—Entonces te mataré a ti para demostrarle que voy en serio. —Urakarnake la acercó todavía más. Nicasia hizo acopio de fuerzas para aparentar serenidad.

—Sólo habrás matado a Nicasia la knocker. A la Dama eso poco le importa, y tú serás el asesino de un hada inocente. Nunca te sentarás en el Trono de las Sombras.

—¡Has matado a uno de los míos! —rugió el gorrorrojo—. ¡Y herido a tres! ¡Lo ha visto todo el mundo!

—¿Yo? —replicó Nicasia—. A mí nadie me ha visto levantar un dedo; han sido las trampas mágicas de la Dama RecorreTúneles. Rompiste una de sus reglas, ¿recuerdas? No puedes venir a la Torre Oscura. Reconócelo: te ha vencido antes de empezar. Otra vez.

Urakarnake le dio una bofetada brutal. Nicasia le apretó con el pie la herida de la pierna, la presión justa para quitarle las ganas de volver a golpearla.

—Atiende —le dijo—. Seguramente el phoka te ha liado en su juego, igual que a mí. No tiene por qué salir todo mal esta noche.

—A estas alturas me da igual partirte el cuello. —La apartó un poco de sí, pero no lo suficiente. Al hablar le salpicaba la cara con su saliva. «Menos mal que nadie puede llegar a morir de asco», pensó Nicasia.

—Hay una tarasca en los lindes del bosque oscuro —dijo.

—¿Y a mí qué?

—Las tarascas son peligrosas. A los sidhe les preocupan. Son malos bichos. Ésta podría acercarse demasiado a la Corte. Pero si tú les libras de ella… los sidhe te deberán un favor, y a la Dama RecorreTúneles eso le conviene.

—Me estás mintiendo —dijo Urakarnake mirándola a los ojos.

Pero Nicasia vio en ellos que el gorrorrojo había mordido su anzuelo. No quería decir que ya estuviera a salvo. Con mucha calma extrajo de su camisa el pergamino que le había dado DamaMirlo.

—Aquí tengo una carta de la reina. Lleva su sello. Si te cargas a esa alimaña tendrás su beneplácito, además de una generosa recompensa.

El gorrorrojo la leyó con interés. Soltó a Nicasia. La knocker trató de alejarse del monstruo, pero la pierna le falló y cayó al suelo. El aparato ortopédico ya escapaba de su carne; mostraba parte de la estructura metálica.

—Parece que no es un farol —reconoció Urakarnake—. Podría ganar un par de puntos ante la reina.

—Sólo tiene validez si no me matas.

—Vale. —Urakarnake se levantó sin esfuerzo. Parecía que la espada hundida en su muslo no le molestara. Es lo malo de los gorrorrojos: se curan rápido—. No te voy a matar, Nicasia, pero pienso hacerte más daño del que puedes imaginar. ¡El trato es válido mientras sigas respirando…!

La knocker tragó saliva. Intentó ponerse en pie. Aún le quedaban un par de cartas en la manga, pero no sabía si eran lo bastante buenas para salvarle el pellejo. Estaba tan cansada… Quizá pudiera hacer algún hechizo, aunque tenía sus dudas. Al menos, pensó, después de esa noche podría pasarse una buena temporada en la cama. No sabía si reírse, pero no pensaba echarse a llorar. Trató de levantarse. El monstruo se acercaba sin prisa; pensaría que no había razón para correr. Estaba tan seguro de sí mismo que no vio cómo Dujal se lanzaba contra su cara. La patada fue contundente. Urakarnake cayó de espaldas sin saber qué le había golpeado. El gato aterrizó de pie con un movimiento elástico. Se colocó entre la knocker y su verdugo con el estoque en la mano y su mejor sonrisa de desafío.

—¡No me gusta que jueguen con mis cosas! —exclamó con alegría—. ¡Soy el único autorizado para fastidiar a la gruñona!

—Harías mejor en no meterte. —Urakarnake escupió sangre.

—Seguro que tienes razón —respondió el gato—, pero no lo puedo evitar.

Sobre ellos, las vigas crujieron. A la torre le quedaba poco tiempo.

—¿Sabéis qué os digo? —El gorrorrojo recogió a RajaSacos del suelo mientras le daba dos vueltas al colgante que llevaba en el brazalete izquierdo—. Que os podéis asar aquí los dos solitos.

Tomó impulso reprimiendo un gruñido de dolor y dio un salto empujado por una chispa de magia. Urakarnake atravesó el techo. Sobre Dujal y Nicasia cayó una lluvia de escombros y pavesas candentes. Dujal se acercó a la knocker intimidado por el fuego y el humo. Las paredes gimieron.

—¡Estamos rodeados de llamas! —gritó—. ¡Esa bestia nos ha dejado sin salida!

Nicasia se echó a reír. Era incapaz de ponerse en pie.

9

Donde el amanecer
promete aclarar algunas cosas

A Nicasia el fuego no le preocupaba. Ser una knocker la protegía de las llamas, al menos por un tiempo, pues los knockers son una raza de combustión lenta. Si era capaz de ponerse en pie y andar, cruzaría el muro de fuego.

Pero no pudo hacerlo. Tras varios intentos, desistió. La maldita pierna era de nuevo inservible. Debía pensar rápido, porque el incendio era peligroso aunque no pudiera quemarla. Podía morir asfixiada, por ejemplo. La vieja torre se estaba llenando de humo. Casi no veía. Y, además, el edificio se desmoronaba; los muros crujían como un animal moribundo.

Dujal se había transformado en gato y contemplaba sobre los hombros de Nicasia cómo la trampa se iba cerrando. Esta vez su agilidad y sus trucos de circo no le servían. Arañaba el suelo con frenesí.

—¡Estate quieto! —gruñó Nicasia—. ¡Trato de salvar nuestros culos!

—¡Yo también! —exclamó Dujal—. ¡Pero estoy demasiado nervioso, no puedo cambiar de forma! ¡Dibuja una trampilla en el suelo! ¡Yo con zarpas no puedo!

Nicasia se apresuró a hacerlo. Trazó el dibujo con un tizón ardiente. Era una trampilla burda, pero Dujal le dio el visto bueno. Se colocó encima maullando y arañando el dibujo, pidiendo que le abrieran la puerta. Dio resultado. Los trazos temblaron y se convirtieron en una trampilla auténtica. Nicasia la abrió. Daba al sótano bajo el escenario; el fuego aún no había llegado hasta allí. Dujal saltó sin pensarlo dos veces.

—¡Déjate caer! —le gritó a Nicasia desde abajo.

—¿Estás loco? —replicó la ingeniera—. ¡Me partiré la cabeza!

—¡Vivirás para contar cómo te la partiste!

En eso tenía razón. Nicasia se arrastró hacia el agujero, cerró los ojos y saltó. Que un par de brazos le evitaran estamparse contra el suelo fue toda una sorpresa. Dujal la observó con expresión galante y divertida.

—Otra damisela en apuros a la que salvo —declaró—. Aunque no das el tipo de dama en apuros. Suelo preferir carne más fresca.

La knocker lo ignoró. Observó el sótano. La puerta de salida estaba cerca; tal vez apretando los dientes pudiera salir por su propio pie. La esperanza se esfumó al apoyar la pierna en el suelo. El dolor le acuchillaba la pantorrilla; los hierros de su aparato ya sobresalían del todo, bañados en sangre. Nicasia apretó los dientes. Desde el exterior, una voz gritó sus nombres. Nicasia y Dujal suspiraron de alivio al ver asomar la cabeza melenuda de Marsias.

—¿Qué demonios hacéis ahí? ¡Salid de una vez! ¡Le he pedido al fuego que pare, pero no sé cuánto tiempo me hará caso! —El sátiro entró y corrió hasta Nicasia—. Agárrate, Malbicho. ¡Es hora de salir de aquí!

Nicasia obedeció. Se apoyó sobre Marsias y renqueó hasta la salida.

—Esa idea tuya de dejarme cuidando a Musaraña… —protestó el sátiro, que la cogió en brazos para ahorrarle subir las escaleras—. La chica es tremenda; pensé que nunca se cansaría. Me he perdido el numerito.

—De eso se trataba —dijo Nicasia—. Bueno, ¿y dónde está Musaraña?

—Dormida. Mi orgullo profesional no me permitía otra cosa.

—Una clienta satisfecha —murmuró la knocker dándole unas palmaditas en la espalda a su salvador.

El sátiro dibujó una sonrisa bajo la barba mientras volvía a dejarla en el suelo con delicadeza.

—En mi casa sólo hay clientes satisfechos.

En el exterior quedaban algunas hadas observando el singular incendio. Dujal también lo contempló. El fuego permanecía inmóvil, silencioso; parecía sostener los escombros de la torre entre sus dedos rojos. Marsias se volvió hacia las llamas y se acercó lo suficiente como para besarlas.

—Puedes seguir, hermano —dijo—. Gracias por el favor.

El fuego rugió y se elevó hacia el cielo mientras devoraba lo que quedaba de la torre. Amanecía. Una larga columna de humo gris ensuciaba el celeste claro. Prometía ser una mañana soleada. Nicasia respiró hondo. Todo había acabado bien, lo que era una agradable novedad. Sentada sobre el césped, se sintió tranquila por vez primera en mucho tiempo. Estaba cansada. No había un rincón de su cuerpo que no le doliera, pero la Corte seguiría en paz por el momento, eso era lo importante. Apoyó la cabeza en las rodillas. Necesitaba dormir una semana entera. Estaba a punto de empezar allí mismo cuando Marsias la espabiló.

—Será mejor que te lleve a casa; estás hecha un asco —le dijo sujetándole la barbilla para obligarla a mirarle. El sátiro silbó al ver las marcas de los golpes—. Creo que vas a necesitar mucho hielo. Deberías dejar tus citas con Urakarnake. ¿Dónde está? No le he visto salir.

La knocker apartó la cara. Le molestaba el afán protector del sátiro.

—Tardaremos en volver a verle —dijo limpiándose la sangre de la nariz—. Ha ido a buscar una tarasca.

—¿Una tarasca? ¿Lo has mandado a BosqueSombra?

—Marsias le ofreció un pañuelo limpio—. He oído que hay tres bichos de ésos.

—Pues has oído bien: papá, mamá y la pequeña bestia parda de su cría.

—Con lo agresivas que se ponen las tarascas cuando están criando… Será toda una sorpresa para el gorrorrojo. Eres perversa y retorcida como tú sola.

Se miraron y se echaron a reír. Dujal se les acercó.

—¿Qué me estoy perdiendo?

—Nada. —Nicasia se agarró a la mano de Marsias y se puso en pie—. Bueno, señores, servidora necesita un baño hirviendo y una buena cama. Me voy.

Marsias agarró al phoka del brazo.

—¿Nos invitas a desayunar, Malbicho? Aquí el amigo Dujal tiene un par de cosas que contarnos.

El gato lanzó una mirada de súplica a su captor. La ingeniera los miró.

—¿De qué estás hablando? ¿Por qué quieres que desayunemos juntos?

Como respuesta, el sátiro hizo un gesto hacia los pocos merodeadores que aún rondaban el claro. La knocker estaba tan cansada que no había reparado en ellos. Quedaban aún un par de corrillos de hadas estivales que susurraban entre ellas al tiempo que le regalaban miradas de reproche. En unas horas su nombre estaría en boca de toda la Corte y, como siempre, a pesar de que acababa de librar a la ciudad de un problema, no sería para nada bueno. En realidad era comprensible. Nicasia les daba miedo. No podía culparlos; se lo buscaba a pulso, pero eso no quería decir que le gustara.

—Vale, vamos a la Carbonería —dijo apartando la vista de los curiosos.

Dujal trató de soltarse.

—Yo no tengo hambre —afirmó, tembloroso—. Tantas emociones me quitan el apetito. Prefiero irme a dormir, si he de ser sincero.

—Sería la primera vez en tu vida que lo eres —aseguró Marsias fingiendo un abrazo cariñoso al phoka para poder agarrarlo mejor—. No, amigo, tú desayunas con nosotros. De ésta no te libras.

—¿De qué ha de librarse? —preguntó Nicasia.

—Te pondré al corriente cuando estemos en un lugar más discreto.

Abandonaron el claro al paso lento y forzado de Nicasia. Tras ellos sólo quedaban rescoldos de muro y la silueta carbonizada en un siniestro roble.

Respuestas y dudas

La Carbonería era un hervidero de curiosos. La Corte entera parecía haberse enterado de los sucesos de aquella noche, así que todo el que había podido se había encaminado a la posada en busca de cotilleos. Una pequeña multitud se agrupaba delante de la puerta principal. Nicasia supo que durante un par de semanas no se hablaría de otra cosa, hasta que ocurriera en otra parte algo de mayor interés. Sería imposible pasar por allí discretamente. Marsias, pensando en ello, los había hecho pararse antes de doblar la esquina.

—¿Y ahora qué hacemos? —preguntó sin soltar a Dujal—. ¿Vamos a otro sitio?

—No hace falta —contestó Nicasia—. Usaremos otra puerta.

La knocker los condujo al callejón sin salida donde solía encontrarse con Boros, en la parte de atrás de su taller. Normalmente, lo usaban los clientes que deseaban hacer sus negocios con absoluta reserva, aunque de vez en cuando también servía para sacar cosas que era mejor que nadie viera. Nicasia extrajo una llave de su bolsillo y, tras forcejear con la cerradura, la puerta se abrió con un chirrido. Daba directamente al taller. Dujal fingió no sorprenderse. Tomó nota mental de aquella información para otro momento. Las luces de la enorme habitación se encendieron solas cuando entró su dueña. Nicasia se metió los dedos en la boca y silbó. Un sillón destartalado de cuero verde acudió a ella trotando como un cachorro feliz. Nicasia se soltó de Marsias y se dejó caer en el asiento suspirando de alivio. Era bueno estar en casa.

—Vamos a subir a la cocina y a desayunar como seres civilizados —dijo—. Mientras, podrás explicarme a qué viene tanto misterio.

A Nicasia se le cerraban los ojos. Tenía tanto sueño… Le habría encantado decirle a Marsias que dejaran las explicaciones para más tarde, pero sabía que el sátiro era cabezota. Mejor acabar cuanto antes. Dio un golpecito al sillón para ponerlo en marcha.

A la hora del desayuno, la cocina funcionaba a toda velocidad. Costurina convertía en arte la coordinación del personal de la posada. Aquella mañana, sin embargo, ante la avalancha de curiosos, y aún asustada por lo que acababa de presenciar, la bogan había preferido cerrar por un rato, el tiempo para tomarse una tila y lograr que algunos de los visitantes menos persistentes se marcharan. Mesalina se había ofrecido a prepararle la infusión. La sátira había sacado a la bogan de la torre segundos antes de que empezara el incendio y se había pasado la noche intentando calmarla. Cuando Nicasia y compañía entraron en la cocina las dos hadas se quedaron inmóviles. Costurina dejó caer el azucarero que tenía en la mano. Mesalina se lanzó a los brazos de Dujal.

—¿Estás bien? —le preguntó ahogándolo en besos—. Cuando me di cuenta de que habías vuelto a entrar casi me muero.

El phoka se dejó querer. Devolvió el abrazo con entusiasmo, apretando el espléndido cuerpo de la sátira contra el suyo.

—No te preocupes, estoy bien, pero no podía dejar a Nicasia sola en medio del fuego con ese monstruo. No podía. Ya sabes cómo soy.

Mesalina redobló el entusiasmo de sus besos. Nicasia pellizcó al sillón para que diera la espalda a la escena y se acercó a Costurina.

—Te advertí que no fueras —le dijo en un tono de reproche mucho más dulce del que hubiese empleado con otra persona.

La posadera la contempló dudando si enfadarse o echarse a llorar.

—Debí hacerte caso —respondió con voz temblorosa—. Hacía muchos años que no pasaba tanto miedo.

—Ya te avisé… —dijo Nicasia. Entonces, bajó la voz para que sólo ella pudiese oírla—. ¿De verdad estás bien?

Costurina asintió, sonriendo con los ojos húmedos.

—Creo que necesitarás unos paños limpios y algo de agua templada para limpiarte la sangre —repuso—. Voy a buscarlos.

—Déjalo, me encargaré de eso más tarde. Esta gente quiere desayunar.

La bogan asintió. Encendió los fogones. Marsias aprovechó para despegar a su pupila de los brazos de Dujal y obligó al gato a sentarse. Éste no opuso resistencia; sacó su bolsita de fumar y se lió un cigarrillo.

—Los humanos los venden ya hechos… —suspiró mojando el papel con la lengua—. Se ahorra mucho tiempo, ¿sabéis?

El sátiro se cruzó de brazos apoyado contra la pared de la cocina. Odiaba ponerse serio. Se consideraba una persona afable.

—Dujal, cuando Nicasia vino a verme y me explicó que te habías llevado la cabeza de una de sus marionetas, me pareció muy extraño. ¿Para qué la querías? Por supuesto, ella tenía sus teorías, pero hace muchos años que te conozco y algo no me encajaba, así que decidí salir a hacer un par de visitas.

El gato dio unas caladas sin inmutarse.

—¿Y te fue bien? —preguntó mientras observaba cómo

el humo se deshacía en el techo de la cocina. Mesalina se había sentado a su lado.

—Me fue bien. Tuve que rondar algunas puertas, pero acabé enterándome de lo de la función de teatro, y claro, también me enteré de lo otro.

Nicasia, que hasta entonces los escuchaba con la cabeza inclinada en el respaldo de su asiento y los ojos cerrados, se incorporó.

—¿Qué es «lo otro»? —Miró a Dujal como si quisiera hervirlo en una olla.

—Verás. —Marsias cogió una banqueta. Prefería contar la historia sentado—. Aquí, nuestro amigo, no tenía pensado hacer ninguna función de teatro. Aunque vendió entradas y montó la parafernalia, su idea era otra.

Costurina preparó la mesa del desayuno con el oído atento.

—A mí no me cobró —aclaró colocando las tazas.

—Claro que no —dijo Nicasia—. Él nunca cierra la puerta a una cara bonita. —Dujal encogió los hombros y retiró el tirante del corpiño de Mesalina para dejarle un beso en el cuello. Nicasia dio un puñetazo en el brazo de su sillón—. ¿Te das cuenta de la que has podido liar esta noche?

—Un segundo —rogó Marsias—. Escucha. Lo de las entradas no me pareció mal, pero lo de la apuesta... Ése es un feo asunto, amigo mío.

El gato levantó la vista del escote de Mesalina.

—Sólo era una tontería, para dar emoción al espectáculo.

—¿Qué apuesta? —preguntó Nicasia.

—Nuestro pequeño actor se apostó contra toda hada que halló en su camino que lograría que Urakarnake y tú acudierais a la torre. Y ha debido de ganar mucho dinero, porque nadie apostó a su favor.

Nicasia se puso de pie de un salto y soltó una bofetada a Dujal. No sólo estaba enfadada; estaba tan dolida que no hallaba palabras que decir. Había sido víctima de una broma de pésimo gusto. Se había dejado utilizar de un modo tan burdo… Notaba en la garganta un nudo amargo y duro. Le ardían los ojos, porque esos nudos sólo se deshacen mojándolos en lágrimas. Pero no sería el gato quien la hiciera llorar. No, de ningún modo.

—¿Te das cuenta de que esta noche ha muerto un gorrorrojo? —Nicasia agarró a Dujal por el pelo—. ¡Mira! ¡Mira cómo me ha dejado Urakarnake! ¿Esto lo has hecho sólo para pagar tus deudas? Dime que no, por favor, dime que no. ¡Porque si es así, juro por mis difuntos que te mato aquí mismo!

—¿Sólo por dinero? —El gato se soltó de Nicasia y se frotó la cabeza—. Claro que no. Era una lección. Urakarnake y tú siempre me estáis humillando; ¡me habéis utilizado miles de veces! Pero fíjate en lo que ha pasado esta noche: estáis tan obsesionados el uno con el otro que, en lugar de ir a por mí, os habéis puesto a pelear. Sois los dos Invernales más importantes de la ciudad; cuando os portáis así ponéis en peligro a la gente. Piensa en CascaPiedras. ¿Gané algo de pasta con vosotros? Y qué. Tú te beneficias del odio de los nobles. Vendes armas, siembras intrigas… Duele que te utilicen; acabas de comprobar que sí.

Reinó el silencio en la cocina. Nicasia se había vuelto a sentar en su sillón, tan quieta que parecía de piedra. Marsias la observaba con gesto impenetrable. Costurina se había retirado. Sólo Mesalina sonreía, satisfecha, dedicándole al gato sus carantoñas. Dujal se dejaba hacer.

—Tienes razón —logró decir Nicasia al cabo de un rato—. Pero más te vale que salgas de aquí, rápido. Y no vuelvas en una temporada.

—¿No hay desayuno?

—¡Lárgate! —rugió la knocker.

El gato se dirigió hacia la puerta balanceando la cola. Antes de marcharse, se detuvo para dar un prolongado beso en la boca a Mesalina.

—No te castigues, Nicasia —dijo luego—. Ya me conoces.

Se marchó a la carrera. Nicasia hundió la cara entre las manos. Estaba cansada. No sabía si le dolía más la humillación, los golpes o descubrir lo poco que le importaba al gato. Eso le escocía lo que más, le escocía de un modo cruel. Y, pese a todo, le importaba lo que Dujal pensara de ella. Era estúpido, y ella nunca hacía estupideces. Pensó en el roble de la torre, en los gorrorrojos que quizá habían caído en las garras de Boros. Era estúpido, estúpido e irracional. Ella, tan lúcida, tan calculadora, se sentía una completa imbécil… Aún más cuando recordaba la indiferencia con la que el phoka había dejado la cocina. Para Dujal ella no significaba nada, y eso le dolía más que todos los errores.

Una mano se posó en su hombro. Nicasia saltó en su asiento. Marsias la miraba. La compadecía. Un último latigazo de rabia la recorrió.

—Nicasia, tú hiciste bien —oyó decir al sátiro—. Urakarnake se presentó en la Torre Oscura para desafiar a la Dama RecorreTúneles. Dujal lo sabía y se aprovechó de eso.

«Qué importa ahora», pensó ella.

—Vuelve a casa, Marsias —le rogó tratando de conservar el temple—. Vete.

—Nicasia… —El sátiro intentó decir algo, pero la knocker no le dejó.

—¡Que te vayas!

—Está bien, Malbicho, como quieras. Ya nos veremos.

Marsias se volvió antes de irse, tentado a decir algo más. Lo pensó mejor y la dejó sola. El sol penetraba en la cocina, y los pájaros anunciaban un día perfecto. Nicasia ahogó un sollozo, porque llorar nunca arreglaba nada, porque era un gesto inútil y porque odiaba mojarse la cara por una idiotez. A fin de cuentas, ella era un monstruo, y los monstruos no tienen remordimientos, ni son capaces de sentir nada.

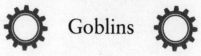

PRIMERA PARTE

Goblins

Una carta y numerosas inquietudes

A Eleazar Ibn Bahar le vaciló la mano un instante, y una gota de tinta cayó de la punta de su plumilla al papel. Eleazar se apresuró a secarla. Era inútil; el pequeño punto negro siguió allí, afeando su dibujo. Llevaba varias tardes dibujando la vista de la ciudad, que admiraba a diario desde su ventana. Aquella manchita flotando entre las disciplinadas líneas se quedaría allí para recordarle que su pulso ya no era tan firme, ni sus reacciones tan rápidas. Se hacía viejo, y era un lujo que aún no podía permitirse.

—Abuelo. —Rashid entró al despacho sacudiendo las cuentas de vidrio de la cortina que lo separaba del salón—. Acaba de llegar un mensajero.

Traía un pliego de papel sellado. A Eleazar siempre le sorprendía lo que Rashid se parecía a su madre. Tenía los mismos ojos profundos, y unos labios que se curvaban con la misma suave mueca al sonreír, algo que hacía de continuo.

Rashid dejó la carta sobre la mesa y admiró el dibujo de su abuelo. Si vio la mancha tuvo el acierto de ignorarla. Mojó un pincel en tinta aguada y añadió algunas nubes al cielo de papel.

—¿Me regalarás este dibujo cuando lo acabes, babá?

De sus nietos, Rashid era el más joven y el único que aún lo llamaba así.

—¿Te gusta? Puedes quedártelo. Aquí ya no me queda espacio.

Eleazar sólo colgaba sus dibujos en el despacho. Hacerlo en el resto de la casa le parecía una falta de respeto a su otro nieto, Isma'il, que no podía disfrutar de ellos.

—Lo pondré en mi habitación —prometió Rashid.

—Dime, ¿quién ha traído el mensaje?

—No venía de Palacio; era un viajero.

Eleazar metió el pincel en un vaso lleno de agua sucia. Aquello era extraño; lo habitual era que sus mensajes llegaran siempre a través de Palacio; rara vez recibía algo directamente de fuera. Y justo ahora que Isma'il estaba de viaje... Eleazar temió que fueran malas noticias, pero tomó la carta y la dejó sobre el resto de correo sin abrir. No había remite, y tampoco un sello en el lacre amarillo que la cerraba.

—¿Te fijaste en él? ¿Qué aspecto tenía?

—Vulgar. Creo que era un bogan con la ropa llena de polvo.

—Quizá sea de la caravana —dijo Eleazar fingiendo retomar el dibujo—. De tu madre, para asegurarse de que te comportas civilizadamente y de que te vigilo como es debido.

Rashid llenó el despacho con una risotada. Era un niño de risa fácil. Aún no conocía la desgracia, ni las preocupaciones capaces de robarle el sueño y el apetito. Eleazar no tenía prisa por hacerlo crecer. Ya tendría el resto de su vida para ser adulto.

—¡Mi madre se preocupa demasiado! —exclamó Rashid. Cogió una chilaba de color verde y se la puso encima de la túnica—. Me voy. Hoy Marsias me ha dado el turno de noche en la puerta. Por primera vez. Es una responsabilidad.

—Gran noticia. —Eleazar se levantó, abrió una alacena y sacó un cofrecillo de nácar con la tapa rota—. Toma esto, te traerá suerte. Era de tu tatarabuela.

—¿Era de tu abuela, babá? ¿Qué es?

78

Eleazar abrió la cajita y le entregó una piedra. Era un guijarro de arroyo sin más detalle que un agujero en el centro. Alguien había pasado un cordón por él para usarlo a modo de collar.

—Es un amuleto. A mí me ayudó una vez. Puede que no parezca gran cosa, pero es una reliquia familiar.

Algo incrédulo, Rashid se ató su nuevo tesoro al cinturón. Besó a su abuelo en la coronilla y salió corriendo. Eleazar sonrió. Había visto a Rashid dar sus primeros pasos entre las cabras de la caravana, y ahora el mocoso lo trataba como a un crío. La vejez y la infancia tenían ciertas similitudes.

Eleazar regresó al escritorio y contempló la carta como se mira a un bicho venenoso. Desde luego, no era de la caravana. Los Ibn Bahar utilizaban otros métodos para comunicarse entre ellos; para los mensajes escritos usaban palomas. Además, no tenía el sello de ninguna de las familias. Eso era un alivio; no le apetecía saber de su gente en aquel momento. Se había alejado de ellos para dar a sus nietos la oportunidad de crecer lejos de la influencia de sus redes, para que pudieran formarse sus propias ideas de cómo era el mundo. Rashid tendría que regresar a la caravana tan pronto como sus padres lo ordenaran, quizá cuando acordaran su matrimonio con alguna muchacha conveniente. Ése era un problema del que tendría que ocuparse cuando llegase la hora, no hoy.

Eleazar calculaba que su gente estaba aún muy lejos. La caravana de los Ibn Bahar hacía un ruta comercial larga y peligrosa que durante muchos años nadie más se había atrevido a realizar, y que, ahora que otros viajeros se sentían lo bastante osados para intentarlo, ellos reclamaban como derecho exclusivo. Ningún Ibn Bahar se quedaba demasiado tiempo en ninguna parte, ni poseía más casa que su tienda en la caravana. Estar en ruta suponía un honor. Eleazar era un bicho raro porque había echado raíces. Los demás se lo consentían; necesitaban un enlace en la Corte que velase por sus intereses.

Pero la carta no era de su familia.

Eleazar buscó un abrecartas. Esperaba que no fueran noticias de su nieto Isma'il; en aquel momento estaba de viaje por orden de la reina. El muchacho era uno de los correos de su majestad Silvania. Lo habitual era no tener noticias suyas mientras cumplía sus encargos. Isma'il nunca habría podido escribir una carta; el mismo brote de Plaga Roja que mató a sus padres lo había dejado ciego siendo un bebé. A Eleazar le tocó sobreponerse a la muerte de su primogénito y de su nuera favorita para criar a un chiquillo al que toda la caravana consideraba un lastre. Pero el niño de ojos nublados le dio la excusa para establecerse en la Corte de los Espejos, y era el consuelo de su gran pérdida. Eleazar había luchado toda su vida para conseguir que Isma'il no dependiera de nadie. Tuvo éxito. Su nieto era capaz de valerse por sí mismo; no lo necesitaría cuando la eternidad lo reclamara, aunque la sombra de esa preocupación nunca se disipaba del todo. Hacía presa de él en aquel momento, mientras rasgaba el papel con unas manos que temblaban más por la preocupación que por la edad.

La carta estaba escrita por una acelerada mano femenina tras la que se adivinaba una nota de terror. Derrochaba verbo con la vehemencia de quienes desean ser creídos a toda costa. Desbordaba odio. Eleazar dejó caer el folio y miró por la ventana a la tarde plácida y luminosa que relucía sobre las tejas de azulejo de la Corte. Contempló las casitas apiñadas con sus ventanas llenas de flores, y las torres de Palacio, que se recortaban contra el cielo como los dedos de un dios. El paisaje que había aprendido a amar. A veces, pensaba que la ciudad no se llamaba «la Corte de los Espejos» por sus tejados relucientes al sol, sino por todos los engaños que escondía. Habían pasado muchos años desde que el final de la Guerra de la Reina Durmiente sentó en el trono a Silvania, pero que las batallas hubieran cesado no quería decir que hubiera paz. Nadie quedó satisfecho del todo con las capitulaciones. Demasiados rencores, demasiado dolor sin consolar… Hubo quienes se negaron a aceptar a Silvania. La nueva reina gobernaba en penoso, frágil equilibrio. Un paso en falso y todo se vendría abajo. TerraLinde no se merecía volver a sangrar.

Eleazar releyó la carta y diseccionó su contenido. Las denuncias eran graves. A primera vista parecía el desvarío de un paranoico, pero conocía la mano de la que salían aquellas palabras. Ella podía estar desesperada, pero no era una loca, ni inventaba historias ridículas.

En la guerra, ambos habían sido aliados, incluso amigos. Más tarde, mantuvieron el contacto por interés. Ella confiaba en que Eleazar Ibn Bahar, como jefe de la cancillería, utilizara su influencia para ayudarla en su destierro. Mandaba información al anciano como muestra de lealtad a Silvania, esperando que algún día la reina le permitiera regresar a la Corte.

Ante todo, Eleazar tenía que proteger a los suyos. Ninguno de sus nietos debía saber nada de aquel asunto. Al menos, hasta que conociera todos los detalles. Había demasiadas incógnitas, y lo primero era cubrirse las espaldas. Actuaría como si la información fuera cierta. No sabía si alguien más estaba enterado de los hechos o de la existencia de la carta. Era importante averiguar si corría peligro.

Eleazar hizo una copia del escrito y la guardó en el falso fondo de un cajón. Debía pensar a quién enviaba el original. Era necesario que alguien más supiera lo que ocurría, pero tenía que escoger a la persona adecuada. No podía poner aquello en conocimiento de su majestad, no hasta verificarlo y tomar sus propias medidas. En Palacio, incluso las estancias más privadas tenían orejas. Eleazar ignoraba el alcance de aquella supuesta conjura, o sus consecuencias, si llegaban a oídos erróneos. La reina Silvania contaba con el

Alto Consejo para tomar decisiones de Estado, doce miembros que representaban las doce casas nobles más importantes de TerraLinde. Eleazar conocía a todos los miembros, pero no confiaba en ellos. Algunos habían luchado contra la reina en la guerra. Olvidar y empezar de nuevo, sí, ésa fue la premisa. Pero ¿hasta qué punto? Además, otros nobles del Alto Consejo que habían luchado junto a la reina se mostraban descontentos con el nuevo gobierno y con los cambios que anulaban algunos de sus muchos privilegios.

Definitivamente, no podía confiar en los altos nobles. ¡Y, además, según la carta, al menos dos de ellos formaban parte del complot! Debía olvidarse de los aen sidhe. Tampoco iba a confiar en DamaMirlo. La sluagh ostentaba el título de «camarera mayor de su majestad», pero manejaba mucho más que los vestidos de la reina. Sábanas limpias para las alcobas y palabras negras para el Consejo. Se deslizaba sobre el mármol como una mancha de tinta, con aquellos ojos sin pupilas que lo devoraban todo. Sólo la reina confiaba en DamaMirlo.

La Cámara del Consenso la formaban casas menores. Oportunistas todos ellos, intentarían sacar tajada de aquello para mejorar su situación. Eso le dejaba el Parlamento de los Sueños, la asamblea de los gentiles. Hadas comunes que no poseían título de nobleza; artesanos, comerciantes y trabajadores que repugnaban a los elfos de Palacio. Los gentiles eran leales a Silvania; ella les había dado más de lo que nunca tuvieron: voz. Al menos, oficial, pues los sidhe los despreciaban y apenas los tenían en consideración. El Parlamento de los Sueños gozaba de poco poder, pero siempre era informado de las decisiones del Consejo y, a veces, había logrado presentar enmiendas y hasta reformar alguna ley.

Eleazar ya sabía a quién dirigirse: era una vieja amiga, aunque no se hablaban desde hacía muchos años, antes de que él llegase a la ciudad. Los unía tan sólo una concesión a su antiguo apego; mantenían por correspondencia un desafío matemático terco y prolongado. Comenzó una mañana cualquiera. Durante uno de sus paseos matinales por las calles de la Corte, Eleazar perdió una hoja de su cuaderno de cálculo. Nunca supo cómo la había encontrado, ni cómo averiguó a quién pertenecía. La hoja contenía una ecuación emborronada, rehecha mil veces, que él era incapaz de resolver. Ella se la mandó a casa con un mensajero, resuelta y con una nota al pie: «¿Esto es todo lo que sabes hacer?». Añadía una nueva ecuación. Desde entonces habían cruzado una interminable correspondencia de ecuaciones y problemas de lógica, pero jamás una carta. Sabía que la mestiza no lo perdonaría jamás, ni lo pretendía, pero también sabía que la única razón por la que aceptaba su asiento en el Parlamento era su firme deseo de paz. Ella había entregado su sangre y su felicidad en aquella guerra. Había sufrido, y no deseaba que volviera pasar. Nanyalín controlaba a los aen sidhe. No tenía reparo en desafiarlos. Ya lo había hecho una vez; y les había ganado. Los nobles la temían.

Eleazar buscó la última ecuación que había recibido de ella. Aún estaba sin resolver. Usó el papel repleto de fórmulas y números para envolver la carta de la discordia. No podía enviarla de inmediato, quizá lo vigilaran. Esperaría dos días. Mientras, haría algunas averiguaciones para arrojar luz sobre el asunto y poder actuar en consecuencia.

Eleazar selló el papel, y con él su esperanza de que todo aquello fuera una simple broma y no hubiera necesidad de proezas. No le gustaban las hazañas, porque se cobraban a altos precios, y él ya no era joven y tenía muchas cosas que no quería perder. Guardó la carta entre los pliegues de su túnica. Eleazar se sintió pequeño y frágil. Había sobrevivido a la esclavitud, a la guerra, incluso a la Plaga Roja, pero no estaba seguro de sobrevivir a las intrigas de la paz.

Volviendo al hogar

Dujal dio una profunda calada a su cigarrillo. Estaba acomodado en el alféizar de una ventana, viendo como el atardecer se apoderaba del cielo y encendía las farolas. Le encantaba el mundo de los humanos; era tan sencillo desenvolverse allí... Siempre hallaba refugio. Durante aquella semana no había tenido problema en conseguir techo y comida casi todos los días. No importaba qué piel vistiese, siempre caía de pie. Sólo necesitaba tocar un par de canciones en cualquier calle para llevarse unas monedas al bolsillo. Ronroneaba con dulzura para lograr unas caricias. Una sonrisa y las palabras precisas lo metían en un dormitorio u otro. Todo iba como la seda. Bostezó. Demasiado fácil, demasiado aburrido.

La mayoría de las hadas no creen en los humanos. De vez en cuando, uno de los escasos aventureros que aseguran haber viajado a través de EntreMundos cuenta historias extraordinarias sobre enormes ciudades cargadas de humo y máquinas de hierro que cruzan el aire. Hasta este punto ningún hada tiene demasiados problemas para aceptar que tales cosas puedan existir; cualquiera que haya visitado un barrio knocker sabe lo cargado de humo y hollín que puede llegar a estar el cielo, y todos conocen la Península Móvil, una impresionante ciudadela que navega por las costas del reino y que es la sede del Gremio de Ancianos, la sede de todas las leyes y los conocimientos knocker. Incluso pueden aceptar lo de las calles empedradas, porque es algo lógico y deseable en una ciudad próspera. Lo que hace que estos viajeros pierdan toda su credibilidad es que se empeñan en decir que los humanos no pueden hacer magia, que no son capaces de realizar ni el más sencillo de los hechizos, y que sólo conocen vulgares trucos de manos. Llegados a este punto, cualquier hada razonable deja de creerse lo que está oyendo. ¿Cómo se explican entonces las maravillas que cuentan sobre ellos? Además, es de sobra sabido que nadie en sus cabales ha visto jamás un humano, que son cosas de los cuentos antiguos, cuando se creía que humanos y hadas compartían un solo mundo.

Dujal se había criado con los humanos, algo extremadamente raro que lo convertía en uno de los pocos viajeros de EntreMundos que existían, y casi en el único que apenas hablaba de sus viajes. Él, que no perdía la oportunidad de presumir de todas las cosas increíbles que era capaz de hacer, dejaba que aquel hecho lo rodeara de misterio, y contaba lo justo para parecer excéntrico sin quedar como un chiflado. Se guardaba para sí la más extraordinaria de sus habilidades, aunque tenía un motivo: no le gustaba decirle a nadie a dónde iba cuando viajaba. Sus destinos eran siempre un refugio. Cambiaba de mundo para quitarse de en medio, y uno no va dejando direcciones a los amigos cuando no quiere que sus enemigos lo encuentren. Es una norma básica. Sobre todo si tienes la desdicha de contar con enemigos perseverantes.

Dujal dio otra calada y observó cómo la brisa deshacía la delicada columna de humo. Le gustaba el mundo de los humanos porque todo era sencillo, porque le encantaba la música y porque tenían tabaco, pero también echaba de menos el hogar, la Corte de los Espejos, con sus tejados brillantes y sus callejuelas retorcidas que podían ser tan peligrosas como un laberinto o tan tranquilas como las de cualquier pueblecillo. Dujal añoraba la emoción y la incertidumbre de cada paso, las maravillas que parecían cotidianas... Quizá fuera hora de regresar; los ánimos ya debían de estar calmados, al menos lo bastante para que su vuelta no resultara peligrosa, pero no lo suficiente para no poder sacarle partido. Ella, desde luego, no se habría olvidado del incidente de la Torre Oscura. Al pensarlo, sus ganas de volver disminuyeron. Quizá sería más saludable esperar otro par de semanas. Tiró la colilla con un gesto apático; no quería precipitarse. Apoyó la mano en la barbilla y resopló, indeciso.

Una voz masculina lo sacó de sus pensamientos. Tarareaba una de esas odiosas cancioncillas que se te pegan y acabas cantando a todas horas. Dujal conocía al dueño de aquella voz. Se volvió. Un par de ojos verdes lo miraban.

—¿Pensabas irte sin avisarme? —dijo la dueña de los ojos apartándose un mechón de pelo rojo de la cara.

—No me habías dicho que tu hermano estaba en casa.

—Bueno, pensé que, como vive aquí, no hacía falta decírtelo.

Dujal contempló a Morgan mientras ésta recogía una camiseta del suelo y se la ponía. La habitación era de la muchacha. Tenía una cama baja construida con varios palés apilados a modo de somier, y un colchón delicioso, lleno de bultos. Aquellas últimas noches había tenido ocasión de familiarizarse con él.

—Mi hermano es inofensivo —le susurró la chica al oído. Al phoka se le erizó el pelo al sentir su aliento en la mandíbula.

—Tu hermano es un poco antiguo, se pone cardíaco cada vez que te toco.

—¿Te apetece cenar? —Morgan encontró sus pantalones bajo una silla y los balanceó en el aire antes de ponérselos—. ¿O prefieres que nos quedemos?

De la cocina llegaba olor a comida y aquella voz áspera que gruñía su canción. Dujal admiró la silueta de Morgan. Eran viejos amigos, y amantes ocasionales. Para él aquella chica era un misterio. Sospechaba que ella podía ver su auténtico aspecto, que intuía sus llegadas. No importaba a dónde fuera; siempre acababa encontrándola. Y le encantaba, la única pega era que también acaba encontrándolos su hermano, un chaval anticuado y musculoso que no lo miraba con buenos ojos.

Dujal se vistió, sacó de su mochila un cuaderno y un rotulador y se puso a dibujar. Era capaz de soportar el aburrimiento y de enfrentarse a la muerte, pero pretender que sobreviviera a una reunión de familia era demasiado para él. Se acercó a la chica y le dio un beso en los labios.

—Tengo mucha hambre; me comería un basilisco vivo. Lamentablemente, me reclaman —se disculpó antes de regresar a su dibujo.

La chica se encogió de hombros y estiró el cuello para ver qué dibujaba. Era un sendero trazado con la maestría de un alumno de parvulario, dos líneas sinuosas que se encontraban en el horizonte. En un principio podía bastar, pero Dujal garabateó algunos árboles a los lados del camino. Cuando el dibujo estuvo acabado, tiró de los extremos del papel como si tratase de estirar una tela elástica. La hoja del cuaderno creció hasta que fue lo bastante grande para poder atravesarlo.

—Dulce señora —dijo Dujal a la chica—, cuando vuelva serás la primera persona a la que visite.

—No lo dudo —le contestó ella despidiéndolo con la mano.

Dujal caminó hasta desaparecer dentro del folio con un pequeño fogonazo. La hoja de papel volvió a su estado normal, y Morgan recogió el dibujo del suelo y lo pegó a la pared con un trocito de cinta adhesiva. Sonrió al salir de la habitación. Esperaría.

Dujal flotó en el vacío. Para salir de EntreMundos sólo necesitaba caminar recto, siempre recto, pasara lo que pasase, sin distraerse por ningún motivo. Poco a poco, bajo sus pies, surgió un tierno colchón de hierba. Los árboles, que al principio parecían hechos con alambre retorcido, se volvieron reales; las copas se llenaron de hojas de otoño y los troncos se cubrieron de corteza. Por último, el cielo se tiñó con el rojo vivo de los atardeceres. A lo lejos, las chimeneas de la Corte lanzaban suspiros de humo. Una brisa helada recorrió la espalda a Dujal. El otoño había llegado con fuerza. Sacó de su mochila un abrigo de cuero viejísimo forrado de lana. Antes de echar a andar luchó contra el viento para encender un cigarrillo. Fumar le entretenía el hambre, y la verdad era que tenía mucha. ¿Adónde ir? La Carbonería y el tierno regazo de Costurina estaban descartados. No dejaba de ser un fastidio, porque en ningún sitio se comía mejor. Dujal arrastró los pies sobre las hojas muertas. Tenía algo de dinero y la guitarra al hombro. Sólo le quedaba un sitio al que acudir. En la ciudad había un corazón que siempre podía ablandar. No tardó mucho en llegarse de nuevo a la vieja puerta verde. Antes de coger el aldabón, respiró hondo. Era maravilloso volver a casa.

Una velada casi perfecta

La campanilla del burdel repicó alegremente. La cadena que la hacía cantar había sido negra alguna vez, pero el roce de incontables manos la había vuelto suave y dorada. A Dujal le recordaba a una serpiente. Una serpiente para abrir las puertas del paraíso. Muy apropiado. La mirilla de la vieja puerta verde se deslizó ante él con un chirrido que hizo que se le erizara hasta el último pelo de la cola. Un par de ojos observaron al phoka.

—No puedo creer que seas tú.

—Abre la puerta y te aseguras —contestó Dujal.

La mirilla se cerró con un golpe. Tras una espera que pareció eterna, la puerta se abrió sólo a medias. Tras ella, un muchacho de piel oscura, como tallada en madera vieja, sacó la cabeza. Llevaba el pelo corto, de rizo apretado. Vestía una sencilla túnica tan blanca como su sonrisa.

—No sé si debería abrirte. Igual el jefe me mata.

Dujal pateó el suelo para espantar el frío y se frotó las manos.

—Precisamente quiero hablar con el jefe. ¿Qué te ha ordenado?

—Lo de siempre: que no deje pasar a nadie que venga a dar por…

—Eso no me lo creo… ¡Entonces vais a la ruina! —Dujal tenía las orejas frías, pero, como buen cazador, sabía esperar.

—Me entiendes de sobra. Además, no puedo dejar entrar a gente sin dinero.

—Bueno, es cierto que no llevo dinero encima. Se lo di a Mesalina para que me lo guardase.

—No me lo creo. Mira, no te voy a dejar pasar. Es la noche libre del jefe; ha confiado en mí para vigilar la puerta y no quiero líos.

—Pero algo querrás... —dijo Dujal con una sonrisa llena de colmillos—. Seguro que puedo conseguirlo.

—¡Bah! —El joven intentó cerrar, pero Dujal logró meter un pie.

—Puedo conseguir lo que sea, Rashid, mi fama me precede. —Dujal le guiñó un ojo—. Seguro que hay algo que quieres y que crees imposible.

Rashid agachó la vista, invadido por una risita nerviosa. Acercó la boca a la peluda oreja del gato y susurró unas palabras.

—¿Sabes que Mesalina te matará si se entera de eso? —le dijo Dujal.

—Bueno, pero ella no lo sabe.

—Querrás decir que no lo sabe... todavía —rectificó el phoka, malicioso.

Rashid lo miró desolado.

—No serás capaz... —balbuceó—. Oh, mierda...

—¿Abres la puerta? Me estoy helando. No te preocupes, le diré al jefe que no fue culpa tuya.

El chico lo dejó pasar, derrotado.

Tras la puerta verde se extendía un patio. El estuco de las paredes luchaba por mantenerse en su sitio. El suelo era de baldosas de barro. En el centro del patio, sobre una fuentecilla de piedra, un fauno de expresión burlona meaba sin cesar. Dujal adoraba aquel patio. El frío se quedaba fuera. Allí reinaba el aroma de las flores primaverales: dama de noche, jazmín, azahar... Aspiró con ganas. Oía música de flautas. Sólo había otra puerta en el patio, al otro lado, frente al viejo portón verde. Era una reja de forja entreabierta, cubierta con una cortina de esparto. El phoka se acercó a ella de un salto. Cruzarla se parecía mucho a desenvolver el regalo de una madre; siempre sospechas qué vas a encontrar dentro, pero nunca estás seguro de qué es. En todo caso, no suele defraudar.

Ronroneando, pasó al jardín más famoso de la Corte: el de la casa de Marsias. Las lámparas ya estaban encendidas, colgadas de las ramas de los árboles en desorden. Nunca había más luz de la necesaria; allí las cosas no se veían, se adivinaban. Entre los setos se alzaban discretas carpas de gasa y, al fondo, estaban las cúpulas de los baños. Dos hadas, que únicamente llevaban cubierto el rostro, pasaron corriendo a su lado, riéndose. En un claro del jardín unos músicos sentados sobre cojines tocaban una melodía suave. Junto a ellos, una joven dríade de piel verde, coronada con hojas de roble y vestida apenas con un traje de corteza, charlaba con una sátira dueña de una cascada de rizos de color miel. Era fácil distinguir a los clientes de los empleados; los empleados no llevaban máscara. Dujal se acercó a las chicas y les hizo una reverencia.

—Hermosas damas, he aquí a vuestro más rendido admirador.

La dríade se echó a reír, retirándose, pero la sátira se acercó a Dujal.

—Bueno, Silene —dijo enganchándose al brazo del phoka—, que tengas buena noche. Yo ya he encontrado compañía.

—¿Le vas a cobrar? —contestó Silene—. Ten cuidado, Mesalina. Dicen que el gato no es una compañía recomendable.

—¡Mentiras y falacias! —fingió ofenderse Dujal—. Soy un hada ejemplar.

—Desde luego —replicó Silene—. Ejemplo de cómo no se hacen las cosas.

La sátira tiró de Dujal.

—Lo siento preciosa —se disculpó él—, el deber me llama.

Mesalina lo guió hacia una carpa vacía. Dujal la dejó ir delante; adoraba sus andares de gacela, de pasos elásticos y elegantes, que mecían todo su cuerpo. Sus pezuñas parecían no tocar el suelo. Mesalina vestía seda verde sujeta en el hombro con un broche dorado. La tela ceñía su cuerpo; era tan fina que mostraba todos sus rincones. Dujal ronroneaba como un cachorro. Al llegar a la carpa la satira se tumbó sobre la hierba e invitó a Dujal con un gesto. El gato dio varias vueltas sobre la hierba antes de tumbarse. Decidido a eliminar obstáculos que estropearan la vista, deslizó la aguja que sujetaba el broche de Mesalina. Ella se libró de la tela y sirvió dos copas de vino.

—Creí que no volverías tan rápido —comentó.

—Siempre he pensado que debes regresar cuando la cosa está lo bastante fría para no quemarte, pero no tanto que no puedas disfrutar del calor.

Mesalina posó una sonrisa cómplice en el borde de su copa, asintiendo.

—Guardé el dinero de tu apuesta. Hice llegar su parte a Nicasia, como querías. ¿Sabes que hizo exactamente lo que dijiste? Lo aceptó.

Dujal se quitó el abrigo y lo usó de almohada fingiendo indiferencia. El tema había salido por sí solo, debía aprovecharlo para sondear la situación. Lo único que le preocupaba de haber vuelto era el humor de la knocker.

—Claro que sí. La gruñona siempre se desquita. ¿Sabes algo de ella?

—Después de lo de la Torre Oscura se encerró en su taller, apenas se la ha visto. Lo normal. Si te guarda rencor, lo que es seguro, no lo muestra.

—¡Bah! Unos días con la nariz metida en uno de sus proyectos y se olvida del mundo. No sabe vivir sin un lápiz entre las manos.

La sátira dejó su copa y se tumbó junto a Dujal. Toda

ella era un paisaje maravilloso. Olía a jazmín y a hierba recien cortada.

—Lo que tú digas —dijo—, pero siempre andas detrás de ella.

—¿Celosa? —Dujal aspiró el perfume de sus rizos—. No tienes por qué.

Mesalina arrugó la nariz.

—Nicasia me mira por encima del hombro —se quejó—. Se cree mejor que yo, mejor que todos nosotros.

—Creo que las dos os tenéis envidia, aunque no entiendo la razón. —Dujal se dio cuenta de que era mejor cambiar de tema—. ¿Y el jefe?

—Se ha encerrado en su alcoba para leer uno de sus libros románticos. A estas alturas de la profesión y pensando todavía en el amor… Es increíble.

—¿Él tampoco está enfadado?

—Marsias sólo se enfada cuando es necesario. —Mesalina acercó su rostro al del gato—. ¿Piensas pasarte toda la noche hablando?

Dujal la rodeó con los brazos y la besó en los labios.

—Dioses, no; es sólo que tengo que hablar con él. Le he traído más libros.

—Tendrás que esperar a mañana. Esta noche libra. No recibe a nadie.

Mesalina le devolvió el beso, colando una mano suave por debajo de su camiseta. El phoka decidió encargarse del resto de los asuntos al día siguiente.

Ya le sobraba la ropa cuando Rashid entró sin aliento en la carpa. La sátira le lanzó una mirada asesina, pero el muchacho no titubeó.

—¿Lo de la entrada es una broma vuestra?

—¿Qué dices? —preguntó Dujal limpiándose el pelo de briznas de hierba.

—No disimuléis. Os habéis propuesto fastidiar mi primer turno en la puerta.

—Rashid, ¿por qué querría hacer yo eso? —preguntó Mesalina vistiéndose.

Rashid se quedó pensativo. Luego, miró al gato con rencor.

—Porque estás enfadada conmigo.

—¿De qué hablas? ¿Enfadada por qué?

Dujal hizo gestos furtivos a Rashid para indicarle que su secreto estaba a salvo. El chico no supo cómo seguir. Dujal acudió al rescate.

—¿Qué pasa en la puerta? —le preguntó.

—Será mejor que vengáis conmigo. No sé si llamar a Marsias.

Mesalina y Dujal se levantaron y siguieron a Rashid. Un llanto desesperado hacía temblar el aire procedente de la puerta verde. Dujal entornó la verja que separaba el jardín del patio de barro. Mejor evitar clientes curiosos.

—Rashid, tráeme la mochila. Me la he dejado en la carpa. Mesalina, creo que se acabó la noche libre del jefe.

Magia y chispas

Mesalina corrió en busca de Marsias. Rashid rezó por que volviera pronto; era su primera noche de portero y la cosa no podía haberle salido peor: primero se le colaba un intruso del que había sido advertido y ahora esto, un paquete en la entrada, un bulto en forma de niño sátiro atado con una cadena. Tendría ocho años, nueve tal vez, y lloraba como un demonio. A ratos se quedaba sin fuerzas y sollozaba tratando de no asfixiarse en sus propios mocos. Luego, volvía a berrear con un vigor que, tratándose de un sátiro, era suficiente para despertar a todo el barrio. Entre llanto y llanto, luchaba por arrancarse el collar que aprisionaba su cuello y lo encadenaba a la pared. Dujal se rascó una oreja, molesto; había que ser un auténtico desgraciado para tratar así a un niño. Se acercó en actitud tranquilizadora. Lo primero era desatarlo y hacerlo callar; sería un alivio para su oído felino, y también para la garganta del crío.

—Tranquilo, chaval, no me muerdas; recuerda que soy más grande que tú. A ver, ¿cómo has llegado hasta aquí?

Mientras hablaba escurrió la mano por el collar; si encontraba la cerradura estaba seguro de poder abrirla. El niño, al sentir el roce de un desconocido, se revolvió y le soltó una patada. Era un profesional de la puntería: acertó en la entrepierna del phoka. Dujal se derrumbó con un gemido.

—¡Será cabrito...!

—Prueba a dar saltos —le aconsejó una voz familiar—. Dicen que ayuda.

Desde el suelo, Marsias parecía aún más grande de lo que era, dos pies de sátiro adulto con un solemne barrigón. Con una manaza ayudó al phoka a ponerse en pie. Dujal se levantó encogido, con el amor propio por los suelos. El dueño de la casa no era lo que uno esperaba encontrar regentando un burdel. Se parecía más a un dios del bosque: piel morena salpicada de tatuajes y una melena oscura, salvaje como hiedra, a juego con sus barbas y sus cuernos de carnero. Marsias olía a musgo y a tierra mojada, a animal libre. Su vestimenta, hiciera calor o frío, siempre consistía en dos únicas prendas: un taparrabos enrollado a la cintura, de cuya parte delantera colgaba una pieza de tela que le llegaba a las rodillas y que por atrás estaba abierta para que asomara su cola; y otra prenda aún más sencilla: una eterna y acogedora sonrisa.

El dueño del local se acercó al niño como si hallar gente encadenada a la puerta de tu casa fuese algo cotidiano. Al verlo el crío calló de golpe. Miró al sátiro con ojos como platos, con una expresión que andaba entre el miedo y el asombro. Marsias pidió a Dujal que se acercara. Éste accedió encantado, guardando las distancias.

—Mira sus pupilas —dijo Marsias—. Lo han drogado, y vete a saber qué más.

Las pupilas del pequeño fauno eran puntos minúsculos, temblorosos. Dujal echó hacia atrás las orejas y bufó de rabia. Aquello cada vez le gustaba menos.

—Creo que ese collar carece de cerradura —señaló—. No tengo ni idea de cómo quitarlo. Además, ni siquiera nos deja acercarnos.

Marsias se toqueteó la barba. Cavilaba. El crío, al menos, estaba callado. No les quitaba la vista de encima, receloso.

—Siempre tenemos el recurso de la fuerza. Podemos inmovilizar a un niño entre tú y yo, aunque esté drogado. Pero dejemos eso como último recurso.

—Puedo distraerlo mientras tú te acercas.

—¿Y eso de qué serviría? El maestro de las ganzúas eres tú. Creo que, por poco que te guste, tendremos que hacerlo al revés.

—Qué remedio.

Marsias sacó de la faltriquera que llevaba colgada de la cintura un flautín dorado con grabados de flores y hojas. Dujal conocía bien aquel instrumento. Se lo había regalado él; después de desafiarle una y otra vez, acabó por descubrir que por mucho que se esforzara no podía competir con un maestro. Cuando Marsias tocaba, el mundo dejaba de existir. Podía hacerte sentir lo que quisiera, podía ponerte a bailar o arrancarte un mar de lágrimas. Sólo tenía que tejer la música adecuada. El sátiro se llevó el flautín a los labios y tocó una melodía sencilla, pegadiza, unas cuantas notas que parecían jugar entre ellas. El fauno esbozó una sonrisa, concentrado en el músico. Dujal se puso en cuclillas, con la cabeza gacha, atento al collar. Se acercó poco a poco. Cuando creyó que su objetivo no le prestaba atención alargó la mano buscando la cerradura. Esta vez su presa tampoco estaba dispuesta a colaborar, y le soltó un buen mordisco. El phoka maulló de dolor y cambió de forma por instinto. Logró saltar fuera del alcance de la pequeña bestia y le dedicó unos indignados maullidos, con el lomo arqueado y la cola tiesa. Estaba tan enfadado que hasta había sacado las uñas. Marsias lo cogió por la piel del cogote.

—Brillante ayuda la tuya —le dijo tratando de no reírse demasiado.

Dujal bufó ofendido. Era ridículo. Dos adultos incapaces de meter a un niño en cintura. Puede que el sátiro encontrase aquello divertido, pero él empezaba a sentirse humillado. Para rematar la situación, desde el jardín se oyeron aplausos.

—Vaya par de inútiles estáis hechos —dijo una cáustica voz femenina—. Mira que dejar que un mocoso se os suba a la chepa...

Dujal se encogió sin poder evitarlo y resopló. En la lista de gente que no quería que presenciara sus meteduras de pata, ella estaba en el primer puesto. La knocker, despeinada, se abrochó el gemelo izquierdo de su impecable blusa que, como era habitual, la cubría hasta el cuello. Tenía la espalda apoyada contra la pared del patio, junto a la verja, y en la boca lucía esa mueca que solía confundir con una sonrisa. Quizá hubiera logrado engañar a alguien si no fuera por un pequeño detalle: los ojos de Nicasia no sonreían nunca. ¿Qué hacía allí? Era el último sitio donde Dujal habría esperado encontrarla. Marsias se volvió hacia ella.

—Ah... Malbich... Nicasia... —tartamudeó—. No quería molestarte.

La ingeniera los miró mientras ponía orden en la maraña de sus rizos blancos.

—La próxima vez que no quieras molestarme, sacrifica un cerdo en mitad del patio. Es más silencioso.

—Tomo nota. ¿Nos echas una mano?

—¿Para qué? Tenéis controlada la situación.

Marsias dejó a Dujal en el suelo, aún en su forma felina.

—No te hagas de rogar —susurró el sátiro a Nicasia—. Hazlo por el niño.

La knocker soltó un suspiro de resignación. Abandonó la pared y cruzó el patio. El taconeo metálico de sus pasos resonó sobre las baldosas de barro. Al phoka, el tintineo de su aparato ortopédico siempre le sonaba muy marcial. La peliblanco era disciplinada hasta para hacer ruido. Nicasia se plantó delante del satirillo sin vacilar, puso los brazos en jarras y lo miró con los labios apretados. El niño se quedó inmóvil.

—Mocoso —dijo Nicasia—, ¿quieres quedarte ahí atado toda la maldita vida?

Para sorpresa general, el crío negó con la cabeza, muy despacio.

—Yo puedo soltarte —aseveró Nicasia—. Luego, te ayudaremos a volver de donde mierdas hayas salido. Pero tienes que quedarte quieto, porque si me pateas o me muerdes, o me hartas de cualquier manera, te suelto dos tortas y te dejo como estás hasta que se te pele la garganta. ¿Lo has entendido?

El niño asintió, secándose la cara con un brazo.

—Pues déjate de tonterías y estate quieto.

Nicasia sostuvo la cadena y acarició los eslabones. Tiró para comprobar hasta qué punto estaba bien anclada a la pared. Repitió la operación varias veces; la última de ellas añadió a la maniobra unas palabras en un idioma seco y gutural. La cadena se puso tensa y siseó. Se iluminó en la pared un extraño dibujo geométrico. Parecía que hubiera sido dibujado al fuego sobre el yeso. El efecto desapareció al instante y sólo quedaron unos trazos negros.

—¡Alta magia! —silbó Nicasia—. Esto es hechicería de primera… No puedo deshacerla.

Dujal se acercó para verlo mejor; el aire tenía ese olor a metal caliente que suele acompañar a los hechizos poderosos. Marsias parecía preocupado.

—¿No puedes hacer nada?

—No puedo hacer nada con el sello. No he estudiado magia. La cadena es otra cosa, manufactura goblin, buena calidad. Ha debido de costar un pequeña fortuna. ¿Me la puedo quedar? Esto no se ve en la Corte todos los días.

—Luego nos explicas los detalles técnicos. Ahora suelta a este pobre sátiro.

La knocker se crujió los nudillos.

—Apartaos. —Se volvió hacia el prisionero y le dijo—: Aléjate de la pared todo lo que puedas, túmbate y no mires.

El niño se alarmó al oírla, pero le hizo caso. Nicasia extrajo de uno de los listones de su aparato ortopédico una varita de color verdoso del grosor y la longitud de un lápiz, la metió entre los eslabones de la cadena que anclaban a la pared y se colocó junto a Marsias. Respiró hondo e hizo un gesto con las manos, como si escurriera un pañuelo invisible. Una explosión sorda llenó el aire de un fino polvillo verde que olía francamente mal. La cadena estaba rota y el sello intacto, pese a que el resto de la pared no había soportado igual de bien el impacto. El niño sátiro se levantó del suelo, blanco de escayola. Logró dar unos pasos tambaleantes y se desplomó de nuevo.

Dujal y Marsias se volvieron hacia Nicasia.

—A ver si te has pasado... —murmuró el phoka.

Donde nuevas paternidades descubren
viejos romances

A Dujal le gustaba la música y dormir; bajo techo, a ser posible, ya fuera solo o en compañía. Pero, sobre todo, le gustaban los misterios. Los puzles con piezas de menos. Era adicto al picor de la intriga y, como hasta entonces la curiosidad nunca había matado al gato, echaba la zarpa a todo aquello que olía a enigma.

El misterio que más le escocía era el pasado de Marsias. Hacía tiempo, en una borrachera, el propio sátiro le había contado que había estudiado medicina en su juventud, pero que no la ejercía «por venganza». Dujal no se enteró bien de qué tipo de venganza era aquélla; él tampoco estaba demasiado sobrio. La velada acabó derivando en juramentos de amistad eterna y votos a la magia del vino. Tiempo después, oyó que el abuelo de Marsias no había sido cualquier médico, sino el primer Rector del santuario de FuegoVivo, y que esperaba grandes logros de su nieto, logros que jamás llegaron. Dujal se preguntó por qué; sólo había que verle examinando al niño para darse cuenta de que Marsias tenía talento para curar. Era delicado y concienzudo. Resultaba evidente que aquello le gustaba.

Habían llevado al satirillo a uno de los aposentos vacíos. Era un dormitorio sencillo, muy acogedor, nada sórdido. Con paredes en azul pálido y una cama que invitaba a enroscarse bajo su edredón con un libro y una infusión caliente. Las ventanas estaban cubiertas con cortinas de gasa y dejaban entrever parte del jardín. No parecía la alcoba de un prostíbulo.

—Será mejor dejarlo dormir —dictaminó Marsias—. No hay mejor cura que el sueño.

—¿Podemos hablar ya de quién es ese crío? —preguntó Nicasia.

Estaba de mal humor, pero no era uno de sus aparentemente inexplicables ataques de mala sangre. Este enfado tenía un motivo. Dujal se frotaba las manos; los misterios que luego se convertían en cotilleos le resultaban fascinantes, más aún si con ellos podía chinchar a Nicasia de algún modo.

El humor de la knocker pasó de malo a pésimo cuando al desnudar al niño encontraron una nota cosida a sus ropas. Estaba escrita en tinta de color sepia con una elegante caligrafía. «Se llama Laertes —decía la nota—. Ocúpate de él. Es hijo tuyo.» Nicasia se puso roja de ira hasta la raíz del pelo. Guardó silencio mientras Marsias curaba al crío y lo arropaba en la cama, pero su rostro parecía a punto de explotar.

—Hablaremos, pero en otro sitio —dijo Marsias cuando el pequeño ya dormía—. No es buena idea despertar a un niño asustado y conmocionado.

Abandonaron el aposento y se instalaron todos en el dormitorio privado de Marsias. Era una estancia enorme, con el techo muy alto y un balcón cerrado a cal y canto con maltrechas contraventanas. Disponía de algunos muebles: una cómoda señorial y un gran espejo nublado por el paso del tiempo. Una de las paredes estaba cubierta por una estantería repleta de libros. Muchos se los había traído Dujal. A Marsias le apasionaban las novelas de amor, a ser posible llenas de dificultades pero con final feliz. Se sabía de memoria pasajes enteros de muchas de ellas. También había un par de sillones antiguos, muy confortables, y una mesa asimismo abarrotada de libros. Y, por supuesto, la cama, que era, sin duda, el mueble más impresionante que Dujal había visto jamás. Cuatro árboles de madera oscura extendían sus ramas por el techo, como vigas en flor salpicadas de hojas doradas que se unían sobre un lecho gigantesco vestido en blanco, cercado por un dosel de seda. Al verlo, Dujal pensó que aquel dormitorio debía de haber sido antes el de una alta dama. Pero no era momento de preguntar.

Nicasia puso del revés una silla y se sentó a horcajadas. Marsias presidió acomodándose sobre la mesa desordenada. Dujal optó por un sillón.

—¿Y bien? —gruñó la knocker.

—Me temo que sé tanto como tú —dijo Marsias, pensativo, y se volvió hacia el gato—. Tú llegaste primero, Dujal.

—Rashid llegó primero —precisó él—. Pensaba que era cosa mía... Pero, vaya, encadenar a críos drogados a las puertas de viejos amigos no es mi estilo. Esto es una broma demasiado macabra hasta para mí.

—Sí... —convino Nicasia—. Tú eres más de organizar representaciones teatrales y timbas clandestinas a costa de gente a la que previamente robas.

—¡Querida amiga! —contestó Dujal—. ¡Ahora no es momento para eso!

—No, no lo es... Pero ya lo encontraré, tenlo por seguro.

Marsias alzó las manos en son de paz. Tocó una campanilla y convocó a la estancia a uno de los trolls encargados de la seguridad de su establecimiento. Lo envió a llamar a Rashid, que entró en la habitación retorciéndose las manos. Marsias le señaló el sillón libre.

—Rashid, cuéntanos lo que ha pasado. Lo que viste.

—Veréis, estaba en la puerta... No recuerdo bien... No vi nada... Por mucho que intento aclararme la cabeza, no logro...

—Tranquilo, piojo —le dijo Nicasia—. El hechizo de la pared era de los gordos. Te bajó los calzones. Creo que nos los habría bajado a cualquiera de nosotros.

—¿No recuerdas un ruido? —Dujal conocía los hechizos de ilusión—. ¿Música?

El joven Rashid sacó la lengua y meditó. De súbito se le iluminó la cara.

—¡Recuerdo un olor! Como a fruta madura. Melón, quizá. Un olor pegajoso.

—Puede que no fuera un hechizo de ilusión —sugirió Nicasia—. Quizá era una poción de sueño rápido. Las mías funcionan bien. Yo prefiero el olor a azaleas.

—Esas cosas no son precisamente baratas… —señaló Marsias.

—Fue sólo un segundo —dijo Rashid—. De pronto había un niño encadenado a la puerta, pero en la calle no vi a nadie.

—Pócimas caras —habló Nicasia—, alta magia, una cadena goblin que sólo se puede comprar teniendo buenos contactos, y notas escritas en papel elegante con impecable caligrafía. ¿Tengo que decir algo más?

Marsias se frotó los ojos con las manos. Resopló para alejar la rabia antes de hablar.

—Vete, Rashid. Gracias por todo. No tienes de qué preocuparte.

Dujal esperó a que el chico saliera.

—Parece bastante claro que esto es cosa de un noble —dijo, a solas con Marsias y Nicasia—. ¡Un sidhe! Marsias, tu hijo tiene patas de cabra, pero su pelo rubio y su piel clara delatan a los elfos. Mal asunto.

Marsias se tumbó sobre la mesa con la mirada perdida. Era difícil jugársela a un noble. Los aen sidhe eran maquinadores y se cubrían las espaldas unos a otros. Frente a un sidhe, por bajo que fuese su título nobiliario, el regente de un burdel tenía poco que hacer.

—¿Quién es la madre? —Dujal sacó papel y lápiz—. Hagamos una lista de…

Nicasia saltó de su silla y le arrancó el papel de las manos al gato.

—¿La madre? —gritó—. Pero ¿es que existe alguna posibilidad de que tú seas el padre? ¡Pensaba que te había dado un medio para no llegar a esto!

Arrojó sobre la mesa un anillo de plata.

—Podría... —Marsias se incorporó, pálido—. Podría ser anterior a tu invento...

—¿Anterior...? —repitió Nicasia, boquiabierta. Había cerrado los puños, y se mordía el labio inferior para no hablar. Marsias se acercó a ella con expresión de cachorrito en mitad de una travesura. Una mano blanca cruzó el aire y azotó la cara del sátiro—. Con una sidhe... —No gritó, ni parecía enfadada—. Después de todo lo que nos ha hecho esa gente...

Nicasia abandonó la habitación dando un portazo que hizo temblar el edificio entero. Marsias no intentó detenerla, se quedó en silencio con la desolación pintada en el rostro.

Dujal cogió el anillo que reposaba sobre la mesa. Era plano y ligero. Debía de estar hecho de alguna de las aleaciones secretas de la ingeniera, pero era demasiado ancho para que un hada se lo pusiera en el dedo. Hizo con él algunos trucos de mano mientras Marsias recuperaba la compostura y la sensibilidad de su mejilla.

—¿De quién es este anillo? —preguntó Dujal—. ¿De un troll? ¡Qué dedazos!

—Es mío —contestó Marsias—. Nicasia lo hizo para mí, para evitar deslices.

—¡Qué! ¿Esto es para ponérselo en...? —Dujal soltó el anillo como si quemase y se limpió las manos en los pantalones—. ¡Vaya! Enhorabuena, Marsias.

—Soy un sátiro —dijo Marsias—. ¿Qué esperabas?

Marsias tocó de nuevo la campanilla y pidió hielo a su asistente para ponérselo en la mejilla, que empezaba a hincharse. Dujal observó el dibujo de los dedos finos de Nicasia sobre la cara del patacabra. No entendía el arrebato de la ingeniera. ¿Qué motivo había para aquel bofetón? De pronto ató cabos que ni siquiera sabía que estaban sueltos. Nicasia en el burdel con el pelo revuelto, abrochándose la blusa... El anillo de plata... «Esta noche libra —le había dicho Mesalina—. No recibe a nadie.»

—¡Dioses! —Apenas lo podía creer—. ¿Vosotros dos?

Se echó a reír. Pensar en alguien como pareja voluntaria de la ingeniera ya le resultaba cómico, pero que fuera Marsias... Él, tan grande y silvestre, tan bueno con todos y tan risueño; y ella tan menuda, elegante y llena de bilis... Dujal se tendió en el suelo y se rió a gusto, hasta quedarse sin fuerzas.

—¿Te has divertido ya bastante? —le preguntó Marsias.

—Oh, sí, pero hay tantas cosas que querría preguntarte... ¡Vosotros dos! Esto va a ser divertido.

El sátiro se acercó a su librería y rebuscó entre los tomos hasta dar con un pliego de papel amarillento, sellado y cerrado con cordel.

—Es una carta que acabo de recibir de Manx para ti —dijo a Dujal—. Te la daré si me prometes que no dirás nada a nadie sobre nosotros.

El phoka se incorporó de un salto y miró la carta.

—Promete que serás un buen amigo —insistió Marsias—. Y mantén el secreto. Si le dices a alguien que estoy con Nicasia será el fin de nuestra amistad.

—Está bien —cedió el phoka—. Lo haré. Dudo mucho que alguien me creyera.

—Una indiscreción y no volverás a poner los pies en esta casa.

—¿Tanto te importa ella?

—Más de lo que imaginas —susurró el sátiro.

Dujal, impaciente, arrancó la carta de las manos de Marsias y la abrió con avidez. Eran apenas unas líneas, pero las leyó hasta tres veces.

—Creo que voy a ir a ver a Manx —dijo, intrigado—. ¿Vienes conmigo?

—Sí —suspiró Marsias aplicándose el hielo a la mejilla—. Necesito vacaciones.

Una pausa que sirve para responder
a preguntas incómodas

El sol brillaba con ganas, pero en la Encrucijada del Este soplaba un vientecillo helado y poco apacible que olía a humedad. A Dujal los bigotes le avisaban de lluvia; el cielo pronto empezaría a cuajar. Se subió el cuello del abrigo y luchó un rato contra el aire para encender un cigarrillo. Con dos caladas olvidó el frío. Pese al clima, era feliz. Tenía su petate al hombro y su estoque a la cintura. La idea de ver a Manx lo ponía de buen humor. Como buenos gatos, su tutora y él eran de naturaleza más bien independiente, pero de vez en cuando, el cariño cruzaba sus caminos y pasaban algunos días juntos, hasta que uno de los dos decidía que ya tocaba ponerse en marcha y se iba sin despedirse.

Dujal sacó del bolsillo la carta que Manx le había mandado.

> Ven a verme a la cabaña del roble. Hay un asunto de gran importancia que necesito confiarte.
>
> MANX

Miró atrás, impaciente. Marsias se rezagaba. Dujal tomó asiento sobre la valla de madera que bordeaba el camino y paseó la vista por las colinas. A ese paso llegarían de noche, y no se librarían de la lluvia. Alzó la nariz y husmeó el viento. Traía un olor extraño. Pensó que se trataba del sátiro, pero el olor de su amigo era más crudo. Éste era un aroma delicado que casi se perdía en el aire. Dujal giró la cabeza en busca del rastro. Sobre la colina más cercana, junto a un olmo, había una figura que deslizaba su elegante capa azul sobre la hierba. Lo estaba mirando, podía sentir sus ojos sobre él. Dujal entornó la vista, pero la desconocida se cubrió con la capucha y su rostro quedó oculto.

—¿Qué estás mirando?

La pregunta lo hizo caer de la valla. Marsias venía por el camino con su hijo pegado a sus patas. El gato se llevó una mano al corazón.

—Dioses, Marsias —dijo—, ¿quieres matarme?

—Pensé que me oías llegar.

—Me parece que he visto a DamaMirlo en la colina.

—¿Mirlo tan lejos de Palacio? No lo creo. —Marsias se volvió para mirar el olmo sobre la colina—. Ahí arriba no hay nadie.

—La he visto —replicó Dujal, desconcertado—. Igual lo he soñado. Me ha dado tiempo a echar la siesta mientras te esperaba.

—Lo siento. —Marsias acarició la melena rubia de su hijo—. Estaba despierto antes que yo y se lo ve bastante recuperado. No me parece buena idea dejarlo solo en el burdel, y creo que un paseo por el campo le vendrá bien.

—Démoslo antes de que nos pille la lluvia.

Marsias miró el cielo radiante.

—¿Llover? ¿Estás de broma?

—No —respondió Dujal, y echó a andar.

Manx vivía lejos de la Corte. No era amiga de las visitas, aunque tampoco pasaba demasiado tiempo en su cabaña. La usaba como refugio de invierno; en cuanto hacía buen tiempo, cogía la maleta y se marchaba. Así lo exigía su profesión. Y su naturaleza. Ningún cambiante, ningún phoka, está hecho para vivir entre cuatro paredes durante mucho tiempo.

Dujal, por ejemplo, había crecido entre humanos. Pronto comprendió que estaba en un sitio al que no pertenecía. Manx lo encontró siendo un cachorro y le enseñó a viajar por EntreMundos. Dujal nunca se detenía en ninguna parte más de lo necesario. Dejó a su familia de adopción con un pellizco de nostalgia que desapareció rápido. Manx, su tutora, era lo más parecido a un pariente que tendría jamás, y era tan errante como él, así que no se estorbaban. Ella estuvo a su lado mientras tuvo cosas que enseñarle; luego, lo dejó marchar.

Apretó el paso. No veía la hora de lamer las orejas de Manx y que le explicara a qué asunto se refería en la carta. Marsias, en cambio, se tomaba el paseo con calma. Paraba en cada arbusto para enseñarle a su hijo el nombre de un pájaro bonito o de un simple hierbajo. El pequeño sátiro lo contemplaba con cierta reserva, aunque la curiosidad brillaba en los ojillos del niño y no parecía estar pasándolo del todo mal.

—¡Paremos a almorzar! —sugirió Marsias.

—Como quieras —bufó Dujal—. Así podréis mirar todos los bichos que queráis. Pero luego seguimos sin hacer pausas, ¿de acuerdo?

—Llevo mucho tiempo sin salir de casa —se excusó Marsias—. Me hacía falta. ¡Y el mocoso está disfrutando!

—¿Te ha contado algo? —preguntó Dujal.

—No. El que lo abandonó le ha vaciado la memoria.

Se sentaron en un claro junto al camino, entre viejos manzanos. Marsias se descolgó la mochila y sacó un paquete envuelto en papel de estraza.

—¿A que no has traído nada de comer? —preguntó a Dujal.

Dujal no pudo evitar relamerse.

—Pensé que ya encontraría algo. Los ratones de campo son deliciosos.

—Menos delicioso que una empanada de Costurina. Se la encargué ayer.

—¿Empanada de Costurina? —Las tripas del gato gruñeron de ilusión—. ¿Con carne y cebolla? ¡Dioses, me alegro de haberte traído!

Marsias la cortó y repartió los trozos. Comieron en silencio, disfrutando. Al acabar, Marsias limpió la barbilla a su hijo y le dio una larga vara de avellano.

—Anda, Laertes, ve a dar un paseo y nos traes unas manzanas.

El niño se marchó ejecutando diestros mandobles entre los arbustos. Dujal lo miró en silenció mientras se alejaba.

—Creo que le han dado lecciones de esgrima… ¿Sabes ya si es tu hijo?

—Esta mañana le canté la Canción de Sangre y me respondió nota por nota.

Dujal se limpió de migas la camiseta. Conocía la Canción de Sangre; cada hada nace con una canción en los labios, una canción para padres e hijos que nadie fuera de ese vínculo puede cantar. De niño, Dujal estaba tan empeñado en no ser huérfano que solía cantársela a todo el que se ponía en su camino, con la esperanza de que alguien le respondiera. Recordaba la primera vez que Marsias entró en la cabaña de Manx. Tampoco el sátiro conocía su canción. Ese día dejó de buscar.

—Entonces, la Hueste Invernal tiene un nuevo miembro —dijo al fin.

Marsias se recostó contra un tronco y miró el cielo entre los manzanos.

—Eso nunca se sabe. Manx era de los nuestros, y tú tenías que seguir sus pasos. ¿Por qué no lo hiciste, Dujal? ¿Qué hace el alumno más prometedor de la mejor ladrona de la Corte de los Espejos oficiando en la otra Hueste? Nadie encaja peor que tú en la Hueste Estival. No tienes vergüenza, ni honor…

—¡Eh, sí tengo honor! —se defendió Dujal—. ¡Y principios!

—Robo, estafa, infamia… Muy honorable lo del teatro de la Torre Oscura.

—Pues sí —contestó el phoka encendiendo un cigarrillo—. Allí demostré ser todo un emprendedor, un artista revelación y poseer un enorme don de gentes.

—Ni tú te crees lo que dices.

—Marsias, soy un ser creativo. Estival, Invernal, me da lo mismo. ¿Qué hay de ti? ¿Qué hace un cacho de pan como tú con los Invernales? Dar la espalda a la tradición médica familiar es comprensible, pero ¿que te alejaras de la decencia y de una reputación intachable?

El sátiro se acarició la barba.

—Nada es tan decente e intachable como parece. En la Hueste Invernal soy lo que soy y no tengo que andar con dobles morales. Atiende; lo más seguro es que la madre de ese crío sea una Estival, un hada respetable y honesta. ¡Pues mira lo que ha hecho, o le han obligado a hacer!

Dujal soltó una nubecita de humo y la contempló disolverse en el aire.

—Creo que los dos elegimos nuestras Huestes por llevar la contraria.

—¡No! —Marsias apoyó su opinión con firmeza—. Yo la elegí para no tener que esconderme de nadie nunca. Tú hiciste tu elección sólo para fastidiar.

—En la Hueste Invernal sería sólo un sinvergüenza de muchos. En la Hueste Estival no hay nadie como yo.

—Al menos a cara descubierta. En eso te doy la razón.

—Te noto dolido —apuntó Dujal.

—Nadie debería tratar así a un niño… —dijo Marsias.

—No, no debería. —Dujal cambió de tema—. Dime, ¿cuándo conociste a Manx?

—¿No te lo contó nunca? Durante la Guerra de la Reina Durmiente Nicasia, ella y yo luchamos juntos al lado de su majestad.

—Vaya… Sabía que Nicasia defendió la Corte durante el asedio, pero Manx en ningún momento me dijo que lo hicieran juntas.

—Eran un equipo formidable —recordó el sátiro.

—Manx no me lo había contado. Nunca me habló mucho de la guerra.

—Eran grandes amigas —dijo Marsias con la vista perdida—. Resistieron juntas cuando sitiaron la Corte. Después, se separaron. No han vuelto a hablarse desde entonces.

—¿Por qué? —Dujal no podía creer lo que estaba oyendo.

Marsias se puso de pie de un salto rascándose una pezuña.

—¡Mierda! ¡Pulgas…! ¡Tendré que bañarme con jabón…!

Dujal se levantó también.

—Odio las pulgas —dijo apartando la cola de la hierba—. Mejor nos vamos.

Marsias silbó. A lo lejos, el satirillo respondió con un balido.

—¿Cómo es que Laertes bala? —preguntó Dujal—. Tú no lo haces.

—Claro —respondió el sátiro, ofendido—. Sólo lo hacen los niños. ¿Qué te crees?

Retomaron el camino. Dujal deseaba preguntar a su tutora sobre la carta y sobre la guerra. Arreció el viento, y el cielo se encapotó muy deprisa. A media tarde empezó a chispear; en unas horas les caía encima una tormenta en toda regla. Caminaron empapados y de mal humor. Como Dujal había supuesto, ya era noche cerrada cuando llegaron al bosque de cedros. La cabaña de Manx se acurrucaba al amparo de un viejo roble tan ancho que hacían falta tres trolls para abrazar su tronco. Era un árbol tan alto y frondoso que podías esconderte y acechar en sus ramas a un centenar de pájaros. Al abrigo de aquel anciano del bosque, oculta de las miradas indiscretas por jóvenes retoños, se escondía la cabaña de Manx. Dujal corrió hacia ella. Quería sentarse al fuego y quitarse la ropa mojada. Casi le parecía escuchar la voz de su tutora.

Se detuvo frente al roble. La puerta de la cabaña colgaba de una bisagra hecha pedazos. En el interior había luz. Dujal estiró las orejas, pero no escuchó nada aparte de la tormenta. Algo dentro del phoka se encogió de miedo. Sacó el estoque y, muy despacio, entró en la cabaña.

La cabaña bajo el roble

Primero fue el olor, uno que cualquier animal reconoce, que ni siquiera la lluvia puede disipar, pegajoso y dulzón. Un olor que sólo les gusta a las moscas. Después, el silencio. No existe el silencio total, pero hay una especie de calma tensa que siempre anuncia el desastre. Antes de entrar, el gato ya sabía lo que el hada negaba. Los animales pueden olerla. El interior de la cabaña recordaba a los restos de un naufragio. Colgada de la pared, muy cerca de la puerta, una bujía que parpadeaba con luz indecisa, avergonzada de tener que mostrar una escena tan triste a un viejo amigo.

Lo que estaba bajo los pedazos de la mesa ya no era Manx. Su tutora había tenido los ojos dorados, como un par de monedas antiguas que podían hacer rico a quien fuese capaz de domarla. Los ojos que ahora lo miraban espantados bajo los fragmentos de la mesa estaban cubiertos de un velo azul sucio y ya no veían nada, sólo observaban desde el suelo con expresión de sorpresa. Su corpiño y su blusa lucían acartonados de sangre negra justo donde un profundo agujero había permitido que la vida se le escapara. Dujal caminó hacia ella casi en sueños. No podía ser Manx, porque los brazos que yacían en el suelo no guardaban ningún calor, no recordaban cómo abrazar. Aquellos labios blancos antes habían tenido el color suave de los besos cariñosos y habían guardado una voz amable. Lo que quedaba allí tirado era sólo un armazón de huesos y carne. Su maestra ya no estaba allí. El phoka se dejó caer junto al cuerpo y hundió la cara en su regazo. Quizá si lloraba lo suficiente conseguiría hacerla volver, quizá si se quedaba allí podría devolverle el calor que ella le había prestado tantas noches frías. La gente solía pensar que el gato era un mero sinvergüenza, un oportunista sin ningún tipo de escrúpulo. No faltaba quien hablase mal de él, ni quien estuviese deseando jugársela. Pero no le importaba, porque en algún lugar había una persona que nunca lo juzgaría. Y ahora esa persona ya no existía. Una certera estocada en el corazón y todo lo que alguna vez fue ella se había deshecho en un pequeño río de sangre. Al cabo de un rato ya no era capaz de llorar. Dujal permaneció sentado en el suelo, sin querer mirarla por última vez, sin valor para hacer nada más, porque cualquier cosa que rompiera aquel momento le obligaría a aceptar una realidad horrible.

Marsias lo ayudó a levantarse. El sátiro rara vez dejaba de sonreír; incluso cuando no lo hacía abiertamente su mirada lo hacía por él. En aquella ocasión, los ojos de Marsias estaban tan tristes como todo su rostro. Entonces, Dujal recordó que Manx y él habían sido amigos, compañeros en la Guerra de la Reina Durmiente, y no supo qué decir. El dolor no era sólo para él. Marsias se acercó al cadáver y le cerró los ojos después de darle un beso en la frente. Tras eso cubrió los restos con una sábana que encontró en un arcón.

—¿Qué vamos a hacer con ella? —La voz del sátiro era un susurro.

—¿Hacer? —Dujal no entendía a qué se refería.

—No podemos dejarla pudriéndose aquí…

El phoka se volvió hacia la ventana. Fuera no paraba de llover.

—La enterraremos bajo el roble en cuanto cese la lluvia —indicó Dujal—. Ella hubiese querido que fuese así. Amaba este sitio.

Marsias asintió y se volvió para abrazar a su hijo. El crío

era una sombra silenciosa. Los miraba. Dujal encendió un cigarrillo, pero no tenía ganas de fumar. Volvió a asomarse a la ventana. Cada poco, un rayo dibujaba su silueta quebrada en el horizonte, seguido por el bramido del trueno. Nunca le habían gustado las tormentas, mucho menos si estaba en una casa escondida bajo un árbol. El viento gemía entre las ramas y las hacía crujir. Además, había otro sonido. Dujal sacó la cabeza fuera y estiró las orejas. Un trueno retumbó cerca, y después ese extraño ruido de nuevo. Esta vez lo reconoció: era el lloriqueo de un cachorro. Cambió de forma y trepó al roble luchando contra el viento y la lluvia. Dujal conocía aquel árbol desde que era una pelusa con patas. Manx le había enseñado a treparlo. No tardó en encontrar a un gatito encogido en el tronco. Al verlo llegar, se erizó y agachó las orejas. Apenas tendría un mes, pero bufaba con valor. Dujal se acercó ignorando las protestas del cachorro y lo cogió del cuello con la boca. Volvió a la cabaña.

—¿Estás loco? —protestó Marsias—. ¿Cómo te subes ahí con este tiempo?

Dujal lamió el pelaje de la cría. Sabía a barro y a miedo. Ahora el cachorro parecía más tranquilo. Dujal cambió de forma y lo acunó en su regazo. Era una gata muy pequeña; tenía el pelo castaño salpicado de parches negros, menos las patas, que eran blancas. Aún era tan joven que tenía los ojos turbios, pero Dujal ya sabía que tendrían el color del oro viejo.

—La oí —dijo tras escupir una bola de pelo mojado. Escupir pelo era molesto, pero escupir pelo ajeno era horrible hasta para él.

—Es hija de Manx… —comprendió Marsias.

La viva imagen de su madre. Y tenía su carácter; entre estornudos y toses bufaba con el pelo tieso. Temblaba tanto que apenas se tenía en pie, pero los miraba con los ojos entrecerrados y las uñas fuera.

—Es clavadita —apreció Dujal—. Sólo que tiene cola.

Manx la perdió en la Batalla de los Tejados. Así ganó su nombre de guerra. Eso me contaron.

—Fui yo quien comenzó a llamarla Manx... —Marsias ahogó un sollozo. Secó sus ojos y respiró hondo—. Estáis empapados; anda, acércate.

Dujal obedeció. Marsias le cogió las manos mientras silbaba una melodía dulce. Una brisa caliente inundó la cabaña y recorrió al phoka de arriba abajo, espantándole el frío y la humedad. Dujal y la gatita quedaron completamente secos, aunque la cachorrilla no dejaba de estornudar y toser.

—Este bebé está muy acatarrado. —Marsias colocó una oreja sobre el pecho de la gatita—. Hace ruido al respirar. Deberíamos volver lo antes posible.

—¿Y Manx? —preguntó Dujal.

—Creo que querría que hiciéramos lo mejor para su hija —declaró Marsias buscando algo para envolverla—. Quédate. Dejaré a los niños en casa y volveré. Entonces la enterraremos. En la Corte hay gente que querrá estar presente.

Dujal asintió. De pronto, la hija de Manx era su única preocupación.

—Puedes llevarla aquí —indicó sacando algunas cosas de su bolsa de viaje—. Es de cuero, y bastante impermeable. No se mojará.

Marsias cogió la bolsa y metió a la gata bien arropada. Luego, le tendió la mano a su hijo, que se apresuró a cogérsela.

—Estaré aquí antes de que se haga de día —prometió a Dujal.

—No te preocupes por mí.

El sátiro desapareció en la oscuridad, y él se sentó de nuevo en el suelo, junto a su tutora. No tuvo demasiado tiempo de hacer nada; casi al instante, el pequeño Laertes regresó corriendo a la cabaña, espantado.

—¡Ayúdale! —gritó señalando fuera.

—¿Qué ocurre? —preguntó Dujal.

—¡Van a hacerle daño!

—¿Qué? —Dujal saltó hacia la puerta—. ¡Quédate aquí, no salgas!

Fuera de la cabaña, varias figuras rodeaban a Marsias. El sátiro sostenía su maza entre las manos; y miraba desafiante al corro que lo cercaba. Eran un grupo variopinto: una sluagh de negro que se escudaba junto a dos trolls tan grandes como el que dormía inconsciente frente a Marsias, y tres gorrorrojos que se miraban con sádica sonrisa. Lo realmente exótico del grupo eran las dos figuras que se agazapaban junto a ellos, pequeñas y encorvadas, con sus orejas de murciélago y sus cintos repletos de armas extrañas. Dujal nunca había visto un goblin a menos que estuviera dibujado en un libro.

En total eran ocho contra dos, y Dujal no era bueno en el combate. Salió de la cabaña por una ventana y avanzó agazapado contra la hierba. La sluagh era la única desarmada. Parecía ser el líder. Era el blanco perfecto. Dujal tomó un poco de hierba y la arrancó de raíz para frotarla entre las manos; al momento, la hierba había desaparecido y su cuerpo se había vuelto del color de la tierra, salpicado de largos tallos verdes aquí y allá. En mitad de la noche y la lluvia sería difícil que lo vieran acercarse. Se aproximó agachado, con el estoque escondido para que el reflejo no lo delatara. Pudo oír la voz de Marsias, alta y clara contra la tormenta.

—¿Queréis a la niña? —preguntó alzando su maza—. ¡Venid a buscarla!

La sluagh le hizo un gesto a uno de sus trolls, y éste se abalanzó contra el sátiro blandiendo un pesado mayal. Marsias lo esquivó de un salto y alcanzó a su atacante con un certero golpe en pleno rostro. La maza dibujó en el aire un delgado rastro de fuego. Se giró con asombrosa rapidez para su cuerpo grande y grueso y se encaró con los gorrorrojos que se le acercaban. Marsias dio una palmada en el suelo con la mano izquierda; las flores tatuadas en su brazo se movieron y desenredaron para derramarse en la tierra, creando una barrera de zarzas a su alrededor y encerrando a los trolls en una cárcel de espinas. Los gorrorrojos examinaron el obstáculo y se aproximaron para despejarlo con sus espadas. Marsias los miró, inmóvil, hasta que uno de los atacantes se acercó demasiado; entonces, hizo un molinete con la maza, trazó un rastro flamígero y prendió fuego al muro de zarzas. Los gorrorrojos se alejaron chamuscados.

—¡Alejaos de ahí, cretinos! —aulló uno de los goblins.

Se alzaron las llamas en mitad de la noche, ignorando la lluvia y el viento. Los trolls aullaron. El grupo de monstruos estaba tan confundido que dejaron a la sluagh sola en la retaguardia. Dujal sonrió; era el momento perfecto para su entrada. Se colocó a espaldas de la jefa y, antes de que ésta pudiera reaccionar, le retorció un brazo y le puso la punta de su estoque bajo el mentón. Dujal se llevó una sorpresa al verla de cerca: el cerebro de aquella panda tenía unas curvas estupendas y la cara tatuada con las marcas que la Hueste Invernal aplicaba a los renegados.

—¿Qué...? ¡Matadlo, matadlo! —ordenó la sluagh—. ¿A qué esperáis?

Nadie reaccionó a la orden.

—Y una mierda —contestó uno de los goblins—. Galerna, si él te mata, ¿quién nos pagará? Ya apenas quedamos la mitad de los que vinimos; sólo falta que tengamos que volvernos sin cobrar.

—¡Obedeced, imbéciles! ¡Hacedlo! —les escupió la sluagh.

—¿Galerna? —repitió Dujal sin soltar a su presa—. Hermoso nombre, nunca lo olvidaré. Ahora, haced el favor de tirar las armas.

—¡No le hagáis caso, anormales!

Galerna adelantó la cabeza y se agachó. La hoja del estoque le destrozó la mejilla desde el mentón hasta el ojo. La sluagh se echó a reír mientras la sangre le bajaba por el cuello y teñía su ropa negra. El phoka no podía creerlo.

—Preciosa —dijo, boquiabierto—, acabas de quitarle el primer puesto a Nicasia en mi lista de locas.

Al ver libre a su jefa, los gorrorrojos y el goblin protestón rodearon al gato.

—Espero que os guste volar —dijo él apuntándolos con un dedo y empleando magia para librarse de ellos. Los atacantes levitaron a un palmo del suelo. Dujal se concentró hasta que le dolió la cabeza. Los gorrorrojos salieron despedidos hacia las nubes y se perdieron de vista. En tierra sólo quedaba el goblin. Dujal se puso en guardia y las espadas entrechocaron.

—Hacer volar a dos de tres no está mal —dijo a su adversario—. Es mejor que tu esgrima, bastante lamentable.

Era falso. El goblin se manejaba con soltura; a duras penas logró Dujal detener sus ataques. Con una finta, el duende lanzó su espada hacia el vientre del gato. El estoque de Dujal lo desvió y reflejó un relámpago.

—¡Diablo! —maldijo el duende, cegado.

Dujal hundió un puño en su fea cara y puso distancia entre ellos.

—¡Estoy tan sorprendido como tú! —exclamó—. Por lo general, pego como una niña, y nunca suelo hacer daño. Eso dice mucho de ti.

Al goblin le sangraba la boca. Gruñó.

Entonces aterrizaron, entre los árboles, los gorrorrojos que Dujal había hecho volar. Uno de ellos quedó tendido sobre un charco de barro con el cuello roto. Otro cayó de pie y se rompió un tobillo. Otro bajó de la copa de un fresno, ileso.

Dujal calibró la situación. Aún quedaban un troll, dos gorrorrojos, Galerna y los goblins. Rodeaban a Marsias, a salvo en su círculo de fuego. Galerna miró a Dujal con calma, ofreciéndole una sonrisa rota. Ordenó al troll que lo atacara; éste agarró un enorme martillo de guerra y corrió hacia él.

—¿Qué cuernos hacéis? —dijo la sluagh al resto—. ¿Os gusta el espectáculo? ¡Idiotas, atacad vosotros también!

Dujal subió al árbol más cercano de un brinco. Marsias decidió entonces pasar a la acción; atravesó el círculo de llamas y golpeó con la maza a uno de los gorrorrojos, derribándolo. Después, se encaró con el troll. Dujal, adoptando su forma felina, saltó de rama en rama para huir de los goblins.

—¡Corre, gatito, corre! —le gritaban—. ¡Esta noche te hacemos estofado!

Otro gato saltó al árbol en dirección contraria, y a éste lo siguió otro, y otro, y otro más. De pronto, había ocho gatos iguales danzando entre las ramas. Los goblins se detuvieron; no sabían a cuál seguir. Vieron, con cierto temor, que los ocho phokas recuperaban su forma erguida y los rodeaban estoque en mano.

—¡Sólo es una ilusión! —gruñó Galerna desde abajo—. ¡Un truco de feria!

—¿Cuál es el de verdad? —respondieron ocho voces—. ¿Y cuántos trucos le quedan en la manga? ¿Alguien quiere vol...?

No acabó la frase. Las copias se quedaron mudas e inmóviles, idénticas en todos los detalles, salvo que una tenía a la sluagh detrás retorciéndole el brazo.

—¿Cómo has sabido cuál era el auténtico? —le preguntó Dujal.

—Usas la misma magia de baratillo que esa gata apestosa —dijo Galerna. Al hablar escupía saliva y sangre.

Dujal intentó golpear la cara de la sluagh con la cabeza, pero ella esquivó el golpe y apretó la presa. Él la miró de reojo. En la palma de su mano derecha, a Galerna le asomaba un aguijón negro que goteaba una sustancia espesa y maloliente. Lo clavó con brusquedad entre las costillas del gato. Las copias se evaporaron. Dujal se tambaleó, asombrado. Un brazo de hierro le aplastaba el corazón. Los pulmones le ardían. Marsias corrió hacia él, pero el troll se colocó en medio y le alcanzó una cadera con el martillo. El sátiro cayó a tierra. Dujal vio cómo intentaba en vano ponerse de pie. El troll descargó otro martillazo sobre la cabeza del sátiro, que sólo pudo levantar un brazo para protegerse la cara y alzar una débil barrera de zarzas. Apenas logró parar el golpe. El brazo de Marsias se dobló con un chasquido, y el arma le alcanzó la sien. Se quedó tumbado sobre la hierba mientras una cortina de sangre le empapaba la cara. Dujal intentó moverse, pero apenas lograba respirar. En la mano, el estoque se iba volviendo más y más pesado. Afrontar la muerte no era un problema; el phoka había sospechado siempre que no llegaría a viejo, pero ver morir a Marsias resultaba insoportable. Uno de los gorrorrojos se acercó al sátiro y lo movió con la punta del pie. Puso una mueca de decepción, sacó su machete y cortó las correas de la bolsa de viaje de Marsias para dársela a Galerna.

—Están acabados.

—Rematadlos —ordenó la sluagh—. Primero la cabra; que el payaso lo vea.

El gorrorrojo se acercó al sátiro con su machete. Uno de los goblins sujetó la cabeza a Dujal.

—No te pierdas esto, gato.

Pero antes de llegar a Marsias, al gorrorrojo se le cayó su machete, y junto al arma cayó su cabeza. Luego, como un árbol talado, el resto de su cuerpo. Sus compañeros gritaron. Galerna trató de poner orden entre los suyos, pero la mayoría huyó. El goblin que sujetaba a Dujal escapó tan rápido como pudo, ignorando las órdenes que le gritaba su jefa.

Dujal no tenía fuerzas. Se apoyó en el estoque, pero el dolor era tan fuerte que no podía siquiera ponerse de rodillas. La lluvia le calaba la ropa, tan fría como hielo. Alguien lo ayudó a tumbarse. Era como si lo apuñalaran con cariño.

Esperanzas y carreras

Le cayó una cascada de cabellos oscuros sobre el rostro. Las flores del paraíso debían de oler igual que aquella figura de niebla que se agachó junto a él para regalarle una sonrisa pálida. Sintió unas manos sobre su pecho, tan ligeras como mariposas y tan frías que compensaba el dolor que le causaron al rasgar su camiseta para examinar la herida. Dujal se sentía arder. La piel le quemaba, y su respiración eran silbidos sin fuerza que lo atravesaban como agujas al rojo. Un hormigueo de fuego recorría sus arterias. Tenía los músculos de madera. Ojalá hubiera podido permanecer inconsciente y morir sin más, pero los traviesos dioses del destino que manejaban la vida del phoka debían de pensar que eso era demasiado sencillo. Dujal recordó a su familia celestial y les prometió que, si salía de aquélla, se encargaría de ajustar cuentas.

La figura le hablaba, pero las palabras se perdían en alguna parte y no llegaban a sus oídos. Dujal intentó hablar. Señaló hacia Marsias. Notó un sabor dulce en los labios, un roce maravilloso, y todo se fundió en un torbellino. Soñó con tanta fuerza que le costaba creer que estaba soñando. Solía pasarle con las drogas, por eso las odiaba. Tenía la impresión de estar soñando a gritos; la cabeza se le inundaba de imágenes; era una sensación pegajosa, pesada. Sentía su cuerpo tumbado, y a la vez soñaba, soñaba. Intentaba despertarse, o moverse, y cuando creía estar a punto de conseguirlo, volvía al estanque de sus sueños. Vio la casa de Manx un día de verano bajo un cielo abrasador, con colores vívidos, preciosos. Su tutora estaba frente al roble, vestida con el traje celeste que le gustaba usar en las grandes ocasiones y que tanto resaltaba el castaño rojizo de su melena, salpicada de motas negras. Señalaba una botella oscura, oculta entre las raíces del árbol. Dujal intentaba acercarse sin éxito; por mucho que avanzaba, no lo conseguía. Quería decirle miles de cosas a Manx y era incapaz de despegar los labios. Estaba harto de sentirse impotente y enfermo, estaba harto de no poder hacer nada más que quedarse mirando. Volvió la cabeza, se tapó las orejas y gritó como si quisiera romperse los pulmones. Basta de muerte, basta de sueños.

Abrió los ojos a la luz, una luz dorada llena de ruidos y olores familiares. Quiso incorporarse. Tenía la boca seca y una punzada sorda en el costado. Alguien lo obligó a tumbarse de nuevo con suave firmeza.

—No hagas tonterías y estate quieto. —Era la primera vez que se alegraba de oír la voz de Nicasia.

—¿Y Marsias? —logró decir.

La knocker le acercó un cuenco y le hizo beber un líquido amargo.

—Duérmete —fue su respuesta—. Aún tienes fiebre. Necesitas descansar.

—¿Cómo está Marsias? —repitió.

Nicasia le pasó una mano por los párpados. No eran manos suaves, sino rugosas, de palmas duras, olían a óxido y aceite de motor. No tenían nada que ver con las de su misteriosa salvadora del bosque. Dujal se dejó mecer por una oscuridad que tuvo la misericordia de no permitirle soñar.

Cuando volvió a despertarse se encontraba mejor. Ya no ardía. Notó la presión de un grueso vendaje alrededor del pecho. Estaba cansado. Entornó los ojos y reconoció una de las habitaciones de huéspedes de la Carbonería, con sus ventanas redondas y sus techos bajos. Estaba a salvo, después de todo. A su lado, sentada en un sillón de respaldo alto, la knocker ponía toda su atención en coser la manga de su camiseta negra, con las gafas bailando sobre la punta de su nariz roja y una cesta de labores a los pies.

—¿Cuánto llevo aquí? —preguntó Dujal.

—Llegaste hace cuatro días —respondió Nicasia atenta a sus puntadas—. Por un momento pensé que no lo contabas. Pero conozco ese veneno.

—¿Lo conoces?

—Es receta mía… —contestó sin darle importancia.

Nicasia cortó el hilo de un mordisco y alzó una ceja para revisar el trabajo. Era imposible decir si estaba satisfecha con el resultado o no. Al final dejó la camiseta en la cesta y se quitó las gafas, ahogando un bostezo. Tenía el aspecto de llevar mucho tiempo sin dormir.

Dujal se incorporó de un salto.

—¿Y Manx? ¿Y Marsias? ¿Qué ha pasado con los niños?

—Enterramos a Manx… No era cuestión de esperarte.

Manx estaba muerta y ni siquiera había podido acudir a su entierro. Dujal permaneció callado. Nicasia se levantó hacia una mesita y cogió una tetera de metal, la sostuvo entre las manos un momento, murmurando algo entre dientes; al instante, la tetera silbó y dejó escapar un chorro de vapor. Nicasia ofreció a Dujal una taza de una infusión que, desde luego, no olía a té. El gato se quedó mirando la taza. La ingeniera rompió el silencio.

—Siento mucho lo de Manx.

Eran unas palabras extrañas viniendo de ella. Al decirlas había bajado la cabeza, incómoda y pensativa.

—No hace falta que seas cortés —dijo Dujal.

—Me importa una mierda la cortesía. Es verdad que lo siento. Manx fue una gran phoka.

Dujal dio un sorbo a su taza. La infusión era dulce. Tenía el sabor intenso del jengibre. Un calor maravilloso lo recorrió de pies a cabeza. La knocker, en cambio, no levantaba la mirada de su bebida. Le daba vueltas entre las manos esperando hallar las palabras que buscaba. En un par de ocasiones quiso decir algo, pero no lo consiguió. Dejó la taza sobre la mesa y volvió la cara hacia el gato. Tenía los ojos tristes y cansados, una mirada que Dujal nunca habría esperado ver en ella porque era demasiado parecida a una derrota, y pensar que pudiese estar vencida daba algo de miedo.

—No sé dónde está Marsias. No sé qué ha sido de él, ni de su hijo.

La noticia fue como un mazazo.

—Te trajo a la Carbonería una patrulla de sidhe, pero ellos no habían visto a nadie más por allí. —La voz de Nicasia tenía un tono oscuro—. Hemos rastreado la zona durante estos días sin encontrar nada. Nadie ha visto nada...

—¡Entonces tampoco hay cadáveres! —contestó Dujal—. Los que nos atacaron no tenían interés alguno por nosotros, iban a matarnos. ¡Marsias debe de seguir vivo! ¡Estará con los niños en alguna parte!

—¿Por qué dices «los niños»? ¿Hay alguno más además del de Marsias?

—Creo que debo contarte toda la historia. Quizá puedas sacar algo de ella.

El phoka nunca lo admitiría, pero aquélla fue una de las pocas ocasiones en que contó una historia totalmente verídica, sin adornarla ni omitir un detalle. Nicasia lo escuchó sin interrumpirlo; asentía de vez en cuando, o le preguntaba algo. Al terminar, Dujal sintió que su angustia disminuía. Miró a Nicasia; quizá ella supiera qué hacer. Pero la ingeniera acariciaba su barbilla, a leguas de distancia, encerrada en silencio. Soportaba un peso que habría derrumbado a cualquiera. Dujal sintió lástima por ella, atrapada en sus miserias, aunque no se compadeció, porque Nicasia se lo habría impedido.

—Voy a salir a buscarlos —dijo el phoka.

—Tú no vas a ninguna parte. —Nicasia sacudió la cabeza—. Es de noche y está lloviendo. No tengo ganas de buscarte a ti también. Saldremos mañana; quizá tu nariz encuentre algo que a mí se me escapa. Y también tengo a Boros...

Dujal asintió; no quería discutir. Ya se hundía de nuevo bajo las sábanas cuando Costurina asomó por la puerta.

—Nicasia, acaba de llegar Isma'il —informó. Luego, miró al phoka—. ¡Dujal! Me alegro de ver que ya estás bien.

—Bueno. —Nicasia se puso en pie—. He de irme. Descansa. Nos vemos mañana.

Dujal cogió a la ingeniera del brazo.

—¿Isma'il? ¿Qué Isma'il? No habrás llamado al ciego...

—Cuando quiera vaciar una lata de sardinas te llamaré a ti.

Costurina y Nicasia salieron de la habitación. Dujal saltó de la cama; estaba mareado y el suelo bailaba, pero logró mantener el equilibrio meciendo la cola. Encontró su ropa limpia y doblada sobre una silla, se la puso y salió. Si Isma'il había aparecido en plena noche era porque tenía algo interesante que contar, y fuera lo que fuese él quería enterarse. Respiró hondo y cambió de forma. Como gato era más difícil de ver.

Por suerte, Nicasia recibió al ciego Ibn Bahar en la misma posada. A esas horas, la cocina estaba fuera de servicio y los clientes se habían ido. La silueta de Isma'il se recortaba contra las llamas de la chimenea. El ciego era delgado y de piel curtida y morena. Vestía ropas de colores claros, casi siempre túnicas llenas de pliegues donde escondía las cosas más insólitas. Recogía su cabello en rastas apelmazadas, y ahora no llevaba la venda de los ojos, porque la luz del fuego no le molestaba como la del sol. Los ojos nublados daban una falsa impresión de mansedumbre de la que sacaba partido, pero Dujal no conocía a nadie más traicionero en toda la Corte. Isma'il se ganaba la vida de muchas formas, entre ellas como correo, es decir, como espía y chivato. Los tatuajes de su barbilla, que según decía atraían sólo palabras veraces a sus labios, daban al ciego un aspecto extraño y disfrazaban su cínica sonrisa. Puede que Isma'il y Dujal hubieran sido compañeros de estudios en casa de Manx durante un tiempo, pero eso no los convertía en amigos. Isma'il Ibn Bahar no era de fiar.

Dujal se acercó lo que pudo y estiró las orejas.

—Lo que dices es muy grave —oyó decir a Nicasia—. ¿Estás seguro de que es verdad?

Isma'il sacó un rollo de pergamino lleno de sellos y parches de lacre.

—Recién redactado por DamaMirlo. Me lo acaba de entregar. No puedo leer lo que pone, pero me lo imagino. Y me han nombrado correo para esta misión.

—Pero mandar un texto escrito con un correo ciego es una estupidez. Casi ningún centauro lee nuestro idioma; ya es demasiado que se dignen a hablarlo.

—Quizá esté con ellos Tiresias, o Alcyone —dijo el ciego.

—No lo sé. Marsias conoce... —Nicasia tragó saliva—. Conocía a los centauros porque luchó junto a ellos en la Guerra de la Reina. Los sátiros y ellos tienen buenas relaciones. No se puede decir lo mismo del Gremio de Constructores.

—Esta gente está en pie de guerra, Nicasia. Vete a saber la razón... Ahora dicen que tienen un rehén con ellos. Vale la pena investigarlo, ¿no crees?

Nicasia dio varias vueltas al pergamino, poco convencida.

—Ni siquiera sabemos qué quieren.

—Hay que jugársela.

—Si metemos la pata nos cortarán la cabeza. —Nicasia lo pensó un momento y dibujó una sonrisa afilada como una navaja—. Así es como me gusta negociar: mucho que perder, mucho que ganar.

Isma'il también sonrió, mirando al vacío. Extrajo de su

túnica una máscara blanca, sin agujeros para los ojos y decorada con arabescos, y se la puso.

—Que el sol te sonría, Nicasia. Mañana al amanecer estaré aquí.

—Aquí estaremos.

—¿Estaremos? —Isma'il se quitó la máscara—. ¿Quiénes estaremos?

—Dujal también viene.

—Ni hablar —dijo el ciego—. ¿De qué nos sirve esa bola de pelo mentirosa?

—Los centauros respetan al Pueblo Libre, y Marsias también es su amigo.

—No. Si va él no hay trato. Iré solo y te traeré noticias.

—Iremos los tres. —Nicasia se guardó la carta de Dama-Mirlo bajo el chaleco—. Me guardo esto como garantía de que mañana no te vas solo.

Isma'il cogió su bastón del suelo.

—La cagará. Ese bicho estúpido hará que nos maten a todos.

—No será tan estúpido. Hace rato que nos espía y no te has dado cuenta.

Dujal se llevó tal sorpresa que cambió de forma sin inmutarse y se golpeó la cabeza contra un mueble. El desconcierto de Isma'il era digno de retrato.

—¿Cuándo me has visto? —preguntó Dujal a Nicasia.

—No te he visto, idiota, es que te conozco demasiado bien. Escuchadme los dos: soy más vieja y retorcida que nadie en la Corte o en todo el maldito reino. Iremos a ver a los centauros los tres, sin chistar, como buenos amigos. Si me tocáis las narices, sólo conseguiréis ponerme de mal humor. No lo hagáis. Y ahora todo el mundo a la cama, que mañana nos vamos de excursión.

Isma'il gruñó. Volvió a ponerse la máscara y desapareció. Era un truco que Dujal se moría por aprender. Sin humo ni gaitas. El ciego tan sólo desaparecía.

Se reunieron temprano, antes del desayuno. Nicasia lucía dos ojeras que le daban aspecto huraño. Caminaron, silenciosos, hasta las puertas de la Corte. Dujal no sabía si irían a pie hasta los centauros. Las tribus salvajes vivían lejos, y él no estaba repuesto del todo para semejante caminata. Sabía, al menos, que la cojera de Nicasia no permitía a la ingeniera realizar largos paseos. Por otro lado, los posibles medios de transporte que ella debía de tener en mente lo llenaban de pavor. Nicasia tenía entre sus aficiones construir vehículos absurdos que alcanzaban velocidades temerarias y que carecían de frenos fiables. Casi todos solían explotar antes de detenerse. Al ver que fuera de la muralla de la Corte los esperaba un sencillo carro tirado por dos mulas, sus temores se disiparon. Dujal saltó a la parte de atrás, se acurrucó y se quedó dormido.

Lo despertó un frenazo brusco. El sol lucía alto y la Corte quedaba ya a una distancia respetable. Era una mañana fría y llena de niebla. El carro estaba parado. Para su sorpresa, Nicasia e Isma'il desenganchaban las mulas.

—¿Qué hacéis? —preguntó.

—No lo sé —contestó Isma'il sosteniendo las correas—. Sólo obedezco.

Nicasia sacó una caja de herramientas y desmontó el eje del carro. Dujal sintió que el pánico pateaba sus tripas.

—¿Qué te propones? —inquirió.

—Los centauros viven muy lejos. No sabemos cómo puede estar Marsias, o si está con ellos. Quiero llegar lo antes posible.

—Pero ¿y las mulas? ¿Vas a abandonarlas en mitad del campo?

—No son reales; las he sacado de un sueño. En un rato se esfumarán.

—Entonces esto no es un carro normal. ¡Es uno de tus cacharros infernales!

Isma'il se echó a reír.

—¿A qué tanto miedo, phoka?

Dujal no se dignó a contestar. No sería tan gallito el ciego cuando salieran volando por los aires en medio del fuego.

Nicasia desmontó las piezas de la carrocería. Ahora el carro era una mera tabla sobre ruedas, con muy poco sitio al que agarrarse. Donde antes estaba el pescante había un juego de palancas. La knocker se colocó junto a ellas y se ajustó unas gafas hechas de latón y sujetas con una correa de cuero. Isma'il se sentó a su lado. Dujal maldijo el hecho de que las hadas desconocieran lo que es un cinturón de seguridad y se aferró a lo que pudo.

—¿Listos? —preguntó Nicasia. Invocó una chispa y la acercó a una mecha.

—¡Espera! —la detuvo Dujal—. ¿Qué vas a encender?

—Pues la pólvora, claro está —contestó la knocker mientras la mecha silbaba.

El carro tosió como si fuera a desmontarse y salió disparado. Las ruedas ni siquiera rozaban el suelo. Dujal comprendió, mientras oía los gritos de felicidad de Nicasia, por qué se habían saltado el desayuno.

Todas las heridas

El Bosque de las Luciérnagas era un sitio tranquilo. Se hallaba alejado de las rutas principales, y las copas de sus árboles estaban tan pegadas al viejo sendero que casi parecía que quisieran abrazarse. Aquel techo de ramas lo teñía todo con una luz triste, oscura. Todo el mundo prefería rodearlo porque, además de ser el lugar perfecto para una emboscada, las historias decían que se encontraba lleno de criaturas siniestras. Aquella mañana las que se llevaron un susto de muerte fueron las criaturas, además de todos los pájaros, una jabata con sus crías y un ciervo que se atragantó cuando pastaba. Por el sendero pasó a toda velocidad un extraño espécimen de estrella fugaz, que dejaba tras de sí un rastro de tierra quemada, olor a pólvora y gritos de terror. Al menos dos de los ocupantes del vehículo estaban dispuestos a enfrentarse a un dragón no muerto en la misma boca del infierno con tal de que aquello parase. La tercera ocupante estaba encantada y a la vez ocupada manejando tres palancas que permitían que el transporte esquivase árboles y ciervos. Llegó un momento en que el cacharro redujo su velocidad, además de empezar a hacer un ruido irregular, como si tosiera. Dujal supo que aquello no podía ser bueno.

—¿Qué es eso? ¿Qué pasa ahora? —gritó con todas sus fuerzas.

—¡Que ya paramos! —La knocker tiraba de una palanca que no había usado hasta entonces. Le señaló uno de los lados del carro—. ¿Ves el ancla que está enganchada al lateral? Hay dos como ésas; a la de tres soltadlas.

Isma'il buscaba a tientas sin éxito; toqueteaba por la parte interior.

—¡No encuentro la mía! ¡Ay, don del sol, nos vamos a matar!

—¡Por fuera, cabestro! —Nicasia sudaba a mares intentando que la palanca cumpliese su función—. ¡Búscala por fuera!

La cara del ciego se iluminó de alivio cuando sus dedos rozaron los garfios del ancla.

—¡Vale! ¡Ya la tengo!

—Pues los dos a la de tres. Una, dos, ¡soltad!

Las anclas salieron despedidas y se clavaron en el suelo levantando rocas y hierba mientras el carro frenaba con estruendo. Nicasia tiró de la palanca, algo chasqueó bajo sus pies. Dujal vio saltar por los aires un cilindro de madera. No tuvo tiempo de preocuparse por lo que era aquello porque antes de que se dieran cuenta, el carro frenó bruscamente y él se vio catapultado al vacío mientras maullaba de horror. Se aferró a una rama de puro milagro. El corazón le latía con fuerza; era la última vez que cometía la insensatez de montarse en un invento de la ingeniera. Cuando se recuperó de la impresión, aún con las patas temblorosas, bajó del árbol. El carro permanecía clavado en un montón de tierra. Las ruedas aún giraban. Isma'il estaba tumbado gimiendo con voz ronca. No muy lejos, panza arriba, Nicasia reía, aunque también parecía dolorida. A diez metros de ellos humeaba lo que antes había sido el cilindro misterioso. Dujal se llevó las manos a la cabeza. La muy psicópata los había montado en un petardo con ruedas. Se acercó dando zancadas.

—¡Dioses, Nicasia! —gritó espantado—. ¿Qué le has hecho al pobre Isma'il? ¡Isma'il, no te muevas!

El ciego se palpó el cuerpo, asustado.

—¿Qué pasa? ¿Qué me ha pasado? ¡Decídmelo!

Dujal se puso al lado del ciego y empezó a tocarle el pecho.

—¡Tus ojos! ¡Creo que te has quedado ciego!

Isma'il le cogió de la mano para calcular dónde debía de estar su hocico y le soltó una bofetada. Dujal la esquivó muerto de risa.

—Espero que se te caiga la cola, malnacido.

Nicasia se limpiaba la ropa de tierra. Parecía satisfecha del resultado del experimento. Las gafas le colgaban del cuello y tenía toda la cara manchada de grasa, excepto dos cercos alrededor de sus ojos. Sacudió la cabeza; una lluvia de polvo y hojas le cayó sobre los hombros.

—Si hay mejor manera de empezar una mañana, yo no la conozco.

—A mí se me ocurren al menos dos… —replicó Dujal dándole un codazo a Isma'il—. Encima o debajo.

—Cualquiera que no me obligue a rezar para salvar mi vida me parece mejor que ésta —dijo Isma'il escupiendo barro.

—Para ser tan jóvenes, sois demasiado convencionales. —Nicasia apuntó un par de cosas en su libreta de viaje—. Y, ahora, dejémonos de pamplinas y vamos a buscar a los centauros. A ver cómo salimos de ésta.

Isma'il se puso de pie con la cabeza inclinada, escuchando atentamente algo que sólo parecía oír él. Se llevó un dedo a la boca y pidió silencio. Los otros dos lo miraron expectantes. Dujal aguzó el oído, pero no oyó nada. Nada. El silencio era absoluto, y eso en un bosque era anormal. Miró a su alrededor; en un árbol cercano, como si fueran flores fluorescentes, un grupo de haditas los miraban. Eran minúsculas, idénticas unas a otras. Tenían frágiles alas de libélula e iban completamente desnudas; aun así, costaba diferenciar los sexos. Algunas llevaban lanzas en la mano, un minúsculo alfiler de madera con el que los señalaban. Hablaban un idioma indescifrable. Era un espectáculo hermoso, inquietantemente hermoso.

—Déjate de ceremonias —dijo Nicasia impacientándose—. No veo por qué tienen que asustarnos cuatro polillas.

—Porque no son cuatro, ni son polillas —respondió el ciego—. Éste es su bosque. Son vespifatas.

A su alrededor, todos los árboles estaban llenos de motas de luz. Había miles de ellas. No parecía una buena idea hacerlas enfadar. Isma'il dio un paso adelante y se subió las mangas de la túnica mostrándoles los brazos y las palmas de las manos; soltó su bastón y su petate en el suelo sin hacer gestos bruscos. Un enjambre de hadas se acercó a él, y una de ellas le preguntó algo con su vocecita de ratón. Isma'il les contestó con calma; había en él una majestuosidad serena que inspiraba confianza. Las vespifatas consultaron entre ellas. Resultaba sorprendente que unas criaturas tan pequeñas armaran tal escándalo. El ciego aprovechó la confusión para informar a sus compañeros.

—Nos llevarán hasta los centauros. Al parecer, no somos del todo inesperados.

—Lógico —dijo Dujal—. Con el follón que hemos montado nos han debido de oír hasta en las montañas.

Nicasia le lanzó una mirada asesina. La perspectiva de encontrar a los centauros la había puesto en alerta, y eso era sinónimo de mal humor. Algunas de las vespifatas los envolvieron con una nube de motas de luz; eso los obligó a caminar a ciegas. Dujal se agarró a Isma'il para no tropezar. Era el único que avanzaba con seguridad. Caminaron así un rato, hasta que por fin la luz se redujo y las hadas se fueron dejándolos solos.

El sendero había desaparecido; se hallaban en bosque cerrado. Había arbustos y maleza por todas partes, el terreno era escarpado y duro. El sitio no estaba elegido al azar; era muy difícil escapar corriendo de aquella zona, al menos para Nicasia y para Isma'il. Ante ellos tenían a tres centauros, dos machos y una hembra anciana. Uno de los machos era enorme, tenía el pelaje negro y poderosas patas de percherón que pateaban el suelo impacientes. Sus grandes ojos de color castaño los miraban con abierta hostilidad. El otro macho era, en cambio, muy pequeño y de color blanco. Parecía un potro; incluso su actitud era opuesta a la de su compañero. Éste sonreía, llevaba suelto el pelo rubio y tenía los ojos verdes. La centáuride anciana se recogía el cabello gris en una trenza; los miraba con la indiferencia de los años. Como era costumbre, ninguno de ellos llevaba ropa ni adornos de ninguna clase.

—Bienvenidos al Bosque de las Luciérnagas; que tengáis buen trote —dijo el más joven—. Me llamo TrotaVientos, y éstos son mis compañeros, CazaTruenos y SaltaNubes.

Ambos centauros saludaron bajando la cabeza con un gesto ceremonioso.

—Gracias por vuestra amabilidad; que el sol brille siempre sobre vuestros lomos. Yo soy Isma'il Ibn Bahar, del Pueblo Errante. El gato es el caballero Dujal, del Pueblo Libre. Y ella es Nicasia, del Gremio de Constructores. Nos envía la reina Silvania, señora del Trono de Cerezo, soberana de TerraLinde.

—¿Y qué quiere la reina? —preguntó TrotaVientos.

—Conocer el motivo que os ha llevado a retener a uno de sus súbditos.

CazaTruenos se encabritó y alzó las patas delanteras a un palmo del rostro del ciego, que no se inmutó.

—¿Retener? ¿Nosotros?

—¿No es así? —preguntó Isma'il con educada calma.

—¡No! No podría irse ni aunque quisiera...

TrotaVientos se adelantó y obligó a su compañero a callarse.

—Perdonad a CazaTruenos; es demasiado impetuoso. Sí, es verdad que mantenemos a uno de los vuestros entre nosotros, pero no está aquí contra su voluntad. Cuando le contamos nuestra situación decidió quedarse.

—¿Qué situación? —preguntó Isma'il—. Iluminadnos, estamos a oscuras.

—Sobre todo él —señaló Dujal alejándose prudentemente de Nicasia.

Los centauros intercambiaron miradas y hablaron en su idioma.

—¿Cómo es posible? —Esta vez era SaltaNubes la que hablaba—. La reina os manda a negociar con nosotros, ¿y no os cuenta lo que ocurre?

—En realidad, la reina nos envía a entregaros un mensaje. —Isma'il sacó el pergamino y se lo ofreció a la anciana. Ahora los centauros parecían ofendidos.

—No queremos más papeles de la reina. Ya nos los mandó una primera vez, y una segunda. ¿De qué nos sirven sus promesas? La reina Silvania está demasiado lejos para protegernos.

—¿Para protegeros de qué? —Nicasia se colocó frente a TrotaVientos—. ¿De qué estáis hablando? Explicaos o colgad nuestras cabezas de un árbol, pero vamos al grano de una puñetera vez.

SaltaNubes y TrotaVientos lograron calmar al macho negro, CazaTruenos, con cierta dificultad. Dujal ya veía su cabeza usada como avispero para vespifatas. Finalmente, la anciana SaltaNubes se volvió hacia Nicasia.

—Hace un año desaparecieron dos de nuestros potrillos. Estaban jugando en el río; cuando sus madres fueron a buscarlos sólo quedaban sus huellas en la arena. No había sangre, no los habían atacado. Luego, desapareció otro pequeño. Entonces acudimos a la reina. Nos envió un mensaje, nos prometió ayuda. Mandó a sus sidhe, esas hadas que nos tratan como a bestias. Pero no conseguimos nada. Hubo calma casi un año entero antes de que el cuarto potrillo desapareciera. De nuevo mensajes. Esta vez la reina mandó a esa dama pálida que habla en susurros: DamaMirlo. Buscó mucho; creímos que la ayuda de su majestad serviría para algo.

Al final se fue sin darnos nada. Ahora desaparece otro de nuestros hijos, uno más. ¿Qué hace la reina? ¿Otro papel? ¿A quién envía ahora? Ni siquiera sois cazadores. Envía a una constructora a quemar el bosque, eso es peor que un insulto.

Isma'il le tapó la boca a Nicasia para evitar una catástrofe, pero la knocker lo obligó a soltarlo con un codazo. Entonces, Dujal actuó por ambos; tomó el pergamino de la reina y, ante la sorpresa de todos, lo rompió en pedazos.

—Ignoremos pues las promesas de la reina. —El gato miró a los centauros—. Soy del Pueblo Libre. Me crié en el bosque, en la casa del roble. Vosotros conocíais a Manx. Ella fue mi maestra. También la de Isma'il. Hace varios días fue asesinada por unos bastardos que intentaban raptar a su hija. Nos atacaron a mí y a mi amigo, Marsias del Pueblo Sonriente. No sabemos dónde están ni Marsias ni su hijo pequeño, y estamos tan preocupados por ellos como estáis vosotros. Si sabéis dónde están, por favor, decídnoslo.

—¿Y qué sacamos nosotros perdiendo a un rehén? —preguntó TrotaVientos.

Esta vez Nicasia se adelantó. Escupió sobre los restos del pergamino.

—¡Eso para las promesas de la reina! —exclamó—. No os gusta el Gremio de Constructores; talamos árboles y hacemos ruido. Las malas lenguas dicen que inventamos las ciudades. Puede ser. Pero yo soy Nicasia. Nicasia sin apellidos, la defensora de las murallas de la Corte de los Espejos durante la Guerra de la Reina Durmiente. Yo sé lo poco que valen las promesas de Palacio. Por eso hemos venido por nuestros propios medios, y si para que nos llevéis hasta el rehén, tenemos que encontrar a vuestros potros, levantaré hasta la última piedra de la montaña.

SaltaNubes mandó callar a sus atónitos compañeros.

—Dama Nicasia, ha pasado tanto tiempo… No os he reconocido. —Ahora, la centáuride se mostró amable—. Entonces, el Marsias que andáis buscando... ¿es Marsias de FuegoVivo?

—No soy Dama Nicasia; ya no... Pero sí, ése es el Marsias al que busco.

—¿El de la Batalla del Asedio? —TrotaVientos no podía creer lo que oía.

—El mismo —aclaró Nicasia—. SaltaNubes, ¿entiendes ahora por qué necesito saber si está bien? ¿Lo tenéis vosotros?

SaltaNubes asintió.

—A él y a su hijo. Sabemos que Manx ha sido asesinada. Acudimos cuando nos llamó, pero llegamos tarde; ya los habían atacado. Recogimos a Marsias. Había un phoka con él, pero estaba muerto.

—¿Muerto? —protestó Dujal—. ¿Os parezco muerto?

SaltaNubes trotó entre los arbustos, indicando al grupo que la siguiera.

—Quisimos llevarlos a la Corte, pero Marsias se negó, así que enviamos un mensajero a Palacio y dijimos que los teníamos prisioneros; quizá así la reina nos preste atención. Pero íbamos a devolverlo a su casa esta misma noche, sin su consentimiento, antes de que...

—Antes de que fuera tarde —interrumpió Nicasia, sombría—. Dime, SaltaNubes, ¿es tarde?

—Los centauros sabemos poco del arte de curar. Somos inmunes al dolor y a casi todas las enfermedades... Yo he rezado para que no sea tarde.

—Has rezado —repitió Nicasia—. Eso lo arregla todo.

La aldea no estaba en un claro del bosque. Era un grupo de cabañas redondas, hechas con barro y varas de madera, repartidas entre los árboles. Costaba distinguirla. Los centauros camuflaban sus viviendas. Eran nómadas; en invierno, la manada se dividía en grupos pequeños que buscaban refugio entre los árboles. En primavera solían reunirse, y entonces ocupaban las praderas y los llanos. Eran gente amable, poco hostil. Desgraciadamente, los sidhe, y otros en la

Corte, los consideraban poco menos que salvajes sin derechos. Dujal lo miraba todo con curiosidad; habría disfrutado el momento de no estar tan preocupado.

Un pequeño fauno salió entre los centauros, corrió hacia ellos y se abrazó a Nicasia. Dujal no podía creer lo que veía y, a juzgar por su cara, la ingeniera tampoco. Parecía que le acabara de caer una serpiente de un árbol.

—¿Qué ocurre? —preguntó Isma'il al darse cuenta de que se paraban.

—Lo que te estás perdiendo… —le susurró el phoka.

—Maldita sombra. ¿Nadie me lo cuenta?

—La tradición oral es un recurso pobre para esto —zanjó Dujal.

—Ojalá te dé sarna —maldijo Isma'il.

SaltaNubes se detuvo ante una cabaña y los invitó a entrar. Nicasia parecía ocupada intentando no morir de horror entre los brazos del pequeño fauno, así que el gato decidió no esperarla. Al acercarse a la puerta, el vello del lomo se le erizó. Un puño helado le aplastó el pecho. Ya conocía ese olor… Dujal entró a la carrera. Dentro, el calor era sofocante y el hedor insoportable.

Marsias yacía sobre un lecho de hojas. Una capa de sudor le salpicaba la cara. Estaba inconsciente, pálido y macilento. Tenía el rostro desfigurado por el dolor. Dujal se acercó temblando, tan impresionado que no podía pensar. La herida era lo peor que había visto en su vida. Marsias tenía la cadera izquierda aplastada y un brazo torcido en un ángulo imposible. Una brecha larga y profunda recorría su sien. Dujal se arrodilló a su lado; el sátiro despedía un olor que no quería volver a oler jamás. Cogió la mano sana de su amigo. Ardía, pero Marsias se la apretó débilmente.

—Marsias, somos nosotros. Hemos venido a llevarte a casa.

Marsias entornó los ojos. Una sonrisa suave aligeró su rostro.

—Dujal... —susurró—. Habéis tardado...

—Un poco. —El phoka se obligó a sonreír—. Pero ya estás a salvo.

—Algo tarde, me temo...

—No digas estupideces.

—Ahórrate eso de que me voy a poner bien... Soy médico; sé lo que hay.

Dujal negó con la cabeza. No le salían las palabras. Marsias era su mejor amigo. El destino no podía obligarle a ver morir a todos los que quería.

—Escúchame —dijo Marsias—. No sé cuánto duraré consciente. Llevadme a la Corte; no dejéis que el asunto de los potros sea ignorado. Usad mi muerte como prueba para demostrar que aquí está ocurriendo algo.

—¡Cállate! —le gritó Dujal—. Deja de decir tonterías.

—No se interrumpe a un moribundo. Escucha, Dujal, las cosas pasan porque tienen que pasar... Esto no es culpa de nadie. No es tu culpa, desde luego. —El sátiro se pasó la lengua por los labios—. Llevadme a la Corte. Deja que ella crea que hay alguna esperanza.

—¿Ella?

—Nicasia. Necesita esperanza... Prométeme que la cuidarás...

—¿Yo a ella? ¡Será al revés! Estás delirando.

El sátiro quiso reírse, pero no pudo.

—Sé que cuidaréis del crío, eso no me preocupa... Si llego a la Corte vivo, si ves que esto se prolonga... Sabes qué hacer... Ya he sufrido bastante.

—No me pidas eso. —El phoka estaba sudando—. ¡No puedo, no puedo...!

—No tengo a nadie más... De todas las heridas... De todas... Ella es la que más me duele. Siempre me ha dolido. Muchísimo.

Marsias se quedó callado. Dujal se levantó maldiciendo. Halló a Nicasia en la puerta, petrificada. Se tapaba la boca y miraba el lecho fijamente. Por un momento, Dujal pensó que la knocker se desplomaría, pero no lo hizo. Una lágrima cruzó la mejilla de Nicasia. Sólo una. Marsias se merecía muchas más.

Viajes sobre el polvo y conversaciones frente al telar del destino

Dujal salió de la cabaña con la sensación de tener las piernas hechas de trapo. Necesitó mucha concentración para encenderse un cigarrillo, porque las manos le temblaban como si hubiera estado haciendo bolas de nieve. Normalmente, fumar le ayudaba a concentrarse. Solía ser un buen remedio para templar los nervios, pero en esta ocasión precisaba algo más que un poco de nicotina. Nunca antes había estado tan frustrado; la impotencia y la rabia se lo comían con más eficacia que el veneno de Galerna. Alguien estaba desmontando su mundo pieza a pieza con precisión de cirujano, y lo peor no era eso: pese a que el phoka presumía de tener una larga lista de enemigos, repleta de personajes variopintos e insignes, quien se encontraba detrás de aquello no iba a por él. Tampoco tenía interés por Manx o por Marsias. Ellos sólo eran obstáculos que habían tenido la desgracia de estar donde no debían. Por eso habían sido borrados de la escena. Debía de haber una razón importante para que una banda de matones profesionales se dedicara a raptar niños usando unos métodos tan agresivos. Fuera lo que fuese estaba dispuesto a enterarse y a encontrar al responsable. Tenía que recuperar a la hija de Manx a cualquier precio, no podía soportar la idea de que estuviese en manos de semejante piara de bastardos. Tiró la colilla al suelo y la pisó con decisión. Necesitaba atar un par de cabos para arrojar luz sobre todo aquello. Pero antes de obtener respuestas hay que saber cuáles son las preguntas. Debía desenredar la madeja, y estaba seguro de conocer a alguien que podía proporcionarle un cabo del que tirar.

Aunque primero tenía que encargarse de cosas más urgentes. Dujal se metió las manos en los bolsillos y trató de poner su mejor sonrisa. Si se lo proponía podía resultar el ser más encantador del mundo. Una caída de ojos le bastaba para convencer a casi cualquiera de que podía confiar en él.

Isma'il estaba en el centro del pueblo rodeado de centauros que lo miraban con curiosidad, o directamente con desconfianza. Si el ciego hubiera sido capaz de ver los rostros de su público quizá no habría estado tan calmado. Dujal se abrió paso entre el bosque de patas y colas hasta llegar a su lado. No sabía qué les estaba diciendo Isma'il, pero no era lo correcto. Dujal tenía los suficientes años de timador a sus espaldas para saber que sólo puedes calmar a una multitud diciéndoles exactamente lo que quieren escuchar.

—¡Bueno! —Su entrada fue tan repentina que Isma'il dio un respingo—. A estas alturas, supongo que ya sabéis que tenemos que llevarnos a nuestro amigo. La cosa pinta mal y no estamos dispuestos a dejarlo con vosotros.

Isma'il le tiró de la manga rogándole que se callara, pero el phoka lo ignoró.

—Entenderéis que muerto no sirve para nada.

—Pero ¿qué haces? —le susurró el ciego—. No puedes hablarles de ese modo.

—¿Tú sabes hacerlo mejor? Adelante; son tuyos.

—Yo, Isma'il Ibn Bahar —proclamó en voz alta—, mensajero de su majestad la reina Silvania de TerraLinde y mediador de su capital, la Corte de los Espejos, he sido designado por Palacio para tratar de solucionar este conflicto que…

—¡Buena idea! —lo interrumpió Dujal—. ¡Claro que sí! Éste es el trato: nosotros nos llevamos a nuestro amigo y a cambio os dejamos aquí al moreno.

—¿Qué estás diciendo? —murmuró Isma'il en voz baja—. ¡Quédate tú!

—¿Yo? Ni siquiera sé hablar en público. Tú eres aquí el importante.

—Así te quiebres el espinazo... —lo maldijo Isma'il.

El gato no le dio tregua. Siguió hablando.

—Él puede mediar con Palacio; como rehén voluntario es mucho más valioso que cualquiera de nosotros. Os prometo que intentaré averiguar qué ha sido de vuestros potros, porque eso es lo que Marsias me ha pedido.

SaltaNubes salió entre los centauros.

—Entonces, ¿hay trato, ojos blancos? ¿Te quedarás por tu propia voluntad?

Isma'il se encogió de hombros, derrotado.

—Está claro que los dioses así lo quieren. Seré vuestra voz.

La centáuride sonrió, cordial. Dujal entendió que no querían problemas, tan sólo auxilio. Se volvió hacia dos machos jóvenes.

—Amigos, haced unas parihuelas. Marsias regresa a la Corte.

Los jóvenes obedecieron. Pronto, se encontraron rodeados de centauros que les estrechaban las manos en señal de agradecimiento y les expresaban sus más sinceros deseos de que el sátiro se recuperase. Dujal se retiró. Ahora debían regresar a la Corte lo antes posible. Esperaba no tener que cumplir la promesa que el sátiro le había obligado a hacer.

Entró en la cabaña de puntillas. Nicasia estaba sentada en el suelo junto a Marsias y sostenía su mano. Dujal se maravilló de verla así, entregada, con las defensas bajas. Sólo un día antes se habría relamido con gusto, pero ahora no le apetecía otra cosa que esfumarse. Tosió, y la knocker se giró como un resorte.

—Los centauros permitirán que nos lo llevemos —dijo Dujal a la ingeniera.

—Perfecto. Hay que montarlo en el carro.

—¿Esa cosa? Marsias no está en condiciones de hacer un viaje así.

—Un centauro tardaría dos días en llegar a la Corte.

—¡Pero es una locura!

—¿Tienes otra idea mejor?

Dujal apartó la mirada.

—Yo sí —habló el ciego por él. Isma'il entró en la cabaña acompañado por los centauros y sus parihuelas—. TrotaVientos dice que puede llevaros de vuelta.

Los centauros tumbaron a Marsias sobre la camilla y lo izaron sin esfuerzo. TrotaVientos los esperaba fuera de la cabaña. Había dibujado dos círculos en la tierra, uno en color ocre y otro, más pequeño, en blanco. Tenían flechas que señalaban a los puntos cardinales, cada una con un extraño símbolo encima.

—Colocaos sobre el centro del círculo —les indicó TrotaVientos—. ¡Hermanos, poned a Marsias con ellos!

Obedecieron. Dujal cogió en brazos a Laertes. El pequeño fauno se despedía de los centauros haciendo pucheros.

—Nuestras oraciones están con vosotros. Que el viento nunca os delate.

El centauro sacó un puñado de polvo azul de una bolsa y abrió la mano. Una delicada nube los envolvió y giró, cada vez más rápido, hasta convertirse en un tornado. Cuando la nube se hubo disipado, se hallaban en un bello jardín. Dujal vio las discretas carpas de gasa y comprendió que estaban en casa de Marsias. Nicasia sacó su silbato de un bolsillo y lo hizo sonar. El joven Rashid fue el primero en aparecer. Llegó frotándose los ojos, medio dormido, pero al verlos soltó una exclamación y salió corriendo en busca de ayuda.

Al momento, los empleados de la casa los rodearon. Se arrodillaron junto a Marsias. Dos dríades lloraban en silencio secándose los ojos con sus propios cabellos llenos de flores. Mesalina se abrió paso a empujones.

—¿A qué estáis esperando? —gritó Nicasia—. ¡Id a por un médico!

Mesalina se agachó junto a Marsias mientras se tapaba la boca con las manos. No quería que el llanto la desbordara.

—Llevadlo a su habitación —pidió a los trolls encargados de la seguridad del prostíbulo—. Rashid, ve a por mi botiquín y déjalo en el dormitorio.

—Olvídate de remedios caseros, Mesalina —le dijo Nicasia—. Llama a un médico o me hago un abrigo con el pellejo de tus patas.

—En esta casa no hacen falta médicos —contestó ella—. He ayudado a nacer más niños y he cosido más heridas de lo que eres capaz de imaginar. Aprendí con el mejor. Ningún matasanos del tres al cuarto tocará a mi tío.

—Pero ¿Marsias es tu tío? —preguntó Dujal, sorprendido.

Nicasia y Mesalina lo ignoraron. Dujal le dio una patada a una piedra y se alejó meneando la cola. Ya no había nada que pudiera hacer por su amigo más que esperar. Quedarse mirando no era lo suyo. Mejor dedicarse a eso que los gatos saben hacer como nadie: deshacer madejas. El phoka subió al borde de la tapia del jardín, y desde allí divisó cuál sería su siguiente paseo: las murallas del Barrio Real, y tras ellas las imponentes torres del Palacio de su majestad.

El Palacio no estaba en el centro de la ciudad, sino junto a la muralla sur, rodeado de jardines y pequeños parques. Sobre aquella masa verde el Palacio destacaba como una aguja resplandeciente, una torre formada por muchas torres de cristal, delicada filigrana que cambiaba de color según le daba la luz. Estaba cerca de una de las puertas de la muralla. Si era necesario escapar, el Río de la Bruma discurría a tiro de piedra. Dujal había oído que, en la guerra, cuando los gentiles se rebelaron a favor de la reina, los sidhe que vivían en el Palacio usaron barcas para escapar de sus feroces súbditos. Ahora, esa puerta estaba muy bien custodiada y no se dejaba entrar por ella a nadie que no fuera noble o llevase un permiso especial. Los gentiles usaban las otras puertas y, de hecho, miraban con muy poco cariño la Puerta del Sur, que en voz muy baja se conocía como la Puerta de los Traidores. En varias ocasiones, Dujal había visto colgar allí furtivamente tres monigotes de trapo que los soldados de guardia se apresuraban a quitar.

Dujal se detuvo frente a la entrada del Palacio, guardada por trolls.

—Dejadme entrar, lacayos —dijo al comprobar que le cerraban el paso.

—Perdóneme, su señoría —le contestó uno de los trolls con burla—. Pero hoy no es día de visitas. Su majestad no da audiencias.

—No quiero ver a la reina, sino a su excelencia DamaMirlo, y haces bien en darme tratamiento porque yo soy Dujal, servidor del Trono de Cerezo, y tengo permitida la entrada a Palacio.

—Lo que vos digáis, sin duda alguna, pero DamaMirlo tampoco recibe hoy.

—Mira, guardia de la porra, llama a VuelaPluma, el jefe de protocolo, y pídele mis referencias. Creo que no sabes con quién estás hablando.

Los trolls susurraron entre ellos y uno se marchó de mala gana. Tardó en volver, pero al hacerlo se postró ante el phoka y le dejó el paso libre.

—Sea tan amable de pasar, caballero Dujal.

El phoka asintió, satisfecho. Poca gente conocía su título nobiliario, otorgado por la reina en persona. Era algo que no le gustaba airear. Lo empleaba sólo cuando tenía que abrir alguna puerta con demasiados cerrojos.

El corazón del Palacio era una majestuosa plaza de paredes de cristal que se conocía como el Bosque de Mármol. El centro de la plaza estaba vacío, y en el suelo inmaculado había representada una enorme mariposa. Sus alas eran un mosaico de piedras minúsculas. A su alrededor crecía un auténtico bosque de columnas de mármol blanco y resplandeciente. No había dos columnas iguales. Lo curioso era que no sostenían el techo, no sostenían nada, simplemente se perdían en las alturas. Siempre reinaba el silencio allí. El sonido de los pasos de Dujal retumbó como el eco de un tambor de guerra. El bosque no llevaba a ninguna parte; en las paredes no había ninguna puerta; debías limitarte a andar entre los pilares de mármol y esperar a que pasara algo. Caminó durante mucho rato, o quizá no, porque en aquel lugar el tiempo parecía detenido. Creyó ver una modesta puerta gris en una pared. Dujal la perdió de vista un par de veces hasta dar con ella. Al abrirla, las bisagras chirriaron, mostrándole una habitación redonda de muros hechos con grandes bloques de piedra sin desbastar. Unas saeteras altas dejaban entrar cierta luz a la estancia. Frente a la puerta ardía una chimenea, pero no podía verla porque el centro de la habitación lo ocupaba un telar gigantesco.

—Cierra la puerta —susurró DamaMirlo.

Dujal obedeció. Mesalina le contó en una ocasión que el telar estaba hecho con los huesos de un dragón dorado, sabias criaturas que ven el futuro con la misma facilidad con que uno ve su reflejo en un espejo.

DamaMirlo tejía sin prestarle atención, sus ojos sin pupila fijos en el patrón de los hilos, aunque era difícil saber dónde miraba exactamente. Ella siempre parecía observar el infinito. Vestía un sobrio vestido de color burdeos. Recogía su larguísimo pelo negro con un pasador que simulaba diminutas hojas de laurel de color bronce. DamaMirlo poseía una belleza fría y triste; a Dujal siempre le evocaba esas interminables tardes de invierno en las que no te apetece hacer nada.

—Supongo que sabes a lo que vengo —dijo Dujal.

La Dama dejó caer el huso sobre su regazo y lo miró; lo miró hasta el fondo de sus pensamientos con aquellos ojos terribles.

—Supongamos que no. Siéntate cerca para que pueda verte y cuéntamelo.

Una silla brotó de una pared y se deslizó hasta el telar. Dujal tomó asiento con las orejas tiesas y la cola algo erizada.

—Vengo a agradecerte que me salvaras la vida el otro día en casa de Manx.

DamaMirlo esbozó una sonrisa mientras seguía trabajando en su telar.

—Creo que te confundes de persona.

—Eres inconfundible.

—¿Qué iba a estar yo haciendo allí?

—Eso te iba a preguntar. Dicen que ves el futuro.

Mirlo soltó una risita. Alargó una mano y acarició la cara a Dujal. El phoka pudo sentir su olor etéreo a flores soñadas, el tacto de sus manos heladas.

—Eras tú —dijo a la Dama—. Puedes engañar a mis ojos, pero no a mi nariz.

—¿Y qué si era yo?

—Me viste en la colina del olmo… Entonces Manx ya estaba muerta y no me dijiste nada. Podrías haberlo hecho.

La tejedora suspiró, pensativa.

—Lo tejido, tejido está —dijo—. El hilo que se corta no vuelve al telar.

—Pero evitaste que nos mataran. Salvaste a Marsias.

—Eso aún no lo sabes.

—Pero tú sí —le dijo él esperanzado—. Tú sabes si Marsias vivirá o…

—Quizá. Quizá lo sepa. Nunca des nada por sentado.

—¿Por qué no? —exclamó Dujal—. Primero me dices que el futuro no se puede cambiar, ¡y ahora no quieres que dé nada por sentado!

—Dujal, si te digo que Marsias va a morir esta noche, ¿en qué te ayudo?

—Estás jugando conmigo. ¡No pensé que fueras tan cruel!

—Eres tú quien hace las preguntas. Yo contesto en la medida de lo que me es posible. Me caes bien; entiendo que seas el favorito de la reina. A pesar de todo, eres una de las pocas hadas totalmente buenas con que me he topado en mi vida. Desgraciadamente, no puedo ayudarte. No como tú quieres.

—Pero me ayudarás —le rogó.

—Para saber de los trabajos de un goblin debes preguntarle a un goblin.

—¿Goblins? ¿Goblins? No conozco a ninguno. En mi vida había visto uno.

—¿Estás seguro? —DamaMirlo sonrió. Con unas tijeras doradas cortó un hilo.

—¡Buscar a los goblins es un suicidio!

—Ninguno de esos mezquinos duendecillos verdes osaría tocarte un pelo del bigote. Tienes a la mejor protectora del mundo.

—Dama, creo que pasas demasiado tiempo sola…

—¿Sabes por qué siempre está encima de ti? Porque cree ver en ti un reflejo de tu madre y, a veces, es mejor tener un reflejo que no tener nada.

—Me voy —zanjó Dujal—. Está claro que sólo quieres jugar conmigo.

Estaba de mal humor. Abrió la puerta con un gesto brusco.

—Pensé que eras mi amiga, Dama.

—Tú busca a los goblins. Luego, si quieres, te replanteas nuestra amistad.

—Buena suerte con tus cosas.

—La suerte no existe —le contestó DamaMirlo—. Existe el talento.

Dujal cerró la puerta, echó a andar y no se detuvo hasta estar muy lejos de Palacio. No había sacado nada de la entrevista más que nuevas inquietudes.

«Dujal, si te digo que Marsias va a morir esta noche, ¿en qué te ayudo?»

Hacía frío y estaba hambriento. Miró al cielo. Apenas faltaba una hora para el anochecer.

Decisiones difíciles

Tras la vieja puerta verde aguardaban, como siempre, los dulces olores del jardín. Para Dujal aquella casa era el último refugio. Siempre que necesitaba un sitio donde desaparecer por un tiempo o cuando concluía alguna de sus aventuras con los bolsillos limpios, acababa allí. Siempre pagaba a Marsias llevándole algún libro del mundo de los humanos u ofreciéndose a jugar una partida de ajedrez con él. Marsias nunca tenía rivales dispuestos a aguantarlo; el sátiro era extremadamente lento planeando sus movimientos y solía acallar las protestas de su adversario limitándose a alzar la mano para pedir calma sin dejar de mirar el tablero. Resultaba exasperante, pero Dujal se armaba de paciencia y se entretenía haciendo solitarios con una baraja de cartas mientras esperaba su turno o tocando algo con la guitarra. Además, el patacabra ganaba casi siempre; incluso cuando la partida parecía torcerse y apenas le quedaban opciones, terminaba por hallar el movimiento que giraba las tornas a su favor. El phoka confiaba ciegamente en que en esa ocasión ocurriría lo mismo.

Esa noche, la casa no estaba abierta al público; entre los árboles reinaba un silencio demasiado solemne. Dujal se sentó al pie de un olmo y dedicó un par de horas a fumar en la oscuridad. Estaba frustrado y trataba de poner un poco de sentido a lo ocurrido en los últimos días. Era como tener una canción en la punta de la lengua: podía tararearla, pero le faltaba la melodía que le daba forma. La música se paseaba por los rincones de su cerebro, pero no se dejaba coger. Dujal se golpeó las sienes con los puños. DamaMirlo le había dado una pista, pero era endiabladamente complicada de seguir; uno no encuentra goblins en las tabernas para poder hacerles preguntas a cambio de una cerveza, y los dioses sabían que necesitaba respuestas, porque, aunque tuviese que jugarse el pellejo de la cola, Galerna y sus compinches acabarían por pagárselas, ellos y aquellos que estuvieran detrás. Echó mano al paquete de tabaco para descubrir que en el bolsillo ya sólo le quedaba un montoncito de cartón arrugado. Gruñó. En TerraLinde no existían los cigarrillos; a partir de ahora le tocaba liárselos. Odiaba pasarse un rato luchando con el papel y las virutas de tabaco. Podría dejarlo, pero no era un buen momento; nunca era un buen momento. Sacó el papel de fumar resoplando. Debía ir a ver a Marsias, pero le daba miedo entrar en su habitación y darse cuenta de que tenía una promesa que cumplir. Recordó la conversación en la cabaña de los centauros con el corazón encogido. No estaba preparado. Se lió el cigarrillo sin ganas. La comitiva le pilló con la lengua fuera y una ridícula cara de asombro.

Un cortejo se acercaba por el camino central, avanzando entre los árboles con antorchas y música de flautas. Dujal no tardó en reconocerlos, la mayoría de ellos trabajaban en casa de Marsias. Era la primera vez que los veía a todos juntos, y se dio cuenta de que realmente eran muchos más de los que había imaginado. Aquel variopinto grupo tenía representantes de casi todas las hadas. Estaban los tres trolls que se encargaban de la seguridad, silenciosos y enormes; los sátiros que brindaban entre ellos, las dríades y las ninfas con sus pieles cubiertas apenas de hojas y flores y sus delicadas alas de colores. Había dos gorrorrojos que Dujal ni se atrevía a pensar qué hacían allí. Estaban Alana y Serena, dos phokas ardillas, hermanas gemelas de las que decían que en realidad sólo era una phoka que nunca se estaba quieta. Todos se habían puesto sus mejores galas; aquello era un revuelo de gasas de colores, plumas y lentejuelas. Al llegar a su altura, un troll lo cogió del brazo y se lo llevó a rastras con ellos.

—¿Qué hacéis? ¡Ah, me has tirado el tabaco!

El troll se lo subió a los hombros haciendo caso omiso a sus intentos de resistirse.

—No estamos de humor para abrir esta noche. Alguien se ha dado cuenta de que nunca tenemos la oportunidad de cenar todos juntos.

—¡Y vestidos! —interrumpió una de las ninfas.

El grupo rompió a reír.

—Y vestidos —añadió el troll—. Así que hemos decidido reunirnos para brindar por el jefe. Es mejor que llorar delante de la puerta de su dormitorio.

El phoka miró las caras que lo rodeaban. Era la familia más extraña que había visto jamás. Como buen gato, y mejor sinvergüenza, no sabía demasiado de esas cosas. Los cachorros eran asunto de sus madres. Sin embargo, comprendía perfectamente que el vínculo que los unía era el sátiro, y que, en caso de que él faltase, aquella gente se desperdigaría. Aunque ninguno de los presentes quería reconocerlo, la fiesta era una despedida, por si las moscas; porque si Marsias moría, la casa moriría con él.

El grupo se detuvo bajo dos sauces. Colgaron luces entre las ramas. Los gorrorrojos extendieron un mantel enorme sobre la hierba. De la nada brotaron botellas de bebida y jarras. Al momento, Dujal tenía una cerveza en la mano. Un sátiro joven pidió silencio y alzó su vaso.

—¡Por Marsias, que ha sido nuestro padre cuando nos hizo falta uno! —dijo con voz solemne.

—¡Por Marsias! —corearon todos antes de brindar.

Dujal se volvió hacia el troll que lo había llevado hasta allí.

—¿Por qué decís que es como vuestro padre?

El troll le dio un sorbo a su cerveza antes de contestar.

—Después de la guerra, muchos lo perdimos todo; él nos dio un lugar donde quedarnos. Yo era soldado, pero cuando todo acabó me di cuenta de que no podría volver a llevar una vida normal y me instalé aquí. Siempre me ha gustado proteger a la gente. Muchos se quedaron huérfanos o fueron apareciendo por la casa con el tiempo…

—Para que digan que los prostíbulos son sórdidos.

—Nunca hemos hecho nada que no quisiéramos hacer. Aquí hay muchos tipos de trabajo para todo el mundo.

Dujal sonrió. Era propio de Marsias ofrecer soluciones para cualquier clase de problemas. Mesalina se acercó a él y le pasó una mano por el hombro.

—Me apetece pasear —le susurró al oído con su voz cálida y suave.

La sátira se colgó de su brazo y tiró de él lejos del jolgorio de los sauces.

—Esto se lleva el premio a la fiesta más rara en la que haya estado jamás —le dijo Dujal—. Ni siquiera sé qué estamos celebrando.

—Celebramos la vida de un amigo.

—Quizá os estáis precipitando —dijo queriendo creerse sus palabras.

Mesalina se sentó y lo invitó a su lado dando unos golpecitos con la mano en el suelo. Sus labios tenían una media sonrisa triste y en sus ojos había una suave sombra.

—Siempre me ha gustado mi trabajo —dijo apoyando la cabeza en el hombro del gato—. Lo mío es vocación. Al principio, Marsias se negó. Tuvimos nuestras buenas peleas por entonces. Solía decirme: «Siempre tendrás oportunidad de ser cortesana, pero la edad que ahora tienes sólo la tendrás ahora». Hicimos un trato: yo estudiaría hasta mi primera fiesta de Beltaine. Si para entonces seguía queriendo trabajar en la casa, él no se opondría.

—Y te saliste con la tuya.

—Nunca me lo ha reprochado, pero sé que no le gusta. De todos modos, tenía razón; hice bien en esperar. La medicina no me tentaba, pero la botánica siempre me ha gustado y le he dado muchos usos. Todos los filtros que se usan en esta casa son recetas mías.

—Pero si son sólo aguardiente…

La sátira le guiñó un ojo.

—Los de los clientes, pero no los nuestros. Es duro trabajar toda la noche.

—Lo que hay que oír… —bromeó el gato acariciándole una mejilla.

—Además, estudiar me ha servido para otras muchas cosas. Entre ellas, para librarte de la promesa que le has hecho a Marsias.

Dujal se puso tenso y se inclinó hacia delante para que su compañera no pudiese verle la cara.

—¿Cómo sabes eso?

—Deliraba. Te ha llamado un par de veces… Pero ahora está tranquilo, le he dado bastante Sueño de Doncella. Ya no sufre, y si se va, se irá en paz.

—¿Crees que…? —No pudo terminar la frase.

—Deberías despedirte, por si acaso.

—No sé qué decirle. Sólo puedo darle las gracias, y me parece poca cosa.

Mesalina dejó caer en sus nudillos un beso cariñoso.

—Creo que le encantaría llevarse tus palabras para el camino.

El phoka retiró la mano. Aquella forma de rendirse a la evidencia no iba con él. Se frotó la cara como quien despierta de un mal sueño.

—No se irá sólo con unas palabras en el bolsillo. Es injusto. ¡Le procuraré compañeros de viaje!

—¿De qué hablas?

—Me voy a buscar a los goblins —aseguró Dujal—. ¡Y volveré con la cabeza de Galerna bajo el brazo!

—¿Te has vuelto loco?

La sátira no podía creer lo que estaba oyendo. Dujal dio un salto y echó a correr. Salió del burdel a la carrera. Ahora lo veía claro. Necesitaba encontrar a un goblin, y para eso era necesario ir a la mismísima Ciudad de Piedra. Tenía la sensación de que, sin una justa venganza, ni Marsias, ni Manx, ni él podrían tener paz. Así que iría a la Carbonería a recoger sus cosas y se marcharía.

Donde se rompen silencios
y se fraguan amistades

Desde el balcón se distinguía una pequeña fila de antorchas que avanzaba por los jardines. La melodía de las flautas llegaba hasta la habitación, amortiguada por las contraventanas cerradas a cal y canto. Nicasia contempló las luces con la frente apoyada en el cristal hasta que se perdieron entre los árboles y la música dejó de oírse. No podía creer que alguien tuviera ganas de fiesta, aunque reconocía que a Marsias le habría parecido una idea genial. Ella no era capaz de celebrar nada. Los últimos días habían sido una pesadilla; se topaba con el rostro de Manx detenido en aquel instante de horrorizada sorpresa cada vez que cerraba los ojos, y recordaba algunas de las cosas que se habían dicho en el momento de separarse, frases desafortunadas que surgían ahora en su memoria del modo más inoportuno, simplemente para recordarle lo crueles que llegaron a ser las dos sólo por el placer de hacerse daño. Hasta entonces había sido capaz de soportarlo porque en alguna parte el sátiro la estaba esperando. Pero esa esperanza se iba desvaneciendo con el paso de las horas. Habían atiborrado a Marsias de Sueño de Doncella para librarlo del dolor, y ahora dormía tan profundamente que parecía no respirar. Su rostro estaba tranquilo. Nicasia no creía en dioses benévolos ni en luces más allá del túnel; si Marsias moría, nunca más volverían a verse. Aquella certeza la dejaba huérfana de consuelo. No quería recordar la última vez que se habían visto. Se despidió enfadada, cegada por el dolor de los celos y el orgullo. Quizá todavía le escocía pensar en aquel «desliz», pero si le importaba, era precisamente porque lo amaba.

La ingeniera se sentó en el borde de la cama con los antebrazos sobre las rodillas y las manos colgando sin fuerza. Allí estaba ella, la gran ingeniera, la que había salvado a la Corte de los Espejos en la Batalla del Asedio, la Defensora de las Murallas, la terrible Dama RecorreTúneles, la jefa de la Hueste Invernal, totalmente vencida, incapaz de evitar que el hada más importante de su vida se desvaneciera para siempre. Le rozó los brazos. ¡Cuántas veces la habían rodeado, cuántos besos y caricias se quedarían sin destino...! Al pensarlo se dio cuenta de que ni siquiera podía llorar; era como si estuviese llena de una arena amarga que secaba sus entrañas. Su corazón era tierra sin esperanza y se iría marchitando poco a poco como los árboles viejos, que mueren de pie sin que nadie se ocupe por ellos. Nicasia se acercó al sátiro y lo besó en los labios.

—Me las pagarán —le susurró más para sí misma que para Marsias—. Haré que lamenten mil veces haberte hecho daño. Da igual dónde se escondan, o cómo se disfracen. Daré con ellos, y entonces desearán no habernos conocido.

Sabía de sobra que la venganza no cambiaría nada, que no conseguiría que el dolor se fuera, pero lo haría más soportable. Algunos le dirían que mancharse las manos de sangre era estúpido y estéril. Era lo único que podía hacer. Su honor no le permitía otra cosa que no fuese morir matando. Se levantó con la certeza de que si abandonaba la Corte quizá no lograse regresar. Durante aquellos años siempre había antepuesto sus deberes a todo lo demás: había sacrificado el amor, su tranquilidad y su salud esperando que otros tuviesen una vida mejor que la que ella había conocido. Jamás quiso agradecimiento alguno por ello y, de hecho, nunca se lo había dado nadie. Era hora de hacer algo sólo para ella. Miró por última vez la vieja cama con dosel donde había sido tan feliz y en la cara se le dibujó una sonrisa triste. Los secretos del amor no estaban hechos para una mestiza tozuda y orgullosa. La venganza, sin embargo, era una vieja amiga a la que siempre podía acudir. Echó un vistazo a la habitación; si alguna vez hubo algo bueno en ella se quedaba entre aquellas paredes, agonizando sobre la piel del sátiro.

Necesitó valor para abrir la puerta y dar el primer paso hacia el pasillo. Le habría resultado más fácil si el pequeño sátiro no hubiera estado allí. Laertes estaba sentado en el suelo. Al ver que se abría la puerta, alzó una carita que parecía reprocharle que se rindiera tan rápido. No había en sus ojos la menor sombra de desánimo, se aferraba a la esperanza con esa feroz desesperación que sólo tienen los niños. Nicasia lo miró de reojo un par de veces. El crío le daba pena. En un par de ocasiones alguien había intentado llevarlo a la cama y él se había negado en silencio, sin gritos ni rabietas. Se limitaba a sacudir la cabeza; estaba cansado, pero se resistía a marcharse. Sólo aguardaba. Quería estar allí hasta el final. La knocker no era una experta en infancia. Los goblins tratan a los niños como adultos en cuanto pueden hablar. Ella, por su parte, había pasado la vida lejos de cualquier cosa que midiese menos de un metro, si excluimos a vespifatas, bogans, leprechauns y hadas pequeñas. Sin embargo, entendía a Laertes; sabía lo duro que es negar la evidencia y lo solo que te hace sentir. Es una carga demasiado pesada. Suspiró. El mocoso no era la causa de sus celos. Laertes no le quitaba ojo de encima. Empezaba a sentirse incómoda. La knocker encaró su mirada alzando las cejas con fastidio.

—Menuda suerte la tuya —le dijo.

El crío bajó la vista sin romper su mutismo.

—No te preocupes, no voy a obligarte a decir nada. Cuanto menos hables menos posibilidades tienes de que se te escape una tontada y, total, decir cosas sólo sirve para arrepentirte de haberlas dicho. Estás mejor callado.

Laertes se limpió la nariz y miró asombrado a Nicasia, que aprovechó el momento para apoyarse contra la pared, dejarse resbalar hasta el suelo y sentarse junto a él. Luego, le costaría muchísimo trabajo volver a levantarse.

—La verdad es que debes de pensar que tienes la suerte de culo. Te entiendo. No eres el único. Y quizá pienses que has de quedarte aquí solo pelándote de frío hasta que pase algo porque no puedes hacer otra cosa. Te equivocas. Siempre se puede hacer otra cosa.

Nicasia le mostró la palma vacía de su mano derecha. El crío la siguió con los ojos. La knocker cerró el puño de golpe. Al abrirla de nuevo tenía entre los dedos una esfera de cristal que reflejaba la escasa luz del pasillo. Laertes abrió la boca y dejó escapar un pequeño «¡oh!».

—Seguro que has oído hablar del rey de los sueños —le dijo Nicasia haciendo malabares con la esfera.

—¡El rey de los sueños no existe! —contestó entonces el satirillo. Al instante, Laertes se tapó la boca, como si la voz se le hubiera escapado de una jaula.

—¡Eres un listillo! Pues que lo sepas: sí que existe, pero a su castillo sólo se puede llegar en sueños. —Hizo un nuevo malabar pasando la esfera muy cerca del rostro del satirillo—. Es un bastardo retorcido y malvado, pero si eres capaz de llegar hasta él tendrá que concederte un deseo. Es la ley.

—¿Y cómo llegaré hasta él? —preguntó Laertes.

Nicasia le dio la esfera.

—Soñando… Ésta es la llave de su reino. Sólo tienes que sostenerla en la mano y soñar.

—¿Cómo lo sabes?

—¿Quieres pedir un deseo al rey de los sueños sí o no?

—¿Puedo salvar a mi padre? —Laertes contempló su regalo.

—Puedes pedirle que lo salve. Sólo tienes que irte a dormir.

—¿Y por qué no vas tú?

—Ya fui una vez. Sólo concede un deseo por persona.

El niño se quedó pensativo unos segundos.

—¿Y si no llego?

La knocker lo miró muy seria.

—Al menos lo habrás intentado. Es mejor que quedarse aquí sin hacer nada.

Laertes se puso de pie y estiró todo el cuerpo con un enorme bostezo.

—¿Sabes dónde está tu habitación? —le preguntó Nicasia.

—Nadie me lo ha dicho…

—Típico de esta panda de descerebrados —maldijo la knocker encogiéndose de hombros—. Bueno, supongo que Costurina te podrá apañar una cama.

Nicasia se levantó haciendo un esfuerzo y tendió una mano al niño.

—Vamos a mi casa, a la Carbonería. Qué remedio.

Laertes la aceptó confiado y los dos salieron a la calle sin cruzar palabra. De repente, se detuvo.

—Si me quedo solo, ¿puedo quedarme contigo? No sé volver con mi mamá.

—No te gustaría. Además, salgo de viaje y quizá tarde en volver.

—¿Puedo esperarte?

Esta vez fue la knocker quien se detuvo.

—Nunca esperes a nadie. Nunca esperes nada de nadie. Serás más feliz.

En la Carbonería, Costurina apenas necesitó un momento para prepararle una cama. Laertes se dejó arropar y se durmió al instante, apretando la esfera de cristal en sus manos. Nicasia lo observó. Sería duro verlo crecer si su padre moría, pero volvía a tener un deber: no podía abandonarlo. Eso ya lo habían hecho todos los demás.

—Costurina, voy a salir de viaje —susurró para no despertar a su pequeño huésped—. Haz el favor de buscar mi bolsa.

—¿Ahora? —La tabernera no pudo disimular su inquietud—. No es buena idea.

—Da igual. Es lo que voy a hacer.

—Pero… Justo ahora… —Una mirada de Nicasia y la bogan cerró la boca—. Está bien. Buscaré tu bolsa.

—Hazlo.

Costurina titubeó antes de irse.

—Nicasia —dijo—, fuiste una buena tutora.

—No hace falta que te despidas.

—Sólo por si las moscas.

—Al cuerno las moscas —gruñó.

Entró a su taller y sacó de los cajones los enseres de viaje. Metió a *Cuervo* en su funda y sonrió sin ganas. Era la primera vez que alguien le daba las gracias. Una despedida hermosa. Ahora podía irse sin dejar cabos sueltos.

El murciélago albino

Costurina y Traspiés eran las únicas hadas que estaban en el comedor de la posada. Tras la barra, los dos bogans se sonaban la nariz con sus delantales, llorando a moco tendido. Al verlo entrar, intentaron recuperar la compostura.

—¿Qué pasa, Dujal? —preguntó Costurina—. ¿Cómo está Marsias?

—Voy por mi mochila —respondió él—. Me marcho esta misma noche.

Los bogans intercambiaron una mirada incrédula.

—¿Que te vas? ¿Adónde? —Costurina no comprendía nada. Traspiés corrió obediente a por la mochila, pero su jefa lo detuvo tirándole de la camisa.

—Me voy a la Ciudad de Piedra —les informó Dujal—, a buscar a los goblins, como dijo DamaMirlo.

—¡El veneno te ha vuelto loco! —exclamó Costurina boquiabierta.

—Eso es asunto mío. Tráeme la mochila. No quiero perder el tiempo.

Traspiés volvió a obedecer, pero Costurina lo detuvo de nuevo.

—Está en la habitación de abajo —dijo sacando un manojo de llaves de su bolsillo—. Iré a por ella. Tú ponle de cenar. Es un viaje muy largo para hacerlo con la tripa vacía.

—No tengo hambre.

—No la tienes ahora… Pero la tendrás, y no vas a andar comiendo ratones del bosque.

—Me gusta comer ratones, blancos sobre todo, son un manjar.

Costurina alzó la vista al cielo demandando paciencia a los dioses.

—Dame sólo un segundo y meto algo de comer en esa cosa que usas de bolsa de viaje.

Dujal decidió capitular para ahorrar tiempo.

—Está bien, pero no tardes.

La bogan desapareció, y su compañero se quedó con Dujal mirándolo con mansedumbre. Era un muchacho rubio y gordito, con la cara colorada y los ojos negros. Siempre parecía necesitar el empuje de alguien para hacer las cosas. Dujal se preguntaba cómo se las apañaría para no mancharse los pantalones cada vez que Nicasia le gritaba, algo que ocurría con frecuencia.

—¿Te vienes conmigo, Traspiés?

Como respuesta, el bogan negó asustado.

—¿No te apetece un poco de aventura?

El camarero volvió a negar, esta vez con mucha más vehemencia.

—A lo mejor las goblins son más amables que Nicasia, y seguro que en la cama son mucho mejores…

—A lo mejor Nicasia te arranca la cabeza de dos bofetadas —escupió una voz que subía las escaleras.

«La que faltaba», pensó Dujal. De no ser porque jamás emprendía un viaje sin su mochila, habría salido corriendo. Nicasia tardó en subir los peldaños. Llevaba la camisa mal abotonada, y las mangas desabrochadas. Los faldones le colgaban sobre el pantalón. Normalmente, nunca se dejaba ver si no era impecablemente vestida. El phoka solía bromear diciendo que bajo el cuello, la knocker sólo tenía ropa. Era la primera vez que se daba cuenta de lo delgada que estaba.

—Desaparece, Traspiés —dijo la ingeniera a su empleado. Luego, señaló a Dujal—. Tú, ven a la cocina.

—Costurina, eres una chivata… —susurró Dujal entre dientes.

Tomó asiento en una banqueta baja junto a los fogones. Nicasia sacó una cafetera de latón, la llenó y la puso al fuego. Luego, se volvió hacia el phoka.

—Ahora, cuéntame esa tontería de los goblins.

—No es ninguna tontería. Fui a hablar con DamaMirlo.

—¿Por qué diablos lo hiciste?

—DamaMirlo estaba cerca de la casa de Manx cuando murió. También apareció cuando nos atacaron.

Nicasia resopló disgustada.

—Siempre rondando la muerte. Más que un mirlo es un cuervo…

—¡Sabe algo! Pero no me ha querido decir casi nada.

—Que sabe algo no lo dudes… Te dejaría alguna de sus frases enigmáticas para que te rompas los cuernos intentando descifrarla…

—Me dijo: «Para saber de los trabajos de un goblin debes preguntarle a un goblin».

La ingeniera se tapó la cara con las manos.

—Será hija de la gran… —murmuró—. Entiendo. Y, a raíz de esa brillante frase, a ti se te ocurre ir a buscar a simpáticos duendecillos verdes con tendencias homicidas… Eres una lumbrera.

—Sí. Y, si el duende no tuviera que ser verde, podría preguntarte a ti.

La knocker se volvió para coger la cafetera. Por un segundo, Dujal temió que se la fuera a volcar encima, pero se limitó a llenar dos tazas y a acercarle una jarra de leche y un azucarero. Nicasia lo tomó solo.

—¿Por qué crees que esa pista te llevará a algún sitio? —preguntó a Dujal.

—Reconozco que sigo una corazonada. En el grupo que

nos atacó había dos goblins. Quizá no tenga nada que ver, pero el hijo de Marsias estaba atado con una cadena hecha por ellos. Además, están los potrillos de centauro que desaparecieron. Ese bosque está cerca de las montañas de TocaEstrellas, ¡el hogar de los goblins!

Dujal se sirvió leche en el platillo de la taza, le puso bastante azúcar y le dio un sorbo. Se le habría escapado un ronroneo de aprobación, pero controló sus instintos. La knocker tomó otro trago de café con gesto pensativo.

—Vale. Pongamos que quieres buscar una pista sobre mercenarios goblins y te vas a TocaEstrellas… ¿Sabes dónde está la Ciudad de Piedra? ¿Hablas el idioma de los goblins?

—¿Qué idioma? —preguntó el phoka tras acabar de lamer el plato.

La ingeniera se llevó una mano a la garganta y carraspeó. Después, dejó escapar de sus labios una serie de ruidos guturales llenos de chasquidos y gruñidos horribles que parecía imposible que un hada fuera capaz de emitir. Dujal tenía la boca abierta.

—¿Eso es un idioma o un eructo?

—No llegarás a ninguna parte —declaró Nicasia—. No sabes hablar goblin. Ni siquiera sabes por dónde empezar a buscar.

—¿Y qué quieres que haga?

—Vamos juntos. Porque yo sí sé dónde tenemos que ir y es un viaje demasiado peligroso para que lo hagamos solos.

—Ni loco —respondió Dujal categóricamente—. Dibújame un mapa y hazme un diccionario de ruiditos. Prefiero cortarme las orejas antes que viajar contigo.

—Dujal, sin un guía convertirán tu pellejo en una pandereta antes siquiera de que atisbes la montaña. Y, aunque lograras alcanzarla, sólo los goblins pueden entran en la Ciudad de Piedra.

—No sé si te has mirado a un espejo, Nicasia, pero tú tampoco eres verde.

Nicasia compuso una de sus muecas que pretendían pasar por sonrisas. Le tembló el rostro. Parecía que los rasgos de su cara se derramaban sobre la mesa. La boca tras los labios se le llenó de dientecillos pequeños y puntiagudos. Seguía teniendo la piel y el pelo blancos, pero las orejas le habían crecido. Era un murciélago albino. Lo peor eran los ojos; el iris todavía era de un helado color azul pálido, pero el resto del ojo era negro como el azabache. La sonrisa de la ingeniera tenía un toque macabro de sadismo, una satisfacción escalofriante.

—Necesitas un goblin —dijo—, y yo soy lo más cercano que tienes a un goblin. Lo tomas o no sales vivo de aquí. —Su voz ronca arañaba las palabras.

A Dujal no le pareció que hablara en broma. Por vez primera en su vida, no sabía qué decir.

En busca de la Ciudad de Piedra

Aquello pilló a Dujal con la guardia baja. Retrocedió de un salto, bufando, con el pelo erizado y las uñas fuera. Los goblins despertaban un odio irracional. Su mera presencia era percibida por casi todo el mundo como una amenaza, aunque nadie era capaz de explicar por qué. Se trataba de algo instintivo. Nicasia, en cambio, no se inmutó ante la reacción del phoka; se quedó sentada tras su escritorio observándolo con aquella nueva apariencia. Su sonrisa era afilada, despectiva, tenía un tinte de crueldad. No era agradable de ver. El gato regresó a su asiento receloso, intentando comprender lo que acababa de ocurrir.

La situación había cambiado. Ya no se trataba de convencer a una vieja aliada ocasional para que no se metiese en sus asuntos, sino de averiguar qué estaba pasando y si su vida corría peligro. Los goblins tenían prohibido entrar en los feudos de los sidhe bajo pena de muerte. Antes de la guerra, una de sus principales actividades era el saqueo, pero, durante el conflicto, muchas de las villas importantes fueron amuralladas, y otras decidieron hacerlo después. Eso, y un par de ejecuciones sumarias —algunos duendes verdes colgados del cuello, sus cuerpos meciéndose como reclamo para los cuervos—, habían conseguido rebajar los asaltos y limitarlos a casos aislados en lugares remotos, lejos de la protección de la reina. Ahora los goblins preferían emplearse como mercenarios para gente de escasos escrúpulos, cobrar peaje en algunos caminos y dedicarse al contrabando y a la venta de artículos prohibidos. Claro que estas actividades no favorecían las buenas relaciones con la Corte.

Lo único que Dujal sabía con certeza era que, si descubrían a Nicasia al abrigo de los muros de la ciudad, la ahorcarían sin hacer preguntas. No era una ventaja para él; tenía claro que, para salir entero de aquella habitación, no había otra que escuchar lo que fuera que le ofrecieran. Después sería el momento de ver si existía algún modo de sacar tajada o si, simplemente, debía conformarse con huir de una sola pieza.

—Vale. —El gato se alisó el pelo y fingió estar despreocupado—. Con eso de la amenaza de muerte has conseguido captar mi atención. Dime qué propones, porque aún no adivino qué gano yo llevándote de excursión.

—Ni siquiera sabes a dónde tienes que ir.

—Te equivocas. Buscaré la Ciudad de Piedra. Tampoco puede ser tan complicado. Alguien debe saber dónde está.

Nicasia se rió de él. Resultaba difícil no sentirse amedrentado por aquellos ojos, negros como tinta, que daban la sensación de no parpadear jamás.

—Los goblins no viven en una sola ciudad dentro de su montaña —le explicó la ingeniera—. Están repartidos por el interior, por todas partes, en cavernas, en pozos, en túneles; pero tanto la ciudad principal como la cueva más miserable es conocida fuera de TocaEstrellas como la Ciudad de Piedra. Así, aquel que no pertenece al Pueblo de las Minas se desorienta y extravía, y el hogar de los goblins queda a salvo y en secreto. Podrías pasarte años recorriendo túneles y para ti todo sitio donde viviera un goblin sería la Ciudad de Piedra.

—No entiendo. ¿Quieres decir que llamáis igual a todos los asentamientos?

—Sólo cuando hablamos con los extranjeros. En realidad, cada uno tiene su propio nombre, sólo que en un idioma que no podéis pronunciar.

—Supongo que lo que acabas de contarme es un secreto.

—Revelarlo es alta traición y se castiga con la muerte.

Dujal se puso en cuclillas sobre su asiento.

—¿Te das cuenta de que ahora mismo estás en mis manos, Nicasia? Eres una traidora para los goblins y para la Corte de los Espejos. Si te descubro ante cualquiera acabarías muerta.

Nicasia lo miró con una sonrisa despectiva.

—Te sorprenderías de lo poco que me importa eso ahora... Sé que no dirás nada porque puedo enseñarte cómo llegar hasta donde quieres y sé con quién debes hablar. Te crees un trotamundos, pero te queda mucho por aprender.

—Trotamundos. Tiene su gracia. Conozco tantos mundos que ni te imaginas, pero, visto lo visto, quizá no me vendría mal una guía autóctona. ¿Qué ganas tú con esto? ¿Por qué vas a meterte en la boca del lobo?

—Porque es lo único que puedo hacer. Además, yendo los dos aumentamos las probabilidades de que alguien vuelva de entre los goblins.

Dujal saltó de su asiento.

—Ése es el tipo de optimismo que me gusta antes de un viaje —dijo dándole un par de palmaditas en la espalda—. Bueno, como ambos hacemos este viaje por venganza creo que puedo fiarme de ti, aunque estaría bien establecer unas normas.

—Por supuesto: yo digo lo que hacer y tú obedeces. Ésas son las normas.

—Pues debemos de pensar igual, porque iba a decir lo mismo.

—Perfecto. Nos entendemos bien. Pero me temo que antes de dejarte salir de esta habitación tengo que pedirte algo.

—¿Favores de cama? ¡Espero que no! Llámame raro, Nicasia, pero en este momento te veo menos atractiva de lo habitual... Y lo habitual ya era muy poco.

Nicasia lo agarró por la camiseta y lo estrelló contra la pared.

—¡Jura que no dirás a nadie lo que sabes de mí! —le susurró sin rodeos.

—¿Jurar? Pero acabas de decir que no te importa que te pillen...

Como respuesta, la knocker le soltó un puñetazo en las costillas.

—Si alguna vez me cogen, mala suerte. Pero escucha lo que digo: no subiré a un cadalso para que unos cuantos sádicos pasen el rato a mi costa. No iré como un cerdo al matadero, y menos por un chivatazo.

Dujal se revolvió hasta soltarse.

—¡No vuelvas a tocarme! —gritó a Nicasia—. ¡Yo no soy una amenaza! Aunque se lo contara a todo el mundo, nadie me creería.

—No me gusta correr riesgos.

—Yo nunca te traicionaría de esa manera —respondió.

La ingeniera le dedicó una mirada indescifrable.

—Eso mismo dijo tu madre y no lo cumplió.

Aquello cayó sobre el phoka con más contundencia que cualquier golpe. Se quedó en silencio. Notaba un sabor en la boca que casi podía masticar. El odio se le pegaba a la lengua. Dujal se acercó a la ingeniera.

—No pienso jurar nada —le dijo enseñando los colmillos—. Tendrás que confiar en mí. ¡Y yo en ti! Eso es lo que hay.

—Salimos en tres horas —espetó Nicasia—. Deberías descansar.

—Mejor preparo mi equipaje.

—De tu equipaje me encargaré yo; al menos, de la ropa. Así no puedes ir a ninguna parte. Es una ropa extraña, llama la atención. Esos pantalones de lona azul, esa camiseta llena de dibujos, esa chaqueta... ¡Son horribles!

Dujal salió de la cocina con un portazo. No pasaría por

aquello. No iría con Nicasia a ninguna parte. A lo largo de su vida se había enfrentado a situaciones difíciles y siempre había hallado el modo de resolverlas sin ayuda. Era un gato de recursos. No necesitaba guías ni intérpretes para llegar a la Ciudad de Piedra, donde quiera que estuviese. Él la encontraría. Volvería con la cabeza de Galerna. Traería con él a la hija de Manx. Demostraría a todo el mundo que era capaz de hacer cualquier cosa.

Regresó a su habitación y buscó su mochila maldiciendo entre dientes. Aún no creía lo que Nicasia acababa de decir sobre su madre. Dujal se tenía por afortunado; siempre había podido elegir cuál era su familia, al margen de los lazos de sangre. No le molestaba que la ingeniera hubiera llegado a conocer realmente a su madre, sino que la acusara de traición. ¿Cómo podía atreverse ella a hablar de cuestiones morales? Tampoco le molestaba que hubiera tratado de herirlo; el orgullo le picaba porque lo había logrado. Ofenderse por su madre, a quien ni siquiera había llegado a conocer, era estúpido.

Impaciente por largarse, cogió sus pantalones de la cesta de la costura de Nicasia y su camiseta negra, que le había visto coser cuando se despertó.

«Es tan mezquina que todo lo tuerce —rumiaba—. No para hasta que todo el mundo a su alrededor la odia. Por eso siempre está sola. Tiene lo que siembra, ni más ni menos.» Ahora entendía por qué. A fin de cuentas, Nicasia era medio goblin, y todos saben que esos duendes viven a costa del sufrimiento ajeno.

La mochila estaba lista. No acostumbraba a llevar mucho equipaje. Nunca incluía provisiones, pues prefería cazar sobre la marcha. Sólo faltaban por guardar sus dos posesiones más preciadas: una era su pequeño laúd, tallado en una madera tan ligera que parecía que fuera a salir volando. El mástil era un gato estirado que sostenía las clavijas con una de sus garras mientras la otra jugaba con las cuerdas escondida entre los trastes. La cola se enroscaba sobre la caja de resonancia. Fue un regalo de Manx. Él prefería la guitarra, pero era demasiado grande para llevarla y dificultaba cualquier acrobacia. Su laúd era mejor para vagabundear. Era vital para sobrevivir; en muchas ocasiones, una canción lograba ponerle un techo sobre la cabeza y un plato delante, cuando no lo colaba entre las piernas de alguna moza generosa. Además, la música le ayudaba a tejer ciertos hechizos de distracción. Su otro tesoro era un odre de cuero, tan gastado que no se veían los extraños signos que rodeaban la piel. En la boca de madera de roble tenía engarzadas dos piedras. Una era verde muy oscura, casi negra. La otra de un celeste lechoso. El recipiente tenía medio litro de capacidad, pero en realidad siempre estaba lleno de cualquier líquido que pudiera imaginar. Una vez quiso saber cuánto podía sacar del pellejo. Llegó a llenar de vino una de las bañeras de Marsias, antiguo dueño del odre sin fondo antes de perderla en una partida de dados… Dujal lo enganchó en la bolsa de viaje y se colgó el laúd al hombro. No olvidó su estoque. Era mala idea salir a recorrer mundo sin un arma. Al sacarla de su funda, la hoja susurró en el idioma de los metales. El estoque no tenía adornos, no era valioso ni legendario, pero se trataba de un arma equilibrada, la obra de un maestro herrero. Nadie le creía cuando contaba que lo había hallado junto a un árbol al despertar de una siesta. Era la verdad. El estoque había llegado a sus manos de forma legítima y nunca renunciaría a él. Dujal lo devolvió a su vaina y se la abrochó al cinto. Salir a buscar aventuras siempre lo ponía de buen humor.

Sólo quedaba abandonar la Carbonería con discreción. El dormitorio tenía una ventana redonda a la altura del techo. El phoka saltó hasta ella y se agarró con la punta de los dedos. Había un pestillo. Resopló, balanceó la cola para mantener el equilibrio y cogió impulso para poner los pies contra el marco de madera. Escapar sin pagar de la posada no era tarea fácil. Por fin logró descorrer el pestillo; entonces descubrió que la ventana no se abría de par en par, sino que el cristal se inclinaba hacia el exterior, dejando que la brisa helada de la noche le soplara en los bigotes. Arrugó el hocico. Notaba que la cara se le encendía del esfuerzo, y aún le dolía la herida que le había procurado Galerna. Regresó al suelo. Buscó en su mochila una madeja de cordel verde tejida con tallos de hierba por un bogan muy concienzudo que hasta había esperado cobrar por el trabajo. Era resistente y tenía mil usos, la mayoría deshonestos; usos que harían sonrojar a ciertas damas. Dujal ató la mochila y luego se ató el otro cabo a la cintura. Esta vez logró colar su cuerpo por la ranura. Nadie podía retenerlo. Guardó el equilibrio sobre el canalón del desagüe y, cuando estuvo seguro de no caerse, tiró de su mochila. Después, subió al tejado. Desde allí, bajo la luz de una luna rota como una sonrisa vieja, podía verse toda la Corte.

El viento arrastraba el repique ceremonioso de las campanas de Palacio, un cantar solemne y triste. Nunca las había escuchado tañer antes; eran como un llanto. Entonces escuchó otro sonido. Era un zumbido que sonaba cada vez más cerca. Dujal arqueó la espalda y estiró la cola. Saltó del tejado a la calle. A mitad del salto sintió que algo le arañaba el cuello. Ahora el zumbido tronaba sobre su cabeza. De algún modo quedó colgado en el vacío. Tenía un anzuelo clavado en la chaqueta. Dujal se elevaba hacia las alturas. Un brillo plateado le reveló que lo único que lo sostenía en el aire era un hilo finísimo enganchado al trasero de la avispa más grande que había visto jamás, un insecto mecánico que agitaba sus alas de tela. Desde la espalda del bicho, una cara fea y familiar le enseñó su mejor mueca. La fuerza del aire le sacudía a Nicasia las orejas de murciélago, y las gafas de vuelo la hacían parecer un extraño animal nocturno.

—¡En cien años nadie se ha ido sin pagar de mi posada, pequeño bastardo! ¿Te crees más listo que yo? —Nicasia tuvo que gritar mucho para hacerse oír. Recogió hilo. El gato, maullando insultos, subió a la grupa de cuero y metal de la avispa, donde pudo librarse del maldito anzuelo.

—¿Por qué tocan las campanas? —preguntó alzando la voz todo lo que pudo.

—¿Nunca las habías oído? ¡Sólo tocan cuando alguien de la Corte muere!

Dujal sintió que le faltaba el aire. Se agarró sin querer al abrigo de Nicasia.

—¡Que las viejas lloren a los muertos! —gritó ella—. ¡Nosotros los vengaremos!

Dujal se alzó el cuello de la chaqueta. Se alegró de que el viento lo obligase a cerrar los ojos. Aquélla no era la compañía que deseaba para estar de duelo.

A la sombra de TocaEstrellas

Dujal tenía la sensación de que la avispa llevaba siglos abriéndose paso entre una niebla cegadora que calaba hasta los huesos y se le clavaba en el pecho al respirar. Notaba las manos entumecidas. Montar aquel engendro mecánico era una completa tortura; su asiento era curvo y resbaladizo, sin contar que desde hacía un rato se estaba calentando bajo ciertas zonas de su cuerpo por las que sentía bastante aprecio, lo que le obligaba a adoptar posturas que no ayudaban a su dignidad o comodidad. Quizá con algo de charla el viaje se habría hecho más llevadero. Por desgracia, la knocker no había despegado los labios desde que salieron de la Corte.

A Dujal el vértigo lo tenía enfermo. No lo sufría por la altura, sino por la idea de no volver a ver Marsias. La ausencia del sátiro le resultaba inaceptable. Se sentía como si le hubiesen robado algo. No había palabras ni lágrimas para acallar la pena que inundaba su cabeza. Daba igual. No pensaba mostrarse en duelo hasta haber hallado el motivo de la muerte de Marsias, absurda y cruel. El destino se movía sólo en una dirección, pero la verdad, por dura que fuese, era el único consuelo.

Un codazo lo puso alerta. El cielo desteñía bajo las luces del amanecer. El sol colaba los dedos entre rebaños de nubes esponjosas que el viento helado acabó disolviendo. Por debajo de él se extendía un bosque, un mar verde que rompía a los pies de las montañas más altas que Dujal había visto jamás.

—¡Los picos de TocaEstrellas! —gritó Nicasia—. ¡Hemos llegado!

Dujal no contestó. Las cumbres coronadas de nieve eran tan hermosas que parecía imposible que la Ciudad de Piedra estuviera allí, oculta en el corazón de roca como una alimaña. No era como Dujal había imaginado.

La avispa descendió lentamente. El aire tenía un agradable olor a musgo y era tibio a ras del suelo. Entre los árboles, vieron un arroyo que se despeñaba desde el costado de la montaña. Dujal saltó a tierra en cuanto pudo; deseaba dejar la incomodidad de su asiento. La impaciencia estuvo a punto de hacerle caer; las piernas se le habían dormido durante el viaje y un calambre le dobló las rodillas. Acabó a cuatro patas sobre la hierba. Nicasia, en cambio, extendió las patas metálicas de la avispa y detuvo el insecto. Sólo entonces bajó, torpe y lenta debido a su pierna tullida. Se quitó las gafas de vuelo y deshizo las vueltas de bufanda que le cubrían el cuello y la cara.

El recelo de Dujal se reavivó. No estaba seguro de poder fiarse de alguien que llevaba mintiendo sobre quién era toda su vida. Estaba a punto de meterse en el mayor de los peligros con un ser en quien no confiaba. «Ya que estamos aquí —pensó mientras se frotaba las manos adormecidas—, no dejaré pasar la oportunidad. Si algo sale mal, haré lo de siempre: improvisar.»

—Maldito viaje… —gruñó el gato—. Me ha dejado roto, pero al menos ese trasto sabe frenar. En tus vehículos es toda una novedad.

Nicasia palmeó la avispa, que se limpiaba las antenas entre sus patas. Era todo cuero, tuercas, remaches y ensamblajes de cobre.

—Fue mi maestro quien diseñó este trasto —explicó a Dujal—. Su especialidad eran los vehículos, y al morir me dejó éste. Es su obra maestra: ¡SurcaCielos!

—Pues es la obra maestra más incómoda sobre la que me he sentado nunca —protestó Dujal—. SurcaCielos casi me fríe los bajos.

—Sí, el motor va detrás. Así se equilibra el peso y aumenta la estabilidad.

—Además, mi asiento estaba curvado.

—Para optimizar la resistencia del aire.

—¡Y resbalaba! ¡Es como si alguien lo hubiera frotado con grasa!

—Sí. —Nicasia presionó un botón, y un chorro de vapor que apestaba a aceite pasado escapó de las tripas de la avispa—. La grasa la puse yo.

—¿Para qué?

—Mejora mi humor —contestó la ingeniera.

Nicasia dejó sobre la hierba, empapada de rocío, su mochila y una cesta de mimbre de la que surgió la cabeza achatada de una serpiente parda.

«El que faltaba», pensó Dujal mientras veía cómo el enorme reptil trepaba por el brazo de Nicasia. En un momento, el delgado cuerpo de la ingeniera estaba rodeado de anillos escamosos adornados con rombos de color caramelo. Cada vuelta de la pitón tenía el grosor de un arbolito. Hubiera bastado un pequeño abrazo para partirla por la mitad, lo cual no parecía asustarla. Miraba a Boros y le rascaba el mentón como si fuera una mascota inofensiva.

«Éste sí que es peligroso.» Boros, el chico serpiente, había aparecido en la Corte hacía unos años diciendo que era un phoka. Nadie acabó de creerlo. Hacía muchísimo tiempo que ningún phoka escogía un depredador tan fiero como alma. Era poco práctico, dificultaba la convivencia y despertaba desconfianzas. Los phokas solían tener problemas para mantener a raya sus instintos; si éstos los empujaban a robar comida de las alacenas y mear en las esquinas resultaba un incordio, pero se podía soportar. Otra cosa es que les diera por devorar ganado o robar a bebés de sus cunas. A Boros lo aceptaron a regañadientes porque la Dama RecorreTúneles en persona había prometido hacerse cargo de él. Aun así, nunca gozó de la confianza de ninguna manada. Los Solitarios del Pueblo Libre, como el propio Dujal, tampoco se morían por compartir una hoguera con él. Les daba demasiado miedo. Boros era parco en palabras, y sus movimientos lentos y cautelosos, como si estuviera siempre al acecho. Sus ojos fríos y amarillos no ayudaban. No parpadeaban jamás.

—¿Qué hace él aquí? —preguntó Dujal.

—Se quedará vigilando a SurcaCielos —respondió Nicasia.

—Mejor. No quiero que venga. Es imprevisible.

Nicasia desenrolló un bulto de tela encerada que servía de funda para las piezas de su trabuco. Lo montó sin mirar, con los gestos precisos de quien ha hecho lo mismo mil veces.

—¿Imprevisible? —repitió—. De todas formas tendrás que vigilar tu espalda. No vamos de excursión.

—Ya sé que los goblins son peligrosos.

—Antes su leyenda no era tan negra —le aseguró Nicasia mientras limpiaba el cañón del arma con una escobilla—. Desde antiguo, los goblins tienen prohibidas dos cosas: poseer tierra o ganado y trabajar el campo. Eso los obligó a vivir en las minas. Fueron los primeros mineros, y los primeros inventores.

—¿No podían ser granjeros ni campesinos? ¿Por qué?

—Vete a saber… Los sidhe y los goblins se odian desde hace tanto tiempo que ni ellos se acuerdan de cómo empezó todo. Se han dedicado a destrozarse la vida unos a otros desde que las hadas tienen memoria.

—Bueno, ser minero no es tan malo.

—Pero no basta para alimentar a todo un pueblo. Hambrientos, los goblins buscaron otras formas de conseguir comida. Descubrieron que el contrabando y la violencia eran rentables. No tienen escrúpulos, y si les preguntas el motivo te contestarán que nadie los tiene con ellos.

—Preciosa espiral —observó el gato.

—Lo que quiero que entiendas es que vamos a un sitio poco amable. Verás cosas que no te gustarán. Recuerda que tienes un objetivo y que es imposible arreglar todas las injusticias del mundo. Este viaje será inútil si morimos allí.

—Al menos, si morimos los dos... Yo tengo interés en volver sano y salvo.

Nicasia acabó de ensamblar su trabuco. Un ligero temblor le sacudía las manos. Dujal se dio cuenta de que estaba agotada. Su mirada no era tan dura como siempre; se veía nublada por una tristeza que ni su recién adquirido tinte oscuro lograba disimular del todo.

—Déjate de chorradas y cámbiate —dijo Nicasia arrojándole un bulto de ropa.

—¿Otra vez con ésas?

—No podemos llamar la atención. Cámbiate la maldita ropa.

—¿Qué harás si me niego? ¿Vas a venir tú a desnudarme? —replicó mientras se tapaba con falso pudor—. No digas que no te gustaría...

Un disparo le rozó la sien izquierda dejando un ligero olor a pelo quemado.

—Vale —consintió Dujal—. Me cambio.

Sacó el carrete de cordel verde y lo tendió entre dos árboles para poner su manta a modo de cortina.

—Disculparás que te prive del espectáculo —dijo—, pero aborrezco quitarme la ropa cuando alguien me apunta con un arma de fuego. El cortejo se te da fatal. La próxima vez, invítame a beber algo.

La ropa que Nicasia le había dado resultaba deprimente. Era de lana, teñida en un triste gris, una túnica ceñida con un cordón y unas botas de piel recubiertas de harapos. Pese a su aspecto astroso, las prendas le resultaron cómodas y calientes. La túnica tenía bolsillos ocultos.

Dujal apartó la manta y le hizo una reverencia a Nicasia.

—Creo que esto es lo más cerca que estaré nunca de ser el príncipe de los mendigos. ¿A qué viene este atuendo de Cenicienta?

—¿Cenicienta?

—Es un cuento de los humanos… ¿Por qué tengo que disfrazarme así?

—Dame tu estoque —le ordenó Nicasia.

Dujal le pasó el arma. Nicasia la ocultó en su abrigo.

—¿Piensas contestarme?

—Coge lo imprescindible y guárdatelo.

Dujal metió en los bolsillos el odre sin fondo y el cordel de hierba. No podía llevar muchas más cosas. Se decidió por unas tizas y un tarrito de barro regalo de Mesalina. Contenía una crema llamada «Bálsamo de Otoño». La cortesana le había dicho que servía para aliviar las heridas. Esperaba no tener que usarlo.

—Ya estoy.

—Perfecto. Sólo falta un detalle.

Nicasia hizo un gesto rápido que lo pilló por sorpresa. Dujal bufó al sentir que algo le apretaba y se cerraba con un chasquido metálico. ¡Su cuello! ¡Nicasia le había colocado una pesada argolla de hierro! Luchó por quitársela hasta que acabó tumbado en el suelo, agotado y furioso.

—¡Quítame esto! —gritó—. ¡No pienso dar un paso hasta que me lo quites!

—Puedo llevarte a rastras, si quieres. Le dará un toque más real.

Nicasia sacudió la mano como si chasqueara un látigo invisible al tiempo que decía algo en el idioma goblin. El aire vibró mientras los gruesos eslabones de una cadena de cobre aparecían uno a uno entre los dos. Un extremo quedó anclado a la muñeca de la ingeniera y el otro al collar de Dujal.

—Está bien —capituló el phoka—. Ya me levanto.

Fingió hacerlo, pero clavó un pie en tierra y tiró de la cadena. Nicasia cayó. Dujal saltó sobre ella y la aprisionó con manos y rodillas.

—Dime, ¿a qué viene esto? —preguntó zarandeándola.

—Vamos a la ciudad donde me crié —respondió Nicasia—. En lengua goblin se llama «El Mercado de las Almas». Allí se vende de todo. La especialidad son los esclavos. Creo que Galerna y sus esbirros podrían estar llevando mercancía al mercado. Si han intentado vender a la hija de Manx, o si la han vendido ya, da por seguro que allí nos enteraremos.

—¿Dices que los goblins venden esclavos?

—Sí. Los capturan fuera de la montaña. O los hacen ellos mismos.

—¿Y no lo sabe nadie? ¿Nunca lo has denunciado a la reina?

—Dujal, ¿crees que soy la única persona que sabe que ese mercado existe? Si los goblins venden esclavos es porque alguien los compra.

—¡Eso es lo que te dices a ti misma para dormir con la conciencia tranquila!

—Qué estupidez...

—¡Eres una cobarde, Nicasia! ¡Nunca tomas partido por nada! ¡Nunca haces nada! ¡Te limitas a ver pasar las cosas, te resignas y cruzas los brazos! Ahora lo entiendo... ¡Marsias te amaba! ¡Y tú lo sabías! Pero era más sencillo relegar su cariño que tener el valor de aceptarlo. ¡Haces lo mismo con todo!

—Cállate. —No lo dijo como orden sino como advertencia. Nicasia levantó una mano y le tapó la boca—. ¿No has oído nada?

Dujal estiró las orejas. Alguien se aproximaba aplastando la hierba. Eran varios, podía oír cómo atronaban sus armas con el traqueteo de la marcha. El aire traía el olor rancio del cuero y el hierro oxidado. El grupo reía y hablaba un idioma que puso los pelos de punta al phoka. Dujal levantó a Nicasia y, juntos, corrieron a esconderse entre los juncos de la orilla del arroyo.

Eran cuatro goblins. Dos traían ballestas a la espalda. Uno, quizá el líder, vestía una coraza de hierro. El resto cargaba cota de malla y jubones rojos, y en las manos alabardas de acero. Al ver la avispa mecánica, el líder gritó y los duendes se dispersaron. Uno examinó el vehículo. Otro husmeó las bolsas de viaje. Otro cargó su ballesta, camino del arroyo.

Nicasia sacó una espada de piedra negra de su cinturón.

—Problemas… —gruñó aferrando a *Cuervo* entre las manos.

—Para no variar —contestó Dujal—. ¡Devuélveme mi estoque, aprisa!

Nanyalín

El goblin gruñó al meter las piernas en el arroyo. Cuando la corriente le alcanzó la cintura, maldijo en su lengua. En la orilla, vio que sus compañeros reían a su costa. Pero la fiesta no les duró; de pronto, las carcajadas se habían convertido en gritos. Los juncos no dejaban ver a Dujal lo que estaba ocurriendo, pero se figuró que tenía algo que ver con Boros. Asomó la cabeza. Cuando no usaba su forma de serpiente, Boros era aterrador. Se movía con fluidez, y tan veloz que los ojos casi no podían seguirlo. Uno de los goblins quiso ensartarlo con su alabarda. Boros lo esquivó, agarró la cabeza del duende y la estrelló contra el tronco de un árbol. El goblin ni siquiera gritó; sólo produjo un chasquido seco. Otro soltó su arma y se dio la vuelta a todo correr. Boros saltó sobre su espalda y le rompió el cuello con una sola mano, como si tronchara una ramita. La pelea no duró mucho más. El Ancestral miró los cadáveres con la decepción asomando en su cara chata. Ni siquiera estaba cansado. Descubrió en medio del arroyo al último soldado, y una sonrisa apareció en los labios salpicados de escamas. Dujal vio temblar al goblin hundido en el agua. Balbucía una súplica. Boros se tomó su tiempo. Contempló a su presa con el sadismo de un asesino que saborea los minutos previos al acto. Dujal estaba paralizado por el miedo. Y por la fascinación.

Sintió un gran alivio al oír el trueno de la pólvora. El goblin emitió un gemido, y su cuerpo se alejó flotando con la corriente.

—Se acabó el juego —dijo Nicasia mientras se colgaba el trabuco al hombro.

Chapoteó para salir del agua. Dujal la siguió. Estaba helado. Tenía revuelto el estómago. De cerca, el espectáculo era todavía peor. La sangre bañaba la hierba formando charcos. Dos de los goblins eran despojos sin rostro. El líder tenía la cabeza girada y los ojos congelados con un gesto de sorpresa. Dujal recordó a Manx. «Estoy cansado de tanta muerte —se dijo—. Cuando esto acabe me iré lejos, y pienso tardar mucho en regresar.» Se sentó con las piernas flojas y cerró los ojos. Necesitaba un par de segundos.

—¡Suelta eso! —La voz de Nicasia estalló como un látigo—. ¡Suéltalo!

Boros había cogido un cadáver y se lo llevaba a las fauces. La mandíbula colgaba de su rostro, desencajada; ahora el muchacho tenía una boca enorme y horrible rebosante de saliva. Nicasia volvió a gritarle.

—¡He dicho que no te lo comas!

Le golpeó con la culata del trabuco. Nicasia estaba asustada, pero logró que el Ancestral soltara a su víctima a medio tragar con una sonora arcada. El cuerpo resbaló a tierra envuelto en una gruesa capa de saliva.

—No necesitaba ver eso... —logró decir Dujal antes de doblarse y vomitar. Se sintió mejor después, con las tripas vacías—. Deberás perdonarme, Nicasia. No estoy tan curtido como tú. Tantos años mirándote al espejo te han familiarizado con este tipo de espectáculos horribles, pero yo no tengo esa suerte.

—¿No tienes dinero para comprarte un espejo?

—No me hace falta comprarlo.

—No, te basta con robármelo a mí. Vamos, arriba. Hay que limpiar este desastre. Alguien saldrá a buscar a esta patrulla tarde o temprano. Cuanto más tarden en encontrar los cuerpos, mejor para nosotros.

—Boros parecía dispuesto a encargarse del problema —señaló Dujal.

—Sólo podría tragarse a uno de los goblins, y la digestión le da sueño. Lo he traído para que cuide a SurcaCielos; nos hará falta para volver a casa. Boros debe estar alerta. Cuanto más hambriento esté, mejor.

—Pudimos dejar a los goblins seguir su camino...

—Habrían dado la voz de alarma y sería imposible entrar en la ciudad. A ver si te metes en la cabeza que esto no es la Corte. Para los goblins no hay nada inofensivo. Cualquier extraño es una amenaza. No hacen excepciones. Matan y después preguntan. Eso hacen ellos y eso haremos nosotros. Vamos, levanta y ayúdame a ocultarlos entre los juncos.

Dujal farfulló un reniego de protesta. «Me pregunto si DamaMirlo vio esto cuando me mandó a buscar un goblin.» Observó los árboles. El otoño ya estaba maduro, pero muchos conservaban las hojas, y sus ramas formaban tupidas cúpulas que ocultaban el cielo. Dujal examinó los troncos. Eran anchos y rugosos, fáciles de trepar.

—Espera, Nicasia. Cuando era un cachorro, a veces cazaba sin hambre, por ejercicio. Ratones sobre todo, y algún pajarillo. Siempre los guardaba entre las ramas de los árboles.

—Estos tipos son algo más grandes que una rata —contestó Nicasia.

—Eso déjamelo a mí.

—Acabarán acudiendo los cuervos y los descubrirán igual.

—Los subiré bien altos. Serán difíciles de ver, te lo aseguro.

Dujal hurgó en su bolsa de viaje. Sacó de ella dos ruedecitas de metal y su cordel. Con las poleas y la fuerza de Boros, elevar los cuerpos fue tarea fácil. Eligieron para ocultarlos un grupo de nogales; sus copas se alzaban formando una maraña de ramas que el sol no podía atravesar. Boros subió a los goblins hasta las ramas cercanas al suelo. Luego, sin la ayuda de las poleas, trepó con una agilidad que ofendió al gato en su amor propio y ató los cadáveres.

Nicasia y Dujal hundieron las armas en el arroyo.

—Desde luego —advirtió Dujal observando las altas copas de los nogales—, es la cosa más macabra que he hecho jamás.

—Queda sangre en el suelo —observó Boros una vez hubo terminado. Tenía la mala costumbre de hablar muy bajo, usando un tono inexpresivo. Era como si hablase al dictado de otra persona.

—Eso no podemos arreglarlo. Debemos irnos ya... —Nicasia consultó un reloj de bolsillo y miró hacia las montañas de TocaEstrellas—. Si lo llevo bien, serán al menos tres horas andando.

—Siempre puedo subirte a caballito —se ofreció Dujal con una sonrisa.

—No me des ideas. Odio caminar.

—¿Vigilo la avispa? —preguntó Boros.

—Escóndete con ella, y si puedes despistar a alguna patrulla no dudes en hacerlo. —Nicasia alzó el índice hacia el Ancestral—. Pero no mates a nadie si no es estrictamente necesario. ¿Lo has oído? A nadie. Y no comas.

—¿Y después? —A Boros no le agradaba la perspectiva de ayunar.

—Después, el plan sigue como lo hablamos —contestó Nicasia.

Boros asintió y desapareció en el bosque. Un último escalofrío estremeció a Dujal. Con el Ancestral acechando la espesura, tenía la necesidad de salir a campo abierto y sentirse seguro de una vez. Mejor cuanto antes.

Nicasia apoyó la espalda contra un árbol y tiró de la pernera de su pantalón, primero de la izquierda y luego, con mucho más cuidado, de la derecha. La ingeniera tenía la costumbre de usar medias gruesas de colores muy poco discretos. Dujal nunca la había visto llevar ningún tipo de prenda que llegase más allá de las rodillas, quizá para que la tela no le estorbarse aquel armazón de tuercas y cuero que le permitía andar. Se ató los pantalones a los tobillos. Las perneras quedaron holgadas; era una buena manera de disimular la prótesis.

—Llamaría la atención —explicó al ver el modo en que Dujal la miraba.

—Muy precavida.

—Ya te lo he dicho, toda precaución es poca. Vayámonos.

Nicasia sacó a *Cuervo* y pasó la mano sobre la hoja haciendo un gesto en el aire parecido al que usaría para escurrir un trozo de tela. El arma sufrió un cambio; la hoja se alargó y se retorció volviéndose más fina. Acabó por tomar la forma de un inofensivo bastón de piedra pulida. Dos anillos dorados en la base del mango eran su único adorno. Se apoyó en él con un gruñido y echó a andar. Caminaron en silencio mucho rato. Tal vez el ritmo era algo más lento de lo que le habría gustado; a cambio, la ingeniera no se detuvo ni un momento, un paso tras otro, impulsada por una determinación implacable. De vez en cuando levantaba la cabeza hacia las montañas. Al hacerlo, una sombra le oscurecía los ojos y le hacía apretar los labios con un odio tan intenso que a Dujal le parecía poder sentirlo en los bigotes.

Aún no había despuntado el mediodía cuando alcanzaron el pie de las montañas de TocaEstrellas. En sus múltiples viajes, el gato nunca había visto nada igual. Las cimas de la montaña le recordaban a la espalda de un lagarto que se hubiese recostado entre los árboles, igual que él se tumbaba sobre un blando montón de helechos. Una inmaculada capa de nubes y nieve ocultaba a ratos el trazo irregular de los picos. Junto al trino de los pájaros, escuchaba el agua saltar entre las piedras. Dujal buscaba señales que delataran la presencia de los goblins, pero no veía nada.

—¿Dónde está la entrada a la ciudad? —preguntó—. ¿Tenemos que escalar?

—No —respondió Nicasia—. Buscaremos nuestros pasaportes; sin eso nunca hallarías la entrada. Un pasaporte es sencillo, basta que un goblin te considere tan digno de confianza como para revelarte dónde está su ciudad. Entonces te da una pieza de paso; es un aval que te permite entrar.

—¿Un aval? ¿Como si fuerais prestamistas? ¿Y cuál es la fianza?

—La vida del goblin que te avala. Si traicionas su confianza, tiene que matarte o lo matarán a él.

—Vaya… No se andan con tonterías…

—No pueden permitírselas. Los goblins sobreviven porque nadie sabe dónde encontrarlos.

—Entiendo. Ahora dime cómo vamos a conseguir que alguien nos avale. Porque yo no te confiaría mi vida ni borracho. Y, considerando que eres una fugitiva, dudo que por estos lares estén deseando verte aparecer.

—Me avalará mi hermano Yirkash.

El asombro le descolgó la mandíbula a Dujal.

—No me digas que tienes familia —dijo—. Hasta ahora confiaba en que nunca tendrías descendencia por el bien de las hadas. Espero que ese hermano tuyo no tenga hijos.

Nicasia no se molestó en enfadarse.

—Para el Pueblo de las Minas, un lazo de sangre no significa nada —le explicó al phoka—. Un padre puede renegar de su hijo si se avergüenza de él, y un hijo puede hacer lo mismo con su padre. La familia no está determinada por el capricho de un nacimiento. Es el honor y la confianza lo que la forma. Yirkash no es hijo de mi madre; es mi hermano de alma.

—Estupendo. Los goblins son esclavistas, pero le dan importancia al honor.

—Sólo se tienen los unos a los otros. Un goblin no ofende a otro, ni traiciona a los de su pueblo, porque son los únicos que lo aceptarán. Si estás fuera, estás muerto.

—Tú estás fuera —observó Dujal.

—Yo no soy un goblin —le recordó la ingeniera.

—Tampoco eres una knocker...

—Sólo soy yo. Nicasia. Eso no debería ser un problema.

—Nicasia, para muchos tú eres un problema andante. —Dujal decidió dejar el tema al ver la manera en que Nicasia fruncía el ceño—. ¿Tu hermano es digno de confianza?

—Mi hermano me sacó de la Ciudad de Piedra hace muchos años. Arriesgó su vida para hacerlo. Si hay alguien de confianza en ese agujero de mierda, ése es Yirkash.

—Pues vayamos a por él.

—No hace falta.

Nicasia sacó una flauta travesera del bolsillo. El tiempo no la había tratado bien; le había robado el color y le había dejado un tono que iba del negro al marrón oscuro. Estaba salpicada de muescas. La ingeniera se la llevó a los labios. Dujal se sorprendió al escuchar el sonido; era ronco, un poco ahogado, pero, aun así, aquella sencilla melodía de tres notas tenía un punto dulce. Sonaba como una nana repetitiva y cariñosa. El aire se hizo más denso, como si se enroscara alrededor de la música y cogiera forma. Nicasia añadió un par de notas a la melodía y bajó el tono para convertirla en un susurro. El aire se retorció, se tiñó de rojo y añil. Apareció ante ellos, como en un sueño, la forma vidriosa de una criatura que era pájaro y lagarto, de alas delicadas, traslúcidas como manojos de algas flotando en el agua. La criatura se estiró animado por la música, se alzó sobre sus cabezas reluciendo bajo los rayos del sol y se arrojó como una flecha contra una enorme encina muerta. El tronco estaba encajado en la montaña. Al recibir el impacto, la encina tembló y se derrumbó revelando una vieja puerta metálica remachada de óxido. Quizá alguna vez tuviera una argolla para tirar, pero había terminado por caerse.

Nicasia dejó de tocar y dio tres golpes suaves en la chapa. La puerta se abrió con un crujido que arañó los oídos de Dujal. De la oscuridad asomó una nariz afilada de color verde, y detrás de ella una sonrisa irregular como una sierra mellada. Los ojos del goblin eran ruedas amarillas sobre fondo de tinta negra. Tenía las orejas más grandes que el phoka hubiera visto nunca. Era alto, pese a que andaba algo encorvado. Su cuerpo se perdía dentro de un pantalón de cuero rojo muy oscuro y un jubón sin mangas demasiado grande para él. Del cinturón le colgaban algunas herramientas. Al verlos, el duende ensanchó una sonrisa. «Ahora sé qué cara tiene un murciélago contento», pensó Dujal. El goblin abrió los brazos y la ingeniera se dejó acoger entre ellos. Ambos gruñían en su tosco idioma golpeándose la espalda. Estuvieron mucho rato abrazados. «Nanyalín», repetía el goblin. «¡Nanyalín!» Nicasia hizo un gesto a Dujal.

—Acércate, vamos. Éste es mi hermano Yirkash. Nos ayudará a entrar en el Mercado de las Almas.

—Me muero de ganas —respondió él, pese a que Yirkash no le entendía. El goblin cerró la puerta y le señaló una banqueta donde sentarse.

Entraron a una sala circular excavada en la roca. El suelo era irregular y el aire tenía el húmedo aroma del abandono. El mobiliario se reducía a un par de bancos y la vieja chimenea de una fragua. Hacía tiempo que aquel sitio no se usaba. Nicasia acarició la chimenea mientras decía algo a su hermano. Ambos rompieron a reír. Dujal tomó asiento. Oír hablar a aquellos dos era como tener los oídos llenos de algodón. Durante un rato intentó seguir la charla y descifrar su significado por el tono de las frases, pero era demasiado gutural. Para él todo sonaba a gruñidos. Yirkash lo señaló un par de veces sin disimulo, con una curiosidad tan obvia que Dujal ni siquiera podía sentirse ofendido. Por fin se acercó a él y le preguntó algo indicando su cola. Le tiró de una oreja.

—¡Suelta, espinaca! —gritó Dujal—. Pero ¿qué haces? Nicasia, esto no saldrá bien. No puedo andar por ahí sin entender nada. Me pone de los nervios.

Nicasia asintió. Buscó en su bolsa y desenvolvió con cuidado un pañuelo celeste. Dentro había un pequeño insecto de cristal. Dujal se encogió de asco.

—¡Una pulga gigante! —exclamó horrorizado.

—Es una chivata —le explicó Nicasia—. Traducirá para ti todo lo que digan a tu alrededor. Pero no te permite hablar el idioma. Así estarás callado.

—Algo es algo. ¿Cómo funciona?

—Póntela en la cabeza.

Dujal dejó que la pulga saltara del pañuelo a su oreja. La sintió deambular por su pelo y pensó en otra cosa para reprimir las ganas de rascarse. Al fin, la pulga dejó de moverse. Dujal oía un zumbido bajito, pero nada más.

—¿Esto es todo? —preguntó.

—Me temo que sí —le contestó Nicasia.

—Creo que no funciona…

—¿Has oído? —Nicasia se volvió hacia su hermano—. Dice que no funciona.

Yirkash soltó una risotada.

—Quizá hay que ajustarla, Nanyalín.

Dujal dejó escapar una exclamación de asombro. Señaló al goblin.

—¡Lo he entendido!

—Sí —contestó Nicasia—, pero él no te entiende a ti.

Yirkash sacó de su jubón dos rollos de papel gris. De uno colgaba un sello de plomo. El otro sólo tenía un sencillo cordón de esparto.

—Aquí tienes: un pasaporte de comprador y otro de esclavo. Vienes invitada por una de las Familias del Hierro y es tu primera visita. Sé prudente. Bastará que investiguen un poco para saber que es falso, y eso los llevará hasta mí.

—No pienso causarte problemas. Espero salir de aquí hoy mismo.

—Quedaos conmigo, sal mañana. Tenemos mucho que contarnos.

—No te prometo nada —contestó Nicasia cogiendo los pasaportes.

Yirkash estrechó las manos de la knocker y se las colocó sobre el corazón.

—Ten cuidado. Por aquí nadie ha olvidado lo que hiciste. La historia se sigue contando entre los goblins. No tienes muchos amigos ahí dentro.

—Nunca los tuve. Sólo estabais tú y Eleazar. Por cierto, te manda recuerdos.

—Ya debe de ser un anciano.

—Sólo de cuerpo. Vive con su nieto, Rashid, que es su viva imagen.

—Me encantaría verlo —dijo Yirkash—. Ojalá pudiera salir de aquí.

Nicasia quiso decir algo, pero el goblin le tapó la boca.

—Yo no puedo vivir fuera. No soy como tú, y no hay más que hablar.

Nicasia asintió. Se inclinó para juntar su frente con la de Yirkash.

—Vigila tus manos, hermana —le dijo el duende.

—Lo mismo te digo —contestó ella subiéndose la capucha del abrigo—. ¿Qué nombre figura en el pasaporte?

—Yazilen.

—Muy poético… Siempre serás un blando.

Yirkash empujó la chimenea y dejó al descubierto un oscuro pozo.

—Vuestra entrada. Cuidado al saltar; es más profundo de lo que parece.

Nicasia se asomó al agujero.

—¿Sí? Los saltos no se me dan bien.

—No es problema. —Dujal estimó su hondura arrojando un guijarro—. Para eso tienes a tu fiel esclavo. ¡Adiós, espinaca!

Antes de que Nicasia reaccionara, Dujal la tomó en brazos y saltó. Cayeron en medio de las tinieblas rumbo a la nada. Durante unos segundos, el vientre del mundo los devoró. Luego, los pies de Dujal hallaron asiento y se detuvieron. Nicasia le clavó un codo en las costillas.

—¡Nunca más me pongas las manos encima!

—Como quieras. La próxima vez salta tú sola. De cabeza, si es posible.

—Venga, vámonos. Y recuerda, eres un esclavo. Baja la cabeza y no hables. Yo nunca he visto a Galerna ni a la hija de Manx. Dependo de ti.

Caminaron por un túnel. Dujal forzaba los ojos para no tropezar. Nicasia iba delante y tiraba de la cadena atada a su cuello. Al poco tiempo, el túnel se unió a otro más amplio, iluminado por una tenue fosforescencia azul incrustada en la roca. Se ensanchaba más adelante. Dujal pudo ver entonces las entradas a otros muchos túneles. Allí tropezaron con los primeros habitantes de la ciudad. Los goblins pululaban empujando carretillas llenas de mineral, silbando con sus picos al hombro. En una ocasión, uno de los duendes se detuvo y los observó, pero Nicasia no aflojó el paso. Caminaba firme y con la cabeza erguida.

La ruta finalizaba en un cuello de piedra esculpido en forma de boca de pez gigante: la Puerta de las Fauces. Tenía un rastrillo a medio alzar, con puntas de hierro que asomaban como dientes afilados. Dujal tomó aire. Estaba a punto de entrar en una fortaleza en las entrañas de TocaEstrellas. Un escuadrón de guardias custodiaba la entrada, revisando los papeles de todo el que entraba o salía. Dujal bajó la cabeza. Uno de los guardas les dio el alto.

—Mestiza —gruñó a Nicasia cortándole el paso con su alabarda—. Enseña tus papeles.

Nicasia sacó los pasaportes sin mediar palabra y se los tendió.

—¿Qué es esto? —dijo el guardia al ver los documentos—. ¿Estás de broma? ¿Un pasaporte de ciudadano libre? ¿No eres esclava? ¿Quién te avala?

—Una de las Familias del Hierro del Pico de los Cuervos de Invierno.

—Vienes de muy lejos, preciosa. ¿Vas al mercado con eso? Lo que hay que ver, ¡una mestiza que se puede permitir un esclavo! —El guardia agarró a Dujal del pelo—. ¡Y es carne del Exterior! Buen precio en el mercado. ¿Cómo te pagas estos lujos, perra? ¿Eres tan zorra como tu madre?

Nicasia levantó su bastón y lo estrelló en la cara del guardia. El goblin cayó de espaldas, sangrando por la nariz. Nicasia le apoyó en la frente la punta del bastón, que ahora acababa en una punta afilada.

—¿Cómo te atreves a hablarle así a una libre de nacimiento, maldito cara de culo? ¿Acaso tus hermanos de alma no te enseñaron nada?

Apretó el bastón, y un hilo de sangre corrió por la frente del goblin. Todas las alabardas de la guardia formaban un círculo en torno a ellos. Dujal acercó la mano a su estoque. Hasta tragar saliva le costaba trabajo.

—Mi pasaporte es bueno, y mis asuntos sólo míos. ¡Y no tolero insultos! —dijo Nicasia alzando la voz para que todos la oyeran—. ¡Soy Yazilen de los Picos del Norte, goblin de adopción, y mataré a cualquiera que lo dude!

Uno de los guardias se adelantó. Vestía mejor que los demás. En lugar de alabarda llevaba al cinto una espada de acero. Miró los papeles.

—Suéltale, Yazilen. Tus papeles están bien, puedes pasar. Vigila tus manos.

—Que estos elfos a los que llamas soldados vigilen las suyas —contestó ella.

—No insultes a mis soldados, mestiza —le exigió el jefe de la guardia—. Nacida libre o no, nadie los llama elfos. Vete. Que hagas buen negocio.

Entraron al mercado. Dujal sentía que había perdido dos tallas de ropa.

—¿No dijiste que seríamos discretos? —susurró a Nicasia.

—Los esclavos no hablan.

Resopló. Notaba las piernas flojas. Habría dado lo que fuera por un trago del odre, un trago de algo fuerte que le ayudase a elevar la moral.

El Mercado de las Almas era una bóveda enorme de paredes escalonadas. El nivel más bajo estaba lleno de toldos y tiendas. No sólo había vendedores goblins; todos los duendes sin corte se hallaban allí. Los había de las montañas oscuras, con sus cuerpos retorcidos cubiertos con prendas negras. Duendes azules de las orillas del mar Amatista. Hasta una banshee. Las terrazas que se alzaban sobre sus cabezas se encontraban ocupadas por viviendas y más comercios, todo ello amontonado en un reducido espacio. Los ruidos y olores saturaban a Dujal. Nicasia lo obligó a caminar entre los toldos tirando de la cadena.

Allí la vio Dujal. Reconoció su rostro pálido, desfigurado por la herida que le subía desde el mentón hasta el ojo abriéndole en dos la mejilla. Y estaba en compañía del troll que había herido de muerte a Marsias.

Sacó las uñas y erizó el pelo.

Una apuesta al borde del abismo

Galerna paseaba entre las tiendas. No se detenía a examinar ningún producto, sólo vagaba en compañía de su enorme esbirro. Un vendaje le rodeaba la cara. Dujal recordó cómo la hoja de su estoque había destrozado aquella mejilla. Vio de nuevo la horrible herida, la sangre que le salpicaba, y luego sintió otra vez el dolor con que un aguijón lleno de ponzoña le había perforado el alma. No olvidaba el crujido de la cabeza de Marsias bajo la maza del troll, ni cómo el sátiro había caído sobre una hierba que se manchaba de rojo.

Rugió y echó a correr hacia la pareja. Nicasia gritó, pero Dujal no detuvo su ataque de ira, sino que la arrastró con él. La ingeniera era un lastre. La argolla de la cadena le aplastaba la garganta, pero le daba igual. Quería ver muertos a Galerna y al troll. Nada importaba excepto aquello. Porque el sátiro se enfriaba bajo tierra mientras aquellos dos paseaban su impunidad.

Dujal corrió sin ver. El corazón repicaba en sus sienes como un tambor de guerra. No le dejaba razonar. Lo empujaba, lo obligaba a comerse la distancia que lo separaba de su presa. Probablemente los habría alcanzado, pero ya iba a saltar por encima de un carro lleno de cal cuando sintió el tirón brusco de la cadena. Rodó por el suelo. Vio que Nicasia había logrado anclarse entre las ruedas del carro. La ingeniera desbordaba asombro, pero le soltó una lluvia de bastonazos e insultos, y el phoka se encogió y maulló. Tardó en darse cuenta de que a los golpes les faltaba contundencia y a los gritos el toque hiriente de la knocker. Nicasia interpretó bien su papel. Después de ejecutar la falsa paliza se lo llevó a rastras a un rincón entre varias cajas.

—¿Se puede saber a qué venía eso? —le dijo fuera de sí, pero sin atreverse a gritar—. ¿Es que quieres que nos maten?

—¡Los he visto!

—¿A quiénes?

—¡A Galerna y al troll que mató a Marsias! ¡Estaban ahí mismo!

Nicasia miró, pero la sluagh y su amigo se habían ido.

—Con el follón que has armado, quizá ellos te hayan reconocido también a ti. Ahora mismo podrían estar avisando al Jefe del Mercado. Eso, o han salido por patas. Reza para que sea lo último.

—¿El Jefe del Mercado? —repitió Dujal. La garganta le estaba matando. Cada palabra era como tragar una cuchilla de afeitar.

Nicasia señaló arriba. En la pared de la gruta, sobre los toldos de tela del mercado, un avispero de puertas y ventanas taladraba la roca. Se accedía a los hogares mediante todo tipo de escalas de piedra, madera y cuerda. Sobre ellos había otro nivel más elaborado. Allí, las puertas y las ventanas no eran simples agujeros en la pared; tenían frisos y dinteles labrados, y se adornaban con esculturas, y con cristal de colores alegres. También había una puerta enorme cerrada a cal y canto, vigilada por cuatro guardias de uniforme.

—Ahí vive el bastardo que se hace llamar «Administrador». Él es el Jefe del Mercado, el infame regente de la ciudad. Negocia con el Exterior y mantiene el orden aquí dentro. Antes, los regentes eran caudillos guerreros, tipos duros que se preocupaban por su gente, pero al acabar la guerra de TocaEstrellas el título se hizo hereditario, y ahora el Jefe es un idiota sin cerebro que se cree poderoso porque su pueblo está asustado y es frágil.

»Si el Jefe del Mercado se entera de que hay hadas de la Corte rondando su feudo no parará hasta dar con nosotros. Será mejor que nos escondamos, al menos por un rato.

Dujal se rascó una oreja y miró el palacio en las alturas.

—¿Dices que ahí vive el tipo que lo controla todo? Si negocia con el Exterior, sabrá quién contrató a Galerna y dónde encontrarla.

—Claro —bufó Nicasia—. Vayamos a verlo. Visita de cortesía. Seguro que nos abre su puerta y nos invita a té con pastas. Sobre todo a mí…

—¿A ti? Sí, tu hermano Yirkash dijo que muchos goblins se acuerdan aún de lo que hiciste… ¿Qué hiciste?

Nicasia lo miró muy seria. Torció una sonrisa.

—Asesiné al anterior Administrador.

—Lo sospechaba.

Nicasia bajó la mirada, envuelta en recuerdos. Sintió que Dujal se acercaba a ella como si quisiera abrazarla, pero notó un pellizco frío alrededor del cuello y un chasquido metálico. Se llevó las manos a la argolla. Entonces, Dujal rodeó sus muñecas con un cabo del ovillo de cordel verde. Nicasia no se revolvió ni blasfemó; observó las ataduras y luego lo miró, divertida.

—Ah, vamos. ¿Pretendes usarme para llegar al Administrador? Olvídalo. No le abrirán las puertas a un phoka desconocido. Yo acabaré en las mazmorras, y tú irás de cabeza al pozo de los esclavos. ¿Te suena mal? Pues yo prefiero el pozo a las mazmorras.

Dujal le aflojó a Nicasia la correa del trabuco y se colgó el arma al hombro.

—No soy tonto —dijo. Guardó la ganzúa que había usado para abrir el collar y tomó un puñado de tierra del suelo—. Sé que no le abrirán las puertas a un tipo como yo.

Pero apuesto algo a que sí se la abren a un feroz cazarrecompensas.

Dujal se frotó la tierra por la cara y el cuello, cerró los ojos y pensó en una piel grisácea cosida a cicatrices, pensó en el olor a cuero viejo y cadenas. Pasó las manos por el suelo hasta tenerlas llenas de moho. Trataba de recordar la imagen lo más fiel posible, el pelo áspero, sucio y apelmazado, grasiento. Sentía que la magia lo modelaba al son de sus ideas; canturreaba para marcar el camino al hechizo. Para Dujal no había diferencia entre la magia y la música. Al terminar le hormigueaba el cuerpo, pero supo que había funcionado cuando vio cómo lo miraba Nicasia.

—Eso te lo enseñó Manx —dijo ella.

—¿A quién me parezco?

—Al maldito Urakarnake. —Su voz era tensa como la soga de un ahorcado.

—Perfecto. Es el tío más feo que conozco, y me imagino que los goblins no se llevan mal con los gorrorrojos.

—El hechizo es bueno. Das la ilusión de ser él.

—No es ilusión, soy Urakarnake. Es un hechizo disfraz.

—Impresionante —reconoció Nicasia—. Hasta hueles igual. Puede que tu plan funcione después de todo. Quizá falta una pequeña nota de realismo.

—No voy a masticar carne podrida. Estropearía mi aliento.

Nicasia no respondió. Suspiró hondo, cerró los ojos y se tiró de cara contra la pared. Se desplomó con un reguero de sangre bajándole desde la frente.

—Vuelves al primer puesto de mi lista de tías locas —murmuró Dujal mientras la ayudaba a levantarse—. Qué bruta eres...

—Nadie creerá que me has cogido sin resistencia —le explicó sorbiendo sangre por la nariz. Nicasia completó la farsa desgarrando una de las mangas de su abrigo—. Y no se me da bien conjurar sangre.

—¿Estás asustada?

—Aterrorizada —reconoció Nicasia—. Pero es un buen plan.

—Aún estamos a tiempo de irnos a casa.

La knocker negó con la cabeza.

—Nadie me está esperando...

Dujal se aclaró la garganta. Se asomó entre las cajas a echar un vistazo, con el corazón encogido. Nadie miraba. Puso el bastón entre las manos de Nicasia; ella susurró algo, y se convirtió en un estilete negro tan fino que pudo esconderlo en la manga intacta de su abrigo.

—Allá vamos —arrancó Dujal.

—Ve despacio. Recuerda que soy coja y estoy mareada. Usa la capucha de mi abrigo y tápame la cara; no estropees la sorpresa.

Caminaron entre las tiendas. Dujal movía su enorme corpachón prestado con la frente alta, arrogante, fingiendo arrastrar a su prisionera sin compasión. El efecto era bueno. Nicasia lo seguía despacio, vacilando a causa del aparato ortopédico. Clientes y vendedores del mercado les lanzaban breves miradas de curiosidad, pero, por suerte, no encontraron ninguna patrulla hasta que llegaron a la escalera de piedra que subía a las viviendas y al palacio del Administrador. Allí, dos guardias que tiraban dados los dejaron pasar sin siquiera mirarlos.

—Demasiado fácil —estimó Dujal mientras subían los peldaños. Añoraba su cola felina, que le ayudaba a equilibrar sus pasos.

—Ésta es la escalera de las viviendas comunes. Veremos ahora.

Del interior de las casas llegaba el alegre runrún de las conversaciones y el olor de los guisos. En algunas ventanas, como humildes estandartes, ondeaba la ropa puesta a secar. Al final de la escalera había otros dos guardias.

—Alto, gorrorrojo —dijo uno de ellos en la lengua de las

hadas. Su acento era pésimo—. ¿Tienes cita con el Administrador?

Dujal hizo lo mismo que habría hecho Urakarnake en aquella situación.

—Aparta, boñiga. ¿O quieres llegar al suelo de un salto? El goblin vaciló.

—Es necesaria una cita.

—Dile a tu jefe que tengo algo que desea desde hace tiempo.

—Es necesaria una cita —repitió el guardia.

El falso Urakarnake lo agarró por el cuello de su coraza.

—Sube y dile una sola palabra. Sólo una. Si no le interesa me largo.

—No voy a molestar a su señoría por un extranjero maleducado.

—¿No? Yo de ti lo intentaría. De un modo u otro haré que se entere de lo que le traigo. Cuando sepa que me obligaste a pedir cita, te arrancará la piel.

—¿Qué palabra es ésa? —preguntó el guardia.

—Nanyalín.

El goblin miró a la prisionera con ojos como platos. Repitió el nombre, y susurró una orden al otro guardia, el cual se apresuró a subir el nuevo tramo de escaleras que conducía al palacio. Tardó una eternidad en volver; lo hizo en compañía del goblin más feo que se pudiese imaginar. A Dujal le produjo un escalofrío de repugnancia. Tenía el cuerpo rechoncho, de enorme panza. Sus manos eran gruesas, los dedos muy cortos, cubiertos de pelo. El rostro era una calabaza redonda, de labios gruesos y viscosos. Bajo su única ceja chispeaban dos ojillos malvados, demasiado juntos. Vestía una túnica de terciopelo púrpura y una cadena de oro, como los sidhe ancianos de la Corte, y como ellos había traído consigo todo un cortejo de soldados.

—¡Este guardia dice que me traes a alguien con quien deseo ajustar cuentas desde hace tiempo! —dijo a voz en grito.

El Administrador hablaba algo mejor su idioma, aunque parecía masticar tierra al hacerlo—. ¿Es eso cierto?

—Pues claro. No reventaría subiendo escalones sólo para comprobar si eres tan feo como dicen...

El rostro del goblin se puso negro de rabia, pero logró dominarse y sonrió.

—¡Enséñame su cara! —exigió.

—Está algo más vieja que la última vez que la viste.

—Es la asesina de mi padre. ¡Nunca olvidaré su cara!

Dujal le quitó a Nicasia la capucha y la obligó a erguirse.

—Maldita zorra... —gruñó el Administrador—. Al fin te tengo... ¡Ningún esclavo escapa del Mercado de las Almas!

Aquello sorprendió a Dujal. Nicasia miraba al goblin con la boca apretada.

—Feas palabras para un reencuentro —replicó—. Un poco de respeto, hijastro. Soy la viuda de tu padre...

—¡Entrégamela! —aulló el Administrador.

—A eso he venido —dijo el falso Urakarnake, algo confuso por las palabras de Nicasia—. Pero es importante para ti... No te la voy a dar gratis...

—Así que la quieres cobrar... Mi guardia te rodea, gusano, dámela ahora si no quieres que te arroje al vacío. ¡Acabarás de mercancía en un expositor!

Dujal agarró a Nicasia y la puso al borde de la escalera.

—Un paso y la tiro.

—¡Verla muerta es lo que más deseo del mundo!

El falso gorrorrojo soltó una carcajada.

—Pero no así... Tú quieres matarla despacio, quieres oírla gritar y suplicarte. ¿No es cierto? No vengo a pedirte dinero, sólo quiero información. Es un precio pequeño para una venganza tan deseada.

El Administrador se acarició la barriga y Dujal contuvo el aire, a la espera. Jamás había arriesgado tanto con un farol en toda su vida.

Viejos ajustes de cuentas y nuevas preguntas

Pero el Administrador no se inmutó. Quizá no le interesaba tanto Nicasia como Dujal había pensado. En ese caso podían darse por muertos.

—¿La quieres o no? —preguntó Dujal; era su última carta—. Si para ti no tiene valor, aún lo tiene menos para mí.

El falso Urakarnake fingió indiferencia. Hasta se echó a silbar, despreocupado, mientras empujaba a la ingeniera con una mueca de desprecio. Nicasia no tuvo más opción que caer. El tirón al quedar colgada fue más fuerte de lo que había calculado. Pataleó; el collar de hierro la asfixiaba. Dujal sostenía la cadena con ambas manos. No podría aguantar mucho tiempo.

—¡Súbela! —ordenó el Administrador—. Podemos llegar a un acuerdo.

Para un auténtico gorrorrojo del tamaño de Urakarnake no era problema, pero resultó una proeza para los endebles bracitos del phoka. Los duendes, por fortuna, lo ayudaron. Nicasia cayó al suelo boqueando como una carpa recién pescada. Dujal se agachó para ayudarle a ponerse en pie fingiendo agarrarla por el cuello. Nicasia intento agradecérselo, pero no logró articular palabra.

—¿Entonces qué, jefe? —Dujal escupió—. ¿Hay negocio? Te doy a la fugitiva y tú me dices lo que necesito saber.

—Discutiremos el precio en privado —se limitó a decir el Administrador.

—Así piensa un líder —contestó Dujal con una sonrisa de lobo.

Se felicitó a sí mismo; el goblin había picado. No sabía por cuánto tiempo podría mantener el disfraz, porque se había visto compelido a silbar un hechizo de protección para que el salto al vacío no le partiera el cuello a Nicasia. Era un esfuerzo con el que no había contado, y subirla de nuevo tampoco había sido fácil. Demasiada adrenalina; a Dujal le temblaban las piernas. Con todo, se obligó a tirar de la knocker y a subir la escalera en pos del Administrador aparentando la alegría de un verdadero cazarrecompensas. Los guardias obligaban a caminar a Nicasia pinchándole las costillas con sus alabardas si se detenía a coger aire. Subía los peldaños con lentitud. Tropezó. Uno de los goblins la agarró por el pelo.

—Espero que el jefe nos la deje un rato... —comentó a sus compañeros, y rió enseñando sus dientecillos de pescado.

Dujal apartó al guardia de un empujón. Vio que Nicasia apretaba los puños y se mordía los labios para ocultar una mueca de asco. Le habría gustado decirle algo tranquilizador, pero era del todo imposible; en su lugar, le dio una palmada en el trasero y soltó una carcajada.

—¡Vaya, preciosa, sí que tienes éxito por aquí!

Nicasia agachó la cabeza.

Los centinelas que custodiaban la gran puerta de palacio se cuadraron ante al Administrador como si el goblin fuera un monarca de los primeros sidhe. Uno de ellos sopló un cuerno negro; la llamada golpeó las paredes de la montaña, y un montón de cabezas se alzaron para verlos desfilar. Los goznes chillaron; la puerta, una plancha de metal labrado con truculentas escenas de batallas, se abrió revelando un corredor enorme. El techo estaba salpicado de estalactitas que arrojaban una luz blanquecina; algunas bajaban hasta el suelo para convertirse en poderosas columnas de piedra rugosa que flanqueaban el pasillo. Era como avanzar por la garganta de un dragón colosal. Se detuvieron ante una puerta de mármol. Allí esperaban otros dos guardias que obligaron a Dujal a dejar su trabuco, aunque no se tomaron la molestia de registrarlo. Dujal había esperado una impresionante sala de audiencias, un trono y una corte de aduladores. En su lugar halló una estancia modesta, abarrotada de archivadores de suelo a techo, cada cajón con su etiqueta. El escritorio estaba sepultado bajo papeles, carpetas, plumas y tinteros. «Y ésta es la gloria de los goblins —pensó Dujal con cierta decepción—. Papeleo.» El Administrador tomó asiento tras su mesa. Ordenó a cuatro de los guardias que no quitaran ojo a la prisionera; a los demás los mandó de vuelta a sus puestos.

—Y bien —dijo—. Exactamente, ¿qué quieres saber a cambio de esa escoria?

—Estoy buscando a una phoka gata, una niña. La raptaron de su casa hace varios días unos mercenarios. Me han dicho que trabajan para ti.

—¿Para mí? —El Administrador parecía asombrado—. Lo dudo mucho; no nos dedicamos al secuestro. Es un negocio con demasiado riesgo y poca garantía. Durante la guerra trabajamos el intercambio de prisioneros, pero el secuestro no merece la pena.

Dujal maldijo para sus adentros.

—Quizá la trajeron como esclava. Una sluagh llamada Galerna...

El Administrador se calzó sobre la nariz unos anteojos dorados y hurgó en los papeles de su mesa.

—¿Dices que la robaron de su casa para venderla aquí? Eso sí que es difícil. Procuramos no traer esclavos del Exterior. Cuando un hada desaparece, suelen denunciarlo en la Corte y la buscan. Desde luego, tenemos esclavos de fuera, y son valiosos. Si no trajéramos sangre nueva de vez en cuando la endogamia nos dejaría sin trabajadores para las minas.

Pero lo hacemos con cuidado. Tal vez algún viajero solitario… Huérfanos… Pero ¿raptar a una cría de su casa? No, imposible. Te han informado mal.

La decepción del falso gorrorrojo era evidente. El goblin sonrió, conciliador.

—Pero no te vayas todavía. Tenemos trabajo para un cazarrecompensas. A cambio de la mestiza, puedes lograr un jugoso beneficio por la captura de…

El Administrador no llegó a terminar la frase; un grito lo interrumpió. Dujal se dio la vuelta. El guardia junto a Nicasia chillaba; la knocker le había clavado un pie al suelo con una estaca de hierro. Le hundió su estilete negro en un ojo, y luego mojó la cuerda que rodeaba sus muñecas con la sangre del goblin. Las ataduras sisearon y crujieron, retorciéndose hasta quedar reducidas a diminutas pavesas. En cuanto tuvo las manos libres, la ingeniera arrancó el estilete de la cabeza del goblin y lo hizo girar entre los dedos. La hoja de *Cuervo* cambió de forma; se hizo más ancha y gruesa, una especie de espada corta, que hundió en el cuello de otro de los guardias; el tercero quiso huir hacia la puerta y la knocker hizo un gesto extraño, como si sacase algo de un bolsillo oculto a la altura del pecho, que lanzó con una precisión endiablada. Dujal no pudo verlo bien desde donde estaba, sólo escuchó un gemido ahogado y el sonido de un cuerpo desplomándose en el suelo. No se preocupó por el destino del soldado, no quería perder de vista al Administrador, que, aterrado, trató de levantarse. Temblaba sin lograr articular palabra, y la grasa de la papada formaba olas en su cuello. Cuando al fin logró alejarse del escritorio, Dujal le saltó encima y le clavó las uñas. El Administrador maldijo, sin comprender aún cómo el enorme gorrorrojo era ahora un joven phoka que le abría la cara a zarpazos.

—¿El secuestro no es buen negocio? —le gritó Dujal—. Dime, ¿y qué es mejor? ¿El tráfico de esclavos? ¿El asesinato? ¡Contesta!

Nicasia lo agarró del brazo.

—Basta.

Dujal dejó de golpearlo. El Administrador yacía inconsciente en el suelo. Dujal la miró como si despertara de un sueño. El hechizo del disfraz se había desvanecido y él ni siquiera se había dado cuenta.

—Creo que le he roto la nariz... —murmuró asombrado—. No he querido...

—Claro que no —contestó Nicasia—. Yo tampoco. —Dujal se volvió; tres guardias estaban muertos, y el cuarto temblaba en una esquina—. ¿Te queda cordel?

Dujal lo sacó de un bolsillo y ató al superviviente. No podía apartar la vista de los cadáveres. La ingeniera empapó las manos en el charco de sangre que crecía bajo el cuerpo de uno de los soldados y dibujó un círculo alrededor del Administrador. Repitió la operación con el guardia atado. Luego, descosió el forro de los bajos de su abrigo con la punta de *Cuervo*, y varios objetos cayeron al suelo. Al principio, Dujal creyó que eran piezas de un ajedrez, aunque no tardó en salir de su error: eran pequeñas figuritas que imitaban a un hada de los pantanos sentada sobre un nenúfar con las piernas cruzadas, sin más ropa que su cabello y una corona de hojas. Todas tenían la boca abierta, como un diminuto coro cantor. Nicasia sólo cogió dos; colocó una sobre el trazo de cada círculo.

—¿Qué vas a hacer con eso? —le apremió Dujal pegando la oreja a la puerta de mármol—. ¿Y si entra alguien? A lo mejor nos han oído.

Nicasia se desprendió del abrigo, se remangó y se quitó la hebilla del cinturón.

—¡Eh! ¡Sin desnudos! ¡Aquí hay menores de cien!

Nicasia lo ignoró. Desmontó, con la punta de su espada, los tornillos de la hebilla. Había una cajita metálica en su interior, y allí dormían cuatro arañas de cristal rojo. Tenían el abdomen adornado con un par de rayas negras. Nicasia les pasó un dedo por encima. Las arañas estiraron sus largas patas y echaron a caminar por su brazo. Ella las miró un momento y después acercó la mano a una de las paredes. Los insectos treparon al techo.

—Deja de jugar con tus amigas —gruñó Dujal—. No disponemos de todo el tiempo del mundo. ¡Si tengo que buscar entre todos los archivadores yo solo tardaré siglos en encontrar algo sobre Manx!

—Aunque supieras leer goblin y tuvieras la infinita fortuna de dar con algo no podrías descifrarlo. Estos informes se redactan y encriptan en seda de araña. Sólo el personal autorizado es capaz de leerlos.

—¿Y qué hacemos? ¿Preguntárselo al Administrador? No nos lo dirá.

Nicasia se volvió hacia el goblin con una sonrisa sádica.

—Ya lo creo que sí.

—¿Qué tienes en mente? —preguntó Dujal, temeroso de la respuesta.

Nicasia pasó la yema de su dedo índice por el filo de *Cuervo* y redujo sus dimensiones hasta las de una navaja de juguete para guardársela en el bolsillo.

—Ayúdame a sentarlo en su sillón.

Dujal obedeció. Sintió una gran inquietud cuando Nicasia arrastró el asiento hasta el círculo y lo metió en él. No le tenía aprecio al goblin, más bien repulsa, pero tampoco estaba seguro de querer dejarlo a merced de Nicasia. Deseaba, por encima de todo, abandonar aquella horrible montaña. La Ciudad de Piedra lo angustiaba; el tufo molesto del mercado, la media luz perenne, enferma, que lo disfrazaba todo con sombras arteras… Aunque sin duda lo peor era el calor. Dujal tenía la ropa empapada desde hacía rato; el roce le molestaba tanto que era como si le doliese llevar puesta la piel. No le apetecía empeorar su estado de ánimo dejando que la ingeniera torturase al duende sin compasión.

—¡Despierta, cerdo! —Nicasia golpeó al Administrador—. Ahora, atiende. Sólo queremos a la phoka. La gatita. Hemos visto a Galerna la sluagh en el mercado y sabemos que ella se la llevó.

—Maldita... Nanyalín... —gruñó el Jefe del Mercado, el Gran Administrador—. No sé de qué me hablas... Nosotros no robamos niños de sus casas... Eh, gato —dijo a Dujal—, si vuestra pequeña phoka está aquí, cógela y llévatela, pero deja aquí a esta zorra albina que no vale nada. ¡Haremos un intercambio!

Nicasia agarró al goblin del cuello de la túnica.

—¿No valgo nada, obeso bastardo? ¡Tu padre no pensaba lo mismo!

—Entonces yo era un crío; no me fijaba en las putas que mi padre se llevaba a la cama. Supongo que en aquellos días no estarías tan estropeada.

Nicasia cogió entre sus dedos la nariz del duende y se la retorció con tanta fuerza que hizo crujir el hueso. El Administrador abrió la boca hasta enseñar la última de sus muelas, pero no emitió ruido alguno. Sobre el suelo, la figurita de la ninfa tembló ligeramente. Sí lo oyeron gemir y sollozar.

—¡Zorra! —aulló—. ¡Terminarás en los parideros, lo juro! ¡Te dejaré en manos de los centinelas y acabarás suplicando que te maten!

Dujal tuvo que agarrar a Nicasia. La apartó y habló con el goblin.

—Jefe, en serio, no me gustaría que esto acabara de solucionarlo ella. Dime dónde está la niña y todos ganaremos algo.

—Te lo repito: no sé de qué hablas, y aunque lo supiera, ¿por qué te diría yo nada? Antes o después, mis soldados abrirán esa puerta y entonces vuestras vidas serán mías. Pero si pones a raya a la mestiza y me la entregas, te dejaré mirar en los pozos de los esclavos. Podrás buscar a tu niña y llevártela. Tienes mi palabra. Dámela. ¿Qué significa para ti?

—Ocio. Me aburriría mucho sin ella... Y para ti, ¿qué significa?

—Asesinó a mi padre. Durante años, Nanyalín ha sido una leyenda entre los esclavos. Había logrado escapar de aquí. Cuando se tiene un negocio como el mío, ese tipo de precedentes son muy peligrosos. Quiero vengarme, y también quiero dejar claro a los esclavos que no hay modo de huir.

Dujal se echó a reír. Necesitaba la risa, era el único modo de combatir la ira.

—Así que debería entregártela...

—Es lo más razonable. No es más que una asesina.

—¿Ella es una asesina? ¿Y eso en qué te convierte a ti?

—Yo sólo me dedico a mi negocio. Mi pueblo debe sobrevivir de algún modo. No tenemos otra opción.

—Valiente excusa de mierda —escupió Nicasia—. Los knockers fueron goblins una vez... Prosperaron gracias a su destreza, sin recurrir al tráfico de carne.

—¿Qué sabrás tú, mestiza? ¡No eres ni una cosa ni la otra!

Nicasia, rugiendo fuera de sí, se lanzó sobre el goblin. Dujal vio relucir algo metálico en su mano e intentó pararla agarrándola de la camisa, pero no llegó a tiempo. La pequeña ninfa del suelo volvió a tragarse el grito del Administrador; esta vez fueron más de uno, y duraron una eternidad. Nicasia le había clavado al goblin otro de sus clavos de hierro, en el muslo. Dujal la empujó a un lado.

—Pero ¿de dónde sacas esas cosas?

—¡Déjamelo! ¡Dos minutos y nos dirá hasta la talla de sus calzones!

—¡No quiero que lo tortures! ¡No puedes rebajarte a su nivel!

—¿Rebajarme? —Nicasia señaló al Administrador—. ¡Ellos ya me rebajaron! ¡Y al último peldaño! ¡Perdí la cuenta de las veces que me llevaron a la cama del animal de su padre! Cada vez que su esposa lo echaba del dormitorio él iba en mi busca. Luego, pasaba días enteros sin poder moverme. ¿No quieres que me rebaje? ¡Porque yo lo estoy deseando!

Dujal intentó apaciguarla.

—Eso lo hizo su padre, no él, y por lo que he oído ya te lo cargaste.

—¡No es suficiente! —gritó Nicasia—. ¡Nunca lo será!

—Razón de más para dejarlo. Siento lo que te hicieron, pero no fue él.

Nicasia le dedicó una mirada atónita.

—¿Tan ingenuo eres? ¿Crees que él no hace lo mismo que su padre? ¿Para qué crees que quieren a la hija de Manx aquí?

Dejó a Dujal desarmado. La ingeniera aprovechó su desconcierto; alzó las manos para mostrar que no llevaba nada en ellas y habló despacio.

—Déjame dos minutos con él. Y nos vamos.

—Está bien —le concedió Dujal—. Pero no te pases. Por favor.

El duende gimoteaba mientras una mancha de sangre crecía en su túnica. Nicasia contempló la escena encantada. Tomó asiento en la mesa, frente a él.

—Es una herida fea —le dijo—. Los muslos tienen venas importantes. Ahora te desangras, y pronto morirás. Pero si nos dices lo que queremos saber…

—Mis… soldados… —susurró el Administrador con un hilo de voz.

—A tus soldados no les importas. Tiran sus dados, al otro lado de la puerta, esperando a que salgamos para cazarnos. Sí, nos quieren muertos, pero no se arriesgarán por ti. Seguro que ya piensan en nombrar otro Jefe del Mercado.

—Vendrán…

—Llevamos aquí mucho tiempo. No han llamado siquiera a la puerta para preguntarte si quieres tomar el té. Admítelo: te han abandonado.

El Administrador se echó a llorar como un niño. Nicasia lo abofeteó.

—Eres patético. ¿Pensabas que eras el mandamás? Te encanta que tu piara servil te chupe el trasero hasta sacarle brillo, ¿no es eso? Despierta: los goblins no te necesitan... Les resulta cómodo tener a un estúpido haciendo el papeleo, cargar a un imbécil con la responsabilidad del Exterior. El trabajo que hagas tú no tienen que hacerlo ellos. Pero cuando las cosas se ponen feas de verdad... ¡Mira dónde está tu corte! ¡Detrás de la puerta, jugando a los dados! —Nicasia le permitió que lo pensara durante unos momentos. Luego, añadió—: Dinos dónde está la phoka, y podrán salvarte a tiempo. No seas cabezota.

—Te lo he dicho mil veces. No sé de qué me hablas...

—Entonces, dime: ¿qué trabajo tenía encargado Galerna?

—Asesinato —gimió el Administrador—. Un encargo de asesinato. Bueno, dos. Ha venido para cobrar el segundo.

—¿Asesinatos? ¿De quiénes?

—Primero, el de una phoka llamada Manx. Luego, el cliente volvió a escribir y pidió que matáramos a otro tipo: Eleazar... Ibn...

Nicasia dio un respingo.

—¿Eleazar Ibn Bahar? —preguntó, asustada.

—¡Sí! ¡En la Corte lo querían muerto, a él y a la tal Manx! Nicasia se frotó los ojos. Miró a Dujal, pero éste no comprendía nada.

—Pero... —dijo él—. Entonces, la niña, la hija de Manx, ¿no está aquí?

—Quizá Galerna la vendió sin decirme nada —le respondió el goblin—. Así se ahorra mi comisión. De haberlo hecho, estará en los parideros.

—Manx estaba exiliada por decreto de la Corte —meditó Nicasia—. Para ellos era molesta, y quizá alguien, algún sidhe o la propia reina... Pero ¿Eleazar?

—Nunca preguntamos los motivos. No nos interesan.

—No os interesan… —repitió Nicasia mirando al vacío.

La knocker tomó asiento en el mismo suelo, desolada. Susurraba para sí y sacudía la cabeza. Dujal pensó que las emociones le estaban pasando factura.

—¿Quién encargó los asesinatos? —preguntó por Nicasia.

El Administrador movió la cabeza.

—No sabemos su nombre —balbuceó, agotado por el dolor—. Se comunica por carta, y yo las quemo después de leerlas. Paga muchísimo dinero. Lanzas de oro. Son trabajos muy caros; muy, muy caros. Debe de ser un pez gordo.

Dujal sintió que algo le rozaba el hombro. Distinguió una sombra en el aire, una mancha oscura que iba a estrellarse contra la cara del Administrador. Algo caliente y pegajoso le saltó a los ojos. El Jefe del Mercado sufrió un espasmo y quedó inerte en su sillón. Tenía un hacha de piedra negra clavada en la frente y una estúpida expresión de sorpresa en el rostro. Nicasia miraba el cadáver sin dar muestras de alegría. Se acercó, arrancó a *Cuervo* y sacudió a Dujal.

—Lo merecía —dijo al phoka—. Escúchame: cuando abra la puerta quiero que te conviertas en gato y corras como si el diablo te quisiera comer el hígado. Los pozos de los esclavos están junto a la mina de turba. Los reconocerás. Pero, antes, busca en los parideros, al fondo del corredor del mercado. Seguro que ella está allí. Recoge a tu niña y llévatela.

—¿Y tú? ¿Qué vas a hacer tú?

—Regresa a la Corte. Alguien tiene que averiguar qué está pasando. Si para el cambio de luna no he vuelto… entonces es que no voy a volver.

—No, espera —protestó Dujal mientras Nicasia lo empujaba hacia la puerta de mármol—. No voy a dejarte aquí.

Nicasia apretó los labios, y un silbido escapó de ellos con toda la fuerza de sus pulmones. Una enorme explosión retumbó fuera, en el pasillo, acompañada de gritos y olor a polvo húmedo y escombros.

—Las arañas ya están en su sitio —dijo Nicasia—. Quedan más. Te conseguiré tiempo. Tú saca a la niña de aquí.

Le dio un beso rápido en la mejilla. Después, lo empujó fuera de la sala.

—¡Corre, estúpido! ¡Corre! —gritó antes de volver a silbar.

El estruendo fue ahora mucho peor. La luz desapareció engullida por una nube de polvo negro mientras el techo se desplomaba sobre su cabeza. Dujal se transformó en gato y corrió aterrorizado.

Confidencias y sombras

El dueño de la Taberna de Poniente disimulaba la carne rancia de sus guisos con romero y pimienta. El olor de la carne pasada y las especias, junto al de la pésima cerveza que servía, bastaba para alejar a cualquier cliente que tuviera nariz. Para Isma'il aquel tufo era como una bofetada, pero escogía la taberna para citarse con delincuentes de poca monta que le pasaban información. Estaba próxima a las murallas, en un rincón discreto de la ciudad, y a poca distancia de la Puerta de Poniente. Al ser la puerta de acceso al mercado, permanecía abierta toda la noche. El trasiego de carros ocupaba a los soldados de guardia, y no solían reparar demasiado en las salidas furtivas. Pero si alguno se interesaba por un ciego que cruzaba la puerta en mitad de la noche, Isma'il le dejaba caer alguna moneda, una lanza de cobre o incluso una de plata, si el guardia tardaba en consentir.

Se quitó la venda de los ojos y se subió la capucha. En la taberna, un ciego llamaba más la atención que un encapuchado. Al entrar, la luz de las antorchas lo tiñó todo de un resplandor dorado que lo obligó a guiñar los ojos. Al contrario de lo que todo el mundo pensaba, Isma'il no era completamente ciego. Veía luces y sombras. Era capaz de distinguir el día de la noche, y si las condiciones eran buenas alcanzaba a ver las siluetas de seres y objetos. Pero la luz le daba jaqueca; por eso se cubría los ojos. Le gustaba la oscuridad total, era menos engañosa que aquel juego de manchas vagas y colores difusos al que jamás se acostumbraba.

Cruzó una atmósfera tan grasienta que podía sentirla sobre la piel y caminó hacia su rincón de siempre, una mesa aparte cuya reserva había pedido la noche anterior. Se sentó de espaldas a la pared y dejó a sus pies la bolsa.

—¿Qué va a ser? —lo sorprendió la voz del mozo.

—Dile a tu patrón que ponga la celosía delante de mi mesa. Tengo que tratar unos negocios que exigen privacidad. Tráeme lo de siempre.

—¿Qué es lo de siempre? —preguntó el mozo.

Isma'il resopló, sacó una moneda y la sostuvo en el aire.

—Pregúntale a tu patrón; lo sabe de sobra. Y coge la dichosa moneda. No la he sacado para que te la quedes mirando.

—¡Oh, perdone!

—Lárgate —le dijo Isma'il de mal humor.

Los pasos del mozo se perdieron en el rumor de las conversaciones que lo rodeaban. Isma'il se frotó la cara. Desde que su abuelo Eleazar había muerto no era capaz de dormir. En la casa había demasiado silencio. La anciana Leah, su ama de llaves, trataba de amenizarle el golpe con guisos espléndidos que él agradecía, pero la vida resultaba oscura, más que de costumbre. Isma'il logró mantenerse firme durante el entierro de Eleazar y el pésame de toda la Corte. Aguantó la ceremonia y el responso del sacerdote refugiándose en un rincón de sus recuerdos. Luego, la reina Silvania lo citó en privado para alabar el trabajo del que había sido su secretario y leal consejero desde que terminó la guerra. Sus palabras sonaban sinceras, su voz era cálida. Cuando le cogió las manos no pudo evitar estremecerse. Eran tan suaves, amables, y desprendían tanto cariño que tuvo que retirarse a toda prisa para que las lágrimas no lo traicionaran. «No olvidaré a tu abuelo y no te olvidaré a ti.» A Silvania no le faltaban buenas intenciones, pero eran sólo eso: intenciones. Ni siquiera su todopoderosa majestad era capaz de levantar a los muertos de sus tumbas. Aceptar que el anciano ya no estaba se le hacía duro.

Dos mozos de la taberna colocaron la celosía delante de su mesa. Uno de ellos olía a cebolla, y el otro hacía un sonido repugnante con la nariz al respirar. Le dejaron una jarra de arcilla y dos vasos. Isma'il se sirvió y vació el vaso de un trago. Su informador se retrasaba, lo que era presagio de malas noticias. Se sirvió otro vaso, y otro. Bebía sin sed. Pronto estuvo acalorado. Se quitó la capucha y volvió a vendarse los ojos. La oscuridad lo abrazó como un amigo. Apoyó la cabeza contra la pared y esperó hasta perder la noción del tiempo.

Una voz aflautada lo sacó de su duermevela.

—¿Puedo sentarme?

Era Galad, un clurican que se ganaba la vida como bardo. Solía hablar con afectación, siempre cordial, y gustaba de usar perfumes caros más propios de damas entradas en años que de jovencitos cantarines. Su figura, las veces que Isma'il había logrado distinguirla entre las brumas, era una esbelta mancha verdosa. Trabajaba en ferias, justas y bodas. No cantaba mal, pero su afición por vaciar bolsas ajenas hacía que su presencia no fuera bien recibida.

—Has tardado. —Isma'il arrastró las palabras sobre su lengua pastosa.

—¿Estás borracho? —Galad se echó a reír.

Isma'il se irguió sobre la mesa y le agarró de la ropa.

—Mi abuelo ha muerto. Guárdate la risa o te tragarás tus pelotas.

Galad se aclaró la garganta.

—Lo olvidaba —dijo, muy grave—. Lamento tu pérdida.

—¿En serio? Pues pide algo de beber. Lo que sea menos vino.

—Está bien. ¡Mozo, aguardiente! Aunque no sé si deberías beber más...

—Yo sí lo sé —replicó Isma'il—. Dime, ¿dónde has estado?

—Cantando en la Plaza de Palacio. Estaba siendo una buena noche. Incluso me propusieron acompañar una boda. Pero estoy aquí porque te respeto, y ese respeto va a hacer que esta noche pierda dinero.

Isma'il dejó sobre la mesa una bolsa llena de plata.

—Esta noche ganarás mucho más si sólo cantas para mí.

El dinero tintineó una despedida al cambiar de manos. El bardo contó las monedas mientras Isma'il llenaba los vasos con el aguardiente recién servido.

—Dime qué tienes —le exigió vaciando su vaso—. Será importante si renuncias a la comida gratis y a las mozas casaderas de una boda.

Galad bebió antes de empezar a hablar. Jugueteaba con las cuerdas de su lira haciendo que su narración se enredase con una sarta de notas caprichosas.

—Hace dos semanas pasé muy cerca de las montañas de TocaEstrellas y la noche se me echó encima. Como son malas tierras para pasar la noche al raso acabé en la Posada del Camino Seguro, cantando para pagarme la cena. Mis canciones agradaron a un grupo muy singular... Goblins, gorrorrojos, un troll enorme y una sluagh con la cara vendada, vestida de negro, y que no se dignó a mirarme en toda la noche. Fueron muy generosos. Me invitaron a cenar y me pagaron una lanza de oro. Al día siguiente nos despedimos. Ellos iban a las montañas y yo a los burdeles de la Corte. Por cierto, qué decepción; cuando llegué, la casa de Marsias estaba cerrada.

Isma'il ocultó las manos en las mangas de su túnica y apretó los puños. El bardo se sirvió de nuevo.

—¿Tú no bebes? —le preguntó después de dar un generoso trago.

Isma'il ofreció un brindis al vacío y se acercó el vaso a los labios sin llegar a probar la bebida. En sus oídos se filtraban suaves susurros que se deslizaron por su brazo como una serpiente de seda. Les ordenó hacer desaparecer su bebida y se concentró en escuchar.

—Los volví a ver la noche en que murió tu abuelo.

—¿A quiénes?

—Al troll y a la sluagh —aseguró Galad—. Era imposible no reconocerlos. Él tan enorme, y ella con sus vendas. Salían de tu casa. Los seguí por ver si volvían a invitarme. Entraron aquí mismo y se reunieron con un jovenzuelo encapuchado. No pude verlo, pero apostaría la mano derecha a que era un sidhe. La reunión debió de salirles bien. La sluagh se retiró, pero el troll se quedó bebiendo y acabó bien cocido. No pagó al posadero; dejó su arma como prenda, y dijo que pronto tendría dinero suficiente para pagar el rescate de un rey. Una hora más tarde las campanas tocaban a duelo por Eleazar Ibn Bahar, los dioses lo acompañen.

Isma'il permaneció en silencio, ajeno a los tarareos del bardo. En la posada hacía calor y el olor inundaba sus sentidos.

—¿Esto que me cuentas es cierto? No será que quieres beber a mi costa…

—Es cierto como la luz del alba. Lo juro por mi corazón.

Isma'il soltó otra bolsa de monedas y se puso en pie.

—Acompáñame fuera —rogó a Galad—. Tengo que orinar.

El bardo se guardó la bolsa con una carcajada y cogió a Isma'il del brazo. Apestaba a aguardiente, y su paso era aún más vacilante que el del ciego.

Salieron a la calle, donde la noche los recibió con un mordisco helado. El otoño se vestía de hielo. Caminaron dando tumbos, cogidos del brazo. El clurican no paraba de reír. Llegaron hasta los revellines de la muralla. Isma'il se apoyó contra la pared con una mano y con la otra buscó entre sus ropas.

—¿Qué haces? —lo detuvo Galad—. ¡Estamos en mitad de la calle!

El bardo lo condujo hasta un callejón. Isma'il reconoció el inconfundible olor a orina y heces.

—Date la vuelta —pidió a Galad.

—No sabía que los ciegos eran tan pudorosos.

—Sí. Lo somos.

Una voz que apenas era un suspiro informó a Isma'il de que el bardo le había hecho caso y le daba la espalda. Isma'il sacó una navajita de su bolsa y se hizo dos cortes en el antebrazo. La sangre fluyó entre sus dedos, y el tacto suave de la madera tomó forma. Pronto, tuvo su bastón en la mano.

—¿Quieres oír una historia? —preguntó a Galad.

—¿Podré componer una canción con ella? —respondió éste sin mirarlo.

—Lo dudo —confesó Isma'il. En su voz ya no había rastro de alcohol. Un coro de susurros se arremolinaba en torno a él—. ¿Sabes eso que cuentan sobre que los Ibn Bahar aprendimos a domar sombras en el desierto?

—Sí —dijo Galad—. Algo he oído. Cuentos de vieja…

—Sí. Son cuentos. —Los susurros se arrastraban sobre el suelo inmundo del callejón, estirando sus tentáculos finos como hebras de hilo hacia el clurican—. Porque no domamos sombras, sino las almas de los muertos.

El clurican quedó entonces atrapado en un laberinto de hilos de acero que no paraban de chillar y sisear. No podía moverse, estaba demasiado asustado para gritar. Isma'il se acercó a él.

—No creas que es fácil reclutar un alma. Debes matar al que la contiene con tus propias manos, pero sin derramar una gota de su sangre.

Isma'il rodeó el cuello de Galad con unas manos fuertes, llenas de vigor. Le resultaba sencillo apagar una vida. Unos minutos de lucha, esperar y dejarla ir. Sintió hormiguear su barbilla, bajo los labios, allí donde sus tatuajes se movían inquietos. El alma del bardo quiso huir en su último aliento, delicada como una mariposa, pero Isma'il la atrapó y se la tragó.

El hormigueo cesó.

Un nuevo susurro se unió a su coral de lamentos.

Buscó entre las ropas del muerto para recuperar su dinero. Le puso la lira sobre el pecho. Lo que le había contado era muy interesante. Buscaría al troll enorme y a la sluagh con la cara vendada y, si habían tenido algo que ver con la muerte de Eleazar, ya podían empezar a correr.

Se alejó tarareando, dejándose guiar por su bastón. Ahora que tenía cosas por hacer, la vida no parecía tan oscura.

No la dejes atrás

Un rugido de piedra se extendió por el pasillo a medida que el techo se le venía encima. Era como si aquella garganta enorme estuviera gritando de dolor. Dujal corría a ciegas en medio de una nube de polvo que le taponaba la nariz y le llenaba los ojos de lágrimas, ardientes como ácido. Tenía la garganta seca y los pulmones llenos de fuego, pero el miedo no lo dejaba detenerse. Lo obligaba a avanzar mientras los cascotes caían rozándolo y una lluvia de gravilla le rebotaba en el lomo. Cada vez le costaba más mantener el ritmo. La carrera cambió a trote, y después a pasos vacilantes. No supo en qué momento se derrumbó con el corazón a punto de explotar y la mente en blanco.

Lo despertó una sed terrible que le quemaba las tripas. Se sentó en el suelo. Le dolía la cabeza; al moverse descubrió que también le dolía la cadera izquierda, aunque no era insoportable. Volvió a cambiar de forma y sacó el odre de Marsias. La mayoría de los phokas aprenden de cachorros un hechizo sencillo que les permite conservar su ropa cuando cambian. Resulta útil para esos momentos en los que no conviene que te encuentren por ahí correteando desnudo. Dujal llevaba el hechizo atado a un collar que Manx había tallado para él cuando apenas era una bola de pelo. Su tutora, además, había añadido un hechizo de ladrón muy útil, ya que, normalmente, al cambiar de forma la ropa se conserva, pero las cosas que un phoka lleva guardadas en los bolsillos son otro cantar. Lo habitual es que acaben desperdigadas por el suelo mientras su dueño, convertido en un animalito ansioso, corretea recogiendo su calderilla. Gracias a su collar podía conservar sus pertenencias. El hechizo de Manx y la habilidad para coser bolsillos ocultos de Nicasia le acababan de salvar la vida; tenía agua asegurada y su estoque; no necesitaba más. Dujal se remojó la cara a conciencia para sacarse el polvo de la nariz y los ojos. El frío lo fue devolviendo a la realidad. Se enjuagó la boca y bebió con ansia. Estaba agotado, muerto de calor. El corredor se había convertido en un pozo de tinta; incluso para sus ojos de gato, habituados a la oscuridad, aquella negrura era impenetrable. Apoyó la espalda contra la pared y se pasó las manos por el pelo para descubrir que tenía una herida larga, al lado de la oreja, que le bajaba hasta la sien. No sabía cuánto tiempo llevaba inconsciente ni dónde se encontraba. Su último recuerdo era un barullo de sangre y gritos. Estaba confundido y mareado. Los párpados le pesaban como losas de piedra. Se obligó a abrir los ojos. Al hacerlo descubrió a Manx frente a él, mirándolo con los ojos de plomo de los muertos. Sobre el pecho de su tutora brillaba una luz dorada, una rosa hecha de diminutas lenguas de fuego. Dujal siempre había creído que si alguna vez llegaba a ver un fantasma tendría miedo, pero allí estaba Manx, mirándolo, y él no se sentía asustado. «Debo de estar soñando —pensó sin apartar la vista de la flor ardiente sobre el corazón de Manx—. Me he vuelto a desmayar.»

—¡Manx! —exclamó, no obstante, con la alegría del reencuentro.

—Escúchame, hijo.

—¿Hijo? —Dujal se palpó la cabeza.

—No la dejes atrás.

—¿Qué has dicho? ¿Que no abandone el qué? ¿Y por qué me llamas «hijo»?

Manx cerró los ojos, y la oscuridad envolvió la cueva. El phoka se levantó del suelo. Un latigazo de dolor le golpeó las sienes. Miró a su alrededor. No había visto un fantasma, había sido un sueño, el sueño bobo y perturbador de alguien que se ha dado un mal golpe en la cabeza. «No la abandones.» Dujal repitió la frase, pero las palabras carecían de sentido. «Ha sido el golpe», se dijo.

Optó por olvidar el asunto. Se sentía más seguro a cuatro patas; además, quizá los goblins estuvieran buscándolo; se fijarían menos en un gato vulgar. «A no ser que los goblins tengan la mala costumbre de incluirnos en el menú.» No le gustó esa posibilidad. En varias ocasiones se había librado por los pelos de acabar en una parrilla. «Para eso tendrán que pillarme.» Decidió que sería tan cauto como le fuera posible, aunque el primero de sus problemas era encontrar una salida de aquel pasillo. Retrocedió un trecho para descubrir que una pared de escombros le cerraba el paso. No quedaba más remedio que seguir adelante. A ciegas.

Caminó pegado a la pared, con los bigotes enhiestos y las orejas atentas al más mínimo ruido. El pasillo bajaba hundiéndose en las profundidades de la montaña. El suelo de piedra resbalaba. A medida que avanzaba, el aire se fue volviendo frío, lo cual lo ayudó a espabilarse. Al rato, la oscuridad se diluyó en una claridad lechosa. Las paredes brillaban. Dujal oyó el tamborileo monótono del agua contra las rocas. Encontró una puerta. No era como las que había en el palacio del Administrador, de mármol o de madera labrada. Ésta era muy simple, de hierro, lisa y sin adornos. Como tirador tenía un trozo de cuerda que apestaba a brea. No había cerradura. Dujal pegó la oreja al metal helado. Saltó para alcanzar la soga, pero calculó mal el impulso y se le enganchó una de las garras en el esparto pegajoso, haciéndole golpear la puerta. El golpe retumbó en el pasillo como un trueno. Dujal se soltó. Arqueó la espalda y sacó las uñas. Miró a su alrededor dispuesto a arrancarle los ojos a cualquier posible testigo de su torpeza, porque el sentido del equilibrio en un gato es algo sagrado.

Crujieron las bisagras de la puerta, y tras ella asomó la cara malhumorada de un goblin que tenía la nariz demasiada larga. Llevaba la cabeza cubierta con una cota de malla y una coraza que debía de ser para alguien mucho mayor que él. Parecía que llevara puesta la concha de una tortuga plateada. En su mano tenía un garrote tachonado con púas de metal, algunas retorcidas. Refunfuñó y escupió en el suelo. Dujal se había acurrucado tras la puerta, y el guardia no lo vio. Estiró el cuello. Tras la puerta se abría un pasillo iluminado con un candil. Dujal se coló entre los pies del guardia, que cerró la puerta maldiciendo. Colgó el garrote de un clavo, se sentó en una silla y estiró las piernas con un bostezo. Tras unos segundos, Dujal lo oyó roncar.

Pero el nuevo túnel no era mucho mejor. Era estrecho y de techo muy bajo. Toda su iluminación la ofrecía una lámpara de aceite en un hueco de la pared. El suelo estaba cubierto con una capa de paja sucia por la que campaban todo tipo de bichos. No era lo único que olía mal; en el aire flotaba un tufo agrio que Dujal no pudo reconocer. Dejó al goblin disfrutando de su siesta y avanzó. Las pulgas no tardaron en corretearle por la piel. El pasillo giraba a la izquierda tras un pequeño vestíbulo. Olfateó el aire. Olía a sexo; en casa de Marsias ese mismo aroma flotaba en el aire como un perfume, se mezclaba con las risas y con la música, volvía las veladas alegres y hacía que el vino tuviera un sabor especial. Pero allí dentro era un olor amordazado por el sudor y la peste de la paja podrida. Dujal se detuvo ante unos peldaños que descendían. Aún estaba a tiempo de volverse. No esperaba encontrar nada agradable siguiendo aquel camino. «De todos modos —pensó mientras bajaba el primer escalón—, no creo que la Ciudad de Piedra tenga un solo sitio acogedor.»

La escalera lo condujo a una gran sala de altísimas paredes excavadas en roca viva. La escasa luz de que disponía la estancia provenía de una inmensa lámpara de hierro colgada del techo por una gruesa cadena en la que ardían un buen número de velas. El sebo de éstas chisporroteaba y apestaba. A Dujal le venía de perlas el poco interés de los goblins por alumbrar su hogar como es debido. Tenía sombras donde esconderse.

Una hilera de celdas como nichos agujereaban una pared de la sala; lonas de fieltro hacían las veces de puertas. «Es tan lúgubre», pensó Dujal, pero así eran las tripas del Mercado de las Almas. Al fondo de los calabozos había un pequeño vestíbulo y una puerta custodiada por cuatro goblins que jugaban a las damas. Reían, trasegando juntos una bota de vino. Alcanzar aquella puerta sería difícil, pero al phoka le gustaban los retos.

Un gruñido lo hizo posponer sus planes. Dujal buscó refugio sin pensar. Se metió, sin darse cuenta, bajo una de las lonas. Estaba en una celda. Adivinó la forma de un camastro, y la de un cuerpo que yacía sobre él. Era una hembra, desnuda, encogida sobre sí misma, y lo miraba. Dujal percibió el brillo ansioso de sus ojos. Advirtió su desesperación, una angustia tan intensa que lo aplastó contra el suelo. Había mala magia allí. «Podría gritar y delatarme —pensó—, pero creo que tiene más miedo que yo.»

Fuera de la celda, los guardias recibieron con gruñidos a un recién llegado. Dujal contuvo la respiración para oír lo que decía.

—Tenéis suerte de que os haya tocado hacer guardia aquí y no en la plaza, bajo el palacio del Administrador. ¡Vaya carnicería ha montado esa perra!

—Lo sabemos —respondieron los guardias—. Ha sido Nanyalín, la esclava que huyó, la mestiza albina. Ha vuelto. ¡Y ahora hay trozos de cadáveres por todas partes! Tardaremos en limpiar esa mierda.

—Han caído muchos —murmuró otro goblin—. Y aún

no han logrado llegar al palacio, a las dependencias del Jefe del Mercado, pero allí tampoco esperan hallar a nadie vivo. ¡Maldita asesina! ¡Mi hermano ha perdido a toda su familia! Y los clanes se pelean por el liderazgo de la ciudad. Están armando a su gente.

—Al final correrá la sangre. ¡Todo por esa zorra! Espero que la hagan sufrir, aunque les costará trabajo. Es dura. Mordió a Rakosh en el cuello; se desangró en un momento. Morir con el culo al aire…

—Rakosh siempre ha tenido mala suerte —señaló un guardia—. No es muerte para un guerrero. Ni siquiera para uno tan malo.

Los goblins se echaron a reír. Entonces, alguien llamó a la puerta.

—¿Qué os he dicho? ¡Vienen a por las esclavas!

—¡Que se las lleven! ¡Pasarán de un clan a otro hasta que la cosa se calme!

Los goblins tiraron la mesa y huyeron por la escalera al otro lado de la sala antes de que una tropa de soldados echara abajo la puerta. Estos duendes no tenían nada que ver con los otros centinelas. Vestían armaduras de sus tallas e iban armados hasta los dientes. Eran muchos. Dujal se supo atrapado. Durante un segundo el pánico no lo dejó pensar. Volvió a mirar a la esclava en su lecho. Se había sentado, y aferraba una sábana entre sus manos crispadas. «Podría ayudarme a salir», pensó Dujal. Cambió de forma. La esclava se puso de pie de un brinco y retrocedió hasta la pared. Llevaba alrededor del tobillo un grueso grillete. Dujal se acercó a ella con un dedo en los labios. Se arrodilló e inspeccionó la argolla. Era muy sencillo, un simple aro; no necesitaba ganzúas. Dujal tocó el hierro y lo imaginó blando entre sus dedos. Tarareó una melodía, cinco notas suaves que se repetían. La argolla se quebró con un chasquido y cayó al suelo como un insecto muerto de golpe.

—¿Ves? —susurró Dujal—. No vengo a hacerte daño.

La esclava paseó la mirada de la cadena a la cara del phoka.

—¿Hablas mi idioma? —le preguntó él. No hubo respuesta—. Da igual.

Dujal, impaciente, metió la mano en sus bolsillos. Recordó haber guardado un trozo de tiza cuando se cambió de ropa junto al arroyo. De aquello hacía una eternidad. Dejó escapar un suspiro de alivio al encontrarla en el fondo de un bolsillo y cogió de la mano a la esclava. Ella no se resistió. Con un par de trazos rápidos, Dujal dibujó una puerta en la pared. Aquello era más difícil que romper una cadena. Debía concentrarse en una canción que diera fuerza a la magia, que rompiera la oscuridad de aquel sitio. Una canción para ir a un lugar mejor. Dujal apretó la mano de la esclava. «Espero que esté pensando en huir.» Silbó; ya no importaba que lo oyeran. Las notas le salieron del corazón, suaves y familiares, una canción que había escuchado hacía ya mucho tiempo. Tardó en darse cuenta de que eran las notas de una nana que Manx solía canturrear mientras cocinaba. El dibujo vibró, y el aire siseó como el agua al tocar hierro candente. Dujal siguió silbando con una mano en el dibujo y la otra apretando la de la esclava. El sudor formaba surcos en su frente y le caía en los ojos. Tenía que pensar en no estar allí y silbar. Sintió al fin el pomo de un picaporte en la mano, sólido y cierto. Dujal ahogó una exclamación de júbilo y lo giró en el mismo momento que un soldado goblin apartaba la lona de la celda. Abrió la puerta y arrastró consigo a su nueva compañera.

La tensión del hechizo fue tan fuerte que, tras cruzar la pared, a Dujal se le doblaron las rodillas. Tenía las piernas tan flojas que parecía que le faltaran los huesos. La esclava y él se hundieron en algo blando que resultó ser un montón de ropa húmeda. El phoka estaba demasiado débil para ponerse de pie. Gateó un trecho y se tumbó en el suelo, resoplando. Se habían librado por muy poco.

Su compañera miraba a su alrededor. Ahora pudo verla bien. Su piel era de color verde, y su cuerpo muy delgado. En mejores condiciones, su rostro habría resultado hermoso. Sólo la nariz y las orejas, largas como en todos los goblins, viciaban su belleza, aunque lo compensaba con unos ojos enormes del color de la amatista. El pelo, por desgracia, se lo habían cortado a trasquilones. «Es mestiza», advirtió Dujal. Lo único que vestía eran las marcas de los golpes, que cubrían todo su cuerpo. A ella no parecía importarle. Una sonrisa asomaba en su mirada violeta. Dujal se quitó la túnica y se la tendió.

—No, gato. —Tenía un acento áspero y duro como la pedriza—. No regalo.

—Oh, gracias al cielo. ¡Hablas mi lengua!

—Aprendí algo. Poco. Mucho atrás en el tiempo.

Estaban en un cuarto lleno de cubas excavadas en el suelo, rebosantes de agua jabonosa. Sobre sus cabezas colgaban largas hileras de ropa tendida. Sobre el suelo, repartidas en grandes cestas, montañas de ropa esperaban su turno para ponerlas a secar. El aire allí era caluroso, asfixiante.

—¿Qué sitio es éste? —preguntó Dujal.

La esclava mestiza sorteó las hileras de colada y le hizo un gesto para que la siguiera. Deambularon apartando sábanas y todo tipo de prendas. Más allá de la ropa tendida, había una larga fila de cuerpos roncando sobre esteras. La esclava caminó de puntillas entre ellos, se arrodilló junto a una de las esteras y la sacudió suavemente. Bajo la manta surgió una melena pelirroja y un rostro de hada juvenil y adormilado. Al descubrir quién la despertaba, ahogó un grito. Después, abrazó a la mestiza. Las esclavas se acercaron a Dujal.

—Tú viene con nosotras, gato —le dijeron—. Nosotras escondemos.

Lo llevaron por varios túneles a un rincón bullicioso lleno de calderas y ollas que hervían en los fogones. A Dujal le rugieron las tripas. Hacía siglos que no comía nada. Las esclavas rieron y lo obligaron a sentarse en un rincón, junto a un horno enorme que desprendía un exquisito olor a pan caliente. Pasaron junto a él algunas hadas, esclavas también, pero nadie le prestó atención. La del pelo rojo le extendió una escudilla llena con un guiso espeso en el que flotaban trozos de zanahorias y patatas. Estaba tan caliente que era como tragar plomo fundido, pero era lo más delicioso que Dujal había comido jamás. La mestiza se comió tres escudillas con más ansia que él. Luego, el hada del pelo rojo les sirvió una infusión que olía a rayos, cuyo sabor era extrañamente reconfortante. Dujal observó a su benefactora. El color de su cabello era propio de un gorrorrojo. Miró a su alrededor; todos eran mestizos. Ahora entendía lo que había dicho el Administrador. Necesitaban sangre del Exterior para hacer esclavos. Para eso servían las salas de las que había sacado a la mestiza de los ojos violetas. Los goblins fabricaban esclavos.

Dujal dejó su infusión en el suelo. De pronto, ya no le apetecía.

La mestiza del pelo rojo lo miró.

—¿De dónde ha salido el gato? —preguntó en lengua goblin a su compañera.

—Se coló en los parideros, y me ha traído hasta aquí. Sabe magia.

—No tiene pinta de mago…

—He oído hablar a los verdes. Están como locos. El Gran Cerdo ha muerto. Dicen que Nanyalín ha regresado para liberarnos a todos.

—¿Nanyalín? Eso es imposible. Y aunque así fuera, el gato no es Nanyalín. Parece peligroso. Entrégalo y te dejarán volver a lavar ropa. O mejor: mátalo.

—¡No! Me ha salvado.

Advirtieron que el phoka se interesaba por su conversación.

—¿Qué quieres, gato?

Dujal se obligó a sonreír como si no hubiera entendido nada.

—¿Cuál es tu nombre?

—Airún.

—Escucha: Airún, yo no me llamo «gato». Me llamo Dujal.

—Du-jal —repitió Airún—. Difícil. Prefiero «gato».

—Y yo dormir y que me rasquen la tripa en vez de seguir encerrado en esta maldita montaña. Airún, necesito encontrar a un herrero llamado Yirkash. Sólo eso. No quiero que tengas problemas por mí.

La esclava lo miró sorprendida.

—¿Tú conoces Yirkash? Aquí todos conocen. Buen verde.

—Es amigo mío. Me ayudará a encontrar a alguien.

—¿A quién?

—A una niña, una gata como yo.

—¿Hija tuya?

Dujal tardó unos segundo en encontrar la respuesta correcta.

—Hermana. Hermana de alma.

La esclava le cogió la mano y asintió en silencio.

—Mañana Yirkash. Juntos encontramos niña gata. Ahora tú duermes. Ya es noche. Esclavos no salen noche. Yirkash mañana.

—De acuerdo.

Dujal cambió de forma y se hizo un ovillo junto al horno del pan. La cocina quedó en calma. En su cabeza le bullían las ideas. Esperar o confiar en las esclavas le parecían dos malas ideas, pero no sabía cómo llegar hasta Yirkash de otro modo. El interior de TocaEstrellas era un laberinto inmenso.

La noche le resultó interminable. Dujal dio varias cabezadas, todas repletas de pesadillas en las que su tutora lo miraba con reproche.

En la Ciudad de Piedra, el cambio del día a la noche lo marcaba el profundo reclamo de un cuerno. Los esclavos se levantaron de sus esteras y se pusieron a trabajar en la cocina. El desayuno fue modesto, algo de aceite sobre pan del día anterior. Luego, las esclavas ocuparon sus puestos en las pilas de lavado. Airún se acercó a él y le rascó las orejas.

—Los varones trabajan en minas. Cuando los verdes vengan a llevárselos, salimos con ropa. Tú vas con Yirkash. Yo voy al Nido y busco niña.

Airún le enseñó un cesto lleno de trapos. Dujal, aún de gato, se coló dentro, y Airún cargó el cesto y esperó entre los esclavos. Dujal oyó abrirse una puerta.

—¡Poneos en fila! —gritó una voz—. ¡También las hembras! ¡Hoy tenemos una sorpresa para vosotros! ¡Vais a ver todo un espectáculo! ¡Y, luego, a trabajar!

Se alzó un coro de murmullos.

—¡Silencio! ¡Vamos, salid en fila!

Airún apenas dio unos pasos antes de detenerse.

—¡Esclava, deja aquí la cesta!

Dujal contuvo la respiración.

—Son pañales limpios —respondió Airún—.Tengo que ir al Nido.

La dejaron pasar con su carga, y la fila de esclavos desfiló durante un largo trecho. Dujal miraba a través del mimbre, pero no sabía a dónde iban. Estaba aterrado. Al fin, les ordenaron detenerse. Se deslizó fuera de la cesta y se enroscó entre los pies de Airún.

Se hallaban en la plaza del mercado, ahora vacía de toldos y productos. Sobre el suelo se extendían enormes cercos de serrín coagulado con la sangre de los goblins muertos a causa de las explosiones y los derrumbes. Las arañas rojas de Nicasia habían hecho estragos. Del mercado sólo quedaban armazones rotos de los que colgaban jirones de tela ennegrecida por el fuego. Alzó la vista hacia el palacio del Administrador, pero en la pared de roca no había más que un agujero enorme; una herida abierta en la roca. Del enjambre de casitas bajo el palacio tampoco quedaba gran cosa. Sobre los escombros, esclavos y goblins trabajaban deprisa en busca de posibles supervivientes. «Los guardias tenían razón —se dijo Duja—. ¡Ha sido una matanza!» Se estremeció.

En medio de la plaza se erguía una tarima rodeada por esclavos y goblins. Había muchísimos esclavos, muchos más que duendes. «¿Por qué no tratan de escapar? —se preguntó Dujal—. ¿Por qué no atacan a sus dueños y huyen?» Un soldado vestido con armadura negra subió a la tarima. Era alto para ser goblin; se cubría con un yelmo tocado con un penacho de plumas, y bajo él asomaba un rostro verde cruzado por una cicatriz que se convertía en un callo de carne allí donde una vez estuvo su nariz. La multitud lo vitoreó y aplaudió.

—Durante años hemos soportado a un líder débil —habló el desnarigado—, que no conocía la gloria de la batalla. Nos confiamos. Nos olvidamos de que fuera el enemigo acecha. —El goblin señaló el agujero del palacio, arriba—. ¡Mirad cuál ha sido el precio! ¡Es el precio de la cobardía!

En la plaza cundió un silencio devastador.

—Los goblins del Mercado de las Almas no podemos permitir esto. Nuestros antepasados expulsaron a los aen sidhe de las montañas de TocaEstrellas. Les arrebatamos sus palacios. ¡Nosotros somos guerreros, no comerciantes! Y, yo, Ulaing, del Clan de la Forja, digo que debemos volver a la batalla. ¡Nosotros somos el Pueblo de las Minas y no nos rendimos jamás!

Los goblins irrumpieron en gritos, aclamando al Clan de la Forja.

—A partir de hoy seré el nuevo Jefe del Mercado. No seré un Administrador, sino un jefe de guerra, un soldado que ha unido a los clanes bajo su puño. Un guerrero que castiga a los que tienen la osadía de atacarlos. ¡Un guerrero que imparte la justicia de la fuerza y la espada!

»Se habla con miedo del regreso de Nanyalín. ¿Y quién es Nanyalín? ¡Una esclava! ¡Una perra que ha abusado de nuestra debilidad! Que esperaba liberar a los trabajadores que nos pertenecen. Pues ya no volveréis a temerla, porque ahora se lo haremos pagar.

Ulaing hizo un gesto. Dos goblins subieron a la tarima con Nicasia. Al verla, Dujal se puso en pie impulsado por la sorpresa y el pánico. El corazón estuvo a punto de partirle el pecho. Nicasia subió desnuda; ni siquiera llevaba puesto el aparato ortopédico en su pierna lisiada. Dujal se estremeció desde el tuétano hasta el último cabello al descubrir lo insignificante que parecía. Su cuerpo era el de una adolescente delgada y sin curvas. Nicasia tenía una larga cicatriz en el torso que seguía la línea de sus costillas. Sin su prótesis, la pierna se le torcía de un modo imposible, surcada por otra cicatriz aún más escalofriante. Nacía en un clavo hincado sobre el tobillo y subía hasta la rótula, dibujando una media luna macabra. La knocker tenía su espalda cubierta de hilos de sangre. No obstante su mirada era implacable. Bajo la cara hinchada a golpes y la boca partida, Nicasia componía su mueca: sonreía. Dujal trató de acercarse a la tarima, pero Airún lo agarró de la nuca y lo dejó colgando en el aire. Dujal se revolvió.

—Puedes arañar, gato, no importa. Cosas peores han hecho mí.

La muchedumbre arrojaba piedras a Nicasia y gritaba llamándola «asesina». Entre los goblins, los esclavos guardaban silencio.

—¿Qué hacemos con ella? —preguntó Ulaing.

—¡Despelléjala! —gritó alguien. La multitud se unió a él.

—Mi gente quiere lincharte —le dijo Ulaing a Nicasia.

Nicasia contestó algo, pero Dujal no pudo oírla. Ulaing la golpeó.

—¡Clavaremos su cabeza en una pica! —dijo—. Pero no hoy. Aún no ha sufrido bastante. Nanyalín era una esclava de los parideros y allí debe volver. Cuando esté seca y ya no produzca, morirá. Un esclavo debe aprender cuál es su sitio.

Dujal se relajó un poco. No iban a matarla. Aún no.

—Pero, antes —habló Ulaing—, exijo una compensación. Esta perra le arrancó el cuello de un mordisco a mi hermano, Rakosh. Ahora pagará, y los esclavos la oiréis gritar. ¡Esto es lo que ocurre cuando alguien se enfrenta a los goblins!

Uno de los soldados colocó un tajo sobre la tarima. Obligaron a Nicasia a poner su mano derecha sobre el tocón de madera. Dujal se retorció en el aire, pero estaba tan asustado que ni siquiera logró cambiar de forma. No podía dejar de mirar los ojos de Nicasia, sus enormes ojos azules, de pronto indefensos, aterrados. Una maza cruzó el aire. Las lágrimas impidieron a Dujal ver el resto de la escena. Oyó un chasquido de huesos rotos y un grito espantoso.

«No la dejes atrás.» Ahora lo entendía.

El herrero y la ventana

Nicasia aún seguía sobre la tarima cuando los esclavos se pusieron en marcha para regresar a sus tareas. Estaba tumbada en el suelo, y se había encogido para proteger con el cuerpo el revoltijo de carne y sangre en el que había quedado convertida su mano. Se mecía en silencio, como si intentase dormir el dolor.

Un nudo de rabia cerraba la garganta de Dujal. Se retorció hasta clavar sus colmillos en la muñeca a Airún y echó a correr hacia el patíbulo, ignorando los gritos de la esclava. Era difícil abrirse paso entre las filas de pies. Dujal avanzó a empujones; por cada paso hacia delante que lograba dar, los esclavos lo obligaban a retroceder dos. Buscaba claros para ponerse a salvo de patadas y pisotones. Tardó poco en darse cuenta de que no sabía en qué dirección seguir. Había perdido de vista a Airún y no veía la tarima. Desde el suelo, todos los mestizos le parecían iguales. «Tengo que salir de aquí», pensó. Giró y se dio de bruces contra unas pesadas botas de cuero. Una mano lo agarró del cogote cuando intentaba alejarse.

—Quédate quieto —le dijo una voz conocida mientras lo ocultaba debajo de una capa—. Confía en mí.

Bajo la capa el calor era asfixiante; se le llenaba el hocico de pelusas de lana que olían a tinte. Cuando lo sacaron le picaba todo el cuerpo y no podía parar de estornudar. Miró a su alrededor. Se encontraba en una habitación pequeña con el suelo cubierto de esteras de junco fresco. Las paredes estaban talladas en la roca y tenían un aspecto pobre y tosco. El mobiliario se reducía a una mesa desportillada, sobre la que descansaba una garrafa de vino y un plato de hojalata, una silla y un baúl de hierro. La hamaca que colgaba del techo era la única comodidad de la estancia. El dueño de las botas le daba la espalda mientras luchaba por prender la mecha de un candil. Al darse la vuelta, Dujal reconoció a Yirkash bajo una incipiente barba de pelo rojo tieso como un alambre. Su aspecto había empeorado desde la primera vez que se vieron. Tenía unas profundas ojeras, y sobre ellas se le hundían dos ojos enrojecidos, desesperados. La ropa le colgaba del cuerpo de cualquier manera. Llevaba la camisa llena de manchas, y el pantalón tenía un agujero a la altura de la rodilla izquierda que dejaba ver una herida reciente. Cojeaba un poco. Yirkash dedicó a Dujal una sonrisa cansada y le ofreció la silla. Dujal cambió de forma, pero negó el ofrecimiento. Lo último que le apetecía era quedarse quieto.

Yirkash le quitó el corcho a la garrafa y echó un trago.

—Le dije que no volviera. —Trataba de hablar con voz firme, pero la emoción y la bebida hacían que le vacilara—. Le dije que aquí ya no había nada para ella. Sólo muerte. Pero no me ha hecho caso. ¿Por qué no me ha hecho caso?

Dujal lo miró y sacudió la cabeza. No podía consolar al goblin; ni aunque hablaran el mismo idioma habría sabido qué decirle. Se limitó a sentarse a su lado para quitarle la garrafa de las manos. La idea de echar un trago lo tentaba, pero era mejor dejarlo para otro momento. No podía permitir que Yirkash se emborrachara más. Al parecer, ya había bebido de sobra. Debía mantenerlo sereno porque era el único que podía ayudarlo. El goblin se había derrumbado sobre la mesa y sollozaba. De pronto, alzó la cabeza.

—No puedo ni imaginarme lo que estarán haciéndole... No quiero... Dioses, esto es demasiado para mí.

El herrero se secó los ojos y sorbió con fuerza. Pareció serenarse un poco. Observó a su invitado con una inquisitiva mirada amarilla.

—Tú y yo tenemos que encontrar el modo de comprendernos, y más vale que lo hagamos deprisa.

Dujal juntó las muñecas y las puso ante la cara de su anfitrión.

—¿Atado? ¿Prisionero? ¿Qué intentas decirme?

Dujal repitió el gesto, pero Yirkash se encogió de hombros. Resopló y cambió de estrategia. Cogió el pico de su túnica y lo frotó entre los puños con saña, como si lavara ropa. El herrero se rascó la cabeza. «Así no vamos a ninguna parte», pensó Dujal. Tenía que hacerle comprender que buscaba a una esclava de la lavandería, que Airún podía servirles de traductora. Pero era mucho más fácil decirlo que hacerlo. Dujal metió las manos en sus bolsillos. Se moría por fumar. En lugar de tabaco volvió a sacar su tiza. Entonces escogió un trozo amplio de pared para dibujar. Yirkash comprendió de inmediato. Dujal había pintado a Airún tendiendo la ropa junto a las cocinas. El goblin asintió con la cabeza.

—Una esclava, una esclava de alguna de las lavanderías.

El phoka aplaudió. Ahora empezaban a comprenderse.

—¿Por qué es importante esa esclava?

Esta vez el dibujo fue más esquemático. Representaba a tres figuras; dos tenían orejas grandes, una lucía un vestido, la otra llevaba algo parecido a un martillo y la tercera tenía orejas y cola de gato. Encima de sus cabezas, Dujal añadió garabatos para representar las palabras. Yirkash miraba el dibujo con el ceño fruncido. Dujal señaló la figura del martillo y, luego, al herrero.

—¿Ése soy yo? —dijo Yirkash y se rascó la barba, divertido—. No tengo tantas orejas. El de la cola debes de ser tú. Y la otra la esclava. Pero ¿qué demonios es eso que nos has puesto encima? ¿Nubes? ¿Es que va a llover?

Dujal señaló sus labios con la mano derecha mientras hacía ruiditos como si hablara. Después señaló el dibujo. Esta vez, la mirada del goblin se iluminó.

—Estamos hablando... Ella entiende tu idioma. ¿Cómo se llama?

—Airún —dijo Dujal, y repitió las sílabas—. Ai-rún.

—Sí —dijo Yirkash—. Una esclava llamada Airún que trabaja en alguna de las lavanderías. Es como buscar una aguja en un pajar, pero hay que intentarlo. Saldré a buscarla. —Yirkash volvió a ponerse la capa—. Escúchame, Dujal, esto es importante. Ayer, cuando detuvieron a Nanyalín, vinieron soldados del Clan de la Forja a mi herrería, entre ellos ese Ulaing que ahora es el nuevo Jefe del Mercado. Fueron amables. Me preguntaron trivialidades sobre el asesinato del Administrador. Y me preguntaron por ella. Sabían que una vez fue mi esclava. La primera vez que escapó ya sospecharon de mi familia. Negué saber nada al respecto, y ellos fingieron creerme, pero era cuestión de tiempo que vinieran a por mí. Por eso me escondo en este sitio. Me están buscando, sé que me están buscando. Trataré de encontrar a Airún; muchos esclavos son mis amigos y me deben favores. Aun así, debes saber que si salgo por esa puerta tal vez no vuelva. No abras la puerta a nadie. Yo tengo llave; no llamaré.

A Dujal no le hacía gracia quedarse solo y a la espera, pero no tenía más opción. Vio cómo Yirkash sacaba de un cajón un extraño artilugio y lo dejaba sobre la mesa. Era un disco de esmalte rodeado de un anillo de oro. Dos patas de marfil talladas en forma de nube lo sostenían.

—Si el disco se vuelve de color plata y no he regresado —le dijo a Dujal el goblin—, olvídate de rescatar a nadie. Piensa sólo en tu pellejo y regresa a la Corte.

Yirkash abrió la puerta y salió. Dujal tuvo la sensación de que las paredes de la habitación se le echaban encima. Desde que Nicasia lo pescó tratando de escapar por la ventana de la Carbonería, no había tenido ningún control sobre los acontecimientos; se había dejado arrastrar hasta aquella pesadilla. Manx y Marsias habían muerto. No podía permitir que a Nicasia le ocurriera lo mismo. Dujal actuaba. Improvisaba, confiando en la suerte amiga, y siempre se salía con la suya. Aquello, sin embargo, le venía grande. Aquello no tenía nada que ver con timos o sencillas gamberradas. No era un vulgar pulso de ingenio. Debía pararse y pensar. Dar lo mejor de sí mismo.

Miró a su alrededor. ¿Cómo saldría de allí si Yirkash no regresaba? En el escondite del goblin había una única ventana, pero la cubría una tela sujeta a la pared con clavos. Sacó su estoque y levantó el tejido. El cristal estaba sucio, opaco. «Quizá da a uno de esos túneles oscuros», pensó; aunque era extraño, incluso entre los goblins, que una ventana se abriera a un estrecho pasillo sin luz ni aire fresco. Intrigado, Dujal desprendió la tela. No había manija para abrir la ventana; estaba sellada a la pared con mortero y, además, del otro lado la habían cegado con fábrica de ladrillo. Era una ventana de pico en ojiva, decorada con tracería de caliza que recordaba el diseño de los copos de nieve. La hoja era cristal de roca. Dujal acarició la superficie. Aquella ventana no era obra de un goblin. Observó el misterio un rato largo, sentado, mordisqueando uno de los junquillos que cubrían el suelo. Entonces, reparó en el pavimento bajo sus pies. Era solería de mármol, losas de enorme formato, sin vetas que lo afearan. Pero ¿dónde estaba? Dujal se dedicó a pinchar la argamasa del muro con la punta de su estoque. Se olvidó del disco que medía el tiempo; durante horas, arañó la masilla de la pared junto a la ventana hasta lograr un diminuto agujero. El muro tenía un grosor de dos palmos; por su estrecho hueco apenas le pasaba un dedo, pero había merecido la pena. A su hocico no lo engañaba nadie: la brisa que se colaba por aquella fisura olía a bosque, a hierba húmeda, a fresca libertad. ¡La ventana daba al Exterior!

Cuando Yirkash regresó, el círculo de esmalte estaba a punto de volverse plateado como una luna de bolsillo. Entre los pies de Dujal crecían montoncitos de tierra y piedras sueltas. Casi podía abrir la ventana. Yirkash se tambaleó al entrar, tropezó con la silla, maldijo y se desplomó en la hamaca de cuerda.

«Está borracho», pensó Dujal. El herrero gruñó, tratando de quitarse la ropa. Hizo temblar el suelo al caer de la hamaca. Dujal lo ayudó a incorporarse.

—Encontré a tu esclava —susurró con voz trabada—. Dijo que vendría más tarde, que sabía dónde estaba tu niña… —El herrero soltó un puñetazo a la mesa—. Le dije que no volviera… ¡Nanyalín! No podemos salvarlas a las dos. Tú querrás llevarte a tu gatita, y yo no puedo hacer nada por la mía.

Dujal le quitó la capa, las botas y lo tumbó en la hamaca. En aquel estado, Yirkash no le era de utilidad. Lo mejor que tenía era la ventana. Podía llevarle al Exterior y, una vez fuera, traería ayuda.

—¿Qué haces con la ventana? —De pronto, Yirkash le agarró un brazo—. ¿Vas a escaparte? ¿Abandonarás al viejo Yirkash? No puedes. Te abrirás la cabeza. Estamos casi en la cima de TocaEstrellas.

Aquello no le importaba; Dujal era un buen escalador. Yirkash eructó y miró al techo con una sonrisa de nostalgia en su cara verde.

—Esta habitación… —dijo—. Hoy es poco más que una pocilga. Antes, los aen sidhe vivieron aquí. ¡Los elfos! Entonces debió de ser una maravilla. ¿Quién sabe qué familia habitaba estos muros cuando TocaEstrellas pertenecía a los sidhe? Nanyalín y yo jugábamos aquí de pequeños… Bailábamos fingiendo ser nobles elfos de antaño. Yo adoraba verla bailar; ¡bailaba muy bien! Cuando mis padres llamaban a un bardo siempre le pedíamos a Nanyalín que bailase. Le encantaba.

Difícil de creer. La Nicasia que Dujal conocía no bailaría ni aunque pudiera. No la había visto divertirse jamás.

—Mis padres me compraron a Nanyalín cuando era un bebé que no sabía caminar. Tuve dos hermanos mayores, Goran y Krao. Goran murió antes de que yo naciese, en la conquista de TocaEstrellas. Krao murió cuando yo era un niño de pocos años, a causa de unas fiebres. Supongo que mis padres trajeron a Nanyalín para que no me sintiera solo. La quise desde el primer día, tan pequeñita y blanca, con aquellos extraordinarios ojos azules. Mis padres debieron de pagar una fortuna por ella, nunca antes habíamos visto un esclavo albino. Entonces teníamos dinero. No había herrero más famoso que mi padre. Venían de todas partes a su fragua; le compraban incluso las hadas del Exterior. Teníamos esta casa, y esclavos. Y yo la tenía a ella. Era divertido darle de comer y mirar cómo mi niñera la bañaba. Mis padres me obligaban a cuidar de ella. La llevaba a todas partes. Le puse nombre. De noche, la metía en mi cama. Insistía en que estuviera conmigo mientras mi tutor, Eleazar, me daba clase. Cuando aprendió a hablar, se convirtió en mi mejor amiga. Le enseñé a leer, y en muy poco tiempo era ella la que me ayudaba a mí a hacer los deberes. Aprendía rápido, muy rápido. Tuve muy claro que cuando creciera me ayudaría a llevar el negocio de mi padre. Así que cuando empecé a frecuentar la herrería vino conmigo. Nos encantaba el fuego de la fragua y el metal al rojo tomando forma… Habríamos tenido una buena vida. Y ahora va a morir. Lo perdí todo para que ella fuera libre. ¿Por qué ha tenido que regresar? ¡Le dije que no volviera! ¡La ayudé a escapar con la condición de que no volviera nunca!

Yirkash se removió en la hamaca, farfullando. Al minuto ya roncaba. Dujal retomó el trabajo. El cristal era demasiado grueso para romperlo, pero rascar la argamasa era lento y empezaban a dolerle los dedos. Cogió el plato de estaño sobre el baúl e invocó un poco de agua templada con el odre de

Marsias. El calor del líquido tibio sobre sus manos lo reconfortó. La historia de Yirkash, tan cálida como aquella agua, le había sorprendido; ahora no podía pensar en otra cosa. Dujal había visto las celdas, los parideros, la frialdad con que eran tratados los esclavos. Lo que Yirkash narraba era muy distinto. ¡Nicasia, la mascota de un niño goblin rico y mimado! Resultaba difícil creerlo. Trató de imaginar a la ingeniera de joven, con una sonrisa dulce en los labios. No una mueca, sino una sonrisa de verdad. No pudo. «Acabó en manos del padre del Administrador —recordó el phoka—. Lo asesinó.» Se preguntó cómo habría acabado la esclava predilecta de una familia rica en manos del antiguo Jefe del Mercado. Quizá el poderoso regente la reclamara para él. Una mestiza albina, tan exótica… Y peligrosa. La familia de Yirkash cayó en desgracia tras la muerte del gran señor y la huida de Nicasia. Ahora, Yirkash debía recurrir a refugios como aquél, los restos de un viejo palacio sidhe. Pero ¿por qué estaba cegada la ventana? Dujal meditaba, absorto, cuando oyó el sonido de una llave deslizándose en la cerradura.

La puerta se abrió de golpe, y Dujal saltó e hizo volar el plato de hojalata. Airún aún no había soltado el picaporte cuando vio al phoka con la mano en su estoque y las orejas tiesas. El herrero murmuró una protesta en sueños.

—Susto grande, gato —dijo Airún con su acento arenoso.

Con la esclava entró su compañera de pelo rojo.

—Perdona, Airún —se disculpó Dujal—. No esperaba que vinieras.

Le ofreció la silla, pero las esclavas prefirieron sentarse en el suelo con las piernas cruzadas. Las dos llevaban vestidos demasiado cortos y ninguna usaba ropa interior. Dujal se rascó la coronilla, incómodo. Airún señaló a su amiga.

—Nombre suyo es Xarin. Ya tú conoces. Ella ayuda.

Dujal asintió en silencio. Recordó que la esclava pelirroja había hablado de entregarlo en las cocinas. Bueno, ahora eso daba igual. Toda ayuda era poca.

—¿Está borracho? —Airún señaló la hamaca—. Ya bebido mucho cuando vino a verme... Pobre él... Gran aprieto... Clan de la Forja quiere cabeza de traidor. Han descubierto que dio pasaporte de entrada a Nanyalín.

—Pero aún puede escapar.

—¿Y adónde va ir? Otros goblins no quieren.

—Digo escapar de la montaña, salir de TocaEstrellas. Se vendrá conmigo al Exterior, y tú también. Tengo un plan.

Airún soltó una áspera carcajada.

—Gracioso tú, gato. Reina tuya no deja vivir goblins en ciudad suya, en todo reino TerraLinde. Pena de muerte para verdes. Mira a mí: orejas, piel de goblin. Yo goblin. Yirkash goblin... Nosotros vivimos y morimos aquí.

—Chorradas. La Corte de los Espejos no es la única ciudad que existe. Hay muchas más en el reino y en nuestro mundo. ¡En otros mundos! Encontraré un sitio bonito para Yirkash y para vosotras. Las leyes no son sagradas.

—Tú sueñas, gato. Escucha, encontré tu gatita. Yo puedo traer ahora. Tú y ella salís de aquí. Lejos antes que nadie note. Vais casa y nunca volvéis.

—¿Y abandonar a Nanyalín?

—Nanyalín está en celda. Verdes la usan. No puedes sacar de allí, y aunque puedes ella no vivirá. Ella no vuelve a casa; tú sí.

—¡Nos iremos todos! Te he dicho que tengo un plan.

—¿Un plan? —preguntó Airún sin mucho entusiasmo.

Dujal movió el vidrio de la ventana. Ya estaba suelto.

—Ayúdame a quitar esto. Antes de que amanezca volveré con ayuda.

—Tú loco, gato. Muy alto, vas a matar. Y, aunque bajes, ¿qué ayuda traes?

—Caballería.

—¿Caballos?

—Mejor que eso. Vosotras despertad a Yirkash y encomendadle una misión.

—¿Cuál misión?

—Buscar esclavos que deseen escapar.

—Esclavos no querrán. Fuera sólo muerte. Nosotras no salimos.

—Saldréis.

Airún frunció el ceño. Se acercó a la ventana, algo reticente, pero ayudó a Dujal a desmontarla. Un golpe de viento inundó la estancia como una ola. Estuvieron a punto de rodar por el suelo.

Fuera, el cielo era negro como el lomo de un gato, y la luna danzaba entre nubes livianas. Las estrellas parecían esquirlas de hielo. Airún y Xarin abrieron sus bocas, hipnotizadas por un espectáculo que no habían visto jamás.

Dujal señaló el ignoto y gigantesco Exterior.

—Saldréis —prometió el phoka a las esclavas—, porque fuera de esta montaña hay un mundo que os espera, y es todo para vosotras.

—¿Tú cuidarás de mí fuera? —preguntó Airún sin apartar sus ojos del cielo.

—No dejaré que os ocurra nada; ni a tu amiga ni a ti.

—Está bien. —Airún olisqueó los nuevos aromas del aire—. Te ayudaremos.

La decisión de Yirkash

El cubo de agua tiró a Yirkash de la hamaca. Estupefacto, y más despierto de lo que había estado nunca, exprimió su camisa y se puso en pie. Airún sostenía el balde, y Xarin se escondía tras ella. Yirkash miró a las esclavas. Una horrible jaqueca le acuchillaba el cráneo; chasqueó los labios, era como si tuviese la boca llena de serrín.

—Sí... —murmuró—. Ya es hora... Llevo demasiado tiempo dormido.

El crujir de sus vértebras le recordó que ya no era un chaval. Yirkash puso en orden su cabeza. Debía tomar algunas decisiones. Aún estaba pagando las consecuencias de la última. Cuando ayudó a Nanyalín y a Eleazar a escapar del Mercado de las Almas ignoraba que su hermana de alma acababa de asesinar al Administrador, regente de la ciudad y señor de los clanes. Los goblins nunca pudieron probar que hubiera participado en la fuga de los esclavos, pero la sospecha bastó para procurarle el rechazo de sus padres. La ciudad entera dejó de confiar en él. Ningún duende quería ser relacionado con su deshonra. Su caudal de clientes quedó truncado. Yirkash pasó de próspero herrero hijo de un taller intachable a ser uno de los pocos habitantes del Mercado de las Almas que no podía permitirse tener esclavos. Aunque su situación como individuo indeseable le había dado ciertas libertades como la de beber demasiado, gran vergüenza entre los goblins. Cayó bajo. Era invisible para todos. La línea que lo separaba de la esclavitud era tan vaga, que muchos mestizos le consideraban uno de ellos. Muchas veces, solo en su fragua, casi siempre vacía, recordaba cómo Nanyalín había entrado en el taller desesperada, en busca de ayuda. «No quiero parir sus cachorros hasta que se aburra de mí y me mande a reventar a un burdel de mala muerte», le había dicho palpándose el vientre hinchado. No sabía cuántos meses tenía la criatura que llevaba dentro. Le aterraba la idea de acabar en los parideros como una reproductora más. Yirkash no preguntó. El Administrador, Jarash, era famoso por su apetito sin medida y la furia con que lo saciaba. Nada era bastante para él; gloria, botín o hadas.

Entonces, Yirkash pudo haberla mandado con su dueño y prometerle que volvería a comprarla cuando Jarash se hartara de ella. No lo hizo. Le prometió que la ayudaría a escapar. Quizá había sido la peor de las decisiones, pero a él lo consolaban las cartas que Nanyalín conseguía enviarle desde el Exterior. Ella estaba fuera y era feliz. Eso daba un sentido al paso de los días.

Ahora había regresado y se encontraba en los parideros. Yirkash era viejo y estaba asustado. Descubrir la ventana abierta no ayudó a calmarlo.

—¿Qué habéis hecho? ¡Las ventanas al Exterior están prohibidas! Cegaron ésta hace muchos años, mucho antes de la fuga de Nanyalín.

Se asomó a ella; la luz lo obligó a cerrar los ojos. Cuando Yirkash era niño, un armario enorme cubría la ventana. Sus padres ya la habían conocido ciega. Ahora, un bosque tupido cruzado de niebla se extendía ante él, lejos, montaña abajo. El cielo era una capa gris. Yirkash cruzó los brazos sobre el pecho para protegerse del frío. «Qué grande es el mundo», pensó. Era la primera vez en su vida que veía el Exterior. Para ser tan viejo, había hecho muy pocas cosas, y sólo una de ellas había merecido la pena. O tal vez no. Yirkash recogió la lona del suelo. Tendría que dejar su escondite y buscar otro nuevo.

—¿Por qué la habéis abierto? —preguntó a las esclavas—. Desde aquí sólo se puede escapar volando. ¿Cuál era tu nombre? Airún, sí. Habla.

—El gato se fue por la ventana —aclaró ella—. Dijo que volvería con ayuda.

—Escuchadme. Voy a irme de aquí y vosotras volveréis a las lavanderías. Y el gato de mi hermana que se las apañe. No creo que vuelva.

—Dijo que lo haría. Que traería ayuda. ¡Tenía un plan!

—¿También os dijo que os sacaría de aquí?

—Está buscando a su hermana de alma, una gatita que tienen en el Nido de los Esclavos. —Airún temblaba. El frío arreciaba en la habitación.

—Me encantaría saber cómo piensa hacerlo —replicó Yirkash.

—No lo dijo —respondió entonces la esclava pelirroja, Xarin, con gran dureza.

—Porque no puede, a no ser que traiga consigo a todo el ejército de la reina Silvania. Quedaos aquí y esperadle. Yo me voy.

Yirkash recogió su capa. Quizá podría esconderse en las minas.

—¡Dijo que no se iría sin Nanyalín! —Esta vez Airún habló con esperanza.

El herrero se volvió hacia ella y la miró. Era una mestiza bonita. Y valiente. Para un esclavo, estar lejos de su puesto de trabajo equivalía a un serio castigo. Era un pena que arriesgara la vida por un plan que no iba a ninguna parte.

—¿Tratas de convencerme para que os ayude con esta locura? Nanyalín ya debe de estar muerta. —Yirkash se estremeció al decirlo. Ni siquiera podría reclamar su cuerpo para enterrarlo. Pero, si tenía suerte, aún podría beber por su memoria antes de que el día acabara.

—No lo está —afirmó Airún—. Los soldados la usan. No quieren que muera sin que les diga quién la acompañaba cuando entró. Y aún no ha dicho nada.

—¿Cómo lo sabes?

—Porque un esclavo de las cocinas le sirvió la comida a los soldados y me lo contó. Fue hace unas horas, y Nanyalín aún vivía.

Aún vivía. Yirkash sintió que el cuerpo le pesaba como si fuera de plomo.

—Ese gato quiere llevarse de aquí a una cría en pañales y a un hada que no podrá ni moverse. No conoce este sitio, ¡no sabe nada! ¡No saldrá bien!

Yirkash hablaba, pero no sabía a quién trataba de convencer.

—El gato nos llevará fuera —dijo Airún—, pero necesita nuestra ayuda.

—¡Fuera nos cazarán como a conejos! ¡La reina y su gente nos ahorcarán!

—El mundo es grande; algún sitio habrá para nosotros.

En eso la esclava tenía razón; el mundo era grande, grande para esconder a un goblin, pero estaba fuera de su alcance. El miedo y la muerte, no.

—Escúchame —rogó Airún tomando las manos ásperas del herrero—. Conozco tu historia. No tenían ninguna prueba. Les bastó el cuchillo que mató a Jarash. Era de tu fragua, así que te cargaron el muerto. Pero esta vez los muertos son muchos más, aparte del Administrador, y Nanyalín ha entrado en TocaEstrellas con un pasaporte que llevaba tu sello. El Clan de la Forja ha puesto precio a tu cabeza. Si te cogen, tendrás una muerte horrible.

—No me cuentas nada que no sepa. Me esconderé en las minas. Nunca me encontrarán. Los esclavos me conocen y me darán cobijo.

Airún lo miró con una decepción tan profunda que Yirkash humilló la cabeza. Como paria, estaba acostumbrado al desprecio y a la burla, pero el reproche de aquella mirada amatista era más de lo que podía soportar.

—Entonces, ¿para qué me has traído? —le preguntó Airún—. ¿Por qué fuiste a buscarme a las lavanderías? Corre a tu mina y hazte un ovillo en el túnel más negro hasta que te pudras o te vuelvas loco. Eso si los esclavos que crees que van a ayudarte no te entregan para ganarse el favor de sus amos. Pensé que el tipo que había liberado a Nanyalín era más valiente, más listo.

Yirkash tragó saliva. Necesitaba beber algo con una urgencia casi dolorosa.

—Es un suicidio —dijo—. Y puede que mi hermana no sobreviva.

—Tú nunca has estado en los parideros. Te dejan a merced de quien pueda pagarte. Por Nanyalín no hay que pagar. Estoy segura de que prefiere morir en tus brazos que reventar sola. No le niegues eso.

En secreto, Yirkash siempre se había sentido más fuerte que cualquier otro goblin del Mercado de las Almas. Todos susurraban la historia de Nanyalín, con miedo la mayoría, con odio los grandes jefes en sus casas de piedra blanca, y con esperanza los esclavos. Pero aquella historia era suya. Ni la humillación ni el desprecio habían podido quitársela. La había empezado él; por cariño, por amor. Ahora debía decidir cómo acabarla. Eso lo aterraba. Yirkash no era un héroe de cuento; quizá su vida no fuera buena, pero no quería morir. Aunque tampoco quería esconderse para siempre.

—De acuerdo... —murmuró—. Ya he dormido demasiado. No tengo sueño. ¡Es una muerte segura, pero es digna! ¡Así sea!

Airún sonrió. La otra esclava, Xarin, se mostró menos entusiasta.

—Entonces, ¿por qué nos vamos a meter en la boca del lobo?

Yirkash vació su arcón y tiró del asa izquierda tres veces.

Aquello provocó un chasquido metálico. El herrero retiró el fondo del baúl dejando al descubierto un pequeño compartimento del que sacó dos cuchillos.

—Porque el éxito siempre es posible —proclamó—. Y, si no lo alcanzamos, nos daremos fin rápidamente. Sin llantos ni flaquezas. Sin remordimientos.

Ofreció las armas a las esclavas, y se colgó al cinto una espada corta.

—¿Tan poca fe tienes en el gato?

—Menos.

—Él nos dijo que te encomendáramos una misión. Debes reunir a todos los esclavos que estén dispuestos a rebelarse hasta que él vuelva.

Yirkash alzó las cejas.

—Vaya, pues sí tenía un plan. Algo absurdo, creo yo. No guardéis mucho los cuchillos, vamos a usarlos pronto. Es ridículo, un disparate; los mestizos tienen demasiado miedo; ninguno querrá participar.

Xarin asintió.

—Eso ya se lo dije yo a esta pobre, pero el gato le ha metido ideas extrañas en la cabeza. ¡Se cree Nanyalín! Quiere ser libre...

Airún ignoró las palabras de su compañera.

—Yirkash, tú conoces a algunos que se alzarían. Te respetan. ¡Lo harán!

El herrero observó a la esclava.

—No me digas que estás pensando en los cuatropatas...

—¿Hablarás con ellos?

Yirkash se volvió a su baúl, sacó tres espadas y las puso en la mesa. Era un arsenal pobre, pero no tenía nada más. Las envolvió con la lona que habían estado usando para cubrir la ventana e hizo un bulto con un cabo de cordel. Luego, cerró el broche de su capa y se tapó la cabeza con el capuz.

—Esperad aquí al gato, si es que vuelve. Llevadlo al túnel viejo de las minas, el que está junto al pozo de los esclavos. Si no aparezco, olvidaos de Nanyalín y de mí. Cuidad de vosotras mismas.

Yirkash abrió la puerta. Hacía frío, pero al agarrar el pomo se dio cuenta de que le sudaban las manos. No se podía esperar otra cosa de un viejo cobarde.

—¿Adónde vas? —le preguntó Xarin antes de que saliera.

—Buscaré a los esclavos centauros —dijo Yirkash—. Si no me pillan antes de hablar con ellos, quizá logre convencerlos para que se suiciden con nosotros.

La sombra de los recuerdos

No quería pensar en Marsias porque lo hacía todo más difícil, pero su cabeza volvía al sátiro una y otra vez. Recordaba sus manos, la pasión de su boca, sus sabias caricias, su olor a bosque y la infinita paciencia que desplegaba al tratar con ella. Nunca le hacía reproches ni se dejaba intimidar por sus gritos. Nicasia no quería pensar en él, porque Marsias estaba muerto, y ni aunque lograra salir de allí volvería a verlo. La muerte sólo era oscuridad y olvido, algo que en ese instante le parecía más amable que seguir respirando.

Nicasia se había resistido, porque ya no era una esclava. Lo que quisieran de ella tendrían que cogerlo por la fuerza. Prefería el dolor a la humillación. Los golpes resultaban más soportables que la risa o los insultos. Así que presentó una gran resistencia para alguien incapaz de ponerse en pie. A los goblins les pareció divertido, hasta que mordió a Rakosh y le arrancó la garganta. Fue un momento dulce, pero breve. Los goblins ya no la subestimaron, y Ulaing ordenó que la llevaran a la plaza del mercado. Pensó que la ejecutarían allí, pero en vez de eso regresó a los parideros inconsciente. El dolor era tan fuerte que no la dejaba pensar. Rezaba por un instante de alivio, confiando en que la fiebre se la llevara cuanto antes. Un frío intenso lamía sus huesos y la hacía tiritar. No recordaba haber sentido tanto frío nunca, aunque sí era capaz de rememorar la primera vez que había percibido el frescor de brisa gélida en el rostro, porque fue el momento en que supo lo que era ser libre. Ya no le quedaban esperanzas, ni deseos de seguir luchando, sólo frío y recuerdos.

Eleazar la había ayudado a trepar por un túnel de gran pendiente. Como goblin, la falta de luz no suponía un problema para Nicasia; era capaz de ver en la negrura más absoluta. Pero Eleazar tropezaba y perdía pie. A ella el embarazo la hacía lenta. Pensó en descansar, pero no podían detenerse. Caminaban en silencio; temían que cualquier ruido rompiera el sueño de la fuga en pedazos. Nicasia recordó la salida: una brecha de luz blanca en mitad de la nada. El resplandor se clavó en sus ojos, y tuvo que avanzar a ciegas hasta que sintió cómo un viento diferente a todos le erizaba el cabello. Fue una impresión tan fuerte que las rodillas se le doblaron.

—¿Qué te pasa? —Tras años esclavitud entre los goblins, Eleazar hablaba su idioma con soltura, aunque el acento le bailaba cuando estaba fatigado.

—No sé... —Nicasia se frotó los brazos y miró la luz—. Estoy bien.

Eleazar la ayudó a levantarse.

—Ánimo, ya falta poco. No sabes cuántas cosas te esperan ahí fuera.

Asintió, insegura, y se pegó al mayordomo, su cómplice en la huida, que le echó un brazo al hombro para confortarla. Cubrieron el último trecho sin mediar palabra. Cuando alcanzaron la brecha, Nicasia se había acostumbrado a la luz. La hierba crecía junto a la salida, fuera de la montaña. ¡Fuera! En el Exterior retozaba un mediodía de verano. El sol brillaba en lo más alto de un cielo saturado por el canto de las cigarras. A ratos, el viento mecía los árboles y arrastraba olores insólitos. Todo era nuevo, enorme. Permaneció inmóvil, observando aquel mundo extraordinario. Eleazar, en cambio, corrió y se abrazó al árbol más cercano riendo como un loco, hablando en un idioma que la mestiza no había oído jamás.

—¡Libres! —exclamó tirando de ella—. Pero aún no estamos a salvo... Debemos alejarnos todo lo que podamos antes de que anochezca.

Nicasia recordó aquel primer día de libertad. No se detuvieron hasta caer la noche, siempre bosque a través, porque los caminos no eran seguros para dos fugitivos. Las tripas le hacían ruido, y los pies le gritaban. No podía creer que estuviera fuera. Del Exterior sólo sabía lo que Eleazar le contaba y lo que había leído en los libros de Yirkash, pero no era como había imaginado. Era mejor y, pese a estar agotada, cada paso que la alejaba de la montaña aligeraba su corazón. No sabía qué le esperaba allí. Aún no era consciente de que ya era la única dueña de sus actos. Sólo quería disfrutar de cada imagen, de cada olor. El cielo ya se teñía de tinta cuando Eleazar decidió parar al fin en un pequeño claro junto a un arroyo, el mismo donde Nicasia aterrizaría con Dujal muchos años después para regresar a TocaEstrellas.

Eleazar sacó una manta del zurrón que Yirkash le había dado al despedirse.

—Espero que la noche sea tibia —dijo extendiéndola sobre la hierba—, porque no me voy a arriesgar a hacer un fuego tan cerca de las montañas.

—¿No deberíamos escondernos? Quizá nos estén buscando.

Eleazar se quitó la túnica por la cabeza. Nicasia había visto desnudo a más de un goblin, pero sus cuerpos verdes y raquíticos no tenían nada que ver con el del hada, más hermoso y saludable. Eleazar fue directo al arroyo.

—Seguro que nos buscan —dijo dando un respingo al contacto con el agua—. Pero los goblins podéis ver en la oscuridad. De noche da igual claro o bosque. No recuerdo la última noche que dormí al raso, ni la última que me bañé en un río. ¡Ah, maravilla...! ¿Te has bañado alguna vez, Nanyalín?

Nicasia respondió que no. En el Mercado de las Almas, su mayor aseo era una toalla húmeda. No sabía nadar; el arroyo le parecía peligroso. Además, en las últimas semanas la gestación la tenía torpe y agotada.

—¡Vamos, Nanyalín, el agua no muerde! ¡Al menos mójate los pies!

Accedió y se acercó a la orilla cubierta de grava. Tenía los tobillos hinchados y los pies llenos de ampollas. Soltó un suspiro de placer al meterlos en el agua. En su vida había sentido algo parecido.

—¡Somos libres! —gritó Eleazar abrazándola—. ¡Libres!

Recordaba el chapuzón, y haberse reído mientras el agua goteaba por su pelo y le empapaba la ropa. Luego, se tumbó sobre la manta, con la cabeza en el hombro de Eleazar, y vio sus primeras estrellas. El mayordomo le contó que los dioses las habían colgado en el cielo para guiar a los viajeros en la noche. Aunque la historia le parecía una bobada, escuchó con atención. Las palabras ahuyentaban el miedo, y la acunaron. Despertó un par de veces en la noche, soñando que saltaban sobre ella para cubrirla de cadenas.

—Con tanto susto vas a tener un hijo inquieto —le susurró Eleazar.

—No quiero tener este hijo —contestó ella—. Ni ningún otro. No quiero tener un macho encima nunca más.

No volvió a coger el sueño. Las lágrimas empañaron su primer amanecer. Ya estaba lejos de la Ciudad de la Piedra, pero no de Jarash. La peor parte del Administrador seguía con ella. Dentro de ella. Lo sintió enredado en sus entrañas, agitándose.

Eleazar ya estaba despierto, y recogía ramas y hojas secas. Nicasia lo vio escoger varios guijarros del arroyo y pisar una parcela de hierba, sobre la cual colocó las ramas y piedras formando una estrella de ocho puntas.

—Buenos días —le dijo Nicasia.

—Hay manzanas en el zurrón —le indicó Eleazar. Examinaba su obra.

A la mestiza la fruta le supo a gloria; estaba muerta de hambre.

—¿Qué haces? —preguntó.

Eleazar colocó una hoja en una de las puntas de la estrella.

—Magia —dijo—. He pasado años sin hacer el más pequeño hechizo, pero hoy me he levantado y he tenido que ponerme a hacer esto. No sé para qué sirve.

—¿Magia? Mis dueños la usan. Los que eran mis dueños... Yirkash emplea hechizos en la forja, pero yo nunca he podido. Ningún esclavo puede.

Eleazar cambió de sitio un guijarro azul con motas negras y puso recta una ramita. Después, se alejó un poco para contemplar el resultado y asintió.

—Sí, yo dejé de hacer magia cuando caí prisionero. Dejé de tener esperanza en ella y ya no me funcionaba.

—¿Por qué no?

El mayordomo se encogió de hombros y extendió la palma de las manos.

—Es un misterio; más adelante quizá lo investigue...

Se produjo un chasquido. El centro de la estrella ardía de repente. Como espectáculo mágico resultó decepcionante: una pequeña explosión de chispas y humo. Después, nada. Las hadas se acercaron con cautela hasta la mancha de cenizas que era ahora el dibujo de Eleazar. Entre las ramas quemadas y las piedras tiznadas había algo brillante, algo pequeño. Nicasia lo cogió y lo limpió con los dedos. Era una piedra negra, plana, redonda y pulida, con un agujero en el centro. No tenía misterios grabados ni signos arcanos, sólo un cordón de cuero atado al agujero. Nicasia lo miró un momento y se lo pasó a Eleazar.

—¿Qué es eso? —preguntó sin quitarle la vista de encima.

—No lo sé. —Eleazar cogió el colgante y, al momento, la piedra se alzó en el aire y comenzó a tirar del cordón, como *un sabueso que olisquea en el aire a su presa. Los fugitivos se miraron con cierta duda.*

—Puestos a huir sin rumbo, nada perdemos si caminamos en esa dirección.

—Podría ser una trampa —advirtió Eleazar—. Aunque demasiado obvia.

Eleazar ofreció su mano a Nicasia.

—¡Oh! —exclamó la mestiza—. ¿Qué ocurre?

Sintió que tiraban de ella. La piedra los obligaba a caminar, pero cada paso que daban cubría leguas de distancia. Al poco tiempo habían dejado el bosque a sus espaldas y habían atravesado un pequeño valle. Pasaron sobre los ríos y las montañas como si alguien los hubiese dibujado sobre el suelo a una escala tan pequeña que no resultaban un obstáculo. Siguieron caminando todo el día, con el sol de frente y la piedra tirando de ellos, sin permitirles parar. Se hizo de noche; estaban agotados, pero el colgante nos les dejó descansar. Avanzaron y avanzaron hasta que, con la luna sobre sus cabezas, llegaron a una extensa pradera seca, y entonces el colgante perdió su poder. Los fugitivos se hallaban en un páramo barrido por un viento frío. No había árboles ni rocas, sólo tierra plana hasta donde alcanzaba la vista.

—¿Qué hacemos aquí? —preguntó Nicasia—. ¿Por qué se ha parado?

—Porque los dioses son generosos —contestó Eleazar, que se había sentado en el suelo y se frotaba los pies—. No podía dar un paso más. Ya está bien de andar por el momento. Veré si puedo encender fuego, mañana decidiremos si tenemos que preocuparnos por algo.

La verdad es que ella también se sentía al límite de sus fuerzas. Tenía los pies destrozados, y la idea de sentarse junto a un fuego le pareció tentadora. Estaba dispuesta a ignorar que la asustaban los espacios abiertos y que empezaba a añorar tener un techo sobre su cabeza. Al menos se hallaba a mucha distancia de cualquier goblin del mundo, y eso la tranquilizaba. Observaba a su alrededor para asegurarse de que estaba realmente a salvo cuando descubrió varios puntos luminosos en el horizonte. Las luces temblaban y parpadeaban, tocadas por el viento. Eran hogueras.

—Allí hay alguien —anunció Nicasia alarmada. La soledad le parecía menos amenazadora que cualquier posibilidad de compañía.

Eleazar escudriñó la oscuridad.

—Es verdad, son luces. Quizá es un campamento. Voy a acercarme. Igual tenemos suerte y cenamos caliente.

—¿Vas a dejarme sola? —preguntó Nicasia.

—Claro que no; iremos los dos.

—¿Y qué vamos a decirles? Nos preguntarán.

—Tranquilízate; debe de ser una caravana de comerciantes o de peregrinos. No tienes que verlo todo como una amenaza.

Nicasia asintió. Eleazar conocía el Exterior, y ella jamás había salido de su montaña. El mayordomo le echó la manta por los hombros, y se dirigieron hacia la luz. No tardaron en distinguir varias tiendas de tela que formaban un enorme semicírculo. Un campamento. Nicasia contó medio centenar de caballos que pastaban junto a los fuegos. El aire arrastraba el aroma de las ollas de guiso, junto a las risas y los retazos de frases desconocidas. Eleazar le soltó la mano y murmuró algo en su idioma. Corrió hacia los fuegos con los brazos en alto. Al momento, estaba rodeado de hadas como él, que lo abrazaban y exclamaban. Nicasia contemplaba sin entender. Eleazar volvió a por ella mucho después. Tenía el rostro radiante, surcado de lágrimas.

—Nanyalín, ¡son mi familia! —exclamó—. ¡La piedra nos ha conducido hasta el campamento de los Ibn Bahar!

No supo qué decir. Al instante se vio rodeada de caras sonrientes, caras morenas de dientes blanquísimos y ojos brillantes como trozos de cristal. Todos vestían túnicas alegres, y llevaban collares y abalorios que tintineaban al son de sus risas. Cualquier adulto era más alto que ella. Se sintió pequeña y gris. No sabía cómo responder a aquella cordialidad. Eleazar la había olvidado, así que, cuando las hembras la condujeron a una tienda, quiso gritar y echar a correr, y lo habría hecho de no estar tan cansada; pero, en vez de eso, esbozó la misma débil sonrisa que usaba con sus antiguos dueños y luchó para no temblar mientras la desnudaban entre risas y la sumergían en una gran bañera de bronce que llenaron de agua recitando un extraño cántico. La vistieron con una túnica de suave algodón azul. Nicasia se deshacía en reverencias, sentada a una hoguera lejos de la única hada que hablaba su idioma. Sus anfitriones no dejaron de hablarle y de ofrecerle platos deliciosos. Estaba confusa. En aquel momento, le pareció que la vida en el Exterior era desconcertante. Ahora, recordaba aquellos primeros días con cariño.

Eleazar la despertó al día siguiente. Una pila de cojines le servía de lecho, y la manta que la cubría no era la de Yirkash. Recordó el campamento de los Ibn Bahar y tuvo un instante de pánico. Pero Eleazar estaba con ella.

—¿Has dormido bien? —El mayordomo vestía una túnica de color azafrán atada con un cinto ancho de tela multicolor. Llevaba el pelo suelto. En el mercado se lo recogía en un moño apretado a la nuca. Ahora, Nicasia se daba cuenta de que lo tenía peinado en un centenar de trenzas finísimas, tan largas que le llegaban a la cintura. Traía una bandeja con una tetera de plata, una jarrita y un par de vasos bellamente tallados.

—¿Cuánto he dormido? —preguntó ella.

—¿Qué importa? Eres libre, y mi invitada. Puedes dormir cuanto quieras.

Nicasia pensó que no había sido lo suficiente. Le dolían las piernas, y las sentía flojas como tiras de trapo.

—La piedra nos trajo —le explicó Eleazar—. Mi abuela soñó que la necesitaba y la mandó para mí. Es una anciana increíble. Pensé que jamás volvería a ver a mi familia. ¡Y aquí estoy! Gracias a ti, Nanyalín. Nunca podré agradecértelo.

—¿Gracias a mí? ¿Gracias a mí por qué?

—Yirkash sabía que si escapabas sola te volverían a capturar o te matarían las hadas de fuera. No hablas su idioma ni conoces el Exterior. Me ofreció huir contigo si le juraba que cuidaría de ti. Le di mi palabra; y eso haré.

Yirkash había pensado en todo. Ella le había rogado que la acompañara, pero el herrero se negó. «El Exterior no es lugar para un goblin —le explicó—. Tú podrás hacerte pasar por uno de ahí fuera con un poco de maña, pero yo soy demasiado feo.»

—Por eso apareciste en el túnel. Él te llevó.

Eleazar llenó los dos vasos con un líquido fragante y dorado. Le ofreció uno con su mejor sonrisa y luego alzó su vaso.

—Por Yirkash del Clan de la Forja. Que viva para siempre. ¡Y por la libertad!

—Por Yirkash —pidió ella—. Que no lo alcance la desgracia.

Nicasia no sabía que pudiera existir algo tan bueno como aquel té.

—¿Qué te apetece hacer? —le preguntó Eleazar—. ¿Quieres que te enseñe el campamento? Mi familia se quedará aquí unos días para celebrar mi regreso, así que podemos hacer lo que queramos. ¿Te lo imaginas? Cualquier cosa.

—Quisiera dormir un poco más —confesó avergonzada.

—Estos días han debido de ser difíciles para ti. —Eleazar tomó sus manos y las besó. Nicasia las retiró y las escondió bajo la manta—. Estarás cansada, no lo había pensado, Nanyalín. Despertarte ha sido una estupidez. Claro que puedes dormir. Cuanto quieras.

Eleazar se levantó y salió de la tienda. Nicasia volvió a dormirse al instante. Estaba agotada y los cojines eran cómodos. Ahora que era libre, no sabía qué paso dar. Prefería dormir antes que asustarse pensándolo, así que durmió hasta el día siguiente, sin sueños ni sobresaltos.

Los primeros días en el campamento de los Ibn Bahar estuvieron llenos de sorpresas. Quizá una de las mayores fue descubrir que Eleazar estaba casado; en el mercado jamás había mencionado que lo estuviera, aunque la verdad es que en el mercado nunca hablaba demasiado. Su esposa era bajita, tenía los ojos rasgados, de un precioso color verde claro que destacaba sobre su piel canela. Vestía una túnica en color vino con pequeños bordados dorados y llevaba la cabeza cubierta con un manto amarillo traslúcido. Como todos los miembros de aquella extraña familia, era incapaz de estar callada. El hecho de que su interlocutora no la entendiera parecía no importarle en absoluto. En un par de ocasiones le puso las manos sobre la barriga. Nicasia miraba a Eleazar esperando una traducción.

—Aleya es la partera del campamento. Mi esposa dice que debe de faltarte muy poco para dar a luz.

Nicasia tuvo que agarrarse al brazo del mayordomo. El mundo se puso a dar vueltas. Le hubiera gustado poder sonreír y mantenerse firme, pero fue incapaz de controlar el extraño calambre de terror que le provocaron aquellas palabras. Se soltó de Eleazar y se alejó de las hadas tan rápido como pudo.

Un repique metálico la arrancó de sus recuerdos. Alguien entró en la celda y se acercó a su jergón de paja. Nicasia se encogió. Era una reacción extraña para alguien que ya sólo esperaba un misericordioso golpe de gracia.

34

El final de la memoria

—Mi hijo ha muerto esta mañana.

La voz no estaba rota por el dolor ni ahogada en rabia, no parecía triste ni desesperada. Los goblins lloran a sus muertos igual que las hadas, pero la voz de aquel padre tenía el tono de quien ha aceptado lo inaceptable. Era un ser derrotado. Nicasia se dio la vuelta como pudo. No lograba enfocar su cara. Quien fuera que le estuviese hablando no era más que una mancha borrosa.

—Estaba con su madre en el mercado el día que lo sembraste de bombas. Mi esposa pisó una de tus arañitas. No quedó nada de ella. Y hoy ha muerto mi único hijo...

La ingeniera volvió a cerrar los ojos y dejó caer la cabeza en su jergón. No podía decir que lo sintiese; compadecerse de un goblin no estaba en la lista de últimas cosas que tenía previsto hacer en su vida. «Dentro de poco sabré qué será lo último que haga —pensó—, aunque estoy segura de que no será llorar por ti.»

—Y, ahora, Ulaing me ordena que te mantenga con vida. —El duende rechinó los dientes—. Hay días que uno se despierta sin suerte.

«Estamos de acuerdo», pensó Nicasia hundiendo la cara en el jergón. No entendía la razón de su visita; tanta cháchara sentimental le parecía extraña. Compartir confidencias con una asesina moribunda no es algo que se haga sin una razón. Sospechaba a qué venía aquel duende, y descubrió que estaba asustada. Era ridículo; el miedo no tenía sentido a esas alturas.

El peso de un cuerpo hizo crujir el relleno de paja de su jergón. El corazón le latía tan deprisa que seguro que resonaba en toda la celda.

—Supongo que podría matarte y decir a Ulaing que te moriste sin más. Por tu aspecto no le costaría creerme. Mientras encendía la pira de mi hijo, no dejaba de pensar en lo que debo hacer ahora.

Los Ibn Bahar también encendían piras para sus difuntos. Seguramente, a esas horas, Eleazar ya sólo fuera un montón de cenizas frías barridas por el viento para que pudiese recorrer los caminos, libre hasta el fin de los días. Se preguntaba si habría sido Isma'il el encargado de encender la hoguera. Podía ver la cara del ciego frente a las llamas, y el sonido de su voz proclamando en la lengua secreta de su familia que su abuelo había sido el más grande y el mejor entre los suyos. Quizá pareciera la exageración propia de un nieto orgulloso y dolido por la pérdida, pero Nicasia sabía que era verdad; realmente, Eleazar Ibn Bahar había sido el mejor y más grande de su clan. Ella lo sabía, y mientras le quedara un soplo de vida lo recordaría oculto entre sus libros, leyendo junto al almuerzo frío que su esposa le había llevado horas antes. Recordaba a Eleazar enseñando a leer a los críos de la caravana y discutiendo con el consejo sobre ventas y precios de mercado. Gracias a él, los Ibn Bahar se hicieron más ricos de lo que nunca imaginaran. Eleazar tuvo la brillante idea de ofrecer la caravana como correo confidencial a familias poderosas y comerciantes que pagaban cuotas elevadas por el servicio y, ya de paso, ponían valiosos secretos en sus manos. Secretos a los que supo sacarle partido; tanto, que Eleazar llegó a convertirse en el secretario personal de la reina Silvania. Pero, sobre todo, Nicasia recordaba el día que la había seguido hasta un rincón de la pradera, lejos de las tiendas.

—¿Qué te pasa? —le preguntó—. ¿Qué ha dicho Aleya para que huyas así?

Nicasia miró al horizonte en busca de una respuesta. No tenía palabras; los Ibn Bahar hablaban demasiado, algo a lo que no se acostumbraba. Eleazar se sentó en una piedra y le hizo sitio, pero Nicasia se quedó de pie, de espaldas.

—Nanyalín, ¿qué te sucede? Deberías ser feliz. Eres libre. Tu hijo nacerá libre. Nadie se lo llevará de tu lado…

—¡Ojalá alguien se lo llevara! —lo interrumpió ella. En su corazón había miedo y sombras. Batallaba entre lo que deseaba decir y lo que temía expresar.

Eleazar no fue capaz de responder algo inteligente. Miró a Nicasia con gran asombro. Se obligó a cerrar la boca y dejó hablar a la mestiza.

—Nadie me preguntó si yo quería esto —continuó ella—. Jarash era un animal. Siempre que su esposa lo echaba de la cama, iba en mi busca, y cuando no lo hacía me prestaba a cualquiera de sus soldados. Me daban asco, y él me daba miedo. Incluso muerto sigue asustándome. Odio lo que me hacía, y no quiero criar a esta cosa. No es mía, no la elegí yo…

El mayordomo asintió, pensativo. Aquellos días de reencuentro habían sido tan alegres para él que no había prestado atención a su protegida. Ahora no sabía qué decir. No había pensado lo suficiente en aquel asunto. Era probable que el bebé de Nanyalín fuera un goblin a todos los efectos; en la caravana no sería bien recibido. Eleazar maldijo la promesa que había hecho a Yirkash.

—Quizá cambies de opinión al verlo.

—No quiero verlo —dijo Nicasia retorciendo sus manos—. ¿No lo entiendes?

—Nos preocuparemos de eso cuando llegue el momento. Estos días te he descuidado; es hora de que me ocupe de ti. A partir de mañana acudirás a mi tienda. Aprenderás a hablar algo que no sean gruñidos de duende, y a leer.

—Ya sé leer —protestó Nicasia.

—Sabes leer garabatos de goblin; yo me refiero a un idioma civilizado. Todas las mañanas, antes de que la caravana se ponga en marcha, y todas las noches cuando nos detengamos, vendrás a la tienda a recibir clases. Tienes mucho que aprender si quieres pasar inadvertida entre las hadas.

—¿Inadvertida?

—Sé que no te has visto en muchos espejos, pero no tienes pinta de goblin. Ni siquiera eres verde. Está claro que uno de tus padres era knocker. Creo que con habilidad y algo de magia pasarías por una de esas insoportables hadas. Así podrás ir a donde quieras sin que nadie te mire dos veces.

—No sé a dónde quiero ir, ni qué quiero hacer.

—Lo averiguarás. La caravana se detiene en muchas ciudades antes de llegar a la Corte de los Espejos. Hallarás tu vocación. Para eso se trazaron los caminos, para que deambulemos por ellos hasta saber quiénes somos.

Eleazar se incorporó y se alisó la túnica. Mantendría ocupada a la mestiza. Quizá si lograba apartarla de sus pensamientos y hacía que se integrase en la vida del clan cambiaría de idea respecto a su retoño.

—Volvamos a las tiendas. Mi esposa me matará si no la ayudo con la cena, y será mejor que te acuestes temprano. Mañana te espera un día muy largo.

Eleazar se alejó y Nicasia lo observó perderse entre las tiendas. Pronto, el campamento encendería las hogueras y llegaría la noche. Ya no se revolvería en la cama presa de sus temores. Le gustaba la idea de aprender a leer.

Caminó con las manos sobre el vientre hinchado hasta los caballos de los Ibn Bahar y se dedicó durante un rato a darles de comer, a rascar sus orejas y a palmearles el lomo. Era una compañía agradable: no necesitaba hablar para entenderse con ellos. Algunos bebían de una charca entre espinos. Nicasia se acercó al agua y observó su reflejo. ¿Sería verdad que tenía sangre knocker? Los goblins y los knockers eran primos lejanos, pero no había cariño entre las razas. Desde luego, ella no era verde, pero sus orejas y sus dientes afilados no escondían su origen. Tenía los ojos azules, algo que despertaba la curiosidad entre los goblins, pero reposaban sobre un fondo negro como el carbón. «Hará falta mucha magia para disimular eso», pensó trenzándose el pelo. Adoraba su pelo; desde que era libre había adoptado la costumbre de peinarse cada día, y le sorprendía lo brillante y suave que era. Le llegaba hasta la cintura, como una cascada de nieve. Era lo único realmente bonito que tenía. Nicasia se agachó para coger un poco de agua y mojarse la nuca. Entonces, lo vio.

Una silueta en el agua, tras ella. Un rostro marchito. Nicasia se giró, pero a sus espaldas no había nadie. Un caballo relinchó inquieto. Entre los arbustos, Nicasia distinguió a un anciano, un viejo encorvado por la edad, con la piel de color canela surcada de arrugas y tatuajes que se retorcían sobre su cara. Se apoyaba en un bastón de alabastro negro, y vestía una túnica de color verde que ondeaba con la brisa de la tarde. El anciano esbozaba una mueca siniestra.

—¿Se puede saber qué miras? —le gritó Nicasia, desafiante.

El viejo abrió una boca desdentada, pero no respondió. Nicasia no lo había visto en la caravana, aunque sus tatuajes eran parecidos a los que lucían los Ibn Bahar. «Quizá no habla mi idioma», pensó. Se acercó a los arbustos, pero no encontró a nadie allí. El anciano se había esfumado.

El dolor hizo a Nicasia volver a la realidad. El goblin de su celda la obligó a girarse para tumbarla boca arriba. Mover el brazo derecho era un suplicio, y su espalda, tras una terrible visita de Ulaing a la celda, era un campo de heridas en carne viva. Oyó un tintineo de cristal; captó un olor amargo. El goblin le acercó la pócima a los labios, y Nicasia apretó la boca. No pensaba ponérselo fácil. El goblin, poco paciente, golpeó su estómago y le hizo tragar.

—Me han dicho que te mantenga viva, no que sea amable.

Sintió que las tripas le ardían. La bruma engulló su celda, y ella volvió a ampararse en sus recuerdos.

Tal como había prometido, Eleazar se convirtió en su maestro. Nicasia se levantaba al alba y corría a su tienda. Allí desayunaban y Eleazar impartía sus lecciones. Leer le resultó fácil. Aprendía rápido. Era el mejor momento del día, pese a las miradas de recelo que a veces descubría en Aleya. La esposa de Eleazar desaparecía durante las clases. Su actitud había cambiado; antes sonreía a Nicasia y le hablaba con cariño. Ahora la evitaba, y si se encontraban fingía no verla. Nicasia no hizo preguntas. Ayudaba a recoger el campamento y cabalgaba como el resto del grupo; cada día le resultaba más difícil; el camino era una tortura. Se detenían al atardecer y daba de comer a los animales. Muchos Ibn Bahar la trataban ahora igual que Aleya. Nicasia los ignoraba; toda su atención era para sus lecciones. Ya chapurreaba la lengua de las hadas. A veces, jugaba con los niños del campamento; éstos reían con sus frases torpes y la llamaban «cara de harina». Se aficionó a los juegos de tablas, al alquerque, el ajedrez y las damas. Al caer la noche estaba agotada; dormía sin pesadillas ni malos recuerdos. No tenía tiempo para lamentarse, sólo para vivir.

Volvió a ver al misterioso anciano, esta vez delante de la tienda de Eleazar, durante su clase, observándola con avidez. Nadie más parecía verlo. Nicasia lo buscó en el campamento, pero el viejo no vivía con los Ibn Bahar. El siguiente encuentro fue más intenso. Nicasia despertaba de noche por las patadas de su retoño o la urgente necesidad de aliviar la vejiga. Una noche encontró al viejo junto a su cama.

—¿Qué quieres?

—Hablar, niña, sólo hablar. —Su voz era áspera, acre. No hablaba goblin, pero Nicasia lo entendió. Debía de ser algún tipo de magia.

—No tengo nada que hablar contigo.

—Claro que sí. Tenemos que hablar de tu hijo y de lo que será de él.

—No voy a hablar contigo —repitió ella—. No sé quién eres. ¡Vete!

El anciano se sentó en el suelo de la tienda con el bastón sobre su regazo.

—¿Nada que hablar? Entonces, ¿ya sabes qué harás con ese niño?

—Eleazar me ayudará.

—Eleazar tiene las manos atadas —sentenció el viejo—. El clan no te quiere. Para los Ibn Bahar sólo eres una zorra, un monstruo, y tu hijo un goblin bastardo.

—Mientes.

—Quizá. Averígualo tú. Mañana, los ancianos se reunirán con tu amigo. Ve y comprueba si miento. Yo podría encargarme de tu problema...

El anciano asomó una sonrisa mellada entre un mar de arrugas y tatuajes. Los ojos brillaron en la oscuridad, hambrientos. Nicasia sintió temor.

—¿Te llevarías al niño? —preguntó al viejo—. ¿Para qué lo quieres?

—Eso no importa. Soy tu solución. Ese crío jamás será una carga para ti. No pensará en su madre. Tendrá una existencia dichosa.

—¿Por qué voy a confiar en...?

—No lo hagas. Tú ve a esa reunión... Luego, me dirás. ¿Quieres criar sola a ese niño que tanto odias? Tienes un futuro brillante. Yo no tengo prisa. Piensa, niña, piensa. Al contrario que otros, te dejaré elegir.

El viejo se puso en pie y se marchó renqueando. Nicasia, inquieta, salió de la tienda en busca de aire fresco. No había dejado de pensar en qué pasaría cuando llegara el momento de dar a luz. No sentía aprecio por lo que venía en camino; aquel embarazo era sólo una mala gripe. Conocía lo que las esclavas hacían con sus bebés para librarlos de una vida de *abusos. No se veía capaz de algo así. ¿Y si pudiera quedarse con los Ibn Bahar? «El viejo tiene razón: las hadas del clan me consideran menos que un animal. No querrán al niño.»*

Nicasia recogió una piedrecita y la tiró tan lejos como pudo, y luego otra, y otra, hasta que estuvo cansada y frustrada. Una cosa era cierta: el mundo era grande, y en él cabía una cantidad insospechada de mierda. Tenía que irse del campamento. No quería ser una apestada y, desde luego, no cargaría con la causa de sus desdichas. Quizá el viejo era realmente la solución.

El día siguiente se le hizo eterno. Trató de mantener la cabeza ocupada y centrarse en sus tareas y en sus lecciones. Eleazar también parecía hallarse a leguas de distancia, lejos de la clase. «O demasiado cerca de la alumna», pensó Nicasia. Aquella noche, Eleazar le prestó un libro y le aconsejó que lo leyera en su tienda. Nicasia fingió obedecer. Se retiró y aguardó a que el campamento quedara en calma. Veía perfectamente en la oscuridad, así que pudo distinguir a Eleazar en mitad de la noche atravesando las hogueras de camino a la tienda de su abuelo, Munir Ibn Bahar. Nicasia aguardó antes de acercarse. La tienda del patriarca estaba apartada del resto. Nicasia se escondió al amparo de un cielo negro cubierto de nubes. Contuvo la respiración y luchó por entender lo que el consejo de ancianos discutía.

—¿Y qué podemos hacer? —oyó—. Nadie querrá casarse con la fulana de un goblin. ¿Quién aceptaría ser el padre de eso? ¡De un duende verde! Tendría la entrada prohibida en cualquier ciudad, por no hablar de la Corte de los Espejos. Allí están vetados bajo pena de muerte. No cargaremos con ese lastre.

—No puedo abandonar a Nanyalín.

Era la voz de Eleazar.

—¡Porque le hiciste un juramento a un goblin! ¡Te rebajaste, y nos rebajaste a todos! Este clan ya ha sufrido demasiada vergüenza con este asunto.

—¡Era la única manera de escapar! —protestó Eleazar—. Mi dueño jamás me habría soltado si no hubiera hecho el juramento. Fue su única condición. ¿Es que tendría que haberme conformado con ser un esclavo toda mi vida? Era una oportunidad de regresar, y la acepté.

—Eleazar tiene razón. —Era la voz de Munir, el patriarca—. No es justo culparte por actuar como lo hiciste. Pero ahora nuestro problema es otro. Tu amiga y su hijo no pueden quedarse con nosotros.

—El juramento me compromete a no causarles ningún mal. Nanyalín es una criatura despierta. Está aprendiendo a leer y a escribir. Se marchará por decisión propia en cuanto descubra lo que quiere hacer con su vida. Es medio knocker. Podría pasar por uno de ellos sin dificultad. En la Corte, los knockers tienen muchos talleres. La acogerán como si fuera uno de los suyos.

—Pero los knockers odian a los goblins. No aceptarán al bebé...

La voz de Eleazar se convirtió en un susurro.

—Mi juramento no protege a su hijo...

Hubo silencio bajo la tienda. El patriarca Munir tomó la palabra.

—Tu esposa se encargará del parto de la mestiza. Ese niño no debe vivir más que unas horas. ¿Aceptará Aleya su cometido?

—Sí.

—Después, educarás a la madre para que podamos dejarla en un taller de la Corte de los Espejos. Tú no le habrás causado ningún mal y ella nunca volverá con nosotros. Así lo ordenamos, y así se hará.

—Así lo ordenas y así se hará —contestó Eleazar.

Nicasia se alejó de la tienda, pero no regresó a la suya. Se adentró en la pradera desierta. Sentía el peso de la rabia aplastándole el pecho. Apretó los puños y se mordió los labios hasta hacerlos sangrar. Caminó hasta perder de vista el campamento, y allí soltó su rabia a gritos. Maldijo a los goblins, maldijo las buenas intenciones de Yirkash, maldijo a Jarash y a todos los que alguna vez le pusieron la mano encima. Pero, sobre todo, maldijo a los Ibn Bahar... Ya no era una esclava. Sólo ella decidía qué hacer con su vida. ¡Con su hijo! Nicasia lloró hasta que los ojos se le secaron. Eleazar la había traicionado. Para él, ella sólo era el precio de su libertad. Decidió que no tendría que cargar con ella más de lo necesario. A partir de ahora, empezaría a tomar sus propias decisiones.

No se sorprendió al levantar la vista y descubrir al anciano, observándola con su sonrisa cruel y sus ojos duros.

—Ya te lo dije... Una vez fui uno de ellos. Los conozco bien. —Había una nota de triunfo en su voz.

—Dime qué harás con el niño —dijo acariciando su vientre. Era la primera vez que daba una orden—. Dímelo o no te lo daré.

—Ha nacido de la violencia y del odio. Es magia poderosa, crea criaturas poderosas. Haré algo de lo que los Ibn Bahar se arrepentirán. No nacerá como goblin, ni como hada. Será más fuerte y mejor. Y tendrá más libertad de la que tú te atreverías a soñar en toda tu vida.

El viejo estaba dibujando un círculo en el suelo con su bastón.

—Pero quieres usarlo, quieres que te obedezca —observó ella sin acabar de creerse las palabras del viejo.

—Tendré que rogar su ayuda. Que me lo entregues voluntariamente sólo me servirá para facilitar que acepte. Y sólo me ayudará tres veces en toda su vida; después, nada ni nadie podrá atarle. —El viejo se volvió hacia ella—. Será feliz y nunca pensará en su madre con nostalgia o anhelo. No le harás falta, porque a sus ojos serás alguien insignificante a quien no debe nada. Y nunca tendrás que preocuparte por él.

—Júralo —le dijo Nanyalín sin dudarlo—. Jura que no será tu esclavo.

El hechicero se llevó la mano al corazón.

—Por supuesto. Lo juro.

—No me tomes por idiota; júralo bien.

Esto no pareció agradar al anciano. Chasqueó los labios fastidiado y frunció el ceño. Finalmente, accedió.

—Está bien —dijo sin quitarse la mano del pecho—. Lo juro por la espalda del cielo, por el trono y las espinas, por las cenizas de mis huesos que barrerán el suelo sin descanso si te he mentido o te miento.

El aire vibró cargándose con el olor metálico y vivo de la magia. Nanyalín sintió el calor de un hechizo sobre su piel por primera vez.

—Acepto tu juramento, y te doy a mi hijo.

—Nunca volverás a tener otro —le advirtió el anciano—. Te secarás por dentro.

—¿Quién querría volver a pasar por esto?

Ante aquella respuesta el viejo sonrió satisfecho.

—Entra en el círculo, niña, y desnúdate.

Nicasia obedeció. Dejó caer su ropa. Temblaba, aunque no era una noche fría. El viejo le acercó un cuenco lleno hasta los bordes con un líquido oscuro que no olía a nada y le indicó con un gesto que bebiese. Era un sabor amargo, pero no del todo desagradable. Bastó un sorbo pequeño para que el mundo se deshiciera en un montón de borrones oscuros.

Nicasia se sobresaltó. Olía a carne y pelo quemado. Un olor fuerte, muy cercano. De repente ya no hacía frío. En la celda todo era calor y humo. Alguien intentó moverla.

—Por favor, por favor —rogó con la poca voz que le quedaba—. Déjame en paz. No puedo más... No quiero más... Déjame...

—No se te ocurra tirar la toalla ahora —le contestó una voz que era incapaz de reconocer.

—Por favor... —repitió. El dolor de la mano derecha se extendió por todo el brazo de un modo insoportable.

—Sólo un poco, vieja, sólo un momento —la animó la voz.

A esas alturas estaba demasiado asustada, demasiado débil para hacer nada. No sabía qué la asustaba más, si la muerte o los recuerdos. Cuando la levantaron del suelo se escuchó gemir. Luego, regresó al limbo de su memoria.

La despertó un terrible calambre en la espalda. Estaba tumbada sobre el costado derecho, en el centro de un círculo rodeado de pequeñas lamparillas de aceite. El calambre bajó hasta las caderas y la espabiló del todo. Se incorporó frotándose la cara. Tenía el vientre tenso, duro como una piel puesta a curtir sobre un bastidor, y el anciano se lo había cubierto de dibujos, hechos con gruesos trazos pardos. Un nuevo calambre le recorrió la espalda y volvió a bajar. La mestiza resopló y apretó los dientes. Cuando el dolor le dio un respiro buscó una postura más cómoda. Se sentó en cuclillas y apoyó las manos con firmeza en el suelo, justo delante de los pies.

Fuera del círculo, el anciano salmodiaba quemando una sustancia de olor empalagoso en las lamparillas. Nanyalín intentó calmarse. El hechicero no le haría nada hasta que el niño estuviera en su poder. No dejaría que le pasara nada malo mientras durase el parto. Después ya se vería; la verdad es que en ese momento no le preocupaba nada más allá del presente inmediato. El dolor volvió con más fuerza. La mestiza se concentró en acabar aquello cuanto antes. Por desgracia, su cuerpo no parecía tener la misma prisa. Pensó que se partiría por la mitad antes de que todo acabase, y cada vez estaba más y más cansada. El sudor hacía que le picasen los ojos. La voz monótona e incomprensible del anciano la acompañaba en todo momento, una salmodia odiosa que le taladraba el cerebro.

La noche se arrastró lentamente. La criatura no parecía querer salir, y Nicasia comenzaba a sufrir más de lo necesario. Fuera del círculo el hechicero la contemplaba preocu-

pado, y cuando la mestiza se derrumbó en el suelo agotada decidió actuar: atravesó el círculo que él mismo había dibujado, alzó el báculo en el aire y, tras decir unas palabras que la parturienta no oyó, le colocó una mano sobre el vientre. Fue como si la tocase un rayo; un chorro de sangre negra surgió del interior de Nicasia, que lanzó un alarido cuando la criatura se abrió paso a través de su cuerpo.

Se tumbó de lado. Muy cerca había una sombra, un bulto hecho de la oscuridad más absoluta. Estiró el brazo hacia aquella formita extraña, y entonces tembló y cambió. Primero se hizo perfectamente esférica, después comenzaron a salirle una enorme cantidad de largas y finísimas patitas de alambre. Ante ella se alzaba una araña negra y redonda, como una perfecta gota de tinta del tamaño de un gato grande. Nanyalín intentó retroceder, pero el cuerpo le respondía penosamente despacio. La cosa siseó, y a la pelota se le formaron unas mandíbulas repugnantes al tiempo que se llenaba de ojos. No eran ojos de insecto; aquéllos tenían la forma ovalada que uno esperaría encontrar en el rostro de las hadas. Cada uno tenía un color distinto, y todos la miraban a ella. Nicasia dejó de moverse. El terror la había paralizado; no podía dejar de mirar al monstruo. La araña dio unos pasos cortos y vacilantes hacia ella con las fauces ferozmente abiertas. Entonces, la voz del anciano brotó con una fuerza que no había tenido hasta entonces, clara y autoritaria. Sólo necesitó un par de palabras en un idioma desconocido para que la criatura se detuviera, girase y centrara su atención en el hechicero. Éste se alejó, y el monstruo lo siguió como un perrito. Nanyalín los vio marcharse. No le dijo ni una sola palabra, no se volvió para mirarla ni una vez. «Ese horror no puede ser hijo mío», pensó reposando la cabeza sobre la hierba quemada. Los vio desaparecer en la lejanía mientras pedía a los dioses que la amparasen.

El sol estaba muy alto cuando abrió los ojos. Eleazar estaba frente a ella, mirándola horrorizado. Sus ojos se detuvieron en la sangre que se había secado sobre sus muslos y sobre los dibujos que le cubrían el cuerpo.

—¿Qué has hecho, Nanyalín? —le preguntó el mayordomo desatando el odre que traía colgado de la cintura. Le mojó la cara y la dejó beber a sorbos.

La mestiza intentó explicarle, pero apenas separó los labios cuando su tutor la mandó callar.

—Has traído al mundo a un Ancestral —le riñó mientras se mojaba las manos para quitarle la pintura—. No me digas quién te lo ha propuesto; por el tipo de hechizo me hago una idea. Has dejado caer una sombra terrible sobre el clan. Pero por ahora no diremos nada.

Eleazar la cogió en brazos y caminó de vuelta al campamento.

—Les diremos a todos que te entró miedo e hiciste una tontería. El niño ha muerto, ¿lo entiendes? Nació muerto y se acabó. Dentro de unos meses llegaremos a la Corte, tú te quedarás con los knockers y nunca más volverás a acercarte a un Ibn Bahar.

—Será un placer obedecer esas órdenes —contestó ella en tono seco.

El mayordomo la miró un momento. Había cierto remordimiento en su mirada, pero desapareció de inmediato.

—Cuando estés en la Corte dejarás de llamarte Nanyalín. Nadie debe saber que estuviste con nosotros. Te regalo un nombre nuevo: desde el día que pises la Corte serás Nicasia. Acostúmbrate a él, porque desde entonces en adelante todo el mundo te llamará así.

—¿Qué clase de nombre es ése? —preguntó ella.

—Te traerá suerte —le aseguró Eleazar con una sonrisa llena de confianza.

El mayordomo no volvió a soltar una palabra hasta que regresaron al campamento. Daba igual. Ella tampoco hubiese podido escucharla.

Nicasia abrió los ojos y no vio nada. Todo era blanco.

No sentía dolor, no estaba asustada, ni cansada. Flotaba mansamente, ya no le quedaba nada que hacer. La sorprendió un olor familiar y querido, a bosque mojado, a musgo y tierra negra. Un olor que con el tiempo había aprendido a amar. «Marsias», pensó. Daría lo que fuera por volver a verlo.

Planes en la oscuridad

La pared se divertía torturándolo. No terminaba, y cada vez era más lisa, más empinada y peligrosa. Al principio, Dujal se había repetido mil veces la frase del experto escalador: «No mires abajo». Como gato, adoraba escalar y odiaba los descensos, más aún cuando el suelo desaparecía de su vista, no por la gran altura, sino porque lo cubría una capa de nubes. Se agarró a la pared. El viento arreciaba, quería arrancarlo de la montaña. Había pensado que escalar no era mala idea; bajar desde la ventana de Yirkash le había resultado fácil. Usó un hechizo algo tonto que lo había inflado como un balón. Técnicamente, había rebotado en cada estúpido y afilado peñasco de la ladera hasta llegar al suelo. Los goblins no vigilaban aquella pared de roca; si había salido también podía volver a entrar. Olvidaba, por desgracia, que ahora llevaba una mochila a la espalda. Se sentía tan cansado que no podía extraer de su cuerpo ni la más pequeña chispa de magia. Había ejecutado parte del ascenso con el sencillo método de irse invocando a sí mismo varios pies más arriba cada vez, algo que no pudo seguir haciendo cuando las nubes anularon la visibilidad. Desde aquel momento había avanzado a la vieja usanza: palmo a palmo. Le dolían las manos, estaba cansado, calado hasta los huesos y de mal humor.

Se detuvo y olisqueó el aire. Para encontrar el camino de vuelta hasta la ventana, usaba una señal de olor. Era un viejo truco phoka. Bastaba con dejar alguna pertenencia en el lugar que quería encontrar y su nariz le llevaba hasta ella. Dujal había dejado un trozo de tela de sus pantalones enganchado en un clavo al marco de la ventana.

Cuando al fin alcanzó el alféizar, sus músculos tenían la consistencia de la gelatina y su respiración sonaba como un fuelle roto. «Tanto fumar», se maldijo anhelando un cigarrillo. Cayó al suelo. Tenía las manos tan agarrotadas que ni las sentía. Agotado y tembloroso como una hoja, sonrió de satisfacción. ¡Acababa de escalar la mismísima TocaEstrellas! Si aquello no era una hazaña, nada lo era. Sería una historia perfecta para beber gratis en las tabernas.

Airún y Xarin lo observaban; Airún llena de esperanza, su amiga más cauta y llena de preguntas.

—Os dije que volvería… —dijo a las esclavas—. ¿Qué tal un abrazo? Acabo de escalar una montaña para llegar hasta aquí.

Airún no se hizo de rogar. Era estupendo volver a sentir algo de calor. Airún era todo pellejo y huesos, pero su piel suave y tibia lo reconfortó. Dujal apoyó la cabeza en su hombro; estaba tan cansado que se habría dormido allí mismo.

—Dijo que traería ayuda —lo espabiló Xarin—. Yo no la veo. ¿Cómo piensa este inútil sacarnos de aquí?

Dujal fingió no entenderla. Airún tradujo usando palabras más corteses.

—Dile a tu amiga que he traído a mi propio ejército, pero es tímido y por eso no puede verlo.

—¿Eso broma? —preguntó Airún.

—Paciencia —respondió Dujal guiñándole un ojo.

Airún se lo tradujo a su compañera. Xarin bajó la vista y acarició la espada que llevaba atada a la cintura. Parecía resignada al desastre.

—¿Dónde está Yirkash? —preguntó Dujal.

—Esperando a ti. Dijo cuando llegases debíamos reunirnos con él.

Dujal tenía las piernas flojas como rollos de trapo. Se quitó las botas, que la escalada había arruinado, y las tiró por la ventana. «Tendré que robar otro par», pensó. Odiaba hurtar ropa; tenía mal ojo para las tallas. Además, prefería robar por capricho; le deprimía hacerlo por necesidad.

Airún le echó sobre los hombros una capa. A Dujal le costaba levantar los brazos, el dolor era una cuchillada. Cuando narrase su épica escalada omitiría las épicas agujetas. Sopló sus manos en carne viva. «Cuando salga de aquí me haré un ovillo y dormiré tres días seguidos.» Pensaba en un baño caliente.

Xarin abrió la puerta y les apremió a salir. Recorrieron en fila uno de esos túneles que Dujal había aprendido a odiar. Avanzaron en silencio, escogiendo los pasillos más solitarios y oscuros. Olía muy mal. Allí las casas no estaban excavadas en la roca, sino que se apoyaban sobre ella; eran refugios sin techo levantados con chatarra, madera y trapos. Junto a ellas ardían hogueras que saturaban el aire de humo y hollín. Ningún goblin se interesó por ellos.

Dejaron atrás las chabolas del barrio pobre. Ahora, el túnel descendía, y el techo rozaba sus cabezas. Dujal caminaba a ciegas, fatigado por el calor. Las paredes goteaban. Despues de un rato caminando, el túnel se estrechó tanto que tuvieron que seguir a cuatro patas. Dujal sintió la tentación de convertirse en gato, pero habría tenido que dejar la mochila o pedirle a alguna de las esclavas que la llevase por él. Le dolía todo el cuerpo. No había espacio para darse la vuelta. Quería ponerse de pie y estirarse, pero aquel pasillo no acababa nunca. Bajaban y bajaban; a Dujal le costaba trabajo respirar, y el sudor le pegaba la ropa al cuerpo. «¡Llegaremos al infierno!», pensó.

Al fin, Xarin anunció que habían alcanzado su destino. Entraron en una pequeña gruta lo bastante ancha para poder sentarse. Estirar las piernas hizo feliz a Dujal.

—Gato —susurró Airún—. Aquí. Ven.

Se acercó a la mestiza. Olfateó una corriente de aire que mezclaba el olor a humedad de aquellas cuevas con el tufo del carbón. Por una grieta se colaba un débil relumbre. Xarin y Airún saltaron dentro, y Dujal las siguió. Cayó en una caverna del tamaño de un salón. Alguien había colocado velas sobre un saliente en la roca, y junto a ellas descansaba el curioso disco de esmalte que Yirkash usaba como reloj. El herrero sonrió al verlos. Se acercó a Dujal y apoyó la frente contra la suya, el saludo de los goblins.

—Me alegro de volver a verte. —Yirkash los invitó a sentarse—. ¿Conseguiste la ayuda? —El aspecto del goblin había mejorado; aunque seguía vistiendo su ropa astrosa, ahora estaba sobrio y más tranquilo.

—Sí. Quizá no es lo que vosotros esperáis. Pero confiad en mí.

Airún tradujo sus palabras. Yirkash se rascó la barbilla, confuso.

—¿No has ido a la Corte?

—La Corte está demasiado lejos, no he tenido tiempo.

—Entonces, ¿qué refuerzos traes? Si has vuelto solo, ¿para qué te fuiste?

Dujal sonrió. Esperaba su reacción.

—Me fui a buscar ayuda y la he traído. Luego hablaremos de eso. Primero quiero saber cómo están las cosas por aquí.

Yirkash tomó su espada. Por un momento, Dujal temió que decidiera usarla para obligarlo a hablar, pero el herrero sacó un asperón y se dedicó a afilarla.

—Airún y Xarin han encontrado a tu hermana de alma —dijo—, la phoka. Creen que es fácil recuperarla. Eso no será problema.

Dujal brincó de contento. Aún podrían lograr que todo acabara bien.

—¿Y Nicasia? —preguntó—. ¿Y Nanyalín?

Vio que Yirkash se revolvía, incómodo. La angustia le pellizcó las tripas.

—Sé dónde la tienen —aseguró el herrero—. Rescatarla será difícil. ¿Por qué quieres jugarte la vida por ella? La phoka es tu hermana, pero Nanyalín...

El gato se rascó la barbilla y contestó:

—Si yo no la salvo, nadie lo hará. Igual así me incluye en su testamento. Es bastante rica, ¿lo sabías?

Yirkash oyó la traducción y arqueó las cejas. Miró a Dujal, dudando de si el gato le tomaba el pelo, pero fue incapaz de sacar nada de aquellos ojos verdes que lo miraban tan serios. No estaba familiarizado con los felinos, no sabía que los gatos se burlan de todo el mundo fingiendo ser esfinges. Dujal era capaz de permanecer inexpresivo, lejano y elegante mientras escondía una carcajada. Sabía muy bien por qué tenía que rescatar a Nicasia. Un fantasma lo obligaba. Y, además, aunque no se atrevía a confesarlo, necesitaba a la ingeniera. Era su más íntima enemiga, la única rival a la que merecía la pena desafiar.

—¿Será peligroso llegar hasta ella? —preguntó a Yirkash.

—Hay que atravesar túneles muy estrechos y bien vigilados. Pero ya no hay tantos guardias en su paridero como antes. Ulaing necesita a los soldados para otros asuntos más urgentes.

—¿Cuáles?

—No todos los clanes han aceptado a Ulaing como señor. Muchos reclaman sus derechos sobre el mercado; otros, simplemente, prefieren a cualquier otro antes que a él. Ulaing precisa de aliados.

—Estáis al borde de una guerra... —murmuró Dujal.

—Eso parece, y es mala cosa. —Yirkash observó la hoja de su espada. Pasó un dedo por el filo, la limpió en su camisa y la metió en la vaina—. El Pueblo de las Minas siempre ha estado unido; no nos queda otro remedio: las hadas nos odian. No somos bienvenidos en ninguna parte. Si hemos sobrevivido hasta ahora ha sido porque nos hemos protegido unos a otros. Si esto se acaba, el Mercado de las Almas está perdido; y, con él, toda la Ciudad de Piedra.

A Dujal el destino de aquel antro no le importaba, pero que los clanes se hallaran en guerra despertó su interés. Si los goblins se dedicaban a matarse entre ellos sería fácil rescatar a Nicasia y a la hija de Manx, y luego escapar.

—¿Y tú, Yirkash? ¿Has conseguido ayuda aquí dentro?

El herrero asintió y miró el disco de esmalte.

—Te los presentaré. Vamos.

Esta vez no tuvieron que arrastrarse por ningún túnel angosto; a Dujal no le habría agradado perseguir el culo del herrero en medio de la oscuridad. El túnel les permitía erguirse. Por atención hacia el phoka, Yirkash invocó una pequeña luz que revoleteaba sobre sus cabezas; no demasiado intensa, lo justo para no andar a ciegas. Airún y Xarin no les acompañaron; Dujal les pidió que volvieran a las lavanderías y se hicieran con un cesto del tamaño adecuado.

Yirkash y el gato serpentearon por la montaña. Cruzaron pequeñas cuevas y corredores. Podían oír el rumor del agua tras la roca. Finalmente, llegaron a una gruta enorme. El techo era una cúpula natural erizada de estalactitas que goteaban agua. Olía a musgo; las paredes desprendían una pálida luz fungosa. Yirkash apagó la luz. A lo lejos podía oírse un soniquete metálico. Antes de ver nada, distinguieron el sonido de los cascos de un caballo. Dujal comprendió al momento quiénes eran los aliados del herrero. El centauro que asomó en la gruta era un gigante forjado en acero. No tenía la fina apostura de los que habitaban el Bosque de las Luciérnagas, ágiles y ligeros como nubes. Éste era pesado; sus músculos parecían capaces de arrancar la montaña de sus raíces, y su lomo era tan ancho como una mesa de roble. Llevaba la cabeza rapada, y al hombro cargaba un pico similar a un ariete de batalla. Grilletes y cadenas trababan sus patas obligándolo a caminar con pasos ridículamente cortos. El enorme centauro se acercó hasta un pequeño manantial que brotaba de la roca, se arrodilló y bebió.

—Saludos —dijo Yirkash—. Soy yo, tal como te prometí.

El centauro no se inmutó. Se mojó la cabeza y respondió sin mirarlos.

—¿Regresó aquel que esperabas con ayuda del Exterior?

—Sí —dijo Yirkash—. El momento se acerca. Esta noche.

—¿Y dónde está esa ayuda? —exigió saber el centauro.

Yirkash empujó a Dujal para que el esclavo centauro pudiera verlo.

—¿Esto? —resopló la bestia en la lengua del Exterior—. ¿Tú eres la ayuda?

—Oh. —Dujal levantó la nariz, ofendido—. No me juzgues tan rápido sólo por mi tamaño. Tengo un ejército a mis órdenes...

—¿Dónde?

—Es un ejército muy tímido. —El centauro lo observó con una expresión que Dujal ya había visto antes; Nicasia también lo había mirado así alguna vez, y la esclava Xarin con sus pupilas amarillas: la expresión de una fiera acorralada. No lograría engatusar al centauro—. Te lo enseñaré.

—Eso me gustaría.

—¡Bueno! —habló Dujal dirigiéndose a la nada—. ¡Ya has oído, no tienen fe en ti! Tal vez te gustaría hacerles una demostración.

No hubo respuesta. No pasó nada.

—Sí, es un tímido ejército... —bufó el centauro—. E inexistente. Se te acabó el tiempo; debo regresar. No participaremos en vuestra farsa.

Dujal tomó aire. Esta vez habló más alto, usó un tono más duro.

—¡Sin tu ayuda no podremos rescatarla! —dijo a la nada—. Tampoco hace falta que salgas y saludes, ¡pero al menos pasa la patita por debajo de la puerta!

De pronto, la caverna se volvió aún más oscura, inundada por una sombra densa y viscosa como el aceite que reptaba por las paredes. También recubría a Dujal, y el tacto de aquella sombra era tan frío que los pulmones se le habían vuelto de piedra. No oía a Yirkash, ni al centauro, pero sabía que miraban en su dirección con la boca abierta y el asombro congelado en sus rostros, y que se preguntaban qué infiernos era aquello. Dujal sonrió. Aquello no tenía nada que ver con el ejército que traía consigo, sólo era un pequeño golpe de efecto para impresionar a su público. El hechizo que acababa de usar era apenas un atisbo de una magia poderosa y antigua, una treta que hasta ahora nunca se había atrevido a emplear en toda su magnitud. Quizá en esta ocasión tuviese que hacerlo, pero por el momento sólo era su as en la manga y prefería mantenerlo en secreto. Un buen mago nunca revela sus trucos.

La canción del hierro

La Oscuridad se disolvió como bruma. Por un momento, la cueva pareció que resplandecía bajo luz dorada. El estanque estaba lleno de plata líquida, y cada gota de agua que resbalaba por las paredes era una gema fugaz. Luego, todo volvió a sumirse en la penumbra sórdida y perenne de la Ciudad de Piedra; aun así, fue un alivio para todos, como si se hubieran quitado de encima un pesado abrigo de hielo. El centauro pateó el suelo con inquietud, y Yirkash se pasó la mano por la nuca.

—¿Qué ha sido eso? —preguntó el centauro.

Yirkash señaló a Dujal, confuso.

—Él viene de fuera. Es mago.

El phoka asintió y le tendió la mano al esclavo. Éste lo observó, inquisitivo, en busca de alguna posible traición, pero Dujal se mostró tranquilo. Finalmente, el centauro se volvió hacia el herrero.

—¿Puedes romper los grilletes? —le preguntó.

—Claro. —Yirkash agachó la cabeza, avergonzado—. La mayoría los hice yo.

—Entonces estamos con vosotros. Pero entended una cosa: no nos importan vuestros tristes pellejos, lo único que queremos es salir de aquí. Mataremos a cualquier goblin que se nos ponga por delante —añadió el centauro en la lengua de las hadas para que Dujal pudiera entenderlo—, no os protegeremos. Yo lidero a mis hermanos; galoparé el primero de todos. En cuanto halle la salida, nos iremos con o sin vosotros. ¿Está claro?

—Como el agua —dijo Dujal ofreciéndole la mano al centauro.

La criatura se giró dejando la mano del phoka flotando en el aire.

—Buscadnos en la mina cuando los goblins se retiren para dormir, después del cambio del guardia —dijo a Yirkash mientras se alejaba al trote—. Entonces la cosa estará tranquila.

El centauro salió de la cueva. Oyeron cómo sus cascos se perdían en los pasillos para mezclarse con el repique de los mineros.

—Al final ha sido fácil —dijo Yirkash.

Su encuentro con la Oscuridad lo había impresionado. Yirkash se mantuvo en silencio durante el camino de vuelta a su escondite. Dujal sentía curiosidad por el goblin; no sabía qué pensar del hermano de Nicasia. Parecía en verdad sentir lástima por los esclavos, pero forjaba sus grilletes. Cierto que no poseía ninguno, pero tal vez sólo porque era demasiado pobre para permitírselos. En cualquier caso, su corazón pertenecía a la ingeniera, y daría la misma vida por rescatarla. Eso le bastaba.

Las esclavas mestizas ya habían vuelto de las lavanderías y los esperaban en el refugio de Yirkash. Airún sostenía el cesto que Dujal le había solicitado, y Xarin olisqueaba el contenido de una bolsa cuyo aroma acarició los bigotes del phoka. Tenía un hambre feroz que anuló sus otras preocupaciones.

—¿Habéis tenido algún tropiezo? —preguntó Yirkash.

—No se fijan en nosotras —respondió Xarin—. ¿Habéis hecho vuestra parte?

—Hemos logrado convencer a los centauros.

Xarin le ofreció comida, pero Yirkash negó con la cabeza, buscó un rincón y se envolvió en su capa. Sólo quería descansar. Dujal inspeccionó la bolsa.

—Gato, busqué a tu hermana en el Nido de los Esclavos —le informó Airún—. Luego, cogí la cesta. Xarin habló con esclavos de la cocina. Verdes ocupados. Vigilan Nanyalín y ponen clanes en orden.

—Magnífico —respondió Dujal concentrado en el olor a cecina que desprendía la bolsa—. Mañana tendrán otros problemas. Nosotros estaremos lejos de aquí.

Xarin había traído carne seca, cebollas y huevos en salmuera. Dujal apartó el hocico ante los huevos. Él también había logrado rescatar algunos víveres del campamento que habían abandonado en el bosque, junto a la avispa Surca-Cielos. Pasas y nueces, cuatro manzanas y un trozo de queso tan blando que después de la escalada había tomado forma de torta. Su aportación al menú fue todo un hallazgo para las esclavas; jamás habían oído hablar de los frutos secos o de las manzanas, y el queso era un producto demasiado caro en un lugar donde criar vacas o cabras era imposible por la ausencia de pasto. Fue una comida festiva. Las mestizas no estaban habituadas a las bromas, así que cuando Dujal hizo un par de malabares con piedrecillas, rieron tanto que se atragantaron. El phoka pensó en las vidas de aquellas criaturas y sintió tristeza.

Xarin bostezó después de comer y se echó a dormir. Airún aprovechó para sentarse a su lado. Le brillaban los ojos.

—Tu amiga no parece preocupada —le dijo.

—No está. Yo tampoco, gato. Yo no miedo. Tú mago, tú nos sacas de aquí.

—Tienes que prometerme una cosa, Airún. No te arriesgues. Sólo coge a mi hermana y te marchas. Si hay problemas, sal corriendo. No te des la vuelta, no te preocupes por nadie. Sólo vuelve a tu sitio.

—¿Y sigo esclava? —preguntó ella.

—Y sigues viva —le dijo Dujal—. La muerte no tiene nada que ofrecerte.

Airún se arrimó aún más al phoka y apoyó en él su cabeza afeitada.

—Tú quieres que Airún viva… —susurró.

—Sí. Quiero que mi hermana y tú viváis muchos años.

—Yo soy cosa pequeña, gato. ¿Por qué importa?

Dujal se preguntaba lo mismo. Rodeó la cintura de la mestiza para hacer lo que mejor sabía: sonreír.

—Porque ya va siendo hora de que tu suerte cambie.

El beso de la esclava lo cogió por sorpresa. Sus labios sabían a manzana y eran torpes, pero alejaban el horror y el miedo. Dujal le correspondió.

—Perdona —le dijo luego—, no debería haber hecho eso.

—Yo he hecho —aclaró Airún—. Y quiero volver a hacer.

—Las damas mandan —respondió antes de besarla de nuevo.

Airún lo abrazó. Dujal se dejó ganar, atrapado entre la esclava y la pared de la cueva. Airún se sentó a horcajadas sobre él, arrancándole un ronroneo de satisfacción. Era brusca, temblaba de pies a cabeza y no sabía hacer una acaricia amable, pero sus caderas se movían dejando muy claro qué era lo que quería y lo miraba con una adoración que lo asustó. Dujal contempló a la esclava. Estaba cansado, y no quería herirla. Le brotó la poca decencia que tenía, y se quitó de encima a Airún.

—Mañana veremos el sol —dijo—. Pisarás la hierba y sentirás el viento. Será el primer día de muchos otros y podremos hacer las cosas como se deben hacer. Éste no es el momento, y me juego las dos colas a que no es el lugar.

—Pero mañana tal vez… —susurró ella.

Dujal no la dejó acabar la frase.

—Mañana estaremos muy lejos. No pienses de otro modo.

—¿Estás seguro?

—He hecho cosas más difíciles —mintió.

Airún se acurrucó a su lado y él sacó su manta de la mochila, usó la bolsa de almohada y durmieron. Aquella manta se la había regalado Manx. Siempre le acompañaba en sus viajes. No importaba lo lejos que se hallara de la Corte o de la cabaña de su tutora; el sufrido trozo de tela lograba que se sintiera tan cómodo y a salvo como en el mejor de los lechos.

Se desveló al poco. Airún roncaba con la cabeza en su hombro. Incapaz de dormir, Dujal la abrazó; la sacaría de allí, o al menos intentaba convencerse de que podría hacerlo, pues su plan era precipitado. En esta apuesta jugaba a ciegas y a su cargo había demasiados destinos. No tenía nada que ver con sus triquiñuelas habituales, siempre había procurado no poner en demasiado peligro la vida de nadie con sus robos o sus estafas. Arriesgaba la suya, porque necesitaba la emoción de estar apostando algo realmente valioso para que los golpes valiesen la pena. Esta vez tenía entre manos una situación que le venía grande y por primera vez en su vida estaba verdaderamente preocupado, y no era por él.

Yirkash lo llamó horas más tarde. Había llegado el momento de poner el plan en marcha. Dujal sintió una oleada de pánico, quiso esconderse bajo la manta. Echó mano de su fuerza de voluntad y se obligó a pensar en Nicasia. Xarin se ató la correa de su cuchillo prestado bajo el vestido, y Airún metió el suyo en la cesta. Yirkash también iba armado: una espada de magnífica forja que había visto tiempos mejores.

—En el túnel que se abre junto al Arroyo de la Sima —dijo a las esclavas— hay una pequeña salida sin vigilancia que nadie conoce. Nos reuniremos allí.

Antes de partir, Airún apretó la mano de Dujal.

—Cuídate. Tienes que enseñarme el Exterior.

—Este pellejo aún posee un par de vidas dentro —le respondió él.

Airún y Xarin se marcharon. Dujal aseguró su estoque y sonrió para indicar a Yirkash que estaba listo. Tomaron el mismo camino que habían usado para reunirse con el centauro, dejaron atrás la gruta inmensa y cruzaron los túneles de una mina en excavación. Yirkash lo hizo arrastrarse por una estrecha veta de turba hasta una celda ocupada por quince esclavos centauros, las criaturas más grandes que Dujal había visto jamás, mucho mayores y más musculosos que sus primos del Bosque de las Luciérnagas. Estaban cubiertos de carbón, y resultaba imposible distinguir el color de sus grupas. El metal de sus cadenas desprendía un extraño resplandor; la celda apestaba a magia retorcida, magia goblin.

—Habéis venido después de todo. —Dujal reconoció al líder de los centauros, con el que se habían reunido horas antes.

—Por supuesto —replicó Yirkash—. Un herrero siempre mantiene su palabra.

Yirkash posó una mano en la pared de la celda y recogió el hollín. Sacó su espada y se abrió un tajo en la palma. La sangre escapó de la herida como una planta estirándose al sol, en finos tallos rojos que trepaban por el aire. Yirkash susurró entre dientes, y el flujo de su sangre espesó y tomó el color de la plata vieja. De pronto, sostenía un martillo en la mano; golpeó el suelo de la celda con él, una y otra vez, marcando el ritmo, hasta que las cadenas de los centauros brillaron y crepitaron. Yirkash usaba una lengua antigua, arcana; batía el suelo como si fuera un yunque… Las cadenas burbujearon y se evaporaron.

Ahora los centauros eran libres.

El túnel de la veta de turba era angosto para ellos, así que Dujal se acercó a la puerta de la celda para forzarla con su ganzúa. Un centauro se le adelantó y la reventó de una coz. Sus compañeros salieron en estampida, gritando.

—Eso habrá despertado a todos los goblins de la ciudad —murmuró Yirkash.

Abandonó la celda con Dujal y alcanzaron a los centauros. No había rastro de los guardias; quizá habían huido a dar la voz de alarma. En los túneles, los centauros se armaban con sus picos de minero. Yirkash trepó a un montículo de carbón y alzó la voz.

—¡Escuchad! ¡Sólo hay una puerta por la que podréis salir: la Puerta de las Fauces! ¡Es la única en el Mercado de las Almas del tamaño de un caballo!

Uno de los centauros se acercó furioso hasta el herrero.

—¿A quién llamas «caballo», verde miserable?

—No pretendía ofenderte. Reserva tus energías para los goblins.

—Tú eres un goblin —repuso el centauro—, ¡y además fabricas cadenas!

—¡Basta! —ordenó el líder—. Hay goblins de sobra. ¡Es hora de galopar!

El suelo tembló bajo los cascos. Un joven centauro se inclinó ante Yirkash y Dujal invitándoles a subir a su grupa. El phoka odiaba montar, pero accedió, y el herrero goblin tomó asiento tras él y se agarró a su cintura. El gato pensó que no hallaría nunca manera más ridícula de marchar a la batalla.

Los centauros liberados galoparon a toda velocidad. Yirkash y el phoka alcanzaron a ver los cadáveres de tres guardias, uno ensartado en su propia alabarda, otro sin brazos y otro más repartido en pedazos a lo largo de un corredor. La manada implacable detuvo su galope justo en la entrada a la plaza del mercado. Uno de los centauros cayó con el cuello atravesado por tres flechas. Otro retrocedió a tiempo, en desorden, con el hombro asaeteado.

—¡Arqueros! —gritó—. ¡Arriba, en las cornisas!

Dujal saltó de la grupa de su montura y cambió de forma. Se asomó a la plaza; estaba llena de soldados. Habían bajado el rastrillo de la Puerta de las Fauces. De las cornisas labradas en la roca se vislumbraban numerosos arcos. «¡Va a ser una carnicería!», pensó. Dujal rogó a su conciencia, escasa pero honrada, que fuera comprensiva con aquello que estaba a punto de ocurrir.

—Vamos, estúpido… —susurró—. Sé que estás aquí. Haz tu trabajo…

En la boca del túnel que daba acceso a la plaza, los centauros discutían.

—¡Vamos a morir! ¿Dónde están los refuerzos que ésos nos prometieron?

—¡Matemos a éste! —dijo uno agarrando a Yirkash—. ¿De qué nos sirve?

Una flecha se clavó justo delante de Dujal. El phoka bufó, erizado. Vio que un par de flechas más surcaban el aire, pero éstas sin objetivo. Entonces, dos arqueros goblins se arrojaron al vacío desde su cornisa. Otros cinco hicieron lo mismo. Algo pasaba allí arriba. En la plaza, los soldados estallaron en gritos.

—¡Serpientes! —chillaban.

Los goblins, ciegos de pánico, huían. Los arqueros caían a la plaza con la garganta hinchada y la lengua negra. En medio del desconcierto, algo peor que un goblin tomó tierra entre los soldados. Algo monstruoso, cubierto de escamas y una cresta de pelo rojo enhiesta sobre su espalda. De las fauces de su rostro chato colgaba una lengua bífida que goteaba sin parar. El monstruo arrancó la cabeza al goblin más cercano con un movimiento sencillo.

—¡Ahora! —gritó Dujal irguiéndose, estoque en mano—. ¡Atacad!

Los centauros embistieron a los goblins, aullando y blandiendo sus mazas.

Yirkash se acercó a Dujal.

—¿Esto es cosa tuya? ¿Ese monstruo?

—Es mi ejército —contestó el gato—. Se llama Boros.

Magia prestada

Los ojos del herrero pasaron del Ancestral al gato y volvieron al Ancestral justo cuando éste barría a un par de goblins que habían intentado acercársele por la espalda. Los goblins volaron como si no pesaran nada. Uno tenía la coraza tan abollada que parecía que acabara de atropellarlo un carro. Se quedó tumbado. Su compañero intentaba incorporarse cuando un centauro le aplastó la cabeza con los cascos. Yirkash apartó la vista.

—¿De verdad conoces a esa cosa? ¿Y se llama Boros?

Dujal asintió.

La plaza del mercado se había convertido en un matadero. La carga de los centauros hacía estragos entre los goblins. Aplastaban sin piedad, cubriendo el suelo de cuerpos rotos. Los cuernos arrojaban un grito desesperado llamando a defensa que hacía brotar duendes de cada túnel, muchos a medio vestir y blandiendo armas improvisadas. Los goblins lucharían hasta la última sangre por defender su ciudad. Pese a la ventaja de Boros, la ofensiva podía torcerse y acabar mal para los esclavos.

—¡Vamos! —ordenó Yirkash—. ¡Debemos aprovechar el momento!

Yirkash y Dujal corrieron. Subieron las escaleras que conducían al palacio del Administrador, ahora en ruinas, y Yirkash guió al phoka por un lujoso pasillo forrado en mármol.

Hallaron una mesa con un tablero de damas sin jugadores y las sillas volcadas. No tropezaron con nadie. Al fondo, tras el área residencial y su bella decoración, el pasillo se estrechaba hacia los calabozos que Dujal ya conocía. Era el paridero del cual había rescatado a Airún. Se detuvieron frente a una verja de hierro.

—Es aquí —anunció Yirkash.

No parecía que nadie la vigilara. Tenía una sencilla cerradura; desmontarla apenas costó a Dujal un poco de maña con su ganzúa y un toque de palanca, habilidades de ratero que el phoka dominaba. Penetraron en el vestíbulo de los calabozos con las espadas en ristre. Allí oyeron una voz conocida.

—¡Sal ahora mismo —ordenaba—, y dime qué está pasando!

—Pero, Ulaing…

—¡No pienso moverme de aquí! ¡Esta perra es más importante que una pequeña revuelta! ¡Y es mía! No la perderé de vista. ¡Vete!

Yirkash y Dujal se apretaron contra la pared, pero el soldado goblin se alejó en dirección contraria. Dujal abandonó el vestíbulo y se acercó a las celdas con sigilo felino. Estaban vacías. Contó ocho soldados. Ulaing, el nuevo Jefe del Mercado, redactaba informes y despachos sentado a un escritorio. Se frotaba el rostro desnarigado ante la pila de documentos que tenía delante. Dujal oteó la sala; no había ni rastro de Nicasia. Regresó al vestíbulo.

—Creo que nos hemos equivocado de sitio —susurró a Yirkash—. Nanyalín no aquí —añadió con grandes aspavientos—. No aquí. ¡Ah, debo aprender goblin…!

—Es imposible. —Yirkash lo había entendido—. Vuelve a mirar.

—¿Qué es eso? —preguntó alguien en la sala.

Yirkash se escondió en las sombras. El soldado que acudió al vestíbulo no llegó a ver nada, pero el herrero le abrió la cabeza de un tajo. Por desgracia, el ruido le echó encima al resto de los soldados. Yirkash cogió por sorpresa sólo a los dos primeros.

—¡Ayúdame! —gritó a Dujal.

Éste sacó un trozo de carbón y dibujó en la pared círculos concéntricos a la mayor velocidad que le permitieron sus dedos. La presión del momento y el esfuerzo de la magia lo hicieron sudar. «Oscuridad —farfullaba—. Oscuridad.» Manx le enseñó aquel hechizo advirtiéndole sobre sus peligros. Nunca pensó que llegaría a usarlo. Casi lo había olvidado, de hecho, pero de pronto había saltado a su memoria como si estuviera vivo. El pánico favorecía aquel tipo de magia. Los trazos de carbón le subieron por la mano. Dujal sintió un aguijón en el brazo, un frío que lo hizo gritar, que penetró en sus entrañas desde el estómago y se extendió por todo su cuerpo. Sus ojos se volvieron negros, como llenos de tinta. Si hubiera podido, habría visto que Yirkash y los soldados ya no peleaban entre sí, sino que lo miraban horrorizados. El phoka se elevó ante ellos con un torbellino de sombras. El frío, cada vez más intenso, inundó su pecho. Un puño gélido paralizó su corazón. Abrió los labios, aunque en lugar de un grito escapó de su boca un espeso humo negro que lo cubrió todo a su alrededor. Regresó al suelo temblando, débil y enfermo.

La Oscuridad era absoluta; ahora nadaban en una piscina de alquitrán. El vestíbulo y la sala de los calabozos habían sido devorados por la niebla negra. Dujal se frotó los ojos. Había invocado las tinieblas de su corazón, un hechizo que la Hueste Invernal jamás empleaba. Él lo había hecho antes una sola vez, cuando estudiaba con Manx; entonces, apenas logró una triste mancha negra. «Aún no conoces el mundo —le había dicho su maestra con una dulce sonrisa—. No tienes maldad en las tripas.» Aquello lo había puesto de mal humor. «Puedo ser tan malo como cualquiera», dijo. Manx sonrió y le besó la frente.

Ahora, sobre todo en los últimos días, Dujal había conocido la vileza, había visto la maldad, había perdido amigos... Ahora estaba lleno de sombras.

Para ver entre la niebla negra necesitaba luz. Recordó una canción que Marsias solía tararear, una canción de taberna. Silbó la melodía, plagada de recuerdos alegres, y fue como abrir los ojos tras despertar de una pesadilla. Las siluetas de los goblins se recortaron en el mar de alquitrán como extraños fantasmas que se frotaban los ojos y gritaban aterrorizados. Se acercó tanto a uno de los soldados que pudo sentir su aliento, pero el goblin no podía verlo. Dujal se aproximó a Yirkash y le cogió la mano.

—¿Eres tú, Dujal? —preguntó con gran sobresalto.

—Sí, soy yo. ¡Vamos!

Yirkash le apretó la mano.

—Tu voz... ¡Te he entendido! ¿Cómo es que ahora hablas goblin?

El phoka sonrió.

—En la Oscuridad todos somos iguales; hablamos el mismo idioma. No hay tiempo para explicarlo. Piensa en algo que te haga feliz —le susurró al oído—. Y podrás ver.

Yirkash se frotó los ojos y miró a Dujal.

—Sabía que eras un gran mago.

—Déjate de tonterías y vamos a por tu hermana.

En la sala, Ulaing gritaba. Los goblins vagaban tropezando unos con otros, con las manos por delante. Dujal se acercó al escritorio del Jefe del Mercado y lo rodeó. Había un calabozo excavado en la pared tras la mesa, no más que un agujero con una gruesa reja. Nicasia yacía en su interior. La distinguió en la Oscuridad como un jirón de niebla a la luz de una vela, encogida en el suelo. Olfateó el aire temiendo hallar aquel hedor a carne muerta que en los últimos días tanta desgracia había preludiado. Recordaba la mirada congelada de Manx, y la agonía de Marsias en la cabaña de los centauros. «Deja que ella crea que hay alguna esperanza», le había dicho el sátiro. Ahora era él quien se aferraba a sus esperanzas, porque no deseaba más muertes. Quería llevar a la knocker bajo la luz del sol y asegurarle que viviría para ver muchos otros soles, para gritar y enfadarse, para recordar y para cobrar venganza. Apretó entre sus dedos los barrotes. La Oscuridad se removía en sus tripas como una tormenta, helada y amarga, luchando por salir y tragárselo entero. No disponía de mucho tiempo, no sabía hasta cuándo podría contener el hechizo ni qué pasaría cuando al fin lo liberase. Respiró hondo; un millar de agujas de hielo punzaron su pecho. «Mala hierba nunca muere», se convenció a sí mismo antes de entrar.

La reja era pesada, pero estaba abierta. Sintió que el vértigo cerraba su garganta. Se acercó a Nicasia pero, al verla, dio un respingo, resbaló y cayó al suelo. A Nicasia le faltaban pequeños cuadraditos de piel, trocitos cortados a cuchillo desde el cuello hasta los muslos. La rodeó; al menos, el pecho de la knocker seguía moviéndose. Nicasia apretaba su mano quebrantada contra su vientre. Tenía los dedos retorcidos como un puñado de ramitas. Dujal pensó en cuántas cosas habían salido de aquella mano; se preguntó si la ingeniera volvería a moverla alguna vez. Comprendió entonces hasta dónde llegaba la crueldad de los goblins; ellos, como los knockers, eran un pueblo de inventores y artesanos, sabían cuál era la herramienta más importante para cualquiera de ellos. Sacó la manta de su mochila conjurando maldiciones, cortó una tira de la tela, se inclinó sobre Nicasia y le ató el brazo al pecho. La knocker gimió.

—Por favor… Déjame en paz… No puedo… No quiero más… Déjame…

—No se te ocurra tirar la toalla ahora —le susurró Dujal al oído.

No apretó el nudo. No quería hacerle daño ni causarle más dolor, aunque era imposible que la tela no rozara su cuerpo allí donde la habían desollado.

—Por favor… —le rogó con un sollozo.

—Sólo un poco, vieja, sólo un momento —le dijo Dujal con una caricia.

La envolvió en la manta y le apartó un mechón de pelo húmedo de la cara. La ingeniera lo miró y advirtió la Oscuridad que se extendía a su alrededor.

—¿Manx? —preguntó asombrada.

Desde las tinieblas, Dujal oyó que Yirkash lo reclamaba. Dejó a la ingeniera en el suelo y besó su frente.

—Manx no; sólo su magia —le dijo antes de salir de la celda.

Encontró a Yirkash sosteniendo su martillo sobre la cara de Ulaing. El Jefe del Mercado estaba de rodillas, desarmado.

—Le he dado —informó el herrero a Dujal.

—¿Y los otros?

—Han huido. Pero Ulaing me vio. ¡Puede ver! ¿Cómo es posible?

Era una buena pregunta. Ulaing debía de tener un alma realmente negra si podía atravesar el hechizo. El goblin les sonreía con desprecio, sacaba la punta de su lengua por un hueco entre sus dientes. Dujal estaba tan impaciente por devolverle todo aquel dolor que no sabía por dónde empezar. Todo le parecía poco. Levantó el pie; tenía algo adherido a la suela de la bota. Lo despegó con cuidado y sintió que la sangre se detenía en sus venas. Era un pedacito de piel blanca. Lo sostuvo en la mano y lo miró. Ahora sabía qué hacer.

—¿Te has divertido con esto? —preguntó a Ulaing mostrándole su hallazgo.

Yirkash contempló el trozo de piel y alzó el martillo, pero Dujal lo detuvo.

—Es mi deber —declaró Ulaing—. Tengo que proteger a mi gente.

—¿Y por eso has despellejado a Nanyalín?

—Sí… ¡Tiene la carne muy dura!

Yirkash apartó a Dujal y atizó un puñetazo a Ulaing.

—¡No, Yirkash! ¡Déjame a mí!

Ulaing se puso de pie con un gemido, sin abandonar su sonrisa.

—Sí, hermano traidor, déjalo a él... ¡Vamos, gato! Sólo eres un crío. ¿Te ves capaz de cortarme? Hazlo, ¡y tapa sus agujeros con mi pellejo!

Dujal se llevó la mano al estoque, pero cambió de idea.

—No, no voy a cortarte —dijo—. Los gatos jugamos con la comida, pero nunca comemos mierda.

—Creo que sólo tienes valor para hablar.

—Eso creen muchos. Escucha: no voy a cortarte, ni a pegarte, ni a matarte.

Ulaing se limpió la sangre de su rostro sin nariz.

—Ya lo imaginaba...

—Pero vas a morir.

Ulaing soltó una risotada.

—¿Y crees que lo hará este borracho? Conozco al herrero, el antiguo dueño de Nanyalín. No ha tenido valor para hacer nada en todos estos años ¿Piensas que ahora va a cambiar?

Dujal deslizó la palma de la mano por la hoja del estoque. La sangre brotó negra y espesa. Se mojó con ella el índice de la mano derecha y miró al goblin.

—Ni siquiera podré oír tus últimas palabras. Lástima, porque seguro que es todo es un espectáculo. —Se volvió hacia Yirkash—. Sostenlo.

—Un placer.

El herrero apretó el cuello de Ulaing con sus brazos hasta casi asfixiarlo, y Dujal le dibujó un símbolo en la frente con su sangre, un signo parecido a una «s» con dos puntos en los extremos del trazo. La magia burbujeó en torno a él. La Oscuridad lo reclamaba, susurró a su oído con una saña feroz. El dibujo se estremeció y se extendió sobre la piel del duende, plagándola de espirales, hasta que toda su cara estuvo cubierta de trazos y puntos.

Dujal se inclinó para recuperar el aliento. Ulaing se frotó la cara para borrar los dibujos, pero le fue imposible.

—¿Qué has hecho? —gritó.

Dujal le puso la punta del estoque sobre la nuez.

—No te muevas. Yirkash, saca a tu hermana de ahí.

Yirkash obedeció y entró en la celda. Sollozó al tomar en brazos a Nicasia, y luego emitió un gruñido que contenía una rabia imposible de apaciguar. Salió de la celda poseído por el odio, apuñalando mil veces a Ulaing con la mirada. El Jefe del Mercado encogió los hombros, y Dujal quiso de pronto saltarle al cuello y hundir sus garras en él. Se dominó sólo porque sabía que tenía las horas contadas, y su muerte no sería agradable.

—Métete ahí dentro —le ordenó.

—¿Por qué?

—Porque mi amigo está deseando arrancarte la cabeza.

Ulaing entró en la celda. Dujal cerró la reja y echó la llave.

—Dentro de un rato —dijo Ulaing—, mi gente volverá y me sacará de aquí.

—Tu gente volverá —respondió Dujal—, y verá que Nanyalín sigue en su celda, tal y como la dejaron. No le faltará ni un rasguño.

Por vez primera una sombra de miedo cruzó la cara de Ulaing.

—¿Lo entiendes? —le preguntó Dujal—. Seguirán torturándola, ahora con más saña, si es posible, para cobrarse las muertes que está causando la revuelta de los esclavos. Luego, la ejecutarán. ¿Entiendes a quién van a subir al patíbulo? ¿Tenías planeado ya cómo matarla? Lento y doloroso, imagino. Apuesto a que sí. Espero que sí.

—No es posible —balbuceó Ulaing—. Se lo explicaré. Me soltarán.

—¡Inténtalo, sí! Y mientras tus soldados se divierten y desahogan contigo, yo estaré alejándome de aquí con la auténtica Nanyalín.

—¡Me escaparé! —chilló el goblin.

Yirkash sonrió; sus labios se abrieron para mostrar una ristra de dientecillos irregulares en un gesto que hizo estremecer a Dujal. La Oscuridad le susurraba cosas desagradables. Debía ignorarla o no sería capaz de proseguir.

—Hazlo, Ulaing —dijo—. ¡Escapa! Te he maldecido al tocarte; cualquier criatura que te vea, hasta la lombriz más miserable, verá en ti a su peor enemigo. Tarde o temprano, alguien acabará contigo. Tus días están contados.

Ulaing quedó clavado al suelo. Se arañó las mejillas hasta hacerse sangre, sus ojos vagaron por la celda, desesperados. De pronto, se tiñeron de rabia.

—¡Hijo de perra! —rugió—. ¡Te romperé el cuello! —Se lanzó contra los barrotes y sacó una mano—. ¡Ven, ven aquí! ¡Ven aquí, sin trucos de mierda!

Yirkash se volvió hacia él como un rayo. En un segundo, cambió su espada por una de las armas que los goblins habían abandonado al huir. Una maza. De un golpe machacó la mano que Ulaing asomaba. Éste cayó de espaldas, con la mano destrozada, el hueso de la muñeca asomando de su carne como un colmillo sangriento.

—Ahora su disfraz está completo. —Yirkash se acercó a la reja—. ¡Di, bastardo! ¿A cuántos soldados has dejado entrar en esta jaula estos días?

Ulaing se retorcía sobre el suelo sucio.

—¡Vete al infierno! Era una esclava de los parideros… Una esclava fugitiva. Es la ley… Los soldados pueden usarlas.

—¿Cuántas veces? —aulló Yirkash, y amenazó con entrar en la celda.

—¡No me mates! —suplicó entonces Ulaing—. ¡Por favor, no me mates…!

Yirkash se retiró y soltó el martillo. Temblaba. Recuperó su espada y limpió la hoja en su mandil antes de envainarla. Luego, tomó a su hermana en brazos con más ternura de la que nunca hiciera gala.

Salieron del calabozo a tientas. En el vestíbulo, la Oscuridad era tan densa que parecía resbalar sobre la piel como aceite. Se les colaba en la nariz y la garganta y les dejaba cercos helados sobre la piel. El hechizo cobraba fuerza. Dujal luchaba por controlarlo; Manx ya se lo había advertido. «Nunca lo ejecutes si no mantienes una luz en tu corazón para disolver el hechizo.» Algo difícil en aquel lugar. Dujal se consideraba una criatura optimista, afortunada. El mundo era luminoso; eso creyó, al menos, hasta entrar en la Ciudad de Piedra y conocer a los goblins. Ahora el desengaño había deshecho sus convicciones, y mantener la luz era difícil. Imposible.

Alcanzaron la puerta de las mazmorras. Estaba abierta; la salida era como una boca de luz enmarcada en negro.

—Una vez dejemos atrás las tinieblas, ya no podrás entenderme —le advirtió Dujal a Yirkash.

En el pasillo había calma. Ya no sonaba el cuerno de batalla. Dujal apoyó la espalda contra la pared y recuperó el aliento. Estaba exhausto, a pesar de haber recorrido apenas unos cuantos pasos. El aire abrasó su garganta e hizo que la cabeza le diera vueltas. Dujal reprimió una arcada. Su cuerpo trataba de expulsar la Oscuridad; debía dejarla salir. Pero aún no era el momento.

—¿Te encuentras bien? —le preguntó Yirkash.

Dujal asintió.

—¡Pues vámonos! —le apremió el herrero—. Airún y Xarin nos esperan.

Dujal obedeció como un autómata. El cuerno callaba; tampoco llegaban los gritos desde la plaza del mercado. Quizá estaban demasiado lejos, o la batalla había terminado, o él tenía la cabeza llena de niebla. En el pasillo toparon con una pareja de goblins: un soldado veterano que renqueaba apoyado sobre un joven cadete. El veterano tenía un tobillo roto, y el crío que le hacía de muleta lo arrastraba con la mirada empañada de horror. Pasaron a dos pasos unos de otros, pero ni siquiera se miraron. Yirkash los observó alejarse.

—Creo que los centauros ya han conseguido huir. ¡Vamos, deprisa!

Lograron llegar al punto de encuentro sin problemas. El Arroyo de la Sima se deslizaba en susurros; al fondo destellaba un resplandor, allí donde el agua perforaba la roca. Una promesa de luz y aire fresco. Dujal lo miró con ansia. La salida no parecía ya tan lejana. Por primera vez en muchos días sintió que todo llegaba a su fin.

Las esclavas aguardaban tras una gran estalagmita. Xarin les preguntó con recelo si no los habrían seguido, pero Airún sonrió al verlos y corrió hasta Dujal con la cesta colgada del brazo.

—¡La encontramos, gato! —exclamó, y levantó la tapa de la cesta.

El interior estaba forrado con pañales ya no demasiado limpios. Dujal captó el olor a orina de gato. La pequeña phoka se agazapaba con las garras clavadas en el mimbre; agachó las orejas y siseó, dispuesta a saltar. Aquellos ojos que lo miraban furiosos eran inconfundibles, igual que la piel tricolor y el morro pintado en blanco y negro. Dujal tapó de nuevo la cesta para evitar que escapara. Tal vez la gatita estaba más sucia y delgada, pero no era nada que un buen baño y una comida no pudieran solucionar. Agarró a Airún por la cintura y la hizo dar una vuelta en el aire.

—¡Gracias, gracias de verdad!

—¡Para! —le dijo Airún ahogando la risa—. Xarin también ayudó.

Dujal se volvió hacia la esclava pelirroja. Xarin alzó las manos para detenerlo.

—Dice que mejor nosotros fuera deprisa —le tradujo Airún.

—Deberíamos esperar a Boros —dijo Dujal.

Airún le repitió la cuestión a Yirkash.

—No creo que tu amigo tenga problemas para salir por su cuenta.

La verdad es que si alguien podía encontrar una salida sin problemas, ése era el chico serpiente. Dujal todavía se preguntaba cómo había logrado entrar, aunque sabía que Boros siempre aparecía allí donde se lo reclamaba, aunque fuera en el corazón de una montaña. Era su don. Su habilidad.

Yirkash encabezó la marcha. Se metieron en el agua gélida hasta la cintura y siguieron el curso del arroyo en fila india sin mediar palabra. La luz era una esperanza que se acercaba cada vez más. Dujal sentía que algo no iba bien; a cada paso tenía más claro que no sería capaz de llegar hasta el final por su propio pie. El estómago no paraba de darle vueltas, se revolvía en su interior un líquido espeso que subía por su garganta y le dejaba en la lengua sabor a ceniza. Una arcada lo obligó a detenerse. Dujal se cubrió la boca; entre sus dedos se derramaban volutas negras y densas que se elevaron hacia el techo como gotas de aceite en un vaso de agua. Todo giraba a su alrededor. Debía expulsar la sombra. «Vamos —se dijo—, aguanta un poco más.» Había rescatado a la hija de Manx, sacaría de allí a Yirkash y a las esclavas, y llevaría a Nicasia a un lugar donde pudiera curarse. La salida estaba al alcance de la mano.

Entonces, Yirkash se detuvo. Una reja cerraba el camino, barrotes gruesos como puños que perforaban suelo, techo y paredes, lo bastante apretados para que nadie pudiera colarse entre ellos, sin puerta ni cerrojos que forzar.

—¡Pero comprobé la salida hace dos días! —aseguró Yirkash—. Esto no estaba aquí. ¡Esto nunca ha estado aquí! —Se volvió hacia las esclavas—. Ha tenido que ser una de vosotras...

—También has podido ser tú —lo acusó Xarin.

—¿Yo? ¿Después de traicionar a los míos y organizar nuestra huida?

Dujal medió entre ambos y calmó los ánimos. Alguien

había puesto la reja allí, o había mandado ponerla. ¿Por qué? Daba igual, ahora estaban atrapados como ratas. En la mente del phoka las ideas giraban tan rápido que no lograba aclararse. Sólo quería que todos callaran. Se sentía enfermo y desesperado, y al límite de sus fuerzas.

Cesó la discusión. Yirkash confió a Dujal el cuerpo inerte de Nicasia.

—Quizá pueda arreglarlo —murmuró.

Agarró dos barrotes y cerró los ojos. Los goblins son hijos del fuego y de la montaña. Nacen en las entrañas de la roca donde nunca llega la luz, así que no la necesitan para ver. El fuego no los quema, pues se crían al calor del magma oculto en el interior de la tierra. Ningún duende conoce mejor esos fuegos que los herreros; pueden llamarlo para que les facilite el trabajo. Eso hizo Yirkash: recordó el calor de su fragua, el metal al rojo vivo crepitando como una criatura viva, y el hierro de la reja se calentó al abrigo de aquel recuerdo.

A sus espaldas oyeron pasos, pasos de marcha marcial que se acercaban para darles caza. Yirkash se concentró en el calor.

Dujal aguardó con el cuerpo de la ingeniera cada vez más pesado en sus brazos. El silbido lo hizo estremecer. Xarin se alejó de los barrotes.

—¡Se escapan! —gritó—. ¡Aquí, deprisa!

Airún soltó la cesta y saltó sobre su amiga para hacerla callar. Las esclavas rodaron por el agua. La cesta flotó y se detuvo contra Yirkash, aún ocupado en su tarea. Dujal caminó hasta ella; cada vez importaba menos lo que ocurriera. Si separaba los labios dejaría escapar algo horrible. Tenía la lengua seca, y la derrota trepándole por el lomo, una carga imposible de soportar.

—¿Qué puedes esperar del verde traidor y del gato? —oyó que gritaba Xarin—. Fuera no hay nada para nosotras. Los goblins me dejarán volver a mis cocinas.

—¡Y una noche un esclavo te rajará el cuello por chivata! —respondió Airún.

—¡No serás tú!

—¡Quietos! —gritó alguien tras ellas—. ¡Quedaos ahí! —La boca del túnel quedó bloqueada por un grupo de soldados que los apuntaban con ballestas. El goblin que había gritado se adelantó unos pasos en el agua—. Si os entregáis no seréis ejecutados. Podréis trabajar en las minas como reemplazo de los centauros.

Airún miró a los goblins con Xarin entre sus manos. Sacó su cuchillo.

—Seré yo —dijo mientras hundía el cuchillo en el cuello de Xarin—. ¡Seré yo!

Chascaron tres ballestas a la vez, un graznido de madera, metal y cuerda. La primera flecha rozó la sien de la mestiza, la segunda alcanzó su vientre y la tercera se hundió en su garganta. Airún giró como una marioneta. Clavó por un segundo el brillo amatista de sus ojos en Dujal, mientras caía al agua.

El phoka sintió que sus músculos se volvían de lana mojada. Las piernas no lo sostuvieron, y la esperanza tampoco. Soltó a Nicasia antes de caer de rodillas. Los ojos le quemaban; lloraba alquitrán hirviente. Abrió la boca. La Oscuridad brotó espesa como el cieno de un pantano. Vomitó el alma hasta los huesos. Esta vez la Oscuridad abrasaba la piel, lo envolvía todo, lo ahogaba todo obedeciendo la voluntad de su anfitrión, que sólo deseaba librarse de ella, aquella carga de aflicción que envenenaba y pudría su espíritu. Quería que las sombras lo borraran todo, la muerte, la barbarie, la traición… Quería escupir los recuerdos junto a las tinieblas. Sólo anhelaba que el dolor se marchara. Cada vez le pesaba menos el cuerpo. Se desinflaba como un odre vacío, una cáscara de papel de seda que recubriera un armazón de huesos como alambre. Lo único que quedaba de Dujal era su tristeza y su rabia anegando el túnel, una protesta que no tenía voz ni luz, sólo decepción.

Malas artes

No faltan hadas que relacionan la nigromancia con nichos fétidos, polvo de cementerio y macabros rituales a la luz de la luna llena. Piensan en palabras altisonantes recitadas a pie de tumba, braseros donde se queman sustancias misteriosas y hechiceros fascinantes y siniestros capaces de cualquier cosa. Para Isma'il, que acababa de salir de un larguísimo trance, la nigromancia estaba más relacionada con un horrible dolor de cabeza, tener el cuerpo entumecido y estar de un humor poco favorable. En el momento que se dejaba caer sobre su viejo diván y buscaba sus ropas a tientas, se sentía muy lejos de ser fascinante o siniestro, y mucho más cerca de convertirse en un hada acatarrada. Asimilar el alma de Galad, el bardo clurican, le había costado más trabajo del que había llegado a imaginar. En vida, el bardo había sido un pusilánime; su espíritu, sin embargo, luchó con fiereza para no terminar en sus manos. Eso le agradaba, aunque el ritual era agotador y el trance siempre lo dejaba exhausto. El pulso de poder era una sensación única. Isma'il acomodó la cabeza sobre un cojín. Estaba sudando pese a la corriente otoñal que se colaba por el balcón; era agradable sentir cómo erizaba el vello de su piel. El ciego suspiró, cerró los ojos y se llevó la mano al pecho. Bajo los dedos, el corazón recuperaba su ritmo habitual, y casi al mismo tiempo lo invadía una agradable somnolencia. Sabía que no era buena idea quedarse dormido sin vestir, pero estaba en uno de esos momentos en los que la pereza puede al sentido común. Por primera vez desde la muerte de su abuelo tenía un instante de paz.

—Señor.

La voz que lo reclamaba era inexpresiva y separaba cuidadosamente las sílabas. Isma'il se incorporó a su pesar. «No hay descanso para el malvado», pensó. Aun inmóvil, la marioneta delataba su presencia con un suave tintineo, como si estuviera llena de bolas de metal que se rozaran entre ellas. Fárfara no estaba diseñada para ser discreta. Era su asistenta personal, su lazarillo y su herramienta más útil. Podía saber dónde se encontraba siempre gracias a aquel curioso repicar y al delicado olor a cedro que desprendía. Todo en ella estaba pensado para ayudarlo en su día a día, desde la altura, ni demasiado alta ni demasiado baja, la justa para poner una mano en su hombro y dejarse guiar. Hasta su tacto suave de madera pulida y barnizada era cálido.

—Dime.

—El joven Rashid está en la puerta.

Isma'il ajustó las ajorcas de madera que llevaba atadas al pelo.

—¿Qué hora es?

—Mediodía.

El trance se había alargado más de lo que esperaba.

—Hazlo pasar —dijo poniéndose la túnica.

Isma'il sospechaba que la visita de Rashid no era de cortesía. Eran primos; compartían sangre y techo, y habían compartido a Eleazar como abuelo antes de que el anciano muriese tres días atrás. Isma'il quería a Rashid. Entre los Ibn Bahar, el grado de parentesco era importante: unía como sólo une la sangre, y además determinaba el lugar de cada uno dentro del clan.

La cortina de cuentas de cristal que cubría la entrada al despacho repicó.

—¡Primo, tienes que ayudarme! —La voz de Rashid llegaba llena de angustia.

—¿Qué ocurre? —Isma'il dio una palmada sobre el cojín a su lado—. Siéntate. ¿Tienes hambre? A tu edad yo podía comerme un cordero entero. Con la tripa llena, los problemas siempre parecen menos serios. —El ciego tocó las palmas y el tintineo de la marioneta se acercó hasta ellos—. Fárfara, trae comida y una botella de agua de jengibre.

—De inmediato —contestó la marioneta con voz monocorde.

Rashid tomó asiento sobre el diván. Los cojines expulsaron un leve suspiro de plumas. Rashid dudaba. Isma'il oyó el roce de sus manos sobre un papel.

—Ha llegado una carta desde la caravana —dijo el niño—. Es de mis padres, y dice que ahora que el abuelo ha muerto tengo que volver con ellos. Elegirán al sustituto del abuelo en el consejo, y estoy entre los candidatos.

—Lógico, eres su nieto. El mayor de ellos. Te elegirán a ti.

—¡Yo no soy el mayor de sus nietos! —exclamó, pero se calmó y continuó con su voz habitual, dulce e insegura—. Eres tú, Isma'il. Tu padre era el primogénito del abuelo Eleazar. Ese puesto es tuyo.

Isma'il sonrió al ver cómo se confirmaban sus sospechas.

—Nunca me permitirán ocupar el lugar del abuelo en el consejo —dijo.

Lo cual era un alivio.

—¿Por qué no? ¿Es porque eres ciego, primo? Eres inteligente; el abuelo te educó, y has trabajado como mensajero real. Conoces la vida en la caravana y en la Corte de los Espejos. Nadie podría hacerlo mejor que tú.

Isma'il subió una manga de su túnica para mostrar a Rashid los dibujos que cubrían la piel de su brazo, de todo su cuerpo.

—Nadie que lleve las marcas de la nigromancia puede

entrar en el consejo. Se prohibió cuando expulsaron de la caravana a Kaim. Fue una sabia decisión.

En la caravana se consideraba a los nigromantes como un mal necesario. Los aceptaban de mala gana, porque gracias a ellos era posible consultar a los antepasados en situaciones difíciles y deshacerse de rivales comerciales de forma discreta. Podían ser excelentes espías e incluso terribles guerreros, pero el arte de doblegar almas convertía a estos hechiceros en gente extraña. La mayoría de los nigromantes tenían un escaso interés por las cosas inmediatas; siempre miraban a un lugar que los demás no podían ver. Hurgar tras el velo de la muerte los lastraba con el ansia del conocimiento. Los que eran capaces de mantener a raya su curiosidad tenían que soportar la certeza de vislumbrar apenas una parte del secreto de la existencia. Pero aquellos que sucumbían a la tentación de ir más allá se volvían locos; el conocimiento los llevaba a la tumba. Los nigromantes se resentían del recelo de sus congéneres. Ellos, que sabían más de la existencia que cualquier otra hada, eran relegados a ejercer de simples mediadores por un bien común que les parecía vulgar y mundano. De los demás conseguían reconocimiento, nunca afecto. La soledad y la soberbia eran sus únicas compañeras. A Isma'il le maravillaba que en toda la historia de los Ibn Bahar sólo Kaim hubiera intentado, en su locura, destruir a su propia familia. Eleazar le había contado miles de veces lo ocurrido durante «los Días del Ancestral», cuando el hechicero había estado a punto de acabar con ellos. Desde ese día, a los nigromantes se les impusieron estrictas reglas, se les obligó a llevar los tatuajes que los distinguían y se les prohibió formar parte del consejo. Eran tratados con respeto y recibían honores reservados sólo para ellos, pero también se les vigilaba con celo.

—Entonces —dijo Rashid—, me quedaré contigo y estudiaré nigromancia.

—¡Ni hablar! —Isma'il golpeó el brazo del diván con

tanta fuerza que asustó al niño—. ¡Eso te lo prohíbo! Nunca serás mi alumno. Y ningún otro nigromante del clan será tu maestro si no quiere vérselas conmigo.

Las campanillas de Fárfara retumbaron en el silencio. La marioneta entró y dejó la bandeja con la comida sobre el escritorio del despacho.

—Retírate —le ordenó Isma'il.

Había enfado en su voz. Tanteó la mesa hasta dar con su vaso. El sabor del jengibre le llenó la boca, picante y dulce. Luego, el ciego buscó la mano de Rashid.

—Tus padres te conceden un gran honor —le dijo—. Pertenecer al consejo te dará la oportunidad de estudiar y de ayudar a la caravana. Es una buena vida.

—Es una responsabilidad horrible… —protestó Rashid—. No podré. Mis padres me mandaron aquí para que aprendiera la vida en la Corte. No quiero irme tan pronto. No quiero volver.

Rashid lloraba. Isma'il lo sintió temblar. Lo abrazó, y el niño hundió la cara en su pecho; sintió el cálido vaho de su respiración contra la túnica. Podía entender sus sentimientos, sus deseos. Tiempo atrás, también él se había arrojado a los brazos de Eleazar buscando aliviar sus temores. Pasó los dedos por la cabeza llena de rizos cortos y prietos. ¡Cómo no sentir lástima ante el peso de aquella responsabilidad! El consejo estaba plagado de serpientes; cada una de las familias del clan tiraba de los hilos en su beneficio. Los ancianos no siempre eran justos ni considerados, y sus aprendices debían espabilar para no acabar convertidos en peones de aquel juego cruel. Muchos no eran mejores que sus maestros; sus corazones estaban llenos de polvo. Eleazar había tratado de poner fin al abuso, pero sólo había logrado desencantarse de su propia gente y alejarse de ellos. Se había marchado a la Corte de los Espejos, a vivir con su nieto. La idea de que Isma'il estudiara nigromancia había sido suya.

«De este modo serás útil a los Ibn Bahar —le había dicho

antes de tatuar en él las marcas de la nigromancia—, tendrás el gobierno de tus decisiones.»

—Escúchame —le dijo Isma'il a Rashid—. Si el consejo te reclama y tus padres quieren que vuelvas, yo no puedo hacer nada para evitarlo. Tarde o temprano tendrás que obedecer.

—¿No puedes ayudarme? —le preguntó el niño—. ¡Haré lo que haga falta! ¡Me quedaré aquí, te haré compañía y te ayudaré en todo lo que necesites!

—¿Y agotar tus días cuidando a un tullido? ¿Tan desesperado estás?

—Tú no eres ningún tullido. Eres mi primo, y te quiero. Lo haría encantado.

Isma'il buscó el plato sobre la mesa, cortó un pedazo de carne y se lo metió en la boca. Necesitaba pensar. Deseaba proteger al muchacho. Quizá él pudiera enseñarle. A fin de cuentas, sus padres lo habían mandado allí para que aprendiese. Tal vez algún día, en el futuro, podría ocupar un puesto entre los ancianos y seguir según sus propias reglas en lugar de dejarse arrastrar por otros. Bebió un largo trago, y el jengibre hormigueó en su lengua. Ojalá no estuviera equivocándose.

—Puedo hacer que te quedes en la ciudad durante un tiempo, Rashid, pero eso tiene un precio. Tal vez te ponga en una situación incómoda.

Rashid tardó unos segundos en contestar.

—Estoy seguro de que podré afrontarlo.

«Ya veremos», pensó Isma'il.

—Debes saber algo: el abuelo fue envenenado. Alguien lo mandó matar.

—¿Qué? ¿Qué dices? Pero… ¿Cómo lo sabes?

Isma'il le contó la historia que había oído la noche anterior del bardo Galad. Rashid escuchó atentamente, sin interrumpirle.

—Sólo tú y yo sabemos esto —concluyó Isma'il—. Los

demás, aquí en la Corte, piensan que el abuelo murió de viejo. Nosotros destaparemos la verdad.

—Asesinado… —murmuró Rashid.

—Escribiré al clan y les contaré lo ocurrido. Les diré que ahora me resultas imprescindible para dar con los culpables, y que volverás a la caravana cuando lo hayamos hecho. Te permitirán quedarte. No es mentira; necesito tu ayuda.

—¿Qué tengo que hacer?

—Dime qué ocurre en casa de Marsias.

Rashid dudó antes de contestar.

—Está cerrada, y no creo que vuelvan a abrir. Mesalina se llevó a Marsias a los sanadores de FuegoVivo. No creo que regresen.

Isma'il torció la boca. Si Mesalina se había llevado a Marsias, tal vez fuera verdad que se habían marchado para siempre. Una lástima. El burdel era un buen sitio para reunirse con sus informadores. No había pensado en el sátiro aquellos últimos días. Marsias jugaba al ajedrez con Eleazar una vez a la semana; compartían alguna botella de licor y conversaban hasta bien entrada la noche. Pero no confiaba en Isma'il. Mantenía la distancia. Cuando Isma'il iba a casa del sátiro, bien por negocios, bien por placer, su anfitrión lo trataba con el mismo respeto que al resto de sus clientes. No más. Nunca habían cruzado frases que no fueran mera cortesía. Isma'il sospechaba que Marsias conocía sus asuntos, y que no le gustaban. Debía de saber que él era mucho más que el mensajero de su majestad. Una vez, cuando era joven y necio, trató de sonsacar al sátiro de la peor manera posible: solicitando sus servicios. Isma'il confiaba en sus armas de amante, y creyó que podría embaucar al sátiro como ya había hecho con otras hadas. «¿Crees que puedes ganarme en mi propio terreno? —le preguntó Marsias—. No eres el primero que lo intenta.» Lo agarró por la nuca y lo besó. Isma'il no pudo resistirse; el sátiro conocía bien su oficio. Sus caricias eran quirúrgicas; sabían a dónde ir y qué hacer, y no tardaron en convertir su voluntad en humo. Isma'il se limitó a dejarse llevar por aquellos labios. Le hubiese contado lo que fuera para que continuase, habría hecho cualquier cosa para seguir enredado en aquel abrazo feroz. Marsias lo despidió con una palmadita en el culo y una sonora carcajada. Jamás lo habían humillado tanto con tan poco. Aquel beso permanecía en su memoria como una cura de humildad.

Marsias había muerto el mismo día que su abuelo, tres días después de su última visita. En aquella ocasión no fue a jugar al ajedrez; traía con él a un niño sátiro. Eleazar los hizo pasar al despacho, donde mantuvieron una larga charla a puerta cerrada. Demasiada casualidad; desde luego, era algo que merecía la pena investigar. Isma'il necesitaba el burdel abierto y a Mesalina de vuelta.

—Voy a pedirle a Fárfara que escriba una carta, y tú la llevarás al santuario de FuegoVivo. Tienes que entregársela en mano a Mesalina y a nadie más.

Estaba seguro de que la sátira picaría el anzuelo, pues no hay reclamo más poderoso que la venganza. El ciego sonrió. Nadie aventajaba a los Ibn Bahar en el arte de tejer telarañas.

La Luz del Bosque

Yirkash estaba tan concentrado en su hechizo que no vio cómo la Oscuridad se le venía encima como una ola gigantesca. Un golpe helado lo aplastó contra los barrotes, el metal cedió y el goblin rodó arrastrado por una nada que parecía calar hasta los huesos y se le metía por la boca y por la nariz presionándole los pulmones. Cerró la boca e intentó reservar el poco aire que le quedaba, así como encontrar algo a lo que agarrarse. No estaba dispuesto a morirse ahora que tenía la libertad frente a él. Recordó las tardes al calor de la forja, cuando al fin acababa su jornada y se sentaba en un rincón, con la espalda apoyada en la pared, cansado como un perro. La satisfacción por el trabajo bien hecho, el merecido descanso, su cena sencilla y casi siempre solitaria iluminada por el relumbre de los rescoldos... No renunciaría a sus pequeños placeres. «Si la huesuda quiere cogerme, tendrá que esforzarse», pensó antes de darse cuenta de que había dejado de rodar y volvía a respirar con normalidad.

La Oscuridad se desvanecía a su alrededor como la niebla ante el sol de la mañana. Las sombras huían. Yirkash tardó en reaccionar. Estaba agarrado a una roca en medio del arroyo, temblando de pies a cabeza. El agua le llegaba a los hombros, pero la corriente no era fuerte; aun así, no era capaz de soltarse ni de moverse. Se encontraba al otro lado de los barrotes. La salida de la gruta se hallaba tan cerca que podía escuchar el rumor del agua despeñándose montaña abajo. Junto a él se agitaba una enorme nube negra sin forma que parecía haberse tragado el mundo. Yirkash gritó llamando a Dujal y a las esclavas; esperaba verlos salir de aquel vientre de alquitrán. Sin embargo, los minutos pasaron y nada se movió, nada contestó. Los llamó otra vez mientras el cuerpo se le entumecía y despertaban en él todo tipo de dolores. No era capaz de mover el hombro izquierdo sin sentir un dolor que lo obligaba a apretar los dientes. Sus manos, hinchadas y torpes, se negaban a soltar su roca. Aguardaría. Vería salir a alguien. Le horrorizaba ser el único superviviente.

No estuvo mucho tiempo en el agua, aunque le parecieron siglos. A veces, el cuerpo se le aflojaba, entonces se espabilaba y volvía a gritar. Habría muerto allí, congelado a pocos pasos de la salida, de no ser por un diminuto llanto. La desesperación estaba a punto de volverlo loco cuando creyó oír algo dentro de la sombra, un chillido asustado. Algo reclamaba auxilio, como él, dentro de la niebla negra. Yirkash no deseaba regresar allí ni por todo el hierro del mundo. Dudó, aferrado a su roca. El llanto no cesaba. Yirkash tomó aire y, sin pensarlo más, se zambulló en la negrura.

Allí no había agua, ni sonido; ni siquiera había suelo, sólo una desoladora tristeza. Yirkash quiso llamar a sus compañeros, pero de su garganta no salió nada. Se giró a tientas, y entonces la vio; en medio de la Oscuridad flotaba una silueta. Dos ojos de ámbar lo miraban. Yirkash quedó hipnotizado; ahora veía claramente a una phoka adulta, una phoka de melena castaña y hocico rayado que sostenía entre sus brazos a una gatita tricolor.

—No puedo salvarlos a los dos —dijo al goblin.

Yirkash recogió al cachorro. Acarició su piel sucia y advirtió que el animalito se calmaba. Un pellizco de felicidad le encogió el corazón. Alguien aparte de él había sobrevivido; ya no estaba solo. Vio que Manx desaparecía en silencio, y que la estela de su silueta disipaba la Oscuridad.

Yirkash se halló de pronto en la salida de la gruta. Tenía el cielo de la tarde frente a sus ojos, y en los brazos la gatita que Dujal había buscado con tanto empeño. Se volvió. La Oscuridad había desaparecido. Tenía la certeza de que no quedaba nadie por esperar.

A sus pies daba comienzo una vereda. Quizá los goblins la habían usado tiempo atrás, cuando aún vivían fuera y no encerrados en su montaña. En otra época habían tenido libertad para entrar y salir a su antojo. Luego, las cosas cambiaron y fueron obligados a vivir como prisioneros en su propio hogar, en TocaEstrellas, aunque Yirkash desconocía el motivo.

Descendió despacio. El camino estaba descuidado, cubierto de grava y hierbas espinosas que se le enganchaban a la ropa y le arañaban las piernas.

Yirkash, al igual que los goblins de su edad, conocía muy poco el Exterior, tan sólo de alguna que otra ojeada. «Fuera sólo tenemos enemigos —decían los mayores—. Aquí somos fuertes, y los señores de los clanes cuidan de nosotros.» En esta creencia se había educado. Cualquier goblin con un motivo y los permisos oportunos podía salir de la montaña, pero conseguir esos permisos cada vez era más difícil. El Exterior se iba volviendo un lugar difuso y aterrador.

Yirkash no despegaba los ojos del sendero. Acostumbrado a la penumbra, la escasa luz del atardecer lo molestaba. No quería pensar en cómo lo cegaría el amanecer del día siguiente. Estaba agotado. Caminaba con la gatita pegada al pecho; el calor de aquel cuerpecillo peludo le daba cierta tranquilidad.

Durante su infancia, TocaEstrellas había sido un hogar amable y acogedor, no exento de lujos. Yirkash recordaba el día en que su vida había empezado a torcerse: el día en que se publicó el bando que prohibía las ventanas y puertas que abrieran al Exterior. Según el bando, que se leyó en la plaza del mercado, los huecos y accesos podían delatar su posición al enemigo. «¿Qué enemigo?», se había preguntado Yirkash observando con tristeza su ventana cegada. No lo preguntó porque conocía la respuesta. «Los aen sidhe. Los elfos nobles.» Sus padres habían perdido a un hijo en la Guerra de TocaEstrellas, y eran fieles a todo lo que el Jefe del Mercado y señor de los clanes ordenara. Para ellos fue el Exterior, y no la guerra, lo que había acabado con aquel hermano que Yirkash jamás conoció. La noche del bando lloró en su cama sin entender por qué le habían quitado un paisaje que amaba; también oyó sollozar a Nanyalín. Fue un extraño consuelo descubrir que había alguien más triste que él. Tardó años en comprender que aquella ventana era la única libertad de la que gozaba su esclava. Ahora él se encontraba allí fuera, formaba parte del paisaje y estaba helado; no le quedaban fuerzas para dar otro paso y el cuerpo le dolía cada vez más.

Bajó de la montaña a duras penas. Deseaba, ante todo, encender un buen fuego para pasar la noche. Tal vez fuera una mala idea, pero necesitaba entrar en calor o no llegaría más lejos. En cuanto saliera el sol volvería a ponerse en marcha. Buscaría un pueblo, algún sitio donde se hicieran cargo de la pequeña phoka. Él no podía acercarse a la Corte de los Espejos, ya que existía pena de muerte para los goblins. Tampoco sabía cómo lo recibirían en cualquier otro sitio. Era un riesgo que debía correr. Luego, regresaría a la Ciudad de Piedra y buscaría a Nanyalín y a los demás.

Caminó sonámbulo hasta que no pudo más. Se había adentrado casi una legua en el bosque. Halló una choza, el refugio abandonado de algún pastor. Aún conservaba parte del techo. Se derrumbó sobre el suelo de tierra, junto a los restos de una pared cubierta de musgo. Aquellas piedras ofrecían cierto amparo del cruel viento de otoño que gemía entre los árboles. Reunió un hatillo de ramas sobre el suelo. Estaban húmedas, pero Yirkash era un herrero goblin, y el fuego era su aliado. Escupió sobre la leña. Estalló un chispazo y las llamas se alzaron alegres. Yirkash se arrimó, y la gatita se acurrucó entre sus piernas, ronroneando. El fuego danzaría mientras él no se durmiera. Al calor de las llamas, el herrero examinó sus manos. Dos largas quemaduras le surcaban las palmas, provocadas por los barrotes que cerraban la cueva. Quemar a un goblin no era fácil, a menos que se empleara fuego mágico. Era la primera vez que Yirkash sufría heridas semejantes, y no sabía cómo curarlas o aliviarlas.

Un relincho lo puso en alerta. Un trote amortiguado por la hierba, acompañado por el repique del metal. La gatita se había despertado; tenía las orejas tiesas y el lomo crispado. «Calma, enana —le dijo Yirkash—. Nadie armaría tal escándalo si pretendiera atacarnos.» Pensó en apagar el fuego, pero no tuvo tiempo. Vio surgir de entre los árboles la cabeza de un caballo astroso, una bestezuela con aire de ganga flaca, la mirada vidriosa, el pelaje sin brillo. Tampoco el jinete era un galán, sino un viejo embutido en una armadura aplastada, llena de óxido y abolladuras. Cubría sus hombros una capa raída de un color que parecía haber sido rojo tiempo atrás. El anciano se acercó a la choza, alzó una mano y habló, pero Yirkash no entendió una sola palabra de su saludo.

—¡Campamento! —dijo entonces el caballero. Pronunció la palabra en goblin, con un fuerte acento. Yirkash se maravilló de que alguien del Exterior conociera su lengua—. ¡Campamento! —repitió el anciano—. Invoco las sagradas normas de cortesía que rigen los caminos.

Yirkash sacudió la cabeza. ¿Estaría soñando? Observó perplejo a la visita.

—Eres bienvenido a mi fuego —le respondió al fin.

El caballero se frotó las manos, desmontó con un chirrido metálico, entró en la choza y tomó asiento junto a la hoguera con un gemido de placer.

—Un goblin y una phoka… —murmuró tras entrar en calor—. Curiosa pareja; no es habitual por aquí. —Yirkash no respondió—. Pero qué horribles modales, no me he presentado. —El caballero se puso en pie e hizo una elegante reverencia bajo su armatoste de chatarra—. A tu servicio.

—Yo soy Yirkash. Herrero del Clan de la Forja. Ella no tiene nombre.

—¿Lo ha perdido? —le preguntó MalaSenda mientras volvía a sentarse—. ¡Los críos lo pierden todo! ¡Ja!

«Puede que esté loco», pensó Yirkash. A la luz de la hoguera estudió a su huésped a placer. Era un hada elegante, de gran porte, a pesar de su mucha edad. Tenía el pelo cano. Su piel, morena y curtida, formaba arrugas en sus ojos y en la comisura de sus labios. A pesar de su lamentable aspecto, había en MalaSenda una majestuosidad que ningún harapo podía empañar. Se sentaba en el suelo con la misma distinción que si hubiese estado rodeado de cojines de seda. Era el anciano más noble que Yirkash había visto en su vida. El más noble…

«¡Es un aen sidhe!», comprendió entonces el goblin. ¡Un elfo, un noble de la vieja sangre! No esperaba que su primer encuentro tras huir de la montaña fuera con un enemigo de su gente. Aquello no podía ser más que una trampa.

—Qué buen fuego tienes aquí —dijo MalaSenda quitándose los guanteletes—. Es una bendición hallar un fuego amigo donde calentarse en este bosque.

—Amigo, sí… —repitió Yirkash con recelo.

—Se me ocurre que celebremos este encuentro. Un goblin y un sidhe juntos al calor de la hoguera… Será algo digno de contar.

MalaSenda volvió a levantarse. Yirkash no había conocido nunca un trasero de peor asiento. El elfo fue hasta su caballo, el cual había dejado caer su carga para desmoronarse junto a un arbusto.

—Pero, RompeTruenos —protestó MalaSenda—, por los dioses, te tengo dicho que no tires mis cosas al suelo. Te cambiaría por una vaca y saldría ganando de no ser porque ningún granjero cuerdo aceptaría el canje. —El jamelgo ignoró a su amo, ocupado en buscar brotes tiernos a su arbusto—. ¡O por una bicicleta! —MalaSenda regresó a la choza con su petate y sacó de él una modesta botella de madera—. Sólo tengo un vaso —se disculpó enseñando a Yirkash un jarrillo de lata deformado—. No suelo contar con mucha compañía. ¡Salud!

Brindó por el goblin y bebió el primero. Yirkash entendió que el sidhe, lejos de ser descortés, pretendía mostrarle que su bebida no era peligrosa. Llenó de nuevo el vaso y se lo ofreció. Yirkash extendió las manos.

—Pero qué demonios… —MalaSenda agarró sus muñecas y vio las heridas de sus palmas—. Esto no tiene buen aspecto.

—Ha sido un accidente de trabajo.

—Permite que te ofrezca un alivio a esas heridas. Siempre viajo con algunas medicinas. A mi edad, errando por los caminos, me conviene ir provisto de toda clase de remedios, hierbas, jarabes y pomadas. Te diré qué haremos. Hay un arroyo cerca de aquí. Iré a buscar agua para limpiar tus quemaduras y, si tengo suerte, igual encuentro algo que nos apañe la cena.

—No es necesario —dijo Yirkash.

—¡Oh, si cenar no es necesario yo soy un troll de las montañas! —contestó MalaSenda alejándose del fuego.

Yirkash olisqueó el contenido del vaso de hojalata. Un vino de fuerte olor. Dio un sorbo prudente. Un calor agradable inundó su boca. Se atrevió a dar un trago generoso y se sintió confortado. Con el segundo trago vació el vaso.

Maldijo mientras el sidhe se alejaba. Nunca había oído nada bueno de los elfos. Eran una raza traicionera que colgaba a los goblins de las murallas de las ciudades y los obligaban a vivir encerrados en TocaEstrellas. Hadas altivas que se creían con el derecho de gobernar sólo porque sostenían ser las primeras criaturas creadas por los dioses, que no dudaban en lanzarse a la guerra sólo para mantener sus derechos y honores. Los aen sidhe odiaban a los goblins porque éstos se negaban a rendirles pleitesía. Ellos eran duendes libres, y tan orgullosos o más que cualquier noble. Encontrarse con un sidhe errante que se empeñaba en curarle las heridas y darle de cenar no encajaba en el historial que Yirkash conocía.

«Tal vez pueda convencerlo para que se la lleve con él —pensó acariciando a la gatita—. Podría dejarla en cualquier aldea, donde estarán encantados de servir a un soldado de la reina Silvania en vez de tratar con un goblin. Aunque no tuviera la piel verde, nadie se fiaría de mí, como yo no me fío de ese sidhe.»

MalaSenda regresó a la carrera sosteniendo una espada. Yirkash cogió a la phoka. Con un gesto elevó las llamas de la hoguera y creó una pared de fuego entre ellos y el caballero.

—¡Oh, perdona! —dijo el elfo bajando la espada en el acto—. ¡Qué estúpido! La torpeza hecha forma. Pero, verás, he topado con algo bastante raro junto al río. Quizá tú puedas decirme qué es… ¡Acompáñame, rápido!

Yirkash ordenó al fuego que se calmara. El arma de MalaSenda era larga y ancha. La hoja estaba mellada, algo torcida, un metal de mala calidad cubierto de óxido. Yirkash arrugó la nariz; un soldado que no sabía cuidar de su espada le inspiraba escaso respeto. Aquel trasto no servía ni como garrote.

Yirkash se llevó con él a la gatita. Siguió a MalaSenda y atravesaron el bosque en sombras hasta el río. La corriente venía de TocaEstrellas. Puede que fuera el mismísimo Arroyo de la Sima, que fluía con placidez ahora, en campo abierto, tras despeñarse por el interior de la montaña.

—¿Qué has encontrado? —preguntó al elfo.

—Cadáveres. Dos de los tuyos. Dos y medio, para ser exactos. ¿Por qué no has dejado a la cachorrilla en la choza?

—¿Sola en medio del bosque? No. Ella viene conmigo.

MalaSenda sonrió.

—Así habla un caballero.

El primer cadáver colgaba de un árbol. Por su tronco se derramaban hilos de sangre espesa. Lo habían mandado allí arriba de un golpe, pero no había sido un ataque mágico; el desdichado tenía un tajo en el estómago, y parte del contenido de su cuerpo estaba esparcido por la hierba. Yirkash sintió náuseas, aunque no tenía qué vomitar. Se tambaleó. MalaSenda se apresuró a cogerlo.

—¿Sabes que tienes una flecha clavada en el hombro?

—¿Qué?

—El astil está roto, pero la punta sigue clavada. Por el grosor parece el virote de una ballesta. No creo que te encuentres bien. Has debido de sangrar mucho.

Yirkash hizo memoria. Antes de que la Oscuridad se los tragara llegó a oír los pasos de una patrulla. Él estaba ocupado en abrir la vía de escape. No se había enterado de nada. ¿Así habían muerto sus compañeros? ¿Asaeteados?

De repente se sintió cansado y viejo.

—Volvamos al campamento —propuso MalaSenda—. Necesitas ayuda.

—Espera. Quiero ver el otro cuerpo.

MalaSenda lo ayudó. El otro goblin descansaba junto al arroyo. Parte de su cuerpo yacía sobre la grava de la orilla, pero sus piernas se las había llevado la corriente. Si eran miembros de una patrulla, ¿dónde estaba el resto?

—Tenemos que dejar la choza —dijo Yirkash—. Este lugar no es seguro, no. A estos soldados los ha atacado un monstruo. Lo conozco. Debe de seguir por aquí.

MalaSenda se mostró meditabundo.

—La Dama no me hizo venir en balde —murmuró—. ¿De qué me extraño? Ella nunca hace nada sin un motivo.

—Debemos irnos —insistió Yirkash.

MalaSenda no lo oyó. Examinaba un rastro de sangre

sobre la hierba que se perdía en los cañaverales. Se alejó del herrero, sigiloso como una pantera a pesar de la armadura. Yirkash fue tras él.

La sangre los condujo hasta un cuerpo desnudo tumbado entre los juncos. Era un muchacho delgado con la piel pálida cubierta de escamas, salpicada de una sangre negra y espesa que hervía al contacto de las cañas.

—Pero ¿qué clase de criatura es ésta? —preguntó Mala-Senda pinchándole el pie con la punta de su espada. El chico estaba lleno de heridas; tenía un brazo desgarrado, colgándole apenas de un tendón—. Desde luego, está muerto.

El muchacho abrió los ojos; eran ojos de reptil. Se incorporó con un rugido y una ristra de dientes como púas listos para arrancar la carne de los incautos. Lanzó la mano izquierda, armada con garras, contra la cara de MalaSenda, que logró esquivarla de un salto y retrocedió.

—¡Un Ancestral! —gritó el sidhe. Su espada se iluminó como una antorcha.

La criatura se mostró amenazadora, pero apenas tenía resuello; resoplaba y sangraba. Siseó una advertencia. Mala-Senda se quitó la capa y envolvió con ella su brazo. Se acercó al Ancestral. Éste arqueó la espalda como si fuera un gato a punto de atrapar un ratón y saltó. MalaSenda esquivó su ataque y lanzó un tajo con su espada que alcanzó la mejilla del monstruo.

—¡No, basta! —gritó Yirkash entonces—. ¡Parad los dos! ¡Boros! ¡Boros!

MalaSenda colocó su espada en el cuello del Ancestral.

—¡No! ¡Para! ¡Mi hermana…!

MalaSenda abrió los ojos.

—¿Esta cosa es tu hermana?

Yirkash se acercó despacio.

—¡Boros! —El chico serpiente lo miró—. Soy amigo de Dujal. ¡Dujal!

MalaSenda envainó su arma.

—¿Conocéis al caballero Dujal? ¿Los dos?

—Sí. Es una larga historia… Te la contaré si todos nos calmamos.

Boros señaló un matojo de juncos junto al riachuelo. A Yirkash le brincó el corazón dentro del pecho. Distinguió un bulto, una manta de lana verde. Corrió hasta las cañas. Un pie blanco asomaba de la tela. ¡Nanyalín! Su hermana de alma yacía envuelta de tal modo que sólo vio su rostro. Yirkash se tumbó sobre ella y la abrazó como un náufrago se agarra a un leño a la deriva. Lloró de alegría y de alivio. ¡Bendito monstruo! Había logrado sacarla de la montaña aun herido de gravedad. Le estaría agradecido eternamente.

MalaSenda carraspeó.

—Lamento interrumpir el reencuentro, pero…

Yirkash se volvió.

—¿Y Boros?

—Lo he dejado marchar —contestó el sidhe—. Me ha parecido prudente.

—¿Se ha ido?

—Tan rápido como el demonio. Los Ancestrales no son criaturas sociables.

—Llévatelas —le rogó Yirkash al elfo—. A ella y a la gatita. Necesitan ayuda. Tú puedes llevarlas a un lugar seguro.

MalaSenda se arrodilló y apartó la manta. Torció la boca al ver el estado del hada, pero no dijo nada. Le puso las manos en el cuello y buscó el pulso.

—Está viva… —murmuró—. Esto es obra de los dioses.

—Tiene los labios azules —advirtió Yirkash—. Necesita calor, y un médico. Por favor, yo no puedo ayudarla. Llévatela, por favor. ¡Por favor!

—La Dama me envió aquí para esto, sin duda. —MalaSenda miró al goblin—. ¿Y tú? También estás herido.

—Yo no soy importante ahora; sé arreglármelas.

El caballero sonrió y le dio una palmada en la espalda.

—¡Así habla un caballero!

Hizo bocina con las manos, tomó aire y gritó:

¡Hijas del haya, y del roble!
¡Hermanas del muérdago!
¡Sagradas señoras del bosque, salid!
¡Os lo ordeno por el Trono de Cerezo!
¡Por la ceniza del espino os lo ordeno!
¡No os hagáis de rogar! ¡Acudid!

De pronto, las copas de los árboles se llenaron de luz y vida. Tras las hojas podían oírse los susurros de cientos de voces como diminutos cascabeles que sonaran sin concierto. De las ramas cayeron hadas minúsculas, brillantes como luciérnagas. Las vespifatas agitaban sus alas relucientes como el cristal.

—No aúlles, Caldemeyn, somos pequeñas, no sordas. Ojalá lo fuéramos, así podríamos ahorrarnos tus horribles rimas.

Un millar de risas estallaron entre los árboles.

El hada que hablaba ante la nariz de MalaSenda era roja de los pies al pelo centelleante que adornaba su diminuta cabeza. Estaba delgada como su suspiro, y no vestía ropa ni llevaba adornos. Sostenía en la mano una pequeña lanza.

—Ya nadie me llama Caldemeyn, Pequeña Reina. Hace mucho de eso.

—Ahórrate tus historias, Caldemeyn; te llamaremos como queramos. ¿Acaso no somos las «sagradas señoras del bosque»? Te has olvidado de los señores, inútil; nunca sacaremos nada bueno de ti.

—Por eso os pido vuestra ayuda. Mis compañeros de viaje están heridos y necesitan ir a FuegoVivo con urgencia.

Las hadas revolotearon y examinaron a Yirkash y a Nicasia.

—¡Goblins! —exclamó la Pequeña Reina—. ¡Tus compañeros son goblins! ¿Y pretendes meter a estos asesinos de árboles en el santuario de FuegoVivo?

—¿No estás dispuesta a ayudarme?

—¡Claro que no! —El hada miró a Yirkash con desprecio—. ¡Goblins jamás!

MalaSenda se cruzó de brazos.

—Tendré que acudir a un poder más alto...

—¡Inténtalo!

—Tú eres la ofendida. Llámalo. Llama a Esus, llama a la Luz del Bosque.

El hada roja, la Pequeña Reina, puso los brazos en jarras. Discurrió consigo misma unos segundos antes de llevarse un dedo a la boca y silbar. Al momento se congregaron cientos de luces que zumbaban y parpadeaban, y discutían con voces agudas imposibles de entender. Finalmente, las vespifatas llegaron a un acuerdo. Alzaron el vuelo, reuniéndose sobre los árboles. Brillaban como una lluvia de chispas. El bosque estaba envuelto en fuego multicolor.

—¿Qué hacen? —preguntó Yirkash algo inquieto.

—Cantan, aunque no podemos oírlas.

Bajo aquella luz mágica, MalaSenda tenía un aspecto impresionante. Su armadura relucía como plata nueva y su mirada era serena y sabia.

Alguien se acercaba entre las hadas silbando una serena melodía. La luz de las hadas se extinguió, y Yirkash vislumbró en la noche la figura de un niño, un crío de diez o doce años, con el pelo negro, revuelto, enredado entre hojas y ramas que le daban un aire silvestre. Por único atuendo vestía una piel de lobo gris. Portaba en su diestra un fanal de hierro atado a una pértiga.

—Vaya, Caldemeyn —dijo con una sonrisa—, cuánto tiempo sin verte.

—Ya no me llamo así, Esus.

—¿Ah, no? —El recién llegado arrugó la nariz—. Así que

has cambiado tu nombre... Dime, ¿también eres otra persona? ¿Has conseguido cambiar tu pasado?

El sidhe bajó la vista. De pronto, sólo parecía un viejo vestido de harapos.

—No —reconoció con gran tristeza.

—El pasado es irremediable —declaró el niño. Luego volvió a sonreír. Señaló a las hadas que volaban sobre su cabeza—. ¿Para qué me han convocado estas tontas? ¿Sólo para que charle contigo?

—En absoluto, señor —protestó la Pequeña Reina—. Este inútil errante desea meter a dos goblins en el santuario de FuegoVivo.

Esus contempló a Yirkash. El goblin estaba acostumbrado a que lo mirasen como si fuera poco más que un esclavo; nada lo había preparado para los ojos del niño. Esus lo miró con una simpatía libre de compasión, como a un igual. Yirkash agachó la cabeza. Luego, Esus se acercó a Nicasia y apartó la manta.

—Están heridos. Ella no verá el amanecer si no recibe ayuda.

—¡Son enemigos del bosque! —chilló el hada roja.

—¿Has visto a algunos de estos dos duendes maltratar el bosque, querida? ¿Te han ofendido? —Esus realizó las preguntas sin enfado ni soberbia.

—Bueno, no... Pero... Pero su gente...

—Dos ovejas no hacen un rebaño. Ahora mismo tú eres un pobre representante de tu pueblo. Además, soy yo quien decide, y he decidido llevarlos allí.

—Como tú ordenes —suspiró la Pequeña Reina.

—Coged la manta con cuidado y ayudadme. ¡Caldemeyn, trae a ese animal que llamas caballo y ayuda a montar al goblin! Nos vamos al santuario.

Caminaron tras la luz del farolillo de Esus. Un centenar de hadas brillantes como luciérnagas transportaban a Nicasia tomando su manta por los picos, haciéndola flotar en el aire.

Detrás iba MalaSenda, con su montura. La gatita se había instalado en su hombro como un pajarillo y su cola se sacudía sobre la capa desteñida para mantener el equilibrio. A Yirkash le parecía que el camino no acababa nunca; se agarraba a la silla del caballo como podía pero las heridas en sus manos dolían y le agarrotaban los dedos. MalaSenda advirtió sus dificultades; subió a la silla tras él y lo ayudó a sostenerse. Yirkash perdía y recuperaba el conocimiento; no guardó recuerdo de su viaje al santuario, sólo la imagen de un arco de luz que estallaba en el momento de cruzar el umbral.

Luego, vio a dos sátiros armados con lanzas que se acercaban. Estaban en una galería de techo alto, una cueva, pero una cueva distinta a los túneles de los goblins. Las paredes eran de piedra blanca, llenas de vetas brillantes, y los techos lucían cubiertos de hiedra. El aire olía a resina y a flores frescas.

—¡Saludos, FuegoVivo! —dijo Esus.

Los sátiros bajaron sus armas.

—¿Qué nos traes aquí? —le preguntaron.

—Convocad a alguno de los Ancianos. Es un asunto urgente.

—Por estas fechas nos trasladamos al refugio de invierno, Esus, ya lo sabes. No hay ningún Anciano al que podamos consultar.

—¡Oh! —exclamó Esus—. Claro, estamos en la tercera calenda de otoño… ¿Y ya se han ido todos?

—Queda uno, pero no lo puedes molestar —dijo entonces una sátira entrando en la galería—. Tendrás que conformarte conmigo.

Una melena de rizos dorados caía sobre sus hombros. Vestía una túnica de color vino que ceñía su cuerpo enseñando más de lo que tapaba. La sátira se agachó con una sonrisa y extendió los brazos hacia Esus.

—¡Mesalina! —El niño dejó caer su fanal y corrió a abrazarla.

—Me alegra verte —contestó la sátira—. ¿Qué nos traes? ¿Elfos cansados?

—No soy yo quien precisa ayuda, mi dama —respondió MalaSenda. Bajó del caballo y ayudó a Yirkash a hacerlo—. Son mis compañeros.

Mesalina observó al goblin.

—¿Es una broma?

—Son cosas de la Dama —dijo MalaSenda.

Mesalina resopló.

—¿La Dama? Estupendo. Si hay algo que me guste menos que los soldados que no van de fulanas son las viejas vírgenes, por muy bellas que sean.

—Señora, hay niños delante —alegó MalaSenda—. Y la Dama es…

—Un pájaro de mal agüero —lo interrumpió Mesalina.

Uno de los sátiros centinelas apartó la manta verde donde yacía Nicasia.

—¡Mesalina, ven a ver esto!

La sátira se acercó y ahogó una exclamación de horror.

—¡Nicasia! ¡Es Nicasia! Dioses, pero ¿qué animal ha hecho esto? —Mesalina recorrió con sus manos el cuerpo maltrecho de la ingeniera—. ¡Está destrozada!

—Son amigos del caballero Dujal —dijo MalaSenda.

Mesalina se volvió hacia el sidhe con una chispa de esperanza en los ojos.

—¿Dujal? ¿Sabes dónde está? ¿Lo has visto?

—Sólo sé que iba con ellos.

Mesalina se volvió hacia Nicasia.

—Traedme agua, ¡rápido!

Mesalina comenzó por una de las piernas de la knocker. La limpió y retiró la suciedad en torno a los tornillos que perforaban su pierna tullida. Contuvo el aliento; una larga cicatriz le cruzaba a Nicasia la pantorrilla.

—Mala hierba… —masculló la sátira. Se puso en pie y llamó a los centinelas—. ¡Llevadla a las salas de curación!

333

—Eso debe decidirlo el Anciano. ¡Ella es una goblin!

—Pues ve y di al Anciano que te niegas a atenderla. ¿Lo has visto enfadado alguna vez?

Los sátiros se llevaron el cuerpo de mala gana, seguidos por Mesalina.

MalaSenda alzó la voz.

—¡Mesalina! ¡Hay otro herido que atender!

La cortesana se detuvo. A un extremo de la galería una dríade pintaba un gran mural, tan absorta en su tarea que no había reparado en los visitantes. Trazaba un dragón con las fauces abiertas, un dibujo de enormes dimensiones.

—¡Rizel, ven! ¡Encárgate tú!

La dríade se volvió hacia ellos. Tenía un poco de pintura roja en la nariz.

—¿Yo? ¿De qué?

—Lleva a este goblin a la enfermería. Asegúrate de que lo atienden.

—Está bien.

La dríade se limpió las manos sobre su vestido de corteza y se acercó a MalaSenda. El sidhe sostenía a Yirkash, que luchaba por mantenerse despierto.

—¿Adónde se la llevan? —oyó preguntar al goblin.

—No hables —le susurró Rizel—. Estás muy débil.

Yirkash miró a Rizel.

—¿Cómo es que hablas mi idioma? —le preguntó.

—No lo hago. Esto es FuegoVivo; aquí todos nos entendemos.

Rizel puso su mano sobre la frente del goblin. Yirkash pudo oler la pintura antes de cerrar los párpados. Se sintió flojo y tranquilo, ajeno a la ansiedad y al dolor. Comprendió que era un hechizo de sueño.

Lo despertó un trino suave que repetía tres notas una y otra vez. Tardó un rato en acostumbrarse a la luz que lo envolvía. Descansaba sobre una superficie blanda, envuelto en sábanas suaves y tibias. Le habían sujetado el brazo en un cabestrillo y vendado las manos. Yacía desnudo en un lecho lejos de su hogar. La noción de que unas manos extrañas lo hubieran desvestido y aseado lo hizo sentir incómodo. Los goblins poseen un gran pudor; hacía años que Yirkash no se bajaba los calzones ante nadie.

Intentó incorporarse. Se acordó de Nanyalín moribunda y una punzada lo hizo estremecer. ¿Dónde estaba su hermana? ¿Qué había sido de ella?

Junto al lecho había una mesita con una jarra llena de agua y un vaso. Se hallaba en un dormitorio con gruesas vigas de madera que sostenían un techo muy alto. La luz del día, de su primer día fuera de TocaEstrellas, se colaba por una ventana estrecha cubierta con una reja. Yirkash se incorporó con esfuerzo. La puerta del dormitorio permanecía cerrada y no tenía pomo ni cerrojo. Salió de la cama y se tambaleó hasta ella. Sus sospechas se confirmaron al intentar abrirla. MalaSenda lo había engañado; estaba prisionero.

Un reencuentro esperado

Misterios de la providencia. El Anciano de FuegoVivo tenía claro que la simple casualidad no podía explicar aquello. Una mano invisible había estado atando cabos. El Anciano rendía culto al Fuego del Corazón, pero estaba demasiado ligado a los placeres terrenales para considerarse un místico. Su mentalidad de sanador, modelada en el estudio desde joven, era demasiado pragmática para profundizar en los misterios del destino y de la magia. No podía, sin embargo, ignorar el hormigueo en el estómago, la sensación de que algo más poderoso que ellos había jugado en su favor. Agradecía que así hubiera sido, pero no sabía si le gustaba ser una marioneta.

Sacudió la cabeza y giró la silla de ruedas. Se la habían fabricado a toda prisa: un viejo sillón de mimbre sobre las ruedas de una carretilla. El resultado crujía con cada movimiento, y pesaba tanto que moverla con magia suponía menos esfuerzo que tratar de empujarla. Al menos podía estirar las piernas y no tenía que pasarse el día tumbado en la cama.

El Anciano ordenó a la silla que lo acercara al gran ventanal que presidía la habitación. En aquellas serranías el invierno era cruel. El santuario se erguía a poca altura, y estaba protegido del viento por el bosque, pero pronto la nieve haría difícil el acceso. La mayoría de los habitantes de

FuegoVivo ya se había marchado al refugio de invierno, situado en una ubicación que sólo compartían con los clanes de los centauros. La bondad de los árboles de fuego hacía que el clima siempre fuera más cálido allí dentro que en el exterior. Aun así, cada otoño, los sanadores de FuegoVivo abandonaban el santuario de la montaña, dejando como guardianes a varios acólitos y a uno de los Ancianos. El resto se dividía: unos se instalaban en el refugio, otros en la Corte de los Espejos, como invitados de la reina Silvania. La ciudad gozaba entonces de servicio médico, y los enfermos no tenían que subir a la sierra. Cuando alguien preguntaba a uno de los Ancianos la razón de estas migraciones, el aludido solía encogerse de hombros y contestar: «Es cuestión de supervivencia», y no mentía, sólo que no se trataba de sobrevivir al invierno, sino a algo más siniestro. Durante la Guerra de la Reina Durmiente, los aen sidhe exigieron a los Ancianos que no prestaran ayuda al ejército rebelde. Los sátiros se negaron a ello. FuegoVivo atendería a ambos ejércitos sin hacer excepciones.

Entonces llegaron ellos.

Aquella noche, ni los moribundos en sus lechos se libraron de los goblins. Fueron afortunados. Tras la matanza llegaron las llamas. El terror. El Anciano recordaba el asalto muy bien. Su abuelo y su hermano murieron aquella noche. Nadie acudió a socorrerles; los sidhe les dieron la espalda, y el buen ejército de la Dama RecorreTúneles llegó demasiado tarde, sólo para recoger las cenizas y llorar. Vidas perdidas, siglos de conocimiento destruidos en un instante.

Los pocos supervivientes se refugiaron con los centauros. Después de la guerra, FuegoVivo se reconstruyó, aunque nunca recuperó su grandeza. Fue entonces cuando se decidió que el refugio de invierno, al menos, permanecería en secreto. No volverían a enfrentarse a la extinción.

Durante muchos años, el Anciano había luchado por no odiarse a sí mismo. Sobrevivir no era sencillo cuando la conciencia te recriminaba no haber muerto junto a los tuyos. La providencia quiso aquella noche que él estuviese lejos.

El destino.

¿Cómo no pensar en aquella mano invisible que tejía los acontecimientos? Le vino a la cabeza la imagen de Dama-Mirlo inclinada sobre su telar, con aquella mirada infinita prendida en su labor. Aquello lo hizo estremecer.

El Anciano había regresado al santuario después de muchos años. Antes de marchar a la sede de invierno, Tiresias, el hermano de su abuelo, le había hecho una visita. Era, además, el Rector de FuegoVivo, y el sátiro más anciano del reino, aunque no tenía demasiada edad para merecer ese honor, sólo había sobrevivido, nada más. La Noche del Acero había dejado al sátiro sin el cuerno derecho; el fuego se llevó, además, su pelo y su hermosa barba. Tiresias decía que si las llamas no lo hubieran dejado calvo, lo habrían hecho las preocupaciones. «Habría ocurrido tarde o temprano», aseveraba. Le gustaba llevar túnicas sin adornos; verdes en primavera, amarillas en verano, pardas en otoño y blancas en invierno, prendas amplias que colgaban de un cuerpo flaco lleno de ángulos duros. Aquella mañana vestía de blanco.

Vino acompañado por un acólito que cargaba una bandeja llena de material médico. El Anciano supo que no disfrutaría del todo aquella visita.

—Buenos días, sobrino —lo saludó Tiresias—. ¿Cómo te encuentras hoy? ¿Te duele un poco menos la cadera?

El Rector indicó a su acompañante que dejara la bandeja sobre una mesita junto a la cama y lo envió a realizar tareas. Aquello confirmó las sospechas del Anciano: la visita no era de cortesía. Al menos, no del todo. El Anciano había llegado al santuario de noche, hacía ya una semana. El mismo Tiresias atendió sus heridas; no se separó de su cama hasta que empezó a mejorar.

Después había estado tan ocupado con el traslado a la sede de invierno que no tuvo tiempo para encargarse de sus curas, aunque solía visitarlo cada vez que tenía un rato libre. Hacía un par de días que no se veían. Para visitas informales Tiresias prefería las últimas horas de la tarde.

—Me duele menos —contestó el Anciano—. ¿Por qué te has puesto la toga?

Tiresias se remangó y se lavó las manos en un aguamanil de porcelana. Murmuró una breve oración que los sanadores de FuegoVivo entonaban para alejar la muerte de sus manos.

—Porque vengo en calidad de Rector, no de tío —dijo.

—Es un honor. Aunque te recuerdo que yo no soy uno de tus estudiantes.

—Cierto; eres uno de nuestros Ancianos. —Tiresias sonreía, pero no había en su voz ningún rastro de humor—. Anda, veamos cómo está esa carnicería.

El Anciano apartó las mantas y elevó la cadera. Le costaba encontrar una postura que no le resultara dolorosa. Tiresias le quitó las vendas para descubrir la herida. Al verla, soltó una retahíla de los mejores insultos de la jerga médica.

—Al menos, logramos librarnos de la infección —indicó—. El color es aceptable y ya no huele. Pero sigue muy hinchado. Te estás curando despacio.

—¿Despacio yo? —El Anciano trató de girarse para protestar, pero Tiresias le soltó un manotazo en la frente que le acertó en la brecha que le recorría la sien izquierda. Entonces se explicó mejor.

—Despacio para ser un sátiro… No te muevas, sobrino, o te harás más daño. —Tiresias tomó un frasco de la mesa y vertió un líquido amarillo sobre la herida. El Anciano se estremeció—. Creo que no estarás listo para el traslado.

—Pues no pienso quedarme aquí todo el invierno —declaró el Anciano con los dientes apretados—. Tengo asuntos que resolver en la Corte.

—No puedes ponerte en pie. ¿Cómo bajarás a la ciudad?

¿Tan importantes son esos asuntos que estás dispuesto a quedarte lisiado por ellos?

—Alquilaré una litera. Puedo resistir un poco de traqueteo. Mi negocio...

Tiresias disimuló una sonrisa. Cogió de la bandeja un tarro de cristal verde que contenía un ungüento antiséptico a base de salvia y aceite del árbol de té.

—No veo cómo podrías ocuparte ahora de tu negocio. No estarías a la altura de lo que esperan tus clientes de ti, y no volverás a estarlo si no te cuidas.

—¿Tratas de fastidiarme? —preguntó el Anciano.

—Esto sí que fastidia —dijo untando la pomada verde sobre su cadera.

El Anciano mordió la almohada para no gritar.

Tiresias impregnó unos retales de lienzo en un aceite bermejo, un extracto de la raíz del árbol del fuego, ingrediente que el santuario guardaba en estricto secreto y que se usaba en contadas ocasiones.

—No puedo quedarme, no insistas. Además, no soy uno de tus Ancianos por mucho que os empeñéis en tratarme de tal. Ni siquiera acabé mis estudios.

Tiresias cubrió la herida con el lienzo impregnado en aceite rojo. Aquello lo sabía de sobra; aún recordaba la decepción de su hermano.

—El título de Anciano se gana por méritos, no por edad.

—Mi abuelo no pensaba lo mismo —señaló el Anciano—. Para él, mi madre y yo éramos dos ovejas descarriadas.

—Te equivocas. Mi hermano Alcínoo siempre quiso a tu madre.

—Pero la repudió, y después me repudió a mí.

Tiresias acabó de vendarle. Aún sentía la tristeza enquistada en su alma.

—Eras muy pequeño para recordar la historia. Sólo recuerdas la parte mala. Tu abuelo le rogó a tu madre miles de veces que volviera, sin reproches. Ella estaba demasiado enamorada de ese maldito sidhe para dejarlo; incluso al final, cuando ya no tenía esperanza, prefirió quedarse a la sombra de sus recuerdos. Alcínoo no la odiaba a ella, odiaba su estúpido amor, odiaba al sidhe que la traicionó y que después le robó a su nieto.

—Me fui porque quise.

—Te fuiste porque estabas resentido con todo el mundo y querías encararte con tu padre. Buscaste cómo humillarle y después te aficionaste a esa vida.

—No tengo que justificar mis actos —dijo el Anciano.

—No pensaba pedírtelo. Deja que vea tu frente. —Tiresias obligó al Anciano a levantar la cabeza. Las miradas de los sátiros se encontraron, y el Anciano no pudo evitar cierta vergüenza. Los ojos de Tiresias estaban llenos de paz. La vida y los años le otorgaban una dignidad intimidatoria. Emanaba una calma que el Anciano envidió; él no tenía aquella tranquilidad de conciencia y, desde luego, no se sentía digno de admiración—. La herida está bien. Tienes la cabeza dura. Por eso mismo eres un Anciano de FuegoVivo.

—Querido tío, te lo repito: no acabé mis estudios de medicina y no recuerdo haber hecho méritos aquí. Los Ancianos enseñan. ¿Qué podría enseñar yo?

—Tienes unos conocimientos únicos de anatomía y fisiología. Tu profesión te ha enseñado cosas que nosotros desconocemos en el santuario. —Tiresias le palpó el vendaje del brazo—. ¿Te duele?

El Anciano abrió y cerró la mano para demostrarle que estaba bien.

—No veo en qué podría ayudar eso a la ciencia médica…

Tiresias volvió a lavarse las manos.

—Todo es aplicable —dijo—. ¿A cuántos partos has asistido en esa casa tuya?

—Muchos —reconoció—. Ni me acuerdo, la verdad.

—¿Cuánto niños has perdido? ¿Cuántas madres?

341

—Niños, tres. Madres, ninguna.

—Ahí lo tienes. Nuestras estadísticas son peores. Sabes más sobre partos que nosotros. Debes compartir tus conocimientos, sobrino. Enséñanos.

—¿Saber de partos me convierte en Anciano?

—Y otras muchas cualidades que posees. Pero no he venido a engordarte el orgullo —Tiresias se secó las manos y se aclaró la garganta—, sino a pedirte ese favor. He de hacerlo ahora que estás aquí. Si te vas, quizá no vuelvas nunca.

—¿Me hablas de dar clases? ¿Aquí, en FuegoVivo? No sabía que valoraras mis conocimientos hasta ese punto. —Tiresias tomó asiento sobre la cama y dejó que su sobrino le cogiera las manos. Aquellas manos habían sido firmes y fuertes tiempo atrás, cuando el Rector era joven y enseñaba cirugía. Ahora, el Anciano supo que su tío se acercaba a la vejez—. Hace una semana llegué aquí al borde de la muerte —habló, a su pesar—, y vosotros me habéis remendado. Sí, me quedaré y daré esas clases. Así podré disfrutar de un par de charlas más contigo, viejo.

Tiresias apretó la mano de su sobrino. Una chispa de orgullo danzaba en sus ojos. Salió de la habitación con un trote alegre, y el Anciano se arrepintió de haber aceptado al momento. No le importaba dar unas cuantas clases, y tal vez pasar un par de meses tranquilo fuera lo mejor en su estado, pero deseaba regresar a la Corte de los Espejos cuanto antes. Una de las primeras cosas que había hecho en cuanto estuvo en condiciones fue dictar una carta; los días pasaban y no recibía respuesta. Aquello le preocupaba. Necesitaba volver y averiguar qué estaba pasando.

Aun así, decidió ser fiel a su compromiso.

Ahora estaba convencido de que la providencia lo había querido así.

Contempló el paisaje a través del ventanal. El viento empujaba las densas nubes grises. Los árboles se doblaban bajo su rabia. Ya amarilleaba la hierba. Las primeras nevadas no tardarían en caer. Se alejó de la ventana y dejó que el invierno siguiese con su trabajo.

La silla de ruedas lo había llevado hasta la Alcoba Vieja, el dormitorio más grande de FuegoVivo. La estancia disponía de una cama inmensa, un mueble de roble grande hasta lo ridículo, cubierto con un dosel de terciopelo azul. Era uno de los pocos muebles que se habían salvado de los saqueos al antiguo santuario durante la guerra. Quizá porque pesaba demasiado. La leyenda contaba que había sido el regalo de agradecimiento de una reina elfa. La sidhe no era capaz de alumbrar hasta que acudió a los sanadores de FuegoVivo.

El Anciano retiró el dosel; los dedos le hormiguearon. Restos de miles de hechizos de curación permanecían atados a la cama como permanece el olor a perfume en un frasco vacío. Él mismo había lanzado un hechizo de calor en el interior del lecho para proteger el frágil cuerpo que reposaba desnudo tras las cortinas, hundido en un sueño intranquilo. El sátiro le acarició el rostro. Ya no tenía fiebre, pero aún estaba muy débil. Ella gimió al sentir el roce, perdida en la marejada de sus pesadillas.

—Tranquila… —susurró el Anciano—. Descansa, estás a salvo.

Silbó una melodía dulce, tejiendo sus mejores deseos en cada nota hasta que logró que el sueño del hada volviera a serenarse.

Si hubiera decidido ignorar la petición de Tiresias, ahora no estarían juntos.

El destino es un ser caprichoso, imposible de predecir.

Tiresias se había marchado la tarde anterior. Habían tenido tiempo de jugar una última partida de ajedrez antes de que el Rector partiera con su séquito hacia la Corte de los Espejos. El Anciano se quedó al mando del santuario, aunque aún no estaba repuesto del todo; el primer día lo pasó durmiendo. Por la mañana, muy temprano, una acólita aporreó la puerta de su dormitorio.

—¡Pase! —gritó el Anciano desde la cama.

—Señor. —La joven sátira llevaba el pelo recogido en un moño apretado sobre la nuca—. Necesitamos su ayuda.

—¿Qué ocurre?

—Ha llegado un herido, un caso grave de septicemia. Rechaza los hechizos de curación. No hemos logrado que funcione ninguno.

El Anciano nunca había oído nada parecido. La magia siempre funcionaba.

—¿Los rechaza?

—Nada parece hacerle efecto —aseguró la acólita—, ni el hechizo más sencillo. Quisimos hacerla entrar en calor, pero hemos tenido que envolverla en mantas. La invocación no daba resultado.

Lo mejor sería levantarse de la cama y ver al herido en persona. El Anciano confiaba poco en los acólitos, jóvenes estudiantes bajo su tutela. Cogió una campanilla de la mesita junto a la cama y la hizo repicar. La silla de ruedas se acercó con un chirrido de tornillos, empujada por una mano invisible.

—Ayúdame a subir —pidió a la acólita—. Iré a ver qué estáis haciendo mal.

El Anciano era demasiado corpulento para las escasas fuerzas de la joven, así que la maniobra fue complicada. Los sátiros sanan de sus heridas y males con rapidez, igual que los centauros, pero una cadera rota no se curaba de la noche a la mañana.

Las salas de curación, donde ingresaban los recién llegados, estaban en la primera planta. En el santuario no había escaleras, sino rampas largas de poca pendiente que favorecían el transporte de cualquier enfermo. Había tres salas, excavadas en la falda de la sierra, tres terrazas rodeadas de bosque. Desde el camino exterior era imposible distinguirlas. Amplios pasillos forrados en madera comunicaban el interior. Cada corredor tenía un par de ventanitas redondas y lámparas con forma de flor. Con el sol aún oculto y las lámparas apagadas, el pasillo estaba sumido en perezosas sombras azules.

Todas las salas de curación tenían el techo de cristal de roca blanco, opaco para ver el interior, pero traslúcido a la luz del sol durante todo el día. Aún era demasiado temprano. Los estudiantes habían invocado una esfera de luz que flotaba sobre ellos e iluminaba una manta verde sobre una mesa de mármol. El Anciano los conocía poco, pero Mesalina estaba allí, al extremo de la mesa. Vio el pánico en su rostro. Tal vez su sobrina no fuera miembro del santuario, pero él mismo se había ocupado de hacerla estudiar, y sabía que sus conocimientos estaban fuera de toda duda. Su reacción le confirmó que pasaba algo malo.

Los estudiantes parecían cansados. El aire tenía ese olor a cobre caliente que desprende la magia, y estaba cargado de estática. Habían hecho grandes esfuerzos. Se cogían las manos formando un triángulo sobre la mesa.

—Vamos, explicadme qué ocurre.

Los estudiantes miraron a Mesalina, pero ella evitó la mirada del Anciano y no contestó. Uno de los acólitos tomó la palabra.

—Es una mestiza goblin. La han traído del bosque hace un rato. Está helada y los hechizos de calor no funcionan.

—Destapadla. Dejadme ver.

El Anciano sintió que una ola de calor le espesaba los sentidos. El tiempo se detuvo y el mundo quedó reducido a aquel rostro, un rostro que reconoció a pesar de haber perdido su disfraz. Conocía aquella mirada de hielo escondida bajo los párpados hinchados que, a veces, contadas y preciosas veces, podía ser alegre y dulce. Conocía la sonrisa esquiva, reducida a mueca, de aquellos labios torcidos a golpes. Hizo que la silla se acercara a la mesa de mármol y retiró las mantas por completo sin poder creer lo que veía. Recorrió con la vista aquella delgadez de serpiente. Él amaba el cuerpo que yacía allí tumbado. Sus dedos disfrutaban recorriéndolo, cuando se dejaba. El impacto de verlo en tales condiciones hizo despertar en el sátiro una rabia y una compasión que creía haber olvidado hacía mucho tiempo.

—Salid de la sala —ordenó—. Dejadnos solos.

—Pero...

—¡Fuera!

El Anciano ignoró las caras de asombro de los estudiantes. Sólo la veía a ella, aunque no deseara verla; no así. Siempre le había parecido insólito que él, que podía tener y complacer a cualquier hada de la Corte, no hubiese querido a nadie que no fuera a aquella mestiza cabezota y huidiza que era posiblemente la única que rechazaba acostarse con él, que prefería sentarse a su lado y hablar de cualquier cosa. «Estamos bien así, no lo estropees —solía decirle mientras le apoyaba la cabeza sobre el hombro—. No necesitamos nada más», añadía mientras cerraba los ojos con un suspiro, dibujando esa sonrisa de felicidad sencilla que nadie más le conocía. El sátiro le acarició el brazo, y la frialdad de la piel lo asustó; normalmente, olía a aceite de motor y a trabajo; sólo cuando se arreglaba usaba un perfume suave y discreto, más femenino que todas las fragancias que había olido. Le gustaba ganarse su deseo lentamente, venciendo su resistencia con caricias y besos delicados que conseguían que ella fuera dejándose hacer. Adoraba ese último momento, cuando la fugaz sombra de miedo que solía pasarle por los ojos justo antes de dejarlo entrar en la calidez de su cuerpo se incendiaba. Ella nunca hablaba, jamás decía las frases rebuscadas de los amantes que le pagaban. Su mirada, sus caricias, el modo en que se pegaba a su cuerpo hablaban por sí solos.

El Anciano cogió la mano sana de la mestiza, una mano que entre las suyas siempre parecía pequeña pero que era capaz de defender las murallas de una ciudad si se lo proponía. El Anciano tenía, entre otros muchos, el tatuaje de un sol sonriente dibujado sobre el corazón, y allí colocó la mano blanca del hada. Cerró los ojos y pensó en calor, pensó en las veces que habían ardido juntos. Recordó todos y cada uno de los momentos, buenos y malos, que habían compartido. Ella estaba allí, escondida dentro de su propio cuerpo. La magia no funcionaba porque Nicasia, en un intento desesperado de alejarse del dolor, se había refugiado en un rincón tan perdido de su mente que ni sabía ni quería regresar. Tenía que llegar hasta donde quiera que estuviese. El calor empezó a inundar la estancia; el Anciano se concentró en el latido de su propio corazón como una llamada que demandaba respuesta. «Escúchalo —rogó en silencio—. Escúchalo.» Entonces lo sintió, otro latido débil e irregular que parecía esforzarse en seguir el ritmo del suyo. El sátiro respiró hondo y dejó que el calor llegara hasta él y lo envolviera. Los latidos se aceleraron, fueron ganando fuerza y acabaron por ir al unísono.

Nicasia sufrió el espasmo de quien saca la cabeza del agua tras aguantar la respiración demasiado tiempo. Abrió los ojos y tomó aire.

—Nicasia, Nicasia, mírame —le suplicó el Anciano sin soltar su mano.

La ingeniera giró la cabeza lentamente, y su mirada pasó del desconcierto a la calma. Hizo una mueca dolorosa que pretendía ser una sonrisa.

—Estás vivo… —susurró con un hilo de voz.

El sátiro le devolvió la sonrisa mientras las lágrimas le mojaban la barba.

—Hola, Malbicho —logró decirle—. Estamos vivos. Los dos.

—Marsias… —Hubo una ternura casi infinita en el modo en que la knocker pronunció su nombre—. Marsias…

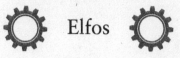

SEGUNDA PARTE

Elfos

Cabos sueltos

La piedra le pasó entre los cuernos para estrellarse contra un árbol.

—¡Eh, hijo de perra! —gritó alguien a su espalda.

Resignado, Marsias se volvió. El dueño de la voz era un pálido muchacho sidhe de cabellos azules y unos ojos de un azul descolorido en los que colgaba una cruel mirada burlona. Lo acompañaban, como siempre, un knocker larguirucho que vestía los colores del taller del Maestro Avispa y un troll que parecía algo mayor que sus compañeros, y que jamás participaba en las chanzas de los otros dos. Se limitaba a desempeñar su papel de escolta permaneciendo en silencio con una ligera mueca de disgusto en la cara. Desde el cambio de estación, el elfo y su séquito lo esperaban en algún punto del camino de regreso a casa y lo seguían durante un trecho, gritándole toda clase de barbaridades. La mayoría de los insultos aludían a la honra de su madre y a su condición de bastardo. Marsias había intentado en varias ocasiones darles esquinazo cambiando de ruta, pero el trío siempre se las arreglaba para dar con él, así que había terminado por resignarse a la compañía y evitaba las calles más transitadas para ahorrarse la vergüenza de las miradas inquisitivas y esa sensación entre humillación y rabia que le encendía la cara y le encogía el corazón. Aquel día estaba casi seguro de haberlos esquivado. Ya se encontraba a punto de cruzar el portón verde de su casa cuando la piedra hizo añicos su fugaz sensación de victoria.

—¡Eres un bastardo! —gritó el sidhe coreado casi de inmediato por una carcajada del knocker.

Marsias se quedó paralizado ante el dintel. La posibilidad de que su madre pudiese oír aquellos gritos le heló la sangre. Normalmente, la presencia de aquel trío era una molestia pasajera; lo aguantaba con resignación, confiado en que si no les respondía acabarían por cansarse para ir a buscar una víctima que les diese más juego. Pero nunca se le había ocurrido pensar que pudiesen seguirlo hasta su casa, ni era capaz de imaginar la reacción de Ianthe si se enteraba de aquello. Su madre apenas salía de la cama en todo en día, consumida por la melancolía y el despecho. Las sombras que su padre había dejado en la casa para servir de criados se ocupaban de cuidarlo a él y a su hermano. Oscuras y silenciosas, hacían todas las tareas casi sin dejarse ver. Todos los días encontraban la comida servida en la cocina, su ropa limpia al borde de camas recién hechas y sus juguetes perfectamente ordenados. Pero para encontrar un beso antes de acostarse o un cuento al calor del fuego tenían que esperar a que Ianthe tuviese un día lo bastante bueno como para arrinconar sus recuerdos y salir del lecho. Entonces comían los tres juntos, y los hermanos le contaban atropelladamente todo lo que no tenían ocasión de contarle a nadie en los días malos, mientras su madre los miraba con una sonrisa cansada y repartía las caricias y los mimos que no daba en los días malos. Los días muy buenos, que también eran los más raros, salían al jardín. Ianthe se sentaba sobre la hierba y hacía coronas de flores mientras les hablaba de FuegoVivo, de su abuelo, al que apenas conocían, y de la vida feliz en los bosques que no habían visto jamás. En las historias nunca se mencionaba al Señor de los Vados, su padre. En los días buenos su madre los abrazaba a los dos y les pedía perdón por los días malos y les daba su palabra de corazón de que no volverían a ocurrir. Al día siguiente olvidaba sus promesas y no se levantaba del lecho.

Marsias sintió que un sudor frío le bajaba por la espalda. Si por mano de la fortuna su madre estaba fuera de la cama, tal vez hubiese escuchado al sidhe. Quizá tardase mucho en recuperar los días buenos. Cerró los puños masticando la rabia. De un modo u otro, los elfos siempre se las arreglaban para robarle a su madre. Giró muy despacio.

—Mira —gritó el knocker—. El mamoncete tiene la cara roja, seguro que llora llamando a la furcia de su mami.

El sátiro agachó la cabeza y se lanzó contra el pecho del sidhe. Marsias era un muchacho corpulento de hombros anchos que le sacaba casi una cabeza a los chicos de su edad y, aunque tenía cierta tendencia rechoncha, gozaba de mucha más fuerza de la que cabía suponerle a un gordito. Los cuerpos chocaron con violencia, y el joven noble rodó por el suelo chillando de terror.

—¡Cállate! —resolló Marsias levantando al elfo del suelo—. ¡Vete de mi casa! ¡Déjame en paz!

El rostro del elfo había palidecido hasta volverse gris ceniciento. Un hilo de sangre le corría de la nariz a los labios. Le sentaba bien tener algo de color sobre el rostro para variar. Marsias alzó el puño y el sidhe se encogió intentando anticiparse a un golpe que nunca llegó. Un par de manos fuertes lo separaron de su presa. El troll interpuso su corpachón entre ellos para evitar males mayores.

—Ya está bien. —La voz del troll era sosegada, no parecía importarle demasiado el varapalo sufrido por su señor.

—Bran, ¿es que no has visto a este palurdo echárseme encima? —gruñó el noble sacudiéndose la ropa. El miedo había puesto una nota aguda y chillona en sus palabras.

—He reaccionado tarde —contestó el troll—. Lo lamento, señor.

El sidhe se limpiaba el polvo de la ropa tratando de recuperar la compostura cuando descubrió un roto en su túnica de seda negra. Sus ojos desteñidos volvieron hacia Marsias una mirada lleno de desprecio.

—¿Has visto lo que has hecho, animal de establo? Esta túnica vale más que tú, miserable. Soy un noble de TocaEstrellas, haré que te ahorquen por esto.

—Debes de ser Hyarmen entonces, ¿no es verdad? —dijo una voz apagada.

Marsias se volvió. Su madre se encontraba de pie ante el dintel de la puerta. Estaba acostumbrado a verla en la penumbra de su casa. La luz del día era cruel, dejaba ver un fantasma de piel apagada y ojos vacíos apenas vestido con un camisón sobre el que se desparramaba una cabellera despeinada y salvaje. Sólo era un eco de la belleza que Ianthe debió de tener en sus tiempos; aun así, le quedaba un destello de grandeza.

—¡Zorra! —gritó el sidhe—. Vas a ver cómo cuelgan a tu bastardo.

Ianthe torció la cara en un gesto indescifrable y puso una mano marchita sobre el hombro de su hijo.

—Tienes el pelo azul… —comentó casi de casualidad—. Conozco el linaje de TocaEstrellas. Ese color de pelo es extraño en tu familia.

Hyarmen miró con desconfianza a la sátira.

—¿Qué insinúas, perra? —dijo casi sin poder articular las palabras.

—Tal vez deberías repasar tu genealogía, o hablar con tu madre, antes de preocuparte por el linaje de los demás.

El elfo la miró sin ser capaz de decir nada, con los labios apretados y los ojos desteñidos rebosando soberbia.

—Ya veremos si hablas tanto cuando mande que te corten la lengua. —Escupió las palabras una a una, con una rabia helada.

Se giró con toda la dignidad que le proporcionaba su porte y se topó con que Bran y el knocker bajaban la cabeza para ocultar sus sonrisas. Abofeteó al knocker y se encaró con el troll. La envergadura de su oponente le desinfló el valor, y se contentó con lanzarle una mirada venenosa que no pareció afectar demasiado a su escolta.

Marsias acompañó a su madre dentro de la casa. En la seguridad del zaguán se sintió mucho menos valiente que ante el sidhe.

—¿Me van a ahorcar? —preguntó abrazándose a la cintura de Ianthe. Su madre tenía el olor acre del abandono, como de limones marchitos.

—Tu padre no lo permitirá —le contestó—. Sería demasiada vergüenza para su honor de mierda.

Ianthe se agacho ante él y le puso un dedo frío y fino en mitad del pecho que le erizó la piel y le encogió el corazón con un sentimiento que no era capaz de explicar.

—Pero no debes ir pegándote con la gente por tan poca cosa. No puedes dejarte arrastrar por el primer fuego que te queme las entrañas; eso sólo te dará problemas.

—Te estaban insultando…

—¿Y qué? Pegarles no cambiaría nada. Cuando tengas dudas sobre lo que debes hacer, o quieras permanecer tranquilo, rézale al Fuego de tu Corazón y pídele que te revele cuál es la mejor decisión en cada momento.

—¿El fuego de mi corazón? No pensé que tuviese fuego en el corazón.

—Hay una hoguera dentro de todos nosotros; a veces, nos lleva por caminos equivocados; pero cuando sabes controlarla, la luz de las llamas te sirve de guía. El fuego es así: salvaje. Destruye, pero si lo amansas estará a tu favor.

Ianthe le besó una mejilla. Sus besos siempre eran un roce fugaz con los labios, como el fantasma de un beso, como ella misma, que era más recuerdo que realidad. Aquel día su madre regresó a la cama y sólo salió de ella para ahorcarse en el jardín. No hubo más días buenos.

Marsias había pensado mucho en el día que su madre le habló por vez primera del Fuego del Corazón. En todas las hadas arde una llama. Los sátiros de FuegoVivo creen que la vida es esa llama; a veces causa dolor, parece que se apaga, pero nunca deja de arder. Se alimenta de emociones. Si la controlas, juega a tu favor. En el santuario, Marsias había aprendido que si eres capaz de controlar el Fuego del Corazón ningún otro fuego físico o mágico puede hacerte daño. En FuegoVivo se rendía culto a los Fuegos del Corazón con más fuerza que en ningún otro lugar, pero no había altares; cada sátiro, ninfa o dríade era su propio templo. Todos se tatuaban un sol sobre la piel.

Desde que Nicasia llegó al santuario el Fuego del Corazón de Marsias ardía descontrolado. Se sentía perdido. Hervía de rabia y de impotencia. Sus sentimientos lo desbordaban y le faltaba seguridad. Temía que no tuviera el buen juicio para tomar decisiones, y había tanto por resolver y tan grave… Junto al lecho de la Alcoba Vieja el sátiro no dejaba de maldecir su suerte. Sobre todo maldecía a Manx y a su larga sombra.

Nicasia había dejado de sonreír en el momento en que volvió a recordar. Trató de incorporarse apoyándose en el brazo sano.

—¿Y Dujal? —preguntó con un graznido ronco, muy débil—. ¿Dónde está? —El sátiro trató de sujetarla, pero ella se apartó y miró a su alrededor—. Dujal… Trae a Dujal. Quiero verlo.

Marsias sintió que lo ahogaba el pánico. Si el phoka estaba con Nicasia y ella, luchadora veterana y gran estratega, había terminado así, Dujal no podía haber salido mejor parado. No era capaz de imaginar qué les había ocurrido. «Y llegué a temer que ella no estuviera preocupada por mí», pensó avergonzado.

—Dujal está dormido —mintió—. Lo veras mañana, cuando te hayamos curado.

Nicasia volvió a tumbarse. Escupía retales de frases y luchaba por respirar.

—No debe enterarse... No debe... Lo destrozaría. Lo estaba haciendo otra vez, lo vi, lo estaba haciendo otra vez...

Tenía el rostro desencajado y un brillo delirante en la mirada que ponía los pelos de punta. Marsias colocó una mano sobre su cabeza para invocar sueño, pero ella se la apartó de un manotazo.

—No quiero dormir más —gimió—. No quiero, no quiero...

—No te haré nada. —Marsias levantó sus manos para que ella las viera—. Me quedaré contigo. Pero estate quieta o te harás más daño. —Nicasia lo observó, y Marsias aprovechó para acariciar su mejilla. Ella se estremeció, pero se dejó hacer—. Permite que te curemos —le rogó el sátiro.

—Las cartas, Marsias, las cartas... Había tantas...

Marsias le puso los dedos sobre los labios.

—Tendrás tiempo de sobra para contármelo.

Nicasia se agarró a la mesa de mármol y volvió a negar con la cabeza. El sátiro se rindió; discutir con ella sólo la agotaría más.

—Está bien —dijo, y se inclinó sobre ella—. Cuéntame.

—El Administrador tenía cartas de Manx. —Al decirlo se le llenaron los ojos de lágrimas—. Manx trabajaba para los goblins. Estaba traicionando a la Corte.

Un sollozo le cortó la frase. El sátiro no quería creer lo que estaba oyendo. «Delira.» Se aferró a aquel pensamiento con todas sus esperanzas.

—Yo la abandoné —prosiguió con un hilo de voz—. Es culpa mía, la abandoné.

—Hablaremos de todo esto cuando estés mejor. Ahora, por favor...

—No le dirás nada a Dujal. Si supiera que su madre... No se lo digas.

—No te preocupes, Malbicho, ya sabes que tus secretos están a salvo conmigo —le susurró pasándole los dedos por el pelo—. Ahora, descansa. Nos ocuparemos de este asunto cuando estés mejor.

La ingeniera cogió la mano del sátiro y la apretó sin fuerza.

—Ha salido todo tan mal... Pensé que estabas muerto y perdí la cabeza.

—Ya sabes lo que dicen: sin cadáver no hay muerto. Debiste quedarte para comprobarlo.

—Oí las campanas de Palacio esa noche.

Marsias soltó una risa desganada.

—¿Crees que sonarían por mí? Soy el dueño de un burdel, los honores fúnebres no se hicieron para gentuza como yo. Sonaban por Eleazar Ibn Bahar. Murió esa noche.

—Eleazar ha muerto... Y Manx. Todo está saliendo mal.

Nicasia cerró los ojos. Parecía a punto de dormirse, pero de golpe volvió a abrirlos con el espanto de los niños que se asustan de la oscuridad.

—¿Si me duermo soñaré? No quiero soñar más —confesó, espantada.

El sátiro le pasó la mano por la cara susurrando una vieja canción de cuna que recordaba de los días en que su madre tenía ánimos para cantar. Esta vez Nicasia no se resistió al hechizo. Era un alivio, porque no le quedaban fuerzas para esconder las lágrimas. Algo se había torcido la noche en que murió Manx, y desde entonces todo había ido empeorando. Hay afortunados que pasan sus días sin apenas sobresaltos, sin más miserias que las inevitables, y aunque tal vez son vidas sin grandes emociones poseen una placidez que el sátiro envidiaba. Cada vez que creía que ya podía hacerse viejo sin preocuparse más que de lo necesario, su pasado reaparecía para recordarle que para tener paz antes hay que sembrarla. Pensaba sobre todo en Manx. Siempre Manx. La phoka le había robado el amor de Nicasia sólo para tirarlo por la borda. Desde entonces, el nombre de Manx arrastraba una dolorosa estela de resentimiento, secretos y desgracias. «Ni muerta deja de ser un peligro», pensó amargado.

Habían sido buenos amigos en otra época, hasta forjar a base de errores y desencuentros una cadena de rabia. En los últimos tiempos se habían mantenido distantes, educados, pero no podían dejar de lanzarse pullas si se encontraban; si la situación nunca pasó de la tensa diplomacia era precisamente porque Dujal se interponía entre los dos. Marsias apreciaba demasiado al muchacho; pelearse con su madre le habría obligado a alejarse de él. En cuanto a Manx, sabía de sobra que él era el único dispuesto a ayudarla. Hasta aquel día, estaba convencido de que sólo él conocía la maternidad de Dujal. Acababa de descubrir que Nicasia también lo sabía, aunque no le extrañaba; ella siempre se enteraba de todo.

Recordaba la sorpresa que se llevó al recibir la carta donde la gata no sólo le contaba que estaba embarazada, sino que el parto era inminente, y le rogaba que fuera a ayudarla. Salió ese mismo día y llegó en el momento justo. Como todas las phokas, fue un parto rápido y sin complicaciones; fue lo único usual en aquel nacimiento. Manx sólo tuvo un niño, cuando lo normal entre los suyos era tener, al menos, gemelos. El bebé nació con los ojos abiertos, no saludó al mundo con el llanto del recién nacido; lo hizo con una alegre risita. Nunca más en sus años de partero Marsias volvió a ver nada parecido.

—Este niño dará que hablar —dijo.

Manx sonrió como una esfinge y respondió:

—Es tal y como lo soñé.

Marsias pasó varios días con ellos.

—Nadie ha de saber que es hijo mío —le rogó Manx—. No permitiré que cargue con la vergüenza de lo que hice.

Marsias no respondió nada; sabía demasiado bien a qué se refería.

—Tarde o temprano lo sabrá. No puedes protegerlo de esas cosas.

Manx no estaba dispuesta a aceptarlo.

—Lo tengo todo pensado; voy a enviarlo con los humanos. Dentro de unos años, cuando logre el indulto de la reina, lo recogeré.

—Conoces la ley; si lo mandas con los humanos perderás tus derechos sobre él. Lo convertirás en huérfano. ¿Lo haces porque te preocupa lo que lleguen a pensar en la Corte de tu hijo, o porque te da vergüenza tener que contarle lo que hiciste? —preguntó.

Manx le cruzó la cara de un zarpazo. Marsias tuvo que dejarse la barba para disimular la cicatriz que le surcaba la barbilla.

—Has pasado tanto tiempo con Nicasia que los dos os habéis convertido en la misma mierda —replicó la gata, furiosa.

—No —respondió él tratando de detener la sangre que le corría por la cara—. Es que somos los únicos que te queremos tanto que no somos capaces de mentirte.

Tras decir aquello abandonó la cabaña. Pasarían muchos años hasta que volviera a pisarla.

—Dile a Nicasia que no quiero que se acerque a Dujal jamás —le advirtió Manx a su espalda.

Marsias no le contestó, se alejó a zancadas. Le dolía más abandonar al crío a su suerte que marcharse de malas con alguien que había sido una de sus mejores camaradas en los tiempos de la guerra.

Los años transcurrieron, y el indulto de Manx no llegó. Nicasia aprovechaba su puesto en el Parlamento de los Sueños para pedírselo a la reina tantas veces como consideraba prudente. Lo había hecho en secreto desde el momento en que condenaron a Manx. Siempre se sintió responsable de su exilio. Marsias rememoró aquello tratando de comprender lo que Nicasia le contaba. Dudaba si tomar sus palabras en serio; tal vez sólo fueran delirios.

Esperar a que el fuego que prendía sus entrañas arrojara

luz era inútil. El fuego lo cegaba. Marsias llamó a los sanadores. No fue de gran ayuda cuando empezaron a lavar a Nicasia y dejaron al descubierto el horror de su calvario. Marsias fue presa de un vértigo feroz. Se retiró para supervisar la cura, pero no soportó la visión de aquellas heridas mucho tiempo. Tuvo que salir.

Dujal vivió nueve años entre los humanos. La décima primavera, Marsias oyó en el burdel que Manx tenía un nuevo pupilo y que había anunciado que sería el último. La phoka había conseguido permiso de la Corte para enseñar sus habilidades a algunas hadas jóvenes con el talento necesario. Isma'il Ibn Bahar acababa de terminar su formación cuando llegó el nuevo pupilo. Marsias, intrigado, acudió a la puerta de Manx una vez más. Allí descubrió a un phoka subido a una de las ramas del viejo roble. Sólo tuvo que oír su risa para saber quién era el mocoso descarado que lo miraba con ojos como platos, como si fuera más normal tener orejas de gato que cuernos. Tenía la cara redonda y la mirada ávida de su madre. Parecía no haber heredado nada de su misterioso padre. Marsias no necesitó mucho tiempo para darse cuenta de que el joven no sabía quién era Manx. La trataba como a su tutora. Nunca lo sacó de su error.

Dujal logró que Manx y él se reconciliaran hasta cierto punto. Manx capituló porque era consciente de que precisaba ayuda. Tarde o temprano, el pequeño necesitaría a alguien que lo introdujera en la Corte, y Marsias no podía evitar sentir cariño por el crío.

Ahora la madre estaba muerta y el paradero de su hijo era un misterio.

Salió a la entrada del santuario. A esa hora los pocos residentes acometían el ajetreo diario. Marsias llamó a un estudiante, un fauno.

—Acércate —le dijo.

El estudiante obedeció.

—Usted es el rector suplente —saludó el joven.

—Eso me han dicho —respondió Marsias—. Escucha, tengo una tarea para ti. Busca a Mesalina y llévala a mi despacho. La encontrarás en una de las salas de curación. ¿Lo has entendido?

El estudiante asintió y se marchó. Marsias hizo girar la silla de ruedas para ir al despacho del Rector. La primera vez que entró allí tuvo ganas de cerrar la puerta con llave y no volver jamás; Tiresias mantenía la estancia en completo desorden. Los libros se apilaban en el suelo formando torres peligrosamente inclinadas; había que sortearlas para llegar a las estanterías, donde los volúmenes se mezclaban con esculturas y frascos de diverso contenido, tan apretados que amenazaban con salir despedidos. Varias capas de documentos sepultaban el escritorio acompañadas por juegos de plumas, tinteros vacíos y barras de lacre a medio usar. Marsias no estaba dispuesto a ordenar aquel desastre, pero en aquel momento no le quedaba más remedio que usar el despacho.

Mesalina lo encontró maldiciendo mientras trataba de meter la enorme silla de ruedas tras la mesa. Lo ayudó a salir del atolladero de papeles revueltos y libros rotos, y tomó asiento donde pudo. No le gustaba el aspecto de su tío. Marsias había adelgazado; aquella mañana tenía el cansancio y los nervios esculpidos a cincel sobre la cara. La palidez le acentuaba las ojeras. Mesalina quiso abrazarlo y mandarlo a la cama de inmediato, pero sabía que su tío no atendería a razones hasta que tuviese lo que quería.

—Me parece increíble que no me avisaras en cuanto Nicasia cruzó la puerta. Podría haber muerto.

Pese al tono duro con que pronunció las palabras, Marsias no gritó, no lo necesitaba; la decepción que destilaba lo que acababa de decir le dolió a la sátira más que una bofetada. Mesalina sintió que se le encendía la cara y agachó la cabeza.

—Sólo quería que descansaras —dijo con un hilo de voz—. Pensaba avisar...

—No necesito que te justifiques, ni que me cuentes mentiras. No te he llamado para eso —la interrumpió secamente—. Sé que no te gusta Nicasia, y a pesar que no te lo creas entiendo tus motivos, pero aunque tuvieses razón deberías respetar mis decisiones.

Su sobrina se mordió los labios para no dejar escapar algo de lo que tuviera que arrepentirse. Pese a que jamás habían hablado del tema directamente, por los rumores del burdel sabía que Mesalina pensaba que la knocker lo trataba con desprecio. Era la opinión de muchos, pero Marsias llevaba demasiado tiempo soportando las opiniones de los demás como para que le supusieran un problema.

—Tampoco te he llamado para reñirte —dijo más suavemente—. Lo hecho, hecho está. ¿Quién trajo a Nicasia?

Mesalina alzó los ojos, aliviada, y dejó de apretar los puños.

—Fueron Esus y MalaSenda. La acompañaban un goblin al que curamos hace bastante rato y una phoka muy pequeña.

Marsias se acarició la barba, preocupado.

—¿Nadie más?

—¿Debería haber alguien más? —preguntó Mesalina contagiándose de la inquietud de su tío—. ¿Qué te ha dicho Nicasia?

—No ha dicho gran cosa. Deliraba.

—Ahora eres tú el que está mintiendo. ¿Qué me ocultas?

Mesalina cayó en la cuenta. Se llevó las manos a la cabeza.

—¿Dujal? ¿Nicasia dijo algo de Dujal?

No había hueco para mentiras piadosas. Marsias había perdido a muchos amigos en su vida. Se retiró del escritorio y abrió los brazos, y Mesalina acudió a ellos igual que de niña, cuando añoraba a sus padres. Marsias le acarició los rizos. El dolor parece menos cruel cuando lo compartes.

—No sabemos nada, no te pongas en lo peor. Antes de llorarlo tenemos que saber dónde está y cómo está.

Mesalina sollozó una sola vez. Marsias se sintió orgulloso de ella, tenía la determinación de su hermano.

—¿Qué haremos para buscarlo? —preguntó.

—Necesitamos saber lo que pasó. ¿Dónde está Mala-Senda?

—Le dimos una habitación. Debe de estar durmiendo.

—Pues hay que despertarlo. ¿Y Esus?

—Esus regresó al bosque. Nunca se queda con nosotros.

—Es preciso salir a buscarlo. ¿Y el goblin?

—Lo llevaron a otra sala. Supongo que ya habrán acabado con él.

—¿Estaba consciente?

—Creo que no.

—Haz que lo instalen en una habitación apartada, y asegúrate de que no hable con nadie antes que conmigo. ¿Alguien ha reconocido a Nicasia?

—No creo que estos estudiantes hayan visto a una mestiza en su vida.

—Debe seguir así. Cuanta menos gente sepa lo que ocurre mejor.

—¿Y qué ocurre? —preguntó Mesalina, inquieta.

—Eso trato de averiguar. Haz el favor de ir a buscar a MalaSenda.

MalaSenda apareció al poco, vestido a toda prisa y con las canas revueltas. A pesar de haber sido arrancado de la cama, se mostró risueño y cordial. Hizo una discreta reverencia a Marsias. MalaSenda era el único aen sidhe que no lo miraba por encima del hombro, y de los pocos que no frecuentaba su local en busca de amores mercenarios. Sólo entraba cuando algunas de sus misiones lunáticas lo obligaban.

Despejó de libros un sillón y tomó asiento en medio de una nube de polvo. Por desgracia, poca cosa pudo contar.

—Mi papel es modesto —dijo—. Me limité a traerlos hasta aquí sanos y salvos.

No quiso revelar qué lo había llevado hasta aquel lugar del bosque, aunque Marsias supuso que era cosa de Dama-Mirlo, y la mano que movía a la Dama era la de la reina.

—Deberías hablar con el goblin —le aconsejó MalaSenda—. Sin duda él tendrá más conocimiento de este asunto que yo. Pero antes examinad la flecha con la que lo hirieron. Parece el virote de una ballesta goblin. Uno de los suyos lo hirió a conciencia, me pregunto por qué. Sí puedo confirmar que Yirkash dijo haber estado con Dujal.

Marsias no tardó en tener en sus manos la flecha extraída a Yirkash. Había visto muchas como ésa durante la guerra. Sí, era un arma goblin, una especie de arpón tan largo como su meñique, dentado con garfios curvos para que se hundiera en la carne y la desagarrara al sacarlo. Estaba claro que le había disparado su propia gente, lo cual era extraño; si había un pueblo unido, eran los goblins. Quizá Yirkash fuera un traidor… Lo cual le gustaba.

Estaba dándole vueltas al asunto cuando entró en su despacho el mismo fauno que había usado de recadero para llamar a Mesalina.

—Señor, el goblin despertó hace unos minutos. Al parecer, trató de ponerse en pie y se le ha vuelto a abrir la herida. Lo hemos encontrado inconsciente.

Marsias se guardó la punta de flecha en el bolsillo del chaleco.

—¿Lo dejasteis solo en su habitación? Que lo vele alguien de buen carácter y avisadme cuando esté en condiciones. ¿Algo más?

—La mestiza va de camino a la Alcoba Vieja, tal como ordenó.

—Voy para allá.

Nicasia dormía desnuda y enroscada, con una expresión tranquila fruto del DuermeDragón, un potente narcótico a base de amapola. La droga producía sueños agradables; Marsias le había prometido que nada la preocuparía. Le habían cubierto las zonas desolladas con un alga gruesa que llamaban Camisa de Sapo, mejor que cualquier vendaje, pues desinfectaba y dejaba a la piel respirar. También le habían entablillado los dedos de la mano herida, cada uno por separado. Para acelerar la cura incrustaron en las tablas de madera unas finas láminas de metal grabadas con hechizos de inmovilización. Los sanadores le aseguraron a Marsias que Nicasia estaba fuera de peligro. Marsias se acercó a la cama; tumbada sobre el colchón inmenso, Nicasia parecía la niña pequeña que nunca había sido.

Nicasia jamás hablaba a Marsias de nada anterior a su llegada a la Corte de los Espejos. Solía decir que no existía antes de eso, y aunque él siempre se preguntó por el significado de esa frase, en aquel momento le pareció estar tan cerca de la respuesta que casi le daba miedo averiguarlo. Marsias se sentó en el borde de la cama. Estaba agotado, y la cadera lo mataba de dolor. Estiró las patas y contempló a la ingeniera. No terminaba de reconocerla.

—Nicasia... —susurró—. Seguro que tú sabes por qué Manx no quería que te acercaras a Dujal y nunca me lo has contado.

Nicasia trataba de no coincidir con él, como Manx le había advertido. Era hiriente y desagradable, lo trataba con una inquina ácida. No servía de nada. Dujal consideraba a la knocker un desafío. Le encantaba meterse en su vida, idear nuevos modos de chincharla, y se esforzaba por dejarla en ridículo siempre que tenía ocasión. Cualquier otro habría muerto hacía tiempo; el gato no. Tenían un extraño modo de acabar siempre juntos que Marsias no terminaba de entender. No era amor, pero sí algo que se parecía demasiado.

—¿Marsias?

Abrió los ojos. Tenía encima el rostro preocupado de Mesalina.

—¿Qué ha pasado? Me he quedado dormido.

La cama de la Alcoba Vieja era sedante. A su lado, Nicasia continuaba en brazos del DuermeDragón.

—Llevas casi todo el día durmiendo —le dijo su sobrina—. No quise despertarte, pero acaba de llegar al santuario Rashid Ibn Bahar con una carta de su primo Isma'il, y creo que debes leerla.

Le pasó la carta. Iba dirigida a Mesalina; en ella le daba sus condolencias por la muerte de su tío y le rogaba que volviera a la Corte para tratar asuntos de mutua importancia. Isma'il aseguraba tener información sobre los asesinos de Marsias y de su abuelo, y estaba dispuesto a compartirla.

—¿En la Corte piensan que estoy muerto? —preguntó Marsias sorprendido.

—Te saqué de allí a toda prisa. Apenas pude explicar nada. Está claro que al menos algunos piensan que has muerto.

El sátiro se rascó la barba. Isma'il mentía, puesto que lo creía muerto, pero trataba de usar a Mesalina. Tal vez las intrigas del nigromante no tuvieran que ver con aquel asunto. Aun así, era un cordel del que merecía la pena tirar.

—Prepara tu mejor cara de aflicción, sobrina. Vuelves a la ciudad. Sigue la corriente a los dos Ibn Bahar y mantenme informado. Además, hay que llevarle noticias de Nicasia a Costurina; debe de estar muy preocupada. Tal vez averigües algo sobre Dujal.

Mesalina recogió el papel.

—Pero esto parece una trampa.

Marsias asintió.

—Ya veremos quién caza a quién.

Mesalina asintió con una sonrisa cómplice.

—Iré a preparar mis galas de luto.

—No hace falta que te vistas demasiado. Soy un muerto alegre.

El Señor de los Cuervos de Invierno

El mediodía se coló sin compasión por la ventana del dormitorio obligando a Hyarmen a abrir los ojos. Tardó en reconocer al mozo que aún dormía a su lado, un chico que parecía más guapo la noche anterior, con el pelo no tan rubio como había llegado a creer y unas bastas manos de campesino que, de pronto, no deseaba recordar tocando su cuerpo. Hyarmen se pasó la lengua por los labios, pastosa y torpe. Por el sabor era como si algo se le hubiera muerto dentro de la boca. Se sentó en el borde de la cama y se restregó la cara intentando que su cerebro y su cuerpo despertasen al mismo tiempo. Sus pensamientos nadaban en un espeso puré. No estaba seguro de querer rememorar lo que había sucedido la noche anterior.

Hyarmen se puso de pie. La habitación giró y le revolvió el estómago. Tuvo que sentarse de nuevo. No estaría en aquella situación de haber tenido algunas monedas en la bolsa. Habría pasado el rato en un burdel decente y no tendría que haberse llevado la compañía a casa; y, desde luego, no se habría conformado con el pésimo vino que servían en las tabernas de la Puerta de Poniente. Aunque no podía negar que pasear por aquellas callejas tenía un cierto encanto primario. Jugar a las cartas con los viajeros y los comerciantes, buscar una compañía fugaz, mezclarse con gente que lo miraba con reserva o incluso con miedo. Entre los gentiles, ciertas cosas eran más fáciles, y si no lo eran bastaba con sacar la espada. Normalmente, la chusma de las tabernas no quería problemas con una casa noble.

Recordaba haber salido sin más dinero que algunas lanzas de bronce en el bolsillo. Pobre y con ganas de juerga, había acabado en una casa de juego apostando a los dados. La fortuna no solía sonreír a Hyarmen, y aquella vez no fue una excepción: al poco rato había perdido todo lo que tenía. La noche se presentaba decepcionante. Entonces entró el phoka, aquel muchachito inquieto con orejas de ratoncillo campestre, un simple con la bolsa llena que pisaba la Corte por primera vez, y que quería celebrar la exitosa venta de dos vacas. Hyarmen, achispado y sin ánimo de volver a Palacio, aprovechó la oportunidad. Fue fácil ganarse su confianza, fácil seducirle y aún más fácil desvalijarle. Con oro en las manos los dados fueron más emocionantes y el vino más aceptable. Eso fue su perdición; se hartó del pésimo caldo hasta el punto de llevar a aquel palurdo a sus estancias. Palurdo al que encima debía diez lanzas de oro.

Se lió la sábana a la cintura y volvió a ponerse en pie. Esta vez consiguió mantener el equilibrio y acercarse hasta el aguamanil de mármol que reposaba junto a la ventana. Lo llenó y metió dentro la cabeza esperando que aquello le despejara las ideas; el agua se escarchó al instante. Hyarmen cogió la toalla, se secó y derritió los pequeños copos de nieves que se le habían formado en el pelo. El espejo le devolvió la imagen de un joven de una palidez extrema, con un ligerísimo toque azul en los labios que le daba el aspecto de vivir congelado. Todo en él transmitía frío; el pelo azul, la piel de nieve, los ojos como trozos de hielo polar... Su propia mirada era glacial e impasible, un paisaje invernal.

Más sereno, se puso unos sencillos pantalones de lana negros y pensó qué hacer. Sería difícil sacar al phoka de allí discretamente. No le importaba que los nobles cortesanos conocieran sus deslices. Ellos hacían lo mismo que él, sólo que escondían mejor sus asuntos. Desconocían que en el Palacio de Silvania todos eran transparentes como el cristal. Ninguno de sus escándalos escapaba a la red de espías y cotillas de la reina. A Hyarmen no le preocupaba Silvania, pero sí lo que pudiera pensar su padre. El señor de TocaEstrellas, Gerión, no toleraba que nada manchara el honor de su casa, enseña que afectaba a sus hijos mayormente, pues su memoria era corta e indulgente con sus propios actos. «Tal vez mi señor padre considere que su comportamiento en la guerra fue intachable; debería hablar con los otros señores del Consejo, a ver qué opinan ellos. Si él supiera lo que sé yo se sorprendería bastante.» Pero Hyarmen no tenía tiempo para rencores familiares. Ya los resolvería a su debido tiempo. Ahora, la prioridad estaba en deshacerse de aquel tipo en su lecho.

El phoka dormía acunado por el vino. Hyarmen pensó que si le pasaba una daga por el cuello el desdichado ni siquiera se enteraría del momento en que dejó de respirar. Podría mantener el cuerpo en la cama hasta la noche y quitárselo de encima cuando todos durmieran. Pero podían descubrirlo, y un asesinato le saldría mucho más caro que un simple desliz con un gentil. Desde que la reina gobernaba, los gentiles habían ganado ciertos derechos... Y los nobles habían perdido infinidad de privilegios. En los viejos tiempos, antes de la guerra, nadie se habría preocupado por la suerte de un labriego, y él no tendría que estar allí ocupándose de la suerte de alguien tan vulgar. Hyarmen se sentó en el borde de la cama y paseó un dedo helado como un carámbano por la espalda del phoka. El hada tembló y abrió los ojos. Hyarmen adoraba la expresión de ese momento: la inocencia que ronda los rostros el instante antes de volver en sí. Él habría querido recuperar aquella inocencia, dejarlo todo atrás y empezar de nuevo.

—Señor... —murmuró el phoka.

«Qué joven suena su voz», pensó Hyarmen obligándose a sonreír.

—Dulce despertar, querido —le respondió recostándose a su lado—. Me temo que ambos hemos holgazaneado más de lo debido.

—Perdonad, mi señor, nunca duermo tanto, pero el vino... —Se incorporó de golpe, mirando a su alrededor con la inquietud de los ratones.

—No te disculpes, yo soy tan culpable como tú. —Hyarmen le acarició el pelo—. ¿Quién querría salir de la cama en tan buena compañía?

El ratoncillo agachó la cabeza con las mejillas encendidas.

—No creáis que suelo frecuentar las tabernas. Casi nunca entro en ninguna, pero esta vez no me arrepiento.

—Por supuesto. Los chicos honestos no entráis en esos sitios. Pero anoche tuve suerte —contestó Hyarmen—. ¡Y toda suerte toca a su fin! Tengo obligaciones de las que debo encargarme, igual que tú, seguramente.

—Sí. He de volver a casa... —reconoció el phoka—. Pero no puedo regresar sin el dinero, mi señor. Mi madre me mataría.

Hyarmen tiró de una cuerda plateada que había cerca de la puerta. A lo lejos sonó el repique de una campanilla.

—Por supuesto. Es algo que debemos arreglar de inmediato. Yo tengo un poco de prisa, pero voy a llamar a mi mayordomo, mi paje. Es mi mano derecha para estos asuntos, designado directamente por la reina.

Hyarmen acabó de vestirse. Una camisa de algodón blanco y una túnica de terciopelo negro sin más adorno que el emblema de la casa TocaEstrellas, una estrella solitaria sobre la cumbre de una montaña, bordada en plata sobre el pecho. Nunca se consideraba vestido por completo sin su espada. El phoka se apresuró a imitarle y recogió su ropa del suelo, incluida su bolsa vacía. Ambos estaban presentables cuando llamaron a la puerta.

—Abre tú. —Hyarmen se calzó la última bota—. Es mi mayordomo, Dalendir.

Al ver que su amo tenía compañía, Dalendir se detuvo bajo el dintel de la puerta. Era un chico joven, pero había sido designado mayordomo de Hyarmen por la misma reina, como gesto de cortesía hacia su casa. Hyarmen no entendía qué honor había en poseer a un mestizo con sangre goblin como criado. Dalendir tenía el cabello de un feo rubio verdoso; le asomaban orejas demasiado largas, y pese a que su piel era sonrosada y sus ojos no tenían el fondo negro de los duendes ni sus repelentes iris ambarinos, no podía evitar esa forma de mirar curiosa e inquietante del Pueblo de las Minas. Aunque su cuerpo era esbelto y su rostro poseía cierta belleza élfica infantil, Dalendir no podía negar lo que era: un mestizo. «Alguien se divirtió con quien no debía», solía pensar Hyarmen. Qué indigno ser un bastardo... Los motivos de Silvania para tener al mestizo bajo su protección eran una incógnita, pero Hyarmen sabía por qué la reina se lo había cedido a su padre. La tarea de Dalendir consistía en vigilar a los TocaEstrellas.

El mayordomo superó con diplomacia la sorpresa de hallar a un phoka en las estancias de su señor. No era algo infrecuente. Entró e hizo una reverencia.

Hyarmen fue a su escritorio, cogió la pluma y escribió: «Escuchad su historia, dadle lo que pida». Después estampó su sello y entregó la nota al phoka.

—¿Qué es esto?

—Una letra de cambio —le dijo Hyarmen—. Dalendir te indicará dónde cobrarla.

Sí, Dalendir conocía la casa del prestamista, un leprechaun que vivía junto al mercado, pero no sabía el trato que Hyarmen tenía con él. El prestamista, que poseía varios comercios, se ahorraba el portazgo sobre su mercancía gracias al sello de Hyarmen en los documentos oportunos. A cambio, libraba al elfo de sus acreedores. De vez en cuando aparecían flotando en el río hadas que insistían demasiado en recuperar su dinero.

—Pero, señor... —murmuró el phoka.

—No me des las gracias. Dalendir, que mi pequeño amigo desayune. Luego, dale la dirección de mi prestamista y guíalo fuera de Palacio.

Antes de abandonar el dormitorio en compañía del criado, el phoka miró a Hyarmen con unos ojos que empezaban a entender su triste suerte.

—¿Os volveré a ver, mi señor?

—Ni lo dudes —mintió Hyarmen con su sonrisa más imperturbable.

Hyarmen volvió al espejo y se ató al cuello un colgante de plata blanca en forma de pluma. Era su enseña personal, y algún día sería también el escudo de su propia casa. Acarició el colgante y sopló sobre él una brisa gélida. En un futuro los astros de TocaEstrellas se apagarían, y sobre la cumbre de la montaña se elevarían hermosas plumas de nieve.

Salió de sus aposentos. Las estancias de su familia en Palacio incluían un pequeño torreón donde se cuidaba una de las más estimadas tradiciones de sus antepasados. Era una construcción sencilla, con dos anillos de saeteras que no habían sido construidas para ninguna guerra sino para permitir entrar y salir a los enormes cuervos que reposaban en sus perchas. Los TocaEstrellas siempre habían criado cuervos. A Hyarmen le habían explicado miles de veces que aquellos pájaros eran los herederos de la bandada de cuervos que salvó a la primera sidhe de TocaEstrellas, Alysse AlmaEscarcha, en la batalla que la llevaría a conquistar las montañas que luego serían su hogar. Él los adoraba. Criarlos era una tarea que no encargaba a nadie; los alimentaba y cuidaba él, incluso cuando estaban muy enfermos. Los conocía a todos, y era capaz de diferenciarlos. Hyarmen imitó un graznido; de su percha bajó una gran hembra blanca con los ojos rojos como gotas de sangre y el pico gris, salpicado de vetas oscuras. Ella y sus hijos eran el orgullo de Hyarmen, y el motivo por el que todos lo llamaban el Señor de los Cuervos de Invierno. El cuervo se posó sobre su hombro, y Hyarmen le dio un trozo de manzana seca.

—Hola, Ventisca —le dijo acariciándole el pecho.

El pájaro graznó y le picoteó una oreja. Bajaron juntos de la torre. Era día de consejo; Hyarmen ya iba tarde, como siempre. Su padre lo llamaba «asuntos de Estado», pero el consejo no eran más que las pantomimas de alguien que no se daba cuenta de que no tenía nada sobre lo que gobernar. Los TocaEstrellas eran señores en el exilio. Nada quedaba de su grandeza, pero el Alto Señor de TocaEstrellas, Gerión de los Picos de Ondolir, se aferraba a títulos y a honores que no valían una lanza de cobre; el consejo, celebrado cada cinco días, sólo servía para apaciguar su orgullo. Tal vez en sus buenos tiempos, allá en la montaña, aquellas reuniones fueran algo imponente, con vasallos y consejeros llenando los salones, pero para Hyarmen aquello era historia antigua. Él era hijo del exilio, y sólo había conocido la modesta sala de Palacio donde se reunían unos pocos nobles menores, algunos consejeros y un par de criados. Destellos del antiguo esplendor. Hyarmen tomaba asiento junto a su progenitor. Nunca abría la boca si no era para bostezar o para burlarse de algo que dijera su señor padre.

La sala donde celebraban el consejo estaba vacía. Gerión presidía, pero no llevaba puesta su armadura de ceremonia, sino un caftán de plata bordado con estrellas. Su única compañía eran su madre y su hermana mayor, Arminta. Hyarmen sintió un escalofrío. Pasaba algo; las damas no formaban parte del consejo. Su padre seguía esa vieja regla a rajatabla, al igual que otros nobles, pese a ir en contra de la reina. Hyarmen interrogó a su hermana con la mirada. Era una belleza muy celebrada en la Corte de los Espejos; siempre vestía de negro, guardando el luto que toda su familia debía llevar por las tierras perdidas. Con todo, se las ingeniaba para estar deslumbrante. Había aprendido a sortear el obstáculo de no poseer joyas con las que arreglarse. Lo compensaba con peinados artísticos y con una elegancia que había cosechado no pocas envidias en Palacio. Pero aquel día sus cabellos blancos le caían sueltos sobre los hombros, hasta la cintura, como un manto de nubes, y vestía una túnica de andar por casa. No era normal en ella. Sostenía, como siempre, su expresión de rapaz, ávida y cruel. Devolvió la mirada a Hyarmen y encogió los hombros, hermética y hostil. Arminta era mayor que su hermano, pero nunca poseería el título que él tanto despreciaba. Alysse AlmaEscarcha había sido la única señora de TocaEstrellas.

Su madre, una sidhe menuda y discreta, parecía, como siempre, demasiado nerviosa. Su vida de retiro era tranquila. «Ya luché mis batallas», solía decir. Se escudaba en aquella sentencia para no aceptar ninguna obligación desde hacía años, ni siquiera la de criar a sus hijos. Su presencia allí debía de ser una cuestión de formalidad. Miraba a todos con aquel eterno aire de indefensión, como un gorrión rodeado de aves de presa, retorciéndose las manos sobre el regazo.

Hyarmen hizo una reverencia breve, mínima, ante su familia.

—Señores padres. Hermana.

Su padre lo miró con disgusto.

—Llegas tarde —se limitó a decir—. Como siempre.

Arminta había ocupado el asiento de Hyarmen. «Quédatelo», pensó él, y fue a sentarse frente a su padre.

—Hoy podría ser un gran día para nosotros —le habló Gerión— y te presentas tarde. Supongo que tus únicas prioridades son las tabernas.

—Las tabernas me gustan tanto como a cualquiera, padre, pero de saber que la familia iba a reunirse hoy, anoche me habría acostado temprano. Hace falta estar muy descansado para sobrellevar tanta dicha.

Sentado en su imponente trono, Gerión de TocaEstrellas parecía pequeño. Hyarmen recordaba a su padre en la guerra, montando un corcel enorme, con el mayal en la mano.

Entonces su estampa era magnífica, terrible, y él aún no le había perdido el respeto. Alto, de hombros anchos, con el pelo blanco recogido con una diadema y unos feroces ojos grises, el tiempo y las decepciones le habían cobrado su precio. A los ojos de su hijo, Gerión era sólo el esqueleto de su vieja gloria.

—Padre —la voz de Arminta era un arroyo de miel, una espada afilada—, ¿a qué se debe la reunión? Imagino que nos has convocado a madre y a mí para anunciarnos algo.

Hyarmen sonrió para sus adentros. Su hermana temía que la noticia fuera la de su compromiso. Nada lo habría complacido más que verla encajar el golpe.

—Perdimos nuestras tierras ancestrales luchando contra los goblins —habló Gerión—. Fue antes de la Guerra de la Reina Durmiente, antes de que vosotros nacierais. Desde entonces hemos vagado de corte en corte, dependiendo de la hospitalidad de otros, como si fuésemos señores menores, mientras los goblins infectan lo que nos pertenece.

Hyarmen se cubrió la boca y ahogó un bostezo. Conocía esa historia y le aburría hasta la desesperación. «Tú perdiste la guerra y las tierras, tú erraste, tú mendigaste, tú aceptaste casarte con la heredera de una casa insignificante. Tú. No yo.» Odiaba que su padre extendiera su vergüenza a todos ellos. Hyarmen recordaba su infancia en el diminuto feudo de su madre como un lejano y feliz período de su vida. La casa de ÁureaSombra era modesta, y su castillo una simple torre en medio del bosque, un lugar tranquilo, sin grandes sobresaltos ni obligaciones, lleno de gente simple y amable. Pero a Gerión no le bastaba aquello, y sin escarmentar por haber perdido una guerra se metió en otra, y de nuevo la perdió. Hyarmen siempre le había reprochado aquello en secreto. Las tierras de su madre, la existencia apacible, los gloriosos días a cielo abierto... Todo lo que perdieron por el orgullo herido de Gerión.

—Eso ya lo sabemos, padre —dijo cáustico mientras se

servía una copa de agua con limón. Le supo a rayos, pero dejó de sentir la lengua pastosa como un gusano muerto—. Ahórranos la historia.

—¡Muestra respeto! —le ordenó Gerión—. Yo perdí mis guerras luchando. ¿Tú has hecho algo útil alguna vez? Haz memoria. —Arminta sonrió al oír aquello, y Hyarmen se mordió los labios—. Ahora, cállate. Siempre he sabido que algún día recuperaríamos TocaEstrellas. He esperado y he vigilado. Los cuervos dicen que hay piras fúnebres en torno a la montaña. Los arroyos escupen cadáveres. Ha ocurrido algo grave entre los goblins de la Ciudad de Piedra.

—Tal vez estén sufriendo alguna plaga —sugirió Arminta.

—Los goblins no enferman —observó Hyarmen—. Tus cuervos se equivocan.

—No —negó Gerión—. Los informes de la reina confirman que algo pasa.

Hyarmen se esforzó en no parecer demasiado interesado.

—Nadie conoce la ubicación de la ciudad de los goblins —dijo.

—Yo sé dónde están las entradas.

—Pero si fueron selladas… Hoy día nadie sabe cómo entrar en la montaña, ni cuántos goblins hay, ni dónde viven. ¡TocaEstrellas es enorme!

—Todo eso me da igual. Quiero saber qué ocurre allí, quiero saberlo antes que nadie, y tú, Hyarmen, serás quien me lo diga. Yo no puedo husmear lejos de aquí sin levantar sospechas, pero tú no haces otra cosa que vagabundear por los burdeles. Nadie se extrañará de verte entrar y salir.

—Gracias, padre —respondió Hyarmen—. Supongo que es un halago.

—Siempre has sido una vergüenza para mí. Es la última oportunidad que te doy para demostrar lo contrario.

—Supongo que te es más fácil asumir mis fracasos que los tuyos propios.

Gerión se levantó y alzó una mano. Hyarmen no tuvo

tiempo de reaccionar. Oyó las palabras retumbando en la sala al tiempo que salía despedido. El sillón se hizo añicos, y él rodó por el suelo en medio de una nube de astillas. Gerión caminó hasta él. Tenía las manos envueltas en luz azul y el rostro crispado por el odio. Aquél era el señor de TocaEstrellas que él recordaba.

—¡Fuiste tú, Hyarmen! ¡Tú y tu estúpida altivez lo que nos hizo perder la guerra! ¡La guerra! ¡Lo que hiciste nos obliga a ser mascotas de Silvania! ¡Tuvimos que abandonar las tierras de tu madre! ¡Sabes bien lo que pasaría si volvemos allí! —Hyarmen se llevó una mano a la espada—. Oh... No te atreverás...

Hyarmen desenvainó la espada. La voz de Gerión se alzó como el tañido de una campana. Pero entonces, una luz dorada los dejó inmóviles, como insectos atrapados en ámbar. La sombra de su madre se extendía desde sus pies hasta ellos, espesa como la melaza. La dama tenía una mano sobre el corazón, y la otra alzada en un puño.

—Gerión, no castigues a tu hijo —le rogó, medrosa como siempre—. Has dicho que ibas a darle una oportunidad. Hazlo; después podrás actuar.

Gerión cedió. Hyarmen tardó en guardar la espada, pero en cuanto lo hizo la sombra dorada los dejó libres.

—Da las gracias a tu madre. Y, ahora, ve a hacer lo que te he pedido.

Hyarmen abandonó la sala. Recorrió los pasillos, saludó a cuantos halló en su camino con una sonrisa y, ya en su dormitorio, sacó su espada y atravesó el respaldo de una silla. La rabia lo cegó. Destrozó lo que halló a su alcance. Arminta lo encontró entre un remolino de plumas de colchón, jadeando, con la espada en la mano.

—Tendrás que explicar esto: muebles nuevos.

—¡Lárgate! —le ordenó Hyarmen—. Eres la última persona que me apetece ver.

—Pensé que sería padre.

—Lárgate ahora que puedes.

—No me das miedo —le dijo Arminta.

Hyarmen se lanzó sobre su hermana. Era más rápido y más fuerte que ella. La cogió por el cuello y la colocó junto a la ventana.

—Eres patético —espetó Arminta—. Incluso cuando pierdes los papeles.

Habría sido fácil arrojarla al vacío, pero retrocedió y la soltó.

—¿Sabes qué voy a hacer? —dijo—. Voy a devolveros esa asquerosa montaña para que os peléis el culo de frío en las ruinas de su palacio. Y tú date prisa en abrirte de piernas para algún noble viejo y baboso que aún pueda darte un hijo. En cuanto lo tengas le cederé el título de heredero que tanto deseas.

—Podrías cedérmelo a mí ahora. Haz que padre te repudie. No te costará.

—¿Y darte ese regalo? Jamás. No serás señora de TocaEstrellas, Arminta. Habrás de conformarte con ser esposa y madre. Nunca tendrás otra cosa.

—No quieres ese título. ¿Qué te importa?

Hyarmen se subió al alféizar de la ventana.

—Me gusta humillarte.

Saltó al vacío. El silbido del aire en sus oídos ahogó los gritos de Arminta. Desde la ventana de su dormitorio había una gran caída. Hyarmen rozó la pluma de plata y vio a Ventisca volando hacia él. El cuervo alcanzó su espalda con un graznido, y Hyarmen sintió sus garras arañándole por detrás. Después, aquella tensión familiar en los omóplatos, y el rasgar de la ropa. El cuervo blanco había desaparecido, y Hyarmen planeaba sobre la Corte con dos alas blancas.

Los jardines de FuegoVivo

Desde el gran ventanal de la Alcoba Vieja podía verse el bosque de FuegoVivo extendiéndose hasta donde alcanzaba la vista. Las últimas horas de la tarde se deslizaban lentamente y teñían las copas de los árboles de un profundo azul. Un mar de hojas y ramas en cuyo horizonte emergían como islas las montañas de TocaEstrellas, recortadas contra un cielo rojo y dorado. Nicasia llevaba buena parte de la tarde contemplando aquel paisaje con cierta impaciencia. Esperaba visita, y le parecía que el tiempo se había detenido sólo para fastidiarla. Hacía un par de días que Marsias le había permitido salir de la cama, aunque sólo para ocupar el enorme sillón de mimbre que el sátiro había dejado de usar hacía bien poco. No estaba mal; mirar por la ventana era preferible a pasar las horas tumbada. Le daba una falsa sensación de control que necesitaba casi más que sanar su cuerpo. No había hablado demasiado desde que los efectos del Duerme-Dragón se disiparon y recobró la conciencia; no tenía nada que decir. Descubrirse desnuda y cubierta de vendas en un lugar que no conocía había sido duro, pero no tanto como el golpe que recibió cuando recuperó sus recuerdos. Entonces la desbordó un horrible sentimiento de fracaso y vergüenza que intentaba contener con el silencio. Tenía la sensación de que si le contaba a alguien hasta qué punto se sentía culpable de sus errores no podría contener el llanto, y si empezaba a llorar no acabaría nunca. Así que le puso una mordaza a su tristeza tan eficaz que ni Marsias logró arrancársela.

De todos modos, últimamente el sátiro no contribuía a mejorar su humor. Se alegraba muchísimo de verlo vivo y casi repuesto de sus heridas. Los primeros días, cuando estaba demasiado débil, Marsias había cuidado de ella con una dedicación producto de su amor incondicional. Permanecía con ella en sus peores momentos, cuando pasaba tan fácilmente de la conciencia a la inconsciencia que la única diferencia entre ambos estados era el dolor. Todo su cuerpo se volvía entonces una tortura, y él la calmaba con paños fríos y frases tiernas. Pero cuando empezó a recuperarse, descubrió que los ojos de Marsias se llenaban de compasión al mirarla, que aquellos ojos adivinaban lo ocurrido en la celda de los parideros porque podían leerlo en cada una de las huellas que los goblins le habían dejado sobre la piel. Podían leerlo, pero no soportarlo. Marsias no tenía problema en limpiarle las heridas de la espalda, pero solía mandar a una dríade para su aseo, la misma dríade cariñosa y amable que le separaba las piernas para hacerle las curas que más la humillaban. En esos momentos Nicasia cerraba los ojos y se tragaba la rabia y las lágrimas.

Comenzó a sentirse demasiado expuesta bajo los ojos de su amigo. Le pidió que la dejara vestirse, pese a que el roce de la tela sobre la piel desollada la hacía rabiar de dolor. Si tenía que elegir entre el dolor y la vergüenza, tenía la elección muy clara. Además, estaba bastante segura de que el sátiro no le había contado toda la verdad sobre su llegada al santuario. Le aseguró que Dujal se había marchado cuando ella aún estaba inconsciente, y que fue Boros quien los había traído a los dos, aunque tampoco le permitía verlo. De hecho, se escudaba en la debilidad de su estado para no autorizarla a recibir a nadie. Un día lo descubrió mirándola de reojo con tal expresión de angustia que no pudo contener su enfado.

—No me han hecho nada que no le hayan hecho a otras muchas antes. Yo, al menos, he logrado salir viva. Si no eres capaz de alegrarte de eso, quítate de mi vista. ¡Tengo bastante miseria propia para aguantar la tuya!

Marsias salió de la habitación sin mediar palabra. Nicasia lo conocía de sobra, sus palabras lo habían herido, y al instante se sintió desagradecida y mezquina. Le pareció que pasaba toda una eternidad hasta que el sátiro volvió a aparecer empujando un enorme sillón de mimbre con ruedas. Se acercó a la ingeniera con el rostro serio y los labios fruncidos bajo la barba.

—No era mi intención ofenderte —dijo tras un momento de silencio.

Nicasia alzó la mano sana para hacerle callar.

—Nunca me has ofendido. No eres tú quien debería disculparse.

Marsias recuperó su sonrisa. La cogió en brazos y la sentó en el sillón de mimbre de modo que pudiese ver el gran ventanal. La mirada de la ingeniera se quedó fija en las montañas. Marsias se asomó al ventanal.

—Dicen que cuando los sidhe vivían en ellas, desde aquí podía verse la torre de TocaEstrellas brillando como si fuera de plata.

—Ese desdichado de Gerión pudo hacer bien poca cosa para defenderse.

—No te tenía a ti —contestó el sátiro poniéndole la mano sobre el hombro.

—¿A mí? Estoy viva de milagro. ¿Qué he conseguido? ¿Que un puñado de goblins se diviertan a mi costa? Todo está peor que al principio. Mis errores son peores que los de Gerión. Él, al menos, mantuvo vivos a los suyos.

—Fuiste a por la hija de Manx y lo lograsteis; la phoka está aquí, sana y salva. Mañana la traeré para que la veas.

—Pensé que estaría con su hermano —dijo Nicasia mirando a su compañero con suspicacia.

A Marsias la contestación de la ingeniera lo pilló con la guardia baja.

—La pequeña estaba enferma, no era buena idea que Dujal se la llevara. —No fue lo bastante rápido con la respuesta, y a la ingeniera ese momento de duda no se le pasó por alto.

«Me oculta algo.» Al pensarlo, volvió a enfadarse. El sátiro la protegía; por muy buenas que fueran sus intenciones, aquel comportamiento la hacía sentirse como una inútil. Estaba demasiado acostumbrada a llevar las riendas de cualquier situación para sentirse cómoda en el papel de víctima. Volvió los ojos al paisaje con un resoplido y se refugió de nuevo en el silencio. «Vale, juega a los secretos mientras puedas», pensó.

Un par de horas después de que Marsias le trajese la silla de mimbre, Nicasia tuvo otra visita totalmente inesperada. Aún permanecía sentada. A petición suya le habían traído un par de libros. Por desgracia, la biblioteca de FuegoVivo sólo disponía de tratados de medicina. En ese aspecto era famosa en todo el reino, pero si buscabas temas más lúdicos resultaba decepcionante. Tuvo que conformarse con un tomo de recetas de cocina, que abandonó de inmediato cuando se descubrió pensando con nostalgia en los estupendos guisos de Costurina, y un grueso ensayo sobre la Guerra de la Reina Durmiente. Éste tampoco le causó ningún tipo de entusiasmo. Leer la versión de algo de lo que había sido testigo directo consiguió arrancarle un par de sonrisas sarcásticas. Con la excusa de ser objetivo, la versión que el autor daba de los hechos era, en el mejor de los casos, edulcorada, y, en los momentos más cruciales, simplemente mentirosa. Hablando del sitio de la Corte, el texto lamentaba los muertos que la resistencia de la ciudad había causado, pero las describía como muertes heroicas. Eso la hizo cerrar el libro. No veía qué tenían de heroicos los niños que murieron de hambre aquel larguísimo invierno, ni los llantos desesperados de sus madres. Recordaba las hogueras donde quemaban los cuerpos de los que caían día a día vencidos por la debilidad y las enfermedades. Piras que alimentaban con los propios cadáveres porque la madera escaseaba y no podía desperdiciarse para hacer fuego. Recordaba el olor, que te hacía sentir ferozmente hambriento, y recordaba cómo muchos se acercaban al calor de las llamas a falta de algo mejor con lo que calentarse. Para que los muertos tuviesen al menos derecho a que recordasen sus nombres los escribían en las paredes de la muralla. Largas hileras de nombres que crecían continuamente. «He soportado mucho para que ahora venga ese idiota a pensar que no seré capaz de aguantar algo más.» El leve crujido de la puerta la sacó de su frustración. Pensó que sería Marsias de nuevo, o tal vez alguien que traía la cena. La puerta quedó entreabierta, pero la cama se interponía y no podía ver qué estaba pasando. Nicasia trató de mover la silla empujando las ruedas, pero era demasiado pesada, habría sido difícil hasta sin estar herida. Intentó darle un empujón mágico para girarla, algo sencillo de no haber estado tan débil, pero en aquellos momentos no era capaz de concentrarse en la magia, se le escapaba como si quisiera atrapar una mariposa con las manos atadas a la espalda. Nicasia aguzó el oído; tenía la sensación de que alguien la observaba desde la puerta. Casi le parecía escucharlo contener la respiración, y un escalofrío le recorrió la espalda.

—No hace falta que te escondas, puedes entrar. —Lo dijo en un tono claro y amigable mientras aferraba el pesado libro de historia.

Esta vez escuchó claramente un murmullo. Alguien atropellaba susurros asustados tras la puerta; era imposible entender lo que decían, pero reconoció el agudo timbre infantil.

—Entra de una vez o le diré a tu padre que me has estado espiando.

No tardó en aparecer una carita conocida tras el poste de la cama. El pequeño Laertes la miraba debatiéndose entre la curiosidad y el miedo. Tras él, una niña más pequeña con el pelo castaño peinado en dos desastrosas trenzas, también la contemplaba con unos descarados ojos felinos de color oro. Era imposible que el fauno supiera quién era. Él había conocido a Nicasia, con su máscara de espejismo. La criatura del sillón de mimbre era más parecida a un murciélago albino, con sus orejas largas y los ojos azules flotando en un fondo de carbón brillante.

—¿Decepcionados? —Les hizo un gesto para que se acercaran.

Los niños obedecieron, hipnotizados. Laertes parecía reticente, pero la gatita se le acercó con la naricilla alzada, olisqueando, agachadas las orejas tricolor. La ingeniera sonrió al verla. No podía negar que era hija de Manx. Iba descalza, tenía el pelo lleno de hojitas secas y la ropa en un lamentable estado. Podía imaginarla perfectamente vagabundeando por los jardines de FuegoVivo. Al menos, ella estaba viva; algo bueno salía de tanto sufrimiento.

—¿Los goblins no son verdes? —preguntó Laertes.

—No soy un goblin —contestó ella.

Laertes hizo un mohín y se atrevió a abandonar la protección del poste.

—¿Qué eres entonces?

—¿No lo sabes? —Nicasia le regaló al niño una sonrisa de sierra, llena de dientecillos afilados—. Tú me conoces.

El satirillo puso cara de asombro y la miró de arriba abajo, pero tras un rato de observación silenciosa, sacudió la cabeza negando con mucha energía.

—Yo no te conozco de nada. Sólo vine porque escuché a las dríades decir que había goblins en el santuario, y cuando le pregunté a papá por ellos me dijo que no podía verlos.

—Y lo desobedeciste.

Laertes bajó los ojos.

—Últimamente no me deja hacer nada —refunfuñó—. Y, además, nunca puede estar conmigo. Antes me contaba cosas por las noches, ahora siempre está ocupado o triste.

La phoka, que hasta entonces se había mantenido muy entretenida jugando con la borla que adornaba el tirador de la cortina, estiró las orejas y se quedo inmóvil mirando hacia la puerta. Tras un instante de sobresalto, se transformó en un diminuto gato tricolor y, a toda velocidad, se introdujo bajo las sábanas de la cama. Nicasia oyó pasos en el pasillo.

—Viene alguien. ¡Rápido, que no te vean! ¡Métete bajo la cama!

Laertes no tardó ni un segundo en obedecer. Sus patas apenas desaparecían bajo la colcha cuando un joven bogan pelirrojo y rollizo entró con la bandeja de la cena. Nicasia no lo conocía. Normalmente era Marsias quien se encargaba de traer la comida; así tenía una excusa para escapar de sus obligaciones como Rector y pasar un rato con ella. El bogan fingía normalidad, pero no pudo evitar examinarla. Nicasia le sostuvo la mirada.

—¿Dónde está Marsias? —preguntó.

—No podrá venir, le ha surgido algo urgente. ¿Dónde dejo la bandeja?

Nicasia señaló una mesita.

—Debe de ser muy importante; es la primera vez que me falla a una cita.

—No me han dicho cuál era el motivo, señora, sólo que no podía venir.

—Claro que no te lo han dicho, no sea que te vayas de la lengua y me entere de algo, ¿verdad?

El bogan se envaró ante ella.

—Por supuesto. Usted es una goblin, una enemiga del santuario.

Nicasia contó en silencio hasta veinte. Sabía que con su rostro auténtico al descubierto tenía más de duende que de hada, pero su corazón siempre había pertenecido al Gremio de Constructores. A los knockers.

—Quítate de mi vista —contestó en tono glacial.

—¿No necesita ayuda? —preguntó el bogan sin inmutarse.

—No de ti.

El bogan observó de reojo la bandeja. Con una sola mano le sería difícil comer, pero la expresión hostil de la ingeniera era elocuente. Se dio la vuelta y se retiró. Laertes asomó la cabeza en cuanto oyó la puerta cerrarse. La gatita, más prudente, no se dejó ver.

—¿Se ha ido ya? —preguntó el sátiro—. Creo que voy a irme. ¡Casi nos pillan!

—No vendrá nadie en un rato. Tu padre se ha olvidado de nosotros dos.

Laertes trató de disimular un puchero.

—La culpa es de ese elfo vestido con chatarra. No hace más que entrar y salir. Siempre que viene, papá se pone triste o nervioso.

Nicasia dio un respingo en su silla.

—¿Un elfo canoso con una armadura muy vieja? ¿Alto y delgado?

—Sí, ése. Me cae mal.

—MalaSenda es un buen tipo. Te caerá bien cuando lo conozcas mejor.

—No se llama así. Tiene un nombre raro. —Laertes cerró los ojos.

—Caldemeyn —dijo Nicasia por él.

—¡Ése! ¿Cómo lo sabes?

—Ya te he dicho que sé muchas cosas. Sé tu nombre, por ejemplo. Laertes.

El sátiro abrió la boca.

—¿Cómo lo sabes? ¿Te lo ha dicho mi papá?

—No.

—Me estás engañando; seguro que te lo ha dicho él.

Nicasia fingió tener interés en un trozo de cielo nocturno, pero sonreía.

—Pregúntale.

—¡No puedo decirle que he estado contigo!

—Entonces, vuelve mañana. Te contaré cosas de tu padre. —Laertes lo meditó un momento—. ¿Sabías que estuvo en la guerra? —le preguntó Nicasia.

—¿Tan viejo es? —preguntó extrañado.

Nicasia soltó una carcajada, la primera risa que le salía del corazón desde hacía mucho, mucho tiempo. Se sintió agradecida por ella y deseó que los niños no tuvieran que irse. En cambio, al pequeño patacabra aquello le sonó a burla.

—Me voy —declaró dando una patada en el suelo.

—Tu amiga quiere quedarse —dijo Nicasia señalando la bandeja de comida.

La pequeña phoka había volcado al suelo el contenido. Sobre la piedra de la alcoba se mezclaban la crema de calabaza con la compota de fruta, aunque eso no parecía molestar a la gatita, que lamía el revuelto con dedicación.

—¡Oh, no! ¡No puedes hacer eso! —dijo Laertes tirándole de la cola. La gata se revolvió, bufó y continuó con su tarea. Laertes parecía avergonzado—. Tienes que perdonarla. Creo que ha padecido mucha hambre; siempre está robando comida. Y sé que guarda un poco para el monstruo del jardín. Pasan mucho rato juntos.

—¿El monstruo del jardín? —se interesó Nicasia—. No he visto los jardines de FuegoVivo, pero no creo que estén llenos de monstruos.

El sátiro se acercó a ella y habló muy bajito.

—Nadie sabe que está aquí, pero se esconde en el bosque de los árboles de fuego porque le gusta el calor, y sólo se junta con la gatita.

—¿Tú lo has visto?

Laertes escrutó por encima de su hombro, temeroso.

—Una vez, pero me miró y salí corriendo.

Nicasia asintió. Boros debía de estar refugiado al calor de los árboles. Pero el chico serpiente entraba en letargo por aquellas fechas, hacia el final del otoño. ¿Por qué seguiría despierto? «¿Será por la niña?», se preguntó Nicasia mirando cómo ésta se afanaba en limpiar el suelo. Al parecer, Marsias no había mentido en aquello; Boros los había traído al santuario. Seguro que el Ancestral podía contarle todo lo que ella quería. Debía llegar hasta él.

—¿No te molesta que se coma tu cena? —le preguntó Laertes.

—Estoy harta de papillas.

—Me voy a ir. Se hace tarde, y a lo mejor nos están buscando.

—¿Volverás? —le preguntó Nicasia.

—No debería —contestó Laertes.

—Hagamos una cosa. Te he dicho que me conoces, ¿verdad? Pregúntale al rey de los sueños por mí.

El niño contempló a la ingeniera con gran pasmo.

—¿Nicasia?

Ella asintió. Antes de que pudiera evitarlo, Laertes había saltado a sus brazos con el llanto desquiciado de los críos corriéndole por las mejillas y por la nariz.

—¿Dónde has estado? ¿Por qué me dejaste solo? —Nicasia lo abrazó como pudo. El niño le aplastaba el brazo herido, y la piel de la espalda le tiró como si le estuviera pequeña y amenazara con rasgarse. Pero era un dolor que merecía la pena. Laertes la besó en la mejilla—. ¡No me habían dicho que estabas aquí! ¿Qué te ha pasado? ¿Quién te ha hecho daño? —El niño la miró—. Has cambiado.

—Sólo un poco, y sólo por fuera, pero no en lo importante. Escúchame; no le digas a nadie que me has visto. Sobre todo a tu padre. Será nuestro secreto. Y ven mañana a la misma ahora. Trae a tu amiga.

—¿Me contarás cosas?

—Siempre que las mantengas en secreto, y siempre que ella no se chive.

—¿La phoka? Es muy pequeña; aún no sabe hablar. Sólo le interesa comer, dormir y salir al jardín a enterrar su caca.

—Entonces, ven mañana.

—Pensé que eras como el resto de los mayores y te habías olvidado de mí.

—Nadie se ha olvidado de ti.

Laertes sonrió y desapareció tras la puerta seguido por la gatita.

Los niños cumplieron su palabra y regresaron al día siguiente. Nicasia pasó la jornada esperándolos. Por la tarde jugó al ajedrez con Marsias, pero estaba distraída y movió las piezas del sátiro en lugar de las suyas un par de veces. Las pausas de Marsias para pensar sus jugadas se le hicieron interminables. Laertes y la hija de Manx llegaron al anochecer. El niño, recordando que Nicasia se había quedado sin cena la noche anterior, había cogido dos trozos de tarta de crema de la cocina. Nicasia era golosa, y Laertes también había traído moras. En los jardines de FuegoVivo los árboles siempre se mantenían cargados de fruta. Contaba la leyenda que era una de las bendiciones del Dios de los Fuegos del Corazón, pero Nicasia era escéptica; suponía que algo en la naturaleza de los árboles de fuego hacía que los otros siempre estuvieran cargados de fruto.

Las moras explotaban en la boca. Compartieron aquel pequeño festín entre los tres. La travesura mejoraba los sabores. Fiel a su promesa, Nicasia habló a Laertes de las hazañas de su padre en la guerra. Al fauno le costó creerlo, pero se convenció cuando Nicasia leyó los libros que mencionaban a Marsias. Laertes hinchó el pecho de orgullo y miró a la gatita. Ésta parecía más interesada en destrozar las cortinas que en escuchar cualquier historia.

—Vuestros padres fueron importantes durante la guerra.

—¿Los de ella también? —preguntó Laertes señalando a su amiga.

Nicasia observó a la gatita. Sentía una extraña mezcla de sentimientos. Le recordaba a su madre: la misma cara redonda y la misma manera de apretar los labios cuando se concentraba en hacer algo. Los ojos dorados, intensos, que miraban como si quisieran devorar el mundo. Manx nunca cerraba los ojos para besarla, los mantenía abiertos. «Quiero recordarlo todo», solía decir. Ni la muerte fue capaz de cerrárselos.

Durante unos días, Nicasia siguió recibiendo sus visitas clandestinas. Eran una bendición. Le mejoraban el humor y le hacían las jornadas soportables. Sin contar que Laertes siempre le traía alguna delicia del jardín o de la cocina. El hijo de Marsias le refería lo que ocurría fuera de la habitación. Nicasia confiaba en que tarde o temprano aquellas visitas darían fruto, y así fue: una de las noches Laertes le dio la clave para contactar con Boros. Ese día había llovido con fuerza y los niños no habían podido salir fuera, así que algunas dríades los llevaron a un largo corredor con vistas al jardín y a los árboles de fuego.

—La lluvia la pone intratable —dijo Laertes señalando a la gatita—. No quiere ver los árboles. Quiere ver a su amigo. Al monstruo. Pero a mí me asusta.

Los entretuvo con cuentos y canciones. Más tarde, cuando Marsias apareció con la cena, fingió estar desganada. Le argumentó que si no la mataban las heridas lo haría el aburrimiento y le solicitó un paseo por el santuario en la silla. Ya estaba lo bastante fuerte para aguantarlo. Marsias se negó, pero cuando la ingeniera le propuso que al menos la llevara a ver el jardín, que era famoso en toda la Corte y que ella no conocía, el sátiro le prometió que al día siguiente la dejaría pasar un rato en la galería del mirador, y desde allí podría verlo.

Marsias cumplió su palabra. La mañana siguiente la ayudó a sentarse en la silla de ruedas y la empujó hasta una larga galería abovedada. Era un pasillo ancho. El techo curvado estaba cubierto por un mosaico de cristales de colores sostenidos por nervios de madera que semejaban las raíces de un árbol. La pared exterior también lucía acristalada y daba a los jardines, al bosque. Del techo caían largas enredaderas en competencia con las ramas de los árboles más cercanos, algunas tan gruesas como el brazo de un troll. Era un rincón tranquilo y silencioso junto al vestíbulo de la entrada. Debía de ser maravilloso en primavera, con la luz atravesando el follaje y el brillo del cristal. Una fuente en cascada presidía el vestíbulo. Nicasia, como cualquier knocker, la conocía muy bien; fue un regalo de la Corte al santuario por su labor durante la plaga de la lengua azul, que atacó la ciudad poco después de la guerra y que habría sido catastrófica sin los sanadores. El Gremio de Constructores fabricó la fuente con todo su esmero para que trajera el agua de uno de los manantiales del bosque al interior del edificio. El rumor del agua debía crear una atmósfera perfecta en aquel corredor, pero en aquel momento estaba seca.

—Algo se estropeó —le explicó Marsias—. Nadie ha sido capaz de arreglarlo. Y eso que han llamado a los mejores talleres del reino.

—Pero no a mí… —objetó Nicasia.

—Me temo que no podemos pagar tus honorarios.

—Eso era antes. Un día vendré a haceros una visita desinteresada.

Marsias dejó a Nicasia en el corredor y se ausentó para impartir clases. Antes le entregó un fascinante tratado sobre el cultivo de plantas medicinales en climas de alta montaña. Nicasia tuvo que contener sus ganas de prenderle fuego. Apartó el libro y oteó el exterior. Nunca había visto los legendarios árboles de fuego, y la verdad era que le parecieron impresionantes. Tenían hojas anchas, de cinco puntas, como manos sanguinolentas; se agitaban incluso cuando no soplaba el viento, como las llamas de una hoguera. Sus troncos grandes y lisos parecían tallados en ámbar, y destacaban sobre el verde profundo del jardín. Nicasia podía sentir el calor que desprendían. Entre otras muchas virtudes, los árboles de fuego poseían misteriosas cualidades curativas. Bastaba verlos alzarse en la quietud de su danza silenciosa para comprender que estabas en presencia de algo tan antiguo y sagrado como la propia vida.

Nicasia entornó los ojos. En medio del jardín, inmóvil, distinguió una figura sentada sobre la hierba. Un joven pálido y flaco. Vio primero a la gatita, que dormitaba hecha un ovillo en su regazo. El chico serpiente se camuflaba entre las plantas; lo traicionaba tan sólo el movimiento de su pecho al respirar. Boros había oscurecido el color de su escaso cabello para ocultarse mejor en el jardín. Nicasia los contempló maravillada; que el Ancestral aceptara a la pequeña phoka era extraordinario. Hasta donde ella lo conocía, Boros no había desarrollado nunca lazos de cariño con nadie. No pudo evitar algo de aprensión; quizá la cachorrilla felina no estuviera a salvo. El Ancestral pareció adivinar que lo estaban mirando, porque abrió los ojos, y sus pupilas rasgadas, dos cortes negros sobre amarillo, miraron a Nicasia. Sonrió y, tras apartar a la phoka, se puso de pie y caminó hacia el cristal.

Nicasia se estremeció. A Boros le faltaba el brazo derecho, cercenado por encima del codo. No podía imaginar qué había sido necesario para ocasionarle aquella herida, y no estaba segura de querer averiguarlo.

Fantasmas y sombras

Rashid solía visitarlo cada tres días. Se presentaba en cuanto cerraban el burdel, tan temprano que las calles apenas empezaban a animarse. Así que los primos compartían un desayuno muy madrugador mientras el muchacho le contaba entre bostezos las novedades del trabajo. Estos informes habían sido en su mayoría anodinos; Mesalina había regresado a la Corte vistiendo los colores del luto y, tras unos días, había vuelto a abrir las puertas de la casa, aunque ella se limitaba a organizar el día a día de su negocio alegando que no estaba de humor para ofrecer sus servicios. Rashid no creía que la cortesana estuviese fingiendo su tristeza. Mesalina apenas se dejaba ver, y no se arreglaba demasiado. Además, si alguien paseaba por los jardines privados de Marsias era fácil verla asomada en su balcón con la vista fija en el horizonte.

—Una vez la vi llorar —le contó Rashid mientras daba cuenta de un cuenco de dátiles—. Me habría gustado abrazarla.

Isma'il sonrió. Envidiaba la candidez de su primo. En su momento, a él también le habría gustado consolar entre sus brazos a cualquier damisela bien dispuesta. Rashid aún podía permitirse ver las cosas bajo la hermosa luz de la inocencia. Era un lujo que él ya no podía darse; su deber era revisar la información con un enfoque más práctico.

—Es lógico que llore a su tío. La crió desde que tiene memoria. Pero si Marsias ha muerto, ¿por qué sigue escribiendo a FuegoVivo tan a menudo? Me han dicho que lo hace casi todos los días.

—Tendrá más parientes...

El ciego mordisqueó un dátil distraídamente.

—Sólo Tiresias, pero él está ahora mismo aquí en la Corte y no en el santuario. Es raro...

Las lágrimas de Mesalina interesaban poco al nigromante. Él tenía sus propias penas y no pensaba preocuparse de las ajenas. La correspondencia era otro asunto; se preguntaba si habría alguna información interesante en aquellas cartas, si merecería la pena correr el riesgo de interceptar alguna aunque sólo fuera para sentir que hacía algo útil. Le había resultado imposible encontrar a la misteriosa sluagh de la cara cortada. Tal vez ella y sus secuaces habían salido de la ciudad. En ese caso, podían estar en cualquier parte, una pista imposible de seguir. Esa idea ocupaba su cabeza, le quitaba el sueño y hacía que la comida tuviera un sabor amargo.

Para no pensar más de la cuenta había decidido buscar otras pistas. Primero deshizo paso por paso el último día de su abuelo sin hallar nada extraño en sus horarios o en sus visitas. En los días anteriores a su muerte no recordaba ningún cambio significativo en su comportamiento. En vida, Eleazar fue un animal de costumbres. La rutina era sagrada, sobre todo a medida que envejecía. Por supuesto, registró minuciosamente la casa, poniendo especial cuidado en el dormitorio de su abuelo y en su pequeño despacho. Fárfara lo ayudó, pero todo parecía estar en orden. «No vinieron a robar», se dijo tras hacer que la marioneta volviera a revisar los cajones por última vez. Eso descartaba casi seguro que fuese un asunto relacionado con los Ibn Bahar. La caravana y sus negocios quedaban fuera de la ecuación y dejaba abierta una vía mucho más siniestra; que lo hubiesen asesinado por algo relacionado con la cancillería de Palacio. Sabía que era muy poco lo que podía hacer por ese camino, pero no tenía nada mejor y necesitaba mantenerse ocupado si no quería volverse loco.

En su calidad de mensajero real no era difícil entrar en Palacio. Que lo dejasen pasar a las estancias del secretario de su majestad ya era distinto. En aquellos momentos había un feroz pulso entre las distintas casas nobles por recuperar un puesto que tradicionalmente había estado en manos de los sidhe. Tras la guerra, que la reina hubiese elegido a un gentil para ocupar el cargo se había considerado un insulto y una provocación. Por suerte, en plenas capitulaciones los nobles tenían asuntos más apremiantes de los que ocuparse. Algunos de ellos estaban más preocupados en conservar sus privilegios, sus tierras y hasta su pellejo. «Los Ibn Bahar han sido aliados fieles a mi causa y se merecen esta recompensa», zanjó la reina. Desde entones, Eleazar Ibn Bahar se convirtió en su fiel secretario, y desde luego la caravana había sabido aprovechar la oportunidad transformándose en una auténtica y próspera ciudad andante. Ahora, el puesto volvía a estar vacante, y en los pasillos de Palacio la tensión era palpable. Ni siquiera el hecho de ser pariente directo del antiguo secretario consiguió que el guardia apostado ante la puerta, un troll gigantesco que olía a limaduras de hierro y cuya voz sonaba como un cerrojo oxidado, cediera lo más mínimo. El ciego apretó las manos en torno de su bastón con tanta fuerza que se hizo daño en las palmas. Había maneras de quitar al troll de en medio, y en otras circunstancias ni se lo hubiese pensado, pero se contuvo. Se prometió que algún día ajustaría cuentas con aquel perro guardián. Se alejó de la puerta y sacó de su faltriquera un desgastado cordón del que colgaba una piedra que frotó entre las manos mientras murmuraba un nombre. No tuvo que esperar. El amuleto se le escapó de las manos y tiró de él con el entusiasmo de un potrillo. Isma'il se dejó guiar entre pasillos, caminando sin molestarse demasiado por averiguar a dónde se dirigía. No buscaba un sitio en particular, y sabía que hallar su destino podía llevarle algo de tiempo. La paciencia era primordial para este tipo de búsquedas.

Por supuesto, no la oyó llegar. Isma'il era capaz de oír deslizarse a los peces de un estanque, pocas cosas escapaban de sus oídos, y ella era una de las pocas que lo lograba. No podía escuchar el rumor de sus pasos, pero sí su olor, un suave perfume de flores imposibles que hacía pensar en esas noches extrañas en las que puede pasar cualquier cosa. Una mano se posó sobre su hombro, ligera como un pájaro.

—DamaMirlo. —Isma'il se giró hacia ella para hacerle una reverencia.

—Mis saludos, Isma'il Ibn Bahar. Lamento vuestra pérdida e imagino a qué venís.

—Venía a recoger los efectos personales de mi abuelo, pero no se me ha permitido entrar en sus estancias.

DamaMirlo lo agarró del brazo y apoyó la cabeza en su hombro. Sus cabellos se desparramaron sobre él como flecos de seda.

—Mi buen Isma'il, después de tantos años de leal servicio a la corona no es necesario que me mintáis. Sé de sobra que no estáis buscando un viejo juego de plumas. Deberíamos haber charlado antes; error mío, me temo. Hay un asiento tres pasos a vuestra espalda, por favor, poneos cómodo. Hablemos. ¿Puedo ofreceros algo?

—Con el asiento es suficiente.

Al sentarse, Isma'il se dio cuenta de que su asiento era un banco de piedra revestido de cojines al que la pared desnuda servía de respaldo. DamaMirlo se sentó a su lado. La sentía mover los brazos y le parecía oír un extraño roce que no era capaz de identificar.

—Trabajo en unos bordados —aclaró ella—. Me relaja dedicar algún tiempo a mis labores con el bastidor. Me ayuda a pensar.

—Hay poco que pensar en este asunto, Dama. Quiero recuperar los enseres de mi abuelo. Tengo legítimo derecho a ellos como único heredero. Sólo pido que se me permita recogerlos.

—¿Y ya sabéis qué es lo que buscáis? —preguntó con un discreto tono burlón que resultó a Isma'il intolerablemente molesto.

—Debo insistir. No busco más que lo que me pertenece.

El chasquido de unas tijeras desgarró un corto silencio.

—Es obvio que no lo sabéis. Con vuestro permiso os lo diré yo, así no serán necesarias más pantomimas: buscáis algo que dé sentido a la muerte de Eleazar. Ambos queremos lo mismo aunque tengamos objetivos distintos.

El nigromante acarició la escultura de su bastón. La bordadora no lo cogía por sorpresa; siempre parecía saberlo todo. En la Corte nada ocurría sin que ella se enterase.

—¿Entonces sabéis…?

—¿… qué Eleazar fue asesinado? —preguntó DamaMirlo—. Lo sospechaba. Vuestro abuelo murió sólo un día después de recibir una carta de Manx, que casualmente fue asesinada tres días antes por la misma hada, alguien de la Hueste, como yo.

—Una sluagh con la cara cortada —dijo Isma'il en tono sombrío.

—Sí, eso dicen mis informes. Usa el veneno de la flor de la dedalera. Dicen que causa una muerte rápida, una agonía corta y desagradable.

Isma'il asintió con rabia; conocía los efectos de la dedalera. Manx le había enseñado una larga lista de venenos; sabía cómo prepararlos, y conocía de sobra sus efectos. El de la dedalera era un veneno barato, fácil de preparar y muy eficaz. Empezaba a imaginarse cómo habían sido los últimos momentos de su abuelo, una revelación que no le ayudaba a mantener la cabeza fría. Ignoraba por completo a dónde quería llegar DamaMirlo, aunque tenía claro que si esperaba que algún tipo de reacción sentimental le hiciera revelar sus cartas esta vez la bordadora se había equivocado.

398

—Vuestros informes son mejores que los míos. Me temo que en poco puedo ayudaros.

DamaMirlo se inclinó hacia él para susurrarle al oído. Podía sentir su respiración, el perfume que la envolvía, casi el calor de sus labios.

—No son tan buenos, me faltan ciertos detalles. Por eso necesito ayuda. ¿Me la negaréis cuando tenemos tanto en común?

Isma'il se puso en pie y se alejó unos pasos del banco. Sin Fárfara a su lado, y en una habitación desconocida, estaba totalmente a merced de la sluagh. Empezaba a tener ganas de poder coger las riendas de la situación de algún modo.

—Antes de negar o conceder nada debería saber de qué estamos hablando.

—Me parece justo. —Un toque de decepción inundó las palabras de DamaMirlo—. La noche que murió Manx yo estaba en el bosque. Hacía una redada buscando a los cuatreros que se llevan a los potros de los centauros. Conmigo venían varios guardabosques de su majestad y un par de soldados de la guardia. No me fue muy bien, empezó a llover y, aunque supuse que no se alegraría de vernos, el refugio más cercano era la cabaña de Manx.

—Es difícil alegrarse de ver a alguien que no dudó un instante en condenarte a muerte.

—Eso es agua pasada. Un buen gobernante no puede tener rencores. Nublan el sentido común.

En este punto el ciego estaba totalmente de acuerdo con ella; cuando juegas con intrigas los sentimientos personales no tienen lugar. Era el único motivo que lo llevaba a aguantar aquella charla con educación, conteniendo el desprecio y la impaciencia.

—El caso es que, cuando llegamos, encontramos un espectáculo muy desagradable. Manx llevaba al menos un día muerta, su hija había desaparecido y Dujal deliraba en el suelo. Lo habían apuñalado con una hoja envenenada. Creo que no es necesario que os diga de qué veneno se trataba. Tuvimos que regresar a la Corte de inmediato para que lo atendiesen. Por suerte, Nicasia pudo ocuparse de él. Como siempre.

—Recuerdo a Dujal en la Carbonería; parecía encontrarse bastante bien.

—Bueno, siempre se ha dicho que Manx tuvo dos alumnos, pero la verdad es que tuvo tres. Aunque Nicasia fue algo más que una alumna avanzada. Al parecer aprendieron mucho la una de la otra.

—Con todo el respeto, Dama, no creo que estemos aquí para cotillear de líos de faldas, y menos de unos tan viejos. Aún no sé a dónde pretendéis llegar.

—La misma gente que mató a Manx asesinó unos días después a Eleazar, eso lo tengo confirmado, pero me falta un pequeño detalle; el mismo que os falta a vos: el motivo. Podéis buscar en el despacho de vuestro abuelo si ése es vuestro deseo. Ordenaré que os permitan el paso pero ya os advierto que no encontraréis nada. He buscado personalmente.

Isma'il no tenía la menor duda al respecto. Seguramente, la bordadora habría husmeado a fondo entre las posesiones y los documentos de su abuelo, y estaba convencido de que, si hubiese encontrado algo, no se habría molestado en hablar con él. DamaMirlo no era conocida por su amor a las charlas banales. Ella nunca hacía nada sin motivo, y tampoco era dada a compartir pistas. De hecho, apenas le había contado nada que Isma'il no supiese de antemano. Se había limitado a darle un enfoque distinto al suyo añadiendo un pequeño detalle que a él se le había pasado por alto: relacionar la muerte de Manx con la de su abuelo. Ahora le parecía un error de principiante; ambos mantenían una correspondencia regular y, aunque en teoría su antigua maestra no podía pisar ninguna ciudad del reino, en varias ocasiones había realizado trabajos peligrosos para los Ibn Bahar. Parecía bastante evidente que Manx había podido averiguar algo

400

que le había costado la vida. Un secreto por el que merecía la pena matar, un secreto que había arrastrado a Eleazar. Sin embargo, algunos detalles no acababan de cuadrar. Aún no era el momento de entusiasmarse.

—Es sin duda una historia muy interesante, pero me temo que falla en un punto crucial. Dos días después del rescate de Dujal recibí la orden de entregar un mensaje a los centauros y, mientras yo estaba fuera, alguien aprovechó mi oportuna ausencia para asesinar a mi abuelo... Vos me ordenasteis ir a entregar ese mensaje.

—Lo que insinuáis es insultante, aunque entiendo que las sospechas están justificadas. Dadas las circunstancias, no sólo voy a pasar por alto vuestra acusación, sino que os daré un par de explicaciones, algo que no suelo hacer.

La voz de la Dama se había vuelto cortante y fría.

—Os quedaré agradecido —respondió Isma'il con su mejor sonrisa.

—Hace ya un tiempo que los potrillos empezaron a desaparecer. Me avergüenza reconocer que ignoramos los dos primeros casos. Los centauros no viven en un bosque idílico, entre esos árboles hay cosas peores que los lobos. Después desapareció otro más, y envié partidas de caza convencida de que se trataba de alguna fiera. Cuando también desaparecieron varios niños en otras aldeas, algunas bastante alejadas entre ellas, no me quedó más remedio que aceptar que no era cuestión de mantícoras ni de dipsas. Los centauros, además, estaban a punto de perder la paciencia y amenazaban con atacar a los viajeros si nadie les ayudaba. Tuve que intervenir personalmente, y en ello estaba cuando murió Manx. Entonces mis prioridades cambiaron, cuando una persona con un pasado tan peligroso como el suyo muere en semejantes circunstancias tengo que investigar. Manx nunca fue inofensiva. A veces tengo que delegar responsabilidades y eso hice con los centauros.

—Y no hubo nadie dispuesto a encargarse de esa tarea

401

—adivinó el ciego. Conocía demasiado bien las dinámicas de Palacio para extrañarse.

—No voluntariamente. Decidí mandar un mensaje a los centauros para pedirles paciencia y demostrarles que no los olvidábamos.

—Aunque era exactamente lo que hacíais.

—Ni mucho menos. Ofrecí a los centauros una buena baza para negociar.

«Les ofrecisteis a Marsias como rehén», pensó Isma'il al tiempo que todo cobraba sentido. La patrulla no fue la única que apareció por la cabaña, bien porque escucharon la pelea, bien por cualquier otra razón; el caso era que los centauros acudieron y se encontraron con un grupo de cazadores de su majestad. Seguramente, para apaciguarlos, Dama-Mirlo les aseguró que si se llevaban al sátiro alguien iría a buscarlo, alguien dispuesto a todo por recuperarlo. Nicasia resultó el peón perfecto para aquella jugada.

—Y desde entonces habéis buscado al grupo de mercenarios sin demasiado éxito —concluyó Isma'il.

—Me avergüenza reconocerlo pero así es. La sucesión en el cargo de vuestro abuelo está causando muchas tensiones. Si además se supiera lo de su asesinato… el trono de su majestad depende de demasiada gente. Que haya concordia entre las casas nobles o, al menos, civilizada convivencia es algo vital para la paz del reino. No puedo investigarlo personalmente. Me arriesgo a que me descubran.

—Pero yo sí puedo. —Esta vez Isma'il no necesitó forzar la sonrisa.

—Exacto. Tendréis mi apoyo en la medida de lo posible.

—¿Su majestad está al tanto?

—Yo lo estoy, y con eso debe bastaros. Si tenéis éxito, la recompensa no se limitará al agradecimiento de nuestra reina. La corona sabe ser generosa. Pero no necesito decir que si fracasáis o tenéis algún desliz…

—Estaré solo.

—Lamento tener que decirlo así.

—Me estáis convirtiendo en un corsario —le espetó el nigromante, maravillado por su propio cinismo.

DamaMirlo dejó escapar una risilla mientras se acercaba hasta el ciego. El borde de su vestido rozó los pies descalzos de Isma'il, y una mano le acarició la mejilla.

—Nunca habéis sido otra cosa —le contestó una voz que se perdía en la nada.

El ciego se había quedado solo. Pero, por primera vez en mucho tiempo, empezaba a sentirse capaz de manejar la situación; al menos, ahora las cartas estaban sobre la mesa, y su posición no era muy distinta a la de tantas otras ocasiones, sólo que esta vez no le preocupaban las recompensas ni los honores. Su premio sería presentar el corazón de una asesina ante el consejo de los Ibn Bahar.

En la Corte de los Espejos los mercenarios eran algo habitual. Muchos comerciantes, viajeros e incluso algunos nobles contrataban sus servicios. La mayoría de ellos eran antiguos soldados de la Guerra de la Reina Durmiente, hadas que tras acabar el conflicto se encontraron incapaces de volver a la vida civil o que habían descubierto que vivir de las armas era relativamente fácil y estaba bien pagado. Contratarlos dentro de las murallas era una mera cuestión de dinero; si tenías la bolsa lo bastante abultada, podías acudir a alguna de las casas de contratación, sitios elegantes con cortinas de terciopelo donde uno podía comprar los servicios de un par de honrados y curtidos soldados que, desde luego, no harían nada que fuese en contra de la paz del reino ni de las leyes de su majestad. Había sitios menos decentes, casi todos en el mercado. Algunos contaban con la inigualable ventaja de permitirte comprar una cesta de manzanas al mismo tiempo que conseguías que un par de matones convencieran a tu vecino para que te devolviese esas lanzas de plata que te debía. Isma'il había pasado días preguntando en todos aquellos lugares, desde los más respetables hasta los puestos callejeros más dudosos, sabiendo de antemano que era muy probable que ni los soldados a sueldo ni los matones de poca monta supiesen nada realmente interesante. El tipo de gente que él buscaba no podía contratarse en la respetable capital del reino; era necesario atravesar las murallas y buscar en otros sitios. En el desfiladero de TajaGargantas, donde la diferencia entre Invernales y Estivales se difuminaba y las hadas se mezclaban con los duendes de todas las maneras posibles sin ningún pudor, podían encontrarse a individuos dispuestos a acelerarle a cualquiera el paso al otro mundo a precios no demasiados módicos, y más allá, en las montañas de TocaEstrellas, un hada que tuviese a bien librarse de una buena cantidad de oro podía conseguir casi cualquier cosa: asesinos diestros y discretos, cuadrillas de sacatripas e incluso exóticos nigromantes tatuados que podían mandar al olvido un alma con la facilidad de quien apaga una vela. En la Ciudad de Piedra podía conseguirse todo eso y mucho más. Pero si pocos eran los que sabían cómo entrar en la fortaleza goblin, menos aún eran los invitados a hacerlo. Aun así, había algunos que tenían el privilegio de gozar de la confianza de los duendes, y éstos solían servir de intermediarios entre ellos y cualquiera con los escasos escrúpulos como para pagar.

Isma'il conocía a dos intermediarios posibles con la ciudad: uno era la caravana. Su familia contactaba con los goblins mediante correo. Los mensajes eran llevados por unos hechizos sumamente complejos que convertían el pergamino en un pequeño murciélago. Sólo cuando el animalito llegaba a su legítimo destino recuperaba su forma original y se dejaba leer. Pese a que los goblins y la caravana habían hecho muchos negocios, ningún Ibn Bahar había pisado nunca el interior de TocaEstrellas. Los Ibn Bahar ofrecían sus servicios, pero rara vez contrataban nada.

El otro intermediario era un gorrorrojo que se hacía llamar Bastión. Era una escurridiza espada a sueldo. Si había que creerse todo lo que contaba, también había dirigido caravanas, ejercido la piratería y participado en la guerra, luchando en ambos bandos alternativamente. Era una sabandija, pero no estaba exento de habilidades. De algún modo que el nigromante no lograba explicarse, conseguía colarse en todas partes, incluso en la Corte, donde tenía tantos cargos en su contra que si alguna vez llegaban a pillarlo, lo más probable era que un troll de la guardia le partiese el cuello para no desperdiciar soga con él. Isma'il no se llamaba a engaño; aquel tipo era demasiado escurridizo y demasiado listo para prepararle una encerrona, pero los dioses son bondadosos y dan un punto débil a todo el mundo. Él creía conocer cuál era el de Bastión, y a falta de nada mejor había puesto en eso todas sus esperanzas. Así que esperaba pacientemente los informes de su primo y rezaba para tener razón.

La mañana que Rashid llegó a su casa y le contó entre bostezos que un desconocido había enviado al burdel un fastuoso ramo de flores talladas en cristal y una bolsa llena de lanzas de oro para solicitar los servicios de Mesalina, Isma'il dejó sobre la mesa la rebanada de pan que se estaba comiendo y le prestó toda su atención.

—Lo trajo un tipo ridículo. Un troll. Decía que era el paje de un gran señor… —Rashid se sirvió un vaso de té.

—¿No recuerdas la casa? Te dije que te fijaras bien en los detalles.

—Ningún señor que se digne usa a un troll para enviarle regalos a una cortesana. Mandan bardos, o a mayordomos bien vestidos. Un gigante lleno de cicatrices que no cabe en su ropa es demasiado ridículo.

—Está bien. ¿Mesalina vio los regalos?

Rashid mordió una pieza de fruta y contestó cuando aún estaba tragándose el trozo. Su primo sospechaba que el muchacho se aprovechaba de su ceguera para descuidar los modales en la mesa. Algo que Eleazar no le habría consentido.

—Se enfadó muchísimo. Dijo que había que ser una bestia de cuadra para no respetar el luto de una dama, que su tío estaba muerto y que sólo ella decidiría cuándo volver al trabajo. Contestó que jamás tomaría por cliente a un palurdo de ese calibre, noble o gentil, y le dijo al troll que le devolviese aquellas baratijas a su amo.

El ciego se echó a reír. Mesalina había seguido sus instrucciones al pie de la letra. Se levantó de la mesa y rebuscó en una pequeña arqueta que ocultaba tras el diván. Dentro había un puñal de bronce, una máscara de hueso sin rasgos ni hueco para los ojos y una brújula.

—Debes esconder esto en el dormitorio de Mesalina —le dijo a Rashid dándole la brújula—. O lo más cerca que puedas. Cuanto antes lo hagas, mejor.

—¿Para qué?

—Cuando todo esto acabe te enseñaré algunos trucos, pero por ahora es preferible que no sepas nada.

—Dalo por hecho, primo —contestó Rashid.

—Y si estos días Mesalina te pregunta por mí, dile que si quiere noticias mías que venga a verme o que me mande a buscar.

—¡Todo es tan emocionante! ¡Vivir contigo es lo mejor que me pasará jamás!

—No me halagues, mocoso. Más vale que te vayas a dormir, a partir de ahora quiero que te mantengas bien despierto por las noches.

Rashid le dio un beso en la mejilla antes de marcharse, y el ciego empezó a pensar que no estaría tan mal que se quedara allí. Sabía que ninguno de los dos debía fomentar esperanzas; los padres del muchacho no permitirían que renunciara a su puesto en el consejo de la caravana para vivir con un hechicero inválido. Lo más práctico era ir acostumbrándose a la soledad y al silencio de la casa.

Los días transcurrieron lentos. DamaMirlo lo acusó en un par de ocasiones de no estar haciendo nada mediante cartas, escritas en un tono educado y estricto que a él le sonaba a amenaza. Barajaba la posibilidad de ir hasta la cabaña de Manx y registrarla, pero se imaginaba que era algo que la bordadora ya habría hecho mucho mejor que él, y le disgustaba visitar otro de los lugares donde había sido feliz para encontrarlo vacío. La muerte de su maestra había sido una desgracia. Si estaba en su mano tampoco la dejaría pasar.

La noche que saltaron las alarmas no se hallaba en casa. Puesto a investigar las opciones más peregrinas, había ido a visitar el Barrio de los Constructores. El gremio knocker ocupaba un barrio entero, pegado a la muralla, cercano al río y dotado con su propio acueducto por lo frecuente de los incendios. Había decidido invitar a beber a uno de los desdichados que ayudaban en el taller de Nicasia cuando a la ingeniera se le acumulaba el trabajo. Era una idea que le desagradaba; los aprendices eran ruines, además de ir siempre envueltos en un tufo a sustancias químicas. Solían dedicar mucho tiempo a despotricar de sus jefes, y en general de todos los demás. Pero tenían un sentimiento gremial casi feroz; rara vez un aprendiz traicionaba los secretos de su maestro, daba igual que éste lo usara para probar sus inventos o como pieza de artillería (cosa que, al parecer, Nicasia había hecho en alguna ocasión). Si se mostraba desleal, era expulsado del gremio de por vida. Ningún otro knocker volvería nunca a dirigirle la palabra. Un castigo insoportable.

Isma'il se dirigió a una taberna muy apreciada entre los constructores más jóvenes llamada El Perno Oxidado. A medio camino, su bastón se clavó en el suelo y no lo dejó avanzar. El nigromante supo que su trampa se había cerrado y que alguien estaba atrapado en ella. Sacó la máscara del zurrón, se la puso y sin más se desvaneció en el aire. La máscara le permitía aparecer en cualquier punto que conociera sólo con pensarlo, o aún mejor, en cualquier lugar donde se encontrase la brújula que le había dado a Rashid.

Desvanecerse resultaba fácil, lo que lo aturdía era reaparecer, sobre todo si, como en aquel momento, no sabía dónde se hallaba. Un lugar silencioso, con un ligero olor femenino, perfume y maquillaje. No corría brisa ni oía ruidos del exterior, así que se encontraba en una casa. Un dormitorio. Demasiado en calma para ser el de Mesalina. Isma'il desenvainó su puñal de bronce y se pasó la hoja por la palma. No estaba demasiado afilada, así que tuvo que apretar para abrirse la piel. Cerró el puño y dejó caer algunas gotas de sangre sobre su bastón. Era un cayado largo, cubierto de tallas y rematado por un elefante con la trompa alzada. El elefante bajó la trompa al contacto con la sangre. Isma'il sintió que lo golpeaba un látigo de arena. Los tatuajes se movían sobre su piel, y la cabeza se le llenó de susurros, los susurros de cientos de almas cautivas.

Aquel rumor le daba confianza. Con las voces como guía logró centrarse y pudo seguir el rastro de su trampa. La vibración en el aire se hacía más fuerte a cada paso. El aire se calentaba y se cargaba de ese inexplicable olor metálico que tiene la magia. Chocó contra una puerta, pero para entonces las voces ya se habían transformado en un aullido que le llenaba la cabeza; la abrió de una patada, y una vaharada de aire ardiendo, un tufo insoportable a cobre líquido le golpeó el rostro con tanta fuerza que lo hizo pararse en seco. Isma'il oyó una voz masculina, seca y áspera, gritando las peores maldiciones que podía imaginarse. Bajo ella, el timbre agudo de la sátira añadía una nota de pánico que le hizo entender que su trampa, efectivamente, estaba cerrada. Extendió la palma de las manos hacia la fuente de los gritos y empujó fuera de sí a todos sus inquilinos espectrales. El atacante emitió un gemido y luego un ruido gorgoteante se le escapó de la garganta. Que un ejército de fantasmas furiosos chocara contra una mente desprevenida debía de ser muy desagradable. La impresión bastaba para tumbar a cualquiera. Isma'il busco a tientas una pared y se apoyó contra ella. Era una técnica eficaz.

—¡Don del sol, me está llenando de babas! —gimió Mesalina.

El ciego silbó, y la cadena cayó convertida en un inofensivo collar. La sátira resopló. Un cuerpo se desplomó en el suelo.

—¿Qué ha pasado? —preguntó la cortesana en cuanto pudo recuperar el aliento—. ¡Dame una buena razón para no sacarte los ojos ahora mismo!

—Te daré dos —contestó Isma'il abanicándose con la mano—: una es que espero haber llegado a tiempo de impedir que te violasen aquí mismo, y la otra es que sacarme los ojos sería trabajar en balde. Pero si sólo quieres hacerme daño, adelante. Así no pierdo otras partes más útiles.

Mesalina bufó como un gato al que acabaran de remojar en agua fría.

—Tú no has salido de la nada sólo para salvarme. ¿Conoces a este tipo?

—Ese individuo va a llevarnos de cabeza hasta los asesinos de Marsias.

El silencio de Mesalina fue tan elocuente que Isma'il supo al instante que ya había olvidado todo lo demás.

—Su nombre es Bastión. ¿No lo has visto antes? —dijo Isma'il—. Has debido de verlo alguna vez, aunque para ti es sólo uno de los muchos a los que has rechazado. Pero él lleva años detrás de ti.

—¿Estás bromeando? —preguntó la sátira con asombro.

—Creo que ignoras el efecto que ejerces en los demás. Eres el sueño de muchas hadas, Mesalina, para muchos un sueño inalcanzable, porque tú nunca les dedicarás más que unas palabras corteses de rechazo. Tu tío sabía que algunos estarían dispuestos a hacer locuras por pasar un rato húmedo contigo, y por eso te tenía protegida como la princesita que a sus ojos eres.

—Sé defenderme sola.

—Claro que sabes. Marsias te enseñó. Pero no tienes ni idea de a cuántos individuos indeseables ha persuadido él a lo largo de los años con métodos desagradables para que no se te acerquen. ¿Recuerdas el día que te vendiste por primera vez?

—Eso está fuera de lugar ahora.

—No, en absoluto. Vendiste tu primera vez a espaldas de tu tío porque se negaba a permitir que siguieses sus pasos… Pero te las arreglaste para darle esquinazo. ¿Me vas a decir que no recuerdas quién ganó la puja?

Claro que se acordaba; Mesalina jamás se había deshecho del asco y el terror que la inundó cuando aquel gorrorrojo con armadura de remiendos de cuero y la cabeza calva sembrada de remaches había puesto sobre la mesa de la posada una bolsa llena a rebosar de lanzas de oro. Tuvo que apelar a toda su sangre fría para no echarse a llorar allí mismo. Sin embargo, había dado su palabra y estaba dispuesta a demostrarle a Marsias que era capaz de ser tan profesional como él. Aunque, finalmente, el gorrorrojo no apareció. Ella tembló toda la noche de alivio.

—La ganó un gorrorrojo —dijo Isma'il por ella—. Nuestro amigo aquí presente. Tu tío le pagó para que te diese un buen susto. Pero él planeaba quedarse con el dinero y contigo. Marsias lo descubrió cuando iba a la posada y le dio tal paliza que lo dejó sordo de un oído. No fue la única vez que lo intentó, pero tu tío siempre lograba disuadirlo. La última vez lo soltó fuera de las murallas de la Corte más muerto que vivo, y no se le volvió a ver un pelo cerca de la ciudad.

—¿Mi tío hizo eso? —A Mesalina le resultó difícil imaginárselo dando palizas.

—¿Recuerdas con quién te fuiste al final? —le preguntó Isma'il.

—Por supuesto que sí. Con Traspiés. Fue divertido; ninguno de los dos teníamos mucha idea, así que pasamos más tiempo bebiendo y riéndonos que otra cosa.

—¿Y no te parece raro que un simple mozo de posada tuviera tanto dinero?

—¡Don del sol...! —exclamó la cortesana al juntar las piezas en su cabeza.

—Eso es —le dijo Isma'il—. Cuando comprendió que era imposible disuadirte, tu tío buscó a alguien agradable. Se preocupaba más por ti de lo que tú imaginas. Ha sido tu feroz guardián durante años, y ahora no está.

Mesalina no dijo nada. Isma'il se sentó en el suelo y siguió hablando.

—Creo que él pensaba que este individuo se habría olvidado de ti con los años. Pero yo sabía que se había ido obsesionando más y más. Cuando tu tío murió me aseguré de que la noticia cruzara las murallas de la ciudad. Tenía la esperanza de que este idiota aún estuviera dispuesto a aprovechar la oportunidad. Y por suerte lo estaba.

La bofetada que le cruzó la cara apenas le pilló por sorpresa; esperaba una reacción de este tipo. Se limitó a agarrar el brazo de la cortesana para evitar nuevas muestras de indignación.

—¡Me has usado de cebo! —gritó ella indignada—. Ese mastodonte salió de la nada cuando volvía a mi habitación y me arrastró al primer cuarto que encontró. Vas a pagarme una túnica de seda. En cuanto se me echó encima, el collar que me enviaste con tu primo se estiró y nos dejó a los dos atados como si fuéramos un par de morcillas.

—Es un hechizo sencillo. Se llama AtrapaEsposos. Pensé que lo conocerías. Es muy solicitado para descubrir infidelidades. Por eso te pedí que lo llevaras siempre puesto. Supuse que esa alimaña vendría; hice el hechizo pensando en él, lo que no podía saber era cuándo actuaría. En fin; todo ha salido bien.

—¿Y ahora qué? —La sátira no parecía satisfecha.

—Ahora pediré un carruaje para llevarme a este amigo a un sitio tranquilo, hablaremos y luego buscaré a esa señorita a la que ambos debemos tanto.

—Así que ya no me necesitas...

—Eso parece, pero no sufras: cumpliré mi parte del trato y te avisaré en cuanto la atrape.

La sátira vaciló antes de contestar.

—No me interesa la venganza; me contento con saber qué pasó. Pero yo te he hecho un favor, y ahora sería justo que tú me hicieras otro.

Aquello era una sorpresa.

—¿De qué hablas? Pensé que habíamos acordado que te ayudaría a atrapar a los asesinos de Marsias.

—Sí, pero olvidaste mencionar que existía la posibilidad de ser violada por un antiguo admirador. Merezco una compensación...

Isma'il no tenía tiempo ni ánimos para complacer caprichos. Se habría marchado de allí sin molestarse en contestar, pero necesitaba contar con el burdel como base de operaciones.

—¿De qué compensación hablamos?

—Quiero que me digas dónde está Dujal.

Era lo último que esperaba escuchar de ella. Allí estaba la explicación de las cartas que Mesalina mandaba a Fuego-Vivo. Buscaba a su amante favorito. Decir que Isma'il no sentía aprecio por Dujal era ser demasiado amable; había entre ellos una rivalidad poco saludable. Ambos habían sido alumnos de Manx, y las comparaciones eran más que odiosas entre los dos, aunque eso no le preocupaba al ciego, pues estaba seguro de aventajar ampliamente al gato. Sin embargo, a él le faltaba el reconocimiento y la admiración de la que el phoka gozaba. Lo fácil habría sido decir que se hallaba fuera de alcance; no podía, sin embargo, dejar pasar la ocasión de congraciarse con la sátira.

—¿Cómo quieres que lo sepa?

—Tú eres el hechicero. ¿No puedes hablar con los espíritus o algo así?

—Te confundes... En el mejor de los casos, sólo puedo decirte si sigue vivo.

—Me conformo con eso —contestó Mesalina sin vacilar—. ¿Qué te hace falta?

Isma'il no podía creer que la fortuna le sonriera de aquel modo. Le daban ganas de ponerse a bailar.

—Hay un método para saberlo. Es rápido y puedo hacerlo aquí mismo. Pero necesito tu ayuda. ¿Estás segura?

—Totalmente. ¿Qué tengo que hacer?

—Traer tres velas, dibujar un triángulo en el suelo y desnudarte.

En realidad, Isma'il no precisaba de diagramas ni iluminación extra. Hacía ya tiempo que se había dado cuenta de que ese tipo de parafernalia hacía que la gente estuviera dispuesta a creerse cosas que de ningún otro modo aceptaría. Mesalina obedeció, y el ciego le pidió que lo guiase hasta el centro del triángulo. Mientras ella encendía las velas, él se desnudó.

—Bonitos dibujos —le dijo Mesalina mientras paseaba un dedo por su pecho—. Siempre quise saber hasta dónde te llegaban.

El ciego detuvo la mano de la cortesana.

—Sin juegos, Mesalina. ¿Estás segura de querer hacer esto? La verdad está sobrevalorada; no siempre nos hace felices.

—Eso es asunto mío.

—En todo caso, es tu problema —respondió él encogiéndose de hombros.

Se sentó en el suelo. Se había quitado la venda de los ojos, y las velas lo llenaban todo de una espesa niebla dorada. Frente a él, la cortesana sólo era un borrón pardo, una mancha sin forma. El nigromante se preguntó en qué consistiría la proverbial belleza de la sátira, que era capaz de llevar a algunos a hacer cosas tan irracionales. Alargó el brazo hacia ella y le tocó el pelo; era rizado, y tan suave como el metal bruñido, una marea infinita de rizos. Le habría gustado contemplar su color en lugar de limitarse a apreciar aquellos detalles que apenas eran apuntes incompletos. Ahora sentía cierta tristeza.

—Ven —dijo.

—Creía que estas cosas eran más místicas —comentó Mesalina.

—Poco hay más místico que esto. Tú deberías saberlo mejor que nadie.

La sátira se sentó sobre él. Isma'il no era ningún novicio. Los amores de pago no le eran desconocidos, ni los encuentros casuales. Es cierto que eran cosas espaciadas. En la caravana, las marcas de la nigromancia despertaban demasiado temor, y fuera era difícil. Siempre había otras prioridades, otros asuntos. Hacía mucho desde la última vez, y cuando Mesalina se apretó contra su cuerpo le sorprendió la calidez de su piel, toda curvas y calor, como las dunas del desierto. Sintió sus pechos rozándole y tuvo que contener el deseo de acariciarlos, de calibrar su forma y su peso. Isma'il imaginó que tendrían el sabor salado del sudor. Ella se balanceó, y el ciego se mordió los labios.

—Quieta —dijo con rudeza—. No se trata de que tú hagas tu trabajo sino de que yo haga el mío. Cierra los ojos y respira hondo. Piensa en Dujal.

Puso las manos sobre las sienes de la sátira y se concentró. El familiar hormigueo de su piel le indicó que iba por buen camino.

—¡Tus tatuajes se mueven! —exclamó la sátira.

—Concéntrate —le ordenó él.

Isma'il se dio cuenta de que algo iba mal. Se había distraído con el cuerpo de Mesalina, y era mala idea desconcentrarse; la nigromancia no da margen de error y el fallo puede tener consecuencias catastróficas. Él esperaba que el vínculo que compartían el phoka y la sátira le ayudase a encontrar algún rastro de Dujal. No albergaba grandes esperanzas; como mucho saber si seguía en el mundo de los vivos, y quizá con suerte alguna pista de su paradero a la que seguro podría sacar partido. La ola de Oscuridad que se le echó encima lo pilló completamente desprevenido; fue como lanzarse al agua desde un acantilado. Se vio arrancado de los brazos de la sátira al mismo tiempo que desaparecía la habitación y la penumbra de las velas. Un torbellino de vacío ocupó su lugar. Isma'il creyó oír un lamento de dolor, pero no estaba seguro de si era suyo. Cuando pudo reaccionar, se encontraba tumbado en el suelo de un lugar extraño. Abrió los ojos y halló algo para lo que no se sentía preparado: una hermosa luz blanca.

Un hallazgo en el pantano de TiemblaSauces

Los días claros era fácil entender por qué la llamaban «la Corte de los Espejos». Vistos desde el cielo, los tejados relucían como una pradera de colores. Las casas más ricas, con sus cubiertas curvas tachonadas de cerámica tornasolada, igual que viejos lagartos que quisieran disfrutar del escaso calor del otoño, competían con los tejados más modestos que adornaban sus tejas con láminas pulidas de diversos metales y trozos de vidrio gastados por el viento y la lluvia. Sobre ellos, piedra blanca, plata y cristal, el Palacio de su majestad alzaba sus torres para rozar las nubes, coronando la ciudad los mismísimos rayos del sol.

Hyarmen trazó un círculo sobre las casas, tomó impulso aprovechando un golpe de viento y se elevó todo lo que le permitieron las alas y los pulmones. Allí arriba, lejos de los gritos y los reproches, se sentía a salvo, y la mezquindad de su familia le parecía tan lejana como el paisaje que se extendía por debajo de él. La rabia también quedaba atrás; sus pensamientos se enfriaban y le permitían ordenar sus prioridades. Se había lanzado desde la ventana decidido a llegar hasta TocaEstrellas a cualquier precio y arrojar a los pies de su padre tantas cabezas de goblin como le fuera posible, más ansioso por humillarlo que por cumplir lo que le había ordenado. Hasta entonces, siempre había actuado por impulso. Su primera respuesta era echar mano de la espada. Nadie se atrevía a decir que era un cobarde.

Aterrizó en un prado al otro lado de las murallas, acarició la pluma de plata y Ventisca volvió a estar sobre su hombro. Últimamente, los asuntos de Palacio andaban revueltos, eso era algo de lo que hasta él se había dado cuenta. La muerte del secretario, el anciano Eleazar Ibn Bahar, había dejado una vacante en la que todas las casas estaban interesadas. Tal vez no fuera el puesto más prestigioso, pero permitía estar cerca de Silvania, gozar de influencia y conocer de primera mano los asuntos del reino. ¿Y su padre dejaba pasar aquello para centrarse en una remota oportunidad de reconquistar sus tierras? Desde luego, si por alguna cosa era famoso Gerión era por su afán de recuperar TocaEstrellas y volver a disfrutar del poder que su familia tuvo una vez en la montaña. Pero, aunque fuera cierto que algo había diezmado a los goblins de la Ciudad de Piedra, su padre no tenía soldados, ni recursos para comprarlos. Una nueva guerra contra los duendes era una idea arriesgada, impensable; si había un pueblo unido eran los goblins. Además, Silvania no consentiría un ataque, y ninguna casa noble se embarcaría en una aventura que no ofrecía garantías de éxito. Si Gerión sabía todo aquello, cosa de la que estaba seguro, sólo cabían dos posibilidades: que su padre fuera más estúpido de lo que él pensaba o que estuviera tramando algo. ¿Y por qué lo mandaba a él a investigar a las montañas? «Porque quiere tenerte lejos de Palacio.» Hyarmen maldijo y se sentó sobre un tronco derribado. Su vida era una colección de errores y humillaciones. Cuando se hallaba ante un problema rara vez sabía qué hacer; solía esperar a que alguien lo resolviera por él. Pero ahora sería diferente. Aprovecharía la ventaja que le daba el hecho de que nadie esperase nada de él.

—Prepáralo todo —dijo a Dalendir en cuanto lo vio—. Nos vamos de viaje.

—¿Viaje, señor? ¿Nosotros?

—Encárgate del equipaje. Partimos mañana.

—¿Y adónde vamos? —preguntó Dalendir.

—A TocaEstrellas, tal como ordena mi señor padre.

Dalendir abrió la boca.

—¡Eso es un suicidio, señor! Si los goblins nos descubren allí no dudarán en matarnos. Su familia no es bienvenida en esas tierras. ¡Y yo soy un mestizo! ¿Sabe su señoría lo que le hacen a los mestizos?

—Sí, los venden como esclavos, lo cual es bastante mejor que estar muerto —respondió Hyarmen mientras revisaba la cuerda de su arco—. Si no quieres venir puedes pedir a la reina que te asigne a otra casa, porque no te quedarás ni un momento a mi lado.

—Señor… Yo no soy ningún cobarde…

—Sí, mearte en los pantalones siempre ha sido signo de valentía.

—¡Pero ambos sabemos que ésa es una misión inútil!

Hyarmen desenvainó su daga. Cogió al paje y lo arrinconó contra la pared.

—¿Sabemos? Siempre tengo la sensación de que tú sabes más que yo…

Dalendir apenas podía hablar y respirar al mismo tiempo.

—Señor… No tengo… No sé… ¿De qué habláis?

—Hazte el sorprendido. Sé que llevas mucho tiempo metiendo las narices en los asuntos de mi padre. ¿No te puso aquí la reina para eso? ¿Para vigilarnos?

—¿Qué? ¡No! —Los ojos del paje se llenaron de lágrimas—. Ninguna otra casa me quería de criado. Su padre me aceptó como favor a la reina. Ella se lo pidió.

—Sí, la reina no tiene nada mejor que hacer que preocuparse de bastardos como tú… ¿Sabes qué voy a hacer? Voy a matarte, y tiraré tus despojos en el bosque. Mañana saldré de la ciudad y volveré solo. Los viajes son peligrosos; estos accidentes ocurren. ¿Quién se va a molestar en preguntar?

Como respuesta recibió una sarta de sollozos. Hyarmen apretó la hoja de la daga hasta que un hilo de sangre corrió por el cuello de Dalendir. «Si todo fuera tan sencillo como asustar a un crío…», pensó. Había poder en la humillación; someter a alguien y saber que tu voluntad es el único freno. Hyarmen se sentía poderoso, ya no le importaba si el mestizo sabía algo o no, lo único importante era alargar aquel momento. Luego, todo regresaría a la mediocridad cotidiana y estaría de nuevo a solas con sus problemas y su eterno aburrimiento.

—Por favor… Por favor… Sí sé algo… Soltadme y os lo cuento…

Dalendir sudaba y temblaba. Había algo en su expresión indefensa, tal vez el brillo en sus ojos, tal vez su palidez, algo que Hyarmen encontraba hermoso. Apretó un poco más la daga hasta lograr que un chillido escapara de sus labios.

—No estás en posición de negociar nada. Tú me lo cuentas y yo decido si es lo que quiero oír.

—Últimamente, vuestro padre ha estado reuniéndose en secreto con Graya.

—¿Graya el prestamista?

—No va él en persona. Manda a vuestra hermana.

Hyarmen apartó el cuchillo. Recordaba a Graya, un bogan orondo siempre envuelto en seda que trataba de disimular su carencia de cuello con una ristra de cadenas de oro. Un hada gentil, vulgar en extremo. Los sidhe lo soportaban sólo por su enorme fortuna y sus inestimables servicios.

—¿Mi padre acudiendo a un prestamista?

—Os lo juro… Acude cada cinco días. La hora suele variar.

Tal vez la casa de TocaEstrellas hubiera perdido sus tierras muchos años atrás, pero nunca perdió su fortuna. La guerra los había enriquecido, la guerra y el comercio. Su fortuna era lo único que les proporcionaba el respeto de las otras casas. Gerión la administraba con un celo que rozaba lo ridículo. ¿Cómo era posible que acudiera a un prestamista, la mejor manera de perder dinero?

—¿Cómo sabes tú eso? —preguntó Hyarmen a su criado.

—Soy observador —se explicó Dalendir.

—¿Sabes cuándo fue su última visita?

—Os lo he dicho, hace cinco días.

—Estaré atento. Más te vale que lo que cuentas sea verdad.

Hyarmen soltó al mestizo, que se alejó gateando.

Aquello era un cabo del que tirar, aunque requería espiar a su hermana de continuo, idea que no le atraía en absoluto.

Los días siguientes fueron infructuosos. Arminta pasaba gran parte de su tiempo bordando con su madre; recibía lecciones de danza y canto, y por las tardes visitaba a sus amigas, todas aburridas solteras de alta cuna, como ella. Largas sesiones de pastelillos, cotilleos picantes y visitas de sastres, zapateros y joyeros. Hyarmen averiguó que, al contrario que él, su hermana siempre tenía la bolsa bien repleta. Gerión no ponía reparos a sus gastos. Los caprichos de Arminta eran parcos: útiles de costura, algún libro y bandejas de pasteles para sus amigas. Parecía llevarse bien con todas las muchachas nobles de Palacio. Sus modales y su conducta eran intachables; se mostraba amable y paciente con los criados, virtudes que perdía en cuanto regresaba a su casa.

Pasaron tres días antes de que las cosas se pusieran interesantes. Esa mañana, su hermana acudió al cuarto de costura como de costumbre, sólo que en esta ocasión era su padre quien la esperaba. Fue un encuentro rápido. Al cabo de unos minutos se despidieron. Arminta se cambió de ropa y bajó al patio de Palacio, donde la esperaba un caballo ensillado y cuatro soldados que el sidhe no había visto jamás. No pertenecían a la guardia; los soldados de su majestad no prestaban escolta sin sus uniformes. Los vio salir de Palacio y se imaginó a dónde iban. No podía seguirlos al vuelo; el cielo estaba despejado y no quería arriesgarse a que lo vieran. Decidió darles algo de tiempo mientras escogía un caballo libre de los establos.

Las mansiones sidhe se agrupaban tras la muralla de Palacio. Al cruzarlas, uno se encontraba con las mejores casas gentiles de la ciudad. Competían en esplendor y, aunque la casa de Graya tal vez no destacaba demasiado en un barrio lleno de suntuosos palacetes, había que reconocer que la discreta vivienda, con su tienda adosada y sus vistas al mercado, apestaba a dinero. El tejado era una cubierta de azulejos de color cobre. Todas las ventanitas de la planta superior estaban adornadas con pequeños parterres. Si tenía que hacerle caso a los rumores, el dueño era un solterón al que lo único que le interesaba más que los negocios era la buena mesa. Hyarmen observó la casa. Bajo el gobierno de Silvania algunos gentiles habían prosperado. Aquel gordinflón debía de tener más dinero que su familia.

Algo impensable en otros tiempos: un elfo acudiendo a la casa de un bogan rico. Hyarmen bajó del caballo. Había llegado usando un camino más largo. Se detuvo ante la puerta de una posada desde donde veía la casa. Su hermana había entrado a ver a Graya, pero sus matones se habían quedado fuera, vigilando. Hyarmen pidió una jarra de cerveza y se la bebió sin prisas. Cuando su hermana se marchara sería él quien visitara al prestamista. Iba por la mitad de su segunda cerveza cuando Arminta abandonó la vivienda. En lugar de dirigirse a Palacio, su hermana y su escolta tomaron el camino a la Puerta de Occidente. «Van a salir de la ciudad», pensó Hyarmen sorprendido, y saltó a su caballo.

—¡Señor! —oyó gritar al posadero—. ¡No ha pagado la bebida, señor!

Hyarmen no se preocupó por él, atento como estaba al grupo de Arminta. Su hermana cruzó la muralla y se desvió por un camino que cruzaba los campos de siembra, desiertos por aquellas fechas. Aquello era un problema. Durante un tiempo podía usar la vía principal sin perder de vista a los mercenarios, pero después sería imposible seguirlos sin usar la misma ruta que ellos. Volar no era una opción; en un cielo libre de nubes destacaría mucho más que a caballo. Se detuvo. Ventisca se posó en su hombro. Acarició el pico del cuervo y le dio un trozo de carne seca.

—Son tuyos, preciosa. Síguelos.

Ventisca engulló la carne y alzó el vuelo con un graznido. Nadie se fijaría en un pájaro. Hyarmen se relajó sobre la silla de montar. Era preferible esperar. No sabía qué se traían entre manos Arminta y su padre; si de verdad pensaban embarcarse en la tarea de recuperar sus tierras, entonces el menor de sus problemas no era que se hubieran vuelto locos, sino que existía la posibilidad de que lo lograran. Tenía que encargarse de que eso no ocurriera. No deseaba dejar la Corte de los Espejos ni su apacible vida en Palacio para ir a gobernar un yermo de piedra rodeado de goblins. Picó espuelas sin perder de vista a su cuervo y cruzó un bosquecillo. Las hojas cubrían un suelo cenagoso. En un par de ocasiones su caballo pisó en charcos de cieno. Hyarmen conocía la zona de TiemblaSauces; más allá, el bosque desaparecía y se convertía en un pantano hasta llegar al mar. No era un buen camino para ir a caballo. No se extrañó al encontrar más adelante las cinco monturas del grupo de su hermana. Habían seguido a pie. Hyarmen retrocedió un trecho y abandonó su caballo. No deseaba llenarse la ropa de barro, así que llamó a Ventisca y se atrevió a un vuelo corto. Allí el bosque era lo bastante espeso para que no lo divisaran. Podía usar los recuerdos de Ventisca para saber a dónde ir. No tardó mucho en alcanzar una quebrada que formaba un claro estrecho a lo largo del bosque. El sidhe pensaba que encontraría un campamento de mercenarios. No sería el primero que veía en su vida; durante la guerra había convivido con muchos soldados de fortuna, y también había matado a algunos. Hyarmen esperaba tiendas de campaña mugrientas, hogueras y desorden. Las tiendas se hallaban allí, con la mugre habitual, pero también había jaulas, jaulas en hilera junto a la quebrada. Eran grandes, y estaban montadas sobre ruedas de carreta, vacías. Hyarmen se ocultó en la copa de un castaño. Podía ver a su hermana; su melena blanca era fácil de distinguir. Arminta hablaba con alguien a quien él no veía. Tampoco le hacía falta; ya tenía lo que quería. Su padre estaba reclutando una tropa de mercenarios. Hyarmen pensó en cómo hacer llegar aquella información a la reina sin delatarse. En cuanto Silvania conociera aquello, Gerión tendría tantos problemas que sus tierras ancestrales dejarían de ser una prioridad. «Quizá no las recupere nunca», pensó complacido. Ahora tenía claro que lo de mandarle a TocaEstrellas era sólo un pretexto para que no descubriera las idas y venidas de Arminta. Aunque también tendría que averiguar los motivos que llevaban a Gerión a desconfiar de él. Siempre había fingido ser fiel a los deseos familiares. «¿Se me habrá ido la lengua en alguna taberna?», se preguntó. Cuando bebía hacía estupideces que luego no recordaba. Hyarmen frunció los labios. Era lo de menos. Ahora debía irse de allí y volver a Palacio antes que Arminta.

Fueron sus instintos prestados de carroñero los que tiraron de él. Cuando estuvo colgado en el cielo vio los cuervos volando en círculo, y después sintió el olor. Olía a campo de batalla.

Se acercó hasta el lugar que indicaban las aves hambrientas. Estaba a buena distancia del campamento, lo suficiente para evitar el hedor que el viento levantaba. Uno de los inconvenientes de unirse a Ventisca era que aquella peste le daba hambre. Se tapó la cara con un pañuelo y aterrizó entre una nube de moscas.

No se habían molestado en cavar una zanja para enterrar los cuerpos. Los habían matado allí mismo y habían amontonado los cadáveres. Algunos eran meros despojos casi devorados. Los más recientes habían muerto hacía unos días. A todos los habían degollado con la pericia de un carnicero. También se habían llevado el pelo y las crines. Hyarmen dejó de contar cuando llegó a los diez. Centauros, crías jóvenes. Otros eran hadas, mocosos de aldea, a juzgar por la ropa. Ahora entendía por qué aquella gente había acampado en ese lugar: no se podía llegar a caballo, y estaba lejos de las praderas de los centauros. La Guardia Real tampoco frecuentaba aquellos pantanos; allí nunca pasaba nada.

¿Sabría Arminta aquello? ¿Cuál era el propósito de semejante carnicería? Las preguntas se le amontonaban. Podía esperar a que alguien del campamento se alejara en solitario e interrogarlo a punta de cuchillo, pero debía escoger a uno que realmente supiera algo. Hyarmen se llevó las manos a la cabeza. Las cosas no dejaban de complicarse. Ya no sabía qué pensar.

Frustrado, le dio una patada al cuerpo que tenía más cerca y el cadáver abrió la boca, sin emitir sonido alguno, y se retorció en el suelo. Hyarmen se agachó junto a él, para descubrir sorprendido que aún respiraba. No era un centauro. Se lo veía en los huesos y lleno de heridas, pero no lo habían degollado. Otra adivinanza. ¿Por qué a éste no? Estaba harto de adivinanzas. Lo cogió de los brazos y lo arrastró lejos de la carroña. Era un adulto, un phoka; un gato para ser precisos. Le limpió la cara con su pañuelo. Aquel rostro le resultaba familiar. Tenía la piel de color ceniza y estaba frío; helado, mejor dicho. No era que a aquel desdichado le faltase calor; era que desprendía frialdad. Sus labios y la punta de sus dedos lucían negros, como si hubiera estado enterrado en hielo. Lo sacudió con fuerza. Esta vez el phoka se puso en pie y abrió los ojos. Hacía mucho tiempo que el sidhe no se asustaba, pero tuvo que retroceder y contener las ganas de girarse y echar a correr. Los ojos del phoka eran dos pozos de oscuridad. Permaneció inmóvil, mirando sin ver, los brazos colgando y la cabeza girada en un ángulo extraño. Hyarmen había visto tantos muertos que ya no le impresionaban. Un cadáver no era más que un trozo de carne. Lo que tenía delante era distinto y le ponía la piel de gallina. Reunió valor y le pasó la mano ante la cara, pero el phoka no reaccionó. Tampoco lo hizo cuando lo empujó; cayó al suelo como un fardo y no hizo el menor esfuerzo por volver a levantarse. «Él puede saber algo de todo esto», pensó Hyarmen. Cuanto más lo miraba más convencido estaba; tenía que sacarlo de allí y hacerlo hablar. No podía volar con él, pesaba demasiado. Volvió a incorporarlo y tironeó de él. El phoka lo siguió con pasos torpes. Le bastaba con eso. Hyarmen no quería tocarlo demasiado. Se quitó el cinturón, rodeó su cuello y echó a andar con su siniestro nuevo amigo.

Atardecía cuando llegaron hasta su caballo. El camino de vuelta a la ciudad fue penoso; el phoka tropezó con todas las ramas que halló a su paso, se metió en todos los cenagales y se empeñó en avanzar tan despacio que tardaron una eternidad. Subirlo a su montura tampoco fue fácil, y a Hyarmen no le apetecía pegarse a él, así que cogió las riendas y continuó a pie. Esperaron a la noche para proseguir. Mejor si no se topaban con nadie. Rozaba ya la media noche cuando al fin alcanzaron las murallas de la Corte. Hyarmen estaba agotado y de mal humor. Decidió entrar por la Puerta del Mercado. Allí, extramuros, estaba La Última Posada, un lugar repleto de comerciantes y viajeros que pasaban la noche fuera de la ciudad. Dejó el caballo y a su jinete escondidos tras las cuadras y entró en la posada. Comprar una manta le resultó fácil. No tuvo que esperar al amanecer a que abrieran las puertas. Convenció al guardia de que su amigo estaba borracho. Él era un sidhe, así que le dejaron entrar.

La Corte de los Espejos contaba con una guardia y un cuerpo de magistrados para velar por el orden y mantener a salvo a la gente de bien, pero cada ciudad tiene sus desheredados y éstos poseen sus propias leyes. Tras el barrio del mercado estaban las casas y los negocios humildes: curtidurías, lavanderías, mataderos y talleres. Tanto de día como de noche, el olor era insoportable; las chimeneas escupían humos cargados de porquería. En las tabernas, las peleas solían acabar a cuchillo, y siempre podías comprar algún artículo prohibido por debajo del mostrador adecuado. Si necesitabas a alguien para hacerse cargo de un bulto, aquél era el lugar. Hyarmen se dirigió a una pequeña casa rodeada por una parcela de jardín lleno de ortigas, cardos y malas hierbas. También había gatos. Muchos. Observaban a las visitas desde los arbustos con ojos hostiles. La vivienda pertenecía a una pareja de artesanos guarnicioneros, como anunciaba el cartel sobre la puerta. Confeccionaban prendas de cuero, botas y cinturones, pero sus ingresos más amplios no tenían relación con el curtido de pieles. Solucionaban problemas; la clase de problemas que no puedes llevar ante un magistrado.

Hyarmen llamó a la puerta. Había una campanilla sostenida por dos vespifatas de latón junto a la entrada, pero los clientes de verdad daban tres golpecitos.

—Señora Nebel —saludó.

—¿Señora? —respondió una voz.

—Señorita —corrigió Hyarmen de inmediato—. Señorita Nebel.

Se abrió la puerta, Hyarmen ató el caballo a la baranda del porche y bajó al phoka. Seguido por su torpe compañero, entró en la casa.

La habitación estaba repleta de trastos; los muebles y estantes abarrotados de todo tipo de objetos, dagas, llaves, muñecos, piedras, hierbas, flores secas, bolas de cristal, dibujos, libros, mapas y partituras de música. Incluso había una espada. De las vigas del techo colgaban maquetas de edificios y el esqueleto de un extraño pájaro lagarto. Hyarmen se preguntó de dónde sacarían aquellas cosas. Sentado junto al fuego, sonriente, lo saludó un sátiro delgado, vestido con una blusa blanca y un faldellín negro que ceñía con un cinturón adornado con una pesada hebilla de plata. Nadie sabía cómo se llamaba; se referían a él como «el Gaitero». A Hyarmen le ponía nervioso su eterna sonrisa, enmarcada por una barbita recortada con pulcritud.

—Buenas noches —dijo el Gaitero—. Vaya horas para una visita.

El Gaitero tenía el pelo largo y negro. Solía recogérselo en una coleta, pero en aquella ocasión lo llevaba suelto; le daba a su rostro un aire sombrío.

—Si no atendierais a estas horas, nadie vendría a veros —respondió Hyarmen.

—¿Quién es tu amigo? —preguntó Nebel a su espalda.

Nebel era una sluagh delgada y alta. Siempre vestía túnicas de lana negra. Llevaba el pelo corto, y a excepción de un mechón blanco en el flequillo el resto era negro. Si el Gaitero parecía estar siempre de broma, su compañera siempre hablaba grave y seria. No había sombra de humor en sus ojos oscuros.

—Es el motivo de mi visita —le dijo Hyarmen—. Necesito que cuidéis de él hasta que averigüe qué le pasa.

La sluagh miró al phoka y frunció los labios.

—No me gustaría estar en el pellejo de este desgraciado.

—¿Podéis curarlo?

Nebel se encogió de hombros haciendo repicar las numerosas pulseras de plata que lucía en las muñecas.

—Podemos intentarlo, pero estas cosas tienen un precio.

—El precio no es problema, siempre que sea razonable. —Hyarmen no tenía ni idea de cómo iba a pagarles—. Mañana enviaré a mi paje para que lo vigile.

—No sabía que regentáramos una fonda —dijo el Gaitero.

—Si tengo que dar de comer al paje —indicó Nebel—, te lo cobraré aparte.

—No hará falta.

—Mejor. Odio cocinar.

—Dice la verdad —aseguró el Gaitero.

—Volveré mañana por la noche. Lo necesito vivo y capaz de hablar.

—Entonces no vengas —terció Nebel—. No hasta que tengamos resultados. Ya te enviaremos nosotros a tu paje. Será menos sospechoso.

—Bien pensado —reconoció Hyarmen—. Lo haremos así.

Tenía la mano sobre el pomo de la puerta cuando el silbido del Gaitero lo detuvo. Nebel se acercó a él con su mejor sonrisa.

—Un adelanto es lo adecuado en estos casos —dijo alargando la mano.

Hyarmen resopló. Desató su bolsa del cinto y se la entregó a la sluagh.

—Es poco —protestó Nebel calibrando el peso de la bolsa.

—Quedaos con el caballo.

—Pertenece a las cuadras de la reina; no queremos meternos en problemas.

Hyarmen se aflojó el tahalí del cinto y entregó su daga con su vaina. Le dolió bastante; apreciaba ese cuchillo.

—La dejo como señal, no se te ocurra venderla. Vendré a recuperarla.

—Estará a buen recaudo... —aseguró Nebel—. Al menos, un tiempo.

Hyarmen regresó a Palacio furioso; furioso y agotado. El poder requería demasiado esfuerzo, demasiados quebraderos de cabeza y demasiados problemas. Era vital hundir los planes de su padre a cualquier precio. Aquella jornada había acabado por convencerlo: no quería gobernar jamás.

La señorita Nebel y el Gaitero

Tan pronto como Hyarmen salió por la puerta, Nebel y el Gaitero intercambiaron una mirada cómplice. La sluagh se acercó a la ventana y miró el jardín. Desde fuera, la ventana parecía tapada por una gruesa cortina, pero sólo era un dibujo grabado sobre el cristal, un hechizo de ocultación que permitía ver sin ser visto.

—Creo que se ha ido —dijo Nebel.

—¿Estás segura? Dicen que los TocaEstrellas usan cuervos como espías.

—Los cuervos no ven de noche y, además, suelen evitar los jardines llenos de gatos hambrientos.

—Esperemos que tengas razón. Ven aquí y dime qué te parece.

Dujal permanecía justo en el sitio donde el sidhe lo había dejado. Su rostro carecía de expresión, como una estatua de cera. Las hadas lo contemplaron en silencio y se miraron sin hablar. Hacía mucho tiempo que para entenderse sólo necesitaban alzar una ceja.

—¿Qué crees? —dijo por fin el Gaitero—. ¿Es él?

—Diría que sí. —Nebel mojó un paño y humedeció la cara del phoka. Dujal no se inmutó ni cuando la sluagh frotó con fuerza.

—No hace falta que lo desuelles. Es él.

—¿Cómo se le ocurriría a Manx enseñarle ese hechizo?

La Oscuridad… Los de la Hueste Estival no son capaces de soportarla. ¡Una vez más tenemos que limpiar su mierda! ¿Ni muerta dejará de dar problemas?

El Gaitero suspiró y permitió que Nebel se desahogara durante un rato. Luego, se aclaró la garganta.

—¿Ya? —preguntó.

—No he dicho ni la mitad —aseguró Nebel, aunque estaba más serena.

El Gaitero se acercó a Dujal. Sabía que en su estado no podía sentir nada, pero lo hizo sentarse y le echó una manta sobre los hombros. Ambos conocían a aquel granuja desde hacía tiempo, desde que osó presentarse en la casa a comprar ciertos ingredientes que prometió pagar en un par de días. Jamás vendían nada a crédito, pero hicieron una excepción por tratarse de un alumno de Manx. Nunca les había pagado, aunque de vez en cuando les traía regalos: botellas de vino o cerveza, hierbas exóticas que recogía en sus viajes y que rara vez servían de algo, conchas, plumas… Le perdonaban la insolencia porque siempre estaba dispuesto a correr algún riesgo por ellos y porque les hacía reír con sus tonterías. Además les recordaba a Manx en sus buenos tiempos, antes de que el resentimiento y el exilio la amargaran. En honor a aquel recuerdo, incluso lo habían escondido en la casa en un par de ocasiones, y habían sido veladas tan divertidas que dejaron de recomendarle que no se metiera en líos. No eran capaces de decir cuándo pasó a convertirse en un amigo. Quizá, eso sí, deberían haberle aconsejado que moderase su adicción a los problemas, al menos antes de que su innata capacidad de salvar el pellejo le fallara. Ahora era demasiado tarde. «El pellejo sí lo ha salvado —pensó el Gaitero acariciando su cabeza—. Es posible que sea lo único que ha logrado salvar.»

Nebel se agachó a su lado y le rodeó la cintura.

—Esto no ha sido culpa tuya. Manx nunca debió enseñárselo.

—¿Qué crees que le ha pasado?

—Echemos un vistazo.

La sluagh cogió las muñecas de Dujal y le giró las manos hacia arriba para examinar sus palmas. Estaban llenas de cortes, igual que las rodillas y la planta de los pies.

—Se ha estado arrastrando —dijo Nebel—. O escalando a pulso una montaña.

—Quizá intentaba regresar a la Corte —apuntó el Gaitero—. Ese elfo, Hyarmen, no ha debido de encontrarlo demasiado lejos.

—Si queda algo ahí dentro aún recordará cómo volver…

—No te hagas ilusiones, no sabemos cuánto lleva así. Y aunque logremos sacarlo de la Oscuridad, lo más probable es que se haya vuelto loco.

—¿Has sacado a alguien de la Oscuridad? —preguntó Nebel. El Gaitero negó con la cabeza—. ¿Sabes de alguien que haya salido alguna vez de ella?

El Gaitero volvió a negar.

—¿Por qué dices que podría haberse vuelto loco?

—Yo me volvería loco…

—Tú te vuelves loco si no encuentras cucharas en la cocina.

—¿Quieres empezar una pelea?

Nebel lo ignoró y quitó a Dujal la improvisada correa de cuero que rodeaba su cuello. Soltó un silbido. Había un corte bajo la mugre; imposible decir si era profundo o no. Bajaba del mentón hasta la nuez. Nebel se colocó detrás de Dujal sosteniendo un cuchillo imaginario sobre la herida.

—Intentaron degollarlo. Pero no acabaron el trabajo. ¿Por qué?

—Lo averiguaremos. —El Gaitero fue a la habitación contigua. Nebel lo siguió. Lo halló despejando el suelo de muebles—. Ayúdame.

—¿Qué necesitas?

—Trae el libro de los diagramas. Necesitaremos un círculo de contención. A ver qué encuentras. Mientras, iré haciendo sitio.

Arrimó a la pared la mesa en la que solían comer. Habían pasado muchos años desde la primera vez que usó el hechizo de Oscuridad. A él nadie se lo había enseñado. Algunas hadas pueden crear sus propios hechizos, y llegan a ser lo bastante hábiles para enseñarlos, pero son necesarios muchos años de estudio y una comprensión de la magia que el Gaitero no tenía. Él usaba la magia por instinto, como la mayoría. No era un mago, ni un brujo aunque tenía ciertas habilidades más afinadas que otras. Recordaba cómo había creado la Oscuridad cuando era estudiante en el santuario de FuegoVivo. Sus días allí se resumían en estudiar hasta bien entrada la mañana, hacer prácticas y prestar servicio a los enfermos. Por las tardes paseaba por el Bosque de Fuego bajo el calor de los árboles persiguiendo a cualquiera que quisiera coquetear y que, como a él, se le fuera la fuerza por la boca. Luego, vino la guerra. Al principio, era sólo una historia en boca de los viajeros que hacían noche en el santuario. Después empezaron a llegar heridos y el Gaitero vio a sus primeros goblins. FuegoVivo no tomaba partido por ningún bando; atendían a cualquiera que llegase hasta sus puertas, ya fuera sidhe o gentil, del ejército de la reina o del Consejo. El trabajo se volvió agotador, pero nadie se mostraba pesimista o asustado. La guerra era problema de otros, no había razón para preocuparse. Esa opinión fue lo que hizo que todo lo que ocurrió luego resultase tan aterrador. Recordaba con demasiada claridad la noche en que la guerra los alcanzó.

El Gaitero se había escapado del dormitorio común de los estudiantes para robar algo de vino de la cocina y citarse fuera del santuario con una ninfa por la que bebía los vientos. Recordaba a la muchacha, su pelo oscurísimo y sus besos. Los dos confundieron el resplandor rojizo que manchaba el cielo nocturno con el de las copas de los árboles de fuego. El

Gaitero se perdió en el cuerpo de su ninfa y no vio otra cosa. Fue para él un dulce momento de gloria.

Regresó al amanecer. Médicos y maestros sacaban del santuario cuerpos calcinados de lo que había sido el dormitorio común. Un pequeño ejército de goblins había bajado de la montaña, atrancaron las puertas del santuario y le prendieron fuego. Después, mataron o hirieron a todo el que trató de prestarles socorro. Él era el único que había logrado escapar ileso, el único que no se encontraba allí. El mensaje de los goblins estaba claro: si el santuario quería permanecer a salvo debía elegir un bando. Fueron días de confusión y discusiones. El Gaitero vio morir a muchos de sus compañeros de estudios y juegos. Tomar parte en la guerra le pareció la única decisión posible. Los ancianos, en cambio, optaron por permanecer neutrales. Apelaron a la compasión de los bandos y enviaron cartas a todos los generales y cabecillas de los ejércitos en pugna. La Dama RecorreTúneles apareció cuando ya nadie esperaba una respuesta. Al Gaitero aquella hada montada sobre un enorme carnero mecánico, vestida de negro y velada con una máscara de cuero sin aberturas, lo impresionó como nada lo había hecho nunca. Aún no era la sombra sin rostro en la que él se encargaría de convertirla. Venía acompañada por unos pocos soldados. «Es lo que tengo —se disculpó—. Y no sé cuánto tiempo podremos quedarnos.» El ejército les ayudó a quitar los escombros y dio algo de adiestramiento en armas a los estudiantes. La Dama en persona se dedicó a retirar piedras rotas y madera quemada; durante días se manchó de polvo y sudor. Jamás se quitó la máscara, ni el capuz con que cubría su cabeza. Debió de pasarlo mal pero, a excepción de una leve cojera, nadie vio en ella signos de flaqueza ni la oyó quejarse. Su actitud logró subir la moral del santuario. La Dama habló con los ancianos y les advirtió que su decisión de no tomar partido por ningún bando era un error, pero no trató de convencerlos para que se unieran a ella.

Ninguna de las precauciones que tomaron, nada de lo que planearon, sirvió contra aquello que se les vino encima. Comenzó como un punto en el cielo, un pájaro o una estrella brillante que fue creciendo en la noche. El dragón cayó sobre ellos como una tempestad de fuego. El bosque rojo quedó arrasado por completo en instantes. El Gaitero huyó entre columnas de llamas. Alcanzó la salida en medio del humo y la ceniza, ciego. En el exterior se encontró de frente con la gigantesca espalda erizada de púas de la bestia. Se quedó clavado en el suelo, sudando ríos y sintiendo que su respiración era demasiado ruidosa. El dragón se volvió, y el Gaitero supo que aquellos ojos de lava serían lo último que vería en su vida. Se cubrió la cara con las manos pensando en lo poco que valían el sufrimiento y la miseria de los últimos días, en lo inútil del odio que sentía. El dolor lo desgarró, pero en lugar de llamas, fue la Oscuridad lo que lo envolvió. Algo se derrumbó sobre su cabeza. Recuperó la conciencia bajo un montón de vigas carbonizadas. Al tratar de moverse, gritó. Había estudiado suficiente para saber que se había roto una clavícula. El Gaitero perdió el conocimiento de nuevo.

No supo cuánto tiempo pasó bajo los escombros; volvió en sí en una enfermería. La Dama RecorreTúneles lo había rescatado. Ya no estaba en el santuario sino en la Corte de los Espejos. FuegoVivo había dejado de existir. El Gaitero no quiso hablar con nadie hasta que la Dama fue a visitarlo.

—Me han dicho que eres un tipo silencioso —dijo ella—. Te recuerdo: fuiste uno de los novicios que se presentaron al adiestramiento. ¿Quieres luchar?

—¿De qué serviría?

—Tal vez para nada. A estas alturas no sé si podremos ganar.

El sátiro la miró confundido. ¿Para qué había venido entonces?

—Vi cómo te ocultaste en la sombra cuando el dragón te atacó —le informó la Dama—. Hasta ahora no había visto a nadie sobrevivir al fuego de un dragón.

—No sé cómo lo hice —confesó él.

—Lo averiguaremos. Me será de mucha utilidad.

—Usted quiere que combata en una guerra perdida...

—Aún no lo está —dijo la Dama—. Y, si ganamos, los gentiles seremos dueños de una vez por todas de nuestros destinos. No estarán en manos de los sidhe. Los culpables de la destrucción de FuegoVivo serán castigados. Hay tanto que ganar... No voy a rendirme. A fin de cuentas, todos morimos antes o después. Podemos marcar la diferencia. Dejaremos algo para los que vienen detrás.

—Si yo lucho —dijo el Gaitero— sólo la obedeceré a usted.

—No tengo nada en contra de eso. Te dejaré tiempo para curarte y pensarlo.

El Gaitero decidió luchar. Renunció a su nombre. FuegoVivo era el pasado, y él se había convertido en alguien distinto. La Dama RecorreTúneles lo puso a las órdenes de Manx; fue la gata quien logró descifrar la naturaleza del hechizo de Oscuridad y perfeccionarlo. La Dama abandonó su máscara y se convirtió en una sombra. Durante la guerra, el Gaitero conoció a Nebel. El resto era historia.

El Gaitero acabó de despejar el suelo. Nebel regresó con un libro, lo abrió y le enseñó una página donde se mostraba un círculo de contención junto a las instrucciones de ejecución necesarias. El sátiro asintió; era un dibujo sencillo. Y también el procedimiento. No había que sacrificar nada, lo cual era un alivio; limpiar sangre de aquel suelo era una tortura.

Nebel poseía más nociones de magia que el Gaitero. Él ignoraba cómo las habría adquirido. Preguntarle no servía de nada. Nebel nunca se lo decía.

—¿Tenemos abedul para quemar? —quiso saber la sluagh.

—En la alacena.

Nebel barrió la chimenea y puso en ella las ramas. Era importante que no se mezclasen con otras cenizas. Mientras se quemaban, sacó cuatro pebeteros de plata y los llenó de aceite de madreselva. El ritual era sencillo: un círculo de cenizas de abedul mezcladas con sal y clavo, pentáculos trazados con carbón vulgar y el aceite de madreselva, todo orientado a los cuatro puntos cardinales. Aquello era un exorcismo; necesitaban una barrera de contención. Nebel puso a Dujal en el interior del círculo y el Gaitero colocó sobre la cabeza del phoka una corona de hojas secas salpicada de flores amarillas.

—¿La ruda no debería ser fresca? —le preguntó Nebel.

—Fresca no tenemos, pero será protección suficiente.

—A ver si logramos que regrese cuerdo... ¿Estás listo?

El sátiro salió de la estancia, se acercó a un baúl y sacó su gaita. Era un instrumento muy viejo, de madera negra con adornos de nácar. El Gaitero lo conocía como quien conoce a un viejo amigo. Tenerlo bajo el brazo le daba calma. No era más mágica que cualquier otra gaita del mundo, pero él no la habría cambiado por ninguna otra. Infló la bolsa y volvió a entrar en la habitación.

—Preparado —dijo tras coger aire.

Nebel penetró en el círculo, se colocó frente al phoka y entonó una salmodia en un idioma extraño. Bastaban tres o cuatro palabras para estimular cualquier efecto mágico, pero esta vez no fue tan fácil. Nebel abandonó el círculo.

—¡Ni se inmuta! —exclamó—. Jamás había visto algo así.

—Hacemos algo mal.

—La Oscuridad se ha ligado demasiado a él. No quiere despegarse.

—¡Pero es un hechizo defensivo! —clamó el Gaitero—. Saca lo malo que llevas dentro y lo convierte en bruma. ¡Te oculta!

—Pues no lo ocultaría muy bien cuando casi lo rajan de oreja a oreja.

El Gaitero vio que Nebel cogía una daga y regresaba al círculo.

—¿Qué vas a hacer?

—Tú prepara ese chisme y déjame a mí.

Esta vez Nebel se ahorró salmodiar. Simplemente, practicó un corte a Dujal en el hombro derecho. La mandíbula del phoka descendió con un movimiento brusco. De su boca brotó un líquido parecido a la brea, un remolino de negrura que envolvió a Dujal.

—¡No dejes que pare! —gritó el Gaitero—. ¡Debe salir toda!

Ahora comprendía lo que había ocurrido. Por qué no habían acabado de degollarlo; al hundir el cuchillo en su garganta fue Oscuridad y no sangre lo que escapó de la herida, algo capaz de asustar a cualquiera. Debieron de huir de él.

Nebel hizo un nuevo corte, esta vez en el pecho. La Oscuridad salía con pereza. Realizó otro corte, y otro, hasta que el negro brotó siseando pura rabia. Entonces, Nebel abrazó a Dujal y se dejó envolver. El Gaitero no podía ver lo que sucedía dentro del círculo, pero funcionaba: la Oscuridad no podía atravesar la línea de ceniza. Estaba a punto de soltar la gaita para entrar a rescatar a Nebel cuando vio la hoja del cuchillo de la sluagh rasgando aquella cosa. Salió arrastrando el cuerpo de Dujal como si escaparan de las entrañas de un pescado. El círculo de ceniza se rompió y la Oscuridad inundó la casa, pero el Gaitero tomó aire y tocó suave, y su melodía tanteó la bruma. El Gaitero atacó entonces una pieza más rápida y enérgica. La Oscuridad se detuvo. Empezó a condensarse.

—¡Coge algo para guardarla! —gritó a Nebel apretando la bolsa de aire para no interrumpir su canción—. ¡Deprisa!

Nebel soltó a Dujal y corrió a la cocina. El Gaitero la oyó tropezar con los muebles y maldecir. Regresó con un gran tintero de cristal vacío que colocó en el suelo entre los restos del círculo. El Gaitero se llenó los pulmones y atacó de nuevo. Ejecutó una vigorosa cancioncilla de su infancia, una melodía vivaz que le hacía pensar en mañanas soleadas bajo los árboles de fuego, cuando creía que la vida era un asunto sencillo.

La burbuja negra tembló, y la superficie se rizó como el agua bajo la brisa. El Gaitero no le dio tregua. Usó notas más agudas; las imaginó como el cuchillo de Nebel desgarrando aquella enorme panza negra. La bola de brea gorgoteó, semejante a una cañería llena de barro, y se derramó dentro del tintero. Nebel se apresuró a taparlo. Las tablas del suelo estaban manchadas de negro, pero el peligro había pasado. El Gaitero soltó la lengüeta de la gaita y se mojó los labios. Por un momento había temido que le estallase el pecho. Se permitió un suspiro y poco más. Aún quedaba mucha tarea. Nebel se había arrancado una manga de la túnica y la apretaba contra el cuello de Dujal. Sonrió; la Oscuridad ya no dominaba al phoka.

Le vendaron el cuello y le limpiaron el resto de las heridas. Como Dujal era invitado habitual de la casa, solía dejar allí una muda de ropa, así que Nebel lo vistió con ella. Amanecía cuando lo acomodaron en la cama. El Gaitero arrimó el lecho a la chimenea, y Nebel encendió un buen fuego.

—A ver si entra en calor —dijo.

Dujal parecía un muñeco de pasta de papel al que sólo hubiesen dibujado las cejas. Estaba muy pálido, pero en su boca danzaba una sombra de sonrisa que animaba su expresión. Parecía alegrarse de volver en sí.

—Creo que estará bien —dijo el Gaitero—. Aunque ha faltado poco.

—¿Qué le habrá pasado?

—Ya nos lo dirá.

Se acomodó en un sillón y bostezó. Al Gaitero se le cerraban los ojos. Si no hubieran llamado a la puerta se habría quedado dormido allí mismo. Se levantó sobresaltado. No habían usado la campanilla. Abrió y encontró a un joven canijo de pelo verdoso. Tenía un corte reciente en el mentón y el ojo derecho negro e hinchado. Pero su ropa era de buen corte y esbozaba una sonrisa entusiasta.

—No deberías andar metiéndote en peleas, chico —le dijo el Gaitero.

—Más bien ha sido una paliza —contestó el visitante sin dejar de sonreír.

—Entonces deberías pelearte. Los golpes hay que devolverlos.

—Lo cual haría encantado. Soy Dalendir, criado mayordomo y paje personal de su señoría Hyarmen de TocaEstrellas.

El Gaitero tomó a Dalendir por la barbilla y examinó su contusión. Hyarmen había tenido el buen criterio de enviarlo con ropas de calle, sin emblemas ni escudos que delataran que pertenecía a Palacio.

—Tu señor es un desgraciado, Dalendir. Anda, entra.

Dalendir lo hizo encantado. Saludó a Nebel con una reverencia.

—¿Qué tengo que hacer? —preguntó.

—Vigilar a nuestro paciente —le indicó Nebel—. Ahí lo tienes. Si despierta, nos avisas. Nosotros nos vamos a dormir.

Lo hicieron sobre una estera, envueltos en mantas, porque Dujal ocupaba la cama. No habían pasado un par de horas cuando el criado los llamó. Nebel se echó una túnica por encima y dejó que el Gaitero prosiguiera su descanso. Mandó callar a Dalendir con una mirada. A Nebel la autoridad se le daba bien; estaba acostumbrada a mandar. Se acercó a la cama de puntillas, temiendo los peores resultados del exorcismo, esto es, que Dujal se hubiera convertido en una marioneta de carne y hueso. Contuvo la respiración y cruzó los dedos junto a la chimenea, un gesto que no solía hacer, porque la suerte, pensaba, hay que ganársela.

La luz entraba por la ventana coloreada por el hechizo de falsas cortinas pintadas sobre el cristal. Un pájaro cantaba en alguna parte. Dujal contemplaba las ascuas de la chimenea con gran desconcierto, los ojos entornados. Bajo las pestañas volvían a brillar dos esmeraldas. Nebel chasqueó los dedos.

—¿Te acuerdas de mí? —preguntó a Dujal con mucha calma.

Dujal la miró. Los labios le temblaban.

—No estoy seguro… —susurró.

Se llevó una mano al cuello y contuvo apenas una mueca de dolor. Dujal trató de incorporarse. Nebel le puso una almohada debajo para recostarlo. La confusión era un mal menor. Lo importante era que hubiera regresado cuerdo.

—¿Recuerdas tu nombre? No hables; me basta con que asientas.

—Dujal. Me llamo Dujal —dijo, y volvió a tocarse la garganta vendada.

—Estuvieron a punto de rebanarte el cuello.

Dujal contempló a Nebel y a Dalendir ansioso por ubicar aquellos rostros en su memoria. Había una terrible congoja en su expresión. Nebel no podía imaginar el abismo que suponía el hallarse privado de los recuerdos. Ella, como todos, tenía momentos de su vida que habría deseado cambiar, pero olvidarlos ya era distinto. Olvidar era el vacío, y ella valoraba cualquiera de sus experiencias.

A Dujal le corrían dos gruesas lágrimas por las mejillas.

—Eh… —le regañó Nebel con cariño—. ¿A qué viene esto?

—No lo sé —susurró Dujal secándose los ojos—. No sé por qué estoy tan triste. —Se llevó un dedo al pecho—. Es como si me hubieran arrancado un trozo. Creo que he perdido algo. ¿Cómo puede entristecerme algo que no recuerdo?

—Porque sigue contigo de alguna manera. —Nebel le acarició la mano.

Dujal sorbió con fuerza.

—¿Crees que podré recordarlo?

—Creo que deberías callarte —le aconsejó la sluagh—. Tu garganta. Descansa y tal vez te acuerdes, aunque no sé si te alegrarás de hacerlo.

Lo obligó a echarse y le puso un dedo en los labios. Dujal se quedó inmóvil, contemplando el fuego. Al poco estaba dormido. Nebel lo cubrió con la manta y lo veló un rato. No quería sentir pena por Dujal. Se hallaba a salvo y entre amigos. Lo demás carecía de importancia. Vivir era el mayor triunfo.

Un pellizco de compasión, no obstante, le impedía alejarse de la cama para dedicarse a sus tareas domésticas. Nebel se obligó a ponerse de pie y caminar hasta la cocina. No era su ambiente, pues el Gaitero se encargaba de cocinar, pero a ella le apetecía realizar una labor que no requiriese pensar, así que encendió los fogones y preparó el desayuno. Huevos y jamón ahumado. Mientras batía y las llamas calentaban la sartén, se puso a silbar.

El Gaitero despertó con el olor de la comida en la nariz y la canción de su compañera en los oídos. Le habría sorprendido menos encontrar un unicornio pariendo en la cocina. Olía a huevos revueltos y a pan tostado, pero no había nada ardiendo… Inquietante. Cauteloso, oteó la escena; Dalendir balanceaba las piernas, sentado sobre la mesa del comedor. Nebel le sirvió un plato.

—¿No dijimos que a él no le daríamos de comer? —preguntó el Gaitero.

—Eso es cruel —contestó ella—. Ya se lo cobraremos al sidhe.

—¿Cómo está Dujal? ¿Se ha despertado?

—Lo hizo, pero está exhausto. Nada que no cure el reposo. Creo que sigue en sus cabales, aunque no recuerda gran cosa.

El Gaitero olisqueó la sartén. A Nebel, la mueca no le pasó inadvertida. Golpeó la cara del sátiro con la espumadera.

—¡Eso quema!

—Parece que huelas un pañal cagado. Sí, sé cocinar. No voy a envenenarte.

Se sentaron los tres a la mesa. El Gaitero observó que Dalendir colocaba una servilleta sobre sus rodillas con los modales de un príncipe.

—¿Tú no deberías estar vigilando a Dujal? ¿O informando a tu señor?

El criado sonrió con aplomo.

—Sólo lo informaré cuando vosotros me digáis que lo haga.

—No eran ésas las instrucciones que te dio tu señor.

—No, no lo eran. Puedes apostar los cuernos.

Dalendir se sirvió el revuelto sobre una rebanada de pan tostado y lo atacó sin miramientos. El Gaitero lo imitó. Era comestible. De repente, su aprecio por Nebel había alcanzado un nuevo nivel. Para el Gaitero, cocinar era mucho más que llenar la barriga. También debía alimentar el espíritu. Exigía técnica.

Observó a sus compañeros de mesa. La complexión de Nebel engañaba. Ella era fina, pero su gran apetito competía con el de un oso haciendo acopio de grasas para hibernar. Dalendir también devoraba, pero con cierta etiqueta.

—Es lo más rico que he comido en mucho tiempo —aseguró el criado.

Nebel aceptó el cumplido y sonrió.

—¡Oh, no mientas! —protestó el Gaitero—. Tú comes a diario en las cocinas de Palacio. Seguro que has probado todo tipo de manjares.

—Sólo sobras. Y, créeme, rara vez llegan a la mesa de un paje. En la cocina de Palacio como deprisa y con miedo, lo cual ayuda poco a disfrutar.

—No le hagas caso. —Nebel le sirvió más pan—. Está celoso.

El Gaitero torció la boca.

—Disfruta de tu gloria, cocinillas. En cuanto a ti, Dalendir, cuéntanos, ¿tratas de hacerle una jugada a tu señor o es que quieres engañarnos?

—Lo último de ningún modo —respondió el criado—. No siento aprecio por los TocaEstrellas. Actuó según mi propio criterio.

—Entonces, ¿no irás hoy a Palacio?

—No iré hasta que vosotros me lo pidáis o yo lo considere oportuno. —Nebel y el Gaitero cruzaron una mirada atónita. Dalendir dejó los cubiertos en el plato y juntó las manos—. Así es. No debiera sorprenderos. Los tres trabajamos para la misma persona. Creí que lo sabríais. Tengo aspecto de simple, mas no lo soy.

—¿Trabajas para…? —murmuró Nebel—. No lo puedo creer.

—Y, sin embargo, es cierto. ¿Os extraña que ella vigile a los TocaEstrellas? Su actuación durante la guerra haría desconfiar hasta a un crío de dos años.

Nebel y el Gaitero observaron pensativos a Dalendir.

—¿Cuáles son sus órdenes? —le preguntaron.

—Fisgar. En Palacio o en cualquier otro sitio.

—Entonces, Hyarmen está metido en algo extraño.

—¿Ese zoquete? —rió Dalendir—. ¡Ni por asomo! Le falta cerebro para intrigar. Pero hay otros en Palacio que sí lo hacen, nobles a los que no puedo acceder. Me limito a enseñarle zanahorias a Hyarmen, y él investiga por mí.

El Gaitero largó un silbido. En la Corte apenas quedaba nada que pudiera sorprenderlo, pero aquel criadillo mestizo y flaco lo acababa de hacer.

Los aen sidhe tenían trapos sucios como cualquier otra hada, pero sabían cómo limpiarlos, ya fuera con sangre o ensuciando los de otros. No era buena idea apostar contra un noble. Aquel asunto no tenía nada que ver con Nebel ni con él; sólo implicaba a Dujal. Sería fácil lavarse las manos y dejarlo correr. Sin embargo, como muchos otros gentiles, el Gaitero guardaba rencor a la nobleza y no le apetecía entregar a un amigo desvalido a un imbécil que pegaba a sus criados y del que tenía las peores referencias de toda la ciudad.

El Gaitero se llevó las manos a la nuca.

—Tengo un plan. Empezaremos preparando un caldo a fuego lento.

Lo dijo con sencillez, como si estuviera pidiendo que le pasaran el azúcar.

Un pacto sellado

Se contemplaron en silencio. Boros deslizó un panel de cristal para entrar en la galería. Caminaba encorvado. Había perdido su agilidad de predador y su actitud de bestia al acecho. Quedaba poco del monstruo; ahora sólo era un joven desgarbado y enfermo. Nicasia nunca lo había visto así; acostumbrada a sentirse presa ante él, aquello la hizo sentir culpable. Lo invitó a acercarse. Boros se sentó a su lado, apoyó la cabeza en su vientre y le rodeó las piernas con su único brazo. Nicasia acarició la cresta de pelo del Ancestral y lo notó temblar. Estaba helado; se quitó la manta que le cubría las piernas y se la puso sobre los hombros. El invierno ya estaba allí; Boros debería de estar hibernando. Normalmente, tras unas semanas dedicadas a comer de modo compulsivo, solía acomodarse bajo las termas de Marsias. El hipocausto del burdel era un lugar acogedor donde pasar la estación fría, y además lo mantenía lejos de miradas indiscretas. Marsias ignoraba que el subsuelo de sus baños alojaba un huésped, y Boros se cuidaba de ser descubierto; no quería perder su refugio invernal. Allí es donde tendría que estar, abrigado y con la tripa bien llena, esperando la primavera en un profundo sueño, y no perdido en aquellas sierras heladas, despierto, enfermo y muerto de hambre.

—Me alegro de verte —le dijo Nicasia.

Boros apretó su abrazo.

—No hice lo que pediste —susurró culpable.

Nicasia cerró los ojos. Había una mala noticia tras aquellas palabras, y no estaba segura de tener fuerzas ni ánimo para enfrentarse a ella. Miró a Boros. Tras los cristales de la galería, el sol inundaba los jardines de FuegoVivo. El día prometía ser tibio. Podían quedarse allí y disfrutar del reencuentro, refugiados en el silencio, sin saber nada ni hacer nada. Pero eso sería huir de la realidad. A Nicasia le parecía oírse llorar en alguna parte de su cabeza. Se sentía agotada; deseaba esconderse de todo. Contempló el cielo, azul y tranquilo. Un día, otro día, se permitiría la debilidad de derrumbarse y lamer sus heridas.

—Dujal… —murmuró.

—No pude sacarlo de la montaña. —Boros no se atrevía a mirarla a los ojos.

El lamento de su cabeza creció hasta saturarla. Lo hizo callar apretando el puño sano y se enjugó una lágrima traidora. «Ahora no», pensó, llena de rabia.

—Cuéntamelo todo. —La voz le salió firme. Nicasia dejó los sentimientos a un lado y despertó la parte de sí misma que podía ser fría en cualquier momento. Aquello le gustó. Se gustaba cuando era capaz de alejarse de sus miserias.

El chico serpiente desgranó su historia de forma mecánica; parecía que recitaba de memoria. Resultaba devastador escuchar cómo había luchado contra los goblins mientras veía a los centauros caer a su alrededor. El orgullo tiñó su narración cuando contó que los goblins sólo fueron capaces de atacarlo cuando ya no quedó en pie ni uno de los centauros, y que lo hicieron todos a la vez. Un error, porque entonces ya eran pocos. Ni siquiera cuando un alabardero le machacó el brazo con su arma, ni siquiera entonces los duendes le perdieron el miedo. Se marchó de la plaza del mercado dejando un espectáculo que tardaría en olvidarse. Y no partió por deseo propio. De repente sintió que algo, una llamada sin voz, un rastro sin olor, algo lo reclamaba. La mirada del Ancestral volvió a brillar.

—Vi una luz tan blanca, tan potente, tan hermosa... que me hizo olvidar todo lo demás. Sólo quería acercarme. Me sorprendí cuando descubrí que Dujal era el centro de aquella luz. Siempre lo había considerado una criatura pequeña y miserable. Pero estaba allí, escupiendo claridad. Por un momento pensé que lo había infravalorado, que teníamos algo en común. Aquella luz nos hermanaba, sólo que yo puedo soportarla y a él lo consumía. Supe que me estaba llamando porque te vi en el suelo. Él me llamaba para que te sacara de la montaña, y eso hice.

Nicasia volvió a acariciar la cabeza del Ancestral. No quería hacer ningún gesto brusco, nada que delatara lo que ahora sentía. Dujal no había salido de la montaña. Marsias le había mentido. Conocía al sátiro; lo había hecho por su bien, pero aun así se sentía traicionada. Controló sus emociones. La rabia le quemaba, pero no actuaría impulsada por ella. Ya había cometido ese error cuando decidió ir a To-caEstrellas. Permitir que Dujal la acompañara fue otra equivocación, y había pagado el precio. No más fallos. No más mentiras.

—¿Quién me trajo hasta aquí? —preguntó a Boros—. No fuiste tú.

—Fue ese elfo mugriento. Él y ese goblin...

Nicasia no le dejó acabar. Sólo conocía a alguien que encajara dentro de la descripción de «elfo mugriento» y que estuviera dispuesto a tolerar la compañía de un duende. Sabía quién era el elfo, así que preguntó por el goblin.

—¿Qué goblin?

—El amigo del gato. Lo tienen encerrado.

—¿Encerrado? —Nicasia dio un respingo en su silla—. ¿Aquí?

—Sí. Su ventana da al jardín. A veces lo veo asomarse.

—Enséñamela —le rogó Nicasia—. Enséñame esa ventana.

El chico serpiente ladeó la cabeza y la miró. Para el Ancestral, muchas de las cosas que Nicasia le pedía eran caprichos sin sentido, pero obedeció. Sacó el panel de cristal de su sitio y estiró el cuello para que Nicasia pudiera cogerse a él. Boros la levantó con su único brazo. Nunca habían estado juntos, cara a cara; Boros se permitió el lujo de rozar su mejilla contra la de la peliblanca; fue un gesto fugaz y tierno que dibujó en sus labios una sonrisa. Nicasia lo imitó.

Sacó a la ingeniera al jardín, allí donde pudiera ver las terrazas excavadas en la roca de la ladera, que se derramaban por la sierra formando una cascada de flora silvestre. Entre la maleza, las ventanas reflejaban el sol.

—Arriba, a tu derecha —le dijo Boros—. La única ventana que tiene reja.

Le costó distinguirla entre la hiedra, pero allí estaba la reja, fea y renegrida, un tumor entre tanto verde. Nicasia conocía las reglas de FuegoVivo: nadie era retenido allí contra su voluntad, a nadie se le negaba la ayuda. Los fundadores del santuario habrían visto un insulto en aquella reja.

—¡Eh, goblin! —gritó Nicasia—. ¡Sal a la ventana! —No se asomó nadie—. ¡Asoma la cara, duende, y deja que Nanyalín te la vea!

Nicasia pensó con cierto alivio que Boros se había equivocado. Un goblin en el santuario de FuegoVivo era impensable. Pese a que el lugar ofrecía refugio a cualquiera que lo necesitara, los goblins habían perdido ese privilegio tras la guerra. Ningún duende era bienvenido allí.

Estaba a punto de pedirle a Boros que la devolviese a la silla de ruedas cuando vio asomar una nariz entre los barrotes, una larga nariz verde.

—¡Nanyalín! —Yirkash se apretó contra la reja—. ¡Nanyalín, estás bien! ¡Dioses de la montaña! ¡Me alegro tanto de verte!

A Nicasia se le inflamó el corazón. Jamás había tenido esperanza de ver a su hermano fuera de TocaEstrellas. Los primeros años, cuando logró instalarse de aprendiz en el taller del Maestro Avispa, no pensaba en otra cosa que no fuera sacar a Yirkash de la montaña. Trazó miles de planes; le escribía siempre que tenía ocasión, pero Yirkash se negaba a marcharse. Fuera no tenía más opción que ser perseguido; por el resto de las hadas por ser un goblin, y por su propia gente porque abandonar la montaña sin permiso lo convertiría en un renegado y un traidor. Un goblin sólo podía sobrevivir en su comunidad; sin la protección de un clan, el destino de cualquier duende era la muerte. Era algo que ambos sabían, pero Nicasia tardó mucho tiempo en perder la esperanza. Yirkash al fin estaba fuera de TocaEstrellas. Era un proscrito que tendría que vivir escondido el resto de su vida o huir lejos de TerraLinde.

—Nanyalín, ¿por qué estás tan callada? ¿Estás bien?

Nicasia asintió. La vida era un camino torcido. Aunque se alegraba.

—Estoy bien. No esperaba encontrarte aquí…

—¡Al final te saliste con la tuya! Estoy fuera.

Yirkash enseñó los dientes, pequeños y afilados. Los duendes no estaban hechos para la risa, y sin embargo reían como cualquier hada. Seguramente, él era más consciente que nadie de la delicada situación en la que se encontraba, y aún le quedaban ánimos para sonreír. Nicasia sintió un inmenso cariño por él.

—No pienses que mis planes para ti acaban aquí, hermano.

Resonó una carcajada desde la altura.

—Siempre queriendo coger las riendas del destino… ¡No tienes remedio!

—Imagino que no.

Boros interrumpió la charla con un siseo de alerta. Ocultas tras los árboles de fuego, un par de dríades observaban con curiosidad. Muchos estudiantes del santuario se habían acercado a echar un vistazo. Qué estupidez ponerse a gritar en el jardín de aquella manera.

—Déjame en el suelo, Boros —ordenó Nicasia al Ancestral—. Y márchate de aquí tan rápido como puedas. Te han visto; no te querrán cerca.

—No te dejo —replicó Boros.

—No seas tonto, a mí no van a hacerme nada. Haz lo que te digo.

Boros obedeció. En un segundo había desaparecido. Marsias irrumpió en el jardín apartando de su camino a los estudiantes.

—Nicasia, ¿qué haces? —Usaba el tono que habría empleado para reñir a un niño—. ¿Ése era Boros? Anda, ven. Tenemos que hablar de algunas cosas.

—Ya lo creo —repuso ella sin inmutarse.

Marsias la sentó de nuevo en la silla de ruedas. Recorrieron los pasillos de FuegoVivo en silencio, perseguidos por el escrutinio de los alumnos y acólitos del santuario. Nicasia comprobó que su presencia allí era conocida, y a juzgar por algunas miradas, no bien recibida. No podía esperar otra cosa; todo lo que llegara de TocaEstrellas era una amenaza para FuegoVivo. La mayoría de sus discípulos habían perdido amigos y familiares a manos de los goblins, y aunque la guerra era un recuerdo lejano, las heridas de la memoria cicatrizan despacio.

Nicasia lo comprendía. Ella había presenciado la destrucción del primer santuario. Nunca se había considerado un goblin, así que aquellas miradas no la ofendían, no eran para ella. La que se sentaba en la silla no era Nicasia, sino un maltrecho espejismo escupido por la montaña. Otra máscara. Empezaba a creer que tenía demasiadas.

Marsias había ordenado y limpiado el despacho del Rector. No había dicho una palabra en todo el trayecto desde el jardín. Nicasia conocía bien al sátiro; cuando callaba tanto era porque estaba muy enfadado.

—¿Por qué has salido de la Alcoba Vieja? —preguntó al fin.

—No me has contado una sola verdad desde que he llegado —contestó ella—. No fue Dujal el que me trajo aquí; él ni siquiera salió de la montaña. ¿Pensabas contarme que tenías a un goblin encerrado aquí?

—Estaba esperando el momento adecuado. —Nicasia se incorporó en su silla, pero el dolor la dejaba sin habla. Volvió a acomodarse entre los cojines con cuidado—. Aún no estás en condiciones para recibir noticias. El médico soy yo.

—¡Pero Dujal sigue en TocaEstrellas! —protestó Nicasia—. ¿Quieres que me quede sentada mientras se pudre en la montaña?

—Nicasia, ¿me crees capaz de permanecer con los brazos cruzados? He mandado a MalaSenda a TocaEstrellas. He batido el bosque. Hago todo lo que puedo… Dujal también es importante para mí.

—¡Todo este tiempo he pensado que Dujal estaba a salvo en la Corte! Y Dujal sigue allí. Si es prisionero no puedes imaginar lo que le estarán haciendo. —Tuvo que callar para tomar aire—. ¡Mírame! Dejé que me cogieran para que él pudiera escapar, y resulta que ha sido inútil.

—Eso no lo sabes. No sabemos qué le ha pasado.

Nicasia agachó la cabeza y se acarició el vendaje de la mano.

—No podré volver a trabajar… Todo para nada.

El sátiro se inclinó frente a la silla de ruedas.

—Si me haces caso, tal vez podamos hacer algo con esa mano.

—No me cuentes más historias —replicó ella.

Marsias torció media sonrisa y contempló a la ingeniera. Las medicinas que había estado tomando aquellos días habían hecho que le creciera el pelo. Era un efecto de la raíz de los árboles de fuego. Nicasia tenía la melena indómita que lucía antes de la guerra, antes de que decidiera seguir la costumbre goblin de cortarse el pelo en señal de duelo. Siempre había confiado en que algún día superaría sus penas y lo dejaría crecer, pero transcurrieron los años y eso no sucedió.

A Marsias le venían recuerdos de tiempos peores en los que lo único bueno había sido conocer a aquella knocker gruñona y de mal pronto. Llevaba años enamorado de ella.

—No más historias —le dijo, conciliador—. Escucha. Si me dejas, te contaré la verdad. Sabía que acabaríamos hablando de esto… Cuando Laertes apareció en mi casa no tardé en saber quién era la madre. Tengo muchas clientas, pero no siempre es trabajo. Ésas son bastantes menos. La madre de Laertes… Entonces preferí no decir nada; imaginé los motivos que la habían llevado a abandonarlo, y aunque no estaba de acuerdo con ellos, comprendí que eran legítimos.

—¿Me estás diciendo que estuviste con una sidhe? Pero Laertes es un niño… No hará mucho de… —Nicasia se mordió el labio inferior y volvió a callar.

—¿De qué?

—Déjalo.

—No, dilo.

Nicasia agachó la vista con un silencio tan elocuente que Marsias estuvo a punto de echarse a reír.

—Malbicho, ninguno de los dos nos pertenecemos en exclusiva —le recordó el sátiro—. La monogamia es cosa de los nobles. Peor para ellos, que tienen que preocuparse de su linaje. Nosotros somos gentiles, estamos libres de ataduras. Y aun así no te imaginas hasta qué punto te pertenezco sólo a ti. Pero quererte es difícil; alguna vez me he desesperado lo bastante para buscar otros brazos.

—¿Encima dices que es mi culpa?

—En el amor no hay culpas; cada cual es responsable de sus actos en todo momento. Me limito a contarte lo que hice.

Marsias tomó asiento en el sillón de su escritorio. Aún le dolía la cadera; no aguantaba en pie demasiado tiempo.

—Y dejas claro por qué lo hiciste —añadió Nicasia.

Marsias hizo de tripas corazón, se levantó y volvió junto a Nicasia. La tomó por la barbilla y la obligó a alzar la cara.

Ella lo miró con esa falsa indiferencia que trataba de aparentar cuando se sentía herida.

—Eres como eres —le dijo Marsias—. Lo he asumido y no trato de cambiarte. Pero, a veces… No es sencillo.

—Está bien —cedió ella—. Ahora, habla. Sabes quién es la madre de Laertes. ¿Y eso qué tiene que ver con todo esto?

—No te dije nada. Fingí no tener ni idea, y cuando Dujal comentó que iría a ver a Manx decidí acompañarle. Pensé que lo mejor era alejarme de tu mal humor un par de días, y Manx quizá sabría algo. A fin de cuentas, trabajaba bajo cuerda para los Ibn Bahar, y estaba bien informada. No imaginaba lo que se nos venía encima, pero intuía que sucedía algo.

—Y te callaste.

—Una elfa noble deja a su hijo en la puerta de un prostíbulo. Días antes de eso, Dujal recibe una carta urgente de Manx. Eran malos augurios. Algo estaba pasando. No te conté nada porque sabía lo que harías.

—¿Ah, sí? ¿Y qué iba a hacer exactamente?

—Preocuparte y actuar —dijo Marsias—. Tratar de mantener a salvo de intrigas tu amada Corte de los Espejos. Sé que un día le tocarás las narices a quien no debes, y entonces nadie podrá protegerte. No quiero verte en la horca o en el exilio, como le ocurrió a Manx.

—Entonces, los sidhe traman algo. —Ciertas piezas encajaban ahora—. Tengo que volver a la Corte y averiguar qué está pasando.

—¡Nicasia, no!

—Tiene sentido —murmuró ella—. La muerte de Eleazar. Manx. Pocos podrían permitirse llegar hasta el mismísimo Administrador del Mercado de las Almas.

—Eleazar murió de viejo. Déjalo, por favor.

—¡Ordenaron su muerte! —lo corrigió Nicasia—. Lo averigüé en TocaEstrellas. Manx era algo más que una chica de los recados para Eleazar.

Marsias no se sorprendió. Hacía mucho que Manx había perdido su talento para asombrarlo. Sólo sentía decepción, una molestia demasiado familiar. Lo que más le dolía era el enorme espacio que Manx ocupaba en el corazón de Nicasia. Recordaba lo que sentía al verlas besarse entre los escombros de la guerra. Entonces le parecía mal tener celos de aquellos besos. Ahora resultaba patético sentir rivalidad por un recuerdo, pero no podía evitarlo. Manx había sido para Nicasia mucho más de lo que él llegaría a ser jamás.

Buscó en la ingeniera cualquier rastro de emoción. Siempre que se trataba de Manx, lo que hallaba era pena, una pena que los años no habían mitigado. Una pena que hacía sentir a Marsias mezquino y ridículo.

—Manx nunca miró más allá de su propia conveniencia.

—Ahora no lo niego —reconoció Nicasia—. Había cartas suyas en el despacho del Administrador. No tuve tiempo de leerlas, pero era su letra. Creo que Manx estaba trabajando para los goblins.

—Manx está muerta. Ya no es asunto nuestro.

—Es asunto mío desde que la envié al exilio. Y más desde que su hijo anda perdido en el interior de TocaEstrellas. Aquí está pasando algo, algo muy grave que está dejando demasiados muertos sobre mi conciencia. No me cruzaré de brazos como si no ocurriera nada.

—Todos lo hacen —dijo Marsias—. Todos lo hemos hecho. Porque tú lo hagas una vez no pasará nada.

—Las cosas suceden cuando nadie hace nada para evitarlo.

Marsias se frotó la cara. Debía de resultar más fácil tirar los muros de la Corte a cornadas que tratar de razonar con Nicasia. Era como hablar con las piedras, sobre todo en lo tocante a su deber. Su lista de deberes era enorme. Consideraba que era su obligación preservar los derechos de los gentiles frente a los nobles a cualquier precio. Para ella, los sidhe eran el enemigo. Ahora que el asunto dejaba sobre la mesa los cadáveres de gente querida, sería imposible convencerla de que lo dejara pasar.

—Las cosas suceden sin más —le dijo Marsias—, y no siempre podrás evitarlo. Eso ya lo sabes. Además, todavía no estás repuesta. Apenas puedes moverte. ¿Qué vas a hacer en la Corte en este estado? Ni siquiera estamos seguros de lo que hablamos; todo son cabos sueltos, conjeturas… ¿Te vas a marchar para perseguir fantasmas cuando ni siquiera te tienes en pie?

—Y, según tu opinión, ¿qué debería hacer?

—Quédate. Necesito la ayuda de alguien despierto. Tengo problemas que no sé solucionar. Tal vez tú sepas coordinar mejor que yo la búsqueda de Dujal, y seguro que puedes aconsejarme sobre qué hacer con el goblin que retenemos.

Nicasia se acomodó entre los cojines de la silla. Añoraba la presión familiar de su aparato. Le apetecía levantarse y caminar. Además, le picaba la espalda de un modo insufrible. Necesitaba regresar a la Carbonería y volver a sentirse ella misma. Debía encontrar respuestas y venganza. Aun así, contemplaba a Marsias y comprendía lo solo y perdido que debía de sentirse. Había asuntos que atender, y Marsias era uno de ellos. El otro era su hermano Yirkash.

Nicasia repicó sobre el brazo de su asiento.

—FuegoVivo siempre ha proclamado que es un lugar libre —dijo a Marsias—, que no retiene a nadie y atiende a todos. Pero al goblin lo encerráis. Demuestra que la generosidad de FuegoVivo se aplica a todo el mundo y suéltalo.

—No puedo. La generosidad de FuegoVivo no atañe a los goblins. Sabes eso mejor que nadie. Las leyes de la reina prohíben ayudarlos. Hemos curado sus heridas porque MalaSenda insistió, y yo aprecio a ese viejo loco.

—En el santuario el código real no se aplica —contestó Nicasia—. Promulgáis vuestras propias leyes, leyes que ya te has saltado dándole asilo. Creo que es hora de que cerréis ese capítulo de odio que tenéis con los goblins. Suéltalo.

Marsias contempló incrédulo a la knocker.

—¡Pero si tú los detestas! Y lo que te han hecho…

—¿Crees que fue él quien me torturó? Ese goblin se llama Yirkash. No voy a hablarte ahora sobre las relaciones sociales de los goblins pero, técnicamente, Yirkash es mi hermano, y estoy aquí gracias a él. Hazlo por mí. Suéltalo.

—¿Me hablas en serio?

—Yirkash es de lejos el mejor duende que haya vivido nunca bajo los techos de TocaEstrellas. Le debo mucho. Te juro que jamás hará daño a nadie.

—¿Juras por él? ¿Tan segura estás?

—Entiendo que tenéis razones para guardar rencor a los goblins, pero él no arrasó FuegoVivo. Es el momento de demostrar que sois mejores que vuestros enemigos. Dadle refugio, conocedle. Con el tiempo Yirkash podría ser útil entre estos muros. Sabes que no puede ir a ningún otro lugar.

—Lo haré con una condición —respondió Marsias—. Nunca he llegado a saber quién eras o qué hacías antes de conocernos. Sólo sé que eres mestiza y que huiste de TocaEstrellas. Es hora de que me lo cuentes todo.

Nicasia asintió.

—Haremos lo siguiente: me quedaré una semana más. Sé que a tu gente no le gusta dar asilo a un goblin, pero debemos hallar la forma de que Yirkash os resulte útil; incluso valioso.

—¿Crees que llegaremos a tenerle aprecio? ¡Eres muy optimista, Malbicho!

—Sé que él hará méritos para ganárselo. Yirkash es alguien excepcional.

—¿Y tú te quedarás?

—Una semana entera. Luego, vuelvo a la Corte.

—No es buena idea.

—No estaré tranquila hasta que sepa qué está ocurriendo. No me fío de los sidhe, y no permitiré que pongan en peligro aquello que logramos con la guerra. Murieron y sufrieron muchos para que llegásemos a donde estamos hoy. Lo siento, pero nada me hará cambiar de opinión. Una vez me obligaron a elegir entre mis sentimientos y mis obligaciones. Ya sabes lo que elegí.

—Eso no es justo —le reprochó Marsias.

—No puedo elegir entre nuestra felicidad y la paz de TerraLinde.

El sátiro lanzó un suspiro abnegado.

—Supongo que es una de las cosas que me gustan de ti —reconoció—. Acepto el trato. Soltaré a tu hermano e intentaré sacarle provecho. Va a ser un invierno muy largo. En fin, así me alegraré más de volver a verte en primavera.

La sonrisa de Nicasia fue plena. Sus rasgos de goblin se esfumaron. Nanyalín cedió su lugar a Nicasia, una Nicasia que sonreía feliz por vez primera en mucho tiempo. Sólo Marsias reparó en su transformación, pero decidió no mencionarla.

—Por favor —le pidió ella—, levántame de este maldito cacharro y ayúdame a sentarme en cualquier otro sitio.

—¿Te apetece sentarte en el alféizar de la ventana?

—Estaría bien ver el paisaje… —contestó ella extendiendo el brazo sano para invitarlo a cogerla en brazos.

Dejó que Marsias la levantara y acercó su rostro al del sátiro. Lo besó en la mejilla primero, un beso rápido, tierno, casi infantil. Luego, besó sus labios, y se detuvo allí hasta dejarlo claro. Marsias tardó en reaccionar, aunque no mucho; llevaba demasiado tiempo esperando para andarse con remilgos. La sombra de TocaEstrellas parecía menos terrible, y los problemas se encogieron hasta que dejaron de serlo. Todo parecía posible. Nada importaba excepto aquel instante.

Los fantasmas de Isma'il Ibn Bahar

Para alguien que sólo había conocido la calma de la oscuridad aquella claridad era terrorífica. Hallarse de repente rodeado de luz lo hizo sentirse expuesto. Isma'il se quedó paralizado por el pánico al entender que sus ojos funcionaban, que podía ver el blanco radiante que se extendía sin fin por doquier, y que todas aquellas caras le veían a él, igual que él podía verlas a ellas. Era incapaz de reaccionar. Todos aquellos ojos clavados en él lo asustaron; habría huido con gusto. Mantuvo la compostura porque él era un Ibn Bahar, no un ser débil, así que permaneció donde estaba y les devolvió la mirada. Había hostilidad en aquellos rostros inertes, pero lo que más le angustiaba era que los habitantes de aquella nada lucífera eran muchos, muchísimos, una marea de rostros que lo vigilaban en medio de la calma abrumadora. Nada, ni un susurro, perturbaba aquel limbo. El nigromante no soportaba el silencio; tenía la sensación de que ocultaba un sinfín de peligros. En casa solía sentarse junto a las ventanas para escuchar los sonidos de la calle, o pedía a Fárfara que le cantara algo, lo que fuera, con tal de llenarse los oídos. En silencio Isma'il se sentía tan amenazado como otros, de noche, cuando les apagan su única vela.

Decidió andar. Sus pies no producían ruido, ni el roce de la tela. Haciendo de tripas corazón, se acercó a las hadas inmóviles, que le seguían con los ojos sin inmutarse. ¿Cuántas había? ¿Quiénes eran? ¿Adónde había ido a parar? Antes de llegar a aquel páramo fantasmal estaba en la habitación de Mesalina, tratando de hallar el rastro de Dujal. Era un ritual sencillo que permitía rastrear la presencia de un ser querido a través del vínculo de unión que establecía con otra hada. Mesalina y el phoka se amaban, al parecer; los ataban fuertes lazos, aunque ambos los negaran, y esa unión le había llevado a vislumbrar el alma del gato. Hasta aquí todo parecía rutina, y ahí estaba el error; se había lanzado a hacer magia confiando en la costumbre. Algo lo había cogido desprevenido. Las cosas se habían torcido, y en vez de encontrar a Dujal había terminado por perderse él también. Era de esperar; cualquier cosa relacionada con el phoka solía acabar siempre como menos se imaginaba. Isma'il recordó con disgusto los días en que ambos eran aprendices de Manx. Nunca supo qué hacía Dujal allí. Él había conseguido el privilegio porque su tutora necesitaba el favor de los Ibn Bahar, pero aquel mocoso desobediente y descarado era un misterio. No tenía familia, ni traía recomendaciones, y aun así Manx lo educaba con igual celo que a él. Esto, para alguien que no hacía nada de lo que no pudiera sacar provecho, siempre era un enigma. El recuerdo de sus días de aprendizaje estaba empañado por la presencia del gato y su incapacidad para tomarse las cosas en serio. Durante las lecciones se mostraba apático, sólo le interesaba gastar bromas y hacer todo lo que estuviera prohibido. Desafiar a la autoridad. No le preocupaban las consecuencias; y los castigos, más que hacerle desistir, lo animaban a poner mayor empeño en sus travesuras. Manx los castigaba a los dos sin importarle quién tuviera la culpa. «No se lo impediste», decía cuando Isma'il se alzaba en protesta. Entendió que no podría esquivar los correctivos de su maestra, así que cambió de estrategia; no siempre lograba frustrar los planes de su compañero de estudios, pero sí redujo las veces en que ambos fueron obligados a cortar leña o a arrancar malas hierbas. También consiguió que la ración de bofetadas y pellizcos fuera tolerable, y cuando no lo conseguía su respuesta era la venganza. Isma'il también maquinó algunas trastadas para que Dujal recibiera un castigo inmerecido. Fue el comienzo de una escalada de enfrentamientos que los convirtió en enemigos cotidianos. No se odiaban de corazón, pero tampoco se toleraban demasiado tiempo.

Para Isma'il, mezclarse en los asuntos del gato era sinónimo de problemas. «Esto me pasa por tontear con la magia —se dijo—. Si quería los servicios de una cortesana debí pagarlos.» El nigromante estaba enfadado consigo mismo; para hacer su trabajo tenía que dejar a un lado los sentimientos. Era algo que creía aprendido. Apartó de su mente el enfado y los reproches; ahora no le servían de nada. Mejor concentrarse en salir de allí.

No sabía dónde se hallaba, y sus silenciosos observadores no parecían ser de ayuda. Sólo podía confiar en la lógica. Podía ver, o eso creía. Isma'il no sabía de ninguna magia capaz de aquel prodigio; era improbable que el ritual junto a Mesalina le hubiese otorgado el don de la vista.

Caminó entre las hadas inmóviles. Quizá se encontraba en un lugar de poder. La existencia de ciertos ámbitos donde la magia fluía libre y era posible obrar todo tipo de prodigios era algo más que un rumor popular. Era una opción posible, y eso quería decir que, cuando abandonase aquel sitio, retornaría a su ceguera. Prefería no ver en absoluto a permanecer en medio de la nada acechado por aquellos ojos sin voz. Contempló los rostros uno por uno. Le resultaban familiares y no sabía explicar por qué. Se detuvo frente a un hada con el pelo rojo vestido con ropas de cierta elegancia que llevaba un laúd en la mano. Alargó su mano.

—No lo toques. No lo toques, Isma'il, no es el que buscas.

Una voz infantil se arrastró entre los inmóviles. A Isma'il se le pusieron los pelos de punta. Conocía esa voz; recordarla era como profanar una tumba. Se volvió para seguir su rastro, pero el silencio se adueñó de todo una vez más. De no ser porque la prudencia le dictaba que era una mala idea, habría llamado al dueño de la voz a gritos. Isma'il quiso tocar de nuevo a uno de los inmóviles.

—¡No lo hagas, señor! —le advirtió de nuevo el susurro.

Isma'il miró a sus espaldas. Un hada lo observaba. Tenía la mirada brillante y viva; era un niño de piel morena con la cabeza afeitada. Lo recordaba, recordaba la fragilidad de su cuerpo entre sus dedos. Ahora contemplaba unos ojos serenos que lo miraban sin miedo. El niño estaba desnudo. Isma'il bajó la vista con gesto arrepentido, humilde.

—Eres Eliya, ¿verdad?

Los inmóviles se giraron hacia él como un solo cuerpo.

—No hables, señor —rogó la voz, aunque los labios del niño no se movieron—. ¡Te van a reconocer!

Isma'il se arrodilló ante el niño y le tocó los pies con la frente mientras se agarraba a sus tobillos, delgados como cañas.

—Eliya —murmuró.

Eliya, hijo de humildes sin apellidos. Eliya, al que nunca conoció en vida, ni oyó su voz. Eliya, al que enterraron sin ceremonia. Eliya, al que sus padres tenían prohibido llorar pese a que era su único hijo.

—Perdóname —rogó Isma'il con un sollozo seco—. Perdóname.

—No puedo perdonarte —le respondió el niño—. Lo que hiciste está más allá de cualquier perdón.

Isma'il tenía grabado a fuego el recuerdo de su iniciación como nigromante. El ritual para marcarle no fue solemne, ni misterioso. Sólo él y una anciana de manos frías y pocas palabras que empleó toda la noche en tatuarlo, corte a corte, vertiendo tinta en las heridas abiertas. La vieja lo atiborró de Sueño de Doncella, y eso lo sumió en un trance somnoliento en el que creía oír a su madre lamentándose del destino que le esperaba al hijo que no llegó a conocer. Lo sacaron a rastras de su resaca al día siguiente, y lo metieron bajo una tienda donde otro nigromante le susurró qué debía hacer a continuación. Para el ciego el recuerdo de aquellas palabras estaba unido al fétido aliento del brujo. Palabras apestosas para un mal fin. Isma'il obedeció. Eliya había caído en un pozo mientras jugaba con sus amigos; hacía semanas que yacía en su estera como un trapo, muerto en vida bajo el humilde techo de sus padres. El consejo dictaminó que el niño, poco más que un esclavo, era un estorbo en la caravana. Fijó un precio con el que mitigar el dolor de su familia y decidió que su muerte sirviera a un bien mayor. Isma'il sería nigromante. Provenía de una de las familias más influyentes del clan; no pasearía por ahí apestando a rancio ni vestido con pieles sin curtir como el hechicero que por entonces vivía pululando alrededor de los Ibn Bahar. Isma'il sería un poderoso oráculo, y para ello debía iniciarse: su primera tinta bajo la piel y su primera muerte entre las manos. Isma'il estranguló a Eliya; no podía ver su rostro, sólo sentir la delgadez de su cuello. Eliya no luchó; murió tan manso como había vivido. Su cuerpo no se revolvió, pero su alma chilló al verse atrapada. No había sido libre en vida y no lo sería después. Le esperaba una eternidad de servidumbre.

Durante días, Isma'il tuvo que escuchar a Eliya encerrado en su cabeza, rogándole. Lloraba hasta que no podía más, y luego pasaba a las amenazas y a los insultos. Nunca descansaba. Isma'il tenía el cuerpo lleno de costras y picores que le habían prohibido aliviar, pero lo que su cuerpo sufría no era nada comparado con la guerra que se libraba en su cabeza. Eliya no le dejaba dormir, ni comer. Isma'il apenas distinguía cuándo hablaba con su inquilino o con los vivos a su alrededor. Su cordura se tambaleó junto al abismo hasta que logró quebrar la voluntad del muchacho muerto y convertirlo en un sirviente dócil. Consiguió triunfar en cuerpo y mente.

El ritual no le dejó más marcas que sus tatuajes. Eso era lo que pensaba el resto del clan. Pero Isma'il sabía que tendría que cargar con un horror difícil de digerir. Nadie querría relacionarse con un hada cuya sombra fuese tan densa y oscura. Una sombra voraz. Porque Eliya, el niño que había muerto demasiado pronto, demandaba compañía. Desde entonces, Isma'il le había proporcionado muchos compañeros de miseria; no era capaz de decir cuántos. Lo que fuera con tal de mantener aquella voz tranquila. Había encontrado muchos modos de robar a un alma su descanso eterno. El asesinato sólo era el camino más corto, y a Isma'il le gustaba tomar atajos si le resultaba posible.

—Por favor, por favor, necesito que me perdones.

—Mi perdón tiene un precio. ¿Sabes ya dónde estás?

Isma'il asintió. A su alrededor, los inmóviles habían dejado de serlo, y se aproximaban a ellos.

—Sí, lo sé.

—No hables, señor. Ellos aún no saben que eres tú, pero pronto lo sabrán, y estás encerrado aquí con nosotros. Aquí podemos dañarte.

No estaba en ningún lugar de poder. Isma'il se había topado con el alma de Dujal flotando entre planos, y aquel roce espiritual, el contacto con la Oscuridad que ahora dominaba al phoka, había terminado por arrastrarlo a él. Se hallaba en el reino donde acababan las almas a las que había ido aprisionando, encerrado con ellas en un lugar donde podían alcanzarle. Seguramente, su cuerpo se encontraba inerte en el cuarto de Mesalina. Ella estaría aterrada.

—Ése al que llamas Bastión ha muerto —le informó Eliya—. Hemos puesto su alma fuera de tu alcance. No podrás sacar nada de él.

—Entonces el asesino de mi abuelo quedará impune. Bastión era mi única esperanza de averiguar qué pasó. Permaneceré aquí y aceptaré mi destino.

Eliya miró a su alrededor y contempló cómo se acercaban sus compañeros de encierro. Caminaban despacio, confundidos. Olisqueaban en busca de algo que los ponía muy nerviosos. Eliya no pudo disimular su inquietud.

—¿No temes a la muerte, señor?

—Prefiero quedarme aquí para siempre que presentarme ante mis ancestros sin haber cumplido mi venganza. Soy un Ibn Bahar. El castigo es mejor que la vergüenza.

—Ellos averiguarán quién eres. Llevan años odiándote. Aquí el tiempo pasa muy despacio. No eres capaz de imaginar las cosas que te harán.

—Lo imagino.

El espectro de un anciano torció el cuello hacia él. Vestía una túnica negra atada con un cinturón de dijes plateados. Separó los labios y soltó un aullido de rabia mientras señalaba a Isma'il. Los inmóviles centraron su atención sobre el ciego. Pronto, un concierto de chillidos pobló sus gargantas.

—Si mueres fuera de aquí podrías liberarnos —dijo Eliya sin apartar la vista de sus compañeros, cada vez más cerca—. Y yo te daría mi perdón.

—¿De qué sirve el perdón de un bastardo de baja casta si no puedo vengar a Eleazar? No estaré en paz.

—Si te ayudo a vengarte, ¿me liberarás?

—Dime lo que quiero saber y tendrás lo que te mereces.

Las almas se acercaban a la carrera, con los brazos extendidos y el odio pintado en el rostro.

—Bastión tenía una cita dentro de tres días, en la Cañada Seca.

Isma'il asintió. Se mordió la yema del pulgar hasta sacarse la sangre y dejó una mancha roja sobre la frente de Eliya.

—¿Qué haces, señor?

Isma'il sonrió. Advirtió que los espectros se detenían sin saber a cuál de las dos figuras atacar.

—Darte lo que mereces —le dijo a Eliya—. Soy tu señor; tú eres mi esclavo. No volverás a sublevarte nunca más.

Eliya gritó cuando sus compañeros de encierro se lanzaron sobre él. Isma'il aprovechó el desconcierto y se apartó. Sólo necesitaba distraer un momento a sus perseguidores para caminar tranquilamente por EntreMundos hasta volver a su cuerpo. Las almas tardarían mucho tiempo en darse cuenta de que habían atacado al objetivo equivocado. Y Eliya no volvería a atormentarlo nunca más.

Regresó a su cuerpo como quien despierta después de una siesta pesada. En alguna parte los pájaros saludaban a la mañana con un ruidoso jolgorio. El aire del jardín desprendía la tierna humedad del alba. Isma'il abrió los ojos y se encontró de nuevo con la deslumbrante neblina que le acompañaba desde que guardaba memoria. Se incorporó; tenía el cuerpo entumecido y helado. Mesalina debía de haberlo dado por muerto y le había dejado tal cual, quizá esperando el mejor momento para deshacerse del cadáver. Era una suerte que no hubiera tenido ocasión de hacerlo durante la noche. No le habría gustado despertar a un par de palmos bajo tierra, o convertido en cenizas. Buscó a tientas su ropa. Tal vez no estaba en la misma estancia donde había realizado el ritual. Se hallaba en una habitación abierta, porque sentía la brisa y oía el canto de los pájaros. Además, entraba luz. Isma'il chocó y cayó de bruces en lo que resultó ser una cama cubierta de ropa femenina. Arrancó las mantas del lecho y se envolvió en ellas. Entrar en calor le hizo suspirar de alivio. Dedicó un rato a acurrucarse y esperó hasta que se quedó dormido.

Lo despertó una colorida frase expresada a viva voz que hacía referencia a su madre. Semejante barbaridad quedaba mal en labios de una dama, pero era perfecta para una prostituta. Mesalina era ambas cosas.

—¡Maldito bastardo! ¡Anoche estabas muerto! ¡Caíste como un fardo!

—Querida, ya sabes lo que dicen: cada mañana es un nuevo milagro.

—Milagro. ¡Una mierda! ¡Magia oscura! Odio la nigromancia. He pasado una locura de noche con un cadáver escondido en mi dormitorio.

—Un cadáver al que no te has molestado en velar. Tampoco habrás avisado a mi familia...

—Pues no. Pensaba tirarte a una zanja. —Mesalina no estaba de humor para mentiras corteses—. No soy tan idiota como para decirle a los Ibn Bahar que su hechicero ha muerto yaciendo conmigo.

—Desconsiderada con los muertos, pero muy inteligente; sin duda, te habría traído problemas. Apiádate de mí. Tengo mucho frío y estoy muerto...

—¿Muerto? ¿Cómo que muerto?

—... de hambre.

La sátira soltó una maldición. Algo blando cayó sobre el regazo de Isma'il.

—¡Ahí tienes tu ropa! —le dijo—. Vístete y te llevaré a la cocina. Que no se diga que la casa de mi tío no es hospitalaria.

Isma'il agradeció el tacto de su túnica sobre la piel. Seguía entumecido; le costó vestirse, tanto que Mesalina acabó por ayudarle y le permitió agarrarse a su cintura para caminar. La cocina estaba tranquila. Alguien restregaba el suelo con un cepillo mientras silbaba.

—Voy a tener que interrumpirte, querida, pero traigo un amigo que necesita desayunar. —La voz de Mesalina había recuperado su tono amable. Nadie habría dicho que unos momentos antes maldecía como un arriero.

—No importa —respondió la cocinera—. Podéis sentaros junto a los fogones, no he limpiado allí. ¿Prefieres que me vaya?

—No quiero echarte, pero sí que lo prefiero.

Isma'il tomó asiento al rescoldo de los fogones. Habían estado encendidos hasta hacía poco y aún desprendían calor. Mesalina le sirvió un tazón de leche con miel y galletas de nueces. Comió con ganas; no soltó una palabra hasta que se terminó la última migaja.

—¿Satisfecho? —preguntó Mesalina—. Explícame ahora qué ocurrió anoche.

—De cara al público, puedes decir que trataste de ponerte en contacto con el espíritu de tu difunto tío Marsias y que la sesión duró algo más de la cuenta. El motivo que la alargó lo dejaremos a cargo de la imaginación popular.

—Anoche casi me matas del susto. Tuve que tomarme tres tilas.

—Ya me imagino. ¿Qué ha pasado con Bastión?

—Bueno, tu muerte súbita me hizo gritar, y Naniel entró corriendo. No hace falta que te describa la estampa que se encontró.

—¿Naniel? —preguntó Isma'il.

—Mi guardaespaldas personal.

—No sabía que los sidhe se dedicaran a esos trabajos.

—¿Sidhe? ¿Lo dices por el nombre? Naniel es una troll de las montañas.

—Oh, entonces debe de tratarse de una criatura encantadora...

Mesalina se acercó a su oído y le susurró:

—Nunca se aleja demasiado de mí. Deberías medir tus palabras; puede que sea una troll, pero es muy silenciosa.

—No querría ofender a una dama de ese calibre. Sigue contándome.

—Naniel se llevó a Bastión —le explicó Mesalina—. Temíamos que despertara y acabara de arreglar la situación, algo difícil, porque el gorrorrojo estaba igual de muerto que tú. No me dijiste que ibas a cometer un asesinato en mi negocio.

Isma'il resopló. Eliya no había mentido: Bastión estaba muerto; además, debía de ser verdad que habían puesto su alma lejos de su alcance. No contaba con aquel imprevisto.

—¿Qué has hecho con el cuerpo? Dime que sigue intacto.

—Pensábamos quemarlo, pero no cabe en las calderas de los baños.

—¿Podría tu delicada Naniel prestarme un servicio?

—Eso depende. ¿Para qué la quieres?

—Es un servicio mutuo. Imagino que conoces la Torre Oscura. Quisiera que tu dama de compañía llevase allí el cadáver dentro de tres noches.

—La Torre Oscura les está prohibida a la Hueste Estival. No tengo ganas de vérmelas con la Dama RecorreTúneles.

—¿Una troll de las montañas de la Hueste Estival? Dime que es una broma.

—No estoy para bromas.

—Está bien; entonces, que lo deje en la Cañada Seca. Tu papel en todo esto acaba ahí. El resto es cosa mía. Ya te contaré cuando todo esté hecho.

Isma'il fue a levantarse cuando unas manos tan anchas como sus hombros lo obligaron a quedarse en su sitio. Sus prisioneros debían haberle advertido, pero aún estaban revueltos. Esperaba que el escarmiento de Eliya bastara para devolver las cosas a la normalidad lo antes posible.

—No soy tu criada —le dejó claro Mesalina—. Me prometiste a los asesinos de mi tío, y hasta que no los tenga ante mis pezuñas no pienso apartarme. Quiero justicia. Naniel y yo iremos contigo. Además, aún no me has hablado de Dujal.

«Por supuesto —Isma'il asintió—. ¿Cómo olvidarnos del gato?»

—Dujal no está muerto, pero tardará poco en estarlo. Deberías buscarte otro juguete que meter en tu cama.

—¿Cómo puedo encontrarle?

—No puedes; nadie puede. Has visto lo que ha estado a punto de pasarme a mí. Resígnate. Lleva luto si quieres, pero no volveré a intentar dar con él.

Las manos de Naniel apretaron sus hombros.

—¿Qué hago, Mesalina? —La troll parecía masticar piedras al hablar.

—Déjale marchar.

Isma'il se apartó con toda la dignidad que le fue posible.

—Mesalina —le dijo—, mezclarse con Dujal es cosechar desgracias. Acabarás por darte cuenta de que estás mejor sin él.

—Márchate, chacal. —Mesalina lloraba—. No quiero tus consejos.

Naniel lo guió a la salida. Fuera del burdel, Isma'il se llenó los pulmones con la helada brisa de otoño y se alegró de estar vivo.

Extrañas alianzas

Los cuervos compartían el mismo estado de ánimo de Hyarmen. Había entrado en la torre con un cubo lleno de carne troceada, y el olor ponía nerviosos a los pájaros, que lo seguían con la vista y afilaban sus picos contra las piedras o graznaban con las plumas erizadas, lanzando picotazos a sus compañeros. Podía entender a los cuervos, él se sentía igual; inquieto y voraz. Estaba tan cerca de desbancar a su padre que podía saborear el triunfo. Lo único que lo diferenciaba de los cuervos era que él tenía que aparentar que todo transcurría como siempre. En las estancias de los TocaEstrellas los días eran anodinos y rutinarios; si no lo hubiera visto con sus propios ojos le costaría creer que estaba pasando algo. Su hermana había vuelto a su inercia social, nadie habría dicho que aquella joven esbelta y elegante que reñía a su doncella por no quitar los pelos de su cepillo era capaz de cabalgar por una ciénaga para reunirse con un grupo de mercenarios. Gerión participaba en las reuniones de Palacio con dedicación, como si nada, palmeando las espaldas que pensaba apuñalar. Otro hipócrita que hablaba del deber y del honor, y se sentaba alrededor del trono movido por su interés. El reino estaría mejor sin él. A Hyarmen le costaba no delatar lo que sabía. Acumulaba miles de excusas para escupir a la cara a su amada familia lo que había averiguado. Sin duda se asombrarían de que alguien tan incapaz los hubiera descubierto. Le gustaba imaginar la expresión de sus rostros, la incredulidad que mostrarían mientras asimilaban que le habían subestimado. Ansiaba ese momento como un niño espera que abra la pastelería. Fingir que no estaba al tanto de los tejemanejes de Gerión y de Arminta le resultaba cada vez más humillante. En cada gesto, en cada sonrisa creía adivinar una burla, un desprecio disimulado. Cada día que pasaba sin noticias de Dalendir era un tormento. Si la situación se alargaba acabaría por estallar. Hyarmen no era de los que se muerden la lengua durante mucho tiempo.

Para mantener la cabeza ocupada y soportar la espera se pasaba la mayor parte del tiempo en la torre de los cuervos. Había limpiado los nidos, colocado perchas nuevas, y se dedicaba a mimar a los pollos que acababan de romper el cascarón. Los cuervos le ayudaban a calmarse. Hyarmen cogió un trozo de carne y lo lanzó al aire. Ventisca lo cazó al vuelo; sus plumas blancas brillaron como una armadura lustrada. Ninguno de los cuervos se atrevió a disputarle la presa, y el elfo sonrió. Ventisca era su favorita.

Hyarmen vació el cubo. Tomó asiento sobre el alféizar de una ventana de la torre; desde allí veía los jardines de Palacio y parte de la ciudad. Aún quedaba mucho día por delante y, salvo esperar noticias, no tenía nada que hacer. Contempló la arboleda. A esa hora, Idrail, su señora madre, se instalaba bajo un castaño con algunas de sus damas y bordaba, leía o chismorreaba sobre cualquier banalidad que pasara entre los muros de Palacio. Mataban el tiempo, algo en lo que eran auténticas expertas. Hyarmen se preguntaba si Idrail estaría al tanto de lo que planeaban su padre y su hermana. Imaginaba que no; ella y sus damas eran reflejo de otra época, y poco o nada tenían que ver con las actuales nobles sidhe, jovencitas como su hermana que no se conformaban con languidecer junto a maridos que no habían escogido. Las que no tenían un peso activo en el gobierno de sus casas estaban tan hambrientas de poder que eran capaces de cualquier cosa por obtenerlo. Ahora no podía dejar de pensar que quizá las largas veladas de su hermana no fueran tan inocentes como podían parecer. Estaba seguro de que las de su madre sí lo eran, inocentes e insulsas de principio a fin. La distinguió donde esperaba, sentada en su escabel bajo el castaño. Era una sidhe de buen porte; sus hijos habían heredado de ella su figura esbelta y su altura. Hyarmen hasta tenía los mismos ojos, muy azules. Arminta, además, poseía sus labios finos y esa mirada altiva que lucía como su mejor joya. La casa de Idrail de ÁureaSombra era de patrimonio modesto, pero se trataba de una casa antigua, de diplomáticos y estudiosos, de enorme prestigio. Cuando Argos envió heraldos para arreglar el matrimonio de su hijo Gerión con Idrail no hubo corro de nobles que no comentara lo acertado de aquella unión. Idrail se había prometido un futuro radiante; se casó llena de ilusión, hasta comprender que su marido sólo quería una dama obediente a su lado. La altivez de Idrail, su hermosura y sus movimientos, estaban teñidos por una sombra de derrota y temor. Desempeñaba el papel de madre y esposa muda con una dignidad que ocultaba una vida llena de terror. Durante muchos años, Hyarmen compartió ese terror al despotismo paterno, sólo que en su caso acabó por convertirse en un desprecio que no lograba disimular. Lo que su madre sintiera por Gerión era un misterio que no le interesaba. Idrail era la única que lo trataba con respeto, y sería la única a la que mantendría a su lado. La devolvería a sus amadas llanuras, a la torre de ÁureaSombra, para que volviera a ser señora de su casa.

Hyarmen bostezó. Pensaba en qué hacer con aquel largo día. Podía ir junto a su madre. Su presencia era recibida con agrado por las damas. Las jóvenes reían tras sus abanicos, y las mayores lo contemplaban con miradas expertas, lo calibraban como si fuera un semental en una subasta. Ahora no debía de estar muy presentable, con la túnica sucia, remangada, apestando a sangre seca. No le apetecía arreglarse por un corrillo de chismosas. Además, si alguien veía que pasaba demasiado tiempo con el séquito de Idrail, Gerión se enteraría y dejaría claro lo que pensaba de quienes corrían a la sombra de las faldas maternas. Demasiado temprano para acudir a los burdeles o las casas de juego, aunque la hora no era el auténtico problema; Hyarmen había agotado su crédito en la mayoría de ellas y tenía la bolsa vacía. Más le valía pensar en cómo llenarla si quería recuperar su puñal favorito de manos de la señorita Nebel y del Gaitero. No era lo único por lo que tenía que preocuparse; aún no sabía qué se traían Arminta y Gerión entre manos ni cómo sacarle partido. Lo que sí sabía era que estaba relacionado con las desapariciones de crías de centauro. El tema se había tratado en las sesiones del Alto Consejo, pero nadie lo tomaba en serio. La suerte que pudieran correr unos animales parlantes no les conmovía. Hyarmen, como muchos sidhe, no consideraba a los centauros como hadas de pleno derecho. Los centauros vivían en chozas, lejos de las ciudades, y no adoptaban ningún hábito cívico. ¿Cómo osaban pedir protección o ayuda a la reina y se negaban a ser súbditos leales? Bestias errantes, eso eran. Los sátiros apenas eran mejores, pero ellos se molestaban en lavarse y sabían convivir con las demás criaturas, lo justo al menos para que fuera soportable llevarse a alguno a la cama.

En el jardín, las damas habían sacado un pequeño teatro y representaban algún tipo de espectáculo moviendo los muñecos mediante hechizos sencillos. Ojala él pudiera despreocuparse de aquel modo; desde que dejó al phoka al cuidado de los guarnicioneros no había hecho nada más que pensar. Las cosas no eran tan fáciles. Si presentaba una denuncia al Consejo contra su padre le exigirían pruebas. Como mucho, podía demostrar que un hatajo de mercenarios era el responsable de las desapariciones de los centauros, pero no tenía nada que vinculase a ese grupo de sacatripas con su familia, ni siquiera una teoría inventada que pudiera endosar al Consejo. Le faltaba imaginación. Sólo sabía lo que había visto, y eso le parecía poco. Quizá el phoka pudiera contarle algo más... Aunque no estaba seguro de que Nebel y el Gaitero fueran capaces de hacer algo por sacarlo de su estado. Dalendir no regresaba; le tentaba pasarse por la casa de los guarnicioneros, pero no era el tipo de lugar al que se va sin ser invitado.

Bajó de la torre de un pésimo humor. Tal vez lo mejor fuera salir de caza; le apetecía desahogar su frustración con perdices, o puede que con conejos. Se aseó lo justo, recogió sus armas y fue a las cuadras con Ventisca en el hombro. No esperó a que los mozos le prepararan un caballo; tomó una montura al azar, una mula grande, bien cepillada. Le habían trenzado la cola y las crines, y sus arreos estaban engrasados, bruñidos y relucientes. Hyarmen advirtió que eran de plata. Una pequeña fortuna... Los desató y se los llevó. Nadie lo había visto entrar en el establo. Los vendería, rescataría su puñal y aún le sobraría dinero para pagarse un par de noches de diversión. Pero ya se iba cuando distinguió sobre los arreos un sello que representaba una mano ofreciendo una moneda a otra mano. La mula pertenecía a Graya, el prestamista. Maldita fortuna. Sería imposible vender el botín sin que se supiera de dónde lo había obtenido. Hyarmen devolvió los arreos a su sitio.

Graya le estaba prestando dinero a su padre. Tal vez supiera algo; no prestaba dinero si no esperaba recuperarlo. La casa del usurero se hallaba bien protegida, pero ahora que se encontraba en Palacio, Hyarmen podía abordar al bogan. Si amanecía muerto, su padre se asustaría y cometería algún error. En todo caso, sería interesante oír lo que aquel gordo gentil sabía.

Aún no había salido de las cuadras cuando Dalendir fue a su encuentro a la carrera. Se inclinó ante él con una solemne reverencia.

—¿Qué quieres? —le preguntó Hyarmen.

474

—Tengo noticias, mi señor. —Dalendir miró a su alrededor.

Hyarmen hizo lo mismo, pero en el patio de las caballerías no había casi nadie, algún criado y poco más.

—Pues dámelas, estúpido —ordenó Hyarmen a su mayordomo—. Tengo prisa.

—Los guarnicioneros ya han terminado su encargo. Sólo falta pagarlo y que digáis dónde queréis que os lo manden. Insistieron mucho en lo del pago.

Hyarmen resopló. El dinero siempre era un problema. Resultaba fastidioso pertenecer a una de las familias más nobles de la ciudad y andar siempre falto de recursos. No estaba dispuesto a que eso lo frenara.

—Espérame aquí, no importa cuánto llegue a tardar. No se te ocurra moverte o te clavo los pies al suelo.

Hyarmen se demoró bastante en volver, y lo hizo a la carrera. Dejó caer algo en la mano del mestizo, que se echó a temblar al comprobar que eran dos perlas perfectas.

—¿Perlas? ¿De dónde? —preguntó sin querer saber la respuesta.

—De un collar de mi hermana. Con eso nuestros amigos están pagados más que de sobra. Quiero mi paquete y quiero mi puñal de vuelta.

—Arminta despellejará a sus criadas cuando descubra que el collar no está.

—Probablemente —contestó Hyarmen metiendo el resto de las perlas en su bolsa—. Procura no estar cerca cuando eso pase.

—Pero, señor...

Hyarmen lanzó una mirada asesina a Dalendir, que se encogió por instinto.

—Dile a Nebel y al Gaitero que quiero que encuentren un lugar discreto para darme el paquete; que sea esta noche, sin falta. ¿En qué estado se encuentra?

—Aceptable...

—Bien. Cuando lo tengan listo ve a buscarme. Estaré jugando a los dados.

—¿Dónde, mi señor?

—En las casas de juego de la Puerta de Poniente.

Ya de mejor humor, Hyarmen retomó la idea de la caza. Graya el usurero tendría que esperar. Quizá más adelante, según lo que sacara del gato. No se calentaría los sesos con castillos en el aire. La mañana era soleada, y su bolsa volvía a estar llena. Mejor disfrutar.

Era medianoche cuando Dalendir dio con él. Para entonces Hyarmen ya se había emborrachado y había recuperado la serenidad. Por una vez tenía suerte con los dados. Estaba tan satisfecho que la llegada de su criado no lo molestó. Normalmente odiaba tenerlo cerca, pero aquella noche Hyarmen era el favorito de los dioses. Se sentía invencible y capaz de tolerar a todo tipo de gentil. Era una velada perfecta.

—Señor —susurró el mayordomo—, todo está dispuesto.

Una sonrisa cruzó la cara del elfo.

—Pídeme una jarra de agua.

Un remojón y el aire helado de la noche bastaron para despejar a Hyarmen. Ordenó al tabernero que devolviera su caballo a Palacio. Prefería caminar; era más discreto. Envueltos en sus capas, Hyarmen y Dalendir visitaron el Barrio de los Constructores. El barrio knocker era un sitio ruidoso a cualquier hora del día o de la noche. Los talleres, los hornos, las fraguas nunca dejaban de trabajar y silbar, de soltar vapor o escupir chispas. No era el distrito más transitado de la ciudad; si alguien se acercaba a él lo hacía por trabajo o por negocios, así que las calles estaban libres de gentiles irritantes, sólo knockers metidos en faena o hadas miembros de algún gremio con trabajo para entretenerse. Los knockers eran prudentes. Se regían por un código interno en el que la regla de oro era no meter las narices en asuntos ajenos. Los inventores no quebrantaban ninguna ley; todos cumplían las ordenanzas de la ciudad y no hacían nada que pusiese en peligro la Corte. En teoría, porque en secreto realizaban cuantos ensayos y experimentos se pueda imaginar. Todos peligrosos. Usaban a sus aprendices o a ellos mismos para probarlos, hacían contrabando de explosivos y sustancias volátiles, y sus artilugios se inflamaban con asombrosa facilidad. Los incendios eran tan habituales que la reina acabó por dotar al barrio con su propio tramo de acueducto para facilitar la tarea de los bomberos. Con semejante panorama, los knockers habían aprendido a no meterse en los asuntos de su vecino, para que su vecino no se metiera en los suyos. La ley del silencio era una cuestión de honor entre ellos.

A Hyarmen le importaba un comino lo que hiciera un puñado de excéntricos orejudos con la cara marcada. «Vive y deja vivir», decían. Eso lo respetaba. Los knockers, al contrario que otras hadas, sabían cuál era su lugar en el mundo.

Se detuvieron frente a un gran edificio, una fundición a pleno rendimiento. Dalendir habló con un knocker negro de hollín. Vestía un mandil de cuero y era totalmente calvo, cabeza redonda y orejas inmensas. A Hyarmen le pareció una pelota con alas. El knocker sacó una llave y se la dio a Dalendir. El mayordomo volvió con Hyarmen y señaló una escalera lateral de la fundición que bajaba hasta un sótano.

—Dice que tenemos hasta el alba. Y que limpiemos lo que ensuciemos.

—Me parece justo —estimó Hyarmen—. ¿Cómo has conseguido este lugar?

—Cortesía del Gaitero, mi señor. Alabó el altruismo de vuestro pago.

—Ahora es el dinero y no los títulos lo que abre cualquier puerta… Podemos agradecérselo a su majestad la reina Silvania.

Hyarmen cogió la llave y bajó las escaleras. Dalendir se apresuró a seguirlo.

—No. —Hyarmen lo detuvo—. Tú te quedas aquí y vigilas. No te quepa duda de que hacemos esto por lealtad a la

477

reina, pero no me apetece que una lengua demasiado leal vaya por ahí revelando mis métodos de trabajo. Además, eres muy blando para estos espectáculos. Créeme, te hago un favor.

Dalendir prefirió callar. Hizo una reverencia y volvió a subir las escaleras.

Hyarmen abrió la puerta. El sótano se hallaba en penumbra, y sólo el resplandor intermitente que producía allá arriba la fundición le permitía distinguir algún detalle. Invocó una luz. El suelo era de tierra apisonada. Olía a humedad. Había cuatro filas de lingotes de plomo apilados. Junto a la última fila Hyarmen adivinó una silueta sentada en el suelo, y a su lado un pequeño fanal. Encendió la lámpara empleando una chispa mágica. Los guarnicioneros habían hecho su trabajo: el phoka al que había rescatado del bosque estaba atado de pies y manos con cuerdas negras. Nebel y el Gaitero lo habían amordazado, aunque Hyarmen no creía que estuviese en condición de gritar. Recordaba el profundo corte que tenía en el cuello cuando lo encontró, ahora tapado por un vendaje. No ofrecía buen aspecto… Lo habían vestido con una de las camisas del Gaitero, que le quedaba enorme, le colgaba de los hombros y ceñía apenas un cuerpo magro que seguro que había vivido tiempos mejores. Reconoció los pantalones; unas calzas de Dalendir. Quizá el mayordomo se las había dejado en un acto de piedad. Una tontería, porque no tendría demasiado tiempo para disfrutarlas. Hyarmen contempló a su prisionero. Parecía haber vuelto en sí. ¿Conservaría la cordura? Vio que el gato lo miraba con odio, era buena señal. Otra cosa es que recordara información de alguna utilidad. Hyarmen se arrodilló junto a él.

—¿Sabes quién soy? —El phoka movió la cabeza—. Hyarmen de TocaEstrellas, heredero de Gerión, consejero de su majestad. Imagino que ignoras por qué te he traído aquí. Tú y yo tenemos que hablar… Y podemos hacerlo, ya sabes, por las buenas o por las malas. Sinceramente, prefiero las malas, pero me has pillado en una buena noche y voy a dejarte elegir. Ahora te quitaré la mordaza. Grita cuanto quieras. Nadie va a oírte. —Hyarmen confiaba en asustar a su víctima, pero ésta no se inmutó. «Quizá no está en sus cabales después de todo.» Le arrancó la mordaza. El phoka escupió y lo miró con cara de pocos amigos—. No sé si la gente que te ha cuidado estos días te ha contado algo, pero fui yo quien te rescató en el bosque y te puso a salvo.

—¿Sí? Debo de estar confuso. —La voz del phoka raspaba, pero se le entendía—. Primero me salvas y luego me atas. No es que me disgusten, pero las cuerdas sobran en la primera cita. Para la segunda no lo descarto…

Hyarmen apretó los puños. Esperaba una víctima suplicante, no a un phoka descarado. Aquel estúpido no sabía con quién se metía.

—Piojoso gentil —le escupió—. ¡Modera esa lengua! He salvado tu mísera vida.

—Imagino que de forma desinteresada.

—No hay nada desinteresado en esta vida, aunque yo te pediré muy poco a cambio. Sólo quiero que me digas qué hacías en el bosque y si recuerdas algo de lo que viste allí.

El phoka cerró los ojos.

—Mis recuerdos son algo turbios, igual que esta situación. Cuando te cuente lo que sé, ¿qué harás? ¿Soltarme? ¿O vas a terminar de abrirme el cuello?

Hyarmen decidió que era el momento de recordar al phoka su posición. No estaba dispuesto a tolerar faltas de respeto. Descargó su puño sobre el infeliz. Éste aún reía, con la cara pegada al suelo, así que Hyarmen castigó sus riñones con una patada y lo agarró de la camisa para ponerlo en pie.

—¡Será mejor que lo vayas entendiendo! —le dijo—. ¡O me dices lo que quiero saber o te arrancaré la verdad junto con las tripas!

—Sí, ya veo —murmuró el phoka—. El problema es que no sé qué tengo que contarte.

—¿Vas a decirme que no sabes cómo llegaste a la pila de

cadáveres donde te encontré? ¿Que no sabes quién te rajó el cuello?

—Mmm... No tuvo la delicadeza de decirme su nombre.

Hyarmen lo abofeteó. Debía controlarse. Quizá era cierto y aquel redomado imbécil no recordaba nada. En tal caso, estaba perdiendo el tiempo.

Se detuvo. El phoka sacudió la cabeza y volvió a sonreír.

—Vale, ahora puedo contestar tus preguntas: creo que acabé en la pila esa de cadáveres porque me rajaron el cuello y supongo que me dieron por muer...

No le permitió acabar la frase. Hyarmen lo tiró al suelo y le puso el pie sobre la herida del cuello. Por vez primera le pareció que el gato dejaba de divertirse.

—Estás bromeando con quien no debes, y empiezo a aburrirme.

—Sólo contesto —se esforzó en decir el gato—. Si no te gustan las respuestas igual deberías cambiar las preguntas.

—Diría que mis preguntas son adecuadas, así que dime: ¿cómo llegaste allí? ¿Por qué mataron a los centauros?

El phoka torció los labios en una dolorosa sonrisa antes de hablar.

—Estaba inconsciente; no sé ni dónde me dejaron. Como ya he dicho, no me contaron gran cosa, ocupados como estaban intentando asesinar...

Hyarmen pateó su cara y dejó caer una bota entre sus piernas.

—Si vuelvo a oír que no sabes nada, te costará dártelas de machito de aquí en adelante —dijo cargando el peso de su cuerpo sobre la entrepierna del gato.

—Eres el peor interrogador con que me he topado en mis siete vidas —le dijo éste—. Deja de preguntar tontadas y de hacerme caricias. ¿Quieres respuestas? Pues haz las preguntas adecuadas.

Hyarmen apretó, y el phoka gritó de dolor. Hyarmen lo agarró del cuello.

—Dime, ¿por qué hay un grupo de mercenarios matando centauros en esa ciénaga, tan cerca de la Corte? ¿Qué oíste mientras estabas allí? ¿Qué viste?

—Te repites... —contestó el gato—. No soy propenso a dar información gratis, y menos cuando todo lo que recibo a cambio son golpes y la certeza de que me matarás cuando haya terminado. ¿Negociamos?

—¡No hay nada que negociar, basura! —Hyarmen no soltó su presa; apretaría hasta que la asfixia llenara de pánico los ojos del phoka—. Puedo hacer contigo lo que quiera. ¡No eres nadie!

—Deberías calmarte. Estás perdiendo los nervios. Y el control.

Hyarmen respiró hondo. Colgaba de sus labios una sonrisa extraña, sádica. Sus palabras estaban heladas.

—Creo que voy a divertirme. —Agarró al gato de la coronilla y le obligó a echar la cabeza hacia atrás. Fue un gesto que lo hizo sentir poderoso. Atrás quedaba la humillación familiar, la arrogancia de Arminta, la crueldad de Gerión. Hyarmen observó el rostro del gato, crispado de dolor, y sintió ganas de reír, de bañarse en sangre—. Ya no eres tan valiente, ¿verdad?

Pegó su boca a la del gato. El prisionero se removió. Hyarmen pensó que trataba de rehuirle el beso, pero lo que hizo el maldito fue morderle un labio con sus puntiagudos dientes de cazador de ratones. Hyarmen gritó. Sintió un golpe en la entrepierna y cayó al suelo. Pudo ver cómo los ojos del phoka se volvían oscuros, igual que en el bosque, y las cuerdas negras temblaron, arrastrándose alrededor de sus muñecas como serpientes mientras se fundían con su cuerpo y formaban una red de venitas pequeñas como raíces, raíces negras, que se diluyeron bajo su piel sin dejar rastro. Hyarmen retrocedió, asustado. ¡El maldito phoka estaba en condiciones de hacer magia! Aquello igualaba la situación.

Hyarmen se incorporó con toda la calma de la que pudo

hacer gala. No iba a dejar que el gato lo sorprendiera. El mordisco le dolía horrores, pero el orgullo le escocía todavía más. El phoka que hacía un instante estaba en sus manos había trepado a una viga del techo del sótano y lo observaba con una malévola sonrisa ensangrentada. Sus ojos habían recuperado la normalidad, pero tenían una expresión macabra, como si acabara de arrancar a un canario de su jaula y estuviera a punto de comérselo.

—Siempre soy valiente —le dijo—. Nunca lo olvides. Ahora, tú y yo, gran señor, tenemos dos opciones: hacernos daño el uno al otro o sentarnos a hablar.

—¿Sentarme yo a hablar contigo? —El desprecio le ayudó a superar el golpe—. ¿De igual a igual? Eso es una ofensa para...

—Soy Dujal, caballero del Trono de Cerezo por la gracia de su majestad. No soy un gentil, pero tienes razón: sería una ofensa para mí que me considerases tu igual. Si quieres conservar el pellejo, harás bien en olvidar tus prejuicios.

Hyarmen escupió sangre.

—Nada de lo que puedas contar me interesa —replicó—. Mi único interés ahora es bajarte de ahí arriba y despellejarte en tiras muy finas.

—No te aclaras. Antes, entre golpe y golpe, te vi muy interesado en lo que tú afirmabas que yo sabía. ¿Sabías lo que decías?

—Vete al cuerno.

Hyarmen examinó las dimensiones del sótano y acarició la pluma de plata colgada de su cuello. Si hubiera traído con él a Ventisca habría podido invocar sus alas. No había espacio para volar, pero sí para alcanzar al gato de un salto.

—La violencia no favorece la memoria —le dijo éste—, pero ahora que estamos más tranquilos, creo que empiezo a recordar algunos detalles. Había un sidhe en el campamento; seguro que te era familiar.

Hyarmen soltó la pluma.

—¿Qué sidhe? —preguntó.

—No sé. —Dujal se pellizcó la barbilla—. Todos os parecéis, tan pálidos y viles. El que yo vi estaba soltando dinero para conseguir la muerte de su primogénito.

—No puede ser… —Hyarmen se sentía tan sorprendido que no se dio cuenta de que hablaba en voz alta—. ¿Por qué iba a querer matarme mi padre?

—Vaya, no pensé que fuese tan personal.

Dujal se inclinó hacia él, intrigado. Hyarmen lo ignoró —el phoka había dejado de interesarle— y tomó asiento sobre una pila de lingotes. Conocía el desprecio que Gerión le profesaba. Hacía ya mucho tiempo que su padre ya no lo consideraba un heredero digno, y él se había acostumbrado a ello. «Pero ¿de verdad le he fallado hasta el punto de ordenar mi muerte?» Hyarmen se negaba a creerlo, aunque le resultaba fácil imaginar a su padre conspirando contra él.

—¡Pero mi hermana no puede heredar el título! —exclamó de pronto, feliz de hallar un argumento que desmontara aquella conjura—. ¡TocaEstrellas no puede quedarse sin un heredero!

—A las hermanas se las puede casar —le respondió el phoka.

—Mi padre no permitiría que ningún extraño fuera el heredero…

—¡Por supuesto que no! Pero un nieto lo cambiaría todo. Un nieto a quien pudiera educar, una criatura maleable y obediente a la que convertir en su amado heredero…

Hyarmen se secó las gruesas gotas de sudor que le resbalaban por la cara. El gato bajó de su refugio de un salto y le colocó una mano en el hombro que el elfo no se molestó en apartar.

—¿Por qué soportar las dudas cuando puedo ayudarte a conocer la verdad? —le susurró al oído.

—¿Qué sacas tú de esto? —respondió Hyarmen poniéndose en pie.

—Venganza —contestó Dujal, y señaló la herida de su cuello.

—Mi familia no te hizo eso.

—No estás demasiado al tanto de lo que pasa en tu casa, por lo que veo.

—¿Y tú sí?

Dujal sonrió.

—No tengo acceso completo a Palacio. Tú sí. Necesito tus contactos.

—Y yo no necesito nada de ti —le respondió Hyarmen.

Dujal se dio unos golpecitos en la sien.

—Creo que necesitas lo que hay aquí dentro. Podríamos ayudarnos mucho el uno al otro.

Hyarmen estaba furioso, humillado. Aquel mierda parecía listo. Quizá entre ambos lograsen averiguar algo. Debía reconocer que él llevaba días perdido. «Mejor ceder —pensó—. Siempre tendré tiempo para matarlo.»

—Está bien. —Hyarmen extendió la mano—. Colaboraremos.

Dujal lo miró sin corresponder a su gesto.

—Guarda esa mano, alteza. Nunca llegaremos a ser tan amigos.

Las semillas del futuro

La hierba y las flores crecían a su paso. Sus pies diseminaban tras de sí una senda de vida nueva y fresca. Un accidente en la forja cuando era joven lo había dejado casi sin olfato, y a pesar de no poder oler prácticamente nada le parecía que el aire se cargaba con un ligero perfume vegetal cuando ella estaba cerca. Esa sensación lo hacía imaginarse sus cabellos rojos y sus ojos de madera vieja, dulces y bondadosos como la sombra de un árbol en verano. La dríade traía el bosque hasta su habitación, la llenaba de árboles, de insectos y de pájaros. Entró de puntillas sin decir nada y se acercó hasta su cama con una sonrisa traviesa. Él fingió dormir observándola con los ojos entrecerrados, temiendo que un movimiento brusco o un sonido desafortunado la hicieran huir. Se apoyó sobre el colchón y empezó a sacudirlo con muy poca delicadeza.

—Despierta, hijo de perra —gruñó con una voz que no le correspondía.

Yirkash abrió los ojos y se sorprendió de que aun despierto siguieran sacudiéndolo. Le dio un manotazo al verdugo de su sueño, un sátiro joven que lo miraba desdeñoso.

—Levántate —le ordenó el sátiro tirando de él sin ninguna consideración—. El Anciano quiere verte.

El herrero miró hacia la ventana. Era noche cerrada.

—¿Ahora?

—Tienes que venir con nosotros.

En la habitación había otro sátiro, un jovenzuelo armado con una lanza, igual que su compañero. Yirkash se sentó al borde de la cama. La cabeza le decía que huyese, que sólo eran dos mocosos llevando armas que no sabían cómo usar, pero su cuerpo no parecía responder a sus pensamientos, sino a un mecanismo de servil obediencia que llevaba funcionando por pura inercia desde hacía demasiados años. Se puso en pie sin discutir y dejó que los sátiros lo sacaran de la habitación.

Era la primera vez que salía desde que MalaSenda lo trajo. Había estado recluido sin visitas ni noticias. Rizel, la dríade encargada de cuidarlo, había sido a la vez enfermera y custodia. Aunque decirlo así era simplificar demasiado. En los primeros días, cuando la fiebre y la falta de alcohol lo hacían delirar hasta el punto de no acordarse ni de su nombre, Rizel lo había atendido con una paciencia y una ternura a la que no estaba acostumbrado. Al principio había sido una presencia recelosa. No lo miraba como a un enemigo, pero tampoco confiaba en él. Pasaba mucho tiempo en silencio, enfrascada en la tarea de cubrir de dibujos una de las paredes de la habitación. De hecho, cuando no estaba atendiéndolo, dibujaba. El herrero empezó a sospechar que la dríade había aceptado la tarea de encargarse de él simplemente para poder hacer el mural.

Al menos, tenía compañía, aunque no fuera demasiado parlanchina. Las veces que había tratado de preguntarle a su guardiana por Nanyalín o sobre el propósito de su encierro la dríade se había negado a contestarle. Y quizá su relación hubiese seguido así, pequeñas frases formales en un mar de silencio, de no ser por una pequeña aportación artística del herrero. La dríade estaba dibujando una escena nocturna: un grupo de pequeños fuegos fatuos bailaban entre los árboles. Se trataba de una obra llena de vida, los colores eran armoniosos y parecían transportar al bosque, pero había algo que la artista no acababa de encontrar. Se quedaba mirando su trabajo y maldecía entre dientes, ponía una pincelada de color aquí o allá, pero no se sentía satisfecha. Yirkash examinaba el dibujo con la misma intensidad y, al igual que ella, sabía que le faltaba algo. Lo único que podía hacer era contemplar cómo Rizel, después de pasarse un largo rato observando su trabajo, añadiendo una pincelada o borrando un detalle, terminaba apartando las pinturas y hundía los hombros, derrotada. Una mañana cubrió la pared con un lienzo, recogió los pinceles y se marchó de la habitación dejando un rastro de hojas secas. Tras aquello, la dríade se sumió en un silencio apático y su aspecto se tornó otoñal. El herrero trató de animarla, pero sólo consiguió soltar un puñado de frases torpes y vacías que cayeron ante un muro de indiferencia.

La dríade se volvió lenta y silenciosa. Era como ser atendido por el fantasma de una planta; apenas pronunciaba una palabra, y cuando lo hacía sonaban tan secas como leña en el fuego. Yirkash se sentía miserablemente solo, y los días transcurrían tan despacio que pensó que se volvería loco.

Una noche se puso en pie a pesar de la debilidad y la fiebre, descubrió el dibujo y la luz de la luna mostró ante sus ojos lo que el sol le había ocultado; el cielo de aquel dibujo era demasiado oscuro. Incluso él, que apenas había visto nada fuera de sus montañas, añoró de inmediato la claridad de las estrellas. La felicidad lo hizo bailotear por la habitación hasta agotarse. Ahora sabía que si quería devolverle las ganas de pintar a su amable carcelera sólo necesitaba un puñado de estrellas. Si hubiese estado en su herrería no habría habido nada más fácil de hacer. Pero sin herramientas todo era más complicado, aunque se negaba a darlo por imposible; estaba harto de la impotencia, ya había desperdiciado demasiado tiempo viviendo entre los estrechos límites de lo que no podía hacer, y al escapar había pasado de una cárcel a otra. Necesitaba forzar los límites de lo posible, necesitaba volver a sentirse dueño de sus propias decisiones al menos una vez más.

Se paseó por la habitación. Lo único con lo que contaba era con la jarra de latón, un recipiente tan tosco que sería la vergüenza de cualquier hojalatero. El metal era una pésima aleación y le daba al agua un sabor asqueroso. La vació de su contenido y le estuvo dando vueltas entre las manos. Incluso aquel material humilde podía trabajarse para llenar el cielo de la dríade, aunque sin sus herramientas no se le ocurría cómo hacerlo y empezó a sentirse tan frustrado como la propia Rizel. Porque era frustrante tener algo tan claro en la cabeza y no encontrar el modo de darle forma. Yirkash imaginó que aquel metal podría tener un destino mejor, que podría trabajarse con más talento y hacer de él algo más grande, más trascendente. Bien estaba que hubiera jarras para saciar la sed, pero aquélla ni siquiera era una buena jarra; hería su orgullo de oficio desperdiciar así un metal. En TocaEstrellas todo tenía mucho más valor que allí fuera. Ellos no desperdiciaban buenos materiales en hacer cosas feas. La arcilla estaba bien para las jarras; el metal, el buen metal, era para las cosas importantes: armas, joyas, herramientas… objetos que servían bien a sus dueños. Hacer un jarro tan burdo como aquél, que ni siquiera tenía la aleación adecuada para su función y volvía repugnante algo tan sagrado como el agua fresca… Hacer un objeto feo y mal rematado con un material que los mineros extraían con sangre y sudor de las entrañas de la tierra era sencillamente una ofensa para cualquiera que hubiese empuñado un martillo. El herrero estaba meditando estas cosas cuando sintió algo muy extraño. No podía decir que fuese un hormigueo; era más parecido al cosquilleo de la brisa entre los dedos. Tuvo la impresión de que la jarra temblaba y tintineaba en sus manos. Yirkash, como todo el mundo, sabía usar hechizos y manejaba la magia, pero en la montaña esa tarea era ardua, había que arrancar cada esquirla de poder con el máximo esfuerzo. Ahora la notaba fluir con una sencillez que jamás había experimentado antes, y supo que podía hacerlo, que podía conseguir las estrellas. Volvió a concentrarse. Pensó en el latón de la jarra abandonando su forma vulgar y apagada para convertirse en estrellas plateadas, pequeñas y relucientes. Prometió al metal que todo el mundo admiraría su belleza y que todos olvidarían aquella jarra que emponzoñaba el agua. Pensarían en las auténticas estrellas, y éstas les parecerían más cercanas y más bellas. La magia lo rodeaba como un latir de su sangre y lo envolvía en un torbellino. Yirkash no podía parar de tejer aquel hechizo. La magia, el metal y él estaban enredados en una danza prodigiosa. Las palabras eran la música de su voluntad, ritmo y energía dando forma a la belleza.

Por la mañana, Rizel encontró a Yirkash tendido en el suelo, con las vendas que cubrían sus manos arrugadas en un rincón y las palmas de nuevo en carne viva. Dormía profundamente. Una sonrisa de felicidad cruzaba su cara de cuero verde. Rizel lo metió en la cama. Estaba hirviendo, como una piedra en el fuego. Necesitaba agua, y la jarra había desaparecido. Salió a buscar otra y descubrió la pared destapada y el cielo nocturno lleno de estrellas de plata. Estrellas que observaban el baile de fuegos fatuos y danzaban a su luz. Rizel quedó inmóvil mientras sus hojas recobraban el verdor y su cabello se salpicaba de flores. Se arrojó a la cama como una primavera repentina y besó al goblin en la mejilla. Yirkash abrió los ojos. Los goblins no se besan, así que tardó un momento en comprender que ese roce húmedo era una muestra de cariño.

—¡Gracias! ¡Gracias! —le había dicho Rizel.

—No hay que darlas. —La alegría se colaba en su voz agotada—. Sólo quería devolverte la luz que tú me has dado.

Los sátiros lo llevaron a un pasillo forrado en madera. Curiosas lámparas vegetales lo iluminaban. Yirkash suponía que así se dotaban de luz los palacios de los elfos, aunque sabía que aquello era un santuario y que eran los sátiros, no los sidhe, los que regentaban el lugar. Los sátiros no eran más amables con su pueblo que los elfos. Morir no lo asustaba; hacía tiempo que había aceptado que su destino más probable era la horca, pero se preguntaba si aquella salida estaba relacionada con la irrupción de Nanyalín en el patio aquella mañana. Cruzaron el corredor y se detuvieron ante una puerta.

—Pasa —le ordenaron.

Yirkash entró sin saber si iba a una nueva celda o si le esperaba el tribunal que dictaría su sentencia de muerte. No encontró ni lo uno ni lo otro. Estaba en una habitación a oscuras frente a un impresionante ventanal sobre el que la lluvia repicaba con furia. Un golpe de luz blanca arañó el cielo iluminando la habitación y, casi al momento, algo retumbó con tanta fuerza que el bosque pareció estremecerse. Yirkash no había visto una tormenta en su vida; cuando un nuevo fogonazo cruzó el cielo abrió los ojos como platos. El destello recortó la silueta de las montañas de TocaEstrellas, siniestras como los huesos de algo muerto hace mucho tiempo. Al goblin la tormenta no lo impresionaba; era un duende de yunque y martillo y no se encogía por unas chispas, pero la visión de su antiguo hogar lo hizo temblar de pies a cabeza. Sintió que aquellos picos estaban llenos de ojos agudos que podían descubrirlo incluso a un mundo de distancia. Una oleada de calor le recorrió de arriba abajo y el sudor le pegó la ropa al cuerpo. Se apartó de la ventana y topó con una mirada azul.

—Nadie abandona la montaña del todo... —Nanyalín habló con odio—. Ella te persigue, te perseguirá toda tu vida. Cuanto antes te hagas a la idea, mejor.

Ocupaba el centro de un aparatoso asiento de mimbre puesto sobre ruedas de madera. El armatoste la empequeñecía y acentuaba su delgadez. Semejaba una muñequita de porcelana. Nanyalín siempre había sido muy blanca, más que cualquier otra cosa que él conociera, más que el mármol o la plata recién fundida. Ahora se la veía transparente, gastada. Se perdía entre los pliegues de una túnica que parecía gris comparada con ella. Estaba rota y agotada. Todo menos los ojos; su mirada todavía era dura. Dentro de aquel cuerpo derrotado había una voluntad que aún se hallaba dispuesta a presentar batalla.

—Nanyalín... —susurró el herrero acercándose a la silla.

La mestiza le pidió silencio poniéndose sobre los labios el índice de la mano sana. Yirkash apoyó la frente contra la de Nanyalín y ella lo cogió por la nuca. Él hizo lo mismo. Se miraron a los ojos un momento larguísimo, sin querer soltarse, envueltos en aquel gesto de respeto y cariño que sólo los goblins podían comprender. Dos hermanos que llevaban toda la vida soñando sin esperanza con estar juntos bajo el sol. Yirkash se estremeció con un largo sollozo y olvidó las formalidades para abrazar a su hermana. Algo impensable dentro de la Ciudad de Piedra. Los duendes no son propensos al contacto físico, y menos con esclavos o proscritos. Fuera de la montaña esos códigos no tenían sentido y ellos eran libres de renunciar a un pasado que les había negado demasiadas cosas, libres para acercarse piel a piel destrozando la distancia que los había separado durante tantos años. Estuvieron abrazados una pequeña eternidad, sin decirse nada hasta que necesitaron romper la tensión y se separaron para soltar una carcajada.

—Tengo miedo de despertarme y estar de nuevo en mi taller —confesó Yirkash—. No me creo que estemos aquí.

—Esa sensación te perseguirá mucho tiempo. Soñé con los parideros durante años; a veces incluso mojaba la cama. Dejar el terror atrás ha sido lo más difícil que he tenido que hacer. Y puedes creerme, he padecido una buena ración de malos tragos.

—Me siento tan perdido... Tengo más miedo ahora que cuando estaba dentro. No sé qué va a ser de mí. Sólo estoy seguro de una cosa: me aterroriza volver. —El herrero se sujetó la cabeza con las manos y negó con fuerza—. No, no quiero, no puedo… Prefiero que me maten.

Nanyalín le puso la mano en el hombro.

—Ahora estás a salvo. No vas a morir, y no vas a volver.

—¿Y la ley de la reina? ¿Los sátiros no van a ahorcarme?

—FuegoVivo es un santuario. Las leyes de la Corte no se aplican aquí, y los sátiros no han ejecutado a nadie en toda su larga historia.

—Salvo en la guerra —puntualizó el goblin.

—La guerra fue otro cantar. Tú no combatiste.

—¿Que no combatí? ¿Sabes cuántas espadas hice? ¿Cuántas lanzas y flechas? Apenas dormía. La forja no se apagaba nunca. No paraban de decirnos que FuegoVivo era nuestro enemigo y que no estaríamos a salvo hasta que lo destruyéramos. Pude negarme, pero sabía qué me sucedería. No luché, pero tengo mi ración de culpa.

—Tienes razón. —Nanyalín contempló cómo los rayos perfilaban la silueta de la montaña—. Somos tan culpables de lo que hacemos como de lo que dejamos de hacer. Yo sabía qué estaba ocurriendo en la montaña, conocía la vida que sufren los esclavos, y el horror de los parideros, y no hice nada. Nunca hice nada; las consecuencias me daban miedo. Regresar me daba miedo. He actuado tarde y sin pensar. Y estoy pagando las consecuencias.

—¿De qué hablas?

—Durante la guerra debí actuar contra TocaEstrellas y preferí convencerme de que otros lo harían en mi lugar… Fue mi peor error. Tal vez si entonces hubiese hecho algo Dujal estaría vivo. Tal vez podría haber evitado muchas desgracias.

—Eso no lo sabes. Dujal era muy consciente de lo que estaba haciendo, pudo haberse marchado sólo con su hermana, pero no quería dejar a nadie atrás.

—A eso me refiero; yo me marché y lo abandoné todo. Quise olvidar la Ciudad de Piedra y nunca lo he logrado. La montaña me ha perseguido. El tiempo que pasé como esclava de Jarash me dejó rota, estropeó algo en mi cabeza, algún mecanismo, alguna pieza. Hay cosas que nunca vuelven a ser iguales por mucho que trates de arreglarlas. Soy una pesadilla incluso para los que me quieren; no voy a permitir que te ocurra lo mismo.

—¿Y cómo vas a lograrlo?

—Haciéndote realmente libre. Yo he tenido que esconder mi origen goblin toda mi vida, mentir sobre mi pasado, buscarme otro nombre. Tú podrás seguir siendo Yirkash el herrero. Una vez corriste un gran riesgo para que yo pudiera salir de TocaEstrellas, y lo has pagado durante demasiados años. Es hora de devolverte el favor.

—Nanyalín, no tienes que devolverme nada.

—Nanyalín no hubiese podido ni aunque quisiera, porque no estaba en su mano. Pero Eleazar me llamó de otro modo y me dio una vida nueva. Fuera de la montaña soy Nicasia, soy mi clan, mi propia familia, y tengo poder para hacer muchas cosas.

—Las leyes de la reina establecen que cualquier goblin que esté fuera de su reserva sin papeles de paso eventual o de estancia limitada será ahorcado. No tengo ningún visado. Además, soy un prófugo; si lo descubren… Yo no puedo disfrazarme como tú.

—Ya lo he pensado. Esconderte en la Corte es demasiado peligroso… Lo mejor será que te quedes aquí por ahora. FuegoVivo es un santuario.

—Hermana, está claro que no conoces mi situación aquí. Esta gente me odia. No creo que me quieran con ellos.

—Los sátiros de FuegoVivo nos odian a todos, no sólo a ti. Los motivos son antiguos. Los goblins de TocaEstrellas quemaron el primer santuario. Una de las acciones más atroces de la guerra. Esta gente no eran combatientes, no tuvieron opción de defenderse. Fue una matanza fría. Desde ese día, este santuario acoge a cualquiera que lo necesite… salvo a los goblins.

—Entiendo lo que estás contando, pero no veo cómo me ayuda.

—El santuario está dirigido por un Anciano al que llaman el Rector. Has tenido suerte, el Rector está de acuerdo en que te quedes aquí durante el invierno. Por desgracia, su puesto es sólo provisional. En primavera volverá Tiresias, el legítimo Rector, y él no es muy amigo de los goblins. Nuestra única posibilidad es que consigas asilo por méritos.

—¿Méritos? ¿A qué te refieres?

La mestiza se apartó un mechón de pelo de la cara y sonrió.

—Hablo de que debes ganarte tu estancia aquí, hablo de enterrar el pasado de una vez por todas. Han transcurrido muchos años desde la guerra. Muchos. Va siendo hora de olvidar.

—Yo estoy dispuesto a olvidar, pero para mí será fácil: nadie arrasó mi casa. ¿De verdad crees que puedo tender puentes con esta gente?

—Pienso en lo que acabamos de hablar, en que somos culpables de las cosas que no hacemos. Podrías huir toda la vida, pero también puedes quedarte y demostrar que hay duendes decentes o, al menos, intentarlo. Corres el riesgo de que te nieguen el asilo. Pero si lo logras estaremos dejando atrás muchos años de rencor.

—Tal vez tengas razón. Tampoco me quedan más opciones.

Su hermana le dio unas palmaditas en la espalda y señaló una estantería al fondo de la habitación.

—Voy a enseñarte algo que te ayudará a ganarte la simpatía del Rector. En ese estante sobre tu cabeza hay un tablero cuadrado y una cajita. Tráelos.

El herrero obedeció y dejó sobre la mesa un tablero cuadrado dividido en casillas blancas y negras. Nanyalín sacó de la caja una serie de figuras talladas en madera clara y oscura y las colocó sobre el tablero.

—¿Qué es esto? —preguntó Yirkash.

—Un juego. Eres listo, le cogerás el truco, y es importante porque te ayudará a acercarte al Anciano.

—¿Quieres que juegue con el Anciano? ¿Qué juego es éste?

—Ajedrez. Atiende. Voy a explicarte cómo funciona.

Emplearon en ello un par de horas. Yirkash perdió sus primeras partidas, pero en las últimas ya ofrecía resistencia. Reconoció que era divertido. La mestiza le reveló algunos trucos; parecía complacida con el resultado.

—Sólo tengo una semana antes de irme, pero creo que habrá tiempo y que serás un rival interesante. Aprovecha las partidas para conversar con él.

—¿Y qué le cuento?

—La verdad. Marsias posee un corazón enorme y sabe juzgar a los que tiene delante. Acabará por apreciarte y, luego, sólo tendrás que demostrar que puedes ser útil para este santuario.

—¿Y de verdad puedo?

—No disponen de herrería. Compran a hojalateros y a mercaderes ambulantes. Basta con que mires el trasto donde estoy sentada. Es incómodo, es pesado, y parece que va a desmontarse en cualquier momento. Dime que no puedes hacer algo mejor y yo misma te echaré a la calle.

—¿Querrán un herrero goblin?

—Sígueme…

Yirkash obedeció. Su hermana usó un hechizo para empujar la silla. Lo condujo hasta una enorme sala. El herrero la reconoció por el mural del dragón rojo. Era la entrada a FuegoVivo. Nanyalín señaló una pared; estaba esculpida en forma de cascada de piedra. Aquí y allá podían verse pequeñas esculturas, sátiros y dríades sonrientes detenidos en el tiempo, como si la falta de agua hubiese paralizado sus juegos. También había peces esculpidos en plata suspendidos en pleno salto.

Yirkash miró a su hermana esperando una explicación.

—La entrada del primer santuario estaba presidida por una cascada de aguas curativas. Había un cauce de agua que regaba los árboles de fuego y llegaba hasta la cascada. Aquí han tratado de imitarlo sin lograrlo del todo. La bomba de agua es pésima, y no saben nada de trazados hidrográficos. Tú les vas a regalar la nueva cascada. Tendrás todo el invierno para hacerlo, mientras Marsias esté aquí. Para cuando llegue el otro Anciano te habrás ganado a los habitantes del santuario. Les devolverás lo que los goblins destruyeron. No puedo garantizarte que funcione pero, al menos, podrás pasar aquí el invierno y nos dará tiempo a pensar otras opciones.

—Nanyalín, puedo fabricar las piezas si me das herramientas pero no puedo construir eso. No soy ingeniero.

Su hermana sonrió abiertamente, con los ojos brillantes y una expresión de aplastante seguridad en sus palabras.

—Eso déjamelo a mí, creo que tengo tiempo para apañarme.

Yirkash apenas se creía lo que había pasado en una noche. Nanyalín lo llevó hasta una de las terrazas del santuario. La tormenta había cesado, y ya sólo quedaba una llovizna leve, removida por el viento del otoño. El bosque olía a nuevo, y en el horizonte las primeras luces teñían de rosa y dorado la panza de las nubes. Las montañas de TocaEstrellas estaban ocultas, pero a los hermanos les parecía intuir su amenaza como los ratones intuyen al gato, escondidos en sus madrigueras. Se cogieron de la mano sin darse cuenta, buscando ayuda para soportar la carga del miedo.

—¿Crees que esto saldrá bien? —preguntó el herrero, que empezaba a sentir el vértigo de las grandes esperanzas.

—Tenemos la oportunidad de cerrar una herida muy vieja, y tal vez algún día esto sea la piedra sobre la que se construya la paz con los goblins.

—¿Los goblins en paz con el Exterior? No mientras exista el Mercado de las Almas.

Nanyalín clavó sus duros ojos azules en el horizonte, y de repente pareció crecer y erguirse en su silla.

—Entonces va siendo hora de acabar con él definitivamente.

Planes de caza

El despacho de Eleazar Ibn Bahar era un lugar tranquilo. Isma'il podía escuchar el canto de los pájaros incluso con el gran ventanal cerrado. El sol lo caldeaba en invierno, y en verano bastaba con abrir el ventanal para disfrutar de la brisa. Habría preferido no tener que tomar posesión de aquel sitio, pero era el momento de coger el relevo y convertirse en el enlace de su familia en la Corte, una tarea para la que su abuelo lo había preparado durante años. Aun así, hasta que no se encontró a solas delante de una pila de documentos y cartas de las que encargarse no se dio cuenta del enorme trabajo que tenía por delante y de los deberes que acarreaba. A partir de entonces, a su labor de espía y confabulador tendría que añadirle una mucho menos honrosa: la de comerciante. Defender los intereses y derechos de la caravana sería un trabajo arduo y, por mucho que le doliera a su orgullo, pronto tuvo claro que no podría hacerlo solo. Fárfara no era una ayudante eficaz; aunque la marioneta podía leer y escribir al dictado, no era la función para la que había sido creada. Leía con voz átona; escucharla sin distraerse requería un gran esfuerzo. Además, la autómata se equivocaba con algunas palabras, y era sencillamente incapaz de leer ciertas caligrafías. Isma'il no creía prudente confiarle la tarea de escribir su correspondencia. No podía permitirse un error. Cuando Leah apareció a la hora del almuerzo con una ca-

zuelilla de barro llena de guiso de cordero, al ciego le dolía
la cabeza y estaba de un humor pésimo. La anciana lo había
visto crecer y lo conocía como si fuera su hijo. Se sentó ante
él en la mesa y lo observó remover la comida hasta que se le
agotó la paciencia.

—¿No vas a contarme qué te preocupa?

—No es nada —respondió Isma'il—. Hacerme cargo de
las obligaciones del abuelo es más difícil de lo que había imaginado. Me siento inútil. No sé cómo podía con la cancillería y con los asuntos de la caravana.

—Serás un digno sucesor. Pero ningún comienzo es fácil.
Eleazar tuvo que aprender a lidiar con los problemas. Tú lo
lograrás antes; te enseñó bien. Sólo necesitas calma.

El ciego apartó el plato sin tocarlo.

—Yo tengo problemas a los que él no tuvo que enfrentarse.

—Es un mero obstáculo físico, puedes salvarlo. No veo
el motivo de tu queja.

—¿No? Tengo la mesa llena de cartas que no puedo leer
ni responder como se merecen. Soy ciego, es mi carga. Hasta ahora he conseguido llevar a cabo todo lo que me han encomendado por mis propios medios, y eso hace que todo el
mundo me considere alguien capaz. Si empiezo a cometer
fallos dejaré de ser Isma'il Ibn Bahar, el mensajero de la reina. Todo el mundo me tendrá por un inválido, y eso es algo
que no voy a permitir.

—Nadie te señalará si buscas a alguien que te ayude con
los documentos. En la cancillería tu abuelo tenía un secretario, y nadie lo juzgaba menos capaz por ello.

—Pero son asuntos de la familia.

—Entonces sólo puedes recurrir a la familia.

Isma'il sonrió. La anciana tenía siempre la solución. Des-
pachó el almuerzo a cucharadas y se despidió de Leah be-
sándole la frente y las manos.

—Los dioses guían tu lengua, anciana.

La risa de Leah repicó llena de alegría. El hada pellizcó la mejilla de Isma'il, repitiendo el gesto cariñoso que solía hacerle cuando era un crío. El ciego no puso reparos. Olía a polvos de sándalo y a ropa limpia.

—¿Por enseñarte lo obvio? —dijo Leah—. No hacen falta dioses para eso; años tan sólo. La sabiduría llega con el dolor de huesos. Cuando te sobrevenga no la querrás.

Isma'il la acompañó hasta la puerta. Insistió en que Fárfara fuera con ella hasta su casa. La marioneta era un buen bastón.

—Cuando dejes a Leah en su casa, Fárfara, pasa por la casa de Marsias y dile a mi primo Rashid que venga en cuanto pueda.

Tan pronto como se quedó solo, Isma'il bajó las escaleras. Vivía en una torre cercana a las murallas de Palacio. Antes de la guerra formaba parte de las fortificaciones que defendían las residencias de los altos nobles, cuando los sidhe aún creían que los gentiles eran algo de lo que había que protegerse. En esos tiempos estaba unida a la muralla del castillo por un arco del que no quedaba nada. La consideraba una buena residencia. Isma'il había temido que con la muerte de su abuelo lo obligaran a dejarla. Afortunadamente, el nuevo canciller vivía dentro de Palacio, y la torre no interesaba a nadie. Como antigua fortaleza militar, la torre tenía un sótano enorme de dos plantas. La primera era una despensa vacía. La más profunda albergaba una mazmorra con seis celdas; las puertas y cerraduras se caían a pedazos, pero daba lo mismo. Los prisioneros del nigromante no eran de los que hubiera que encerrar con puertas físicas. Lo habitual solía ser que esta parte de la casa también estuviera vacía, excepto en contadas ocasiones, cuando el ciego necesitaba guardar cosas a buen recaudo. Cosas tan comprometedoras como el cadáver de un mercenario.

Eliya no había mentido; Bastión había muerto, su alma estaba más allá del alcance de las habilidades del brujo. Aquello suponía un contratiempo, pero se podía salvar. Isma'il había conservado el cuerpo en una celda abierta. Allí abajo también había algunos elementos mágicos caros y raros que prefería ocultar a manos ávidas y ojos indiscretos. Mucho de aquel material se conseguía gracias al contrabando. Rashid nunca pisaría el segundo sótano. La nigromancia era algo que mantendría lejos de su primo del modo que fuera. Isma'il cerró la puerta con un cordón formado por tres tiras de seda trenzadas y una de su propio cabello. El cordón había sido empapado en sangre de lechuza y había permanecido bajo la luz de la luna un ciclo. Lo ató al cerrojo con un nudo y, casi al momento, se puso rígido, tan duro como el acero. Ni una mano de gloria podría abrir esa puerta. Sólo la suya. Acabado el ritual, volvió al despacho a esperar al jovencito.

Rashid llegó a la carrera. Isma'il lo oyó subir las escaleras a toda prisa y entrar en la habitación sin aliento, tropezando contra los muebles.

—¿Ocurre algo? —preguntó al tiempo que trataba de recuperar el aliento.

—¿Y esas prisas? —le preguntó Isma'il—. No dije que fuera urgente.

—Pensé que había pasado algo… Ya sabes… Por lo que sucedió el otro día con Mesalina.

—No tiene nada que ver con eso —lo tranquilizó el ciego—. Anda, siéntate. Tengo buenas noticias.

—¡Me tienes en ascuas!

—La caravana quiere que yo sea el salvaguarda de sus negocios aquí en la Corte, que tome el lugar del abuelo; y quiere que lo haga de inmediato. Estarán en la ciudad el próximo verano. Hay mucho trabajo que hacer hasta entonces.

—Eso no es ninguna noticia. Es lo lógico.

—Sí, el abuelo me preparó para que me las arreglara solo, pero creo que era demasiado optimista respecto a mí. Necesito un escriba. Fárfara no vale.

—Que Nicasia la ajuste.

—Aunque no estuviese desaparecida, no podría hacerlo. Sería confiarle a un artilugio importantes secretos y negocios que deberían permanecer entre los Ibn Bahar, y no sé si Nicasia lograría idear algún modo de espiar la correspondencia a través de su invento. No es seguro.

—Pero si llevas años con ella y no...

—Eso es lo que le diré al consejo —lo interrumpió Isma'il—. Ellos no entienden de ingeniería o de geomancia, así que no hay razón para que duden de mi palabra. Necesito que alguien de la familia se quede conmigo, alguien que lea y escriba mis cartas. Mi mano derecha para llevar adelante mis obligaciones con absoluta confianza.

Rashid no le dejó terminar. Se lanzó a sus brazos.

—¡Yo! ¡Yo! —gritó entusiasmado—. Yo me quedaré contigo. Escribiré cartas, pagarés, títulos de crédito. ¡Lo que sea! ¡No tendré que volver a la caravana! ¡Nos quedaremos juntos!

Isma'il acarició la cabeza del niño. Le alegraba saber que ya no tendría que habitar solo aquella casa. Formarían un equipo y serían felices.

—¿Ellos aceptarán? —preguntó Rashid—. ¿Mis padres estarán de acuerdo?

—Es un cargo de gran responsabilidad. Te dará poder y honor. Aceptarán. Además, hay pocos de los nuestros dispuestos a afincarse en un sitio. Nuestra gente está siempre en ruta.

—Esto es justo lo que el abuelo habría querido. ¿Por qué no se le ocurriría?

—Porque murió antes de su hora. —Isma'il cobró seriedad—. Hay otro asunto del que quiero hablarte. Soy nigromante y mensajero. A veces tendré que salir de viaje; entonces, tú estarás a cargo. A veces me veré obligado a usar la nigromancia. En esos casos actuaré solo, te mantendrás al margen, no espiarás y no harás preguntas. Si me desobedeces, aunque sea en lo más mínimo, te devuelvo con tus padres de una patada. El segundo sótano te está prohibido. No bromeo. ¿Lo has entendido? ¿Comprendes que es algo muy serio?

—Perfectamente. ¿Cuándo empiezo?

Rashid no dio importancia a las condiciones; se sentía demasiado ilusionado para ofenderse o enfadarse. Isma'il se dijo que era mejor no insistir. No había de qué preocuparse; el sótano estaba a buen recaudo.

—Puedes ir a recoger tus cosas del burdel de inmediato, Rashid. Tráelas. Te aseguro que hay mucho trabajo que hacer.

La mudanza fue sencilla. El joven seguía la costumbre familiar de no cargar demasiado equipaje. Isma'il decidió que ocuparía la antigua habitación de Eleazar, una buena alcoba, muy amplia, incluso más que la del nigromante. El ciego no había entrado desde la muerte de Eleazar así que, mientras Fárfara la fregaba, los primos fueron al despacho. Había, en efecto, mucho papeleo por atender, tal vez demasiado; no descansaron hasta bien entrada la noche. Para entonces tenían la cabeza tan llena de fechas, nombres y listas de pedidos que les pesaba como una piedra sobre los hombros. Rashid dejó lo que le quedaba por hacer guardado en un cajón del escritorio.

—Este cajón está atascado —dijo tirando con fuerza de la manilla—. ¡Ya!

Isma'il oyó los papeles caer al suelo y el ruido de la lluvia de objetos. Sabía qué cajón era; en él solían guardarse tinteros, cortaplumas, secante y cálamos de caña. El cajón ya estaba estropeado cuando registró el despacho en busca de indicios que desvelaran la muerte de Eleazar. No contenía nada relevante.

—¿Te has hecho daño? —Isma'il tanteó el suelo. Posó una mano sobre un charco, de tinta lo más seguro.

—¿Por qué no me habías dicho que el cajón tenía un doble fondo?

—¿Qué doble fondo?

Rashid se acercó a él y le puso un trapo en la mano para

que se limpiara. Luego, le entregó las piezas del cajón para que entendiera cómo encajaban dejando un estrecho compartimento. El ciego recorrió la madera con los dedos. Una de las esquinas del falso fondo estaba desportillada. Alguien había forzado el cajón. Un pinchazo le atravesó la yema del dedo.

—Cuidado, tiene astillas —dijo llevándose el dedo a la boca. Sabía a tinta y a sangre, dos cosas que en su vida parecían ir juntas—. Lo rompieron.

Era el único rastro de los asesinos de Eleazar. Isma'il dejó que su primo revisara los papeles que había en el suelo, aunque ya debían de haberse llevado lo que buscaban. «O, de lo contrario, habrían vuelto», se dijo.

Rashid no encontró nada.

—Es inútil —se rindió el muchacho—. Aquí no hay nada comprometedor. ¿No faltan papeles de la caravana?

—Lo comprobé en su momento. Debían de buscar algo de la cancillería.

Su primo le cogió la mano y le sacó la astilla.

—Entonces estamos igual que al principio —comentó desilusionado.

—Eso cambiará pronto. Mañana dejaremos arreglado lo más importante, y después saldré de viaje.

—¿Adónde vas?

—A buscar respuestas. No preguntes.

—Hay una hoja con cálculos y cuentas. Lleva la dirección de la Carbonería.

—Sí, intercambiaban juegos matemáticos. En cuanto me vaya, ve allí con la excusa de entregar esta nota. Intenta hablar con Nicasia.

—Si aparece …

—Parte de nuestro trabajo como enlaces consiste en estar bien informados. Te queda mucho por aprender, pero con Marsias ya demostraste que tienes los ojos abiertos. Averigua qué pasa mientras estoy fuera. No tardaré en volver.

—Haré lo que pueda.

—Será mejor que nos vayamos a la cama. Mañana no será un día fácil para ninguno de los dos.

Isma'il se encerró en su dormitorio. Fue otra noche en blanco. Se alegraba de tener allí a Rashid, y confiaba en que el chico aprendería a desenvolverse. Era listo, aunque un poco inocente. Era buena idea mandarlo a la Carbonería; lo más grave que podía pasarle allí era que Costurina o alguien del personal le diera un par de coscorrones. Rashid aprendería y se quedaría en la Corte y, si los dioses lo permitían, sería poderoso y respetado como su abuelo Eleazar.

Isma'il se tumbó en la cama. Al día siguiente acudiría a la cita de los mercenarios en la Cañada Seca. Ajustaría cuentas con la sluagh de la cara vendada. Luego, podría dormir en paz. El día que le tocase regresar ante sus ancestros lo haría con la cabeza alta y la venganza cumplida.

Logró quedarse dormido casi al alba, y aun así fue un sueño ligero y lleno de sobresaltos. Aquel día resultó largo y tedioso para ambos. Ninguno de los dos estaba concentrado para encargarse de la tarea de clasificar y contestar cartas. Isma'il decidió no alargar más aquella agonía. Mandó a Rashid a hacer unos recados y aprovechó para ocuparse de Bastión.

Animar un cuerpo muerto es una tarea relativamente fácil para alguien experimentado. Hay que superar algunos detalles molestos, como la rigidez, y usar los cuerpos deprisa porque una vez que empiezan a oler mal su utilidad queda limitada. El cuerpo de Bastión era una mole enorme. Isma'il no quería estar demasiado cerca cuando comenzara a apestar. Por suerte hacía frío, eso retrasaría la putrefacción. La rigidez no le preocupaba demasiado, no pensaba hacerlo bailar danzas cortesanas. El mayor contratiempo era que animar cadáveres, como todos los rituales de sangre, estaba estrictamente prohibido por las leyes de la reina. El proceso era sencillo, había que pintar la lengua del cadáver con sangre fresca. La sangre es un poderoso vínculo para las almas, el elixir que los devuelve parcialmente a la esfera de los vivos. El nigromante no conocía ningún espíritu, errante o no, que no estuviera deseando retornar al mundo de los sentidos aunque sólo fuese en parte y por un tiempo. Mientras tuviera sangre y el cuerpo se hallara en buen estado, el nigromante tenía un criado servicial, barato y controlable. Sin sangre un cadáver podía animarse, como cualquier otro objeto inanimado, pero no era más que un golem de poca utilidad y movimientos limitados. Isma'il no tenía ningún interés en arriesgar su plan incurriendo en algo ilegal. Ya pensaba saltarse bastantes leyes cuando diera con los mercenarios, algo para lo que debía salir de la ciudad.

En la Corte de los Espejos los ritos funerarios eran tan variados como las hadas que la habitaban. Lo único en común era que los cuerpos de aquellos que habían muerto sin dejar testamento, o aquellos que nadie reclamaba, se sacaban en una carreta hasta un páramo cercano, donde dos sluaghs a los que su trabajo no entusiasmaba demasiado incineraban los cuerpos. Las cenizas iban río abajo hasta el pantano de TiemblaSauces. Así, la ciudad se aseguraba de que a nadie se le ocurría usar los cuerpos para realizar hechizos prohibidos. Aunque se insinuaba que los knockers empleaban cadáveres como conejos de Indias para probar sus artilugios. No era un hecho probado; si alguien hubiera preguntado por ello a algún miembro del gremio habría recibido un puñetazo o habría sido atacado por un feroz ingenio mecánico. Isma'il había pagado a los sluaghs para que llevasen el cuerpo más allá de las murallas.

En cuanto Rashid salió, Isma'il bajó al segundo sótano, retiró el talismán de plomo de la boca del gorrorrojo y avisó a los sepultureros. Tal y como le habían indicado, abrió la entrada de las cloacas, aunque estaba convencido de que Bastión era demasiado grande para aquel agujero. Los sluaghs aparecieron sin hacer ruido. El ciego no supo cómo habían llegado, pero un coro de voces inquietas le susurró en los oídos mientras el aire se llenaba de un olor dulzón y seco que se pegaba al paladar. Un soplo de aire caliente lo rodeó. Eran signos de magia antigua, antigua y mala.

—Llamas demasiado pronto —gruñó una voz arenosa.

—Llamo cuando me conviene —respondió Isma'il alzando la cabeza. Tenía su báculo con él. En aquel lugar el nigromante era poderoso; no tenía miedo—. Yo pago, yo pongo las reglas.

Hubo un corto silencio seguido de una risilla prepotente.

—No trabajamos así —dijo otra voz.

Como respuesta, el nigromante golpeó el suelo con el báculo. Bastión se puso de pie y se colocó tras su amo. Los sluaghs cuchichearon inquietos.

—Nosotros cumpliremos nuestra parte del trato, pero necesitamos garantías de que esa cosa no nos hará daño.

—Si hacéis vuestro trabajo no tenéis nada que temer —les aseguró—. Él caerá como un saco de harina en cuanto me aleje tres pasos.

Los sepultureros cargaron el cuerpo en su carreta.

—El dinero —reclamaron a Isma'il.

Éste sacó una bolsa. Una mano escamosa se la arrancó de los dedos.

—Podéis contarlo.

Hubo un tintineo de monedas y nuevos murmullos.

—Al caer la tarde —dijo Isma'il a los sluaghs—, en la Cañada Seca.

—Eso es lo acordado.

El sótano quedó en silencio. Estaba solo. Isma'il aguardó el resto del día en su dormitorio, pensando. Decidió no esperar a Rashid para despedirse. El chico estaría a salvo ocupado con sus pesquisas en la Carbonería. Hizo que Fárfara escribiera una nota: «Volveré pronto». Después, cogió su bolsa de viaje y metió en ella la máscara vidente, lista para llevarlo a donde él quisiera. Isma'il palpó su relieve. Le gustaba el tacto del metal pulido. Se la puso y sintió el pellizco de nervios habitual. Agarró de la mano a Fárfara, su lazarilla mecánica, y ambos se desvanecieron en el sótano con un chisporroteo.

En primavera, la Cañada Seca pasaba unas semanas de gloria convertida en arroyuelo. Duraba poco. Después se transformaba en un hilo de agua, y el resto del año sólo era una hondonada cegada con arbustos y cañas resecas. Se trataba de un buen sitio para emboscarlo. Sus mercenarios no eran demasiado listos; ya lo habían demostrado contratando a Bastión. Isma'il guardó la máscara y vertió dos gotas de sangre sobre su báculo para despertar a su ejército incorpóreo. Al momento empezaron a silbar, una sinfonía enloquecida que indicaba peligro. Fárfara no parecía ver nada. Tal vez un enemigo oculto.

—Fárfara, busca el cadáver de Bastión.

La marioneta tiró de él unos pasos.

—Tres cuerpos, un carro —dijo la marioneta.

—¿Tres cuerpos? —Isma'il maldijo entre dientes. Debían de ser los dos sluaghs—. Háblame, Fárfara, y presta atención. ¿Qué más ves?

—Todo tranquilo.

Y, sin embargo, las almas prisioneras de Isma'il estaban inquietas. Aún no se habían calmado desde el incidente con Eliya. Seguían protestando. No eran de fiar. Isma'il quiso marcharse, pero no deseaba perder su única pista.

Avanzó hasta los cadáveres. Bastión se hallaba sobre el carro. Los otros dos eran, tal como sospechaba, los sluaghs. Era mejor tomar precauciones. Metió la mano en la bolsa. Si la cosa se complicaba quería tener una ruta de huida rápida. Pero no llegó a sacar la máscara. Un grito taladró sus oídos. Las voces chillaron dentro de él. Sus tatuajes crepitaron como llamas. Algo golpeó su sien izquierda. «Una piedra», pensó Isma'il mientras caía a tierra. Antes de llegar al suelo ya se lo había tragado el silencio.

Donde se tiende una trampa

El Palacio de su majestad la reina Silvania del Trono de Cerezo estaba concebido para que hasta el más nimio de sus detalles fuese de una delicada belleza. Un hermoso exterior que albergaba un espíritu hospitalario. A menudo, era necesario alojar mensajeros, dignatarios, nobles y embajadas de otros reinos, sin importar si se trataba de un solo huésped o de todo un séquito. Pensadas para estas circunstancias había numerosas estancias de invitados, adecuadas no sólo para el rango o la importancia de los huéspedes, también de sus necesidades. Las había inmensas, con confortables camas capaces de aguantar cualquier peso, perfectas para trolls y otras razas grandes. Otras tenían perchas en el techo para razas voladoras como las arpías. Por supuesto, había peceras enormes para razas submarinas. Algunas habitaciones imitaban pequeñas selvas o tenían como único mobiliario alfombras de brasas candentes. No importaba lo extraña que fuese un hada o lo exóticas que fuesen sus necesidades; el Palacio tenía una estancia pensada para ella. Y no sólo alcobas o grandes dormitorios; también había baños para todos los gustos y requerimientos.

El que ocupaba Dujal era uno de los menos usados, sobre todo porque no estaba pensado para hadas sino para monturas de gran tamaño; como los elefantes de marfil de las embajadas de Narima, unos animales que tenían los colmillos de cuero y el resto del cuerpo de marfil. Para lavar criaturas tan enormes habían creado un pequeño lago artificial lleno de amigables peces de colores que nadaban felices en sus caldeadas aguas. Toda la estancia estaba hecha de mármol de colores, y sobre el lago se alzaba una majestuosa cúpula que hacía pensar en el templo de un dios benévolo. Era una inteligente combinación de cristaleras y espejos colocados con precisión para generar un resplandeciente juego de luces. Incluso con los ojos cerrados, el phoka podía sentir la claridad a través de los párpados. Estaba flotando boca arriba no demasiado lejos de la orilla de mármol porque ni era un buen nadador ni tenía el cuerpo para esfuerzos; sólo le apetecía seguir disfrutando de aquella placidez. Confiaba en quedarse allí hasta encoger lo bastante para desaparecer en cualquier rincón. Mientras esperaba a que eso ocurriese se limitó a dejarse mecer.

Dujal advirtió que el agua se enfriaba, y que la claridad se volvía gris. De pronto, el baño estaba gélido, y el gris se fundía a negro al mismo tiempo que un desagradable sabor amargo le subía por la garganta. Se puso de pie. El baño seguía como siempre, luminoso y pacífico. La Oscuridad no se hallaba allí, y la boca no le sabía a nada especial.

—¿Se encuentra bien, señor? —le preguntó Dalendir.

—¿Tú qué crees? —contestó Dujal mientras salía del lago cojeando.

El mestizo estaba en cuclillas en la orilla de piedra. Había preferido lavarse usando un balde; lo llenaba y se lo vaciaba encima salpicando y resoplando como un cachorrillo. Dujal pensó que tal vez esa reserva a meterse en el lago venía del terror que los goblins tienen al agua.

—¿Cómo descubriste este sitio? —preguntó sentándose junto al muchacho.

—Necesitaba un lugar donde a los TocaEstrellas no se les ocurriese buscarme para establecer una base de operaciones segura. Tardé un poco, pero acabé por comprender que ninguna sidhe en sus cabales entraría aquí. Aunque parezca un palacio se usa para limpiar bestias de carga.

—Bien pensado.

El gato cogió un paño y se secó la cabeza con cuidado. Era partidario del secado enérgico, seguido de una vigorosa sesión de rascado. Lo único capaz de hacerlo renunciar a semejante placer era estar molido a palos. Dalendir se escurrió el pelo verde y se lo frotó como si tratase de arrancárselo de la cabeza.

—Al principio venía muy poco —dijo mientras se desenredaba el pelo con los dedos—. Me daba miedo que descubrieran mi escondrijo. Luego me di cuenta de que este sitio apenas se usa. La mayoría de los criados ni siquiera saben que existe, y prefiero que siga así. A veces necesito un poco de tranquilidad.

Dujal contempló un momento al mestizo, impresionado por la seguridad con la que se desenvolvía.

—Eres un mocoso muy espabilado. Eso explica que te eligieran como espía.

—No tan listo. Mi señor siempre ha sospechado de mí —contestó Dalendir con sincera humildad.

—¿Y el resto de la familia?

—No creo; ni siquiera me miran.

El phoka cogió un pequeño trozo de mármol pulido y lo hizo saltar contra la superficie del agua con un movimiento diestro.

—Al final va a resultar que Hyarmen de TocaEstrellas también es un tipo listo —murmuró contemplando los rebotes de la piedra contra la superficie del lago.

—A su manera lo es. Es observador y sabe cómo retorcer las circunstancias para lograr lo que quiere. Por suerte, parece que lo único que realmente le interesa es satisfacer sus vicios.

—¿De verdad no tiene ambiciones políticas? Es raro en un sidhe.

—Sólo le interesa conservar su posición y tener el bolsillo lleno. Si le pagasen por matar sin remordimientos sería feliz.

—Desde luego, lo has observado a fondo.

—Es mi trabajo, señor —dijo Dalendir—. Y lo hago lo mejor que puedo.

Dalendir había acabado de secarse y se puso su librea de criado; una túnica y un tabardo blancos, con el escudo de los TocaEstrellas bordado en plata sobre el pecho. El conjunto incluía unas calzas blancas y unas botas de piel del mismo color. Era ropa muy elegante para un simple lacayo; Dujal imaginaba que a sus señores les gustaba presumir de séquito. El muchacho le pasó un hato de ropa, un traje exactamente igual al suyo.

—¿Y esto? —preguntó el gato.

—Idea de su señoría. Es el mejor modo de que pase desapercibido. Nadie se fijará demasiado en usted y podrá andar libremente por Palacio.

Dujal miró con desgana la ropa. Nicasia lo había disfrazado de esclavo para entrar en TocaEstrellas. El recuerdo le puso el pelo de punta. No pensaba quedarse demasiado tiempo.

—Una cosa más para agradecerle a tu jefe. Lo apunto a mi lista de ofensas.

—Suerte con eso, señor. Mi lista es interminable —le respondió Dalendir—. Termine de vestirse; voy a preparar un pequeño desayuno. Creo que se piensa mejor con la tripa llena.

—¿Y tu señor?

—No es precisamente madrugador y, considerando que apenas hace un rato que acaba de acostarse, no creo que se despierte pronto. Tenemos toda la mañana por delante.

El paje se fue a un cuarto contiguo y volvió con una caja de mimbre de la que sacó una vasija de barro cerrada con un trozo de tela, una pequeña jarra, cubiertos y platos. Usó la cesta a modo de mesita baja. Dalendir destapó la vasija, y Dujal descubrió que contenía un pollo ahumado troceado y conservado en gelatina. Las tripas del gato rugieron. Comieron en silencio. Al cabo de un rato tenía delante un montón de huesecillos limpios. Resopló satisfecho y se chupó los dedos uno a uno.

—Ahora aprecio muchísimo más este tipo de momentos. Empezar el día con la tripa llena y en buena compañía es sencillamente maravilloso.

—Es una lástima estropear la sobremesa hablando de los TocaEstrellas.

—Para nada. No se me ocurre mejor modo de bajar la comida que hablar de cómo vamos a jugársela a un montón de noblezuelos estirados. —A falta de postre Dujal se sirvió otro vaso de vino—. Especialmente a éstos.

—El plan del Gaitero ha salido bien; ha sido tan fácil colarle en Palacio que asusta. Hyarmen no confía en usted, pero le necesita. Está en una posición muy ventajosa, cuenta con el apoyo de su señoría, y yo le serviré de enlace. No puedo hacer más; mis órdenes son permanecer oculto.

—Órdenes de la Dama RecorreTúneles… Ésta es la historia más rara en la que me he metido jamás.

Dalendir alzó los ojos al cielo. «Qué me va a contar», parecía decir. El phoka sonrió. Cada vez le caía mejor el joven mestizo.

—En fin… Si salimos enteros, será una buena historia para relatar a mis hijos. Aunque no sé qué les contaré, porque no tengo ni idea de qué está pasando.

—Antes o después tendrán que reunirse de nuevo con esos bastardos del bosque. Es cuestión de esperar y volver a seguirlos.

—Demasiado peligroso. No sabemos ni qué traman. Creo que el tiempo está en nuestra contra. Cuanto más esperemos más tiempo tendrán para afianzar su plan. Hay que forzarlos a dar un paso en falso.

—Sencillísimo… Gerión es un tipo inteligente. Rara vez

se queda a solas; siempre está rodeado por su séquito, nadie podría acusarle de conjurar. ¿Cómo podría hacerlo rodeado de soldados leales a la reina o de su amada familia? Si no fuera por sus visitas al prestamista, ni siquiera yo sospecharía nada. No sé si ha visitado personalmente el campamento. A veces sale a cazar, siempre con otros señores. Imagino que alguna vez aprovechó esas salidas para ir a ver a los mercenarios, aunque no me pregunte cómo. Le juro que me he devanado los sesos tratando de averiguarlo.

—¿Y qué hay de su amada familia? Tal vez su esposa lo ayuda.

—Lo he pensado muchas veces, pero la dama Idrail vive demasiado asustada. Jamás sale de Palacio. Lleva años enclaustrada aquí, inmersa en su rutina. Además, le aterroriza quedarse a solas con su esposo. Siempre la acompaña alguien de la guardia personal de la reina, su hijo o yo. Creo que Hyarmen sólo siente lealtad hacia ella. He pasado las horas más aburridas de mi vida al lado de esa sidhe. No, ella está fuera de toda sospecha. Dudo mucho que sepa algo.

—Entonces sólo queda su hija. Sabemos que ella sirve de correo.

—Sí, Arminta es la mano derecha de su padre. Ella fue la que me hizo sospechar... Tantas visitas al prestamista era extraño para una elfa que nunca lleva joyas y cuya única afición es cotillear con otras jóvenes damas. Era raro; al principio pensé que quería el dinero para gastarlo con su amante.

Dujal dio un salto, como si acabase de encontrar un alfiler entre su ropa.

—¿La dama Arminta tiene un amante?

—Ignis de DunasAltas, una casa menor. Es caballero a duras penas, forma parte de su séquito y hace casi un año que se ven a escondidas. Bueno, no me meto debajo de su cama, pero le aseguro que no se reúnen para jugar al ajedrez.

El phoka escuchó a Dalendir con los ojos muy abiertos. En cuanto el paje dejó de hablar, le dio una colleja.

—¡Retiro lo dicho! ¡Eres un rematado idiota, un cretino de talla mayor, un mocoso descerebrado!

—Pero ¿qué ocurre? —preguntó el muchacho.

—¡Ella tiene un amante! ¡Un amante pobre y sin títulos! ¿Es que no has vivido bastante en Palacio como para darte cuenta de que dispones de una jugada maestra entre manos?

—No… No le entiendo…

Dujal agarró al mestizo por los hombros y lo sacudió con la esperanza de espabilarlo un poco.

—¡Chantaje, Dalendir, chantaje! Otros nobles han caído por cosas más inocentes. ¿En qué mundo vives? ¿Qué te ha enseñado esa RecorreTúneles tuya si has estado dejando pasar algo como esto?

—Ella no lo sabe. —Dalendir se sintió obligado a defender a su señora—. No se lo he contado. No creí que tuviera importancia.

El phoka se dio un manotazo en la frente.

—Esto es peor de lo que pensaba. No eres tonto, eres un inocente… ¿Cuántos años tienes? ¿No estarás sin estrenar?

—Unos pocos —contestó el mestizo—. Y no contestaré a la otra pregunta.

—Eso es un «sí». —Dujal rió maliciosamente—. No te ofendas, pero para pensar como el enemigo tienes que ser como él.

—Pensé muchas veces en utilizarlo, pero yo no puedo hacer chantaje a su señoría; me mataría sin pestañear; soy demasiado insignificante. Y no puedo presentar pruebas sin quedar al descubierto. Aquí dentro las protecciones mágicas son fuertes. Los hechizos de espionaje no funcionan, o ponen en peligro a quien los usa.

—Dalendir, tú no vas a ejercer de chantajista. Que se manche las manos alguien con las espaldas mejor cubiertas. Somos titiriteros; utiliza a tu marioneta como vienes haciendo hasta ahora.

—Hyarmen… —Ahora el mestizo empezaba a entender.

—Exacto. Que él dé la cara. A fin de cuentas, es su familia. Nosotros sólo tenemos que enterarnos de lo que nos interesa y quitarnos de en medio.

—¿Y cómo vamos a lograr esa proeza?

—Con una interesante vuelta de tuerca —respondió Dujal saliendo de la habitación—. Vamos a despertar a tu señor. No tenemos tiempo que perder.

Dalendir corrió tras el gato.

—¿Ahora mismo? Apenas ha dormido unas horas, se pondrá de mal humor.

—Nos viene bien que esté de mal humor.

Hyarmen dormía boca abajo y a medio vestir en una cama que ni siquiera había deshecho. En ese estado perdía bastante su gracia élfica. Era una situación demasiado tentadora, y Dujal era especialmente débil en lo que se refiere a las tentaciones. Sobre todo a las que le proporcionaban pequeñas alegrías y ruines satisfacciones. Se acercó al lecho en silencio. Dalendir vio venir sus intenciones pero estuvo lento y no pudo evitar que cogiera la jarra del aguamanil y la volcara sobre Hyarmen asegurándose de empaparlo de piès a cabeza. El sidhe se levantó como si lo hubiese sacudido una patada. El agua siseó sobre su espalda y se cuajó en cristales de escarcha. Dalendir contempló la escena con horror y se dio prisa en poner distancia ocultándose tras las cortinas de la ventana.

—¡Hijo de perra! —gritó Hyarmen saltando sobre el phoka.

De nuevo, Dujal demostró que aún en su lamentable estado era demasiado rápido. Dio un salto hacia atrás y sonrió.

—Es «hijo de gata», aunque te has acercado bastante. Su señoría tiene un pésimo despertar —respondió sintiendo que le volvía a los labios la sonrisa canalla de sus mejores tiempos.

Hyarmen trató de echar mano a la espada; era justo la reacción que Dujal esperaba, así que golpeó la mano del sidhe con la jarra vacía.

—No estamos aquí para pelearnos. Estamos aquí porque tu hermana tiene un amante.

Hyarmen perdió el interés por la espada, miró al phoka desconfiado y se fijó en Dalendir, que sacaba la cabeza entre las cortinas para asentir. Debió de encontrar la noticia divertida porque se echó a reír.

—¿Mi hermana Arminta? No podéis hablar en serio. Asómbrame. ¿Quién es el afortunado?

—Un caballero de su séquito: Ignis de DunasAltas.

—¿Ese granjero con espada? Esto se pone mejor por momentos. Mi padre la despellejará cuando lo sepa.

Dujal se había sentado sobre un escabel. Saber cuándo esperar o, como el gato solía decir, «dominar los tiempos de la intriga», era de vital importancia a la hora de tender una trampa. Hyarmen era uno de esos individuos autoritarios a los que es fácil engañar si logras hacerles creer que están al mando.

Dalendir tomó el relevo de la conversación. Salió de su escondrijo. Tenía su papel estudiado. No necesitaba fingir el terror, porque su señor lo asustaba realmente. Lo que se le daba verdaderamente bien era pretender que respetaba al elfo. Le hablaba con reverencia, mostrando un tono humilde que acompañaba con una mirada baja y servil. El paje era un actor consumado, y sabía cómo hacer que su señor bailase al son que él marcaba.

—Si el padre de su señoría se entera de esta información ya no nos servirá de nada. Hay que ir a por vuestra hermana.

—Mira qué ratita más lista —observó divertido el sidhe mientras se quitaba las esquirlas de hielo que se le habían quedado pegadas a la espalda—. ¿Estás hablando de chantaje?

Era mejor que las palabras salieran de los labios del elfo, que creyera que la idea era suya. Si había consecuencias, él sería el único responsable.

—Pero no aquí. —Dujal había encontrado una cuenta de

cristal en el suelo y la hacía aparecer y desaparecer entre sus dedos—. Necesitamos pruebas, y aquí no podremos conseguirlas. El Palacio es demasiado seguro. La trampa tiene que ser fuera. ¿Conoces bien a tu hermana?

—Bastante bien. —El elfo se vistió dejando a su paso pequeñas gotas de aguanieve.

—Entonces será fácil pillarla. ¿Y qué hay del tal Ignis?

—Eso será hasta aburrido. Déjamelo a mí.

—Señor. —Dalendir se apresuró a acercarle sus botas al elfo—. No debéis matarlo, lisiarlo o causarle demasiado daño. Podría considerarse que habéis limpiado la honra de vuestra hermana.

Hyarmen se ciñó el cinto de la espada con desgana.

—¿Lo veis? Os dije que sería aburrido. ¿Dónde vamos a preparar la trampa? He oído que la casa de Marsias vuelve a estar abierta.

Dujal disimuló su sorpresa al escuchar la última frase. Al recordar la sonrisa de Mesalina le entraron ganas de echar a correr hasta llegar a sus brazos y olvidarse de todo lo demás.

—Tiene muy mala fama. Tu hermana no pondría un pie allí jamás. Se me ocurre un sitio mejor, más decente y discreto. —Dujal reaccionó deprisa. No quería meter en líos a la sátira ahora que su tío no estaba para protegerla—. Aunque de eso hablaremos luego: primero hay que atrapar al tortolito.

Fue sencillo capturar a Ignis de DunasAltas. El sidhe había nacido en tiempo de paz; todas sus batallas se habían librado en patios de armas, justas y torneos. Estaba acostumbrado a las rutinas de Palacio; era paje antes que soldado. A Hyarmen, que había nacido con una espada en la mano, emboscarlo y arrastrarlo inconsciente hasta una de las caballerizas de Palacio le pareció un juego de niños. El establo se hallaba casi en ruinas y apenas se usaba; dentro sólo quedaba estiércol viejo y sillas de montar inservibles. El perfume de aquel sitio de por sí era ya efectivo repelente para curiosos. Además, se encontraba al otro lado de los huertos. Era una noche sin luna, oscura y fría. Si alguien decidía cruzar barro, abono y charcos para llegar hasta aquella peste a letrina era porque, al igual que los reunidos, no tramaba nada bueno.

Dujal miraba a todas partes con aprensión; no sabía dónde ponerse y lo aterraba la posibilidad de coger pulgas. Dalendir parecía curado de espanto, aunque también tenía especial cuidado de no tocar nada. El único cómodo era Hyarmen. Estaba disfrutando tanto que ensuciarse no le preocupaba.

—Aquí lo tienes —dijo satisfecho—. ¿Habéis cumplido con vuestra parte?

Dalendir asintió.

—La habitación está pedida. No han hecho preguntas.

A Hyarmen los detalles no podían importarle menos.

—Menos cháchara. ¿Para qué lo querías?

Dujal miró al elfo que yacía inconsciente en el suelo. Era una lástima que tuviese que pasar por aquello cuando su único delito era haberse enamorado. Pero la rueda estaba en marcha. Ya encontraría la manera de compensar al galán. Por supuesto, Ignis era guapo; describir a un sidhe como hermoso es igual que decir que el cielo está alto. Los aen sidhe gozan del don de la belleza. Incluso alguien tan feo por dentro como Hyarmen tenía una bonita carcasa. El tal Ignis era más fornido y carecía de la palidez del de TocaEstrellas; llevaba el pelo recogido en una trenza. Dujal no quiso mirarlo demasiado para esquivar la compasión. Últimamente, sentía demasiada consideración por sus semejantes. Conocer a los goblins lo había ablandado.

—Hay que quitarle la ropa —indicó—. La voy a necesitar.

Hyarmen chasqueó los dedos para que Dalendir se encargara. Dujal se vistió con la ropa del elfo. Le quedaba grande, y estaba manchada de boñigas. Se sentía ridículo y el olor le revolvía las tripas. Además, no le gustaba tener que mostrar uno de sus mejores trucos. Cerró los ojos y respiró hondo.

Antes no tenía tantos escrúpulos. Ahora pensaba demasiado, y eso no le llevaba a ninguna parte. Lo mejor era dejar la cabeza en blanco y terminar cuanto antes. Le clavó las garras al sidhe en el brazo, lo justo para sacar un poco de sangre. Se pintó las mejillas con ella y silbó. Debía ser una canción amable, porque el elfo parecía serlo. Se agachó junto a él y le puso la mano en la frente. Era pura parafernalia; sólo quería mirarlo a la cara una vez más. Era la primera vez que hacía magia desde que llevaba la Oscuridad consigo. Fue un alivio comprobar que todo ocurría con la normalidad de siempre. Su cuerpo fluía, hormigueaba, la carne se volvía maleable como la cera. Era un cambiante; su voluntad tenía poder sobre su apariencia. El aire se levantó y giró en torno a él cargado con el olor metálico de los hechizos primordiales. Luego, se desvaneció. Ahora la ropa le quedaba perfecta, y sus acompañantes lo observaban desconcertados.

En la vieja cuadra había dos Ignis, uno desnudo en el suelo, durmiendo, y otro donde hasta hacía unos segundos había estado Dujal, vestido con una ropa que apestaba a caballo.

—¿Nos parecemos? —preguntó. Su nueva voz era mucho más grave.

Dalendir no era capaz de soltar prenda. El de TocaEstrellas reaccionó.

—¡Por el Rey Cuervo! Sois iguales. La engañarás por completo.

Dujal sonrió.

—Mañana tenderemos la trampa.

—Sí. Esta noche ya no podemos hacer nada. Será mejor que le lave esa ropa —dijo Dalendir—. Así mañana todo será perfecto.

—Lo dejo en vuestras manos. —Hyarmen se apresuró a salir de la cuadra—. Voy a dormir. Mañana necesitaré estar descansado.

En cuanto Dalendir y Dujal se quedaron a solas, el transformado phoka se giró hacia el mestizo.

—¿Qué vamos a hacer con Ignis? No quiero que sufra ningún daño.

—Volver a meterlo en Palacio es arriesgado. Nos verían. Yo me encargo de él. Usted haga su parte.

Durante la mañana siguiente Dujal fingió ser uno de los caballeros del séquito de Arminta de TocaEstrellas, y se aburrió mortalmente. Los jóvenes sidhe no hacían otra cosa que vagar por los pasillos de Palacio, intercambiar cotilleos carentes de interés y presumir de su gloria pasada o futura. El gato aguantó como pudo sin perder de vista a su señoría mientras se preguntaba cuándo llegaría el momento de verla a solas. Dalendir tenía razón: Arminta era la precaución hecha elfa. Rara vez se quedaba sola, y siempre estaba donde todo el mundo pudiera verla. Si era cierto que tenía un romance con Ignis, no hizo nada que diera a sospechar en ningún instante. El día avanzaba. Cuando la elfa fue al jardín, Dujal se deslizó dentro de un invernadero y llamó a la sidhe con un gesto discreto. Para su sorpresa, Arminta ni siquiera alzó una ceja, actuó como si no hubiese visto nada. El phoka temió haberse equivocado, y ya empezaba a asumir que la farsa acabaría por alargarse cuando su señoría entró al vivero. Verla rodeada de rosas blancas era una estampa capaz de robarle el corazón al más plantado. Su talle fino, sus andares arrogantes… Era consciente del aura de majestad que desprendía. Arminta se acercó hasta el falso elfo como si se deslizase sobre las aguas.

—¿Te has vuelto loco? —No había enfado ni alerta en su voz.

Dujal tuvo que convencerse de que era Ignis, una réplica perfecta que incluso compartía gestos y posturas con el original. Ella, desde luego, no lo había reconocido, habría apostado su cola por ello.

—Necesito hablar contigo —susurró él cortando una rosa—. Es urgente.

Arminta arqueó las cejas. Un velo de pánico cruzó su

hermoso rostro para volverlo más pálido. Su cuerpo temblaba entre las sedas de su vestido.

—¿Qué ocurre?

Dujal se acercó hasta ella con la rosa en la mano y se la tendió. Un gesto que encendió los ojos de Arminta. Ella recogió la flor rozando su mano, deteniendo sus dedos sobre los del elfo.

—No podemos hablar aquí. Es demasiado arriesgado. Nos veremos fuera de Palacio esta noche. Tráete a una de tus damas si así te sientes más a salvo.

—¿Dónde?

La dama era lista. No más palabras de las necesarias.

Era una lástima. Ella confiaba en Ignis. Tal vez incluso lo amaba. Dujal se habría sentido rastrero al utilizar su amor de aquella manera si no fuera porque sospechaba que del bolsillo de esa belleza había salido el dinero que había matado a Manx y a Marsias. Contempló sus manos elegantes y recordó la de Nicasia sobre el tajo del verdugo. Su compasión se ahogó en rencor.

—En la Carbonería. Tengo una habitación reservada. Sé discreta.

Arminta respiró el aroma de la rosa y asintió.

—Así sea —contestó girando sobre sus talones y alejándose.

El phoka acarició las hojas del rosal. Su maestra estaría orgullosa de la farsa, y Marsias se habría reído de aquella escena. Estaba seguro de que la ingeniera aprobaría el uso que iba a darle a su casa. Lo que no entendía era cómo podía tener el éxito tan cerca y a la vez sentirse tan vacío.

El aterrizaje de la ingeniera

No era inusual que algo pasara volando sobre la Corte de los Espejos. Había monturas voladoras y criaturas aéreas que de vez en cuando sobrevolaban los tejados. Algunas hadas tenían alas o usaban hechizos que les permitían volar. Y no había que olvidar alfombras mágicas y trineos arrastrados por todo tipo de bichos, incluido una especie de escarabajo pelotero gigante con unos hábitos alimenticios de lo más desagradable. Todas estas cosas estaban dentro de lo normal, y sólo los críos alzaban la cabeza para mirarlas.

El día que una abeja mecánica de considerable tamaño cruzó el cielo dejando a su paso una estela de humo y fuego fueron muchos los que se detuvieron a mirar. Se abrieron un buen número de ventanas y se oyeron todo tipo de exclamaciones. El insecto metálico sujetaba con las patas la cabina de una carroza a la que habían quitado las ruedas y el tiro, presumiblemente para aligerarla de peso. Algo de agradecer, pues la avispa volaba en llamas e iba en caída libre.

Dentro de la cabina de la carroza, Nicasia, por vez primera en su vida, consideraba la posibilidad de rezarle a alguna entidad supuestamente superior por dudosa que fuera su existencia.

Marsias había logrado recuperar a SurcaCielos cerca del claro donde Dujal y ella lo dejaron. Siguiendo las instrucciones de su dueña, la avispa se había mantenido oculta. Nicasia se prometía un regreso rápido, incómodo pero rápido. Su idea era sencilla; como sería difícil sostenerse en aquel cacharro con un solo brazo y sin su aparato ortopédico, pensaba hacer el viaje sujeta con correas. Marsias se opuso a esa idea. Normalmente, la ingeniera no tenía en consideración las opiniones de nadie, y menos si le llevaban la contraria. Por desgracia, en aquella ocasión Yirkash y él se aliaron para que no se saliera con la suya, así que allí estaba, cruzando el cielo en un trasto destartalado.

Cada bamboleo, cada crujido de la madera, hacía que el rostro de Nicasia adquiriese un tono aún más gris. No le gustaba la chapuza de su transporte. Como las desgracias nunca vienen solas, la acompañaban el pequeño Laertes y su inseparable amiga gatuna. Viajar así ya era malo; hacerlo con dos niños revoltosos era terrible. La hijita de Manx compartía el disgusto de la ingeniera, sólo que ella lo demostraba agarrándose a las paredes con las uñas y modulando los más extraños maullidos que se habían escuchado jamás. Su primera muestra de desacuerdo consistió en vaciar la vejiga sobre el asiento. Después vomitó, y ahora los miraba con auténtico rencor. El fauno, lejos de estar asustado, se empeñaba en sacar la cabeza por la ventanilla. Nicasia tuvo que agarrarlo de una pata y tirar hacia dentro. Sólo Boros permanecía tranquilo; había adoptado su forma de serpiente y estaba ocupado en una digestión. Convencer a Marsias de que lo más seguro era darle de comer y dejarlo entrar en su letargo invernal había sido complicado. Al sátiro le costaba no temer al Ancestral, aunque viéndolo enroscado en el fondo de la cesta de mimbre que le habían preparado parecía inofensivo, casi doméstico. Boros se había tragado cuatro docenas de huevos. Había sido un espectáculo.

Era bien entrada la mañana cuando llegaron a la Corte de los Espejos. Un día de viaje, por mucho que Nicasia jurase que había sido un año entero. El motor de la avispa, que no estaba pensado para cargar con tanto peso, empezó a soltar humo y después a arder. Los niños chillaron y Nicasia soltó todas las barbaridades que se le pasaron por la cabeza. Su florido vocabulario divirtió mucho a los críos. Laertes estuvo un buen rato repitiendo cosas que ni sabía qué significaban, hasta que Nicasia lo amenazó con meterlo en la cesta de Boros. Aterrizar iba a ser complicado.

—¡Niños, agarraos a los asientos!

Había que improvisar algo que frenase la caída.

—Laertes, te voy a enseñar un truco —le dijo Nicasia—. Haz lo mismo que yo.

Formó un círculo con los dedos pulgar e índice de su mano izquierda. El fauno la imitó sin preguntarse qué estaba haciendo.

—¿Has hecho pompas de jabón alguna vez?

—Claro —contestó Laertes como si aquella pregunta fuera la cosa más tonta del mundo—. Miles de veces.

—Pues vamos a hacer unas cuantas.

—¿Ahora? ¿Sin jabón?

Nicasia sopló a través de sus dedos. Las primeras pompas explotaron al momento. Hacía demasiado tiempo que Nicasia no hacía magia. Aunque el intento animó al sátiro, y sus pequeñas pompas llenaron la cabina.

—¡Necesitamos algo más grande! —le dijo Nicasia—. ¡Venga, puedes hacerlo mejor!

—¡Es que me quedo sin aire! —protestó—. ¡Ayúdame!

El sátiro se acercó a ella y le puso la mano frente a la cara.

—¡Sopla conmigo!

Obedeció. Soplaron ambos a través de los deditos del sátiro. La pompa empezó a crecer, redonda, llena de reflejos. Atravesó las paredes de la carroza y dejó tras de sí un montón de pequeñas pompas. El aire sabía a jabón y hacía cosquillas al respirarlo. La gatita y Laertes perseguían las burbujas. La carroza, envuelta en un aura protectora de jabón y magia, descendió más despacio. La burbuja reventó nada más tocar el suelo, la avispa los soltó y la cabina resbaló por el pavimento hasta volcar de costado. Una explosión no demasiado lejana hizo que Nicasia se imaginase el destino de su invento.

La knocker estaba tumbada en el fondo de la cabina. Laertes había caído sobre ella, justo encima del brazo herido. No gritar le estaba suponiendo un severo esfuerzo, y no acordarse de la memoria de su madre también. La hija de Manx, por su parte, había puesto todo su empeño gatuno en aferrarse al tapizado de los asientos y había salido tan bien parada como Boros en el interior de su cesta acolchada.

—Nicasia… —dijo el sátiro—. ¿Estás bien?

—Estoy bien —le contestó con la voz ahogada de dolor—. ¿Y tú?

—Me he raspado un codo —lloriqueó.

Hubo un breve silencio en la cabina. Nicasia no se creía capaz de contestar sin decir algo de lo que se arrepentiría casi al instante.

—Nicasia… ¿Estás llorando? —susurró el niño al ver sus lágrimas de dolor.

La puerta de la carroza se abrió y una buena cantidad de agua helada entró sin misericordia. Para la ingeniera fue la gota que colmó el vaso. La hija de Manx aprovechó la puerta abierta para huir; tampoco ella parecía muy satisfecha. Laertes resopló sin entender qué acababa de pasar.

—¡Si cojo al idiota que acaba de empaparme, le arrancaré la cabeza y la usaré como marioneta de guante! —aulló Nicasia—. ¿A qué clase de lumbrera del pensamiento profundo se le ha ocurrido esta maravillosa idea?

Traspiés se asomó con los ojos bajos y los hombros encogidos. Aún sostenía el cubo culpable en la mano.

—Pensé que podía estar ardiendo —se justificó.

—¿Pensaste? ¡Pensaste! ¿Seguro que sabes cómo se hace eso?

—¿Necesitas ayuda para salir?

—¡Pues claro! ¿A qué estás esperando? ¡Y tráeme mi aparato!

Martín, el phoka que ejercía de guardián en la posada, acudió antes de que lo llamaran. Su llegada restauró el sentido común; ayudó a salir al pequeño sátiro y a ella la sacó en brazos. Para deleite de la clientela, habían aterrizado justo en el patio contiguo al comedor común. Los curiosos se agolpaban en las ventanas y los más osados habían bajado al patio para curiosear alrededor de la avispa mecánica que ardía empotrada contra un muro. Otra entrada triunfal.

Nicasia fingió indiferencia y se sumió en un silencio hostil. Demasiado público para su gusto. No podía ponerse el aparato con una sola mano y no iba a pedirle ayuda a nadie para que se lo pusiera delante de todo el mundo. Si no lo hacían manos expertas era una maniobra dolorosa. Tuvo que aceptar la humillación de que el mastín la metiera en brazos en la cocina de la Carbonería ante la vista de todos los presentes. El sentido común le dictó al atareado personal de la Carbonería que era mejor dejar sola a la patrona. Traspiés se ofreció voluntario para encargarse de los críos; ayudó a Laertes en el rescate de la gatita de Manx, que se había subido a un tejado, empapada y furiosa. Al bogan las alturas y los gatos le daban menos miedo que Nicasia. El resto del personal se dedicó a apagar el vehículo en llamas y a seguir atendiendo los quehaceres de la posada. La espectacular aparición de la ingeniera hizo aumentar la clientela. Cotillear daba sed.

En la cocina, sentada al calor de los fogones y con una manta sobre los hombros, el humor de Nicasia se restauró un poco. Se había marchado de la Carbonería sin despedirse apenas, consciente de que las posibilidades de regresar eran escasas, y no le había importado. No era falta de apego a la vida, sino mera estadística: los jefes de la Hueste Invernal no llegaban a viejos. Si al menos aquel viaje hubiera servido de algo… Volver sin Dujal era una cuchillada de culpa que nunca la dejaría en paz. Manx siempre había querido que se mantuviera lejos de su hijo.

Lo que había sentido al descubrir las cartas de Manx en poder del Administrador sólo podía describirse como vértigo. El último golpe que le reservaba la gata desde más allá de la tumba. Manx y sus eternos juegos de intriga, siempre a caballo entre un bando y otro. Nicasia creía que tenía el amor muerto y el odio superado, pero la phoka le demostró que no, que aún era capaz de decepcionarla, que su recuerdo aún la hacía hervir. Tras la huida de Dujal, se encerró en el despacho del Administrador; detonaría las arañas de cristal y confiaría en hacer el daño suficiente como para encontrar un modo de escapar de la montaña. Mientras, necesitaba parapetarse, y la habitación era perfecta. No tenía ventanas y la puerta era sólida. Sería una barricada óptima si lograba arrastrar el escritorio hasta ella. Era un mueble sólido, bastaría si se daba prisa. Tiró todo su contenido al suelo y sacó los cajones, era la única manera de conseguir moverla. Uno de los cajones guardaba una desagradable sorpresa; al abrirlo, una pesada caja de alabastro rosado le cayó sobre el pie. Sin la protección de su aparato se habría hecho mucho daño. Nicasia se quedó mirándolo, un objeto demasiado hermoso para un duende. Manufactura elfa, sin duda. La tapa rodó por el suelo y dejó a la vista su contenido. Barras de lacre, un afilador para las plumas, un sello de plomo y cartas. Se le heló la sangre; ella conocía esa letra; ¿cómo olvidarla? En la guerra había tenido que descifrar muchos informes escritos con esos trazos infernales, apretados entre sí. Esos renglones torcidos por las prisas, las palabras precipitadas. Las manos le temblaban cuando se agachó a recoger los papeles. No podían venir de su mano, no era posible, no quería creerlo. Y, sin embargo, allí estaba la firma de Manx, una última puñalada a papel y pluma.

Nicasia se olvidó de la barricada. Las últimas bombas no explotaron. Se abalanzó sobre las cartas y las leyó sentada en el suelo. Manx servía como enlace entre alguien en la Corte de los Espejos y TocaEstrellas. Ella había ayudado a buscar y contratar a los mercenarios. Chusma despreciable que raptaba potros de centauro y los asesinaba como si fueran piezas de ganado. La misma suerte correría la gata de la mano de quienes había ayudado a reclutar. Era el tipo de justicia que ella solía aplaudir, la que a veces se cobra el destino. Resultaba complicado entender lo que decía aquella escritura endiablada. Un calor horrible la invadió de golpe y le llenó la cabeza de bruma. Al parecer, Manx trabajaba en nombre de «Los Señores sin Tierra». Ellos la habían convertido en una marioneta voluntaria. ¿Qué sacaría la gata de aquel negocio? ¿Qué precio compensaba la matanza? No pudo averiguar gran cosa más. Los goblins derribaron la puerta sin que ella se diera cuenta. Acorralada como una rata, fue una presa fácil. Tampoco opuso excesiva resistencia, Dujal debía de estar muy lejos. Ya le había dado tiempo; lo demás no importaba. La sensación de traición le dolía demasiado; estaba harta de aquel juego de mentiras que llevaba tanto tiempo jugando con Manx y que atrapaba por medio a quienes no tenían culpa de nada. La partida no acababa nunca, ni aun con una de las jugadoras muertas. Seguía, seguía y seguía. Casi se dejó prender; no le quedaban motivos para querer seguir con vida.

Contra todo pronóstico, Nicasia había logrado escapar con vida y no lo lamentaba. Lamentaba la larga suerte de desgracias que la muerte de Manx había desencadenado. Lamentaba el destino de Dujal, y, muy a su pesar, lamentaba que la phoka no fuese una víctima inocente. Estaba cansada de todo aquel asunto; antes, las pérdidas no le dolían, ni el fracaso le pesaba tanto como ahora. Antes, el deber cumplido compensaba todas las pérdidas; era porque creía que servía a un bien mayor, que nadie caía en vano. Ahora, tantos años después, el bien mayor no llegaba. La paz del reino seguía siendo precaria, los sidhe continuaban conspirando y los gentiles estaban sordos y ciegos. Tanto sacrificio, tanto dolor, para nada. Para seguir rodando en círculo. No dejaba de ser irónico que todas las precauciones que Manx había tratado de tomar para alejar a su hijo no sólo hubieran fracasado, sino que ahora sería Nicasia quien tendría que cargar con la responsabilidad de criar a su hija menor. La gatita parecía dispuesta a dar mucha guerra. «Siempre te ibas y nos dejabas el trabajo sucio a los demás», pensó con amargura. No se sentía con fuerzas para tanta tarea. Se estaba haciendo vieja.

Costurina interrumpió sus pensamientos; entró en sus dominios domésticos con el ímpetu de una estampida. A juzgar por la cesta que dejó caer sin mirar, debía de venir del mercado. La bogan sonreía con los ojos brillantes; una mezcla de felicidad y alivio. Se tiró sobre ella para abrazarla.

—¿Cómo se te ocurre volver sin mandar ningún aviso? —le riñó sin ganas—. Habría preparado algo especial.

Nicasia estaba recibiendo más cariño del que podía soportar. Entre eso, el cabestrillo y su espalda aún por cicatrizar la ingeniera empezaba a pensar que las muestras de afecto eran una maldición. No tuvo tiempo de quejarse. Costurina la soltó horrorizada.

—¡Estás empapada! ¡Don del sol, qué pinta más horrible! ¿Cómo es que nadie te ha preparado algo de comer? ¡Si te has quedado en los huesos!

—¿No lo estaba antes?

—Más que de costumbre. No podré alegrarme de tu vuelta hasta que te hayas dado un buen baño. ¡Sólo me faltaba ahora que te resfriases!

No habría podido protestar aunque hubiera querido; antes de poder abrir la boca se encontró sentada en su fiel sillón andador camino al baño. Era raro recibir órdenes en su propia casa, sobre todo si venían de Costurina, aunque se alegraba de verla. La bogan era una de las pocas constantes en su vida, un punto seguro de estabilidad con el que siempre se podía contar. No le daba grandes sorpresas, tampoco grandes disgustos. La había visto crecer y, juntas, habían construido la Carbonería. Su protegida la había convertido en un refugio confortable, un refugio para todo aquel que compartiese aquel techo. Siempre estaba donde debía, haciendo lo que era necesario. Se sentía orgullosa del particular coraje que aquella huérfana le había echado a su vida. Y le parecía que ahora se mostraba incluso más resuelta. Había perdido su candidez y había ganado en confianza. Era menos niña. Tal vez su ausencia la había forzado a adquirir carácter. Un cambio a mejor, sin duda. Era bueno que empezara a ser independiente, porque ella no estaría allí toda la vida.

Costurina y ella compartían un baño instalado junto al cuarto de las calderas. En invierno era un lugar caldeado y agradable, y en verano, con los motores apagados y el sótano en tinieblas, se estaba fresco. Aquella habitación la había decorado Costurina al terminar la guerra, con la ilusión de ser propietaria de un pequeño reino. Nicasia se encargó de la instalación y dejó a su protegida escoger los detalles. Estaba forrada con paneles de madera encerados, pulidos de puro limpio, y cerca del techo la ingeniera había ido tallando una cenefa con todo lo que a la bogan se le ocurría, así que era una extraña mezcla de peces, flores y criaturas de toda índole. Incluso había tallado una pequeña Costurina. La idea era que ambas estuvieran esculpidas juntas. Nicasia se negó. «No me merezco una efigie», dijo, y fue inflexible en ese punto. Una gran bañera, en la que casi cabría un centauro, ocupaba el centro de la habitación. La bogan se dirigió a un panel lleno de manivelas y giró un par de ellas. El agua empezó a borbotear contra las paredes de cobre de la tina.

—Esto estará listo en un momento —dijo.

—No pongas el agua muy caliente —pidió Nicasia mientras luchaba contra los botones de su ropa. No era sencillo desabrocharlos con una sola mano.

—Pero si te gusta el agua como para hervir piojos. —Costurina observó los esfuerzos inútiles de la knocker y se agachó ante la silla para ayudarla—. Anda, déjame. Acabaremos antes.

—¡No es necesario! —protestó Nicasia.

—No te andes con remilgos a estas alturas.

Capituló; por mucho que le desagradara, necesitaría ayuda. La ropa que le habían prestado en el santuario acabó en el suelo. Costurina la miró sin poder disimular un escalofrío.

—¿Qué te ha pasado? ¿Cómo te has hecho eso? —Contemplaba el mapa de cicatrices y heridas en proceso de cura. Se mantuvo serena a duras penas.

—Todo en esta vida tiene consecuencias. Estás viendo las consecuencias.

Nicasia pidió al sillón que se acercara a la bañera y se zambulló sin más ceremonias. Marsias había grabado un hechizo de protección en una de las tablillas que le inmovilizaban la muñeca. Servía para proteger el vendaje del agua. Era una suerte que Marsias tuviera la bendita costumbre de pensar en todo. Tras un viaje largo y horrible el agua era una delicia. Apoyó la cabeza en el borde de la bañera y cerró los ojos.

—Nicasia… —La voz de Costurina la obligó a regresar—. No vas a contarme lo que ha ocurrido, ¿verdad?

—Tienes la inmensa suerte de vivir en un mundo agradable. Nada de lo que yo pueda contarte te beneficiará, no te hará mejor ni más sabia. ¿Para qué quieres saberlo?

—He estado loca de preocupación desde que te marchaste. Después llegó una carta de Marsias… ¡que, al parecer, no estaba muerto del todo! ¡Y me dice que estás allí, curándote! ¡Y entonces aparece Mesalina deshecha en lágrimas y me entero de que Dujal está desaparecido! ¡Ahora regresas hecha un asco! Puedo prepararte un baño o el almuerzo, pero tú no eres capaz de contarme qué ha pasado. ¿Eso soy para ti? ¿Una criada de ver, oír y callar? Has traído a dos niños contigo. Son tu problema, no esperes que haga nada por ellos.

Costurina abandonó el baño con un portazo. Nicasia se

quedó en el agua, incapaz de cerrar la boca. Sí que había espabilado. Habría esperado cualquier cosa antes que aquella reacción. Pero ¿qué esperaba? Era una adulta y comenzaba a darse cuenta de que su lugar en el mundo no estaba exento de poder. Quizá en breve encontraría algún mozo bien dispuesto... Las cosas iban a cambiar. Mejor dicho, habían empezado a cambiar. Metió la cabeza bajo el agua. Necesitaba un rato de silencio.

No salió de la bañera hasta que el agua se enfrió. Pudo arreglarse bastante bien. Vestirse era otro asunto. Había una muda de ropa limpia en el baño, pero iba a necesitar ayuda. No pensaba llamar a Costurina teniendo su taller tan cerca. Se envolvió en un trozo de lienzo lo mejor que pudo y le dijo a su sillón que la llevase a sus dominios. El taller olía a polvo. ¿Tanto llevaba cerrado? Desde luego, hacía tiempo que nadie pisaba por allí, y el proyecto que había dejado a medias seguía sobre la mesa de trabajo. Era una máquina para ayudar en los entrenamientos a espada. Tenía varios brazos giratorios para los ejercicios de esquivar y parar. El noble que la encargó debía de ser muy diestro. Dejó atrás la mesa de trabajo y la de su despacho, abarrotada de correspondencia atrasada. Recogió una carta del suelo; llevaba el sello de Eleazar. La última entrega de su juego matemático. Debió de mandarla antes de morir. La depositó junto a las otras con un suspiro. Ésa ya no corría prisa contestarla.

Silbó las notas que abrían su armario y entró en su pequeña cámara de los secretos. La decisión que iba a tomar le gustaba muy poco, pero necesitaba ayuda para sus cosas cotidianas. Los días de dejarse vestir y desnudar como si fuera un niño de pecho se quedarían en FuegoVivo. Había un cajón oculto tras un panel de madera, y dentro dos magnolias de metal del tamaño de una mano, una de color verde y otra del color del óxido. Eligió esta última y la puso sobre una esquina de la mesa. Tiró de los pétalos de la base en un orden determinado. El interior de la flor se llenó de luz, después giró una hoja que había pegada a la base del tallo. La flor se abrió con un chasquido metálico. Acurrucado entre unos finos estambres de alambre había un pequeño ser, una marioneta diminuta hecha de marfil. Apenas medía un palmo.

—Arriba, Talismán —ordenó—. Despierta.

Las dos diminutas cuentas de ámbar que servían de ojos a Talismán se movieron dentro de un engaste dorado. Entre los hilos de seda que formaban su cabellera amarilla se estiraron dos pequeñas antenas. La criatura desplegó unas alas transparentes y se puso de pie. Nicasia le giró las manos con las palmas hacia arriba y la marioneta abrió la boca. Sin duda, el pequeño golem era su obra maestra. Había creado un centenar de autómatas y marionetas, pero nunca ninguna como las dos que dormían en las magnolias. No eran simples herramientas animadas y obedientes. Tenían su propia chispa de vida y capacidad de pensamiento. Era su mayor logro y su peor defecto.

—¿Ama? —preguntó Talismán con voz aguda—. ¿Me ha despertado?

—No me llames «ama» —gruñó Nicasia—. No hagas que me arrepienta de haberte sacado.

—¿Soy libre otra vez? —Talismán agitó sus alas y se elevó sobre la mesa.

—Estás en período de prueba. Aún recuerdo lo que hiciste la última vez.

Talismán realizó un par de volteretas aéreas, chillando de entusiasmo.

—¿Y Musgosa? ¿Dónde está mi amada?

—Ella saldrá si te portas bien.

El pequeño golem se deshizo en reverencias.

—¡La mantiene usted de rehén! ¡Qué triste destino el del obrero!

Nicasia miró a su creación.

—¿Qué has dicho?

—Nada, ama.

—¡Que no me llames «ama»! —despertarlo había sido una mala idea. Volvería a montar un estropicio.

—No, no, patrona… señora… ingeniera.

—Talismán, servicio y entrega. Para eso fuiste creado. Si me fallas vuelves a tu sitio, ¿entendido?

—Qué remedio… —murmuró Talismán.

—¿Qué has dicho?

—Servicio y entrega.

—No te pido más.

—Le parecerá poco…

—¡Talismán!

—Perdón.

La ingeniera sacó su otro aparato ortopédico del armario. Le gustaba guardar uno en reserva. Normalmente, cada repuesto poseía una pequeña mejora. Sus primeros prototipos eran más que deficientes. Aunque nunca le parecían perfectos; lo perfecto habría sido no tener que usar ninguno. Con la ayuda de Talismán, vestirse y ponerse su prótesis fue una tarea sencilla. Se mareó al colocarse en pie por primera vez después de tanto tiempo. Dio unos pasos con la mano sana apoyada contra la pared. Recuperar parte de su independencia hizo que se le aligerase el corazón. Sonreía sin darse cuenta.

—¡Muy bien, ingeniera! —la animó Talismán volando a su alrededor.

—Anda, vamos a la cocina. Tengo que dar un par de explicaciones.

En la cocina encontró a Costurina con una cara de malas pulgas que no era usual en ella. La bogan fingió estar demasiado ocupada cocinando algo como para verla entrar. En la mesa, Laertes daba de comer a una niña pequeña, de unos tres años. Tenía el pelo de color castaño salpicado de mechones negros. Se lo habían tenido que cortar a trasquilones, y eso le confería un aspecto huraño. Le habían improvisado un vestido a partir de una camisa vieja e iba descalza.

A pesar de esta apariencia tan salvaje, la cría estaba tranquila; buscaba la cuchara con ganas y aplaudía las gracias del pequeño sátiro. Era la primera vez que veía a la phoka en su forma erguida. Tenía los ojos dorados de su madre. Era bonita. Y parecía espabilada. Talismán voló por encima de los pequeños, captando toda su atención.

—¿Cómo has hecho que cambie de forma? —preguntó Nicasia a Costurina.

—Le dije que los animales no comen en mi mesa —respondió la posadera.

—Buena estrategia. ¿Y a las viejas idiotas? ¿Les das de comer?

Costurina sonrió.

—Sólo si tienen ganas de charla.

—Me parece justo. Talismán, no pierdas de vista a los niños. ¿Subimos la comida a mi cuarto?

La idea que Costurina tenía de una comida ligera era exagerada. Le venía de su padre. Ejercía de panadero antes de la guerra; sus hogazas eran como ruedas de carreta. Tras disculparse por haber preparado poca cosa, puso sobre la mesa una cazuela con guisantes, una olla con un caldo que olía a tomillo, un trozo de ternera a la brasa y un pastel de cerezas. Era demasiada comida para las dos. Nicasia se sirvió sopa; llevaba cebolla tostada, el argumento definitivo para alegrarse de estar en casa. Disfrutó del plato en silencio.

—Así que quieres saber dónde he estado —dijo al terminar la sopa.

—Sí.

—¿Has pensado que tal vez no me apetezca recordarlo? —preguntó sirviéndose de los guisantes.

—Dujal era mi amigo, y tú eres casi mi madre.

—No digas eso.

—¿Por qué no? Me recogiste de la calle cuando murió mi padre.

Nicasia cedió.

—La niña que está en la cocina es hija de Manx. Los asesinos de su madre se la llevaron a la Ciudad de Piedra, y Dujal y yo fuimos tras ellos. Creíamos que Marsias estaba muerto. Queríamos venganza. La cosa se torció de tal forma que yo llegué al santuario de FuegoVivo de puro milagro. De otro modo estaría muerta. De Dujal no sé nada. Marsias manda batidas al bosque y a las montañas. Yo también pienso buscarlo. Esto es todo lo que voy a contarte. Si te parece poco lo siento, pero no me apetece refrescar los detalles.

—¿Por qué está pasando todo esto?

—No tengo la más remota idea. La niña está a salvo, y ahora buscaré a Dujal. Lo demás me interesa muy poco.

Mintió sin escrúpulos. Costurina jamás estaría en peligro por su culpa.

—Estos días me he sentido muy sola.

—Te has desenvuelto bien. Ya no me necesitas.

—No te creas. Tuve que reforzar la seguridad cuando cundió el rumor de que no estabas. Hubo un par de intentos de bronca. Creo que has llegado a tiempo para evitar una desgracia. Ayer Martín tuvo que echar a dos gorrorrojos.

—Esos bastardos se arrepentirán si tienen el valor de volver.

—Pero eres un buen reclamo. Hoy hay muchos clientes. Por cierto, deberás ocuparte de los tuyos. Hay algunos realmente enfadados. —Algo volvió a la memoria de la posadera—. ¡Oh! Y Rashid ha estado buscándote estos días.

—¿Rashid? —Nicasia se acercó la tarta. Costurina no la había llevado al azar. La de cerezas era su preferida—. ¿El nieto de Eleazar? ¿El mocoso que hace de portero donde Marsias?

—Ya no. Ahora trabaja como secretario de su primo Isma'il. Viene mucho por aquí. Dice que tiene que darte una carta de su abuelo.

—Que te la dé a ti. —Nicasia pensaba en la pila de cartas sin leer de su despacho.

—Insiste en entregártela en persona. Y, mientras, aprovecha para ejercer de informante para su primo. No es muy mañoso. Habla con los clientes, quiere saber dónde estás. Acabará por conseguir un puñetazo.

—O unos azotes. —Nicasia no descartaba dárselos ella misma.

—Hace un rato estaba en el comedor, haciendo preguntas. ¿Lo llamo?

—Estoy muy cansada. Mañana hablaré con él; lo pillaré con la guardia baja.

El viaje y la comida empezaban a pasarle factura. Se le cerraban los ojos. No estaría de más dormir un par de horas.

—Descansa, Nicasia. ¿Qué hago con los niños?

—Búscales un cuarto. Son inseparables, pero eso debe cambiar. Mañana, el niño, Laertes, volverá con su prima al burdel. La phoka se queda aquí, hasta que se me ocurra algo mejor.

—¿Vas a acogerla?

La ingeniera se frotó los ojos. Cuántos cabos sin atar.

—No lo sé. Es algo que debemos decidir las dos. Ésta también es tu casa.

La respuesta pareció gustarle a Costurina. Besó a Nicasia en la mejilla y se levantó para recoger los platos.

—Has comido muy poco.

—Es imposible comer más que tú. Otra cosa. ¿Podrías cortarme el pelo?

—¿Por qué? Nunca te lo había visto largo. Te queda bien.

—No voy a cambiar de opinión.

—Es una lástima.

En cuanto se quedó sola se fue a su dormitorio y se tiró en la cama. Había un tragaluz justo encima; podía ver el cielo. Ése fue el motivo que había llevado a los primeros goblins a salir de sus cuevas, la belleza del cielo y el aire libre. Buscando horizontes más amplios se convirtieron en knockers, mineros que dormían al raso, mirando las estrellas. Se atrevieron a soñar. Ella los entendía, así como el lado salvaje y oscuro que los goblins le habían legado. Entendía el horror que le hacían arrastrar. Los goblins se cortaban el pelo en señal de duelo. Nicasia se lo cortó durante la guerra, cuando asumió su parte de culpa. Nunca se lo dejaría crecer de nuevo. Tenía demasiados muertos en la memoria.

El monstruo en la botella

Dolor. Fue lo primero que sintió, lo único que podía sentir. La cabeza le daba vueltas, le palpitaba como si los huesos del cráneo quisieran separarse. El mundo entero se había reducido a su migraña; más allá de eso, el cuerpo no le respondía. Más allá sólo oía murmullos que no era capaz de descifrar. Durante una eternidad agónica, eso fue todo para Isma'il: dolor y murmullos.

Recuperó el conocimiento. Olía a tierra de cementerio. Tenía una jaqueca superior a lo imaginable y el cuerpo entumecido, acuchillado a pinchazos. Yacía sobre una superficie que no dejaba de traquetear. Ni pensó en moverse. El olor se le colaba hasta las tripas como un líquido. Tenía la boca dormida y la lengua seca. Tragó saliva; algo desagradable le bajó por la garganta. Vomitó y tosió para no ahogarse. De pronto el sol alcanzó sus ojos y un blanco deslumbrante irrumpió en la neblina que inundaba su vida. Unas manos le arrancaron algo de la boca. Isma'il tosió hasta que pudo respirar. Después, volvió a desmayarse.

Voces; ahora podía reconocer una conversación. Lo estaban sacudiendo y le hablaban, pero necesitó toda su concentración para entender qué decían.

—¡Si se muere os arrancaré el pellejo! —Una voz femenina graznaba como un cuervo—. ¿A quién se le ocurrió taparle la cabeza? ¿No bastaba con amordazarlo?

—¡No quiero que me vea la cara, Galerna! ¡Dijiste que era peligroso!

—También dije que era ciego. Se libra de verte la cara. ¡Casi me da envidia!

La otra voz respondió con una carcajada.

—¿Ciego? ¿Lo dices en serio? ¡Un tullido! ¡Y nos has obligado a atarlo!

—El peligro siempre ataca a los que se confían —repuso la tal Galerna.

«Yo te mostraré cuánta razón tienes», logró pensar Isma'il.

—Eres demasiado cauta. Ten cuidado con eso; alguien podría creer que te estás acobardando.

—Puedes poner a prueba mi valor cuando quieras —lo desafió Galerna—. Este tipo es ciego, pero sabía cuál era nuestro punto de encuentro, y llevó consigo el cadáver de Bastión. Tal vez cierta cautela no esté de más.

—No entiendo por qué nos tomamos tantas molestias. Deberíamos librarnos de él sin más —comentó una tercera voz.

—Eso le toca decidirlo al patrón. Él es quien paga.

—Sí, que el elfo se complique la vida.

Gruñidos de aprobación. Nadie quería llevar la contraria a Galerna.

Isma'il empezaba a espabilarse; ahora podía pensar. Viajaba en un carro, y a juzgar por el traqueteo, no rodaba por ningún camino civilizado. El aire estaba cargado de humedad y olía a mar estancado. El olor de TiemblaSauces. Unió las piezas; había acudido a la Cañada Seca tras el rastro de los mercenarios que habían asesinado a Eleazar, y habían sido ellos quienes lo habían cazado a él. No eran simples cuchillos a sueldo, no todos. La tal Galerna parecía lista y tomaba precauciones; le había atado las manos tan fuerte que tenía los dedos morados. La jaqueca se volvía soportable, pero no recordaba cómo lo habían tumbado. Le preocupaba más que sus barreras espirituales no le hubieran avisado del peligro hasta que había sido demasiado tarde para reaccionar. Algo había fallado, y gracias a eso habían podido atraparlo. Qué vergüenza. Si su abuelo lo hubiera visto... «Sin la nigromancia no soy nada —se dijo, y hervía de rabia al pensarlo—. Un tullido.» Eso había dicho uno de sus captores. Sentía tal impotencia que le escocía. Pero no se daría por vencido mientras el corazón le latiese. Sólo era cuestión de conservar la calma y repasar sus opciones.

En el carro nadie parecía prestarle atención. No se habían dado cuenta de que estaba consciente. Era una ventaja. Isma'il necesitaba algo de tiempo para recuperarse; aún se sentía mareado, y le costaba concentrar sus pensamientos. La simple idea de hacer magia le producía escalofríos. Decidió no esforzarse. Al parecer no tenían intención de matarlo, no hasta hablar con el patrón. «Un elfo», pensó Isma'il sin sorprenderse. Un sidhe. ¿Y quién si no? Quedaba por descubrir qué intriga, qué estúpida rencilla, había desembocado en la muerte de Eleazar. No podía ser alguien que ambicionara la cancillería. Eleazar pensaba retirarse en pocos años, habría sido absurdo. No, su abuelo había descubierto algo, algo incómodo. Los asesinos habían registrado su despacho y se habían molestado en dejarlo todo en orden para no llamar la atención. Un trabajo fino. Le costaba creer, por eso mismo, que hubiera sido obra de aquellos brutos con los que iba en el carro. Tampoco le importaba. Sólo le interesaban Galerna y su patrón.

No tardaron en adentrarse en una zona pantanosa. El carro avanzaba con dificultad y las ruedas salpicaban barro. Un par de ocupantes tuvieron que bajar para aligerar la carga. Isma'il los oyó mascullar protestas sobre el sitio que habían escogido para acampar. A medida que penetraban en los humedales el aire se volvía más frío. Isma'il oía los pies de sus captores chapoteando en el fango. El aire apestaba a cieno, a vegetación muerta, un hedor que calaba las entrañas. Vibraba sobre la piel y le hurgaba en el espinazo. Isma'il había oído leyendas sobre TiemblaSauces, la última región de TerraLinde antes de llegar al Mar del Confín, que era, según creencia popular, el fin del mundo. El mar se extendía hasta el infinito. Nadie quería vivir en el pantano y nadie navegaba las aguas del Confín.

Contaba la leyenda que en los primeros días del mundo, antes siquiera de que TerraLinde hubiera sido fundado, las primeras hadas construyeron su capital sobre aquella tierra pantanosa. La magia había levantado cada una de sus piedras, en un tiempo en que todo era nuevo y hasta el hada más humilde era capaz de obrar maravillas. Aquélla fue la ciudad inaugural del mundo, próspera y pacífica. Habría durado toda la eternidad si a sus habitantes no se les hubiera ocurrido construir barcos para surcar el Mar del Confín. Las primeras naves no regresaron nunca. La ciudad envió más barcos, pero ninguno volvió.

Un día, el mar amaneció agitado. Aquellas aguas que habían sido siempre un espejo de mercurio se rizaron y retiraron como un monstruo tomando aire antes de soltar un soplido. Los arrecifes quedaron al descubierto sin que los atónitos ciudadanos pudieran explicarse el fenómeno. Luego, un muro de agua colosal ensombreció al sol y, de un solo golpe, el mar se tragó la ciudad. Donde antes hubiera una civilización inigualable quedó el pantano de TiemblaSauces, lugar insalubre y desierto en el que sólo vivían pájaros, lagartos y mosquitos.

Todos evitaban el pantano. Perderse era fácil, y la pesca no era tan buena como para arriesgarse. En alguna parte, bajo aquel lodazal podrido, aguardaban las ruinas de la primera ciudad. Allí se respiraba magia, Isma'il podía sentirlo, y también lo sentía su ejército de almas, que guardaba silencio lleno de temor. Al ciego no le gustaba aquel sitio. ¿Sentirían lo mismo sus mercenarios?

Tras un tramo de baches y charcos, el carro se detuvo.

Isma'il había pasado toda su infancia viviendo en la caravana de los Ibn Bahar; conocía los sonidos y aromas de un campamento, las charlas, el trajín de las tareas, el humo de las hogueras, el montaje de las tiendas… Por eso lo sorprendió el campamento de Galerna. Imaginaba a un puñado de matones en corro arremolinados alrededor de un mal fuego matando el tiempo de cualquier forma. Pero si los oídos y la nariz no le engañaban, aquél era un grupo muy grande. Isma'il calculó más de cien acampados. Mover a tantos era complicado, pero más complicado era lograr que permanecieran a la espera. Un campamento sale caro, muchas bocas que alimentar y mucha gente a la que mantener ocupada. Se necesita disciplina y organización para evitar el ocio. Si los acampados se aburren dan comienzo las pendencias. Isma'il era consciente de lo que suponía acampar en un pantano con el invierno encima: frío y humedad, noches gélidas, de las que calan hasta el hueso, terribles caminatas para encontrar agua potable y leña seca… Alguien debía de pagar bien a aquellos desdichados, alguien que necesitaba una pequeña tropa aguardando en un sitio donde nadie los buscaría jamás. Reunir a tal milicia sin permiso de Silvania era traición, el tipo de traición que se paga con la horca. Aquello era más que una simple conjura.

Los mercenarios descargaron la carreta.

—Voy a buscar al patrón —anunció Galerna—. Pyr, vigila al ciego. Que nadie le toque un solo pelo. No habléis con él. Aseguraos sólo de que no se mueve.

—¿Te da miedo que el tullido escape? —preguntó Pyr.

—Si ocurre, ataré tus tripas al carro y te arrastraré hasta que seas pulpa.

Isma'il oyó cómo se alejaba Galerna.

—Maldita perra sluagh —gruñó Pyr—. Cuando esto acabe le abriré el cuello.

El otro mercenario rió con la voz cascada.

—Suerte con eso, no te arriendo la ganancia. Deberías

ignorarla. Desde que le rajaron la cara no hay quien le tosa. Echa un trago, y olvídate de ella.

—Un par de manos buenas con los dados y ni me acordaré de que existe.

—Debemos vigilar al tullido.

—Ni siquiera está despierto, y aunque así fuera, ¿adónde va a ir un ciego con las manos atadas?

Sonó el repique de los dados en el cubilete, y la charla de los mercenarios derivó a una sarta de chistes y pullas. Isma'il dejó de escuchar.

«Una sluagh con la cara rajada...», pensó. Galad el bardo le había dicho que la noche en que su abuelo murió había visto salir de su casa a una sluagh con la cara vendada. ¿Sería ella? Sentía que la venganza estaba a un paso. Debía pensar un plan de huida; era demasiado pronto para morir.

Desde que lo habían capturado, su ejército de almas había permanecido sumido en un silencio expectante. Algo en aquel pantano tiraba de sus prisioneros, una magia antigua y desfigurada. Isma'il sentía su sabor metálico en la lengua. Se mordió el interior de la mejilla hasta hacerse sangre, y sus espíritus se despertaron, enloquecieron, aullaron y se retorcieron como nunca antes lo habían hecho. Gimieron con tanta fuerza que Isma'il pensó que le estallaría la cabeza. Algo allí fuera los atraía tanto que no podía controlarlos. Una promesa de liberación. «Sangre o cadáveres», pensó. Si hay una cosa que toda alma errante desea es volver a ser carne, aunque sólo sea un instante. Si hubiera tenido a mano su bastón le habría sido sencillo averiguar qué estaba pasando.

Cerró los ojos. Era difícil concentrarse en aquel lugar saturado de magia. Trató de alejar los gritos de su cabeza. Estaría ciego, pero percibía cosas que los demás no imaginaban. Isma'il relajó el cuerpo y la respiración. No tardó en sumirse en una oscuridad acogedora y cálida. Allí el pantano era una red de existencias urdidas en un insólito canto. Percibía el latido de cada ser. Hadas y demás criaturas atesorando sus vidas en el flujo de la sangre. Las plantas se trababan en hilos delgados que formaban una red infinita. La vida bullía en la oscuridad, respiraba y lo mecía. Y tras aquel tejido, enredados y rotos, aullaban los susurros de los que ya no pertenecían al tapiz de la vida. Isma'il estaba familiarizado con los fantasmas; sabía que era normal encontrarlos en todas partes. Morir no era fácil para todos; a veces alguien se quedaba anclado en tierra. Pero no había esperado hallar tantos allí. Almas jóvenes, encogidas por el terror, que aún vagaban junto a sus cuerpos muertos sin saber a dónde ir. Isma'il no era un ser compasivo, pero sintió una profunda lástima. Los muertos advirtieron su empatía y hablaron con él. Así, Isma'il supo qué había sido de los potros de los centauros. Supo el terror de sus últimos momentos bajo el sol, la brutalidad con la que habían dejado la existencia.

Isma'il Ibn Bahar tenía lágrimas en los ojos cuando volvió en sí.

Recibió un bofetón. Lo habían bajado del carro para atar sus brazos a una de las ruedas, con nudos tan prietos que apenas podía moverse. La punta del eje se le clavaba en la espalda.

Oyó la voz de Pyr.

—Te dije que la piedra era demasiado grande. Lo hemos desgraciado.

—Espabiladlo. —Esta voz era nueva. Isma'il supo que ella estaba al mando.

Alguien volcó sobre él un cubo de agua helada y viscosa. Isma'il resopló y escupió con la esperanza de acertar a alguien. No soltó una sola palabra.

—Y dices que estaba en la Cañada Seca… —comentó de nuevo la voz. Era suave, pero henchida de autoridad. Sólo un sidhe hablaba así. Se hallaba ante un elfo, tal vez el elfo que había ordenado matar a su abuelo. Habría dado su vida por verle la cara.

—En el lugar exacto y a la hora convenida. —Oyó ha-

blar a Galerna, ahora con aire servil—. Llevaba consigo el
cadáver de Bastión.

—Y estaba solo…

—Salvo por los enterradores. Nos encargamos de ellos.

—Muy prudente.

—Puede ser un espía —dijo Galerna—. ¿Qué debemos
hacer?

—Redobla las guardias y peina los aledaños.

—¿Y qué hacemos con el ciego? —preguntó Galerna al
sidhe.

Isma'il entornó los ojos. Sólo veía dos manchas alarga-
das, una más oscura que la otra. Sus captores se erguían frente a él trazando planes, ignorándolo.

—Debo daros mucho miedo para que no os atreváis a
hablarme —les dijo.

Una de las manchas se agachó a su lado, tan cerca que
pudo olerla.

—Nos preocupas tanto como una cagada de mosca. ¿Hay
algún motivo para que sea al contrario?

—Yo soy Isma'il Ibn Bahar, nieto de Eleazar Ibn Bahar,
canciller de la reina Silvania. Estoy buscando al asesino de
mi abuelo, y sé que está aquí. Si fuiste tú el que ordenó que
lo envenenaran, deberías preocuparte.

Una risita sacudió a la sombra.

—Al ver tus tatuajes me pregunté si habría tenido esa
suerte. ¡Un Ibn Bahar! Creía que tu gente no usaba nigromantes desde los Días del Ancestral.

Aquello asombró a Isma'il. Muy pocos sabían de aquella historia fuera de la caravana. Y absolutamente nadie conocía la función de los tatuajes ni que existieran los nigromantes.

—¿Sorprendido? —le dijo el sidhe—. Yo conocía a tu
abuelo, y lo respetaba. Si te sirve de consuelo, fue duro ordenar su muerte. Era un consejero sabio y fiel a su soberana.
Los sidhe respetamos esas cosas.

Isma'il se echó a reír. Los elfos consideraban la fidelidad a la reina como una cualidad que los gentiles debían poseer. Admiraban la entrega en los demás, pero ellos sólo eran fieles a su orgullo y a sus intereses. Si había alguien más ciego que él en aquella ciénaga, era el sidhe.

—Imagino que tú eres leal a ideales más altos.

—¡Al reino! —La voz del sidhe se encendió—. ¡Esa ramera coronada nos ha engañado a todos!

—Hace cuatro inviernos —le dijo Isma'il—, cuando la lluvia arrasó las cosechas, Silvania eliminó por un año los impuestos sobre el grano. Salvó a su pueblo del hambre. Aunque los campesinos pasaron ese año comiendo pan de bellotas, no tuvieron que mendigarle a ningún prestamista para sembrar sus tierras de nuevo. TerraLinde se libró de las revueltas, pero como algunos de vosotros os quedasteis sin pan blanco os parece que es demasiado blanda.

—Gentiles idiotas… —replicó el noble—. Os llenan la panza un par de meses y dejáis de ver. La paz que la llevó al trono es falsa. Silvania es indigna del trono que ocupa. Sus promesas se resquebrajan, y pronto se romperán en pedazos y traerán una guerra tan miserable que ninguno de vosotros verá su final.

—Y esa guerra la empezará un sidhe que reúne tropas en una ciénaga.

—Esa guerra la empezarán los gentiles que se pavonean en el Parlamento y que no dejan de lloriquear para ser cada vez más poderosos. No estáis hechos para gobernar.

—Creo que ya sé quién eres… —dijo Isma'il—. Y me das mucha lástima.

—No sabes nada. ¿Crees que reúno soldados para iniciar una guerra? Te equivocas. Estaba buscando el modo de evitarla, y tú has aparecido cuando ya iba a darme por vencido. Eres un regalo de los dioses.

Era cierto lo que contaban de los elfos: todos acababan por perder el juicio. Porque nada de lo que Isma'il oía tenía sentido, ni los centauros muertos, ni aquella concentración de tropas en el fin del mundo, en un sitio donde la magia era tan peligrosa como dejar una mecha encendida sobre un barril de pólvora.

—Estás loco —dictaminó.

—No lo descarto —respondió el aen sidhe—, pero antes que darme por perdido y tumbarme sobre mi espada quiero probar una cosa. Galerna, trae la botella.

—¿Va a sacarla del círculo? —preguntó Galerna.

—Sí —contestó el elfo.

—¿Está seguro de que es prudente?

—No te pago para que me cuestiones. Ve y tráela. —Se volvió hacia Isma'il—. Tú habrás oído hablar de los Días del Ancestral. Los Ibn Bahar nunca olvidan el pasado, algo muy sabio por su parte. Esto te va a gustar…

Todos los niños de la caravana conocían la historia; la aprendían como si fuera un cuento al que temer. La historia del brujo que se volvió loco y atacó a la caravana con la ayuda de un monstruo regalo de una hechicera blanca. Los mayores narraban cómo la caravana había luchado contra el monstruo hasta que un mensajero logró traer la ayuda de unos elfos guerreros de Palacio. Ésa era la parte favorita de los niños. Los elfos con sus armaduras cargando contra la bestia. Juntos, nómadas y elfos habían encerrado al monstruo y desterrado al brujo al desierto. Ése era el cuento.

La historia real era mucho más oscura. Un viejo nigromante había querido desnudar los secretos de la muerte, y había pagado su hambrienta curiosidad con su propia cordura. No había ocurrido en un día, sino poco a poco. Desvelar la muerte requiere matar. Los nigromantes lo hacen, y la caravana lo acepta, siempre bajo unas reglas. Pero esas normas estorbaban al viejo loco. Cuando la caravana paró en el mercado de una gran ciudad empezó a cobrarse vidas. Demasiadas. Pronto, los Ibn Bahar fueron señalados. Huyeron. Por vez primera en muchos años su buena reputación quedó ensombrecida. El nigromante trató de explicarse, pero sus razonamientos eran vagos y aterradores. El consejo se reunió. Descartaron matar al anciano; asesinar a un brujo con tales saberes les acarrearía la desgracia, así que lo ataron a una roca y lo abandonaron. Que el desierto se encargase de matarlo.

El hechicero no murió. Nadie supo cómo esquivó su destino. En cambio, el viejo se llenó de odio hacia su propia gente y juró que revelaría el enigma de la muerte a costa de la sangre de los Ibn Bahar. Obtendría a la vez su venganza y la vida eterna. Luego, la historia se hacía confusa. Hablaba de criaturas hechas de sombra, arañas de patas largas y terribles mandíbulas. «Hijas del rencor —oyó decir Isma'il—, nacidas del vientre de una hechicera blanca preñada de odio y maldiciones.» Las criaturas atacaron la caravana. Ni las armas ni la magia les causaban daño. Los Ibn Bahar se refugiaron en las montañas. Se hicieron fuertes en el desfiladero de TajaGargantas, y allí habrían muerto todos si Eleazar no hubiese logrado pedir ayuda. El Consejo Regente —pues por entonces la reina Silvania era aún la Reina Durmiente, atrapada en su hechizo de letargo— envió a sus mejores soldados, poderosos aen sidhe. Les resultó imposible matar a las bestias, porque es muy difícil acabar con el odio. Pero sí pudieron contenerlo. Ésa era la historia que Isma'il conocía.

—¿Monstruos encerrados en botellas? —dijo—. Cuentos de viejas.

—Yo estuve allí —respondió el sidhe—. Partí mi espada contra los Ancestrales. Luché con tu abuelo, y con tu padre, codo con codo. Vi caer a mucha de tu gente, y a algunos de los míos. Vuestros brujos encerraron a esas cosas y nos las dieron en custodia, no entiendo por qué. Nos confiaron algo muy peligroso. He intentado abrir la botella muchas veces. He estudiado todas las magias y nunca he logrado nada. Ni siquiera los tuyos pueden. Pero creo que tú llevas la respuesta grabada sobre el pellejo. Vieja nigromancia, la misma que causa el mal contra el que luchamos.

Isma'il no tuvo tiempo de replicar. Oyó el estallido brusco de una botella al descorcharse, y luego un grito. Su grito, tan lejano y desesperado que apenas podía creerse que de verdad fuera suyo. Sus tatuajes hirvieron y se tensaron como alambres al rojo vivo cosidos a su piel. Los dibujos quisieron huir de su dueño. Tiraban, arrastraban con ellos los músculos y hacían que sus huesos se doblaran. Isma'il no podía creer que existiera tal dolor. Duró un instante que le pareció una eternidad. Lo dejó sin aire, la túnica empapada, y no sólo de sudor. Había perdido el dominio sobre su cuerpo.

Oyó al sidhe reír.

—Sellaron la botella. —El elfo hablaba para sí mismo—. ¡Esos piojosos sellaron la botella! Lo que hizo un nigromante sólo puede deshacerlo otro. Por eso nos dieron la botella. Sabían que nosotros no podríamos abrirla. Lo que hicieron fue ponerla lejos de su alcance.

—¿Qué demonios ha sido eso? —Galerna estaba asustada.

—La primera piedra de mi ejército. Esta misma noche podré prepararlo todo.

55

El juramento de los hermanos

Para un sidhe de alta cuna, dejarse ver en una taberna común era impensable. Sería más fácil ver a un árbol echar a correr que a un sidhe cruzando la puerta de una posada sin un buen motivo, como protegerse de una lluvia de fuego, por ejemplo.

Los aen sidhe vivían en sus mansiones ajardinadas, protegidos tras las murallas de Palacio. No es que no hubiera elfos en la Carbonería. Las casas menores no tenían problemas a la hora de frecuentar una posada respetable, y la guardia tenía por costumbre celebrar los relevos mojándolos en cerveza. Así que cuando Ignis de DunasAltas cruzó el umbral de la Carbonería, el único que lo miró dos veces fue Martín. El phoka alzó la cabeza y olisqueó confuso. El olor del elfo no coincidía con la cara. Olía a gato, un gato en particular cuya presencia era sinónimo de conflictos. Por suerte, el vigilante no era demasiado listo y salió fuera a buscar al intruso. Dujal ignoró al perrazo que llevaba años cuidando la entrada de la posada y que estaba tan familiarizado con su aroma que ni los disfraces mágicos lo engañaban del todo. Cruzó la puerta con una sonrisa amable. A aquellas horas, la clientela habitual apuraba sus bebidas para regresar a casa tras un largo día, y los huéspedes terminaban la cena haciendo elogiosos comentarios sobre la cocinera, o sobre sus habilidades culinarias, según cuánto hubieran bebido. Dujal reconoció algunas caras. El joven Rashid Ibn Bahar cenaba solo en el comedor. Si aquello no era extraño entonces él no comía ratones. Otro elfo lo saludó desde una mesa con una leve inclinación de cabeza. Le costó reconocer a Hyarmen de TocaEstrellas. Se había teñido su pelo azul con un color más oscuro, y vestía un sobrio atuendo de caza. Pasaba por soldado. Dujal atravesó la posada, salió al patio de cuadras y se ocultó allí.

Dalendir había reservado uno de los salones privados de la Carbonería. La posada tenía varias estancias destinadas a clientes demasiado insignes para el comedor común. También eran solicitados para celebraciones o para veladas románticas con un grado variable de decencia. Con unas monedas de más en la mano adecuada se podía acceder a estos salones desde el patio de cuadras, evitando la entrada principal y las miradas indiscretas. Era un lugar perfecto: tranquilo y seguro. Arminta había tomado muchas precauciones. Llegó al patio envuelta en una capa con un cuello de armiño que le cubría el rostro. Podrían acusarla de tener frío, pero no de ir de incógnito. Dujal la vio cruzar el patio y entrar en el salón reservado. Antes de ir tras ella, hizo algo de tiempo y se entretuvo manteniendo una piedra en equilibrio sobre la punta de su bota. No poder fumar le hacía la espera tan lenta como una partida de ajedrez con Marsias, pero quería retrasarse un poco; así la sidhe tendría tiempo de hacer algunas cábalas. Arminta debía de suponer que la situación era grave, o no habría accedido a aparecer por allí. Le convenía que ella se preocupara, que bajara la guardia.

Dujal estaba nervioso y angustiado, le resultaba complicado permanecer quieto. Era imposible observar la posada sin pensar en la triste suerte de Nicasia. Sin ella el mundo era un lugar aburrido y gris. Si alguien le hubiera dicho que llegaría el día que lamentara la muerte de Nicasia se habría echado a reír. Ahora tenía pocas ganas de reírse.

No pudo aguantar. Silbó. Desde otro punto del patio,

Dalendir contestó a su silbido. Todo despejado. El mestizo le había dado un curioso objeto: un huevo hecho de pasta de papel, pequeño y pardo. «Cuando crea que es el momento apropiado lo aplasta; Hyarmen tiene otro y empezará a piar. Así sabrá cuándo le toca entrar en escena.»

Dujal, en su papel de Ignis, se detuvo ante la puerta. Sacudió las manos para espantar los nervios y giró la cabeza hasta que el cuello le crujió un poco. Tomó aire. Estaba listo; ya podía empezar la función. Llamó a la puerta tal como habían acordado, dos repiques breves contra la madera. Arminta le abrió, y el gato comprendió de inmediato que había sido buena idea hacerla esperar. La desesperación desbordaba su mirada.

—Esto es una imprudencia —dijo apremiándole a entrar—. ¿Te han seguido?

—Imposible. ¿Y a ti?

—No lo sé. —Arminta abrazó al falso elfo—. Imagino qué vas a decirme. Y tengo miedo.

Había lágrimas en los ojos de Arminta. Dujal la acarició. Pese a las nuevas leyes muchas jóvenes nobles se veían obligadas a casarse con pretendientes elegidos por sus padres. Para preservar sus linajes y sus títulos, los sidhe eran las únicas hadas que tomaban votos matrimoniales de por vida con una única pareja. Estas uniones garantizaban herederos para la sucesión. Lo demás, el amor, la convivencia, la felicidad, eran accesorios. Un matrimonio noble sólo debía preocuparse por mantener las apariencias de cara a la galería. Lo que ocurriera de puertas para dentro en cada casa era otro asunto. Y él tenía allí aquella preciosa criatura, llorando contra su pecho. Arminta vivía encerrada en una familia dispuesta a cualquier cosa por recuperar la gloria perdida. Si en verdad estaba enamorada de Ignis de DunasAltas, era un amor condenado desde el primer momento; ambos debían de saberlo. Tal vez no tenía más opción que la obediencia. O tal vez no.

—No llores. —Dujal secó las lágrimas heladas de sus mejillas—. Sabíamos que podían descubrirnos. ¿Qué importa? Estamos bajo la protección de la reina; tu familia no puede hacerte nada. Seguiremos juntos.

—Tendría que renunciar a mi título.

—No es tuyo, es de tu hermano. Deja que lo disfrute. Sólo te necesito a ti.

La elfa se separó de él. Ahora su expresión era dura y fría. No le habría gustado saber cuánto se parecía a su hermano.

—No voy a darle esa satisfacción —dijo con los dientes apretados—. Nunca.

La lista de prioridades de Arminta quedaba bastante clara; descubrirlo no fue una decepción, y apenas era un alivio. Los TocaEstrellas veían a todo el mundo como fichas en el tablero del juego de sus caprichos, y el gato pensaba pagarles con la misma moneda. Aplastó el huevo de papel entre los dedos. La sidhe se había sentado y estiraba el terciopelo de su vestido como si acariciara algo vivo.

—No me has dicho quién nos ha descubierto —dijo sin mirarlo.

—¿Importa? Tienes tus prioridades muy claras —respondió el phoka fingiendo estar dolido.

La noble lo miró; habría mirado del mismo modo a su mascota preferida si acabase de descubrirla en mitad de una trastada.

—Explícame la situación; quizá podamos hacer algo.

Alguien llamó a la puerta. Arminta no entendió por qué su supuesto amado acudía a abrir hasta que vio a Hyarmen.

—Me temo que has perdido la oportunidad de arreglar las cosas —contestó Dujal.

El sidhe estaba ante el vano de la puerta. La satisfacción y la crueldad se habían fundido en una sonrisa sobre su rostro. La elfa cambió el asombro por la ira con una velocidad que rozaba la locura; alzó el brazo trazando en el aire los complicados gestos de un hechizo. Dujal la agarró por la muñeca. Detener el fluir de la magia provocó una pequeña deflagración, una ráfaga de aire caliente que restalló en la habitación y dejó un rastro de olor como a plomo fundido. El gato sintió el mordisco de una quemadura en la palma de la mano, pero no soltó a la de TocaEstrellas.

—Esta casa está bajo mi protección —advirtió Dujal retorciéndole el brazo—. Ninguno de los dos hará nada que la dañe.

Arminta se volvió hacia él y le machacó la espinilla con una patada.

—¿Quién eres tú? ¡Tú no eres Ignis!

Hyarmen cerró la puerta y se encaró con su hermana.

—Él no es tu problema, querida. Céntrate en mí.

Dos bofetadas confirmaron que Arminta no tenía reparo en redirigir su enfado. Hyarmen las encajó con gracia; debía de estar acostumbrado a recibirlas. Después tumbó a su hermana de un puñetazo. No estaba dispuesto a ponerse fraternal ni caballeroso.

—¡Eh! —gritó Dujal—. ¡Dijiste que sólo ibas a hablar con ella!

—Estoy usando el único lenguaje que entiende. —Hyarmen alzó el rostro de Arminta para que le mirase a los ojos—. ¿Hemos terminado de jugar, hermanita? ¿Hablamos como seres civilizados?

Arminta se apartó de Hyarmen y se arrastró por el suelo. No dejó que nadie la ayudara a ponerse en pie, ni aceptó el pañuelo que Dujal le ofrecía. Por su mejilla corría la sangre, tinta azul sobre una piel sin mácula. Volvió a sentarse y escondió las manos en las mangas para ocultar su temblor. Alzó la cabeza.

—No tengo nada que hablar contigo.

—Oh, te equivocas, querida. Las cosas han cambiado mucho desde nuestra última charla.

—¿A qué cambio te refieres? —receló la sidhe.

—A todos; nuestro señor padre oculta extraños invitados en el bosque, tiene intención de matarme y tú tienes un amante. Nuestra próxima reunión familiar promete ser fascinante.

La elfa se frotó la mejilla. Necesitaría maquillaje y una buena historia para esconder el golpe.

—Estás diciendo insensateces y haciendo el ridículo.

—Sigo mis costumbres, ¿no es cierto? Eso es lo que teme Gerión, que destroce el poco prestigio que le queda a nuestra casa cuando herede el título. Sería muy oportuno que su heredero muriese, ahora que planea recuperar su feudo y su gloria. Su nieto, tu hijo, sería el próximo heredero. Te vas a convertir en una damita muy solicitada. ¿Eso es lo que quieres?

—Me casaré con quien me plazca, me lo ha prometido.

Hyarmen se rió sin ganas.

—Pero tú sabes que no cumplirá su promesa, por eso mantienes oculto a Ignis... Tal vez crees que más adelante podrías hacer algo para elevar su posición y escogerlo como esposo. Cuando tuvieses poder como dama de TocaEstrellas. Una cosa es un caballero cubierto de títulos y otra un soldado de la guardia. Ambos esperabais vuestra ocasión, pero te he descubierto, dulce Arminta, y pienso delatarte. No creo que eso evite que nuestro señor padre se libre de mi existencia, pero sí servirá para que te encierre en una torre y te obligue a casarte con quien más le convenga. Algún anciano de la vieja escuela. Vas a tener una noche de bodas muy divertida.

Dujal estaba impresionado. Si Arminta había sentido algo a lo largo del discurso de su hermano no hizo un solo gesto que lo mostrara. Mantuvo una imperturbable serenidad.

—Padre no creerá ni una palabra de lo que dices —le espetó—. Ya ha escuchado tus delirios otras veces.

—Pero creerá al bueno de Ignis. ¿No te preguntas cómo hemos conseguido una copia tan convincente?

La elfa apretó los puños y observó de reojo a Dujal, que

le dedicó una sonrisa incómoda. En los ojos de Arminta paseó la inquietud.

—No te habrás atrevido…

—¿A matar a tu juguete? ¿Realmente te preocupa? Tú no lo amas. Vamos, reconócelo, es sólo un acto de rebeldía. A tu edad resulta patético, querida.

—No es peor que lo que haces tú. Mejor la rebeldía que la desidia.

—Bueno, parece que tenemos opiniones distintas sobre ciertos aspectos de nuestras vidas. Aunque estoy seguro de que podremos ponernos de acuerdo en lo fundamental.

—¡No tengo que ponerme de acuerdo contigo en nada! ¡Padre no te creerá!

—¿Estás segura de querer correr ese riesgo? Mañana puedo pedir una audiencia pública, ante toda la Corte si es necesario. Hasta hace no mucho las relaciones no consentidas eran delito. Eso ha cambiado, pero te aseguro que te cerrará muchas puertas y, desde luego, vas a enfadar mucho a nuestro señor padre que, como acabamos de descubrir, tiene la costumbre de librarse de los hijos díscolos.

—No puede hacer eso conmigo. —Arminta sonrió—. Pronto seré su única hija.

—Sólo hasta que te busque un marido de su gusto. Entonces tendrás la vida de nuestra señora madre, sólo que tú estarás sola, encerrada en la montaña que Gerión quiere recuperar para que tengas la prisión más magnífica y solitaria con la que ningún elfo soñó jamás. Eso si tu esposo no se aburre de ti y enfermas repentinamente, o sufres algún accidente desdichado.

—¿Qué pretendes sacar de todo esto, Hyarmen?

—Salvar la vida. Escapar de la tiranía de Gerión y devolverle años y años de humillaciones. Porque sé lo que tramáis en el bosque… Mercenarios, brujería, sangre… Te he seguido, lo he visto, lo sé todo y voy a cobrarme venganza.

El sidhe cogió las manos de su hermana y las besó. Si la

elfa no hubiese estado temblando de pies a cabeza, con el terror cristalizado en su rostro, habría parecido un gesto de cariño. Era, en realidad, una forma brutal de demostrarle que la tenía a su merced. A Dujal empezaba a no gustarle aquello. Arminta no era capaz de articular palabra; el miedo le había robado las palabras. Lo miró tratando de adivinar si el falso Ignis podía llegar a ser un aliado. Dujal rehuyó sus ojos. La compasión era un lujo que ningún TocaEstrellas se merecía.

—Él no va a ayudarte, querida. No tiene motivos para hacerlo, no puedes ofrecerle nada que desee. Ni tu tan celebrada belleza es ahora una baza. Creo que ninguno de los dos le gustamos.

—Entonces, ¿que está haciendo aquí? ¿Qué papel juega en esto?

—¿Él? Lo recogí en el bosque. Estaba sobre una pila de cadáveres. Tiene muchas cosas que contar.

Arminta volvió a observarlo, desarmada, atrapada.

—Hyarmen, escúchame —rogó como un reo en el cadalso—.Te lo suplico, deja que me vaya. Hablaré con padre, nadie te hará daño…

El elfo la agarró por el cuello.

—¡No mientas! ¡Por una vez en tu vida! Yo no estoy contra ti. Tengo un trato que proponerte, pero exijo tu obediencia ciega, sin trucos ni trampas. Me vas a decir qué planea padre y cuándo piensa visitar de nuevo a los mercenarios. Hazlo, y será él quien muera, no yo. Heredaré el trono de TocaEstrellas, y tú gobernarás en mi nombre. Cásate con quien quieras. Qué me importan a mí tus trampas de alcoba. Siempre has anhelado tener poder, yo te lo ofrezco. Y también libertad. Los dos podemos obtener lo que queremos.

Palabras mágicas. El miedo de Arminta se esfumó en el aire. Dejó de temblar. Los hermanos —lobos de la misma camada— compartían ahora una sonrisa. Pensar que eran parte de los gobernantes de TerraLinde hizo que Dujal sintiese una profunda oleada de asco.

—Sólo me encargo de llevar los pagos y las instrucciones —declaró la dama—. Iban selladas, nunca pude leerlas. Supongo lo mismo que tú, que nuestro señor padre quiere reconquistar TocaEstrellas con o sin permiso de la reina y, ya que no puede reunir un ejército, se lo está fabricando. Pero te advierto que quizá estés mordiendo más de lo que puedas tragar. Sospecho que no está solo en esto. Él no podría haber conseguido tanto dinero por su cuenta; no es tan rico, ni posee tantos contactos.

—¿Eso quiere decir que tenemos un trato, hermanita?

—Emborráchate lo que quieras. Mantén tu brutalidad en un discreto segundo plano y yo me encargaré de que nunca andes corto de monedas.

—Suena tan bien que es casi aburrido. Creo que llevas pensando en estas cosas mucho tiempo.

—No te haces una idea… —le aseguró Arminta.

—Hay que averiguar qué planea padre y presentar los hechos ante la reina.

Arminta negó.

—Mala idea. Mancharás el nombre de nuestra casa. Por muchos honores que te ofrezca Silvania, muy pocos nobles confiarán en nosotros si vendes a tu propio padre para robarle un título que todavía no le pertenece. Es bueno que sepamos qué está tramando, pero si quieres alcanzar el trono de TocaEstrellas por derecho propio, los días de Gerión deben estar contados. Hay que frenarlo de modo discreto.

—¿Qué propones?

—Nuestro señor padre irá al bosque dentro de cuatro noches. Pero no al campamento. La última vez que estuve allí lo estaban desmantelando.

—Será luna nueva, todo estará oscuro. Es muy conveniente.

—Los pagos siempre los hago yo. Si él va personalmente debe de tratarse de algo más serio.

—Lo averiguaré. Entonces, ¿estás conmigo?

Arminta se inclinó hasta el rostro de su hermano y le besó la mejilla.

—Estoy contigo.

—Mantendré a Ignis bajo mi tutela algún tiempo —le advirtió Hyarmen—. Para asegurarme.

Dujal rompió su silencio.

—Eso no será garantía. Hazla jurar.

Los hermanos lo miraron; habían olvidado su presencia. Arminta se levantó de su silla. Destilaba ese odio que sólo se tiene cuando alguien pone el dedo sobre una herida reciente. Dujal había encontrado el punto sensible de su señoría, y ella había saltado como un resorte.

—¿Cómo te atreves? ¿Quién eres tú para dudar sobre mi honor?

Hyarmen agarró a su hermana del brazo y la obligó a sentarse de nuevo.

—Tu hermana está más comprometida con sus intereses que con este pobre idiota —le dijo Dujal—. Si la obligan a elegir, ten por seguro que no escogerá el amor de Ignis. Has raptado a un miembro de la guardia, estás en una situación complicada y ella lo sabe. Hazla jurar.

—No deberías enfadarte tanto, hermana. Mi amigo es grosero, pero listo. Demuestra lo equivocado que está y júralo.

Hyarmen sacó su daga e hizo un corte en el brazo a su hermana. Después, se cortó la yema del dedo índice.

—Puedes jurar, o puedes comprobar hasta dónde muerde este cuchillo.

Arminta los miró con tal odio que Dujal se alegró de no mostrar su auténtico aspecto. No deseaba tenerla como enemiga.

—Arminta de TocaEstrellas —dijo Hyarmen—, jura por las nieves eternas de la casa que perdimos, por la espalda del cielo y por el corazón del invierno que no intentarás dañarme por omisión o por hecho. Jura que mantendrás en secreto nuestros planes. —Arminta contempló la sangre. El peso de aquel voto la hacía pasar de manos de su padre a manos de su hermano—. ¡Jura! —gritó Hyarmen.

—Juro —susurró ella con la voz rota.

—Dulce y querida hermana —dijo Hyarmen en tono meloso—. Hazlo bien.

—Lo juro por la casa que perdí, por la espalda del cielo, por el corazón de invierno. No te dañaré ni por obra ni por omisión. Tu secreto es mi secreto.

Las sangres se mezclaron y retorcieron como venas azules, y formaron un nudo que tiró de los hermanos, obligándolos a abrazarse. Arminta dejó escapar una exclamación, y Hyarmen la soltó.

—¿Qué pasa?

—¡Había alguien mirando por la ventana! —gritó—. Lo he visto por encima de tu hombro. ¡Un muchacho moreno! Estaba espiando por el hueco de las cortinas.

El elfo abrió la ventana. Dujal distinguió una silueta que se alejaba a la carrera. También Hyarmen la vio. Saltó al patio desplegando un par de alas blancas. Se movía deprisa. Dujal supo que no sería capaz de alcanzarlo con la forma de Ignis. Hyarmen se abalanzó sobre el espía con la precisión de una rapaz, y los dos rodaron por el suelo. Hubo un breve intercambio de golpes, un forcejeo detenido por el brillo de una daga. La presa del elfo dejó de moverse. Dujal llegó hasta ellos cuando el cazador limpiaba su arma en las ropas de la víctima.

—Desdichado mocoso —gruñó el sidhe.

Era un joven, casi un niño. Dujal descubrió la identidad del muerto al mismo tiempo que un disparo rompía la calma del patio. ¡Rashid Ibn Bahar! El corazón le dio un vuelco. ¿Qué hacía huroneando en las ventanas de la Carbonería? Trató de contener el flujo de la sangre presionando la herida, pero era un acto inútil. Rashid se reunía con su abuelo demasiado pronto.

—¡Tenía que ser un TocaEstrellas! —gritó alguien—. ¡Bastardos asesinos!

Dujal se volvió asombrado. Unos morían y otros regresaban de entre los muertos. Nicasia se encontraba de pie en el patio. La flanqueaba Martín y una enorme troll a la que recordaba haber visto alguna vez con Mesalina. No había duda de que era ella, Nicasia, y no una ilusión. Ningún hechizo podía copiar tanta ira. Estaba, si era posible, más delgada, pero se trataba de ella. El suplicio que había sufrido en la montaña sólo había ajado su cuerpo. La actitud permanecía intacta. Para suplir el brazo que llevaba en cabestrillo, se había colgado a la espalda una mochila de la que salía un amenazador brazo metálico. Gracias a aquel invento podía sostener su trabuco aún humeante.

—Eres tú —farfulló Dujal sin poder creerlo—. Eres tú de verdad.

Nicasia no contestó. Hyarmen escapaba. La ingeniera volvió a disparar. Lo intentó hasta tres veces, maldiciendo cada tiro que fallaba.

—¡Este brazo no está ajustado, no puedo apuntar! ¡Malditas las tripas que lo escupieron al mundo! ¡Ese canalla se escapa y me deja un muerto en casa…!

Y no un muerto cualquiera, sino el cadáver de un Ibn Bahar. La caravana pediría venganza. Isma'il pediría venganza.

Dujal recordó que la cara que llevaba puesta era prestada. Recogió la daga de Hyarmen. Prefería no dejar pistas. Acababa de descubrir que Nicasia estaba viva y no le apetecía arrastrarla de nuevo hasta sus turbios asuntos. Cambió de forma, y lo mismo hizo Martín. Perro y gato corrieron por el patio. Dujal trepó a un arbolillo, y de ahí saltó al tejado de una de las cuadras, lejos del alcance de su perseguidor. Se detuvo a una buena distancia y recuperó el aliento. Era improbable que Nicasia lo hubiera reconocido. No le había visto la cara, y había muchos otros phokas en la Corte. Si Arminta era la mitad de lista de lo que aparentaba, habría aprovechado el desconcierto para irse. Hyarmen había matado a Rashid; el pobre crío estaba siempre donde no debía. Dujal no deseaba llevar la cuenta de los muertos, pero alguien tenía que hacerlo. Hasta entonces, todo lo que rodeaba a los TocaEstrellas habían sido sospechas y conjeturas. Ahora tenía un crimen real que hacerles pagar. Y pagarían todos. Sin excepción.

56

Una jugada sucia

Dujal saltó a un tejado. La carrera le había puesto el corazón bajo la lengua. Se sentó junto a una chimenea, decorada con azulejos de colores, a esperar a que remitiera el pinchazo que le taladraba el costado al respirar. Sacó un cigarrillo y luchó por encenderlo. La muerte de Rashid empañaba la felicidad de haberse reencontrado con Nicasia. Ella estaba viva, y más enfadada que un demonio, lo cual sólo podía ser una buena señal. Sonrió. Recordar la ristra de insultos que la ingeniera había soltado mientras disparaba lo hizo reír. Nicasia… Dujal sufrió un ataque de tos en mitad de la carcajada. Se llevó las manos al pecho. «Tanto fumar.» No estaba en su mejor momento. Al menos había podido librarse de la forma del sidhe. Ahora la ropa le colgaba sin gracia de los hombros, y tuvo que quitarse las botas. Se hallaba descalzo sobre un tejado en plena noche. Era bueno volver a ser uno mismo.

Ordenó sus pensamientos entre caladas. A Hyarmen le había resultado fácil matar a Rashid; había actuado con la misma naturalidad con la que se aplasta a una mosca. No le causaría remordimientos. Pero Rashid era algo más que un bulto de carne y sangre tirado en el suelo. Dujal estaba dispuesto a conseguir que lamentara haberlo hecho. El elfo ya no le impresionaba. Se las había visto antes con otros matones. Hyarmen no era diferente; arrogante, prepotente, con la confianza por las nubes… Le encantaban, porque nunca esperaban nada de un tipo canijo como él. Pero Dujal era alguien a quien había que temer. Tenía la manga llena de trucos y estaba enfadado.

No le apetecía volver a ponerse la cara de Ignis de Dunas-Altas, ni una ropa que no era suya. Era hora de recuperar su papel. Caminó por los tejados de regreso a Palacio hasta llegar a la muralla que separaba el Barrio Alto del resto de la ciudad. Saltó de almena en almena y se detuvo ante los amplios jardines de la casa de Marsias. Creyó que soñaba al oír música. Al acercarse más se convenció de que los oídos no le engañaban y tampoco lo hacían sus ojos. Las discretas lámparas volvían a arder entre los árboles, y los músicos tocaban una suave melodía con flautas. La curiosidad lo hizo saltar a ciegas hasta la rama de un arce del jardín, demasiado delgada para su peso. La oyó crujir bajo sus pies descalzos y cayó sobre un matorral. Al momento sintió un picor extremo en todo el cuerpo. Era un arbusto de hiedra venenosa. Abandonó el matojo y deambuló por el jardín.

Era desgarrador caminar por aquellos senderos sin la esperanza de hallar al enorme sátiro tumbado en su lecho de cojines mientras pedía algo de beber a gritos. Las lámparas ardían, y sonaba la música. Marsias lo habría querido así, porque la vida seguía sin él. Todo pasa, hasta la pena más profunda. Sin embargo, Dujal sabía que él nunca dejaría de llorar la muerte del sátiro, no del todo.

El jardín tenía zonas de bosque; si era cauto podía pasear a solas. Llegó hasta la parte trasera de la vieja mansión. Era donde vivía el personal. En horas de trabajo estaba vacío y a oscuras.

Salvo una luz.

Había un candil encendido en la terraza de Mesalina. Se acercó. No era su intención ser silencioso, pero le podía la costumbre. Andaba de puntillas, oculto entre los árboles. Vio a la sátira apoyada sobre la balaustrada. La luz del candil convertía su perfil en una sombra chinesca y su melena en una cascada de fuego. Dujal se encogió en su escondite. No quería que ella se moviera; nunca la había visto más hermosa que entonces, sin joyas ni adornos, sin la parafernalia cortesana que tanto le gustaba. Sólo ella y la danza de una pequeña llama recortando su rostro. El phoka no era capaz de atarse al calor de un único regazo; consideraba que el amor, al igual que todas las cosas, era un juego. Y jugar siempre a lo mismo cansa. Y él corría de falda en falda, rara vez tentado a repetir. Mesalina era la excepción; siempre volvía a ella.

Los había presentado Marsias. Dujal era un criajo que nunca había salido del bosque. Mesalina no era la primera sátira que veía, pero sí la más bella, y el phoka se prendó de sus ojos de madera vieja, de su piel perfecta y del descaro de su risa. Quiso impresionarla y sólo consiguió divertirla; para entonces, ella ejercía ya en el jardín de su tío, y era difícil que las payasadas de un novato le provocaran algo más que risa. Pero tuvo suerte. Dujal ganó su primer beso. Más tarde, cuando su primera jugarreta contra Nicasia lo puso en boca de todos, consiguió todo lo demás. Una primera vez rápida y torpe que él no querría olvidar por nada del mundo. Tonteaban, intercambiaban confidencias, se hacían rabiar. Todo menos atarse. Ella se encaprichaba de algún cliente, él decidía irse de viaje… Sin celos ni lazos. Antes o después volvían a buscarse. Dujal sabía por qué regresaba. Lo entendía cada vez que la veía de nuevo.

La sátira encogió los hombros, sacudida por un sollozo, y se secó las mejillas con el dorso de la mano. El gato estiró las orejas. Sin detenerse a pensarlo trepó por el tronco del cedro que crecía junto a la terraza. Conocía aquel árbol como a un viejo amigo. Era la puerta al paraíso. Saltó a una rama gruesa y se acercó hasta el borde de la terraza.

—Te ofrecería un pañuelo, pero lo he perdido —le dijo con su mejor sonrisa.

Mesalina gritó y dio un brinco, las manos sobre el pecho. Lo miró sin poder creerlo. Dujal saltó al interior de la terraza.

—Mesalina, ¿estás bien?

La cortesana lo abrazó; temblaba de la cabeza a las pezuñas. Dujal enterró la cara en su cuello; al calor de aquella piel familiar que siempre sabía cómo darle la bienvenida, sintió que había regresado a casa.

—¡Don del sol! ¡Eres tú! ¡Me estaba quedando sin esperanzas!

Algo se estremeció dentro del phoka. Le golpeó la certeza de lo poco que había faltado para no poder disfrutar de ese momento ni de ningún otro. Sintió que lo ahogaba el pánico. Las sombras le apretaron el corazón. No era lo que quería en aquel instante. Contempló el rostro de Mesalina, la sonrisa venciendo la humedad que bordeaba sus ojos castaños, unos labios que querían que la felicidad ganara a la tristeza. Estaba vivo, estaba donde debía estar. La besó sin mediar palabra. Fue como poner la boca sobre el sol. La sombra se retorció y desapareció, el miedo se convirtió en polvo y luego en menos que eso.

—¿De dónde sales? —le preguntó la sátira acariciándole la nuca.

La respuesta pasó directamente de su corazón a su lengua.

—Me he escapado del infierno. Por los pelos.

Mesalina no quiso descifrar sus palabras. Por su aspecto, lo creía. Vestido con ropas inmensas, manchado de sangre ajena, descalzo y salpicado de ronchas por culpa de la hiedra venenosa, Dujal parecía salido de una pesadilla. Añadiendo el vendaje sucio que le rodeaba el cuello, la palidez y los kilos que había perdido, quedaba claro que esta vez la aventura le había pasado factura.

—¿Me vas a contar qué te ha ocurrido? —Hizo la pregunta en el tono del que riñe sin ganas.

Dujal volvió a besarla, un beso corto y tierno. Fue encadenando uno, otro y otro. Disfrutando de cada uno. Como si robara cerezas de un árbol.

—Sólo cosas malas —le dijo, enterrando sus malos recuerdos con caricias.

Mesalina se desprendió de sus brazos y le tiró de la mano para hacerlo entrar a su dormitorio.

—Sé exactamente lo que necesitas.

La sátira lo hizo desvestirse y le quitó el vendaje del cuello con gestos delicados. La dulzura se acabó cuando vio la herida que le cruzaba el cuello, un tajo de izquierda a derecha que se paraba sobre la nuez. Nebel no había hecho mal trabajo; la guarnicionera sabía de curas de campaña. Aun así, Mesalina estaba acostumbrada a la maestría médica del santuario, y aquello no le gustó nada.

—¿Quién te ha hecho esta chapuza? —protestó—. ¿Te ha curado un goblin borracho?

—Los goblins no curan nada —respondió él con más dureza de la que habría querido—. Esta chapuza me ha salvado el pellejo.

Mesalina no añadió nada más. Le besó la frente y lo sentó junto a una mesa llena de botecitos, botellas y ungüentos. Le cubrió la herida del cuello con una espesa pasta rojiza que ardía como el hierro candente y le puso vendas limpias, primero tiras de seda empapadas en un aceite que olía a clavo y a naranjas nuevas. Encima le puso vendas de lino, un vendaje firme, profesional. Dujal se dejó cuidar. Poder confiarse a otras manos era maravilloso.

Mesalina le hizo una confidencia.

—Le pedí a Isma'il que te buscase con uno de sus rituales, pero el resultado no fue bueno. Pensé que estabas muerto. Te hemos estado buscando todos. Nicasia ha regresado a la Corte expresamente para eso, y debería haberse quedado en el santuario. Mi tío me ha dicho que aún no…

—¿Tu tío? —Dujal agarró la muñeca de la sátira—. ¿Marsias está vivo?

Mesalina sonrió. Dujal no necesitaba más respuesta.

—Logré llevarlo a FuegoVivo. Tenía miedo de que no soportara el viaje, pero pensé que tampoco tenía nada que perder. Y logramos llegar. Tiresias lo salvó.

Dujal cogió a la sátira por la cintura, la alzó y la hizo girar. Mesalina rió, y él sintió que la risa le quitaba una carga de los hombros. Volvió a dejarla en el suelo. Permanecieron frente a frente, él recuperando el aliento, ella sonriendo como si fuera a empezar a bailar en cualquier momento.

—¿Puedo ir a ver a Marsias?

—Tuvo que quedarse en el santuario. Por obligaciones, no por sus heridas. Está bien, pero no volverá hasta primavera, y me alegro; así podrá curarse del todo. Si querías beber con él tendrás que esperar.

—Venir a verte ha sido una gran idea —le dijo Dujal—. Creo que mis pies han sido más listos que mi cabeza. Se han puesto en camino ellos solos.

—Porque saben que tengo lo que te conviene. —La cortesana sonrió.

Para la quemazón de la hiedra le frotó con arcilla, una tierra gris que hizo que la piel dejara de arderle. Sí, Mesalina siempre sabía qué necesitaba. Se sentó sobre sus rodillas, a horcajadas. Era liviana y delgada, ocupaba una pequeña parcela de espacio y a la vez parecía capaz de absorberlo todo. Toda la luz, toda su atención y sus sentidos se enredaban a su alrededor. Ni cerrar los ojos la hacía desaparecer. Frente a frente, se besaron despacio. Mesalina le puso un dedo sobre el corazón. Reclamaba lo que era suyo desde hacía mucho tiempo.

—Mesalina, yo...

—No hace falta que lo digas, lo sé desde hace tiempo.

—¿Y qué hay de ti?

—¿Crees que lloro por cualquiera?

—No merezco tus lágrimas.

—Muy pocos las merecen, pero decidir a quién lloro no está en mi mano. El corazón decide esas cosas.

Dujal la tumbó sobre el suelo. La cama estaba a un mundo de distancia, y los dos tenían demasiada prisa. Mesalina le abrazó las caderas con las patas. Él la besó, y la boca de la sátira se abrió a la suya, fresca y suave, como una flor bajo la lluvia. Con la respiración alterada, el gato susurró las dos palabras que la sátira le había impedido decir antes. Él, que presumía de ser mentiroso por vocación, dijo una verdad enorme, de esas que sólo se dicen una vez.

Lo despertó el amanecer. A su lado, la sátira dormía roncando bajito, con la cara enterrada en su almohada. Dujal se permitió el lujo de disfrutar de la vista. Mesalina era un precioso paisaje, un desierto de dunas de cobre que se agitaba al ritmo de su propio viento. La abrazó y apoyó la cara sobre su espalda. No quería moverse de allí en los próximos mil años. Olvidar todo lo demás era una tentación, y habría sido fácil si en su memoria no estuviera tan fresco el rostro de Manx y el hedor de la celda de la que había sacado a Nicasia. Esos recuerdos siempre estarían ahí. Alguien tenía que pagar. Dujal se deslizó fuera de la cama. Mesalina se despertó.

—¿Te vas?

—Sólo a Palacio. Tengo un par de asuntos por arreglar. Volveré.

Dujal siempre dejaba a cargo de Mesalina una muda de ropa para casos de emergencia. Volver a ponerse sus propias prendas fue una bendición.

—Deberías ir a ver a Nicasia —le dijo la cortesana.

—¿A Nicasia? Pensé que la gruñona no te gustaba.

—Y no me gusta, pero volvió del santuario sólo para organizar tu búsqueda. Debería haberse quedado allí, aún le falta mucho para recuperarse.

—Ayer la vi. Está bien.

—Tú no has visto sus heridas.

Dujal alejó de su cabeza el recuerdo de la celda en los parideros.

—Te equivocas —dijo muy serio—. Sí que las vi.

—Razón de más para que le digas que no tiene que preocuparse por ti.

Dujal se puso la camiseta.

—¿Qué tal su mano? ¿Podrá volver a moverla?

—Marsias le dio instrucciones. Tal vez tenga suerte.

Dujal se giró y le dio un beso fugaz de despedida.

—Está bien; iré a verla en cuanto salga de Palacio. Y regresaré aquí.

—¿Y me contarás qué está ocurriendo?

Dujal sonrió sin ganas. Tendría que hacerlo; Mesalina se había ganado ese derecho, y además la conocía lo bastante para saber que no pararía hasta conseguir lo que pretendía. Cuanto antes mejor.

Salió de los jardines igual que había entrado: saltando la tapia y subiendo a su reino de azoteas y cubiertas. Tenía el Palacio a tiro de piedra. Saltó a un elegante tejado adornado con tejas vidriadas que resbalaban como el hielo. La idea de colarse en Palacio ni siquiera se le había pasado por la cabeza. No pensaba volver a encerrarse en un lugar donde el de TocaEstrellas se sintiera seguro. A partir de ese momento sería él quien dictase las reglas del juego. La muralla de Palacio tenía una gran puerta principal y un postigo destinado a facilitar el paso diario del personal. Dujal se arrellanó en un árbol cercano a la pequeña puerta. Observar las idas y venidas de los atareados sirvientes era algo que se disfrutaba más si se estaba cómodo. No le cabía duda de que si esperaba lo suficiente encontraría lo que quería. Fue cuestión de paciencia. Al cabo de unas horas, la rama del árbol ya no era cómoda, había contado hasta la última hoja, molestado a todos los pájaros y le picaba todo. Cuando al fin vio lo que quería, el día casi había terminado y Dujal tenía un humor de perros, algo desquiciante cuando eres un gato.

Dalendir cruzó el postigo como cualquier otro paje afanoso, sólo que a éste le habían partido un labio recientemente. Dujal bajó de la rama de un salto ante él. Dalendir quiso evitar lo que le caía encima, tropezó y se desplomó al suelo.

—Hola, Dalendir. ¿Es mal momento?

—Yo no tengo buenos momentos —refunfuñó el paje sacudiéndose el polvo de la ropa. Costaba trabajo entender lo que salía por su boca hinchada.

—Quiero hablar con Hyarmen.

Dalendir le hizo un gesto mudo para que lo siguiera. Cuando estuvieron a una distancia prudencial de Palacio, le dijo:

—No lo haga. Está loco por encontrarle. Si le da la oportunidad le matará.

—¿Está asustado?

—¿Asustado? Está fuera de sí. Usted sabe lo que planea contra su padre y es el único testigo del asesinato de ese muchacho. No se ponga a su alcance.

Lo había supuesto. Dujal tenía grabada en la memoria la huida del sidhe, una desbandada chapucera que le había dado una jugosa ventaja. Era hora de sacarle provecho.

—Dile que vaya esta noche a la Posada de Poniente.

—¿Por qué? Le estoy diciendo que se mantenga alejado de este asunto. Nos jugamos el pellejo los dos.

—Anoche Hyarmen mató a un niño. Era mi amigo. Los TocaEstrellas acaban con todo lo que se cruza en su camino. Es hora de que alguien les pare los pies.

Dalendir miró a Dujal con ojos de anciano. Los pocos años que tenía ya le pesaban demasiado.

—Estoy de acuerdo, pero le aseguro que hay otros tras sus pasos. La justicia es lenta pero siempre acaba llegando.

—Tú asegúrate de que le llega el mensaje —insistió Dujal.

—Pensaré algo para que no acabe pagándola conmigo —se rindió el paje.

Dujal le puso la mano en el hombro, y Dalendir trató de sonreír. Le quedó una mueca dolorosa, un valiente intento de quitarle hierro al miedo. El gato lo abrazó y le hizo una promesa.

—No tendrás que soportarlo mucho más tiempo.

—Eso espero, o acabaré por apuñalarle yo mismo. —Dalendir se separó del phoka—. Tenga cuidado —le aconsejó antes de marcharse.

Dujal pensó que no era él quien tenía que cuidarse.

La Posada de Poniente era un sitio ideal para una cita peligrosa. Las peleas eran frecuentes, y los asiduos olvidaban rápido los detalles de estos enfrentamientos, sobre todo si corría la sangre. La guardia solía encontrarse frente a un grupo de hadas que sufrían convenientes lagunas de memoria. Un pacto de silencio que era el mayor exponente del honor entre canallas. Dujal no entró en el gran salón. Allí había demasiada gente a la que debía dinero o favores; había pagado dos lanzas de plata a un matón de poca monta para que le indicase a Hyarmen dónde podía encontrarlo. La taberna contaba con un sucio patio trasero donde el que la tenía dejaba atada su montura. En aquel momento había una mula púrpura luchando una guerra perdida contra una nube de tábanos y un caracol de carreras. Dujal cambió a su forma felina y se encaramó a la tapia. Un gato negro llama menos la atención.

El de TocaEstrellas no se hizo esperar. Salió al patio cautelosamente, la mano sobre la espada y unos ojos atentos que no lo estaban tanto, porque pasaron sobre el phoka sin detenerse. Hyarmen resopló. Sus intenciones eran tan evidentes que podían saborearse.

—Echas mano al filo de tu espada con demasiada facilidad. Por eso tienes tantos problemas.

Hyarmen se giró hacia el gato, que arqueó el lomo en un bostezo arañando los ladrillos con sus diminutas garras.

—No creo que tenga problemas.

—Ayer asesinaste a un crío delante de demasiados testigos. No sé cómo entendéis las cosas los elfos, pero para todo el que vive más allá de la muralla de Palacio eso es una ofensa. Clamarán justicia tan alto que el Consejo tendrá que tomar cartas en el asunto. Esta vez no podrás librarte.

—¿Librarme? No necesito librarme, estás mintiendo, nadie me vio.

Hyarmen lo miró entrecerrando sus ojos helados. Calculaba la posibilidad de alcanzarlo de un salto. Dujal fingió lamerse las almohadillas de sus patas. Falsa indiferencia; en realidad, no apartaba los ojos del elfo. Estaba centrado en una posible huida.

—Te diré qué vamos a hacer: te mantendrás lejos de tu padre. No acudirás a la reunión de Gerión con sus mercenarios. Tú y tu hermana os quedaréis aquí.

—Voy a romperte el cuello —aseguró Hyarmen. Era una amenaza que estaba dispuesto a cumplir. El gato no dudaba que sólo esperaba el momento adecuado para echársele encima, y sabía lo rápido que podía llegar a moverse Hyarmen. Permaneció en el borde del muro ocupándose en su falso acicalado.

—Impulsivo. Impulsivo y estúpido. Por eso tienes tantos problemas.

Hyarmen se acercó al pie del muro. Dujal se sentó y enrolló la cola alrededor de su cuerpo, una pequeña esfinge de ojos esmeralda, midiendo al enemigo.

—¿Por qué no sueltas lo que tengas que decirme de una vez y acabamos? Empiezas a aburrirme, y puede que lo mitigue arrancándote el pellejo.

—Acabar con los testigos es tu solución para todo. Un poco arriesgado, ¿no crees? Esta vez te ha salido mal. Echaste a volar como una perdiz azuzada por un perro de caza. Escapaste sin pensar y dejaste tu daga junto al cadáver.

Hyarmen apoyó la espalda contra la pared. El desprecio le hacía sonreír.

—¿En eso se basa tu chantaje? ¿En un arma que podría ser de cualquiera en esta ciudad? Ni siquiera voy a molestarme en matarte.

Dujal se relamió. Ahora tocaba disfrutar del momento.

—El chico al que mataste ayer se llamaba Rashid Ibn Bahar.

Hyarmen se volvió hacia él. La prepotencia se había esfumado de su rostro. Ahora podía ver el pánico latiéndole en las sienes.

—Nieto del difunto Eleazar Ibn Bahar, primo de Isma'il Ibn Bahar... ¿Ya te va sonando la genealogía? Pon atención a su primo; tiene una fama muy siniestra.

—Cuentos de viejas —aseguró el elfo.

—Puede, pero su familia es poderosa, y al Consejo le gusta tenerla contenta. Cuando conozcan este asesinato no les va a agradar; querrán justicia, y la daga te señala a ti.

—Te he dicho que es un arma vulgar. Ni siquiera es una pista.

—A menos que pertenezcas a una familia que practica la nigromancia, la antigua magia de sangre. Hazme caso, si no te quedas quieto ese cuchillo llegará a malas manos. Si muero, aunque sea por atragantarme con una bola de pelo, ese cuchillo llegará a malas manos. Si vuelves a tocar a Dalendir... Ya sabes.

Hyarmen apretó los labios. Era un momento dulce; Dujal debía asegurarse de que no sería el último.

—Vuélvete a casa, señor de TocaEstrellas, y no te muevas de allí lo que queda de luna. Por tu propio bien. Después... habrá que negociar.

La expresión de Hyarmen decía lo que su orgullo no le dejaba. Obedecería, al menos por ahora. Hasta que se le ocurriera cómo salir de la trampa que Dujal le había tendido, algo que ya sabía que le llevaría su tiempo. El phoka saltó al suelo y salió del patio con la cola alzada y el paso lento. La noche y la victoria le pertenecían.

57

Viejos enemigos

Nicasia ordenó colocar el cadáver sobre la mesa de su taller. Rashid, tumbado boca arriba, tenía los ojos fijos en la eternidad y una amapola de sangre sobre el pecho. Le habían atravesado el corazón de una única y certera puñalada. Ya estaba frío; el fuego, destino final de todos los Ibn Bahar, lo reclamaba.

Nicasia se quitó la mochila que contenía el brazo mecánico. Cerró los ojos del niño. Se parecía tanto a su abuelo que resultaba perturbador. Recordaba haberlo visto en casa de Marsias. Sonreía mucho; tonteaba con todo el mundo. Un mocoso despreocupado, metido en asuntos que le venían grandes. Abrió la bolsa atada al cinto del crío y extrajo la carta que Rashid se había empeñado en entregarle personalmente. No tenía sello ni firma. Sólo era un simple pliego de papel. Nicasia lo abrió. Aquella carta era la última entrega del juego matemático que el anciano y ella mantenían desde hacía años. El juego era fácil: resolver una ecuación o un juego de lógica y enviar junto a la respuesta un nuevo reto. Aquél era el último enigma que la ingeniera había mandado a Eleazar. Estaba sin resolver. ¿Le devolvían su propia carta? La puso a trasluz; no parecía haber restos de escritura oculta, ni de trazos arañados con un alfiler o un puntero.

Exponer el papel al calor no reveló nada. Sacó un pequeño frasco de un cajón que contenía un líquido transparente y un poco viscoso. Lo extendió con ayuda de un pincel sin resultado. Allí no había ningún misterioso texto oculto, ninguna clave. Justo como se temía.

Era imposible que hubieran matado al chico por aquello. Estaba claro que Rashid sólo intentaba hablar con ella cara a cara. La carta no tenía relación con su muerte. Costurina le había dicho que, últimamente, rondaba la Carbonería cotilleando con los clientes. Rashid había estado jugando a los espías.

Al que sí que conocía era a Hyarmen de TocaEstrellas. No había podido verle la cara, pero pocos elfos pueden volar, y aquellas alas eran privilegio de su casa. Gerión de TocaEstrellas no habría sido tan torpe de dejar un cadáver a sus espaldas de aquel modo tan acusatorio. Su primogénito, en cambio, ya había demostrado antes que no dominaba la sutileza ni la estrategia.

Nicasia cubrió el cadáver con una lona; no le apetecía seguir viendo aquel rostro. Volvió a mirar el papel y lo arrugó, frustrada. ¡Qué espiral de intrigas sin respuesta! Era desquiciante. Tiró la pelota con el resto de la correspondencia, y la pequeña torre de cartas se derrumbó. Entonces, recordó algo: el día anterior, cuando bajó para animar a Talismán, había recogido del suelo una carta con el sello de Eleazar. Supuso entonces que era precisamente la última entrega de su juego matemático, y no se molestó en abrirla para confirmarlo.

Se abalanzó sobre las cartas. ¿Cómo se le habría pasado? Era demasiado gruesa, mucho más que de costumbre, y estaba sellada. ¡Sellada! Arrancó el lacre y encontró tres folios de papel: borrones de tinta, renglones torcidos y una letra demencial que ya conocía.

Manx había escrito con prisas.

Eleazar Ibn Bahar:
Nunca hemos sido amigos, ni siquiera colegas. Tu familia me compró con la promesa de librarme del exilio y

jamás la ha cumplido. Durante estos años os he servido como enlace con la Ciudad de Piedra, y gracias a mí, vuestros negocios de contrabando han prosperado. Me he jugado el pellejo negociando con los goblins, y a cambio vosotros sólo me habéis devuelto promesas. Años y años de mi vida malgastados, aferrándome a la esperanza de poder volver a la Corte de los Espejos con la cabeza en alto. Absuelta del delito de traición.

Ésa ha sido mi única meta, y lo que me ha hecho caer.

Sé que he cometido muchos errores. De algunos me arrepiento, pero nadie nace sabiendo, y equivocarse es inevitable. Lo que no entiendo es por qué yo he tenido que pagar tan caros los míos. Durante la guerra todos hicimos cosas horribles, y sin embargo la palabra «traición» se colgó de muy pocos cuellos. Me echaron de la Corte mientras aclamaban como héroes a otros que tenían a sus espaldas crímenes peores que los míos.

Gracias a mí tu familia se ha hecho aún más rica. Eduqué a tu nieto Isma'il durante años; forjé una gran amistad con él. Nunca ha dejado de visitarme, y hace poco tuvo la decencia de ser sincero conmigo: me dijo que no pensabas ayudarme a volver, que nunca podría estar en la Corte cerca de Dujal porque a vosotros os resulta más rentable que yo me pudra en el exilio. Lo soporté hasta ahora porque no tenía opción y porque estaba sola. No había motivos para luchar, no tenía prisa. Pero el nacimiento de Cymric lo cambió todo.

Renunciar a Dujal fue un infierno, tenerlo bajo mi propio techo y tener que tratarle como a un alumno, escucharle echar de menos a sus padres, dejarle marchar de mi lado... No podría repetir lo mismo. Necesitaba recuperar mi honor a cualquier precio, para que Cymric nunca tuviese nada de qué avergonzarse. Quería que viviese como cualquier otro cachorro. Y sabía que no ibas a ayudarme. Tú sabes mejor que nadie que un padre desesperado es capaz de pactar con el demonio. Tú preferiste convertir a tu nieto en un monstruo para evitarle ser un lisiado. Hablé con el Administrador de la Ciudad de Piedra. Le dije que si lograba ponerme en contacto con alguien que pudiera ayudarme a restituir mi honor yo haría cualquier tipo de trabajo que me encomendara. ¿Cómo iba a pensar que vería entrar en aquel salón al mismísimo Gerión de TocaEstrellas?

Hay un pacto entre los sidhe y los goblins, algo que no se veía desde el tiempo de las grandes bestias. Gerión ha renunciado a sus tierras en la montaña porque quiere algo más adecuado a su ambición: recuperar el viejo régimen y borrar toda memoria de la reina. Acepté sin pensármelo dos veces. No tengo nada que agradecer a Silvania.

Sólo tuve tratos con Gerión, pero sé que contaba con el apoyo de otros nobles, y que todos obedecían las órdenes de alguien a quien llaman «el Desterrado». Todos le obedecían y todos le temían. Creo que Gerión pretende casar a su hija con este personaje.

Siguiendo sus órdenes, les ayudé a contratar a un grupo de mercenarios. Pensé que trataban de reunir un ejército. No me gustaba la idea de que mis hijos conocieran una guerra, pero sería una campaña corta y ellos estarían protegidos. Hay que ser duro para sobrevivir.

Y, sin embargo, ahora te cuento esto y pongo en peligro mi vida. ¿Cómo he podido cambiar de opinión? Porque sé demasiado. Porque he averiguado lo que les pasa a los jóvenes centauros. Vieja magia de sangre, antiguos demonios. No sólo planean crear un ejército, van a destruir la Corte. No dejaran una piedra en pie. La ciudad será un ejemplo y una advertencia; cualquier intento de oposición será aplastado. Los gentiles se convertirán en siervos y su única opción será obedecer. Cymric nunca sería libre, y sé que Dujal es tan fiel a la reina que luchará hasta morir por defenderla. No quiero esto. Si destruyo sus futuros no habré ganado nada.

Tal vez me quede poco tiempo. He saboteado sus últimas partidas de caza, y ahora los centauros están alerta. Antes o después, descubrirán que no estoy enviando ni las órdenes ni el dinero a los mercenarios. Tengo las cartas guardadas para usarlas como prueba contra Gerión y su extraño grupo. No puedo decirte quiénes son, sólo respondo ante TocaEstrellas, pero si envías a tu nieto a casa tendrás las cartas. Hazlo rápido. No tardarán en descubrirme.

Si algo me pasa, deja a mi hija con su hermano.

MANX

«Cymric —releyó Nicasia, pensativa—. Así que la niña, la pequeña gatita de Manx, se llama Cymric.»

Junto a aquella carta había otra mucho más breve, escrita con tinta ocre y la pulcra caligrafía de Eleazar.

Estimada Nicasia:

Sé que tú y yo perdimos la oportunidad de ser amigos hace tiempo, así que no apelaré a ningún sentimentalismo pasado. Te escribo porque sé que antepones la responsabilidad a los sentimientos. Ambos consideramos que nuestro deber con el gobierno de TerraLinde está por encima de todo lo demás.

Manx me ha enviado esta carta. No me importa reconocer que ha sido nuestro enlace con los goblins. De todos modos, ya sabes que los negocios de mi gente no siempre son legítimos. No tengo tiempo para arrepentirme por haber utilizado a la gata. Yo estuve presente en la Emboscada de los Dragones. Vi las casas arder, vi los cuerpos corriendo envueltos en llamas. Me da igual lo que sintieras por ella; merecía ir a la horca.

No sé hasta qué punto lo que me cuenta es cierto. Las

desapariciones de centauros son, desde luego, un problema real, y también es cierto que la despreocupación de parte del Consejo ante un problema que podría acabar en rebelión es sospechosa. Los escasos medios dedicados a la investigación casi parecen sabotaje.

Yo no puedo arriesgarme a iniciar una investigación. De ser cierto lo que cuenta, debemos ser cautelosos; si descubren que hay una investigación en marcha se esconderán y no podremos atraparlos. Dentro de Palacio no puedo confiar en nadie; fuera sólo te tengo a ti.

Puedes contar con todo el apoyo que pueda ofrecerte. Quizá la Corte de los Espejos necesite que la salves otra vez.

Que el Dios de tu corazón te guíe.

ELEAZAR IBN BAHAR

Nicasia sintió que le faltaba el aire. Tuvo que sentarse; tenía la garganta seca y el corazón a punto de escapar. La carta había llegado un día antes de que el pequeño de Marsias apareciera atado en la puerta del burdel. Antes de que estallase la tormenta. Podía haber evitado tantas muertes, tanto sufrimiento. Se le retorcieron las tripas al pensar en su celda de los parideros, en los goblins sobre ella, en el dolor, la agonía. Todo lo que no habría pasado si hubiera leído la carta. Pensó en Marsias malherido. Pensó en Eleazar y en Rashid, tan joven, tan incauto. Y en Manx. Manx y su egoísmo. Manx y sus mentiras. Manx y sus eternos juegos.

Se puso en pie; bajo la misma mesa del taller había una caja con varias herramientas. Cogió una palanca de metal. Se giró y la emprendió a golpes con su escritorio. Destrozó los tinteros, hizo saltar astillas por todas partes. El resto de la correspondencia voló por los aires para caer a su alrededor como pájaros heridos de muerte. No podía soportar la rabia y la impotencia. Aquella situación absurda e innecesaria, aquella burla del destino. Golpeó hasta caer al suelo y se quedó tumbada. Gritó y maldijo, amordazó las ganas de llorar y permaneció en silencio hasta que el frío la obligó a levantarse.

La historia encajaba: las desapariciones de los potros de los centauros, las cartas en el despacho del Administrador... Decidieron silenciar a Manx cuando dejó de colaborar; posiblemente averiguaron que había enviado aquella carta. Ahora, Gerión y su gente debían de estar atentos a cualquier signo de sospecha. Llevar la carta a la reina sólo serviría para hacerlos saltar. Además, Nicasia no quería la justicia de los sidhe. Ni la de Silvania, siempre tan preocupada en ser conciliadora. Quería su propia justicia, algo a medio camino entre la venganza y la advertencia. Dos miembros de la Hueste Invernal habían muerto; era hora de demostrar que la Dama RecorreTúneles no dejaba un crimen impune.

Se acabó depender de otros. Había llegado el momento de recuperar el control. La ingeniera se obligó a respirar hondo y revisó el resto de la correspondencia. La mayoría eran quejas por el retraso de sus encargos, casi todas de sidhe. Se preguntó si alguno de sus clientes estaría implicado en el complot de los TocaEstrellas. El carisma nunca había sido el punto fuerte de Gerión. Desde que perdió sus tierras natales, su talento militar siempre había estado en entredicho, no así su valor. En la guerra lo demostró con creces; se lanzaba a la batalla con ímpetu suicida. Demostró que era un guerrero temible y que sabía imponer disciplina en sus tropas. Los soldados le seguían por miedo, pues nunca pudo ganarse su respeto. Desde luego, no era un estratega. Los otros nobles no tardaron en darse cuenta; le entregaron el mando de una tropa que era pura carne de cañón, soldadesca formada por goblins, gorrorrojos y criminales, y le encomendaron las misiones más peligrosas y poco agradecidas. Las cumplió todas, porque no tenía compasión, no le preocupaba que sus soldados cayeran como moscas. Días de gloria y botín. Días de crímenes atroces. Su mejor época.

Pero ninguna guerra es eterna. En contra de lo que esperaba, la paz no lo ayudó a recuperar su dominio. TerraLinde era un reino arrasado. Los trabajos de reconstrucción serían lentos; faltaban trabajadores y sobraban espadas. Nadie estaba dispuesto a subir a una montaña inexpugnable a luchar contra unos goblins que gracias a la guerra se hallaban ferozmente armados, y menos para recuperar un viejo castillo que no le preocupaba a nadie. Gerión no supo agradecer el perdón real; se tomó aquello como una ofensa. La paz no fue generosa con él, no podía concebir a los gentiles como ciudadanos. En el Alto Consejo sus opiniones siempre eran demasiado radicales; carecía de sutileza política. Sus habilidades como viejo soldado le sirvieron para verse al mando de la Guardia Real. Una astuta maniobra por parte de Silvania. Los soldados obedecían, pero no sentían ningún afecto por su comandante; era su devoción por la reina lo que los mantenía en sus puestos. Gerión daba órdenes, Silvania sonrisas y monedas. Pocos soldados rasos alzarían su espada contra ella. Eso había obligado a Gerión a contratar mercenarios fuera de la ciudad.

La ingeniera tiró la última carta sobre la mesa. Talismán entró en el taller; al volar, sus alas hacían el mismo sonido que una hoja de papel golpeada por una racha de viento, un sonido que la prevenía de emboscadas y que sólo podía oír ella. Para el resto del mundo Talismán era silencioso como una hormiga.

—Ah, patrona… señora… ingeniera. —El golem cargaba una perla negra, y su peso le impedía coger altura en el vuelo. Se posó en la rodilla de Nicasia y dejó caer la perla sobre su mano—. Encontré esto en uno de los puntos de correo.

Nicasia recogió la esfera. Los puntos de correo eran un antiguo sistema de comunicación de la Hueste Invernal. Dejar mensajes en determinados puntos, como los huecos de los árboles o bajo ciertas encrucijadas, era una práctica común entre su gente. Si querías comunicarte con la Dama Recorre-

Túneles, el mensaje debías dejarlo en las alcantarillas. Bajar era peligroso, todo el mundo sabía que había un dragón en las cloacas, muchos de los que habían bajado se habían encontrado con aquella criatura albina y terrible, y muy pocos habían sobrevivido para contarlo. Así que la mayoría se las ingeniaba para dejar el mensaje a la Dama sin bajar del todo, lo justo para depositar la correspondencia. El bulo era exagerado. Boros no era albino, y Nicasia no tenía constancia de que se hubiese comido a nadie... allí abajo, al menos. El Ancestral era un excelente sistema para mantener las cloacas y los túneles subterráneos vacíos. De este modo, Nicasia tenía acceso a toda la ciudad; podía ir prácticamente a cualquier lugar de la Corte de los Espejos sin ser vista. Lo más complicado era conservar los zapatos secos.

Las peticiones personales a la Dama debían hacerse en persona y no por correo en las escasas reuniones que ésta ofrecía. Las peticiones de justicia debían aportar pruebas o estar razonadas, pues el castigo por falsa acusación era severo. La mayoría prefería renunciar a sus demandas para no tener que enfrentarse a ella. Luego estaban los informadores. Nicasia tenía pocos; era arriesgado. Compensaba su falta de personal eligiendo sólo agentes muy profesionales, a los que conocía desde hacía mucho tiempo y que gozaban de su confianza. Algunos colaboraban con la Dama por puro interés, otros por fidelidad. Ocasionalmente por extorsión. Lo único que poseían en común es que ocupaban puestos de privilegio en las distintas esferas de poder de la Corte de los Espejos. Cada cual tenía su manera de enviarle los mensajes a través de las cloacas. La señorita Nebel y el Gaitero usaban ratas. Gealdril, un elfo de la Guardia Real, mandaba pequeños barcos hechos de corteza. El más ingenioso era Dalendir, que le enviaba perlas negras como la que sostenía en la mano.

Nicasia sentía un enorme aprecio por el joven mestizo. Lo conoció muy poco antes de acabar la guerra, un mocoso que apenas levantaba dos palmos del suelo vestido con harapos. Había logrado salir de la Ciudad de Piedra vendiendo sus servicios como escudero a un guerrero goblin al que abandonó en cuanto tuvo ocasión. Sobrevivió mascando raíces, robando lo que podía, escondiéndose al menor ruido. La Dama RecorreTúneles lo encontró rapiñando en un campamento abandonado. El rapaz acababa de dar con un auténtico tesoro, un saco de cebollas, y estaba tan ocupado comiendo a dos carrillos que no vio a la sombra que se le echaba encima. Tampoco se asustó demasiado; Nicasia comprobó que si tenía la panza llena aquel crío no se asustaba de nada. La miró desafiante, sin dejar de masticar. Le recordó demasiado a sí misma y ni se lo pensó. Lo llevo a su propio campamento. Ganarse su lealtad fue sencillo; bastó dejarle comer hasta que se puso enfermo, un baño y una muda de ropa limpia. Lavado y bien vestido, Dalendir reveló la belleza de su herencia élfica. Y era inteligente. Nicasia habló con DamaMirlo, y ambas estuvieron de acuerdo en que sería un excelente paje. Dalendir aprendió a leer y a escribir con la pericia de un escriba; le gustaban los números y la música. Sobre todo era espabilado, observador y cauto. Fue uno de los primeros espías de la Dama, y posiblemente el más leal.

Ahora le mandaba mensajes usando un sistema que sólo ellos dos podían descifrar.

Nicasia cogió la perla y la metió en un vaso lleno de agua, removió el líquido con el dedo canturreando en su áspera lengua natal. La perla empezó a diluirse y el agua se inundó de letras negras que flotaban como gotas de aceite. Fue un proceso rápido. Nicasia volcó el vaso y las letras cayeron ordenadas sobre la mesa.

«Audiencia urgente.»

Pese a que Dalendir rara vez había solicitado una audiencia, Nicasia no se sorprendió. Quizá la carta llevaba un tiempo esperando respuesta. El mestizo servía de paje para los TocaEstrellas, y a la luz de las últimas noticias debían de andar muy atareados. Seguramente habría mucho que contar y no sólo del asesinato de Rashid. Sí, hablar con su joven espía ya figuraba en su lista de prioridades antes de recibir el mensaje.

Y no hablaría sólo con él.

—Talismán, ¡deja eso! ¡Hay cosas que hacer!

El golem estaba entretenido metiendo sus piececitos en tinta y llenando toda la correspondencia y la mesa con sus huellas negras. Era una criatura incorregible; obedecía porque estaba creada para ello. De hecho, necesitaba estar siempre cumpliendo algún tipo de orden. El ocio lo volvía destructivo, por eso Nicasia lo sacaba de su reposo sólo cuando era imprescindible, y en aquel momento Talismán le hacía falta. Fabricar un autómata era sencillo. Máquinas sin alma que acataban órdenes sencillas. En este campo la ingeniera había alcanzado una maestría que muchos envidiaban. Ella había querido ir más allá; quería un autómata inteligente, que pudiera tomar sus propias decisiones. Una herramienta para trabajos complejos. El número de fallos había sido desolador. La mecánica estaba allí, pero el fuego de la vida se le escapaba. Hasta que descubrió ciertas bases de la nigromancia: que la sangre anima a las almas.

—¿Tienes sed? —le preguntó Nicasia.

Los ojitos de Talismán relucieron. Una mirada ansiosa y hambrienta. Claro que sí. Siempre estaba sediento. Nicasia se pinchó el dedo índice con un alfiler y la marioneta se agarró a su mano, chupando la herida con avidez. Eso era Talismán. Un trozo de su propia alma animada con su sangre. Sólo podía ser su sangre. Eso garantizaba su obediencia. Si ella moría, él se apagaría para siempre. Por eso era imprescindible que el golem fuera pequeño. Era imposible alimentar nada más grande sin que se resintiera su salud. Sólo podía mantener animados a dos autómatas. Casi nunca tenía despiertos a los dos al mismo tiempo. Después de comer, el golem siempre caía en un letargo feliz que lo volvía extremadamente dócil.

La Dama RecorreTúneles no podía presentarse con un brazo en cabestrillo, y menos estando tan débil. En las ocasiones en las que había hecho falta que la Dama y Nicasia fueran vistas juntas ante varios testigos, la knocker ponía en práctica un viejo truco que hasta ahora siempre había funcionado bien.

Nicasia fue hasta un viejo cajón hecho con tablas desgastadas por el uso y cerrado con un cerrojo. Lo descorrió, y al abrir la tapa vio un armazón metálico acurrucado en postura fetal sobre un lecho de paja. La carcasa de hierro negro mostraba el laberinto de engranajes de cobre que eran sus tripas. Nicasia extrajo de su escritorio una bolsita de fieltro que guardaba tres llaves verdosas. El muñeco tenía tres cerraduras: una en el cuello, otra en la espalda y otra en el pecho. La knocker las usó en un orden preciso para darle cuerda al autómata. Los engranajes giraron, y la marioneta se puso en pie. Nicasia volvió a utilizar la llave del pecho, esta vez la giró en sentido contrario a las agujas del reloj. Las costillas del autómata se abrieron como una jaula. La ingeniera metió dentro a Talismán. Las costillas se cerraron con un chasquido. Por último, besó la frente de su creación. La Oscuridad se escapó de los labios de Nicasia y se enredó alrededor del armazón cubriéndolo como una piel. Al terminar, frente a ella había una copia de la Dama RecorreTúneles, una silueta borrosa envuelta en un velo de negrura y misterio —su disfraz—, tan perfecta que era como contemplar su sombra en un espejo. Talismán la haría hablar con su voz y le daría movimiento. Ella sólo tendría que pensar las palabras, así podría acudir a la reunión como simple asistente.

Convocó la reunión tirando al fuego un puñado de hojas grises y rojas. Dos hadas recibirían una invitación.

Alguien llamó a la puerta. Guardó a su doble en el cajón.

—¡Adelante!

Costurina asomó la cabeza.

—Nicasia, acaba de llegar la guardia por lo del patio.

—Mándalos al despacho de las visitas. Enseguida estoy allí.

Con un tiroteo y un cadáver expuesto a la vista de varios testigos, la visita de la guardia era inevitable. Le alegraba que se hubiesen dado tanta prisa. Los despacharía de inmediato y podría dedicarse a descansar. Falta le iba a hacer.

El Trono de las Sombras era un nombre muy pomposo para una simple piedra oscura al pie de un árbol seco. Aunque había que decir que el protocolo cumplía su función, aquel sitio era tratado con reverencia y respeto, como símbolo del liderazgo de la Hueste Invernal. El punto de reunión era un claro en el bosque de difícil acceso. Hacía una noche asquerosa, fría, húmeda y llena de nubes que lo oscurecían todo como un mal presagio. Un escenario perfecto para este tipo de reuniones. Nicasia había tenido que salir de la Corte muy temprano. Recorrió las alcantarillas montada a caballito sobre las espaldas de su copia y atravesó el bosque a toda prisa para llegar la primera. Acudía además sin la protección de Boros. El Ancestral hibernaba al calor de las calderas de la Carbonería, metido en su cesta de mimbre. Lo habría despertado para que la acompañara como guardaespaldas, pero Boros no estaba en su mejor momento y prefería dejarlo descansar. Aunque tenía que reconocer que sin él se sentía indefensa.

Nicasia ocultó a la falsa Dama RecorreTúneles entre los arbustos.

Fue una espera corta pero no sencilla; Nicasia notaba como si tuviese un puñado de culebras nadando en su estómago. No podía evitar el miedo, pero sí controlarlo. Era consciente de que el paso que estaba a punto de dar era muy arriesgado; había otras opciones más seguras, pero no eran tan buenas, y en aquel momento no podía andarse con medias tintas. Demasiadas cosas dependían del valor que fuera capaz de demostrar en las próximas horas.

Dalendir apareció en el claro sin hacer ruido. No usaba

antorcha ni farol para iluminar el camino. No lo necesitaba; en plena noche veía tan bien como a cualquier otra hora. Tenía los ojos penetrantes de los goblins. Nicasia maldijo; había olvidado encender algún tipo de luz. Que ella estuviera allí a oscuras podría parecer extraño al joven paje.

—Oh, saludos. —Dalendir inclinó la cabeza—. No sabía que habría alguien más.

—Saludos. —Nicasia le ofreció su mano sana—. Soy Nicasia.

—Te conozco —respondió con admiración. Sus ojos bajaron hasta el brazo en cabestrillo de la ingeniera—. ¿Qué te ha pasado?

—Un mal aterrizaje —contestó ella, y señaló la boca del paje—. ¿Y a ti?

—Un mal encuentro con un puño. —El paje intentó reírse de su propia gracia.

—Imagino que estamos aquí por el mismo asunto, ¿no?

Dalendir se refugió en un silencio cauto. Aprovechó el cobijo que creía que le ofrecía la oscuridad para estudiar a Nicasia, pero ella no le dio oportunidad.

—Vamos, no te hagas el tonto. Eres parte de la casa de TocaEstrellas. Ayer por la noche, el joven Hyarmen dejó un cadáver en el patio de mi negocio. El de Rashid Ibn Bahar. Ahora soy yo la que tiene problemas con esas ratas.

—¿Es eso lo que le vas a contar a la Dama RecorreTúneles?

—No. A estas alturas ya debe de conocer la historia. Los rumores vuelan. Ayer, la Guardia Real vino a interrogarme. Los Ibn Bahar no tardarán en enterarse y pedirán responsabilidades. Y no quiero que me las pidan a mí.

—¿Vas a acusar a Hyarmen de TocaEstrellas de asesinato?

—¡No! ¿Estás loco?

Nicasia fingió ajustarse el chaleco y apretó uno de los botones. En el centro del claro se alzó un pequeño fuego. La aparición de las llamas cogió a Dalendir desprevenido. Nicasia aprovechó su desconcierto para hacer entrar a la falsa Dama RecorreTúneles en el claro y acabar con aquella cháchara incómoda. La marioneta surgió de entre los árboles arrastrando las faldas de su vestido de sombras. Una silueta femenina negra y esbelta. Nicasia y Dalendir se inclinaron ante ella.

—Alzaos. —La voz de la Dama era una dentellada seca y grave.

Las dos hadas permanecieron en pie mientras la marioneta se sentaba en el Trono de las Sombras.

—Dalendir y Nicasia. —Las palabras salían de un rostro sin labios que parecía clavar en ellos una mirada invisible—. Imagino por qué habéis pedido audiencia. ¿Quién quiere hablar primero?

Nicasia se adelantó un paso.

—Si no le importa al joven Dalendir, me gustaría exponer mi caso.

Dalendir le cedió el turno con un gesto.

—Dama RecorreTúneles, me presento ante el Trono de las Sombras a pedir justicia. No quiero castigo ni venganza, sólo protección. Anoche alguien mató a Rashid Ibn Bahar en mi negocio. Ahora, la justicia de Palacio me pide testimonio, y los Ibn Bahar harán lo mismo.

—¿Prestar testimonio te supone un problema? —preguntó la copia.

—Prestar testimonio supone contar que vi huir a Hyarmen de TocaEstrellas y que disparé contra él. Eso me haría ganar enemigos poderosos contra los que no puedo enfrentarme sola.

—¿No lo viste cometer el crimen?

—No; sólo huir.

La Dama permaneció en silencio.

—Dalendir —dijo al fin—, tú eres paje de Hyarmen de TocaEstrellas. ¿Es cierto lo que cuenta Nicasia?

Dalendir contestó con la mirada tranquila.

—Hasta la última palabra. Y tengo noticias que tal vez puedan ser de ayuda.

—Habla —ordenó la Dama.

El paje carraspeó.

—Las noticias que traigo exigen total discreción —puntualizó.

—Nicasia y tú sois mis agentes más antiguos, por eso os he citado juntos. No tienes nada que temer.

Esto pareció tranquilizar a Dalendir.

—Llevo muchos años sirviendo a los TocaEstrellas —dijo—. Empezaba a creer que no había motivos para considerar a Gerión como el peligro potencial que usted creía que era. Lo único interesante en esa casa eran las tensiones entre él y sus hijos. Pero hace poco hemos descubierto que Gerión está pagando a un grupo de mercenarios acampados en los pantanos de TiemblaSauces, que son responsables de las muertes de Manx y de Eleazar Ibn Bahar y que están tras las desapariciones de potros de centauros, y puede que de otras hadas. Al parecer, preparan un ejército para recuperar la montaña de TocaEstrellas de manos de los goblins. He visto muy poco, pero ha sido bastante para ponerme los pelos de punta.

—No me gusta la idea de que Gerión de TocaEstrellas tenga un ejército a su mando. Luché contra él en la guerra. No se conformará con TocaEstrellas.

—Si me permites añadir algo —dijo Nicasia—, también luché en la guerra y tuve que vérmelas con Gerión. Es imposible que esto se le haya ocurrido a él solo. Debe de haber alguien más. El sidhe sólo es bueno obedeciendo órdenes.

La Dama volvió a sumirse en el silencio. A Nicasia empezaba a dolerle la cabeza. La marioneta hablaba porque Talismán intuía sus pensamientos, eso requería que la ingeniera se concentrara en ellos como si los escribiese en su cabeza, necesitaba concentración y no era fácil; un simple error desvelaría todo su montaje. Nicasia sacó un pañuelo del bolsillo y se secó la frente. Pese al frío de la noche, sudaba.

—Tal vez le esté ayudando su hijo —sugirió la Dama Recorre Túneles.

—¿Ese imbécil? —preguntó Nicasia.

—Imposible —se apresuró a decir Dalendir—. De hecho, sus dos hijos, Hyarmen y Arminta, han hecho un pacto para librarse de él. Llegaron a ese acuerdo en la Carbonería; allí Hyarmen convenció a su hermana de que se aliara con él. Y allí pilló a Rashid cotilleando.

La Dama hizo un gesto impaciente con la mano para pedir silencio.

—Es una situación peligrosa. Hace mucho tiempo que Palacio investiga sin éxito las desapariciones de los centauros. Que esta falta de resultados sea tan conveniente para Gerión no puede ser casualidad.

—No está actuando solo —concluyó Nicasia.

Dalendir añadió algo.

—Sé que dentro de dos noches Gerión se va a reunir con los mercenarios en un sitio llamado la Encrucijada de las Cuevas. Hyarmen piensa ir hasta allí.

—Buen trabajo, Dalendir —lo elogió la Dama—, pero quiero que te mantengas al margen. No irás a la Encrucijada de las Cuevas. Eres mi mejor enlace con Palacio; quiero que sigas allí.

—¿Me ordena que no me meta en la boca del lobo? Obedeceré encantado.

—Ahora vuelve a Palacio. Tengo asuntos que solucionar con Nicasia.

Dalendir se marchó, canturreando, y Nicasia se sentó en el suelo. El sudor le pegaba la camisa a la piel, y las heridas de la espalda le escocían como si se estuviese bañando en vinagre. Eso no era nada, lo peor estaba por venir. Su tercer convocado se hacía esperar. Llegar tarde era un modo de mostrar su falta de respeto.

La luna ya descendía cuando lo oyó llegar. Arrastraba los pies sobre la hierba y avanzaba rompiendo ramas, más parecido a un jabalí retozando que a alguien civilizado. Nicasia se puso en pie, se limpió la tierra de los pantalones y apretó el puño sano. Urakarnake apareció barriendo el claro con su mirada de lobo, imponiendo la presencia de su cuerpo gigantesco y de su olor a carroña. Nicasia sintió que un viejo dolor le recorría la pierna. El terror hacía que la boca le supiera a óxido. Había sobrevivido a la Ciudad de Piedra, se dijo; comparado con eso, un solo matón era poca cosa. El gorrorrojo le prestó menos atención que a una mosca. Sacó a pasear sus dientes para dirigirse a la marioneta.

—Dama RecorreTúneles, eres muy cara de ver. —Se plantó frente a ella, en el centro del claro, las piernas separadas, los brazos enormes en la cintura.

—Eso es porque para mí eres insignificante.

—¿Qué me impide matarte ahora mismo y recuperar esa piedra en la que te sientas?

—La falta de público —le contestó la Dama—. Un reto formal requiere al menos tres testigos. Puedes matarme, pero el liderazgo de la Hueste Invernal quedará vacante, y cualquiera podrá reclamarlo.

Urakarnake soltó una carcajada.

—¡Los venceré a todos!

Nicasia reunió coraje y se echó a reír. Urakarnake se giró hacia ella.

—Tú cállate, rata.

—Me río porque tienes mala memoria —dijo Nicasia—. Así fue como perdiste el trono la primera vez. Y así lo volverás a perder.

—¿Quieres que te rompa el otro brazo? ¿Alguien te ha pedido que hables?

—Urakarnake —la Dama RecorreTúneles reclamó su atención—, te he llamado porque tengo algo que proponerte.

—Habla.

—Dentro de dos noches habrá una reunión que quiero interrumpir. Se trata de un grupo de mercenarios sin licencia, de esos que suelen dejarte sin trabajo. Están bajo las órdenes de Gerión de TocaEstrellas.

—Recuerdo a ese malnacido —gruñó Urakarnake—. En la guerra luché contra él. Me gustaría pisotear su cadáver.

—Reunirás a los mejores y más sanguinarios de la Hueste Invernal. Quiero invocar a la Cacería Salvaje.

—No me gusta que traigan mercenarios de fuera. No me gusta Gerión. Una noche de caza será agradable, pero la reina no estará de acuerdo.

—Silvania no me preocupa. La Cacería Salvaje no es lo único que quiero. Si Gerión tiene un ejército yo tendré el mío, y tú lo reclutarás.

—No tengo por qué hacerlo.

—Lo harás —aseguró la Dama—. Los goblins están débiles ahora. Hace poco, alguien los atacó en su montaña, y la nieve los tiene aislados. Será un invierno duro para ellos. En primavera apenas quedarán unos cuantos.

—¿Quieres conquistar TocaEstrellas? —le preguntó Urakarnake.

—Quiero triunfar donde la Hueste Estival ha fracasado y poner TocaEstrellas en bandeja a la reina para que comprenda cuál es nuestro poder.

—¿Y qué saco yo?

—Hay un buen botín esperando en la Ciudad de Piedra, pero por si eso no te parece bastante te daré algo que deseas más. Esta primavera, cuando la montaña sea nuestra, aceptaré un duelo formal por el Trono de las Sombras. Tú y yo. Nicasia es testigo de mi palabra.

La ingeniera asintió. Tragar saliva le costó mucho trabajo, y más después de ver la satisfacción del gorrorrojo.

—Tras la Cacería Salvaje —dijo Urakarnake—, jurarás que aceptas el duelo.

—Lo haré.

Las carcajadas de Urakarnake sonaron como un sonajero lleno de rocas.

—Tendrás tu Cacería y tu ejército. Disfrútalos; después, no tendrás nada.

El gorrorrojo salió del claro. Nicasia se desplomó, agotada. Al menos, había tendido la red. Tendría que obrar rápido ahora que sus días estaban contados.

Los designios de la bordadora

Hyarmen pagó lo que había bebido mientras esperaba y se marchó sin armar escándalo, y, a pesar de los puños apretados y los ojos hirviendo de rabia, salió a la calle con los hombros caídos, vencido, en silencio. Dujal lo siguió por los tejados y se aseguró de que regresaba a Palacio. Después entró en otra taberna más concurrida y con mejor reputación.

Parecía que las cosas se estaban encarrilando. Volvía a ser como antes, cuando ganaba todas las apuestas y las jugadas se resolvían a su favor. Pidió una cerveza y dio un trago que le supo a gloria, el punto perfecto de espuma, no demasiado amarga, ligera. Se acabó el resto relamiéndose los bigotes. Pidió una segunda y una tercera. Prefirió no tomarse una cuarta porque empezaba a sentirse excesivamente risueño, y aún no era el momento de la gran celebración, aunque intuía que llegaría pronto. Además, no quería caer demasiado borracho en los brazos de Mesalina. Logró jugarse el precio de la cerveza con un patán a una partida de dados, ganó y se puso en marcha hacia el burdel cantando y sintiéndose el favorito de la fortuna.

Fuera lo esperaba el relente del atardecer. El phoka se alegró de tener otra vez un abrigo al que poderle subir las solapas. Trepó la cañería de la taberna hasta el tejado. Era más seguro y veloz caminar por allí arriba. Mientras tuviera cuentas pendientes con los TocaEstrellas tomaría sus precauciones. De todos modos, pese a que el mordisco del frío se notaba más sin la protección de las calles, al gato le gustaba caminar por los tejados. Era como si la Corte de los Espejos fuese otra ciudad. En las ventanas podía ver la vida de sus habitantes, podía llegar a cualquier parte y nadie se daba cuenta de su presencia. Tenía la libertad de los fantasmas. Ya había muchas chimeneas soltando humo. El otoño se despedía con prisas. Algunos tejados estaban cargados de escarcha, resbaladizos, así que no pudo ir tan rápido como le habría gustado. Se permitió el lujo de encender un cigarrillo y disfrutar de un paseo. Era la hora de la cena. Podía ver el ajetreo de las cocinas y la apacible tranquilidad de los que cenaban. Él no había tenido una vivienda fija desde que abandonó la cabaña de Manx. Hasta entonces, había considerado la casita bajo el roble como su único hogar. Era su maestra la que la convertía en un sitio al que le gustaba volver. Pero sin ella era sólo un rincón vacío al que no le apetecía regresar. Se sintió solo, desarraigado. Durante un tiempo, mientras fue un cachorro, había buscado su Canción de Sangre. Quería lo que quieren todos los niños: una familia. Lo quería de modo egoísta, para poder decir que tenía algo y sentirse tan especial como el resto del mundo. Nunca la halló, y los fracasos acabaron por dolerle tanto que dejó de buscar y se convenció a sí mismo de que nunca lo había deseado. Le salió bien; se convirtió en un vagabundo satisfecho, en un solitario que adoraba su estilo de vida.

Poseer familia empezó a parecerle algo sobrevalorado. Desde luego, tenía ventajas, pero también sacrificios. Él prefería ir a su aire, aunque nunca tuviera garantizada una cena caliente en una noche fría, algo que en momentos como aquéllos echaba en falta. En el burdel no cenaban hasta el amanecer, y él ya tenía un hambre voraz. Se detuvo a encender de nuevo su cigarrillo. Se había detenido sobre los tejados del Barrio de los Constructores. En una ventana una knocker amenazaba con un cucharón de palo a su hijo. El niño había creado un tobogán bajo la mesa con el que mandaba las verduras de su plato a la basura.

Dujal dio una calada y observó. Era una estampa divertida. Le hizo esbozar una sonrisa y, sin saber muy bien el motivo, se descubrió pensando en Nicasia; aquello lo hizo sentir incómodo. Mesalina le había pedido que fuera a ver a la ingeniera; sabía que se enfadaría si no le hacía caso. Descartaba la opción de mentirle. Las mentiras dan mucho trabajo; no le valía la pena montar una farsa por tan poca cosa. Lo cierto era que debería haber visitado a Nicasia en cuanto tuvo ocasión y no lo había hecho. Verla de pie en la Carbonería había sido una agradable sorpresa. Tendría que haberse quedado, cambiar de forma, decirle que estaba bien… Pero huyó y se fue al jardín de Marsias. Cuando rememoraba los labios de Mesalina en los suyos no podía decir que se arrepintiera. Tiró el cigarrillo al suelo y lo pisó con rabia. Esta vez iría a la Carbonería. No podía ni imaginarse cómo iba a ser el reencuentro. Recordaba la imagen de la ingeniera en el suelo de su celda y su mano destrozada. Recordaba los horrores de la Ciudad de Piedra, y sabía que cuando estuviera frente a Nicasia no tendría palabras. No podía aceptar que ella hubiera hecho aquel sacrificio para salvar a la hija de Manx y él hubiera fallado. Su estúpido intento de rescate le había costado la vida a sus compañeros: Airún, Xarin, Yirkash, los centauros… Todos habían muerto. Menos él. Y no podía explicar que se avergonzaba de estar vivo. Encendió un nuevo cigarrillo. La vergüenza no se iría. Nicasia había dejado el santuario y la compañía de Marsias para buscarlo; no podía permitir que derrochara sus pocas fuerzas en algo que no era necesario. La ingeniera se había ganado un descanso, y merecía una visita. Mejor dejar de retrasarlo. Acabó de fumar y puso rumbo hacia el tejado de la Carbonería. Apretó el paso como si tuviera miedo de quedarse sin valor si tardaba demasiado en llegar.

Cruzó la muralla de un salto y vio la posada, con su torrecilla alzándose a duras penas sobre el tejado. El olor anunciaba la hora de la cena, y el phoka no pudo evitar un ronroneo. No había probado bocado desde el desayuno. Las aflicciones nunca le quitaban el apetito, no del todo. Lo de quedarse sin hambre por un disgusto era para estómagos y voluntades delicadas. No era su caso. Se acercó al acecho, más por costumbre que por necesidad. Aunque se alegró de seguir su instinto. Vio la silueta al mismo tiempo que ponía el pie sobre el tejado de la Carbonería. La única precaución que había tomado aquella figura era ponerse a espaldas del viento para que él no pudiera olerla, y no estaba seguro de que eso fuera premeditado. Dujal echó mano al cinto y recordó que había perdido su estoque en la Ciudad de Piedra.

Se ocultó tras la chimenea más cercana. Desde allí podía ver mucho mejor: era una silueta femenina que bordaba bajo la claridad de la luna rodeada de un revoloteo de polillas. Dujal chasqueó los labios y salió de su escondite. No le apetecía ver a DamaMirlo.

—Podrían encender esa chimenea en cualquier momento —le advirtió.

—No lo harán, pero gracias por preocuparte —respondió ella.

—Lo que me preocupa es que se ahoguen ahí abajo, no la suerte que corra tu trasero. No es muy práctico tomar asiento sobre la boca de una chimenea.

Dujal examinó los ojos como abismos y la melena de cuervo de DamaMirlo. Arrugó el hocico. Había pensado en la Dama el tiempo que pasó recuperando sus sentidos en casa de los guarnicioneros, y las conclusiones a las que había llegado eran sombrías. La sluagh lo miró con una de sus sonrisas de estatua.

—Qué recibimiento tan desagradable. ¿Cómo debo tomármelo?

—Que te lo digan tus labores de encaje... ¿Te revelaron

lo que iba a pasarnos en la Ciudad de Piedra? ¿Sabías adónde nos enviabas?

No eran preguntas.

—Los goblins no son amables —respondió ella—. ¿Qué esperabas?

—¿Qué esperabas tú? Dicen que lees el futuro...

DamaMirlo dejó el bastidor sobre su regazo y enganchó la aguja en el puño de su vestido.

—Ya tuvimos esta charla. Conoces la respuesta.

Dujal se frotó los ojos. No le apetecía conversar con DamaMirlo. Quería ver a Nicasia, compartir con ella un rato feliz, o incómodo, eso daba igual. Por una vez pretendía hacer algo bien, sentirse honesto y darse un descanso. No deseaba malgastar sus fuerzas resolviendo acertijos.

—Recuerdo las palabras que me dijiste; eso no significa que las entienda. En otro momento habría tratado de averiguar qué tramas, pero esta noche no creo que seas capaz de decir nada que me interese. He venido por otro asunto.

—Has venido a ver a Nicasia, pero no está —le reveló DamaMirlo—. Se ha ido, y tardará varios días en volver.

—¿No está?

—Se ha ido de viaje. Has llegado tarde.

Tarde. Podía preguntar a Costurina y tratar de alcanzarla. Nicasia no debía de estar muy lejos. DamaMirlo saltó de la chimenea. Fue un salto suave, blando, como dejar caer un pañuelo de seda. Se alzó imponente como la torre de un faro, la mirada encendida. Dujal sintió la misma fascinación que las polillas ante la luz de la vela. No podía dejar de mirar los ojos de la Dama cargados de presagios. Tal vez en otra época esa atracción habría sido imposible de resistir, antes de la Ciudad de Piedra, antes de la Oscuridad. No es que antes fuera ingenuo; todos los gatos poseen cierta malicia innata, pero con los goblins Dujal había conocido lo ilimitada y gratuita que podía ser la maldad. Había visto demasiado, y eso había hecho que perdiera su capacidad de maravillarse. DamaMirlo era tentadora y a la vez terrible, pero no lo suficiente. Ya no.

—Entonces, no tengo nada que hacer aquí —dijo—. Buenas noches, Dama.

—¿Tienes prisa?

—No. Y tampoco interés.

—Sé a dónde ha ido Nicasia.

Muy a su pesar, se detuvo. El sentido común le decía que se marchase de aquel tejado, que corriese a refugiarse en brazos de Mesalina y no escuchara.

—No necesito tu ayuda —respondió Dujal—. Puedo buscarla por mis propios medios, y si no tengo suerte esperaré a que vuelva.

—Eso si vuelve.

Dujal se giró, con el anzuelo de DamaMirlo clavado en las entrañas.

—¡Eso es lo que haces! Te apareces con tu pose misteriosa y tus frases sin utilidad, y nos mueves a tu antojo. ¡No somos fichas en un tablero!

—Nunca os he considerado de tal manera. —DamaMirlo compuso al fin cierta expresión en el rostro. Estaba ofendida. El gato se alegró de ello.

—Lo sabes todo y te callas. Tú sabías que Manx estaba muerta; te encontrabas allí. Te vi mientras esperaba a Marsias. —Recordar el cuerpo de su maestra tumbado en el suelo hizo que se le nublaran los ojos—. ¡Ya estaba muerta! ¿Qué hacías allí? ¿Por qué no me lo dijiste?

—¿De qué habría servido?

—¡No habrían herido a Marsias! ¡No habríamos ido a la Ciudad de Piedra! Nos habríamos ahorrado toda esta locura.

—Y no sabríamos que hay algo turbio en marcha, algo que amenaza a toda TerraLinde. Además, no todos fueron desgracias en ese viaje. Sígueme.

Obedeció de mala gana y caminó sobre el tejado tras DamaMirlo. Era una buena noche de luna. Dujal caminó arrastrando los pies, con las orejas gachas y la vista clavada en las tejas. Regresaron a la posada y se detuvieron ante una claraboya. Observó la habitación bajo el cristal. Estaba oscura. Apenas se adivinaban algunos muebles. Parecía vacía.

—Conozco las habitaciones de la Carbonería. Son espléndidas, pero nunca me han parecido interesantes. ¿Por qué me has traído hasta aquí?

—Has sufrido mucho, no creas que no lo lamento. Pero todo esfuerzo tiene su recompensa.

DamaMirlo golpeó el tejado con el pie, y el cristal de la claraboya se abrió con un chasquido de madera podrida, levantando una pequeña nube de polvo. La curiosidad le pudo. Dujal metió los dedos y tiró. Se detuvo antes de entrar.

—¿Vas a decirme dónde está Nicasia?

—Al amanecer, en la Puerta de los Traidores.

Un enjambre de polillas se arremolinó a su alrededor, un torbellino ligero como pavesas de papel que se dispersó sin dejarle ninguna respuesta. De nuevo, la camarera de la reina le procuraba la incómoda sensación de ser una marioneta en manos de un sádico. Estaba a su merced. Siempre tenía la opción de cerrar la claraboya, olvidar aquel encuentro y seguir con sus planes. Que DamaMirlo le hubiese indicado una dirección no le forzaba a hacerle caso. Seguramente, era cierto que Nicasia no se encontraba en la Corte. Quizá lo estaba buscando; a fin de cuentas, había dejado la tranquilidad del santuario. Quizá pensaba volver a la montaña de los goblins. Si era sí, debía detenerla.

En la estancia brotó la luz de una palmatoria. Dujal adivinó en la penumbra una cama revuelta, y pudo ver cómo su ocupante abandonaba las sábanas. El pequeño Laertes protegía la vela con la mano y miraba hacia la claraboya abierta lleno de miedo. Junto a él asomó la cara de una niña que agachaba sus orejitas felinas y enseñaba los dientes. Los phokas pueden reconocerse sin importar en qué forma estén. La hija de Manx lo miraba como lo había mirado por primera vez bajo la tormenta, cuando se escondió entre las ramas del viejo roble. Dujal bajó a la alcoba descolgándose por la claraboya, balanceó el cuerpo y saltó al suelo. Remató su entrada con una florida reverencia.

—Hola, Laertes. ¿Te acuerdas de mí?

El fauno asintió.

—¿Con quién hablabas ahí arriba? —quiso saber.

—¿Yo? —Dujal fingió pensar la respuesta—. ¿Ahí arriba? ¡Oh! Con mi sombra. Ha insistido en traerme hasta aquí. Creo que quería haceros una visita.

Laertes se rascó el cuerno derecho y torció la boca. La gata se escondía tras el fauno, sin quitarle la vista de encima. Había inclinado la cabeza en un gesto de curiosidad. Se atrevió a olisquearlo, aunque aún no lo consideraba digno de confianza. Para corroborar su historia, Dujal liberó a su sombra e hizo que bailara por las paredes de la habitación. El truco funcionó con el sátiro, que dejó la vela en el suelo y siguió su danza fascinado. La gatita soltó un bufido y se escondió bajo la cama.

—¿Y por qué quería tu sombra que vinieses? —preguntó Laertes.

—Quería saber cómo se encontraba tu papá. La última vez que lo vio estaba enfermo.

—Ahora está bien, pero no está aquí. No volverá hasta primavera.

—¿Y dónde has conocido a tu amiga? ¿No me la presentas?

Laertes se agachó junto a la cama.

—Es que es muy pequeña —dijo—. ¡Anda, tonta, sal! Dujal es mi amigo.

La phoka abandonó su escondite, aunque no su cautela. Se acercó muy despacio, las orejas alerta y los bigotes tiesos. Los gatos se observaron sin mover un músculo hasta que la gatita se sintió tranquila para acercarse y oler al intruso a placer. Decidió que le gustaba lo que olía. Dujal se sentó en el suelo, y ella se acomodó en su regazo sin ningún pudor. El gato le rascó entre las orejas como le gustaba que lo rascasen a él, y ambos entonaron una cantinela de ronroneos felices, una canción secreta sin palabras. Dujal cerró los ojos. Su Canción de Sangre se presentaba ahora; hacía muchos años que había dejado de buscarla, cuando ya no se preguntaba cómo sonaría y ni qué sentiría al oírla. Y la canción decía muchas cosas; aclaraba sospechas que había cargado durante años, y sembraba nuevas dudas. Le reveló aquello que siempre había sabido: que Manx no era sólo su tutora, y que aquella niña no era una huérfana sin nombre. Supo que se llamaba Cymric, y que era su hermana. Su familia. La incursión en TocaEstrellas para librarla de los goblins no había sido en vano.

La Canción de Sangre le traía esperanza, y también el abrumador peso de una responsabilidad que nunca había imaginado.

Ahora sabía que acudiría a la Puerta de los Traidores, al amanecer. Una vez más, DamaMirlo lo llevaba por senderos extraños.

59

Ritos ancestrales

Urakarnake era, sin lugar a dudas, el idiota con más carisma de TerraLinde.

Por suerte, su propia estupidez le impedía sacarle demasiado provecho a su potencial. Había hecho correr la voz entre las tabernas y los barracones de la guardia de que quería organizar una batida en el Bosque de las Luciérnagas. Era buena época para cazar tarascas. Si tenías el valor de meterte entre los árboles tras las huellas de una inmensa criatura, veloz, venenosa y acorazada, podías hacer un buen negocio. De las tarascas se aprovechaba todo. Con las conchas se hacían armaduras recias y ligeras. La piel era suave y tenía un raro color verde oscuro, casi azul, por la que se pagaban buenas sumas. Lo más preciado era también lo más arriesgado de recolectar: las colas de esas bestias estaban coronadas por unos aguijones que supuraban veneno; un solo roce causaba horribles heridas y dejaba cicatrices que volvían la piel como de cuero, eso si eras afortunado. Muy pocos sobrevivían a la ponzoña. Las tarascas son capaces de atacar incluso muertas. Los riesgos de ir tras semejante bestia eran enormes, pero las ganancias también lo eran. Magos, médicos e ingenieros pagaban lo que fuera por hacerse con el mortífero elixir. Tenía innumerables usos, muchos de ellos prohibidos. En la clandestinidad estaba el beneficio. Cuanto menos honrado era el comprador, más oro pagaba, pues compraba silencio además de veneno. Con aquel reclamo, Urakarnake pretendía atraer a guerreros y cazadores con más aprecio por el oro que por su vida.

Su llamada había reunido una caterva de lo más selecta: mercenarios con el bolsillo vacío, cazadores, tramperos, y matones que cobraban cada miembro roto al precio de una lanza de plata. Todos Invernales. Sólo la Hueste Invernal se dedicaba a cazar tarascas. Era su tradición. Su deporte. Los Estivales consideraban que el único motivo razonable para atacar a semejante bestia era la defensa propia. Nebel se maravillaba de que una idea tan brillante hubiese salido de la cabeza de Urakarnake, y se preguntaba con cierta inquietud si el gorrorrojo sería consciente de su poder de convocatoria, y de hasta qué punto aquello podía ser una amenaza para la Dama RecorreTúneles. Que el cazador ganara prestigio de nuevo a ojos de la Hueste Invernal no era bueno para los intereses de su señora. Aunque por ahora tenía que limitarse a dejarlo hacer. Su misión era asegurarse de que todo transcurría según el plan. No podía negar que sentía cierta curiosidad, y a juzgar por el atento silencio con el que el Gaitero observaba a su alrededor, él sentía lo mismo.

Estaba bastante segura de que ninguno de los presentes conocía las intenciones reales de Urakarnake, y no veía el momento de averiguar qué pasaría cuando se desvelaran. Nadie sabía a ciencia cierta cuándo se hizo la última Cacería Salvaje; cayeron en desuso mucho antes de la guerra, cuando el mundo se hizo más civilizado y los bosques perdieron parte de su aterrador misterio. Algunos consideraban que esa desaparición era fruto de tiempos más benévolos, y sólo una minoría lo veían como una señal de que la magia iba muriendo poco a poco. La Cacería Salvaje era primigenia, anterior a la división de las hadas en Huestes, un recuerdo de cuando todos habitaban bosques y cuevas sin más ley que la del puño y el colmillo, cuando comer era equivalente a cazar y cualquier carne demasiado lenta era buena para ser devorada.

A media tarde, el claro junto al Trono de las Sombras había reunido a toda la carne de horca de la Corte de los Espejos. Urakarnake se dio por satisfecho con aquel grupo de miserables. Había permanecido en silencio, sentado sobre el tronco de un árbol caído, observándolo todo con sus ojillos de lobo, hasta que consideró que tenía público de sobra para empezar. Levantó la cabeza enorme, remate de un cuello ancho y corto, y se alzó por encima de casi todos los convocados. Era tan grande como un troll, e igual de ancho. Una montaña cubierta de cuero ajado y porquería que eran trofeos para él. Destacaban dos collares, uno hecho con dientes del tamaño de un puño y otro con orejas de animales.

No tuvo que pedir silencio; los congregados callaron al verlo alzarse. Lanzó una mirada hambrienta al Trono de las Sombras y se acercó a él. Nebel no pudo reprimir un temblor súbito; si Urakarnake tenía el descaro de sentarse sobre la roca el mensaje estaría tan claro que correría como la pólvora por toda TerraLinde. Por suerte, al cazador no le faltaba cierta sensatez y se limitó a quedarse bajo el abrigo de las ramas del árbol muerto.

—¡Bonita reunión de chusma! —gruñó mirando a su alrededor—. ¡Algunos de vosotros no seríais capaces de retorcerle el cuello a una gallina ni aunque ya estuviese muerta! ¡Y queréis cazar una tarasca!

Hubo una carcajada general que el cazador no compartió. Buscó a alguien entre la multitud y clavó los ojos en un bogan gordo, con la barba tan larga que se la había trenzado para hacerse un extraño turbante sobre la calva.

—¡Tú, Tirangón! No creo que logres encontrarte el rabo entre tanta manteca. Si no eres capaz de montar a una moza, tampoco lo serás de echar otras carreras. Una tarasca te llenaría de veneno antes de que pudieras pensar en huir.

El bogan soltó una risotada que hizo que las carnes le temblaran.

—¡No sé para qué iba a necesitar mozas teniendo tú la

boca tan bien dispuesta! —contestó—. No me hace ninguna falta correr. Huye de la tarasca si tanto te asusta. Yo tengo mis cosas muy bien puestas, y con una ballesta soy capaz de acertarle en un ojo antes de que me huela siquiera.

—Así que no te asustan las tarascas...

—Ni las tarascas, ni tú, ni nada que esconda TerraLinde.

—¿Ni la Cacería Salvaje?

Esta vez Tirangón se rió más todavía, doblado todo lo que su barrigota lo dejaba, dándose palmadas en los muslos, anchos como cuartos de toro. Sólo se reía él. A su alrededor, todo eran rostros serios y murmullos inquietos.

Tal como Nebel sospechaba, mencionar la Cacería los puso nerviosos. Aunque estaba ligada por tradición a la Hueste Invernal, los presentes sólo habían escuchado las historias. Y esas historias eran inquietantes, cuando no aterradoras. Una tarasca, por feroz que fuese, no podía compararse con lo que evocaba la Cacería Salvaje. Urakarnake jugaba con fuego. Tirangón acabó de reírse y secó sus ojos con un extremo de su barba trenzada.

—¿La Cacería Salvaje? ¿Nos has traído para hablar de cuentos de viejas? ¿Y después qué? ¿Humanos? ¿Se te han derretido los sesos, Urakarnake?

Los murmullos se convirtieron en reniegos.

—¡Todos hemos oído hablar de la Cacería Salvaje! —gritó Urakarnake; su voz se alzó como un trueno en medio de la lluvia y sembró en el claro un silencio solemne—. ¡Ya no existe! ¡Pero nosotros la volveremos a traer!

Los congregados miraron al gorrorrojo sin disimular su enfado.

—Decididamente, te has vuelto loco —habló Tirangón—. ¿Nos reúnes de noche en mitad del bosque para oírte decir estupideces?

Tirangón echó mano al mangual que colgaba de su cinturón. Urakarnake vio el gesto; supo que era una señal de miedo, no de desafío. Le dio la espalda con desprecio. A su alrededor, muchos tiraban del brazo de un compañero para animarlo a abandonar el claro. Urakarnake subió al promontorio de tierra sobre el que descansaba el Trono de las Sombras. Nebel contuvo la respiración; si osaba tomar asiento sobre la piedra o le ponía encima un solo pie...

—¡Invernales! —gritó el gorrorrojo—. ¡El pantano de TiemblaSauces está lleno de mercenarios! ¡Vienen de fuera de la Corte, incluso de fuera de TerraLinde! ¡Un pequeño ejército os está quitando la comida de la boca!

Desconcertados y aburridos por aquella sarta de despropósitos, el grupo empezó a desperdigarse por el claro. Urakarnake trató de explicarse, pero sus frases parecían los desvaríos de un loco. Sólo un puñado de incondicionales permaneció atento. Nebel lanzó una mirada al Gaitero y éste sonrió sin mediar palabra, sacó un flautín de su bolsa y se lo llevó a los labios.

La canción que tocó era suave, salida de un sueño. Los congregados se detuvieron y se volvieron hacia el músico. Nebel subió al tronco muerto.

—Urakarnake ha dicho la verdad. —Al contrario que el gorrorrojo, su voz era serena, confiada—. TiemblaSauces está lleno de mercenarios, y es verdad que vienen de lejos. ¿Y qué os importa? Todo el mundo es libre de contratar a sus soldados allí donde le venga en gana. —Un murmullo de aprobación recorrió la multitud. El Gaitero dejó de tocar—. Pero los mercenarios extranjeros corren a presentar sus papeles a la autoridad local en cuanto llegan, pagan los peajes y respetan las tarifas del gremio. Éstos han entrado burlando las fronteras. Por eso no sabíais que estaban aquí. No se han presentado ante la reina; ni ante la Dama RecorreTúneles. ¿Y por qué? Porque hay un noble aen sidhe actuando a hurtadillas, contratando una pequeña tropa... ¡Intrigando!

—¿De qué hablas, Nebel? —preguntó una voz.

—¡Hablo de traición! La historia se repite... Elfos que

incumplen sus propias leyes. Hablo de justicia. Nuestra justicia. Esos mercenarios no tienen derecho a estar aquí.

—¡Que se encargue la Guardia Real!

Nebel miró a la multitud con una sonrisa amarga.

—¿Dónde estaba la Guardia Real durante la guerra? ¡Dilo, Tirangón!

—En el otro bando —contestó el bogan en tono sombrío.

—¡En el bando de los traidores a la reina, sí! Ahora, contestadme. ¿Por qué alguien reuniría un grupo de matones a espaldas de las autoridades del reino?

«Traición», dijo alguien, y la palabra se extendió entre las gargantas, porque muchos de los presentes habían luchado en la Guerra de la Reina Durmiente, y los más jóvenes habían oído hablar de ella. Casi todos habían perdido a alguien. Era sencillo desconfiar de unos nobles que pasaron con demasiada facilidad de la guerra a la paz con tal de mantener sus privilegios y fortunas.

—Podemos ir a Palacio —prosiguió Nebel— y exponer nuestras sospechas a un grupo de elfos estirados con más savia que sangre en las venas; ya sabéis lo que ocurrirá. ¡O podemos ejercer nuestra justicia ancestral! —Ahora, la pequeña tropa estaba entusiasmada con las palabras de la sluagh del mechón blanco. Pateaban el suelo y juraban—. ¡Oíd! Es la Dama RecorreTúneles quien invoca la Cacería Salvaje. ¡Justicia de sangre y miedo en los corazones de quienes nos gobiernan! Podéis volver a la Corte y olvidar todo lo que está sucediendo o podéis quedaros. ¡Esta noche será recordada durante siglos en toda TerraLinde!

Buena parte de los presentes gritó entusiasmada.

—¡Seremos la Cacería! ¡Larga vida a la Dama!

Nebel alzó los brazos al cielo.

—¡Somos la Hueste Invernal! ¡No luchamos por oro! ¡Ni por honor! ¡Nuestra es la sangre y la gloria!

Pocos fueron los que abandonaron el claro, murmurando entre dientes que aquello era una locura. Ninguno de ellos vio la silueta que se alzó tras el Trono de las Sombras, una silueta púrpura a lomos de una bestia de hierro y cuero que lucía por cabeza el cráneo y los cuernos de un gran carnero. Los veteranos de la guerra conocían a QuiebraCerros, la montura de batalla de la Dama RecorreTúneles. Al verla comprendieron que Nebel no les había mentido: esa noche sería recordada. Se contaría alrededor del fuego en mitad de las noches más oscuras y asustaría a los niños, que creerían escuchar un cuento, y a los adultos, que sabían que relataban la verdad.

En aquella ocasión la Dama no vestía de negro. Toda ella era una sombra escarlata, densa como la sangre. En la mano llevaba una lanza de obsidiana, y en la cabeza un yelmo astado. Era una imagen de pesadilla. La Dama señaló a los reacios a participar, que ya se marchaban, y su voz sonó como un enjambre de avispas.

—La Cacería sólo tiene una ley: ¡el que no caza se convierte en presa!

Las hadas corrieron, presas del pánico. Ninguna llegó demasiado lejos.

Nebel y el Gaitero se abstuvieron de tomar parte en la carnicería, pero eran fieles a la Dama RecorreTúneles; le habían jurado lealtad absoluta hacía mucho tiempo, un raro honor del que sólo unos pocos gozaban. A Nebel le disgustaba compartir aquella distinción con otras hadas, como Nicasia, por ejemplo.

La ingeniera llegó mientras el grupo cazaba a los disidentes. Venía en un pequeño carro tirado por un caballito trotón casi transparente. Un sueño. Era propio de Nicasia usar sueños para arrastrar sus transportes. Quizá era cierto que era demasiado tacaña para pagar un caballo de verdad, o quizá había otra razón más perversa. La acompañaban dos autómatas, a los que ordenó bajar un par de enormes calderos del carro.

—¿Qué traes ahí? —le preguntó Nebel.

Uno de los calderos era lo bastante grande para cocinar dentro a una oveja adulta. Nicasia levantó la tapadera. Un olor pegajoso y acre se agarró a la nariz de la sluagh; era tan fuerte que la hizo tambalear.

—La Dama me ha pedido Tinte de Trasgo.

El Gaitero se acercó a ella.

—Pareces cansada, vieja —le dijo a Nicasia.

El sátiro tenía razón: Nicasia lucía ojeras, varios kilos menos y un brazo en cabestrillo. Llevaba a la espalda una maleta de madera cerrada con remaches metálicos, sujeta a su cuerpo por un peto lleno de hebillas, un armatoste que lograba cargar de milagro.

—Estoy perfectamente —replicó.

—¿Piensas luchar? —preguntó el Gaitero—. No creo que puedas.

—Bueno, yo creía que tú no eras capaz de pensar.

—¿Y el Tinte?

Nicasia se volvió y miró al sátiro.

—¿Ves como no piensas? Son para la Dama. Hay que preparar la noche.

Los autómatas bajaron el otro caldero del carro y colocaron a su alrededor una pila de cuencos de madera.

—Antes de que lo preguntes eso es Licor de Guerra.

Nebel silbó. Licor de Guerra y Tinte de Trasgo...

—La señora sabe cómo montar una fiesta. —Nicasia sonreía sin alegría.

—Va a ser una noche muy fea —auguró Nebel.

Nicasia repartió los cuencos rebosantes de licor entre los que regresaban de su macabra cacería. La propia Dama bajó de su montura y recogió uno de los cuencos, lleno hasta el borde. Lo vació de un trago entre vítores.

—¡Esta noche caeremos sobre TiemblaSauces! —gritó entre sus Invernales—. ¡Teñiremos de sangre las aguas del pantano y colgaremos las cabezas de esos malditos en las murallas de la Corte! ¡Somos la Cacería Salvaje! ¡El miedo es nuestra ley! Los aen sidhe temblaran tras sus murallas y se lo pensarán antes de volver a desafiarnos.

Las hadas bebieron, y se tiñeron de pintura y barro. El Tinte de Trasgo era espeso, mareaba y los hacía creerse invencibles, los escondía en las sombras. Al anochecer, los guarnicioneros y Nicasia eran los únicos que seguían sobrios. Contemplaron a la tropa como cuervos silenciosos.

La Dama subió de nuevo a su montura, y lo mismo hicieron los que habían traído las suyas. QuiebraCerros se encabritó.

—¡Hermanos de Cacería! —aulló la sombra sangrienta—. ¡Muerte y gloria!

El Gaitero sacó un cuerno y lanzó al cielo nocturno un gemido ronco, algo peor que la tarasca más dañina. La Cacería Salvaje retornaba. Magia antigua y viejos terrores.

60

El superviviente

Se estaba liando un cigarrillo, porque temía que iba a ser su único desayuno. Amanecía tras una noche de dormir poco y pensar demasiado. A juego con su humor, un sol desganado asomaba su cabeza entre las torres de Palacio y las hacía brillar como carámbanos de hielo sucio. Dujal esperaba que DamaMirlo se apiadase de sus ojeras. No había podido mirarse ni en un mísero charco, pero se las adivinaba entre bostezo y bostezo. Se encontraba apoyado sobre un jalón de piedra, un hito en un cruce de caminos junto a la Puerta de Poniente, la que los viejos llamaban en susurros «Puerta de los Inocentes». Historias de la guerra. Dujal nunca había estado demasiado interesado por ellas.

Se encendió el cigarrillo luchando contra la brisa y la mecha húmeda de su encendedor de anticuario. Nunca los usaba de gas en TerraLinde; cuando se agotaban tenía que hacer magia para prender fuego, con un resultado desastroso. No pensaba perder las cejas otra vez. No esperaba a nadie, sólo hacía tiempo. Las manos le temblaban; retrasaba, entre caladas, el momento de verse con DamaMirlo. Quizá le faltaba el valor, aunque también lo hacía por aprovechar los momentos de paz; últimamente escaseaban. Es falso que haya calma antes de la tormenta. Antes de la tormenta hay tensión muda, expectación. Antes de la tormenta lo único que deseas es que te pille a cubierto. Y Dujal podía oler la tormenta, así que allí estaba, disfrutando de la falsa calma, temblando de pies de cabeza, de frío y sólo de frío.

Todo había empezado como una venganza. Se supone que es un asunto sencillo: alguien muere, se jura venganza al muerto, se da caza al asesino y se hace justicia. Él había escuchado y leído todas las historias sobre venganza, y ninguna se complicaba tanto como la suya. Tampoco conocía ninguna en la que al héroe se le quitaran las ganas de vengarse. Tenía demasiadas dudas, y Manx, al parecer, demasiados secretos. Ahora prefería hacer caso a sus tripas y olvidar aquel asunto para siempre. Lo habría hecho si no hubiera descubierto que tenía una hermana, una mocosa que crecería para preguntarle cómo había muerto su madre. Él, que sabía lo que era crecer sin respuestas, no estaba dispuesto a dejar que le ocurriera lo mismo a Cymric. Ella sabría la verdad, no tendría que hacer preguntas sobre su pasado. Pero, para eso, Dujal tenía que atar cabos. Necesitaba respuestas que, al parecer, solo DamaMirlo conocía.

Contempló cómo, una mañana más, la guardia se afanaba en quitar de las murallas los cincos monigotes de tela que una mano misteriosa había colgado durante la noche. La rutina de la ciudad. Dujal terminó su desayuno de humo y respiró hondo, una bocanada de aire helado que le despejó la cabeza. Estiró los brazos. Ya era hora de dejarse de tonterías sentimentales.

No pensaba entrar en Palacio por el método convencional, pelearse con los guardias de la puerta, la visita del jefe de protocolo… Tampoco hacía falta; un poco de magia podía ahorrarle mucho trámite. Dujal se agachó junto al jalón de piedra. Había elegido aquel lugar porque era un cruce, y los cruces de caminos poseen una magia particular, poderosa si sabe usarse. Sacó un trozo de tiza de su bolsillo y dibujó el pomo de una puerta sobre la piedra. La piedra tembló un poco y brilló como una lámpara de alabastro. Se concentró en imaginar una puerta hasta que pudo verla. El pomo asomó de la piedra, un champiñón de hierro negro adornado con hojas y bellotas de forja. Puso la mano sobre él y lo giró. El hechizo era tan vívido que tiró de él. La encrucijada quedó desierta y los trazos de tiza desaparecieron de la piedra. No quedó nada que indicase que Dujal había estado alguna vez allí.

Estaba acostumbrado a viajar por EntreMundos, ese espacio extraño y cambiante que había tras los portales mágicos. Tenía facilidad para hacerlo, aunque limitaba sus paseos a unos pocos sitios que conocía bien; era mejor permanecer en los límites de lo seguro, porque aquel lugar parecía no tener fin, y no todos los destinos podían ser buenos.

EntreMundos estaba hecho de luz y niebla, todo era difuso y cambiaba de forma con la facilidad de las nubes. Nunca veía dos veces la misma cosa; parecía depender de sus deseos o de su estado de ánimo. Cuando iba al mundo de los humanos, los colores se apagaban y el aire se volvía sucio. Olía a humo ácido, a sudor rancio, a maleza muerta. Todo mezclado y disperso. Cuando regresaba a su hogar, la niebla de EntreMundos era una cortina de cristalitos centelleantes, de humedad fresca, y olía a noche estival. Nunca, en ninguno de sus viajes, había tropezado con otros viajeros. Sabía que aquella habilidad era extraña y que dar un paso en falso podía tener terribles consecuencias. Había oído muy pocas historias de aquel lugar, pero casi todas trataban de gente que se perdía o de encuentros con viajeros siniestros.

Dujal nunca había entrado en Palacio caminando por EntreMundos. Con el corazón y sus deseos de brújula no podía equivocarse, y en eso basaba cada uno de sus pasos. Pronto, la niebla comenzó a formar árboles blancos. Dujal se lamió la palma de la mano y se la pasó por el pelo; quería tener buen aspecto. DamaMirlo lo ponía nervioso. La había conocido muchos años atrás. Primero en los relatos de Manx, que no dejaba de advertirle contra ella y su afición a los enigmas; y después en persona. La primera vez que intentó colarse en

Palacio, ella le había sonreído con uno de sus gestos vagos, un rostro hecho máscara, amabilidad que escondía otras cosas. Él permaneció con los ojos abiertos, fijos en aquella figura demasiado delgada, que arrastraba su largo cabello como una sombra. Esperaba un castigo que nunca llegó. En lugar de una regañina, la Dama le ofreció un dulce con sus dedos largos y fríos, y lo llevó a visitar algunos rincones del Palacio. Fue un momento inolvidable; a Dujal le encantó ver cómo bajo la custodia de aquella hada silenciosa se le abrían todas las puertas, y tras cada una de ellas había una sala magnífica, y sidhe vestidos con sedas de colores que los saludaban con reverencias.

Había llovido mucho desde aquello. Ahora sus encuentros eran menos frecuentes. Mejor. DamaMirlo parecía estar detrás de cada acontecimiento. No se podía negar que la Dama era hábil, digna de admirar. En parte le gustaba; le gustaba el juego, porque en la Corte de los Espejos no había jugador más grande y más tramposo que él. Tener un adversario de la talla de la sluagh era estimulante. «DamaMirlo nos tiene bien enredados.» El único modo de salir de su trama era huir. Dujal habría huido si no hubiera descubierto a Cymric.

Los árboles volvían a espaciarse. No estaba adentrándose en el bosque de columnas como había pensado. Sus pasos lo guiaban hasta DamaMirlo, de eso no tenía duda, pero por lo visto ella no se hallaba en Palacio. Los árboles quedaron atrás. La niebla formó una puerta que le resultó conocida. Se detuvo un momento. Olfatear era inútil; en EntreMundos los olores eran tan engañosos como todo lo demás. Sólo podías fiarte del instinto, y aunque podía jurar por sus bigotes que no se encontraba en peligro, tampoco estaba a salvo del todo. Dujal hizo el amago de abrir la puerta. Entonces, sintió que tiraban de él.

No hizo falta encender la luz, nadie olvida el olor de su casa. Madera pulida a base de jabón y años, ceniza en la chimenea y muebles de cedro. Dujal se volvió en la oscuridad para encender la bujía que sabía encontraría colgando de la pared junto a la puerta de la entrada. Allí la magia le resultaba fácil, tenía un fuerte vínculo con aquel sitio. Chasqueó los dedos, y la bujía se encendió. La cabaña de Manx sólo tenía una estancia; había una chimenea y un hornillo de carbón para cocinar, y sobre su cabeza un sobrado, una tarima de tablas colocada sobre las vigas del techo. No había escalera; subían saltando desde el antepecho de la ventana. A fin de cuentas eran gatos, y como tales dormían acurrucados en un nido de heno limpio y mantas. Siempre durmieron juntos, ovillados uno contra el otro, adormecidos con sus propias respiraciones. Tantas noches y nunca había oído su Canción de Sangre. Era imposible; una magia tan antigua no se rompe así de fácil. La Canción de Sangre, simplemente, no había sonado allí nunca. Debía de existir un motivo que explicase por qué.

El phoka dio una vuelta por la estancia. Nicasia había enterrado a Manx mientras él se recuperaba del veneno de Galerna. La ingeniera, al parecer, se había esforzado en borrar cualquier rastro que recordase la escena que habían presenciado aquellas cuatro paredes. Todo estaba ordenado y limpio. No había muebles rotos ni manchas de sangre. Aun así, él podía recordar el sitio exacto donde había encontrado el cadáver de Manx, su expresión, la herida a la altura del pecho, tan pequeña que parecía increíble que hubiera podido matarla. Un agujerito por el que había escapado toda su vida, sus mentiras, sus respuestas.

No entendía por qué EntreMundos lo había llevado hasta allí. Él se había centrado en DamaMirlo, no en su tutora y recién descubierta madre. Abrió la ventana para despejar la habitación y su cabeza. No se sorprendió cuando vio a la bordadora sentada bajo el viejo roble.

Nicasia había enterrado a Manx bajo el árbol. La tumba era una pequeña lápida negra a la que la luz sacaba reflejos irisados. No tenía inscripciones, y el único adorno era una lamparita apagada y un rosal seco. Esto último extrañó a

Dujal. El rosal siempre había sido de piedra. Nunca le había gustado; afeaba el colorido del huerto con sus flores grises de pétalos afilados. Ahora, DamaMirlo arrancó una rosa reseca, que se rompió con un chasquido mientras se hacía polvo entre sus dedos.

—No me hace ninguna gracia que me hayas traído aquí.

—Es adecuado que todo termine en el mismo sitio en el que empieza.

Dujal se apoyó en el tronco del roble y sacó su bolsita de fumar.

—No estoy de humor para acertijos. Y no me gusta verte al lado de la tumba de mi madre.

—Estaba presentando mis respetos.

—La dejaste morir; no me vengas con monsergas.

—Las cosas pasan, tienen que pasar —dijo la Dama—. Todos tenemos nuestro momento y nuestro sitio.

—¿Por qué este momento y este lugar? ¿Me dirás que no los has elegido tú?

DamaMirlo sacudió pétalos secos de su regazo.

—El destino tiene huecos. Es lo que llamáis «azar».

—¿Lo que llamamos «azar»? ¿Cómo lo llamas tú?

—Oportunidades —contestó la bordadora.

El phoka bufó, disgustado.

—Vale —dijo—. No estoy de humor para jugar a los misterios. Querías verme, y aquí me tienes. Habla.

—Antes tenías mejor carácter; será que no puedes remediarlo. De tal palo tal astilla. Bueno, esta vez he venido a ofrecerte mi ayuda.

—Tu ayuda me está saliendo muy cara.

—Sin mi ayuda nunca habrías llegado a la Ciudad de Piedra. Tu hermana no estaría a salvo.

—Ya hemos hablado de esto. ¡Han muerto demasiados, Dama! No frivolices.

—Llevo la cuenta, pero no hago ese tipo de balances. Yo veo las cosas con una perspectiva más amplia.

—Se nota que no estabas allí cuando aquel verdugo le machacó la mano a Nicasia. ¿Sabes que no me saco ese sonido de la cabeza? Tampoco has visto la Oscuridad.

DamaMirlo acarició la lápida con un dedo.

—Tu madre nunca debió enseñarte ese hechizo. No es apropiado para los de tu Hueste. Pero no te preocupes: alguien que ame hasta tus peores defectos puede librarte de él.

—Más acertijos —murmuró Dujal—. Ya que aseguras venir de buena fe, Dama, contéstame a una pregunta: ¿cómo es posible que Manx fuera mi madre y yo no compartiera una Canción de Sangre con ella?

La bordadora contempló la tumba. El rosal seco y la lámpara apagada le daban un aspecto melancólico, abandonado. Cualquier viajero habría pensado que allí descansaba un muerto que no le importaba a nadie. Que no se merecía una flor, ni el calor de una llama. DamaMirlo suspiró.

—Manx renunció a ti —dijo—. Te envió con los humanos.

—¿Por qué?

—Nunca has sabido por qué Manx vivía tan lejos de la Corte de los Espejos. Estaba desterrada, éste era su exilio. Tenía prohibido vivir en cualquier ciudad de TerraLinde, y su condena se aplicaría a sus hijos. Renunció a ti para librarte de esa suerte.

—Pero volvió a por mí...

—Ni la ley ni la magia pueden interponerse entre una madre y su hijo.

—Pasé doce años con los humanos. ¡Ella me abandonó! ¡Lo hizo!

—Pero no del todo —señaló DamaMirlo—. La tradición dicta que debe existir un intercambio. Si algún hada lleva a un bebé al mundo de los humanos, deberá traer otro bebé de vuelta. Así lo hacíamos cuando los mundos eran jóvenes y manteníamos el equilibrio. Hubo humanos entre nosotros, hace mucho, mucho tiempo... Pero eso era antes. Manx jamás te cambió; hacía siglos que nadie dejaba a uno de los nuestros con los humanos. Renunció a ti, es cierto, pero sólo por un tiempo. Y sólo porque deseaba que sus delitos no recayeran sobre ti, para lo cual debías dejar de ser su hijo a todos los efectos.

—Pudo dejarme con mi padre.

DamaMirlo sonrió sin tapujos, una sonrisa sincera, llena de tristeza.

—Tu padre... Ése es otro tema. Será mejor que lo olvides.

—Imagino que Marsias conocía esta historia. Nunca me la contó. Y tampoco Nicasia. Ambos callaron.

—Cumplieron los deseos de Manx. Marsias cumple un juramento de silencio, no lo hace por maldad.

—¿Y Nicasia?

—No quieras saberlo. Hay muchos tipos de juramentos, y muchas clases de magia. Nicasia y tú estáis ligados. Manx ató vuestros destinos antes incluso de que tú nacieras.

—¡Pero si Manx no me permitía acercarme a ella! ¡Y Nicasia me odia!

—Eso quisiera ella, poder odiarte. Le has dado cientos de motivos, pero es incapaz de guardarte rencor.

—Pues finge muy bien.

—Piénsalo. Te ha dejado pasar todo tipo de insolencias y ultrajes. Recuerda tu función de marionetas en el teatro de la Torre Oscura. ¿Sabes qué le sucedió al último que hizo una apuesta a su costa? Pregunta por ahí. Era un gorrorrojo al que llamaban MataSombras. Nicasia le voló la oreja de un disparo. Eso que se sepa, porque luego de que ocurriera, nadie lo ha vuelto a ver.

Dujal había oído aquella historia, pero nunca la había creído.

—Está bien —dijo—, me has hablado acerca de mi madre. Ahora explícame por qué querías verme.

—¿Sigues pensando en ir tras Gerión de TocaEstrellas?

—Sí. Él me llevará hasta Galerna. —Dujal señaló la tumba de Manx—. Alguien ha de vengarla. Alguien debe recordarla con cariño. Lo merece. Ella... Ella no era un monstruo, ¿verdad?

—No, no lo era. Y tienes razón, merece un recuerdo. Todos lo merecemos.

—Me alegra que los dos estemos de acuerdo. Pero esto no tiene nada que ver contigo. Preferiría que me dejases en paz.

—Gerión estará en el pantano de TiemblaSauces esta noche —dijo entonces DamaMirlo—. Eso está a medio reino de distancia.

—Viajaré por EntreMundos.

—No es seguro, y aunque lo fuera, ¿qué esperas hacer tú solo contra uno de los mejores soldados de TerraLinde? ¿Has luchado alguna vez contra un elfo?

—No me asusta.

—Sé realista. Necesitas ayuda, y yo cumplir una promesa que hizo la reina.

DamaMirlo se puso en pie. Centenares de pájaros negros abandonaron las ramas del roble como si hubieran estado esperando una señal. El aire se llenó de mirlos de ojos brillantes. Dujal se relamió; no comía desde la noche anterior, y tanta pluma en movimiento hizo que se retorciera de hambre. No le hubiese importado llenarse la boca de sangre y huesos huecos. Se contuvo; pensó que usar a los pájaros de aperitivo no agradaría a DamaMirlo. Cada pájaro sostenía una cinta roja; atada a un par de columpios de madera. La Dama tomó asiento sobre uno de ellos.

—Vamos —dijo chasqueando los dedos—. Quiero enseñarte algo.

El gato se sentó en el columpio sin disimular su desconfianza. Por muchos que fueran, no creía que unos pajarillos tan pequeños pudieran cargar su peso por los aires. Aquel método de transporte no le parecía seguro; estaba convencido de que sería incómodo. El columpio era una tabla de madera, bastante ancha, eso sí, aunque no tenía respaldo, ni nada a lo que poder agarrarse. Nada más ganar más altura empezó a añorar a SurcaCielos. Al menos la avispa era rápida.

Volaron, sentados en sus columpios. DamaMirlo iba delante, rodeada por el revuelo de sus faldas y con su larga melena persiguiéndola como un rastro de tinta negra. Debía de haber viajado así muchas veces. Dujal ni siquiera contaba con las simpatías de los mirlos. Pájaros y gatos jamás serán amigos; para que no quedara ninguna duda los de su columpio iban vaciando sus tripas sobre él. Dujal agachó la cabeza, cerró la boca y aguantó la lluvia fétida. Para cuando tocaron tierra podían plantarse margaritas en su chaqueta.

DamaMirlo ocultó una sonrisa tras su mano. Le ofreció su pañuelo, pero sin acercarse demasiado.

Habían aterrizado en el Bosque de las Luciérnagas. Dujal reconoció los árboles tupidos, sombríos. Sobre ellos despuntaban los picos de TocaEstrellas. Dujal apartó la vista. A tiro de piedra, vio las chozas ocultas entre los arbustos y la maleza.

—¿Venimos a ver a los centauros?

—Tú los verás; yo he venido a buscar a otra hada.

—¿Crees que me harán caso? Les hice una promesa que no he cumplido.

—Pues cúmplela. Cuentas con el respaldo de la reina. No me decepciones.

DamaMirlo volvió a subirse a su columpio y se marchó. Dujal, abandonado en medio del bosque, se encogió de hombros y silbó. Los centauros llegaron al momento, con los arcos listos y caras de pocas bromas.

—¿Quién eres? —Una centáuride de piel oscura se acercó hasta él.

Dujal alzó las manos y probó a sonreír. Si no hubiera estado cubierto por la porquería de una bandada entera de mirlos, la sonrisa habría funcionado mejor.

—Un emisario —explicó—. Vengo de la Corte de los Espejos para hablar con TrotaVientos o con SaltaNubes.

Los centauros bajaron sus armas. Eran jóvenes, llevaban el pelo trenzado y ni una sola prenda encima a pesar del frío.

—SaltaNubes murió hace una luna —respondió la centáuride.

Dujal lamentó oírlo; en su primera visita le había impresionado la profunda serenidad de la anciana.

—Dulce descanso le dé la tierra. Es una pérdida, pero no tengo tiempo para lamentarla como me gustaría. Debo hablar con TrotaVientos. Decidle que Dujal desea verlo.

La centáuride lo dejó con su compañero y trotó hasta la aldea. Los dioses fueron piadosos y TrotaVientos llegó pronto, sonriendo amable.

—Sin duda te traen los dioses.

—Sólo si tus dioses carecen de control sobre sus intestinos y pían como si los estuvieran escaldando vivos.

El centauro blanco soltó una carcajada.

—Vamos. Estoy seguro de que sé a qué has venido.

Dujal siguió a TrotaVientos, convencido de que el centauro no imaginaba sus intenciones; ni él mismo las conocía. «Ayuda», había dicho DamaMirlo. ¿Y cómo lo ayudarían unos centauros que vivían a medio reino de distancia de los pantanos de TiemblaSauces?

—Hemos tenido una temporada revuelta —le informó TrotaVientos mientras lo guiaba hasta el centro del pueblo—. Ese ciego siniestro, Isma'il, que prometió quedarse como garantía a cambio de Marsias, huyó en cuanto pudo. No nos sorprendimos, no era de fiar. Y, pocos días después de que se fuera, algo pasó dentro de TocaEstrellas. Por estos bosques no es raro ver goblins, pero ahora son una plaga. Están abandonando la montaña, pero no sabemos por qué.

«Interesante», pensó Dujal. Seguro que los jefes de los clanes luchaban por el control del Mercado de las Almas. «Así se maten unos a otros», pensó, y supo que Nicasia estaría de acuerdo con eso.

—La huida del ciego nos enfadó mucho. Otro engaño de Palacio, pensamos, de nuevo nos abandonan… Estuvimos a punto de ponernos en pie de guerra. Entonces, nuestros exploradores encontraron algo cerca de las montañas.

TrotaVientos lo hizo entrar a una choza. Dujal recordó a Marsias; en cuanto resolviera sus asuntos iría a verlo a FuegoVivo, aunque para ello tuviera que usar de nuevo el columpio volador de DamaMirlo.

Los centauros eran austeros. Las paredes de la choza estaban desnudas y el suelo cubierto por simples esteras de esparto. En el centro ardía un brasero. El humo se clavaba en los ojos y el aire olía a paja ahumada. Dujal necesitó un momento para acostumbrarse a la penumbra. Distinguió a dos centauros, uno viejo, sentado junto a un colchón de musgo y hojas secas sobre el que yacía recostado otro más joven y grande, muy grande. Era una imagen extraña; los centauros nunca enferman, y su capacidad para recuperarse de las heridas es legendaria, tanto que apenas tienen conocimientos médicos, algo que a punto había estado de acabar con Marsias. Sin embargo, el centauro tumbado sobre la hojarasca estaba enfermo. Los centauros son criaturas grandes, pero aquél era un coloso. Dujal recordó entonces a los centauros de TocaEstrellas, los esclavos mineros, todos gigantescos, mucho más que sus congéneres libres. Los goblins sabían cómo hacerlos grandes y fuertes.

—Lo encontramos cerca de la montaña —declaró TrotaVientos—; había saltado desde un risco. Es uno de nuestros hermanos perdidos. Ni siquiera un centauro puede recuperarse del todo. Él se rompió las patas, ahora no puede trotar. No hay pena mayor para nosotros… Su corazón se apaga. Ha dejado de comer, y no acepta ni un trago de agua. Está aquí para morir entre los suyos. Pero antes nos contó que les prometiste la libertad y los animaste a luchar.

—¿Yo? —preguntó Dujal.

—Eres el salvador de los esclavos.

—Suena bien, pero…

—Y has vuelto con nosotros. Tal como anunciaron los augurios. ¿Por qué?

Buena pregunta. Dujal miró a TrotaVientos; era una criatura sabia, mucho más que él. No tenía ganas de mentirle, ni de darle falsas esperanzas.

—¿Puede hablar? —preguntó señalando al centauro herido.

—Sí.

—Dejadme con él un momento.

Los centauros se marcharon. Dujal se acercó al colchón de musgo y hojas. Reconocía al centauro, un potro joven que lo había dejado montar en su grupa cuando cabalgaban hacía la plaza del mercado. Tenía los ojos cerrados y los labios cubiertos de una costra seca.

—Me acuerdo de ti —le susurró.

El centauro abrió los ojos y le sonrió.

—Nunca te olvidaremos. Ningún centauro es esclavo de las montañas ya. Tenías razón; merece la pena luchar por lo que te pertenece. Los goblins no se atreverán a acercarse a nosotros nunca más.

—No tienes por qué morir, amigo…

—No puedo cabalgar; ya estoy muerto.

—Conozco a alguien. Ella puede ponerte en pie de nuevo. Podrías vivir aún muchos años. Sólo tienes que esperar y no tardaré mucho.

—Estoy preparado para mi fin.

—¡Pues prepárate otro día! —le dijo Dujal—. Escúchame, aún puedo ayudar a tu gente. Pero lo haré sólo si juras que no vas a morirte. Debes seguir luchando. —Dujal juntó las manos y bajó la cabeza—. Te lo ruego.

Fuera de la cabaña se habían reunido todos los centauros de la aldea, que aguardaban en silencio. Dujal los miró;

eran más hermosos que cualquier sidhe y tenían una nobleza que los nobles elfos habían olvidado hacía mucho tiempo. Esperaban sus palabras. Dujal dijo a TrotaVientos:

—Sé qué pasó con los potros que perdisteis. No estaban
en TocaEstrellas; su suerte fue aún peor. —Dujal bajó la vista—. Pero, antes de contártelo, deberías mandar a alguien a
la cabaña. Vuestro hermano tiene hambre.

—Eres un pequeño milagro, gato.

Ya sabía por qué DamaMirlo lo había llevado allí.

—No —respondió—. Sólo soy alguien que tiene una historia triste que contaros.

61

La noche del Ancestral

Isma'il había olvidado ya el tiempo que llevaba atado a la rueda. Se encontraba entumecido y sediento, pero todo eso pertenecía a otro plano. Había regresado a la oscuridad. Sumirse en el trance una vez más no había resultado fácil, pero Isma'il tenía pleno control sobre sus facultades. Los nigromantes dominan su cuerpo tanto como su mente. Del mismo modo saben doblegar a los demás.

Después de que el sidhe lo dejara y se llevara aquella maldita botella de su lado, Isma'il pudo recuperarse. Sufría un dolor pulsante en las muñecas que las ataduras no ayudaban a mejorar, aunque la sed era todavía peor. Su roce con el Ancestral le había dejado la piel en llamas y la garganta tan seca como el tiro de una chimenea. Un trago de agua, aunque viniera de un charco embarrado y lleno de tábanos, le habría dado la vida, y sin embargo Isma'il no rogó una sola gota. No le quedaba tiempo, no iba a desperdiciarlo suplicando. Se presentaría ante sus ancestros con la venganza cumplida. Eleazar tendría justicia.

Iba a morir; no hallaba el modo de evitarlo. Quizá un milagro de los dioses pudiera cambiar las cosas, pero Isma'il no había hecho méritos para merecerlo, y tampoco iba a rezar a los cielos prometiendo enmendarse. La nigromancia le había enseñado que la muerte, más allá de toda magia, es inevitable. Isma'il lo aceptaba. Estaba preparado para ella.

Pensó en su primo Rashid; sería lo único que dejaría atrás. Lo sentía por el niño; tal vez lo obligaran a volver a la caravana cuando él hubiera muerto. No le resultaría fácil, pero era un muchacho inteligente, lo superaría. Tendría la vida larga y feliz que se merecía. Sí, eso era lo único que Isma'il lamentaba: no ver cómo Rashid crecía y se convertía en un adulto. De todos modos, estaba orgulloso del chico y lo esperaría en el otro lado. Cuando llegase su hora intercedería por él. Aquello lo llenó de coraje. Era el momento. Nadie se avergonzaría de Isma'il Ibn Bahar ni en esta vida ni en la otra.

Necesitaba poner orden en su tropa. Cuando un nigromante moría sin tener quien le sucediera, las almas que había ido atrapando en vida quedaban libres. Sus prisioneros ignoraban esto; creían que desaparecían al mismo tiempo que su carcelero, así que se esforzaban en mantenerlo vivo. Ahora veían peligrar a su anfitrión, de manera que volvían a ser un ejército obediente.

Después, Isma'il se había centrado en tratar de captar otra vez a las almas muertas que rondaban el pantano. Debía existir un motivo para que siguieran allí. Era cierto que al morir no todas las almas sabían llegar a su destino definitivo al otro lado del velo; a veces, alguna se perdía o decidía quedarse en el lugar de su muerte junto a sus seres queridos u odiados. No era algo habitual, ni siquiera en las muertes violentas, que hacía que las víctimas tuvieran deseos de venganza. Debía de haber otro motivo, pero desentrañarlo requería métodos que Isma'il no tenía a su alcance, y tiempo, que tal como estaba la situación era más escaso que el aire. Sólo podía advertir una red de magia poderosa y sutil, extrañamente familiar, que se mantenía un paso más allá de lo que era capaz de entender. Y las almas de los centauros eran demasiado jóvenes, demasiado inexpertas para poder explicarle qué las detenía. No sentían deseos de marcharse. Isma'il empezaba a pensar que tendría que limitarse a un ataque suicida y confiar en que eso evitara que el sidhe llegase a sacar al monstruo de la botella. No cumpliría su venganza, pero al menos conseguiría que lo que los Ibn Bahar habían encerrado permaneciera donde debía estar. Morir con el deber cumplido, intentaría hacer al menos eso.

El rastreo no había sido del todo inútil. Había encontrado los cadáveres de los centauros, había logrado percibirlos; sus prisioneros se habían ilusionado con la posibilidad de habitar aquellas carcasas de carne ajada. No debían de estar demasiado estropeados si los espíritus creían que aún podían animarlas. Algo los había conservado. Quizá esa misma red mágica. Porque también había encontrado una barrera que no había sido capaz de atravesar. Un sello poderoso. «Tal vez el círculo mágico que nombró Galerna, donde guardan la botella.» No era de extrañar que quisieran tomar todas las precauciones posibles para protegerse frente a semejante monstruo. Tampoco en este punto se esforzó Isma'il demasiado; su plan ya estaba trazado, y si quería hacerlo funcionar necesitaba estar descansado.

Permaneció en trance. Si no lo hacía, el dolor y la sed mermarían sus fuerzas, así que se quedó en una especie de tranquila duermevela. Pensó en Eleazar. Su abuelo gozó de vida de sobra para convertirse en alguien importante, y como todos los personajes insignes había tenido a su alrededor respeto y envidias a partes iguales. Se había esforzado en convertir a sus nietos en mentes libres. Jamás les había hablado mal de la caravana, y se tomaba muy en serio las obligaciones familiares y la lealtad hacia los suyos. Pero él había querido que sus nietos crecieran fuera de la asfixiante jerarquía de los nómadas. Tal vez no alcanzaría la venganza, ni llegaría a entender los motivos que se escondían en la cabeza del sidhe, pero el sentido común de Isma'il le dictaba que debía impedir que el monstruo escapara de su prisión. Su origen lo ligaba a lo peor de la caravana, los rituales de nigromancia, la locura, el encubrimiento... Si todo eso salía a la luz, la reputación de los Ibn Bahar se vería seriamente dañada.

Y más allá del deber hacia los suyos estaba el elfo. Isma'il no reconocía su voz. Si era cierto que había combatido en los Días del Ancestral debía de ser un elfo bastante mayor. No formaba parte del Alto Consejo, de eso estaba seguro; Isma'il había trabajado como mensajero de Palacio durante años, conocía a todos los miembros de la cámara. Quizá ocupara algún otro cargo, era imposible conocer a todos los dignatarios y funcionarios. O tal vez fuera uno de los que se negaron a aceptar las capitulaciones de la reina al acabar la guerra. Fueron pocos, y todos ellos habían sido exiliados de TerraLinde, aunque no era un secreto que seguían en contacto con sus parientes de un modo u otro, exigiendo venganza y asegurando que un día volverían para recuperar el orden natural de las cosas. Tal vez uno de ellos había decidido hacer realidad sus amenazas. En cualquier caso, nadie recluta un pequeño ejército para no utilizarlo. TiemblaSauces era una zona estratégica; desde allí sólo podía avanzar contra la Corte. Pero atacar la ciudad era suicida, por muy desprevenidos que estuvieran sus habitantes. Cerrarían las murallas. Un grupo de mercenarios no supondría ningún problema. «A menos que tengan refuerzos. Como el Ancestral.» El sidhe planeaba usarlo de algún modo. Pero para eso tendría que sacarlo de su encierro, y era algo que Isma'il no iba a permitir. «Necesita la nigromancia de los Ibn Bahar, y no se la daré.» Su muerte sería un duro golpe para los planes del noble; en aquel momento la caravana no tenía más tatuados.

Vinieron a buscarlo al caer la tarde. El campamento se encontraba salpicado de hogueras. Isma'il había tenido tiempo de organizar sus ideas y de hacer las paces consigo mismo. Estaba preparado.

No le desataron las manos. Se limitaron a romper el eje del carro y a ponerlo en pie. Tuvieron que ayudarle; el peso de la rueda era demasiado para Isma'il, y la muñeca le dolía; debió de lastimársela cuando el sidhe le acercó la botella. Al final, unas manos lo levantaron y se lo llevaron a pulso. Lo dejaron sobre una losa de piedra. El peso de la rueda le aplastaba el pecho contra las rodillas. Era una incomodidad calculada. Isma'il no podía moverse. Respirar suponía un esfuerzo constante. Tratar de hablar le parecía imposible. Era un excelente método para impedirle realizar cualquier tipo de hechizo.

Lo habían colocado sobre un suelo de piedra, una superficie lisa y pulida. Debía de ser algún tipo de ruina. Esa conclusión le hizo recordar las historias de la primera ciudad. Allí la magia se concentraba como en el ojo de un ciclón.

—¿Te has vuelto loco? —dijo alguien cuya voz resultó familiar a Isma'il—. Me haces venir para traer un pago en persona.

—Es demasiado dinero —respondió el sidhe de la botella—. No puedo confiarle esa cifra a un mercenario.

—¡No hace falta que me lo jures! ¡Hay oro para comprar un barco mercante! ¿Vas a decirme para qué es? No contrataré ni a un solo mercenario más. Estoy harto de alimentarlos. Este campamento me sale demasiado caro. No podré mantenerlo mucho tiempo más. —Isma'il reconoció la voz: era Gerión de TocaEstrellas, miembro del Alto Consejo. No le extrañó hallarlo en tan extrañas compañías; Gerión no se molestaba en ocultar sus antipatías por la reina.

—No hará falta. Podemos lanzar el ataque hoy mismo, al amanecer. Silvania habrá muerto antes de que el sol alcance su cénit.

Hubo un instante de silencio.

—Aglanor, nunca has tenido sentido del humor. No creo que sea el mejor momento para empezar a cultivarlo.

¡Aglanor! Isma'il había oído antes ese nombre. La memoria no atinaba, pero el instinto le hizo ponerse en guardia.

—No hay nada en mis palabras que puedas tomarte a broma. Ese oro es la última paga que le darás a nuestra mesnada.

—Es un ejército de pacotilla. Se estrellarán contra los muros de la Corte tan rápido que los cuervos pensarán que han llovido cadáveres. No pudimos tomar la ciudad durante la guerra, y entonces teníamos un ejército de verdad. ¿Qué piensas que pueden hacer estos desgraciados? ¿Matarlos de risa?

—Sé cómo romper el sello de la botella —dijo Aglanor.

—No es la primera vez que oigo eso. Esa maldita vasija… Nos arrastraste hasta este cenagal asqueroso para aprovechar un aura mística que no existe. Has llenado un pozo entero de sangre de pobres criaturas. Me has obligado a cometer un acto que manchará mi conciencia hasta el último día de mi existencia. Y esa baratija sigue intacta. Asúmelo: los buhoneros te engañaron. Te hicieron custodiar una reliquia que no valía nada. Humos y espejos, trucos baratos. Es lo que hacen siempre.

—He dicho que puedo hacerlo.

—¡Ya te he escuchado! —lo atacó Gerión—. ¡Y digo que te has vuelto loco!

—Faltaba una pieza —pretextó Aglanor—. Siempre he dicho que faltaba una pieza. Y ahora lo tengo a él.

Unos pies calzados con escarpes se acercaron hasta Isma'il. Una mano forrada de metal lo obligó a levantar la cabeza.

—¡Eres un insensato! —Gerión de TocaEstrellas soltó el rostro del prisionero como si fuera una brasa—. ¿Sabes quién es?

—¿Debe preocuparme? —preguntó Aglanor.

—¡Es Isma'il Ibn Bahar! Ahora mismo, es el enlace que tiene la caravana para comunicarse con la Corte. Si él desaparece todo el mundo en Palacio sospechará, y su familia lo buscará hasta debajo de las piedras. ¡Uno de los suyos acaba de morir asesinado y tú quieres hacer desaparecer a otro!

—Nadie sabe que el viejo fue asesinado.

—¡No hablo del viejo! ¡Hablo de su otro nieto! ¡Rashid!

Hace dos noches apuñalaron al mocoso en un patio de la Carbonería.

Isma'il sintió que las palabras le abrían las entrañas. ¡No, no, no! Rashid... ¡Rashid no! ¡Dioses, no era posible! ¡Él lo había enviado a la Carbonería!

Isma'il no supo cómo logró incorporarse.

—¡Os mataré! ¡Lo juro por las cenizas del Primero! ¡Bahar el Grande es testigo de que arrastraré vuestras almas por el fango de este pantano!

Una patada le hizo perder el equilibrio. Isma'il cayó al suelo lastrado por el peso de la rueda, y su cara se aplastó contra la piedra. La boca se le llenó de sangre. Escupió algo duro. Siguió gritando mientras los elfos continuaban su conversación. Por fin, alguien cansado de tanto escándalo lo amordazó.

—Éste es el plan —concluyó Aglanor—: puedo sacar a la criatura y usar la sangre de los centauros para multiplicarla. Deja que los mercenarios mueran en las murallas. Tenemos un ejército mejor.

—Está bien —cedió Gerión—. Pero quiero acabar con esto antes de que los Ibn Bahar descubran que hay tres de los suyos muertos.

—Cuando la reina haya desaparecido, y con su mayor vergüenza en nuestro poder, no tendremos que preocuparnos de esos bastardos. No se atreverán a hacer nada.

—Entonces, ¿qué quieres que haga?

—¿Has traído a tu encantadora hija?

—Tal como pediste.

—No perdamos tiempo. Llevemos a este desgraciado al pozo.

Una mano se posó sobre la cabeza de Isma'il, una mano ligera que le acarició el pelo apelmazado. Lo envolvió un olor suave a nuez moscada, un perfume suave y cálido que contrastaba de modo horrible con el frío que poco a poco empezaba a atenazarle los músculos.

—Arminta… —susurró Isma'il.

—Aún me reconoces —respondió ella en voz baja—. No te resistas, Isma'il, no quiero hacerte daño. Tienes una muñeca rota; déjame ayudarte.

Isma'il había servido miles de veces de correo a aquella elfa, que a veces, por puro capricho, le pagaba sus servicios con un beso de escarcha.

—Voy a mataros a todos —la amenazó Isma'il.

Arminta le acarició la mejilla. Sus dedos fríos contra la piel eran un alivio.

—Dudo mucho que puedas, Isma'il. Al menos, no solo.

Arminta deshizo los nudos como si estuviera abriendo el broche de un collar de perlas, y liberó a Isma'il para ayudarle a beber un par de tragos de un líquido glacial y sin sabor que mitigó los dolores del nigromante. Arminta acercó los labios a su oído.

—Vienen refuerzos —le susurró—. Aguanta. No tienes que morir esta noche.

—¿Por qué haces esto?

—Porque quiero que recuerdes quién te ayudó.

De nuevo los pasos metálicos se aproximaron. Con la cabeza despejada, Isma'il se dio cuenta de que Gerión llevaba puesta algún tipo de armadura.

—¡Arminta —gritó éste—, haz que se levante! Ya está todo listo.

Arminta cogió a Isma'il por la cintura y lo ayudó a ponerse en pie.

—Has dicho que vienen refuerzos —le dijo el ciego—. ¿De qué hablas?

Arminta no contestó, y él se dio cuenta de que su voluntad no era del todo suya. Los dos andaban al mismo paso. No podía detenerse. Su cuerpo no le obedecía. Ni siquiera le apetecía protestar o resistirse. Entendía la clase de control al que la elfa lo había sometido, y no le importaba. Ni siquiera cuando le quitó la túnica inmunda y lo dejó desnudo bajó el frío de la noche. Tampoco cuando lo ató a un poste y le apretó el cuello con una soga. Era un cordero feliz de camino al matadero.

La voz de Arminta se alzó en la noche. Isma'il sintió que todos sus tatuajes se erizaban. Al fin pudo reconocer la magia; emanaba de Arminta, usando su cuerpo como vehículo conductor. Cerca de él, un corazón gigantesco latía al mismo ritmo que el suyo. Nigromancia. Magia de sangre. No hacían falta cánticos siniestros ni complejos rituales; bastaba con poner cada cosa en su sitio. El hechizo funcionaría como un mecanismo sencillo y lo desencadenaría todo. A menos que una pieza fallara.

Era la hora de atacar. Isma'il cerró los ojos. Sus soldados estaban listos para defenderse de cualquier ataque. Aglanor acercó la botella hasta él. Incluso cerrada podía sentirla. Burbujeaba, se retorcía, porque la sangre y la tinta de un Ibn Bahar le reclamaban que abandonara su celda. La criatura saldría. Los elfos planeaban darle a beber sangre. Entonces crecería, recuperaría su poder, la sangre lo aumentaría. Un Ancestral es peor que cualquier bestia, porque está hecha de miedo y odio y nunca muere del todo.

Aglanor descorchó la botella. Isma'il sintió que algo se abría paso por su pecho a mordiscos, una boca pequeña llena de dientes afilados. Gritó. Y al mismo tiempo liberó a la noche un enorme caudal de almas ansiosas por volver al mundo de la carne. Levantó sus débiles barreras y les dio, por primera vez en su vida, rienda suelta. Él no podía dejar de gritar, aunque ya ni se oía a sí mismo. Tampoco oyó otro sonido: el de un cuerno, no demasiado lejos.

Hijo de sombras

La Cacería Salvaje llegó hasta el lindero de TiemblaSauces con la noche bien echada encima. Al fin, tras un largo viaje en el que sólo se habían detenido lo justo para que las monturas descansaran. Nadie había dormido, y salvo largos tragos a varios pellejos de Licor de Guerra que circulaban de mano en mano nadie había comido nada. La Tintura de Trasgo les daba el aspecto de espectros dementes. Pasaban por los caminos como sombras ebrias y furiosas. Todo el bosque enmudecía al paso de los cazadores, los pájaros cesaban su canto y las ardillas se escondían; hasta los árboles parecían querer apartarse de su camino. Cabalgaban o corrían tras el manto rojo de la Dama RecorreTúneles, es decir, de la marioneta accionada por Talismán que hacía las veces de Dama RecorreTúneles. Montura y jinete eran incansables; batían la tierra a su paso como una maldición. Y los demás, encadenados a su estela, la seguían sin importarles que los llevaran al infierno.

Para Nicasia la marcha era un martirio. Seguir aquel ritmo estando sobria era imposible. Ella, al contrario que la marioneta de la Dama, no portaba un golem en su pecho que le proporcionara energía. Estaba exhausta. Había previsto que sería duro; tenía la manía de adelantarse a los acontecimientos, pero la Cacería Salvaje llevaba siglos sin celebrarse, y no conocía el efecto de las drogas que había cocinado.

Las había fabricado siguiendo viejas recetas, con prisa y pensando siempre en potenciar los efectos. Por ahora el resultado superaba sus expectativas; los cazadores devoraban el camino, era difícil seguirles el paso, pero intentaba hacerlo sin echar mano a bebedizos extraños. No pensaba adentrarse en TiemblaSauces con la cabeza embotada de narcóticos mágicos. Aunque sabía que necesitaría algo de ayuda. Cuando abandonó FuegoVivo Marsias le había dado raíz de árbol del fuego, bastante para todo el invierno, y también la receta de un tónico. «Te ayudará a recuperarte del todo —le había dicho el sátiro después de darle mil consejos y recomendarle que descansara—. Prométeme que te tomarás las cosas con calma.» Ella le había respondido que sí; ambos sabían que era mentira, pero prefirieron dejarlo correr, Marsias porque guardaba la esperanza de que por una vez en la vida la ingeniera fuese un poco razonable, y Nicasia porque no tenía ganas de despedirse con una discusión. No quería empañar un instante de felicidad perfecta. No conservaba demasiados recuerdos así de plenos, no quería mancharlo. Recordaba su último beso. Él la había mirado como si temiera algo que no se atrevía a decir. «Cuídate», le rogó. Ella había fingido ofenderse. «Siempre lo hago», respondió, y él había suspirado alzando la vista al cielo con resignación. Recordaba aquel momento y no dudaba que si pudiese verla en aquel preciso instante se enfadaría mucho. Además, había usado toda la raíz de fuego para fabricarse un elixir de color rojo vivo muy concentrado que sabía igual que la primera destilación de un aguardiente de guindillas. Sin aquel brebaje no habría sido capaz de aguantar aquel esfuerzo. El viaje le estaba costando la poca salud que le quedaba, y aun así se sentía segura de tener la suficiente para dar mucha guerra. Esa determinación y un trago cada poco le hacían soportable la marcha.

Antes de partir había consultado los mapas que existían de los pantanos. No eran buenos; la zona más detallada describía la línea de la costa, que era lo que menos le importaba. El interior constituía un gran espacio en blanco. Leguas y leguas de tierra ignota y baldía. Localizar en qué rincón podían estar los mercenarios habría podido parecer una tarea complicada, pero Nicasia no dejaba cabos sueltos, y le había encomendado una última misión a Dalendir. El mestizo debía seguir a Gerión cuando fuese a reunirse con los mercenarios para marcarles la ruta hasta el punto de encuentro. Dalendir había aceptado encantado. Su trabajo fue vital; cuando la Cacería llegó a los lindes del pantano, la Dama detuvo su montura. Nicasia se secó el sudor de la frente. No sentía el roce del viento del otoño. Tenía muchísimo calor. Le parecía que su sangre iba a hervir en cualquier instante. Tal vez era la raíz del árbol del fuego lo que la hacía sudar a mares. Al pasar una mano por su nuca descubrió que había vuelto a crecerle el pelo. Le caía sobre los hombros en mechones húmedos. Tuvo que cortar un trozo del cordón de su zapato para atarlo en una coleta. No era buena idea meterse en pelea con la melena al viento.

Los cazadores miraron a la Dama, demasiado inquietos para permanecer parados mucho tiempo. Cuando llegara el momento de atacar sería como soltar una jauría de perros rabiosos sobre una liebre, sólo que esta liebre estaba más que preparada para defenderse. Bajo aquella luna de otoño iban a pasar cosas muy feas. Nicasia se ajustó las correas del baúl que llevaba a la espalda y se preguntó si alguna vez en su vida dejaría de ser el centro de una tempestad de rabia y sangre. Le gustaría que fueran otros los que tomasen las decisiones difíciles, que el resto del mundo se defendiera solo. Se sentía cansada, y le dolía cada hueso del cuerpo. Sabía que para algunos de aquellos desgraciados aquél era un camino hacia la muerte, y que ella los estaba arrastrando con engaños. «No soy mejor que los sidhe», pensó, pero no se planteó abandonar. Tenía muy presente la carta de Manx y los males que auguraba. No lo consentiría. Nicasia solía resolver sus dudas morales acudiendo a las matemáticas. Unas cuantas vidas a cambio de salvar un reino entero le parecía un buen balance, y ella estaba dispuesta a ser la primera en caer si era necesario.

Disimuladamente, hizo un gesto con la mano parecido al de alguien que tira de un hilo invisible. Era hora de ver si Dalendir había podido hacer su trabajo. La Dama Recorre-Túneles alzó su lanza al aire y señaló un punto frente a ella. Nicasia disimuló una sonrisa. El mestizo no la había defraudado; frente a ellos tenían un bosquecillo fangoso donde los árboles se ahogaban entre arbustos y enredaderas. Cada cierta distancia, Dalendir había vertido sobre las plantas y las flores unas gotas de un líquido que brillaba con una fosforescencia violeta, marcando un camino que se perdía en la espesura. Los cazadores gritaron y de nuevo se oyó el lamento del cuerno. No sería un ataque discreto.

Dejaron atrás las pocas monturas que llevaban. La tierra se había vuelto demasiado blanda para ellas, y por alguna razón desconocida los animales se negaban a seguir adelante. A medida que avanzaban sobre el barro la Cacería se ponía más nerviosa. Advertían algo en el ambiente. El aire era denso y la boca les sabía rara, como a óxido. Quizá era el aire del pantano. Nicasia no le prestó atención; tenía otras cosas en la cabeza. El barro les llegaba hasta las rodillas. Nicasia había transformado a *Cuervo* en un bastón de piedra negra, y lo usaba para ayudarse a avanzar de un modo penoso. El cieno lastraba su aparato ortopédico obligándola a arrastrar su pierna palmo a palmo. No habría sido prudente fundirlo con su carne. Era un hechizo muy debilitante, y el efecto no duraba mucho. Acabaría indefensa en un terreno donde nadie podría salvarle el pellejo. No le queda otra que resoplar y tirar de su cuerpo. De vez en cuando lanzaba una mirada a Urakarnake. El gorrorrojo caminaba sumido en el mismo trance demente que sus compañeros. Nicasia tenía claro que si no quería verse obligada a cumplir con la palabra que la Dama RecorreTúneles le había dado, él debía caer. Nunca había tratado de hacer pagar al gorrorrojo por su pierna lisiada, quizá porque Urakarnake la asustaba más de lo que creía. Ahora, quitárselo de en medio se había convertido en una cuestión de supervivencia. A la menor ocasión le descerrajaría un tiro entre las cejas.

La comitiva se detuvo. Nicasia no había ordenado aquella parada y tuvo que abrirse paso entre los cazadores para averiguar a qué se debía. Ante ellos había un desnivel de terreno, un terraplén. A menos de un centenar de pasos podían verse el brillo de las hogueras. Nicasia contuvo el aliento. Eran más de los que esperaba; un pequeño poblado de lona y fogatas se extendía a sus pies. La carta de Manx mencionaba que un grupo de elfos dirigidos por Gerión de TocaEstrellas estaban reclutando mercenarios, pero no había creído que fueran tantos. Gerión estaba dilapidando su fortuna en aquella campaña, y no debía de estar haciéndolo por su cuenta, no se puede esconder algo así sin ayuda. Seguramente, más de un miembro del Alto Consejo prestaba su apoyo a lo que era —ahora lo comprendía— la semilla de una nueva guerra. Sintió que las piernas le temblaban. Ellos eran pocos, muy pocos. Quizá lo oportuno era dar la vuelta y planear otra estrategia. Había sido ingenua al creer que podría enfrentarse a aquel problema al mando de un hatajo de delincuentes armados. Precisaba un ejército, uno de verdad. Miró a su alrededor; en su vida se había sentido más ridícula. ¿En qué había estado pensando?

Necesitaba despejar la cabeza. No podría contener a la Cacería mucho tiempo y no podía quedarse sobre el terraplén sin que los descubrieran. Colocó la maleta en el suelo y la abrió. Era vital escrutar mejor el campamento. Sus ojos de goblin le permitían ver en la oscuridad, pero no eran la panacea. Sacó una horquilla de bronce y la clavó en el suelo. Entre sus brazos atornilló una lámina de cristal verde tallada de una esmeralda. Era un Ojo de Búho, una lente que ella misma había pulido. Lograr una curvatura perfecta había supuesto meses de trabajo aburrido y monótono, pero el resultado merecía la pena. Cuando tuvo montado el artefacto golpeó la lente con un dedo. La superficie produjo una onda, como si tocara la superficie de un lago diminuto, y le permitió ver una imagen más cercana del campamento. Ajustó un par de tornillos hasta que la imagen se hizo nítida.

La lente tenía problemas para captar algunas zonas; se enturbiaba como si algún tipo de magia interfiriese con ella. Tendría que conformarse con lo que veía. Al parecer, Gerión había escogido unas viejas ruinas para instalar el campamento. Nicasia no sabía a qué podían pertenecer aquellos restos, pero las piedras proporcionaban suelo seco sobre el que acampar, y aquella tierra parecía más consistente que el puré de estiércol sobre el que ella se erguía. Creyó contar varias decenas de mercenarios. Probablemente fueran cien. Era difícil verlo; el Ojo de Búho giraba como una brújula enloquecida para mostrarle una y otra vez un punto en el margen sur del campamento. Había alguien atado a una larga estaca. No distinguió quién era, pero vio que estaba ante los vestigios de una vieja piscina llena de barro hasta los bordes junto a la que aguardaban tres elfos. Nicasia maldijo en su lengua materna. Allí se encontraba Gerión, al lado de su hija, ambos con la vista clavada sobre un tercer sidhe que sostenía entre las manos una botella. No podía ver el rostro del elfo desde allí; de todos modos, no le interesaba; toda su atención estaba fija en la botella. El elfo la acercó hasta el desdichado atado a la estaca. Nicasia reconoció entonces a Isma'il, y antes de poder preguntarse cómo demonios habría acabado el nigromante en aquella situación, un grito horrible llegó hasta el terraplén.

Un golpe de viento recorrió el pantano, aire caliente y apestoso. Nicasia resbaló sobre el barro arrastrando con ella el Ojo de Búho. A su alrededor la Cacería aullaba. Los cazadores se empujaban entre ellos. Algunos empezaron a pelearse sin usar sus armas. Se revolcaban en el fango y se buscaban el cuello con los dientes. Nicasia no pudo ponerse en pie; un dolor agudo le encogió las entrañas. Ya no necesitaba el Ojo; desde allí podía ver una sombra diminuta, un pequeño y denso goterón de Oscuridad que se derramaba sobre el mundo. Comprendió qué era. Durante la guerra lo más duro fue vencer a los dragones. Al principio nadie creía que los sidhe, en su empeño por ganar la guerra, hubieran sido capaces de esclavizar a los dragones, seres que dormían siestas centenarias en sus guaridas y que apenas se asomaban al mundo. La incredulidad duró poco; pronto pudieron verlos con sus propios ojos, sombras de muerte volando sobre los campos de batalla. Nicasia aún tenía pesadillas en las que veía los cuerpos quemados que había sacado de los escombros de FuegoVivo. Parecía que la contienda estaba perdida. Matar a un dragón era una tarea descomunal y requería más magia de la que un gentil podría conseguir jamás. Y aun así, contra todo pronóstico, y gracias a una de esas sonrisas que a veces lanza la fortuna, la Reina Durmiente ganó la guerra.

Esta vez sería más difícil. Los dragones son criaturas magníficas, pero son carne y escamas después de todo. Lo que está vivo se puede matar. Pero un Ancestral nunca muere del todo. Si algo podía hacer Nicasia era distinguir a un Ancestral. No necesitaba verlos con todo detalle; los sentía como una puñalada en el vientre. La aparición de aquella sombra la golpeó como el pulso de un parto. «¡No puede ser!», pensó. Una mano la ayudó a levantarse. Reconoció el rostro de Nebel. El Gaitero estaba con ella.

—¿Qué hacemos, Dama RecorreTúneles? —le preguntó la sluagh. Ni ella ni su compañero llevaban Tinte de Trasgo sobre la piel, ni parecía que hubiesen bebido el Licor de Guerra. Estaban tan sobrios como Nicasia.

—¡No lo sé…! —La knocker se quedó helada—. ¿Cómo me has llamado?

—Dama RecorreTúneles.

—¡Pues pregúntale a ella! ¡Está ahí! —contestó señalando a la marioneta.

La pareja intercambió una mirada.

—Tú eres la RecorreTúneles.

—Yo no... —balbuceó Nicasia. No era un buen momento para descubrirse.

El Gaitero señaló el bastón de piedra negra que la ingeniera había estado usando para avanzar por el pantano.

—Es *Cuervo* —dijo—. Sólo el jefe de la Hueste Invernal puede usarlo como tú lo has estado haciendo. Te debo la vida. Me da igual quién seas; es un secreto que no compartiré con nadie. Pero ahora no es la cuestión. El tiempo apremia. Dinos: qué hacemos.

Nicasia se apretó el vientre; el dolor no cesaba. No había tiempo. Tal vez ni siquiera había esperanza, pero nadie diría que no lo habían intentado.

—Que suene el maldito cuerno... —ordenó—. ¡Atacamos! Debo acabar con esa criatura negra. Despejadme el camino hasta ella, pero no la toquéis. Es mía. Si es posible, capturad a Gerión y a la perra de su hija vivos. Pero lo primordial es que yo alcance a esa cosa lo antes posible.

—¿Qué pasa si no llegas? —preguntó Nebel.

Nicasia no contestó. Cosas terribles, sin duda; lo sentía en las entrañas.

—Tengo que llegar —insistió.

El Gaitero le quitó el cuerno de las manos a un cazador y arrancó un aullido siniestro al instrumento. La Cacería respondió con un grito de guerra delirante. Nicasia soltó a la marioneta, y la Dama RecorreTúneles saltó por el terraplén a lomos de su montura, seguida por una horda de diablos dementes.

La ingeniera los observó y volvió a montar el Ojo de Búho. Esta vez colocó unas tiras de cuero elástico en los brazos de la horquilla y la lente. Sacó de su maleta unos paquetes cuadrados. Dentro de cada uno de ellos había una cápsula de cristal untada en grasa y envuelta en resina seca y paja. Cada paquete iba cubierto con piel de salamandra curtida. Nicasia puso un paquete entre las tiras de cuero y usó la lente para apuntar. Su puntería había sido legendaria durante la guerra. Nicasia esperaba que siguiera siéndolo, aun cuando sólo disponía de una sola mano. Fijó su objetivo y soltó la tira de cuero.

No dio del todo en su objetivo; no importaba, con aquella munición no hacía falta ser preciso. Un muro de fuego se elevó entre Isma'il y la mancha negra. El campamento se llenó de gritos. Nicasia no se entretuvo en seguir el ataque de la Cacería. Disparó dos paquetes más; fuego para alimentar el fuego. Tensar el tirachinas con una sola mano resultaba difícil, y más en aquel suelo resbaladizo y blando en el que no podía asegurar los pies. Nicasia se esmeró en su fuego de cobertura. Como artillera, había defendido las murallas de la Corte durante su asedio; esa noche, a muchas leguas de la ciudad, volvía a hacer lo mismo.

Había un gran muro de fuego entre el Ancestral y el hechicero. Mala suerte para Isma'il Ibn Bahar. Nicasia ya lo consideraba una baja. Miró al campo de batalla con la lente del Búho. Sucedía algo extraño: los mercenarios se batían en retirada. Pero lo hacían en orden, desmontando el campamento a toda prisa y prendiendo fuego a los restos que dejaban tras ellos. Nicasia comprendió qué ocurría. Los mercenarios no estaban allí para luchar. Por el pantano se habían desplegado una docena de elfos con las armas desnudas, dispuestos a no dejar a nadie con vida. Los gentiles de la Cacería no eran rivales para los aen sidhe. Los elfos avanzaron en abanico hasta chocar con ellos. Uno de los sidhe, un elfo de pelo blanco, se detuvo en el centro del campo de batalla y clavó en el barro una daga. La imagen del Ojo de Búho tembló. Aquellos cazadores que se hallaban cerca de alguna hoguera estallaron en gritos. Sus sombras se habían alzado, siluetas enterradas hasta la cintura que tiraban de ellos, hundiéndolos en la tierra blanda. El pantano se los tragó.

Nicasia vio a un sidhe repartir mandobles que abrían la

carne y las corazas de sus oponentes. Luchaba con desgana, con movimientos mecánicos, hasta que Urakarnake se le echó encima. El gorrorrojo lo empaló en su lanza, y de un mordisco le arrancó la nariz. Un logro soberbio, pero aquélla era una lucha que la Cacería no podía ganar. Los elfos eran adversarios formidables, y su magia no estaba a la altura de ningún hechizo que los gentiles tuvieran al alcance.

Había que poner fin a aquello cuanto antes. Nicasia lanzó el bastón hacia el cielo. *Cuervo* giró y cambió de forma. Nicasia recogió una espada de doble filo. Cerró la maleta y volvió a cargársela a los hombros. Se cruzó las correas sobre el pecho bien apretadas y ajustó un cierre metálico. Entonces tiró de un cordón. Las paredes de madera cayeron al suelo, dejando al descubierto un motor. Al tirar por segunda vez de la cuerda dos alas metálicas se desplegaron sobre su espalda. Plumas de latón y cuero para desafiar al cielo nocturno. La ingeniera invocó un hechizo de salto, el motor chirrió y tosió humo. Las alas comenzaron a batir. Nicasia tensó su cuerpo y echó a volar. Más que volar, planeaba a ras del suelo, en una trayectoria que la arrojó directamente contra el Ancestral.

Jamás había rezado, y no iba a empezar ahora.

Cruzó el campo de batalla en una nube de humo y chispas. La cosa no parecía ir bien para la Cacería. Veía demasiados cadáveres de la Hueste, y muy pocos del otro bando. Pudo ver cómo una sidhe decapitaba a Tirangón con un tajo de carnidero. No muy lejos, Nebel había alzado ante ella un muro de agua mientras preparaba algún tipo de hechizo. Nicasia lanzó uno de los paquetes contra sus atacantes. Oyó gritos mientras las llamas iluminaban el pantano bajo sus pies. Le habría gustado ver el resultado de su ataque pero estaba a merced de la gravedad y el viento, y ya casi sobrevolaba la sombra negra. Sólo conocía una forma de aterrizar. Nicasia apagó el motor. En su espalda los pistones y las válvulas tosieron y enmudecieron. Las alas evitaron que se hiciera puré contra el suelo, pero Nicasia rodó envuelta en una lluvia de chispas y piezas de latón, y se detuvo ante el muro de fuego entre la bestia negra y el nigromante atado. Antes de soltar las correas y ponerse en pie, alguien le pisó la mano. Nicasia tuvo que soltar a *Cuervo*.

—Quien sino tú, bruja ridícula —le habló una voz helada.

Nicasia miró a Gerión. El sidhe la contemplaba con una mueca de disgusto; parecía que le molestara ensuciarse el escarpe. Nicasia odiaba a aquel elfo de cabellos pálidos y ojos fríos que la consideraba poco más que una esclava a su servicio. Odiaba sus falsos modales, su arrogancia, y sobre todo odiaba que creyera haberla vencido antes siquiera de haber empezado a pelear. Nicasia le sonrió desde el suelo y deslizó una mano discreta sobre su pecho. Liberar el odio siempre era doloroso. Gerión vio que Nicasia sostenía un largo clavo de metal. La knocker apuñaló al sidhe en la pantorrilla. Ninguna armadura física puede proteger de los sentimientos ajenos. El pivote se hundió en la carne, y Gerión de TocaEstrellas gritó, pero no de dolor, sino de rabia. Jamás lo habían herido. Golpeó a Nicasia con su mano enguantada, con tal furia que la knocker acabó a los pies de Isma'il. La sangre del noble Gerión brotaba como agua de deshielo. Nicasia lo vio retirarse ayudado por su hija Arminta.

Oyó un chasquido a su espalda que le hizo olvidar la idea de perseguirlo.

Tras una pared de llamas cientos de ojos azules la contemplaban desde un cuerpo negro y redondo rodeado de patas. El monstruo enfocó sus pupilas en ella. Nicasia recogió a *Cuervo* y le devolvió la mirada al Ancestral. Debía de llevar mucho tiempo encerrado; estaba a medio formar, inconcluso y débil. Pero no indefenso. Era tan alto como un caballo de guerra, y poseía unas mandíbulas capaces de masticar a Isma'il y a Nicasia al mismo tiempo y sin esfuerzo. De aquella boca llena de dientes emergió un gorgoteo.

Nicasia recordó aquella larga noche en el desierto. «Nunca será esclavo de nadie.» El viejo brujo le había mentido. El Ancestral jamás había sido otra cosa. Si Nicasia no se lo hubiera entregado su retoño habría nacido como un mestizo más, como Dalendir, como ella misma, y sus vidas habrían sido distintas. Qué importaba. El pasado no podía arreglarse. A la criatura que tenía delante no le servía de nada su arrepentimiento.

Nicasia se levantó apoyándose en el poste donde estaba atado Isma'il. El ciego se agitó entre sus ataduras.

—No te muevas —le susurró Nicasia—. Creo que ese bicho tiene hambre.

—No eres Arminta... —La voz de Isma'il era apenas audible.

—No. Lo siento; si esperabas una cita no soy yo.

Isma'il atragantó una carcajada. Nicasia cortó sus cuerdas.

—El Ancestral no me quiere a mí —le dijo el nigromante—. Ya no me necesita. Necesita magia y sangre.

Nicasia miró la sangre del pozo. Debían de haber estado conservándola con hechizos. Sacó uno de los dos paquetes explosivos que le quedaban y lo arrojó al fuego para avivarlo. El Ancestral siseó enfadado y retrocedió. Aprovechó el momento para alejar a Isma'il del poste y de las llamas. Isma'il apenas podía moverse. Temblaba de pies a cabeza, y los tatuajes formaban sobre su piel un espectáculo de sombras chinescas en movimiento. Apenas dieron tres pasos. Isma'il gimió y se dobló, y se llevó las manos a las sienes.

—¡Callaos! ¡Callaos! ¡Os lo ordeno! ¡Dejad de gritar!

«Estupendo. —Nicasia no podía creerlo—. Se ha vuelto loco.»

El Ancestral aprovechó que el fuego bajaba para colar dos patas entre las llamas. Se acercaba al pozo. Nicasia se interpuso, y de nuevo todos aquellos ojos azules se clavaron en su conciencia. Ella también había estado encerrada en la oscuridad, sirviendo la voluntad del primer amo que la reclamara.

—¡Lo siento! —le gritó como nunca había gritado—. ¡Maldita sea, lo siento! ¡Te odio! ¡Odio a tu padre! ¡Odio lo que te hice! ¡Odio en lo que te he convertido!

El Ancestral chilló. Apenas quedaba fuego. Lo único que se interponía entre la sangre y el monstruo era ella, Nicasia RecorreTúneles, una mestiza pequeña y lisiada que era mucho menos valiente de lo que todos pensaban. Pura fachada. En aquel momento sólo quería volver a casa y no ser nadie, no tener a nadie que dependiera de ella, no más responsabilidades, ni secretos. No quería estar siempre enfadada, siempre asustada y harta de todo. Y anhelaba más que nada en el mundo que aquella cosa la perdonara.

Recogió su espada y la convirtió en un cuchillo. Ni siquiera *Cuervo* podía hacer daño a un Ancestral, y Nicasia no sabía si tendría fuerzas para matar a lo que una vez pudo ser un niño. No era justo. La araña cargó contra ella, le dio un mordisco en el hombro cerca del cuello. Nicasia hundió la hoja de obsidiana en aquella masa negra que aún no era carne siquiera. Ambos gritaron a la vez, pero fue la araña quien soltó a su presa. La sangre de goblin es venenosa. No sería aquélla precisamente la que le hiciera recuperar su forma.

Nicasia se tapó la herida. Le cruzó una idea por la cabeza. Isma'il seguía rogando silencio a sus fantasmas, y sus tatuajes se movían a capricho, unos tatuajes muy similares a los que llevaba el viejo brujo que la había engañado tanto tiempo atrás. Magia de sangre, magia para atar a los espíritus. Igual que habían atado al Ancestral. Todos esos años teniendo al ciego ante sus narices y nunca se le había ocurrido pensar en los rituales de los nómadas. Isma'il no estaba loco, realmente hablaba con alguien. Almas prisioneras. Isma'il era un nigromante, y su propio cuerpo era una prisión de esclavos. Nicasia se acercó a él. Las almas chillaban porque sentían la sangre y querían ser libres.

—Todo esto es culpa de tu abuelo Eleazar —declaró la ingeniera—. Díselo de mi parte si lo ves al otro lado. Y dile que lo echo de menos.

Empujó al ciego.

El cuerpo produjo un chapoteo espeso al caer. Hubo un segundo de calma. En el fondo del pozo miles de almas entraron en contacto con la sangre de los centauros. Sangre joven de seres poderosos, tejida con magia antigua. El pozo latió, y la tierra tembló y estremeció TiemblaSauces. El pantano se transformó en una tempestad de olas de barro, árboles y cascotes que lo derribaba todo a su paso. Elfos y gentiles rodaron mezclados por el suelo.

La magia de la primera ciudad se condensó junto al pozo. A Nicasia le sangraron los oídos y la nariz. El aire pesaba como una carga de leña. Duró sólo un instante; luego, el suelo explotó. Nicasia salió despedida por los aires, y junto a ella toda la ciénaga.

Las rutas del destino

Al ponerse de pie el mundo entero se balanceó. El suelo era más agua que tierra. Nicasia trastabilló y cayó de rodillas en un légamo verdoso salpicado de hojas muertas. Trató de levantarse de nuevo, y la pierna izquierda se le dobló como si fuera de trapo. Salió del lodazal a gatas, tirando de su cuerpo con el brazo izquierdo. El otro le dolía demasiado; ni se atrevía a mirarlo. Al llegar a suelo seco se tumbó sobre la maleza áspera y dura. Intentó recordar qué había pasado, pero la cabeza le daba vueltas y los oídos le zumbaban.

Las primeras luces del alba clareaban el pantano. Parecían estar vivas. Nicasia sonrió; no era un mal modo de empezar el día. Reunió fuerzas y se incorporó. Otro esfuerzo más y pudo ponerse en pie. Un paso, y otro, y otro. La caída le había deformado la pieza del aparato que articulaba la rodilla; no podía doblarla. Cada pulgada de terreno que cubría era un esfuerzo, y no sabía ni a dónde iba; andaba por andar. No recordaba nada. Era una sonámbula en medio de ninguna parte.

Vio el primer cadáver. Un elfo; lo supuso por la armadura, un peto de metal y cuero de excelente calidad, decorado con hojas doradas. Donde había de estar la cabeza sólo quedaba una masa de pulpa. Más allá encontró los cuerpos de mercenarios, nobles y gentiles, todos muertos. Nicasia empezó a recordar. La explosión... Con los recuerdos recuperó también las inquietudes. ¿Se había librado del Ancestral? ¿Todos aquellos cadáveres eran cosa suya? La knocker sacudió la cabeza. No, no podía terminar tan mal. Se negaba a aceptarlo.

Oyó un ruido amortiguado, el chapoteo rítmico de una carrera. Alguien pasó corriendo por su lado. Le faltó poco para tirarla al suelo, pero no se detuvo, porque lo perseguía el trote de un caballo. Nicasia abrió los ojos. Un centauro al galope se le venía encima. Era un centauro muy pequeño, horrendo, la piel verdosa, los ojos pálidos y los huesos de las costillas al aire. Le faltaba un brazo; con el otro sujetaba una maza. El monstruo la ignoró y continuó en pos de su presa. Nicasia oyó un crujido seco y el golpe de un cuerpo al caer al barro. El potro la miró con sus ojos muertos. Ella tragó saliva; se preguntó si el miedo la habría vuelto loca, porque oía una gaita. El monstruo también debía de hacerlo. Se volvió y trotó con calma hacia la fuente de la melodía.

Nicasia clavó una rodilla en tierra y vomitó. Alguien habló junto a ella.

—No puedo creer que en medio de esta carnicería precisamente tú sigas viva. —Nicasia levantó la cabeza. Urakarnake, por una vez, la miraba sin desprecio. Parecía divertirse con un chiste privado. Estaba cubierto de sangre y tenía las piernas llenas de quemaduras. La poca ropa que le quedaba eran harapos que le colgaban del cuerpo—. ¿Qué hay que hacer para matarte, rata? —le preguntó.

—Lo dices como si librarse de ti fuera fácil —logró contestar ella.

El gorrorrojo soltó una carcajada. Sin mediar palabra se la cargó al hombro.

—Hay órdenes de recoger a todos los supervivientes —dijo—. No hay muchos.

—¿Órdenes? ¿Quién ha dado las órdenes?

—¿Quién va a ser? La Dama RecorreTúneles.

Nicasia pensó que lo había oído mal o que le estaban gastando una broma. Fue lo único que pudo pensar. Después se desmayó.

Se despertó en un rincón seco. Le habían quitado la camisa y le habían apañado un vendaje sobre el hombro herido. La habían tapado con un extraño abrigo negro sin botones. Los bordes de la prenda estaban cubiertos con lo que parecía un engranaje de dientecillos metálicos desde la cintura hasta el cuello. No sabía manejar aquello; lo cerró como pudo. Alguien había encendido un fuego cerca. Se encontraba en el centro de un precario hospital de campaña. A su lado el Gaitero improvisaba vendas cortando a tiras la capa de un sidhe. Nebel daba instrucciones. La sluagh tenía una pierna tumefacta, rota quizá, pero impartía instrucciones llena de vigor.

—¡No te muevas demasiado! —gritó a Nicasia—. Te has golpeado la cabeza.

—Me doy cuenta. —La knocker olisqueó el abrigo—. No sé a qué cadáver le has robado esto, pero estoy segura de que su dueño no se lavaba mucho en vida.

—Muchas gracias —protestó una voz tras ella—. Bonita forma de agradecerme que esté pasando frío para que tú no enseñes los pechos. Cuando cuente en la Corte que te los he visto y sigo vivo me convertiré en un héroe.

Nicasia reconoció la voz, aunque no era exactamente como la recordaba. Ahora sonaba ahogada, algo más ronca y baja. Aquel tono extraño enturbiaba su aire irreverente, pero no su espíritu. Nicasia se volvió, incapaz de articular palabra. Dujal le sonrió. Estaba más pálido y delgado; el vendaje en el cuello le daba cierto aire mercenario, y su mirada era más dura, pero su sonrisa seguía allí. El phoka se acercó hasta ella, agarró los extremos de la chaqueta y encajó los engranajes unos sobre otros. La chaqueta se cerró hasta el cuello.

—¡Bastardo! —le gritó—. ¡Te he buscado por cada maldito rincón del reino!

—¿Y por qué te molestaste? Sabes que al final siempre soy yo el que acaba encontrándote.

Nicasia le puso una mano en el hombro y la sacudió una risa nerviosa, casi incómoda. No sabía si ponerle un ojo morado o darle un abrazo. Dujal sí sabía qué hacer, tenía menos remilgos y los dos brazos sanos. La apretó entre ellos. Nicasia le devolvió el gesto como pudo. Fue un poco extraño para ambos, un momento algo tenso entre dos seres que no se atrevían a ser amigos del todo ni habían sido nunca capaces de llevarse realmente mal. Dujal notó calor en el hombro y una respiración entrecortada. Quiso separarse de Nicasia, pero ella hundió la cara en su pecho para que no pudiera verle los ojos.

—¿Todo bien por ahí?

—No es nada —respondió Nicasia entre sollozos—. Estoy un poco cansada.

—Te entiendo perfectamente.

Dujal alargó el abrazo, y también escondió un poco la cabeza. Ninguno confesaría nunca al otro el desahogo de aquel momento, ni que creían haber escuchado una canción, una melodía que los unía y les otorgaba un extraño vínculo. Es el amor y no la sangre lo que hace a las familias. Cuando al fin se separaron parecía que ambos sufrieran de gripe, la cara encendida y los ojos brillantes. Se miraron, y el phoka se echó a reír. Nicasia sonrió de mala gana y miró de reojo a Nebel y al Gaitero.

—Tenéis mucho que contarme —les dijo. Se acercaron a la hoguera—. No hay muchos supervivientes —observó Nicasia. Con ellos sólo había dos hadas más a las que Nicasia reconoció como miembros de la Hueste. Y Urakarnake, al que sus heridas no parecían impedirle saquear cadáveres—. ¿Ningún mercenario? ¿Ningún sidhe?

Nebel negó con la cabeza.

—Casi todos los mercenarios huyeron antes de que la batalla empezara de verdad. Los sidhe han muerto. El único que sobrevivió prefirió suicidarse antes de que lo atrapasen. Sabía lo que le esperaba si salía con vida.

—La horca —respondió Nicasia—. Merecía menos aún.

El Gaitero señaló a los supervivientes.

—Esta batalla será cantada. Otra gran victoria de la Dama RecorreTúneles.

—Y tú, Dujal, ¿cómo demonios has llegado hasta aquí?

—Por mi buen corazón —respondió el phoka.

—Sí, claro.

—Lo digo en serio. —Dujal se ofendió ante las dudas de la ingeniera—. Fui a ver a los centauros. DamaMirlo me llevó con ellos y, bueno, les conté cuál había sido el destino de sus potros. No se me ocurría qué otra cosa podía hacer por ellos. Fue una experiencia extraña. Pensé que se enfadarían y clamarían venganza, pero se limitaron a escucharme y a darme las gracias. TrotaVientos me dijo que obtener venganza no es lo mismo que hacer justicia. La reina debía impartir justicia, aunque ellos no tenían mucha fe en que eso ocurriera. Dijeron que, al menos, ahora sabían la verdad, que lo demás llegaría a su tiempo.

—Es una historia conmovedora que no explica cómo has llegado hasta aquí.

—Eres un público impaciente —replicó el phoka—, no me dejas terminar. Los centauros tienen con ellos a un superviviente de las minas de TocaEstrellas. Nicasia, sin la ayuda de esos centauros yo jamás habría podido sacarte de la montaña. Y sólo queda uno. Logró bajar por la pared de la montaña, al menos un tramo. Luego, se despeñó. Tiene las patas destrozadas, no puede moverse. Se estaba dejando morir de tristeza. Tras hablar con TrotaVientos y los suyos ya no me apetecía vengarme de nadie. Manx murió porque se mezcló con la gente equivocada; recogió lo que había sembrado.

—No hables así de ella —le reprendió Nicasia con dureza.

—Dime que no tengo razón. La recordaré con cariño, pero Manx se equivocó y pagó por sus errores. El caso es que pensé que ese centauro no debía pagar por nadie. Merece una oportunidad. Tú puedes dársela. —Dujal golpeó con el dedo el aparato ortopédico de la knocker.

Nicasia cedió a su orgullo profesional. Después, se miró el brazo herido.

—No sé si podré...

—Podrás —replicó Nebel—. Sólo necesitas curarte como es debido.

—Pensé en ti —le indicó Dujal—. Hablé de ti a los centauros. TrotaVientos me dijo que él te encontraría. Usó uno de sus círculos mágicos para hacerme llegar hasta ti, el mismo que nos ayudó a volver a la Corte con Marsias. Y, en efecto, me trajo hasta ti, hasta el maldito pantano de Tiembla-Sauces.

—No pudo llegar en un momento más oportuno —añadió el Gaitero echando más leña a la hoguera—. Yo vi cómo te enfrentabas a la criatura, al Ancestral de la botella, aunque no presté demasiada atención. Los elfos nos masacraban, y tu marioneta... —Nicasia quiso protestar, pero el Gaitero siguió hablando antes de que pudiera abrir la boca—. Tu marioneta estaba inmóvil en medio del campo de batalla. No nos ayudaba. Entonces, TiemblaSauces explotó. No sé qué hiciste, pero liberó tanta energía, tanta, que los cadáveres de los centauros se levantaron. ¡Fue el terror! De pronto nos rodeaba una estampida de potros muertos que atacaban lo primero que veían.

—Entonces aparecí yo —dijo Dujal—. Lo primero que pensé era que TrotaVientos me había enviado al infierno de los suyos. Que me había hecho una jugarreta. Hasta que escuché la gaita.

—La música amansa a las fieras —explicó el Gaitero—. Aunque estén muertas. Conseguí lanzar a los centauros contra los sidhe y hacer que los mercenarios huyeran. Fue sencillo, pero Dujal puso la guinda al pastel.

—Sí, había una marioneta inmóvil en el campo de batalla —dijo el phoka—. La usé para defenderme y perseguí con ella a Galerna. Pero no la alcancé.

Nicasia apretó los dientes. La sluagh había escapado.

Nebel observó el gesto de impotencia de la ingeniera.

—Debes mirarlo desde una perspectiva más amplia —le recomendó—. Yo lo veo así: a ojos de todo el mundo, la Dama RecorreTúneles ha levantado un ejército de muertos para defender a la Hueste Invernal. A todas las hadas. Ha deshecho la conspiración de un hatajo de sidhe renegados. Los miembros de la Cacería que han podido escapar por su propio pie estarán contando esa historia de taberna en taberna dentro de unas horas. La Dama es ahora una leyenda. La Hueste Invernal jamás te ha sido más fiel. Y la Estival también te estará agradecida.

Nicasia no podía alegrarse. Aún tenía un duelo pendiente con Urakarnake. El gorrorrojo no se dejaría impresionar, no renunciaría, y ella había perdido la oportunidad de que su muerte se contase como una baja más.

—Imagino que los peces gordos se largaron.

Dujal asintió.

—Gerión, su hija y ese elfo que iba con ellos. No están entre los cadáveres, convertidos en pulpa, luego han escapado.

—Gerión estaba herido —comentó Nicasia—. Quizá ande cerca.

—Nosotros no estamos mejor —le recordó Nebel.

Nicasia advirtió un hedor familiar. Urakarnake se acercó hasta la hoguera.

—Creo que hay algo que deberíais ver.

Nicasia se apoyó en Dujal y ambos siguieron a Urakarnake. Su hallazgo estaba lejos del campamento, sentado bajo un árbol. En la distancia semejaba un elfo que dormía la siesta. Ya de cerca, vieron que tenía un clavo de hierro atravesado en mitad de la garganta, y otra herida abajo, en la pantorrilla. Gerión de TocaEstrellas, honra del ejército del

Alto Consejo y refugiado en la corte de la reina Silvania, había muerto con muy poca gloria.

—Ha debido de ser el elfo de la botella —se figuró Nicasia.

Dujal no estaba convencido. Olisqueaba el aire con la boca entreabierta, buscando un olor que no acababa de encajar en la escena. Levantó del suelo un par de grandes plumas blancas.

—Hyarmen —murmuró—. Él es ahora el nuevo señor de TocaEstrellas.

Decidieron que lo mejor era volver cuanto antes a la Corte de los Espejos.

—No deben encontrarnos aquí —dijo Nebel—. No tiene que haber testigos.

Urakarnake estuvo tan de acuerdo con aquello que se esfumó al instante.

—Hay otro problema —habló el Gaitero—. Y grave. Isma'il Ibn Bahar.

—¿Sigue vivo? —se sorprendió Nicasia.

—Y como un puñado de cabras borrachas.

Lo hallaron sentado en el suelo, desnudo. Balanceaba la cabeza al ritmo de una charla consigo mismo. Era un espectáculo horrible; largas tiras de piel le colgaban donde una vez estuvieron sus tatuajes. Tenía la cabeza totalmente monda. Si podía darse cuenta de que alguien estaba a su lado no lo demostró. No parecía siquiera capaz de mantener la saliva en la boca. Isma'il susurraba una retahíla sin sentido. Dujal chasqueó los dedos ante sus ojos. Aquello que una vez fuera Isma'il Ibn Bahar se encogió aterrorizado y sollozó.

—La caravana exigirá matar al responsable de esto —dijo el Gaitero.

—No seremos nosotros —le aseguró Nicasia—. Isma'il, pobre desgraciado... Id preparando las cosas para marcharnos de aquí. Quiero quedarme un rato.

—¿Para qué? —le preguntó Dujal.

—Silbaré si necesito algo.

Nicasia se acercó al nigromante. «Si Eleazar te viera… Qué decepción para el pobre viejo. Todos los esfuerzos que hizo para proteger a sus nietos echados por tierra.» Isma'il, sin embargo, parecía feliz. Tal vez había alcanzado la paz mental que nunca había tenido. Pensó en todas las almas con las que había cargado, quién sabía durante cuánto tiempo. Acarició la mejilla que tenía menos descarnada y se preguntó qué habría querido el viejo Eleazar Ibn Bahar. Isma'il chasqueó los labios, masticó algo invisible y mencionó una palabra.

—Aglanor —dijo, y lo repitió una y otra vez. Después, se echó a reír.

Nicasia sintió que se le ponían los pelos de punta. «Aglanor.» Tenía que ser una broma. Aglanor el Desterrado. La carta de Manx hacía referencia a él. Fueron muchos los elfos desterrados después de la Guerra de la Reina Durmiente, pero Aglanor era un caso único. Aquel asunto no terminaba en TiemblaSauces. Nicasia se puso de pie y se alejó. Alguien debía tomar decisiones. Se llevó la mano al corazón y sacó un nuevo clavo. ¿Cuándo acabaría el odio?

Lanzó el proyectil contra el ciego. Lo alcanzó en medio del pecho. El cuerpo cayó al suelo. Allí moría el último nigromante de los Ibn Bahar. Que Eleazar lo entendiese o no ya no le importaba.

Regresaron a la Corte por separado. Nebel y el Gaitero se empeñaron en jurar que no revelarían la identidad de la Dama RecorreTúneles, ni el secreto de Nicasia. Sus fieles espías pensaban seguir siéndolo.

En las cuadras de Palacio, el criado que oyó a DamaMirlo pedir un carruaje para salir de la Corte creyó que le estaba gastando una broma. La camarera de su majestad siempre viajaba a pie. Finalmente, lo tomó como un capricho; hizo lo que le ordenaban. Nunca supo que el vehículo volvió muy entrada la noche con dos pasajeros más. Si en Palacio hubieran sabido que Dujal entró llevando en brazos a la mismísima Nicasia, el rumor habría volado por toda la ciudad en cuestión de horas. Pero nadie los vio. Nicasia, Dujal y DamaMirlo entraron por una puerta discreta y pasaron a una pequeña cámara.

Tiresias, Rector de FuegoVivo, los estaba esperando. Examinó las heridas de Nicasia y exigió quedarse a solas con ella. DamaMirlo y Dujal obedecieron. Salieron al pasillo sin mediar palabra.

—Creo que te debo una disculpa, DamaMirlo.

La camarera contempló a Dujal. En Palacio no parecía tan sombría, ni tan etérea, y cuando sonreía, como hizo en aquella ocasión, su rostro era hermoso.

—No es necesario —respondió la bordadora.

—Me llevaste a ver a los centauros y me dijeron lo que necesitaba oír, que la venganza no arregla nada. Es un daño que engendra otro daño. No da la paz.

—¿El ojo por ojo no te parece tentador?

—Ya no. Prefiero la justicia.

La sluagh meditó aquellas palabras.

—A veces la justicia no llega nunca. ¿Eres consciente?

—Entonces me conformaré con hacer lo correcto, aunque sólo sea por tener la conciencia tranquila.

—Para ti será un cambio enorme.

—¡Oh! No creo que sea capaz de conseguirlo siempre. Soy un gato. Llevo la maldad en la sangre. Y una pequeña travesura… Bueno, es la sal de la vida.

—¿Y ahora qué piensas hacer?

Dujal sabía la respuesta.

—Pensaba irme al mundo de los humanos y llevarme a Cymric conmigo una temporada. Olvidar mis heridas, poner a mi hermana a salvo. Pero no lo haré.

—Te quedas.

—Esta historia aún no ha terminado.

—Acabas de decir que has renunciado a la venganza.

—Pero no a la justicia. Eso todavía tengo que intentarlo. Ahora hablábamos de hacer las cosas bien... Así que voy a quedarme.

DamaMirlo le besó la mejilla. Fue un beso fugaz, como si una mariposa se hubiera posado por un segundo en su cara.

—Con razón eres mi favorito —susurró la Dama—. Me ha dicho un pajarito que la primavera será divertida.

—Si son los pajaritos de tu columpio diles que...

Dujal hablaba solo. DamaMirlo se había ido, y Tiresias abría la puerta de la cámara.

—Una paciente de mal carácter... —gruñó el Rector—. No me gustan. Necesita descansar, pero se ha negado a tomar ninguna droga que le ayude a hacerlo. Dice que ya ha dormido bastante. Pasará una mala noche; es cosa suya.

—¿Puedo verla?

—Si la aguantas...

Dujal entró de puntillas. Nicasia estaba tumbada en una pequeña cama. Le habían vendado el brazo hasta la mano y tenía los ojos entrecerrados. Parecía tan frágil como realmente era. Giró la cabeza y le regaló una débil sonrisa, una de sus muecas.

—Me han dicho que eres insoportable —le riñó Dujal.

—Qué novedad.

—Y que deberías descansar un poco.

—Tal vez lo haga, pero que no se entere nadie. ¿Qué demonios haces aquí? ¿No deberías andar con Mesalina?

Dujal se agachó y besó a Nicasia en la frente.

—Sin que sirva de precedente, esta noche me quedaré contigo.

Agradecimientos

Tengo tanto que agradecer y a tanta gente que me da miedo olvidarme de alguien. Ahí voy:

Gracias a una gran familia de hadas, duendes y seres mecánicos que viven en las frías tierras del norte, donde hablan otro idioma y se cocinan prodigios: gracias a Nebel y al Gaitero, a Verónica Casas y a Daniel Julivert, a Felix Goggles, a (Álvaro Herranz) Ignis Fatuus. Gracias al gran Ricard Ibáñez (grande en más de un sentido) y al imparable Miguel Aceytuno. Gracias por la ayuda incondicional, las risas y los buenos consejos. Gracias por las galletas, la documentación, las lentejas y The Doors.

Gracias a Ismael Durán, por Dujal y por el tiempo que pasamos juntos.

Gracias a todo un peligroso grupo de amigas: Beatriz Campos, la genial creadora de Ken no Kororo dolls; a Verónica González, una orca con lazos, cintas de encaje y ganas de leer a todas horas; a Lúa Garo, que es ya una gran artista y una persona entrañable; a Len Barboza, que siempre me sorprende con sus dibujos; a Asunción Macián Ruiz (Medusa Dollmaker), con la que estoy en deuda no sólo por su arte, sino por su paciencia y su compresión, y María José Marchena Valle, por los pormenorizados análisis sobre la figura y obra de Stephen King.

Tengo a mi favor a dos brujas que ya las quisiera para sí Terry Pratchett: Isabel Miranda y Verónica Cabrera.

Gracias a Leticia Morgado por dibujar mi mundo con tanto entusiasmo.

A Francisco Pérez de la Parte y Pepe Carrasco, por Bibliofórum, los elfos y Douglas Adams.

A Juan Antonio Caro Cals, por ser mi primer lector y corrector. Este libro no sería lo mismo sin él.

No puedo olvidarme de Juan Ramón Biedma y su esposa, Rosaura, que me cogen el teléfono a cualquier hora. Juan Ramón es un maestro en las letras y en lo que haga falta.

Gracias a Mamen de Zulueta y a Emi Lope por apostar por mí, por su santa paciencia, por creer en este libro y por el buen hacer de ambas.

Por encima de todo a Teo Palacios, que leyó *La Corte de los Espejos* y se convirtió en mi faro en las tinieblas.

Y a George McDonalds, el horizonte de mis sueños.

Índice